周先慎文集

第四卷 明清小说导读

周先慎 著

目　录

第三章　水浒传

第四章　西游记

第五章 金瓶梅

第六章 明代白话短篇小说

第七章 聊斋志异

第八章 儒林外史

前　言

这本书是与“中国古代文学专题研究之四”——《明清小说》配套的辅助教材。《明清小说》共分十章，除第一章概括介绍中国古典小说的历史发展和具有中国特色的思想艺术传统之外，其他九章都以名著为中心，具体地分析作品的思想艺术特点，同时兼顾到对某些文学现象、文学规律的介绍和分析。本书的编写，是为了帮助学生更好地掌握教材的内容，更深入地理解古代小说名著的思想艺术特色，扩大知识面，提高分析能力和鉴赏水平。

书中分析的作品，基本上都是家喻户晓的名著，同学们在学习基础课时就已经学习过的，很多人在进入大学之前早就读过，或甚至读过不止一次。但在进入汉语言文学专业学习之后，读这些作品的态度和方法应该有所不同。进入专业学习之前，多数的读者可能主要是为了读着好玩儿，阅读时比较注重故事情节，并未深入地思考过这些作品在思想和艺术上有什么样的特点，有什么样的价值和意义。进入专业学习以后再来读这些作品，就应该用文学的眼光、分析鉴赏的眼光来阅读，就要问问自己：这些作品好还是不好，好，好在哪里；如果还存在某些缺点，又表现在哪些方面，是由什么原因造成的，等等。总之是要能提出问题，思考问题，多问几个为什么，然后自己来回答。

明清时期的小说名著，卷帙浩繁，长篇小说部头都比较大，短篇小说集所收的作品也不少。虽然如此，作为专题研究的课程，我们仍然要求学生必须认真阅读原著，而且要读全书，而不是只读某些片断，最好还不只读一遍。关于这些名著的整体情况和思想艺术特色，我们在教材中已经做了比较全面深入的介绍。这本辅助教材的任务，就是选讲一些重要的作品（长篇则选出一些精彩的片断），通过注释和简要的分析，帮助同学们扎扎实实地读懂作品，提供一些思考的线索和进一步研究的资料。

因此，本书主要包括以下几方面的内容：

一、作品选注。短篇小说读者一般不易找到，我们完整地选入若干篇最有代表性的作品，但由于本书篇幅的限制，所选的数量非常少，我们仍希望学生能自己去读更多的作品；长篇小说在主教材中重点分析的部分，或对全书思想内容的理解比较重要的部分，我们节选了相关的片断。要说明的是，名著中精彩片断非常多，同样限于篇幅，我们只能选出很少的一部分，因此挂一漏万、顾此失彼的情况是难免的。只要能由此及彼，收到举一反三之效，也不必有遗珠之憾。对所选的作品，根据内容和语言难易的情况，在作品后附或详或略的注释。

二、阅读提示。所选作品后都附［阅读提示］，对作品的思想和艺术做出简要的分析。具体写法，根据所选作品的不同特点，或侧重思想，或侧重艺术，或两者结合，或长或短，不拘一格。一部作品选讲多个片断，或内容较复杂，或需要做出总结概括的，酌情再加［小结］。作品的思想内容和艺术特色都不会是单一的，情况相当复杂，不同的读者阅读时可能有不同的思路和理解，我们提供的，只是一种思路和一种理解。希望我们的提示能给读者以某种启发，而不会束缚或取代读者自己的思考。自己的思路即使不够严谨、深刻、完美，但独立思考所得，比之从别人那里拿来的现成结论，不仅印象深刻，而且要扎实和可靠得多。因此我们提倡，先读作品，独立思考问题，然后再看我们提供的思路和有关的参考资料。

三、参考资料。或节录前人评论，或提供论文篇目，或两者同时提供，视具体情况而定。书末总附参考书目。

总之，这本教材是和《明清小说》一书配合使用的，它起的只是一种辅助的作用，目的是帮助大家更好地掌握教材本身，而不是取代对基本教材的学习。因此认真阅读原著，熟悉和掌握《明清小说》教材的基本内容，应该是第一位的。

第一章　中国古典小说的发展和明清小说的繁荣

阮　瞻

阮瞻字千里，素执无鬼论[①]，物莫能难[②]。每自谓此理足以辨正幽明[③]。忽有客通名诣瞻[④]，寒温毕，聊辨名理[⑤]。客甚有才辨。瞻与之言良久，及鬼神之事，反复甚苦。客遂屈。乃作色曰[⑥]："鬼神古今圣贤所共传，君何得独言无。即仆便是鬼。"于是变为异形，须臾消灭。瞻默然，意色太恶[⑦]。岁余，病卒。

（选自《搜神记》卷十六）

注　释

① 执：持有。

② 物：人。难：辩赢，说服。

③ 幽明：阴间和阳间，鬼的世界和人的世界。

④ 通名：通报姓名。诣：拜访。

⑤ 辨名理：辨名析理。魏晋时期尚清谈，许多士人聚集在一起讨论事物的原理和标准等问题。

⑥ 作色：变了脸色。

⑦ 意色太恶：脸色很不好看。

阅读提示

这是有鬼论者和无鬼论者的一次短兵相接的交锋。故事以无鬼论者的彻底失败而告终，作者显然是站在有鬼论一边的。值得思考的是，作者是先让无鬼论者在辩论中获得胜利，而后才让他在鬼的面前活活吓死。这样的艺术构思说明作者是用

“事实”说话，是要证明鬼是确实存在的。这反映了早期志怪小说张扬鬼神的性质。

韩凭妻

宋康王舍人韩凭[①]，娶妻何氏，美，康王夺之。凭怨，王囚之，论为城旦[②]。妻密遣凭书，缪其辞曰[③]：“其雨淫淫，河大水深，日出当心。”既而王得其书，以示左右，左右莫解其意。臣苏贺对曰：“其雨淫淫，言愁且思也；河大水深，不得往来也；日出当心，心有死志也。”俄而凭乃自杀。其妻乃阴腐其衣。王与之登台，妻遂自投台[④]，左右揽之，衣不中手而死[⑤]。遗书于带曰：“王利其生，妾利其死[⑥]。愿以尸骨，赐凭合葬。”王怒，弗听。使里人埋之，冢相望也。王曰：“尔夫妇相爱不已，若能使冢合，则吾弗阻也。”宿昔之间[⑦]，便有大梓木生于二冢之端，旬日而大盈抱，屈体相就，根交于下，枝错于上。又有鸳鸯，雌雄各一，恒栖树上，晨夕不去，交颈悲鸣，音声感人。宋人哀之，遂号其木曰“相思树”。相思之名，起于此也。南人谓此禽即韩凭夫妇之精魂。今睢阳有韩凭城，其歌谣至今犹存。

（选自《搜神记》卷十一）

注　释

① 宋康王：名偃，战国末年宋国的一个暴君。舍人：秦汉时代在国王周围任职的亲近官吏。

② 论：定罪。城旦：一种刑罚，白天防备边境寇虏，夜晚去筑长城。

③ 缪其辞：使辞意曲折含蓄。

④ 投台：跳台自杀。

⑤ 衣不中手：衣服腐朽经不起用手拉拽。

⑥ “王利其生”二句：何氏说，我活着对王有好处，而死对我有好处（指可以在另一个世界和丈夫团聚）。

⑦ 宿昔：早晚，形容时间很短。

阅读提示

小说虽涉神怪，却有很强的现实性。男女间生死不渝的爱情故事，同勇敢坚决的抗暴斗争相结合。已经实现的幸福爱情，却因康王的破坏掠夺而酿成悲剧，小说将歌颂被压迫者的忠贞爱情、反抗斗争精神与揭露统治阶级荒淫残暴的罪行紧密结合起来，这就使得这一爱情故事具有了更丰富的社会内容。富于幻想的浪漫主义结局，表达了人民的爱憎，也寄托了被压迫者的理想。由于这奇异而又美丽的幻想，使得这不灭的爱，充满了永恒的诗意。志怪小说中来自民间的篇章，常常表现出人民的爱憎感情，富于思想意义。

阮光禄车

阮光禄在剡①，曾有好车，借者无不皆给。有人葬母，意欲借而不敢言。阮后闻之，叹曰："吾有车而使人不敢借，何以车为②？"遂焚之。

（选自《世说新语》德行篇）

注　释

① 阮光禄：即阮裕，字思旷，东晋时人。曾任侍中，后因病辞官。朝廷征为金紫光禄大夫，不就。

② 何以车为：还要车干什么。

阅读提示

借生活中的一个片断，就表现了一个人的精神面貌，充分地体现了志人小说在艺术表现上的精练特色。小说篇幅虽短，所表现的人物的性格内容却是多方面的：阮光禄平日即慷慨大方，乐于助人；而焚车之举，又从真诚的自惭自愧中，表现了人物严于律己的崇高品德。

桓公伏甲设馔

桓公伏甲设馔①，广延朝士②，因此欲诛谢安、王坦之③。王甚遽④，问谢曰："当作何计？"谢神意不变，谓文度曰："晋阼存亡⑤，在此一行。"相与俱前。王之恐状，转见于色。谢之宽容，愈表于貌。望阶趋席，方作洛生咏⑥，讽"浩浩洪流"。桓惮其旷远，乃趣解兵⑦。王、谢旧齐名，于此始判优劣。

（选自《世说新语》雅量篇）

注　释

① 桓公：桓温（312—373），字元子，东晋时人，官至大司马，封南郡公。伏甲：伏兵。

② 延：请。

③ 谢安：字安石，东晋时人，官至尚书仆射、中书令，死后封赠太傅。王坦之：字文度，王述之子。

④ 遽：惶恐，畏惧。

⑤ 晋阼（zuò）：晋朝的皇位和国统。

⑥ 洛生咏：仿洛阳书生诵书的腔调以咏诗。据传谢安能作洛下书生咏，但少时有鼻疾，发声厚浊；后来的所谓名流多学其咏，弗能及，只好掩鼻而吟。

⑦ 趣：赶快。

阅读提示

这篇小说着重写两个人物胸襟气度的不同。采用的是对比的手法，写两个人面临同样的环境和问题，却表现出截然相反的态度：一个镇静如常，一个惊惶恐惧。造成这种不同的原因在于两个人考虑和处理问题的出发点不同：一个考虑的是晋国的存亡，一个考虑的是个人的安危。两个人的精神境界和思想品格，由此就自然地分出高下和优劣了。

小　结

以上我们选读了四篇古代文言小说处于雏形期的作品，两篇志怪小说、两篇志人小说。可以看出这个时期小说的基本形态，内容比较单纯，篇幅比较短小，但都开始注意到人物的描写，而且将表现人物的思想性格放到了第一位；一般都比较讲究艺术表现技巧，运用对比、夸张等手法，注意构思，语言也都比较精练。这些都对后来的小说创作产生了影响。

参考资料

1. 李剑国：《〈搜神记〉的艺术成就及其影响》（载《唐前志怪小说史》，南开大学出版社，1984 年）。

2. 宗白华：《论〈世说新语〉与晋人的美》（载《艺境》，北京大学出版社，1987 年）。

3. 钱南秀：《传神阿堵——〈世说新语〉塑造人物形象的艺术手法》（载《文学

评论》1986年第5期)。

4. 周先慎:《连理相思　精魂所化——〈韩凭妻〉鉴赏》《一事见精神——〈阮光禄车〉鉴赏》《从比较中见优劣——〈桓公伏甲设馔〉鉴赏》(以上载《古典小说鉴赏》[增订本],北京大学出版社,2003年)。

霍小玉传

蒋　防

大历中[①],陇西李生名益[②],年二十,以进士擢第[③]。其明年,拔萃[④],俟试于天官[⑤]。夏六月,至长安,舍于新昌里。生门族清华[⑥],少有才思,丽词嘉句,时谓无双;先达丈人[⑦],翕然推伏[⑧]。每自矜风调[⑨],思得佳偶,博求名妓,久而未谐。长安有媒鲍十一娘者,故薛驸马家青衣也[⑩];折券从良[⑪],十余年矣。性便僻[⑫],巧言语,豪家戚里,无不经过,追风挟策[⑬],推为渠帅[⑭]。常受生诚托厚赂,意颇德之[⑮]。

经数月,李方闲居舍之南亭。申未间[⑯],忽闻扣门甚急,云是鲍十一娘至。摄衣从之[⑰],迎问曰:"鲍卿今日何故忽然而来?"鲍笑曰:"苏姑子作好梦也未[⑱]?有一仙人,谪在下界,不邀财货,但慕风流。如此色目[⑲],共十郎相当矣。"生闻之惊跃,神飞体轻,引鲍手且拜且谢曰:"一生作奴,死亦不惮[⑳]。"因问其名居。鲍具说曰:"故霍王小女[㉑],字小玉,王甚爱之。母曰净持。——净持,即王之宠婢也。王之初薨[㉒],诸弟兄以其出自贱庶[㉓],不甚收录[㉔]。因分与资财,遣居于外,易姓为郑氏,人亦不知其王女。姿质秾艳,一生未见;高情逸态,事事过人;音乐诗书,无不通解。昨遣某求一好儿郎格调相称者,某具说十郎。他亦知有李十郎名字,非常欢惬。住在胜业坊古寺曲[㉕],甫上车门宅是也[㉖]。已与他作期约。明日午时,但至曲头觅桂子[㉗],即得矣。"鲍既去,生便备行计。遂令家僮秋鸿,于从兄京兆参军尚公处假青骊驹、黄金勒[㉘]。其夕,生浣衣沐浴,修饰容仪,喜跃交并,通夕不寐。迟明[㉙],巾帻[㉚],引镜自照,惟惧不谐也。徘徊之间,至于亭午[㉛]。遂命驾疾驱,直抵胜业。

至约之所,果见青衣立候,迎问曰:"莫是李十郎否?"即下马,令牵入屋底,急急锁门。见鲍果从内出来,遥笑曰:"何等儿郎,造次入此[㉜]?"生调诮未毕[㉝],引入中门。庭间有四樱桃树;西北悬一鹦鹉笼,见生入来,即语曰:"有人入来,急下帘者！”生本性雅淡，心犹疑惧，忽见鸟语，愕然不敢进。逡巡[34]，鲍引净持下阶相迎，延入对坐。年可四十余，绰约多姿[35]，谈笑甚媚。因谓生曰：“素闻十郎才调风流，今又见仪容雅秀，名下固无虚士[36]。某有一女子，虽拙教训，颜色不至丑陋，得配君子，颇为相宜。频见鲍十一娘说意旨，今亦便令永奉箕帚[37]。”生谢曰：“鄙拙庸愚，不意顾盼，倘垂采录，生死为荣。”遂命酒馔，即令小玉自堂东阁子中而出。生即拜迎。但觉一室之中，若琼林玉树，互相照曜，转盼精彩射人。既而遂坐母侧。母谓曰：“汝尝爱念‘开帘风动竹，疑是故人来’[38]。即此十郎诗也。尔终日吟想，何如一见。”玉乃低鬟微笑，细语曰：“见面不如闻名[39]。才子岂能无貌？”生遂连起拜曰：“小娘子爱才，鄙夫重色。两好相映，才貌相兼。”母女相顾而笑，遂举酒数巡。生起，请玉唱歌。初不肯，母固强之。发声清亮，曲度精奇。

酒阑[40]，及暝，鲍引生就西院憩息。闲庭邃宇，帘幕甚华。鲍令侍儿桂子、浣沙与生脱靴解带。须臾，玉至，言叙温和，辞气宛媚。解罗衣之际，态有余妍，低帏昵枕，极其欢爱。生自以为巫山、洛浦不过也[41]。中宵之夜，玉忽流涕观生曰：“妾本倡家，自知非匹。今以色爱，托其仁贤。但虑一旦色衰，恩移情替，使女萝无托[42]，秋扇见捐[43]。极欢之际，不觉悲至。”生闻之，不胜感叹。乃引臂替枕，徐谓玉曰：“平生志愿，今日获从，粉骨碎身，誓不相舍。夫人何发此言！请以素缣[44]，著之盟约。”玉因收泪，命侍儿樱桃褰幄执烛[45]，授生笔研[46]。玉管弦之暇，雅好诗书，筐箱笔研，皆王家之旧物。遂取绣囊，出越姬乌丝栏素缣三尺以授生[47]。生素多才思，援笔成章，引谕山河，指诚日月，句句恳切，闻之动人。染毕[48]，命藏于宝箧之内。自尔婉娈相得[49]，若翡翠之在云路也[50]。如此二岁，日夜相从。

其后年春，生以书判拔萃登科，授郑县主簿。至四月，将之官，便拜庆于东洛[51]。长安亲戚，多就筵饯。时春物尚余，夏景初丽，酒阑宾散，离恶萦怀。玉谓生曰：“以君才地名声，人多景慕，愿结婚媾，固亦众矣。况堂有严亲，室无冢妇[52]，君之此去，必就佳姻。盟约之言，徒虚语耳。然妾有短愿[53]，欲辄指陈[54]。永委君心[55]，复能听否？”生惊怪曰：“有何罪过，忽发此辞？试说所言，必当敬奉。”玉曰：“妾年始十八，君才二十有二，迨君壮室之秋[56]，犹有八岁。一生欢爱，愿毕此期。然后妙选高门，以谐秦晋[57]，亦未为晚。妾便舍弃人事，剪发披缁[58]。夙昔之愿，于此足矣。”生且愧且感，不觉涕流。因谓玉曰：“皎日之誓，死生以之。与卿偕老，犹恐未惬素志，岂敢辄有二三[59]。固请不疑，但端居相待。至八月，必当却到华州[60]，寻使奉迎，相见非远。”更数日，生遂诀别东去。

到任旬日，求假往东都觐亲。未至家日，太夫人已与商量表妹卢氏，言约已定。太夫人素严毅，生逡巡不敢辞让，遂就礼谢，便有近期[61]。卢亦甲族也[62]，嫁女于他门，聘财必以百万为约，不满此数，义在不行。生家素贫，事须求贷，便托假故，远投亲知，涉历江、淮，自秋及夏。生自以孤负盟约，大愆回期[63]，寂不知闻，欲断其望，遥托亲故，不遣漏言。玉自生逾期，数访音信。虚词诡说，日日不同。博求师巫，遍询卜筮，怀忧抱恨，周岁有余。羸卧空闺[64]，遂成沉疾。虽生之书题竟绝，而玉之想望不移，赂遗亲知，使通消息。寻求既切，资用屡空，往往私令侍婢潜卖箧中服玩之物，多托于西市寄附铺侯景先家货卖。曾令侍婢浣沙将紫玉钗一只，诣景先家货之。路逢内作老玉工[65]，见浣沙所执，前来认之曰："此钗，吾所作也。昔岁霍王小女，将欲上鬟[66]，令我作此，酬我万钱。我尝不忘。汝是何人，从何而得？"浣沙曰："我小娘子，即霍王女也。家事破散，失身于人。夫婿昨向东都，更无消息。悒快成疾，今欲二年。令我卖此，赂遗于人，使求音信。"玉工凄然下泣曰："贵人男女，失机落节[67]，一至于此！我残年向尽，见此盛衰，不胜伤感。"遂引至延先公主宅，具言前事。公主亦为之悲叹良久，给钱十二万焉。

时生所定卢氏女在长安，生既毕于聘财，还归郑县。其年腊月，又请假入城就亲。潜卜静居[68]，不令人知。有明经崔允明者[69]，生之中表弟也。性甚长厚，昔岁常与生同欢于郑氏之室，杯盘笑语，曾不相间。每得生信，必诚告于玉。玉常以薪刍衣服[70]，资给于崔。崔颇感之。生既至，崔具以诚告玉。玉恨叹曰："天下岂有是事乎！"遍请亲朋，多方召致。生自以愆期负约，又知玉疾候沉绵[71]，惭耻忍割[72]，终不肯往。晨出暮归，欲以回避。玉日夜涕泣，都忘寝食，期一相见，竟无因由。冤愤益深，委顿床枕[73]。自是长安中稍有知者。风流之士，共感玉之多情；豪侠之伦，皆怒生之薄行。

时已三月，人多春游。生与同辈五六人诣崇敬寺玩牡丹花[74]，步于西廊，递吟诗句。有京兆韦夏卿者，生之密友，时亦同行。谓生曰："风光甚丽，草木荣华。伤哉郑卿，衔冤空室！足下终能弃置，实是忍人。丈夫之心，不宜如此。足下宜为思之！"叹让之际[75]，忽有一豪士，衣轻黄纻衫[76]，挟朱弹，丰神隽美，衣服轻华，唯有一剪头胡雏从后[77]，潜行而听之。俄而前揖生曰："公非李十郎者乎？某族本山东，姻连外戚[78]。虽乏文藻，心尝乐贤。仰公声华，常思觏止[79]。今日幸会，得睹清扬[80]。某之敝居，去此不远，亦有声乐，足以娱情。妖姬八九人，骏马十数匹，唯公所欲。但愿一过[81]。"生之侪辈，共聆斯语，更相叹美。因与豪士策马同行，疾转数坊，遂至胜业。生以近郑之所止，意不欲过，便托事故，欲回马首。豪士曰："敝居咫尺，忍相弃乎？"乃挽挟其马[82]，牵引而行。迁延之间，已及郑曲。生神情恍惚，鞭马欲回。豪士遽命奴仆数人，抱持而进。疾走推入车门，便令锁却，报云："李十郎至也！"一家惊喜，声闻于外。

先此一夕，玉梦黄衫丈夫抱生来，至席，使玉脱鞋。惊寤而告母。因自解曰："'鞋'者，'谐'也。夫妇再合。'脱'者，'解'也。既合而解，亦当永诀。由此征之，必遂相见，相见之后，当死矣。"凌晨，请母妆梳。母以其久病，心意惑乱，不甚信之。僶勉之间[83]，强为妆梳。妆梳才毕，而生果至。玉沉绵日久，转侧须人；忽闻生来，欻然自起[84]，更衣而出，恍若有神。遂与生相见，含怒凝视，不复有言。羸质娇姿，如不胜致[85]，时复掩袂[86]，返顾李生。感物伤人，坐皆欷歔。顷之，有酒肴数十盘，自外而来。一座惊视，遽问其故，悉是豪士之所致也。因遂陈设，相就而坐。玉乃侧身转面，斜视生良久，遂举杯酒酬地曰[87]："我为女子，薄命如斯！君是丈夫，负心若此！韶颜稚齿[88]，饮恨而终。慈母在堂，不能供养。绮罗弦管，从此永休。征痛黄泉[89]，皆君所致。李君李君，今当永诀！我死之后，必为厉鬼，使君妻妾，终日不安！"乃引左手握生臂，掷杯于地，长恸号哭数声而绝。母乃举尸，寘于生怀[90]，令唤之，遂不复苏矣。

生为之缟素，旦夕哭泣甚哀。将葬之夕，生忽见玉穗帷之中[91]，容貌妍丽，宛若平生。着石榴裙，紫褴裆[92]，红绿帔子[93]。斜身倚帷，手引绣带，顾谓生曰："愧君相送，尚有余情。幽冥之中，能不感叹。"言毕，遂不复见。明日，葬于长安御宿原[94]。生至墓所，尽哀而返。

后月余，就礼于卢氏。伤情感物，郁郁不乐。夏五月，与卢氏偕行，归于郑县。至县旬日，生方与卢氏寝，忽帐外叱叱作声。生惊视之，则见一男子，年可二十余[95]，姿状温美，藏身映幔[96]，连招卢氏。生惶遽走起，绕幔数匝[97]，倏然不见。生自此心怀疑恶，猜忌万端，夫妻之间，无聊生矣[98]。或有亲情[99]，曲相劝喻。生意稍解。后旬日，生复自外归，卢氏方鼓琴于床，忽见自门抛一斑犀钿花盒子[100]，方圆一寸余，中有轻绢，作同心结[101]，坠于卢氏怀中。生开而视之，见相思子二[102]、叩头虫一、发杀觜一[103]、驴驹媚少许[104]。生当时愤怒叫吼，声如豺虎，引琴撞击其妻，诘令实告。卢氏亦终不自明。尔后往往暴加捶楚，备诸毒虐，竟讼于公庭而遣之。

卢氏既出[105]，生或侍婢媵妾之属[106]，暂同枕席，便加妒忌。或有因而杀之者。生尝游广陵[107]，得名姬曰营十一娘者，容态润媚，生甚悦之。每相对坐，尝谓营曰：

“我尝于某处得某姬，犯某事，我以某法杀之。”日日陈说，欲令惧已，以肃清闺门。出则以浴斛覆营于床[108]，周回封署，归必详视，然后乃开。又畜一短剑，甚利，顾谓侍婢曰：“此信州葛溪铁[109]，唯断作罪过头！”大凡生所见妇人，辄加猜忌，至于三娶，率皆如初焉[110]。

（选自《太平广记》卷四百八十七）

注　释

① 大历：唐代宗李豫年号（766—779）。

② 陇西：郡名，在今甘肃省境内。李生名益：按此李益当指唐代诗人，字君虞，陇西姑臧（今甘肃省武威市）人，肃宗朝宰相李揆的族子，曾官至右散骑常侍和礼部尚书。传说他有痴病而多猜忌，防闲妻妾苛严，小说中的有关情节多是附会而生。

③ 以进士擢（zhuó）第：考中了进士。擢，选拔，即考中。第，科第。

④ 拔萃：唐代科举制度规定，进士及第以后只算取得候补官员的资格，必须经过复试合格，才能正式授官。复试试文称为“宏辞”三篇，试判（撰拟断狱判词）三条称为“拔萃”。

⑤ 天官：即吏部，中央主管人事的官署。上文提到的授官复试即由其主持。全句意思是，到吏部去等候复试。

⑥ 门族清华：出身于清显华贵的高门望族。

⑦ 先达丈人：有才德有声望的老前辈。

⑧ 翕（xī）然：一致地。推伏：推崇赞许。

⑨ 自矜风调：以风流才貌而自傲。

⑩ 驸马：官名，即驸马都尉。因皇帝的女婿多授此虚衔，后又用为皇帝女婿的代称。青衣：婢女。

⑪ 折券从良：用钱赎身，卖身契作废，叫折券；以后正式成家，称从良。券，契约。

⑫ 性便（pián）僻：有讨好奉承人的习性。便，口才辩给。

⑬ 追风挟策：追风本指行动迅速，挟策本指拿着书本（策即册）；这里是专指四处拉纤跑线、出谋划策撮合男女婚事的媒婆本领。

⑭ 渠帅：头领。

⑮ 德之：感激他。

⑯ 申未间：未是下午一时至三时，申是三时至五时，申未间约指下午三时前后。

⑰ 摄衣从之：古人着长衣，快步行走时往往提起衣襟。从之，指顺着扣门声往外跑。

⑱ 苏姑子：未详。

⑲ 色目：唐宋公文里常用词，意指身份、面貌、特征等，这里指才貌。

⑳ 不惮：不怕，这里引申为“甘心”。

㉑ 霍王：名李元轨，唐高祖的儿子，唐太宗的兄弟。说小玉是霍王小女，这是小说中的一种假托，实际上霍王在武后垂拱四年（688）因坐反武后罪而被杀，距大历中已有八九十年时间，这时不可能有十六岁的小女。

㉒ 薨（hōng）：封建时代帝王之死的专称。

㉓ 出自贱庶：出身微贱，又非正妻所生。

㉔ 不甚收录：不愿意容纳。

㉕ 曲：小巷。

㉖ 甫上车门宅：刚进巷口的第一个大墙门。车门，这里指院门。甫，方才，刚。

㉗ 但至曲头句：只须到巷口找婢女桂子。

㉘ 从（zòng）兄：堂兄。京兆参军：官名，指京师所在地的京兆府所设军事机构的官吏。假：借。青骊驹：一种纯黑色的名马。黄金勒：装饰有黄金的马络头。

㉙ 迟（zhì）明：天将明的时候。

㉚ 巾帻（zé）：原指戴上头巾，这里泛指梳洗打扮。巾，这里用作动词。

㉛ 亭午：正午，中午。亭，正。

㉜ 造次：冒失，鲁莽，没有礼貌。

㉝ 调诮（qiào）：开玩笑。

㉞ 逡（qūn）巡：迟疑不进。

㉟ 绰约多姿：姿容秀丽美好。

㊱ 名下句：有名声，又有才学，名副其实，并非虚传。

㊲ 永奉箕帚：永远伺奉侍候，是封建时代女子出嫁为妻的一种谦辞，反映了妇女在家庭中的地位。

㊳ 开帘两句：这两句见唐诗人李益《竹窗闻风寄苗发司空曙》诗，前句原诗作“开门复动竹”。

㊴ 见面句：按文意似当作“闻名不如见面”。

㊵ 酒阑：酒尽散席。

㊶ 巫山：战国末诗人宋玉作《高唐赋》，叙楚怀王游高唐，曾在梦中与巫山神女欢会。洛浦：三国时曹植作《洛神赋》，写他在洛水边遇到洛水女神的故事。后世常借此指男女间的爱情。

㊷ 女萝：即松萝，多托附其他树木枝干而生长。这里借喻妇女依靠男子生活的关系。古诗：“与君为新婚，兔丝附女萝。”

㊸ 秋扇见捐：像秋天的扇子那样被人扔掉。班婕妤曾受汉成帝宠爱，后来失宠。她便写了一首《怨歌行》，以团扇的遭遇自比。

㊹ 素缣：白色绸子。

㊺ 褰幄（qiān wò）：揭起帐幔。

㊻ 研：同“砚”。

㊼ 越姬乌丝栏素缣：白底黑线格的绸子。是当时浙东的一种名产。

㊽ 染毕：写完。

㊾ 婉娈相得：亲爱地生活在一起。

㊿ 若翡翠句：像美丽的翡翠鸟在彩云间飞翔一样，形容生活得幸福美满。翡翠，珍异之鸟，雄的赤色叫翡，雌的青色叫翠。云路，云间。

51 拜庆句：到东都洛阳去给父母请安报喜。

52 室无冢妇：家里没有正妻。

53 短愿：小小的愿望。

54 辄：则，就此。指陈：表白，告诉。

55 永委君心：永记在你的心里。

56 迨（dài）：及至，等到。壮室之秋：古人有“三十而娶”的说法，壮室之秋，即指到三十岁应该娶妻的时候。

57 秦晋：春秋时，秦晋两国互通婚姻，后世因以秦晋指代联姻。

58 剪发披缁（zī）：剪去头发，穿上黑色的衣服，指出家做尼姑。缁，黑色。

59 辄有二三：就有三心二意，指变心。辄，即。

60 却到：还到。

61 便有近期：就决定在短期内完婚。

62 甲族：高门望族。

63 大愆（qiān）回期：大大地延误了约定回去的日期。愆，错过。

64 羸（léi）卧空闺：病卧空房之中。羸，瘦弱。

65 内作：皇宫内的手工作坊。

66 上鬟（huán）：古代认为女子十五岁即到成人待嫁的年龄，将披着的头发梳起来插上簪子，称为“上鬟”。

67 失机落节：落难，命运不好。

68 潜卜静居：偷偷地找了一个僻静的住处。

69 明经：唐代考试科目之一。凡以儒家经义录取的叫“明经”，以诗赋录取的叫“进士”。

70 薪刍（chú）：柴米之类。

71 疾候沉绵：病得很厉害。

72 惭耻忍割：为忍心抛弃而感到惭愧羞耻。

73 委顿床枕：病得厉害，卧床不起。

74 诣：到。崇敬寺：唐代长安中区靖安坊的一座庙宇。

75 让：责备。

76 衣轻句：穿淡黄色的麻布衫。纻（zhù），指苎麻纤维织的布。

77 胡雏：做奴仆的少数民族的孩子。

78 姻连外戚：姻亲相连，与外地有亲戚关系。外戚，本特指帝王母族或妻族的亲戚，这里泛指外家的亲戚。

⑲ 觏（gòu）止：会见。止，语气词。

⑳ 清扬：清秀的面目。这是客气话，并非实指，犹如说“尊容”。

㉑ 一过：走访一趟。

㉒ 輓：同“挽”，拉着。

㉓ 僶（mǐn）勉之间：在勉强的情况下。

㉔ 欻（hū）然：猛然。欻，同“忽”。

㉕ 如不胜致：柔弱无力，好像不能经风的样子。

㉖ 掩袂（mèi）：用衣袖遮掩。

㉗ 遂（suì）举杯句：于是举杯把酒洒在地上，这是一种发誓表决心的行动。酬地，洒在地上。

㉘ 韶颜稚齿：指年纪很轻。

㉙ 征痛黄泉：含恨而死。征，招，引申为带着、含着的意思。

㉚ 寘：同“置”，安放。

㉛ 穗帷：停放棺材的灵帐。

㉜ 紫褴（kè）裆：紫色长袍。

㉝ 红绿帔（pèi）子：红绿相间的斗篷。

㉞ 御宿原：在长安城南，是当时埋葬死人的地方。

㉟ 可：大约。

㊱ 藏身映幔：指躲藏的身影映在帐幔上。

㊲ 数匝（zā）：数周。

㊳ 无聊生：毫无生趣。

㊴ 亲情：亲戚。

⑩ 斑犀钿花盒子：杂色犀牛角雕成而又嵌花的盒子。

⑩ 同心结：用来表示爱情的结子。

⑩ 相思子：即红豆，用以寄托相思。

⑩ 发杀觜（zī）：未详何物。有人说是一种媚药，当近是。

⑩ 驴驹媚：僧赞宁《物类相感志》：“凡驴驹初生，未堕地，口中有一物，如肉，名‘媚’，妇人带之能媚。”

⑩ 出：休出，封建时代男子按封建礼教的规定将妻子逐出。

⑩ 媵（yìng）：妾。

⑩ 广陵：郡名，治所在今江苏省扬州市。

⑩ 浴斛（hú）：澡盆一类。

⑩ 信州：唐州名，旧治在今江西省上饶市。信州葛溪当时产铁很有名。

⑩ 率皆如初：大概都像当初（对待卢氏）那样。

阅读提示

这篇小说写的是一个爱情婚姻的悲剧。“多情女子负心郎”，这种封建时代极普通的社会现象，在古典小说中是经常被描写的题材。《霍小玉传》的深刻动人之处，在于它通过爱情婚姻的悲剧，有力地揭露了门阀制度的罪恶。

作品在艺术上的最大特色，是从生活出发，着眼于环境与人物性格的关系，塑造出鲜明生动的人物形象。霍小玉是一个被侮辱、被迫害，而又有思想、有识见、有反抗精神的妇女形象。作品真实地刻画出人物性格的丰富内容：既有由身世遭遇而来的早熟，又有因涉世未深而必不可免的幼稚和天真。李益也没有被简单地写成一个举止轻浮的花花公子，而是着重发掘他在门第观念和家世利益的支配下遗弃霍小玉的社会根源。霍小玉并不是糊里糊涂地就做了门阀制度的牺牲品，而是一开始就有相当冷静和清醒的认识，她还不甘心于命运的摆布，以自己独特的方式进行了有限而又可怜的抗争，但仍被这个罪恶的制度所吞噬。这就深刻地揭示了这个悲剧的社会内容，赋予霍小玉这一形象以动人的悲剧力量。

小说不以情节的曲折取胜，而以叙述的委曲和描写的细致见长。作者将这个哀婉动人的悲剧故事提炼概括为几个很有特色的生活场景，集中笔力加以刻画。善于运用对比、映衬、烘托等手法，使人物显得鲜明、丰满。

霍小玉死后，李益“旦夕哭泣甚哀”，连在冥冥之中的小玉的幽魂也为之感叹。这样的描写，破坏了人物性格的统一，也冲淡了尖锐的悲剧冲突。而冥报的结尾，以夸张之笔写李益对妻妾猜忌酷虐的种种情状，本意在寄寓褒贬惩戒，但过分地迁怒于个人，反而削弱了前面对门阀制度批判的力量，在艺术表现上也成了蛇足。这些都是小说微小的不足之处。

参考资料

周先慎:《深刻的主题　真实的性格——〈霍小玉传〉鉴赏》(载《古典小说鉴赏》[增订本]，北京大学出版社，2003年)。

虬髯客传[①]

杜光庭

隋炀帝之幸江都也[②]，命司空杨素守西京[③]。素骄贵，又以时乱，天下之权重望崇者，莫我若也[④]，奢贵自奉[⑤]，礼异人臣[⑥]。每公卿入言，宾客上谒[⑦]，未尝不踞床而见[⑧]，令美人捧出[⑨]，侍婢罗列，颇僭于上[⑩]。末年愈甚，无复知所负荷[⑪]，有扶危持颠之心[⑫]。

一日，卫公李靖以布衣上谒[⑬]，献奇策。素亦踞见。公前揖曰："天下方乱，英雄竞起。公为帝室重臣，须以收罗豪杰为心，不宜踞见宾客。"素敛容而起[⑭]，谢公；与语，大悦，收其策而退。

当公之骋辩也[⑮]，一妓有殊色，执红拂[⑯]，立于前，独目公。公既去，而执拂者临轩指吏曰："问去者处士第几[⑰]？住何处？"公具以对。妓诵而去。

公归逆旅[⑱]。其夜五更初，忽闻叩门而声低者，公起问焉。乃紫衣戴帽人，杖揭一囊[⑲]。公问谁。曰："妾，杨家之红拂妓也。"公遽延入。脱衣去帽，乃十八九佳丽人也。素面画衣而拜。公惊答拜。曰："妾侍杨司空久，阅天下之人多矣，无如公者。丝萝非独生[⑳]，愿托乔木，故来奔耳。"公曰："杨司空权重京师，如何？"曰："彼尸居余气[㉑]，不足畏也。诸妓知其无成，去者众矣。彼亦不甚逐也。计之详矣，幸无疑焉。"问其姓，曰："张。"问其伯仲之次[㉒]，曰："最长。"观其肌肤、仪状、言词、气性，真天人也。公不自意获之[㉓]，愈喜愈惧，瞬息万虑不安。而窥户者无停履[㉔]。数日，亦闻追访之声，意亦非峻[㉕]。乃雄服乘马[㉖]，排闼而去[㉗]。将归太原。

行次灵石旅舍[㉘]，既设床，炉中烹肉且熟[㉙]。张氏以发长委地[㉚]，立梳床前。公方刷马，忽有一人，中形[㉛]，赤髯如虬，乘蹇驴而来[㉜]。投革囊于炉前，取枕欹卧[㉝]，看张梳头。公怒甚，未决[㉞]，犹亲刷马。张熟视其面，一手握发，一手映身摇示公[㉟]，令勿怒。急急梳头毕，敛衽前问其姓[㊱]。卧客答曰："姓张。"对曰："妾亦姓张，合是妹[㊲]。"遽拜之。问第几，曰："第三。"问妹第几，曰："最长。"遂喜曰："今夕多幸逢一妹。"张氏遥呼："李郎且来见三兄[㊳]！"公骤拜之。遂环坐[㊴]。曰："煮者何肉？"曰："羊肉，计已熟矣。"客曰："饥。"公出市胡饼[㊵]。客抽腰间匕首，切肉共食。食竟，余肉乱切送驴前食之，甚速。客曰："观李郎之行，贫士也。何以致斯异人[㊶]？"曰："靖虽贫，亦有心者焉[㊷]。他人见问，故不言[㊸]；兄之问，则不隐耳。"具言其由[㊹]。曰："然则将何之？"曰："将避地太原。"曰："然吾故非君所致也[㊺]。"曰："有酒乎？"曰："主人西[㊻]，则酒肆也。"公取酒一斗。既巡[㊼]，客曰："吾有少下酒物[㊽]，李郎能同之乎？"曰："不敢。"于是开革囊，取一人头并心肝。却头囊中[㊾]，以匕首切心肝，共食之。曰："此人天下负心者[㊿]，衔之十年[51]，今始获之。吾憾释矣[52]。"又曰："观李郎仪形器宇[53]，真丈夫也。亦闻太原有异人乎？"

曰："尝识一人，愚谓之真人也[54]；其余，将帅而已。"曰："何姓？"曰："靖之同姓。"曰："年几？"曰："仅二十。"曰："今何为？"曰："州将之子[55]。"曰："似矣[56]。亦须见之。李郎能致吾一见乎[57]？"曰："靖之友刘文静者[58]，与之狎[59]。因文静见之可也[60]。然兄何为？"曰："望气者言太原有奇气[61]，使访之。李郎明发，何日到太原？"靖计之日[62]，曰："达之明日。日方曙[63]，候我于汾阳桥[64]。"言讫，乘驴而去，其行若飞，回顾已失。公与张氏且惊且喜，久之，曰："烈士不欺人[65]，固无畏[66]。"促鞭而行[67]。

及期，入太原。果复相见。大喜，偕诣刘氏[68]。诈谓文静曰："有善相者思见郎君，请迎之。"文静素奇其人，一旦闻有客善相，遽致使迎之[69]。使回而至[70]，不衫不履[71]，裼裘而来[72]，神气扬扬，貌与常异。虬髯默然居末坐，见之心死[73]。饮数杯，招靖曰："真天子也！"公以告刘，刘益喜，自负。既出，而虬髯曰："吾得十八九矣[74]。然须道兄见之。李郎宜与一妹复入京。某日午时，访我于马行东酒楼，下有此驴及瘦驴，即我与道兄俱在其上矣。到即登焉。"又别而去。

公与张氏复应之。及期访焉，宛见二乘[75]，揽衣登楼。虬髯与一道士方对饮，见公惊喜，召坐。围饮十数巡，曰："楼下柜中有钱十万。择一深隐处驻一妹[76]。某日复会我于汾阳桥。"

如期至，即道士与虬髯已到矣。俱谒文静。时方弈棋，揖而话心焉。文静飞书迎文皇看棋[77]。道士对弈，虬髯与公傍侍焉[78]。俄而文皇到来[79]，精彩惊人，长揖而坐。神气清朗，满坐风生，顾盼炜如也[80]。道士一见惨然[81]，下棋子曰："此局全输矣！于此失却局哉[82]！救无路矣！复奚言[83]！"罢弈而请去。既出，谓虬髯曰："此世界非公世界，他方可也[84]。勉之，勿以为念。"因共入京。虬髯曰："计李郎之程，某日方到。到之明日，可与一妹同诣某坊曲小宅相访。李郎相从一妹[85]，悬然如磬[86]。欲令新妇祗谒[87]，兼议从容[88]，无前却也[89]。"言毕，吁嗟而去。

公策马而归。即到京，遂与张氏同往。乃一小版门子，叩之，有应者，拜曰："三郎令候李郎、一娘子久矣。"延入重门[90]。门愈壮。婢四十人，罗列庭前。奴二十人，引公入东厅。厅之陈设，穷极珍异，巾箱妆奁冠镜首饰之盛，非人间之物。巾栉妆饰毕[91]，请更衣，衣又珍异。既毕，传云："三郎来！"乃虬髯纱帽裼裘而来，亦有龙虎之状[92]，欢然相见。催其妻出拜，盖亦天人耳。遂延中堂[93]，陈设盘筵之盛，虽王公家不侔也[94]。四人对馔讫[95]，陈女乐二十人，列奏于前，若从天降，非人间之曲。食毕，行酒。家人自堂东舁出二十床[96]，各以锦绣帕覆之。既陈，尽去其帕，乃文簿钥匙耳[97]。虬髯曰："此尽宝货泉贝之数[98]。吾之所有，悉以充赠[99]。何者？欲于此世界求事，当或龙战三二十载[100]，建少功业。今既有主，住亦何为？太原李氏，真英主也。三五年内，即当太平。李郎以奇特之才，辅清平之主，竭心尽善，必极人臣[101]。一妹以天人之姿，蕴不世之艺[102]，从夫之贵，以盛轩裳[103]。非一妹不能识李郎，非李郎不能荣一妹。起陆之贵[104]，际会如期[105]，虎啸风生[106]，龙吟云萃，固非偶然也。持余之赠，以佐真主，赞功业也[107]，勉之哉！此后十年，当东南数千里外有异事，是吾得事之秋也[108]。一妹与李郎可沥酒东南相贺[109]。"因命家童列拜，曰："李郎、一妹，是汝主也！"言讫，与其妻从一奴，乘马而去。数步，遂不复见。

公据其宅，乃为豪家，得以助文皇缔构之资[110]，遂匡天下[111]。

贞观十年[112]，公以左仆射平章事[113]。适南蛮入奏曰[114]："有海船千艘，甲兵十万，入扶余国[115]，杀其主自立。国已定矣。"公心知虬髯得事也。归告张氏，具衣拜贺[116]，沥酒东南祝拜之。乃知真人之兴也，非英雄所冀[117]。况非英雄者乎？人臣之谬思乱者[118]，乃螳臂之拒走轮耳[119]。我皇家垂福万叶[120]，岂虚然哉[121]。或曰[122]："卫公之兵法，半乃虬髯所传耳。"

（选自《太平广记》卷一百九十三）

注　释

① 虬髯（qiú rán）客：胡须盘曲如龙形的人；虬，生有角的小龙。髯，腮边的毛叫髯。

② 隋炀帝（569—618）：隋朝末代皇帝，名杨广，在历史上以荒淫无道著称。幸：帝王行踪所到。江都：隋郡名，原称扬州，后改置，治所在江阳（今江苏省扬州市）。隋炀帝在这里大筑宫苑，定为行都。

③ 杨素（？—606）：隋大臣，字处道，弘农华阴（今属陕西省）人。曾帮助隋文帝（杨坚）灭陈而取帝位，封为越国公。后参与宫廷阴谋，废太子杨勇而拥立隋炀帝，封为楚国公，曾任司空。西京：隋都城长安。

④ 莫我若也：都不如我。

⑤ 奢贵自奉：生活极为奢侈华贵。奉，奉养，指饮食起居等生活。

⑥ 礼异人臣：在礼仪上完全超出了做臣子应该享受的范围。

⑦ 上谒（yè）：进见。

⑧ 踞（jù）床：踞坐在床上。踞坐，臀部与两脚抵着床，两膝竖起，是一种傲慢的样子。床，坐榻。

⑨ 捧出：簇拥而出。

⑩ 颇僭（jiàn）于上：很有些超越本分而摆出皇帝的派头。僭，僭越，超越本分。上，

皇帝。

⑪ 所负荷：肩上担负的责任。

⑫ 有扶危句：自以为靠自己就能挽救危亡。

⑬ 李靖（571–649）：唐初开国功臣，军事家。本名药师，京兆三原（今陕西省三原县东北）人。精通兵法，在唐高祖夺取政权中建立了功勋，封卫国公。布衣：平民百姓。

⑭ 敛容：正容，表示肃敬的样子。

⑮ 骋（chěng）辩：施展辩才。

⑯ 红拂：红色拂子，是一种拂尘土或赶苍蝇的工具。

⑰ 处士：指有学行而隐居不仕的人。

⑱ 逆旅：旅舍。

⑲ 杖揭：用杖挑着。

⑳ 丝萝：见《霍小玉传》注㊷。

㉑ 尸居余气：意思是朝不保夕，快要死的人了。

㉒ 伯仲之次：兄弟姊妹的排行次序。伯，老大。仲，老二。

㉓ 不自意：无意间，意外地。

㉔ 窥户者无停履：从窗户上偷看的人川流不息。

㉕ 意亦非峻：看那意思也不像很严峻紧急的样子。

㉖ 雄服：穿上男子的服装。

㉗ 排闼（tà）：推门。闼，门。

㉘ 次：停留。灵石：唐县名，今山西省灵石县。

㉙ 且熟：将熟。

㉚ 委地：拖到地上。

㉛ 中形：中等身材。

㉜ 蹇（jiǎn）驴：跛驴，或指行动迟缓的弱驴。

㉝ 攲（yī）卧：斜躺着。

㉞ 未决：没有决定是否要向他大发脾气。

㉟ 一手映身：一只手在身子背后。映，遮、藏。

㊱ 敛衽（rèn）：整理衣襟以表示尊敬有礼貌。

㊲ 合：当，应该。

㊳ 且：立即，快。

㊴ 环坐：围坐。

㊵ 市胡饼：买烧饼。

㊶ 致：招致，得到。斯：这个，这样的。异人：指红拂。

㊷ 有心者：有心建立一番事业的人。

㊸ 故不言：本来是不说的。

㊹ 具言其由：将事情的由来全部告诉他。

㊺ 故非君所致：本来不是您所要投奔的人。致，原本是招致的意思，这里作投奔讲。

㊻ 主人：旅店主人，这里指代旅店。

㊼ 巡：量词，指饮酒一遍。

㊽ 少：些许。

㊾ 却：还。

㊿ 负心者：等于说背信弃义的人。

51 衔之：恨他。衔，怀恨。

52 吾憾释矣：我心中的怨愤就算解除了。

53 仪形器宇：仪容气度。

54 愚："我"的谦词。真人：指皇帝，等于说真命天子。

55 州将之子：这里是指唐太宗，他是唐高祖李渊的儿子，时李渊任隋的太原留守。

56 似矣：像是真人的样子。

57 致吾一见：引导介绍我见他一面。

58 刘文静：字肇仁，武功（今陕西省武功县）人。隋末为晋阳令。与唐太宗友善，共谋起兵。唐高祖称帝后，历任民部尚书、左仆射，封鲁国公。

59 狎（xiá）：亲近。

60 因：凭借，依靠。

61 望气者：古人迷信，以为望云气可以看出将要发生的事情，精通这种观候之术的人叫望气者。下面所说的"奇气"即指帝王之气。

62 计之日：计算到达的日期。

63 日方曙：天刚亮。

64 汾阳桥：在太原城东。

65 烈士：有志功业和讲究义气的人。

66 固：本来。

67 促鞭：加鞭。

68 偕诣：陪同去找。

69 遽致使迎之：马上派人去接他来。

70 使回而至：派去的人刚回来他就到了。

71 不衫不履：没有穿单衣和鞋。衫，单衣，罩在皮袍外的衣服。

72 裼（xī）裘而来：只穿一件皮袍而没有穿外衣就来了。裼，袒露。袒裼有时指脱衣而见肉体，有时指脱衣而见衣，这里指后者。意指原本在皮衣外面应该再加一件外衫的，却没有加而将皮衣露在外面，说明来人在衣着上不拘细节，异于常人。

73 心死：心冷。因虬髯自己有称王图霸之志，见来者有帝王之相，所以心冷。

74 得十八九：对这件事情的判断（指认为来人将来会做皇帝）有十分之八九的把握。

75 宛见：清清楚楚地看见。

76 深隐处：僻静隐秘之处。驻：安排居住。

⑦⑦ 文皇：唐太宗李世民死后谥号“文”，所以称他为文皇。

⑦⑧ 傍侍：坐在一旁观看。

⑦⑨ 俄：一会儿。

⑧⓪ 顾盼炜（wěi）如：看人的时候眼睛明亮而有神采。炜如，光彩明亮的样子。

⑧① 惨然：沮丧的样子。与上文虬髯“心死”一样，都是说明他们在看出文皇是真命天子以后内心失望的感情。

⑧② 此局两句：这两句是双关，表面说的是棋输了，实际是指争夺天下，要输给李世民。失却，失掉，即输掉。

⑧③ 复奚言：还有什么可说的。意思是无法跟这个人争夺帝位了。

⑧④ 他方可也：只好到别的地方去谋求帝位吧！

⑧⑤ 相从：跟从。

⑧⑥ 悬然如磬（qìng）：形容穷困。磬是一种古乐器，中空，因用“悬磬”来比喻家中空乏。

⑧⑦ 祇（zhī）谒：等于说敬见。祇，敬。

⑧⑧ 兼议从（cōng）容：顺带着随便谈谈。从容，在这里作叙谈、聊天解释。

⑧⑨ 前却：本指进退，这里偏指退。

⑨⓪ 重门：第二道门。

⑨① 巾栉（zhì）妆饰毕：梳洗打扮完毕。栉，梳篦等梳头发的工具。

⑨② 龙虎之状：龙行虎步的样子。是说皇帝不同凡人，走起路来也不同寻常。

⑨③ 延：请入。

⑨④ 侔（móu）：相等，相比。

⑨⑤ 馔（zhuàn）：吃。

⑨⑥ 舁（yú）：抬。

⑨⑦ 文簿：指登记财宝的清册。

⑨⑧ 宝货泉贝：宝物和金钱。泉和贝都是指钱。

⑨⑨ 悉：全部。

⑩⓪ 龙战：指群雄割据争夺帝位的战争。

⑩① 必极人臣：在臣子里面必定是地位最高的。

⑩② 蕴不世之艺：蕴藏着世间少有的才艺。

⑩③ 以盛轩裳：坐的车子和穿的衣服都是极华美高贵的。

⑩④ 起陆之贵：指皇帝开创基业。起陆，龙蛇起陆，比喻帝王的兴起。

⑩⑤ 际会：这里指君臣遇合。

⑩⑥ 虎啸风生：《易经》：“龙吟则景云出，虎啸则谷风生。”连下句“龙吟云萃”，意思是：真命天子登基，英雄豪杰随之而荟萃在一起。

⑩⑦ 赞：助。

⑩⑧ 得事之秋：事业成就的时候。

⑽ 沥酒东南：朝东南方向洒酒。

⑾ 缔构之资：建立帝业的费用。

⑿ 匡天下：统一、安定天下。匡，匡正，安定。

⒀ 贞观：唐太宗年号（627-649）。

⒁ 左仆射（yè）平章事：宰相的职位。唐代不设尚书令，仆射即是尚书省长官，开始时与中书令、侍中同为宰相，玄宗后加同中书门下平章事的才算宰相。

⒂ 南蛮：当时对南方少数民族的蔑称。

⒃ 扶余国：古国名，在今辽宁、吉林、内蒙古一带。

⒄ 具衣：穿上礼服。

⒅ 非英雄所冀：不是英雄光有希望就能实现的。

⒆ 谬思乱：不合天意而想作乱。谬，荒唐，这里是不合天意的意思。

⒇ 走轮：车轮。

(120) 垂福万叶：传福于万世。

(121) 岂虚然哉：难道是没有根据的吗。

(122) 或曰：有人说。

阅读提示

这是一篇在晚唐时代群雄割据、战乱频仍背景下产生的侠客小说。作品通过对唐太宗李世民的颂扬，表现出浓厚的君权神授的正统观念和宿命论思想，认为“真命天子”的出现是天意主宰不可改变的，即使像虬髯客那样本领非凡的英雄豪杰也无法跟他争夺，只好另奔他方。作者在篇末议论说：“乃知真人之兴也，非英雄所冀。况非英雄者乎？人臣之谬思乱者，乃螳臂之拒走轮耳。”这是借以对唐末那些争夺帝位的人发出的警告。并说：“我皇家垂福万叶，岂虚然哉。”作者在李唐王朝濒于覆亡的前夕，这样大力歌颂唐初的开国帝王，宣扬宿命论，其目的完全是为维护唐王朝的统治服务的。

小说塑造了一个侠女红拂的形象。她身为女奴，却有自己独立的生活信念，为争取自由和幸福，她不受封建统治者的束缚，不屈服于封建统治者的淫威，看中李靖是个出众的英雄人物，便毫无顾忌，毅然出走去投奔他。对那位权重京师的杨素，她认为不过是“尸居余气”，表现了非同寻常的眼力和胆识。对于这位下层妇女的热情歌颂，显然表现出作者带有民主色彩的进步思想。

作者不只将故事叙述得曲折引人，而且重视刻画人物。他善于通过对话、行动和富有特色的细节描写，来表现人物的思想性格。虬髯、红拂、李靖三个人物的个性都写得鲜明突出，给读者留下了深刻的印象，被后世称为“风尘三侠”。

小　结

上面选了两篇唐代传奇小说的代表作，一篇是爱情题材的，一篇是豪侠题材的。同六朝时期的志怪、志人小说一对比，明显地看出思想艺术风貌有很大的不同。首先是所表现的社会生活内容大大地丰富和扩展了，因而篇幅加长，达到了数千字的规模。其次是与此相应，小说的结构完整，情节丰富、曲折；人物形象鲜明突出，尤其是注意人物性格的刻画，并着重揭示人物性格与社会生活的紧密联系，揭示人物内在的精神特征；同时有了具有一定典型意义的细节描写。这些都表现了小说作者有了自觉的小说创作意识，而小说的表现艺术也走向了成熟。

参考资料

周先慎：《山外青山楼外楼——谈〈虬髯客传〉的艺术构思》（载《古典文学知识》1996年第6期，收入《古典小说鉴赏》[增订本]，北京大学出版社，2003年）。

碾玉观音

（上）

山色晴岚景物佳，暖烘回雁起平沙。东郊渐觉花供眼，南陌依稀草吐芽。　堤上柳，未藏鸦，寻芳趁步到山家。陇头几树红梅落，红杏枝头未着花。

这首《鹧鸪天》说孟春景致[①]，原来又不如《仲春词》做得好：

每日青楼醉梦中，不知城外又春浓。杏花初落疏疏雨，杨柳轻摇淡淡风。　浮画舫，跃青骢，小桥门外绿阴笼。行人不入神仙地，人在珠帘第几重？

这首词说仲春景致，原来又不如黄夫人[②]做着《季春词》又好：

先自春光似酒浓，时听燕语透帘栊。小桥杨柳飘香絮，山寺绯桃散落红。　　莺渐老，蝶西东，春归难觅恨无穷。侵阶草色迷朝雨，满地梨花逐晓风。

这三首词都不如王荆公[③]看见花瓣儿片片风吹下地来，原来这春归去，是东风断送的。有诗道：

春日春风有时好，春日春风有时恶。
不得春风花不开，花开又被风吹落！

苏东坡[④]道："不是东风断送春归去，是春雨断送春归去。"有诗道：

雨前初见花间蕊，雨后全无叶底花。
蜂蝶纷纷过墙去，却疑春色在邻家。

秦少游[⑤]道："也不干风事，也不干雨事，是柳絮飘将春色去。"有诗道：

三月柳花轻复散，飘扬淡荡送春归。
此花本是无情物，一向东飞一向西。

邵尧夫[⑥]道："也不干柳絮事，是蝴蝶采将春色去。"有诗道：

花正开时当三月，蝴蝶飞来忙劫劫。
采将春色向天涯，行人路上添凄切。

曾两府[⑦]道："也不干蝴蝶事，是黄莺啼得春归去。"有诗道：

花正开时艳正浓，春宵何事恼芳丛？
黄鹂啼得春归去，无限园林转首空。

朱希真[⑧]道："也不干黄莺事，是杜鹃啼得春归去。"有诗道：

杜鹃叫得春归去，物边啼血尚犹存。
庭院日长空悄悄，教人生怕到黄昏。

苏小妹[9]道："都不干这几件事，是燕子衔将春色去。"有《蝶恋花》词为证：

妾本钱塘江上住，花开花落，不管流年度。燕子衔将春色去，纱窗几阵黄梅雨。　　斜插犀梳云半吐，檀板轻敲，唱彻《黄金缕》。歌罢彩云无觅处，梦回明月生南浦。

王岩叟[10]道："也不干风事，也不干雨事，也不干柳絮事，也不干蝴蝶事，也不干黄莺事，也不干杜鹃事，也不干燕子事；是九十日春光已过，春归去。"曾有诗道：

怨风怨雨两俱非，风雨不来春亦归。
腮边红褪青梅小，口角黄消乳燕飞。
蜀魄健啼花影去，吴蚕强食柘桑稀。
直恼春归无觅处，江湖辜负一蓑衣[11]！

说话的因甚说这春归词？绍兴年间[12]，行在有个关西延州延安府人[13]，本身是三镇节度使咸安郡王[14]，当时怕春归去，将带着许多钧眷游春[15]，至晚回家，来到钱塘门里，车桥前面。钧眷轿子过了，后面是郡王轿子到来。只听得桥下裱褙铺[16]里一个人叫道："我儿出来看郡王！"当时郡王在轿里看见，叫帮总虞候[17]道："我从前要寻这个人，今日却在这里！只在你身上，明日要这个人入府中来！"当时虞候声诺[18]，来寻这个看郡王的人，是甚色目人[19]？正是：

尘随车马何年尽？情系人心早晚休。

只见车桥下一个人家，门前出着一面招牌，写着"璩家装裱古今书画"。铺里一个老儿，引着一个女儿，生得如何？

云鬓轻笼蝉翼[20]，蛾眉淡拂春山[21]。朱唇缀一颗樱桃[22]，皓齿排两行碎玉[23]。莲步半折小弓弓[24]，莺啭一声娇滴滴[25]。

便是出来看郡王轿子的人。虞候即时来他家对门一个茶坊里坐定，婆婆把茶点来[26]，虞候道："启请婆婆，过对门裱褙铺里，请璩大夫[27]来说话。"婆婆便去请到来。两个相揖[28]了就坐。璩待诏问："府干有何见谕[29]？"虞候道："无甚事，闲问则个[30]。适来[31]叫出来看郡王轿子的人，是令爱么[32]？"待诏道："正是拙女，止有三口。"虞候又问："小娘子贵庚[33]？"待诏应道："一十八岁。"再问："小娘子如今要嫁人，却是趋奉官员[34]？"待诏道："老拙[35]家寒，那讨钱来嫁人？将来也只是献与官员府第。"虞候道："小娘子有甚本事？"待诏说出女孩儿一件本事来，有词寄《眼儿媚》[36]为证：

深闺小院日初长，娇女绮罗裳。不做东君造化[37]，金针刺绣群芳样[38]。斜枝嫩叶包开蕊[39]，唯只欠馨香。曾向园林深处，引教蝶乱蜂狂。

原来这女儿会绣作。虞候道："适来郡王在轿里，看见令爱身上系着一条绣裹肚[40]。府中正要寻一个绣作的人，老丈何不献与郡王？"璩公归去与婆婆说了，到明日写一纸献状[41]，献来府中，郡王给与身价，因此取名秀秀养娘[42]。

不则一日[43]，朝廷赐下一领团花绣战袍，当时秀秀依样绣出一件来。郡王看了欢喜道："主上赐与我团花战袍，却寻甚么奇巧的物事献与官家[44]？"去府库里寻出一块透明的羊脂美玉来，即时叫将门下碾玉待诏道："这块玉堪[45]做甚么？"内中一个道："好做一副劝杯[46]。"郡王道："可惜！恁般[47]一块玉，如何将来[48]只做得一副劝杯！"又一个道："这块玉上尖下圆，好做一个摩侯罗儿[49]。"郡王道："摩侯罗儿只是七月七日乞巧使得，寻常间又无用处。"数中一个后生[50]，年纪二十五岁，姓崔名宁，趋事[51]郡王数年，是升州建康府[52]人；当时叉手[53]向前，对着郡王道："告恩王：这块玉上尖下圆，甚是不好，只好碾一个南海观音。"郡王道："好！正合我意！"就叫崔宁下手，不过两个月，碾成了这个玉观音。郡王即时写表[54]进上御前，龙颜大喜。崔宁就本府增添请给[55]，遭遇[56]郡王。

不则一日，时遇春天，崔待诏游春回来，入得钱塘门，在一个酒肆[57]，与三四个相知[58]方才吃得数杯，则[59]听得街上闹吵吵。连忙推开楼窗看时，见乱烘烘道：

"井亭桥有遗漏[60]！"吃不得这酒成，慌忙下酒楼看时，只见：

初如萤火，次若灯火。千条蜡烛焰难当，万座糁盆[61]敌不住；六丁神[62]推倒宝天炉，八力士[63]放起焚山火。骊山会上[64]，料应褒姒[65]逞娇容；赤壁矶[66]头，想是周郎[67]施妙策。五通神[68]牵住火葫芦；宋无忌[69]赶番赤骡子。又不曾泻烛浇油，直恁的[70]烟飞火猛！

崔待诏望见了，急忙道："在我本府前不远！"奔到府中看时，已搬挈得罄尽[71]，静悄悄地无一个人。崔待诏既不见人，且循着左手廊下入去。火光照得如同白日，去那左廊下，一个妇女摇摇摆摆从府堂里出来，自言自语，与崔宁打个胸厮撞[72]。崔宁认得是秀秀养娘，倒退两步，低声唱个喏[73]。原来郡王当日尝[74]对崔宁许道："待秀秀满日[75]，把来嫁与你。"这些众人都撺掇[76]道："好对夫妻！"崔宁拜谢了，不则一番。崔宁是个单身，却也痴心；秀秀见恁地个后生，却也指望。当日有这遗漏，秀秀手中提着一帕子金珠富贵[77]，从左廊下出来，撞见崔宁，便道："崔大夫！我出来得迟了，府中养娘，各自四散，管顾不得。你如今没奈何，只得将我去躲避则个。"

当下崔宁和秀秀出府门，沿着河走到石灰桥。秀秀道："崔大夫！我脚疼了，走不得。"崔宁指着前面道："更行几步，那里便是崔宁住处。小娘子到家中歇脚，却也不妨。"到得家中坐定，秀秀道："我肚里饥，崔大夫与我买些点心来吃。我受了些惊，得杯酒吃更好。"当时崔宁买将酒来，三杯两盏，正是：

三杯竹叶[78]穿心过，两朵桃花上脸来。

道不得个"春为花博士，酒是色媒人"。秀秀道："你记得当时在月台上赏月，把我许你，你兀自[79]拜谢。你记得也不记得？"崔宁叉着手，只应得喏，秀秀道："当日众人都替你喝采：'好对夫妻！'你怎地倒忘了？"崔宁又则应得喏。秀秀道："比似只管等待，何不今夜我和你先做夫妻？不知你意下何如？"崔宁道："岂敢！"秀秀道："你知道不敢，我叫将起来，教坏了你。你却如何将我到家中？我明日府里去说！"崔宁道："告小娘子：要和崔宁做夫妻不妨；只一件，这里住不得了。要好趁这个遗漏，人乱时，今夜就走开去，方才使得。"秀秀道："我既和你做夫妻，凭你行。”当夜做了夫妻。

四更已后，各带着随身金银物件出门。离不得[80]饥餐渴饮，夜住晓行，迤逦来到衢州[81]。崔宁道：“这里是五路总头[82]，是打那条路去好？不若取信州[83]路上去。我是碾玉作，信州有几个相识，怕那里安得身。”即时取路到信州。住了几日，崔宁道：“信州常有客人到行在往来，若说道我等在此，郡王必然使人来追捉，不当稳便[84]。不若离了信州，再往别处去。”两个又起身上路，径取潭州[85]。

不则一日，到了潭州，却是走得远了。就潭州市里，讨间房屋，出面招牌，写着“行在崔待诏碾玉生活”。崔宁便对秀秀道：“这里离行在有二千余里了，料得无事。你我安心，好做长久夫妻。”潭州也有几个寄居官员[86]，见崔宁是行在待诏，日逐[87]也有生活得做。崔宁密使人打探行在本府中事，有曾到都下的，得知府中当夜失火，不见了一个养娘，出赏钱寻了几日，不知下落，也不知道崔宁将他走了，见在[88]潭州住。

时光似箭，日月如梭，也有一年之上。忽一日，方早开门，见两个着皂衫的[89]，一似[90]虞候、府干打扮，入来铺里坐地[91]，问道：“本官[92]听得说有个行在崔待诏，教请过来做生活[93]。”崔宁分付了家中，随这两个人到湘潭县路上来。便将崔宁到宅里相见官人，承揽了玉作生活，回路归家。正行间，只见一个汉子，头上戴个竹丝笠儿，穿着一领白缎子两上领布衫[94]，青白行缠[95]扎着裤子口，着一双多耳[96]麻鞋，挑着一个高肩担儿，正面来，把崔宁看了一看。崔宁却不见这汉面貌，这个人却见崔宁，从后大踏步尾着崔宁来。正是：

谁家稚子鸣榔板[97]，惊起鸳鸯两处飞。

（下）

竹引牵牛花满街，疏篱茅舍月光筛[98]。琉璃盏内茅柴酒[99]，白玉盘中簇豆梅[100]。　休懊恼，且开怀，平生赢得笑颜开。三千里地无知己，十万军中挂印来。

这只《鹧鸪天》词是关西秦州雄武军刘两府[101]所作；从顺昌入战之后[102]，闲在家中，寄居湖南潭州湘潭县。他是个不爱财的名将，家道贫寒，时常到村店中吃酒，店中人不识刘两府，欢呼罗唣[103]，刘两府道：“百万番人[104]，只如等闲。如今却被他们诬罔[105]！”做了这只《鹧鸪天》，流传直到都下。当时殿前太尉是阳和王[106]，见了这词，好伤感：“原来刘两府直恁孤寒！”教提辖官差人送一项钱与刘两府。今日崔宁的东人[107]郡王，听得说刘两府恁地孤寒，也差人送一项钱与他。却经由潭州路过，见崔宁从湘潭路上来，一路尾着崔宁到家，正见秀秀坐在柜身子里。便撞破[108]他们道：“崔大夫！多时不见，你却在这里！秀秀养娘他如何也在这里？郡王教我下书来潭州，今遇着你们，原来秀秀养娘嫁了你，也好！”当时吓杀崔宁夫妻两个，被他看破。

那人是谁？却是郡王府中一个排军[109]，从小伏侍郡王，见他朴实，差他送钱与刘两府。这个姓郭名立，叫做郭排军。当下夫妻请住郭排军，安排酒来请他，分付道：“你到府中，千万莫说与郡王知道。”郭排军道：“郡王怎知得你两个在这里？我没事却说甚么？”当下酬谢了出门。回到府中，参见郡王，纳了回书，看看郡王道：“郭立前日下书回，打潭州过，却见两个人在那里住。”郡王问：“是谁？”郭立道：“见秀秀养娘并崔待诏两个，请郭立吃了酒食，教休来府中说知。”郡王听说，便道：“叵耐[110]这两个做出这事来！却如何直走到那里？”郭立道：“也不知他仔细。只见他在那里住地，依旧挂招牌做生活。”郡王教干办[111]去分付临安府，即时差一个缉捕使臣[112]，带着做公的，备了盘缠，径来湖南潭州府，下了公文，同来寻崔宁和秀秀。却似：

皂雕[113]追紫燕，猛虎啖[114]羊羔。

不两月，捉将两个来，解到府中；报与郡王得知，即时升厅。原来郡王杀番人时，左手使一口刀，叫做“小青”；右手使一口刀，叫做“大青”；这两口刀不知剁了多少番人。那两口刀，鞘内藏着，挂在壁上。郡王升厅，众人声喏，即将这两个人押来跪下。郡王好生焦躁，左手去壁牙上取下小青[115]，右手一掣，掣刀在手，睁起杀番人的眼儿，咬得牙齿剥剥地响，当时唬杀夫人，在屏风背后道：“郡王！这里是帝辇之下[116]，不比边庭上面。若有罪过，只消解去临安府施行。如何胡乱凯[117]得人？”郡王听说道：“叵耐这两个畜生逃走，今日捉将来，我恼了，如何不凯？既然夫人来劝，且捉秀秀入府后花园去；那崔宁解去临安府断治[118]。”

当下喝赐钱酒赏犒捉事人。解这崔宁到临安府，一一从头供说：“自从当夜遗漏，来到府中，都搬尽了。只见秀秀养娘从廊下出来，揪住崔宁道：‘你如何安手在我怀中？若不依我口，教坏了你。’要共逃走。崔宁不得已，与他同走。只此是实。”临安府把文案呈上郡王。郡王是个刚直的人，便道：“既然恁地，宽了崔宁，且与从轻断治。”崔宁不合[119]在逃，罪杖，发遣[120]建康府居住。当下差人押送。

方出北关门，到鹅项头，见一顶轿儿，两个人抬着，从后面叫：“崔待诏且不得去！”崔宁认得像是秀秀的声音，赶将来又不知恁地，心下好生疑惑。伤弓之鸟[121]，不敢揽事，且低着头只顾走。只见后面赶将上来，歇了轿子，一个妇人走出来，不是别人，便是秀秀，道：“崔待诏，你如今去建康府，我却如何？”崔宁道：“却是怎地好？”秀秀道：“自从解你去临安府断罪，把我捉入后花园，打了三十竹篦，遂便赶我出来。我知道你建康府去，赶将来同你去。”崔宁道：“恁地却好。”讨了船，直到建康府。押发人自回。若是押发人是个学舌的[122]，就有一场是非出来。因晓得郡王性如烈火，惹着他不是轻放手的；他又不是王府中人，去管这闲事怎地？况且崔宁一路买酒买食，奉承得他好，回去时，就隐恶而扬善了。

再说崔宁两口在建康居住，既是问断[123]了，如今也不怕有人撞见，依旧开个碾玉作铺。浑家道[124]：“我两口却在这里住得好。只是我家爹妈，自从我和你逃去潭州，两个老的吃了些苦；当日捉我入府时，两个去寻死觅活。今日也好教人去行在取我爹妈来这里同住。”崔宁道：“最好！”便教人来行在取他丈人丈母。写了他地理、脚色[125]与来人，到临安府寻见他住处，问他邻舍，指道：“这一家便是。”来人去门首看时，只见两扇门关着，一把锁锁着，一条竹竿封着。问邻舍：“他老夫妻那里去了？”邻舍道：“莫说！他有个花枝也似女儿，献在一个奢遮去处[126]，这个女儿不受福德，却跟一个碾玉的待诏逃走了。前日从湖南潭州捉将回来，送在临安府吃官司！那女儿吃[127]郡王捉进后花园里去，老夫妻见女儿捉去，就当下寻死觅活，至今不知下落，只恁地关着门在这里。”来人见说，再回建康府来，兀自未到家。且说崔宁正在家中坐，只见外面有人道：“你寻崔待诏住处，这里便是。”崔宁叫出浑家来看时，不是别人，认得是璩公、璩婆。都相见了，喜欢的做一处[128]。

那去取老儿的人，隔一日才到，说如此这般，寻不见，却空走了这遭。两个老的且自来到这里了。两个老人道：“却生受你[129]！我不知你们在建康住，教我寻来寻去，直到这里。”其时四口同住，不在话下。

且说朝廷官里[130]，一日到偏殿看玩宝器，拿起这玉观音来看。这个观音身上，当时有一个玉铃儿失手脱下。即时问近侍官员：“却如何修理得？”官员将玉观音反复看了，道：“好个玉观音！怎地脱落了铃儿？”看到底下，下面碾着三字“崔宁造”，“恁地容易。既是有人造，只消得宣这个人来教他修整。”敕[131]下郡王府，宣取碾玉匠崔宁。郡王回奏："崔宁有罪，在建康府居住。"

即时使人去建康取得崔宁到行在歇泊[132]了。当时宣崔宁见驾[133]，将这玉观音教他领去用心整理。崔宁谢了恩，寻一块一般的玉，碾一个铃儿接住了，御前交纳；破分请给养了崔宁[134]，令只在行在居住。崔宁道："我今日遭际御前[135]，争得气，再来清湖河下，寻间屋儿开个碾玉铺，须不怕你们撞见！"可煞事有斗巧[136]，方才开得铺三两日，一个汉子从外面过来，就是那郭排军，见了崔待诏便道："崔大夫恭喜了！你却在这里住？"抬起头来，看柜身里却立着崔待诏的浑家，郭排军吃了一惊，拽开脚步就走。浑家说与丈夫道："你与我叫住那排军，我相问则个。"正是：

平生不作皱眉事，世上应无切齿人。

崔待诏即时赶上扯住，只见郭排军把头只管侧来侧去，口里喃喃地道："作怪！作怪！"没奈何只得与崔宁回来，到家中坐地。浑家与他相见了，便问："郭排军！前者我好意留你吃酒，你却归来说与郡王，坏了我两个的好事。今日遭际御前，却不怕你去说。"郭排军吃他相问得无言可答，只道得一声"得罪！"相别了，便来到府里，对着郡王道："有鬼！"郡王道："这汉则甚[137]？"郭立道："告恩王，有鬼！"郡王问道："有甚鬼？"郭立道："方才打清湖河下过，见崔宁开个碾玉铺，却见柜身里一个妇女，便是秀秀养娘。"郡王焦躁道："又来胡说！秀秀被我打杀了，埋在后花园，你须也看见，如何又在那里？却不是取笑我！"郭立道："告恩王，怎敢取笑？方才叫住郭立，相问了一回，怕恩王不信，勒下军令状[138]了去。"郡王道："真个在时，你勒军令状来。"那汉也是合苦[139]，真个写一纸军令状来。郡王收了，叫两个当值的轿番[140]，抬一顶轿子，教："取这妮子[141]来。若真个在，把来凯取一刀；若不在，郭立你须替他凯取一刀！"郭立同两个轿番，来取秀秀。正是：

麦穗两歧[142]，农人难辨。

郭立是关西人，朴直，却不知军令状如何胡乱勒得！三个一径来到崔宁家里，那秀秀兀自在柜身里坐地，见那郭排军来得恁地慌忙，却不知他勒了军令状来取你。郭排军道："小娘子！郡王钧旨，教命取你则个。"秀秀道："既如此，你们小等，待我梳洗了同去。”即时入去梳洗，换了衣服，出来上了轿，分付了丈夫。两个轿番便抬着径到府前。郭立先入去。

郡王正在厅上等待。郭立唱了喏道：“已取到秀秀养娘。”郡王道：“着[143]他入来。”郭立出来道：“小娘子！郡王教你进来。”掀起帘子看一看，便是一桶水倾在身上，开着口则合不得。就轿子里不见了秀秀养娘！问那两个轿番，道：“我不知。则见他上轿，抬到这里，又不曾转动。”那汉叫将入来道：“告恩王，恁地真个有鬼！”郡王道：“却不叵耐，教人捉这汉，等我取过军令状来，如今凯了一刀！”先去取下小青来。那汉从来伏侍郡王，身上也有十数次官了[144]；盖缘[145]是粗人，只教他做排军。这汉慌了道：“现有两个轿番见证，乞叫来问。”即时叫将轿番来道：“见他上轿，抬到这里，却不见了。”说得一般，想必真个有鬼，只消得叫将崔宁来问。便使人叫崔宁来到府中。崔宁从头至尾说了一遍。郡王道：“恁地，又不干崔宁事，且放他去。”崔宁拜辞去了。郡王焦躁，把郭立打了五十背花棒[146]。

崔宁听得说浑家是鬼，到家中问丈人丈母。两个面面厮觑[147]，走出门，看看清湖河里，扑通地都跳下水去了。当下叫“救人”，打捞，便不见了尸首。原来当时打杀秀秀时，两个老的听得说，便跳在河里，已自死了，这两个也是鬼。

崔宁到家中，没情没绪，走进房中，只见浑家坐在床上，崔宁道：“告姐姐，饶我性命！”秀秀道：“我因为你，吃郡王打死了埋在后花园里。却恨郭排军多口，今日已报了冤仇，郡王已将他打了五十背花棒。如今都知道我是鬼，容身不得了。”道罢，起身双手揪住崔宁，叫得一声，四肢倒地。邻舍都来看时，只见：

> 两部脉尽[148]总皆沉，一命已归黄壤下。

崔宁也被扯去和父母四个一块儿做鬼去了。后人评论得好：

> 咸安王捺[149]不下烈火性，郭排军禁不住闲磕牙[150]。
> 璩秀娘舍不得生眷属，崔待诏撇不脱鬼冤家。

（选自《京本通俗小说》卷十，冯梦龙编《警世通言》卷八也选入了这一篇，题为《崔待诏生死冤家》。）

注 释

① 孟春：农历正月。旧时以孟、仲、季三字分别指每季中的三个月。

② 黄夫人：南宋初女词人，身世不详。有人认为是黄铢的母亲孙道绚，即冲虚居士，疑不可靠。

③ 王荆公：即王安石，北宋著名政治家和文学家，神宗时曾封为荆国公，世称王荆公。

④ 苏东坡：即苏轼，北宋著名文学家，字子瞻，号东坡居士，世称苏东坡。

⑤ 秦少游：即秦观，字少游，北宋著名词人。

⑥ 邵尧夫：即邵雍，北宋理学家，字尧夫。

⑦ 曾两府：曾是姓，两府指官衔。不详所指为谁。宋代宰相兼管东西两府事务，东府即中书省，西府即枢密院，因此对担任过宰相或枢密使职务的人称为“两府”。

⑧ 朱希真：即朱敦儒，字希真，南宋时词人。

⑨ 苏小妹：传说是苏东坡的妹妹，秦观的妻子，颇有文才。但下面引的《蝶恋花》词，传说是司马才仲在梦中听到南齐名妓苏小小所唱，又为宋代的秦观所补足。

⑩ 王岩叟：北宋时谏官，字彦霖。

⑪ 篇中所引诗词，多为说话人信手拈来连缀敷演而成，作者、词句很难一一符合。

⑫ 绍兴：南宋高宗赵构的年号（1131−1162）。

⑬ 行（xíng）在：皇帝出外巡行临时居住的地方。这里指南宋都城临安（今浙江杭州）。延州延安府：今陕西省延安市。

⑭ 三镇：指镇南、武安、宁国三个地方。节度使：官名，唐代开始设立，为掌管军事、政务、财务大权的地方长官。宋代已成为虚衔。咸安郡王：南宋名将韩世忠的封号。

⑮ 钧眷：对官员家属的敬称。

⑯ 裱（biǎo）褙（bèi）铺：装裱书画的店铺。

⑰ 帮总虞候：指跟随郡王的侍从人员。帮总：指帮助料理事务的小官。虞候是宋朝军校的一种，负责禁卫，当时高级武官多以虞候为随从。

⑱ 声诺：答应。

⑲ 甚色目人：什么样人。色目：种类。

⑳ “云鬓”句：是说鬓发轻轻地笼罩着，像蝉翼一样柔薄光泽。

㉑ “蛾眉”句：是说细长的眉毛淡淡地描画着，像春山一样秀美。

㉒ “朱唇”句：是说红红的小嘴像是点缀着的一颗樱桃。

㉓ “皓齿”句：洁白的牙齿像是整齐排列着的两行细碎的玉石。

㉔ 莲步：旧称裹过的小脚为三寸金莲。折（zhǎ）：拇指和食指伸开的距离，两折为一尺。小弓弓：缠脚女子所穿的鞋。

㉕ “莺啭”句：形容说话像黄莺鸣啭那么好听。

㉖ 把茶点来：泡了茶来。点：泡，沏。

㉗ 大夫：宋代常用官职专名来作为一般手艺人的尊称，这里的“大夫”和下文的“待

诏”都是如此，犹如今天称“师傅”。

㉘ 揖（yī）：作揖，古时一种行礼方式。

㉙ 府干：对在贵族官僚家中办事的人的敬称。见谕：吩咐，是一种客气的说法。

㉚ 则个：句末加强语气的助词，略等于“罢了”“而已”一类意思。

㉛ 适来：适才，刚才。

㉜ 令爱：对别人女儿的客气称呼。

㉝ 贵庚：询问别人多大年纪的一种客气说法。

㉞ 却是：还是。趋奉：伺候，服侍。

㉟ 老拙：年老的人对自己的谦称。

㊱ 寄：按谱填词。《眼儿媚》：词调名。词寄，即以什么词调作词。

㊲ “不做”句：虽然不能像东君神那样化育出春天。东君：春天之神。造化：化育，创造。

㊳ 群芳：装饰春天的百花。

㊴ 包开蕊：簇拥着已经开放的花朵。

㊵ 绣裹肚：绣花的围裙。

㊶ 献状：卖女契据。献：奉献，这里是出卖的一种体面说法。

㊷ 养娘：婢女。

㊸ 不则一日：不只一天，即不久。则：只。

㊹ 奇巧的物事：又稀奇又精巧的东西。官家：指皇帝。

㊺ 堪：可以，能够。

㊻ 劝杯：一种长颈大酒杯，用来敬酒，所以叫劝杯。

㊼ 恁（nèn）般：这样。

㊽ 将来：拿来。

㊾ 摩侯罗儿：一种农历七月七日乞巧时用的类似玩具的小偶像。

㊿ 数中：当中，其中。后生：青年男子。

(51) 趋事：服侍，伺候。

(52) 升州建康府：今江苏省南京市。

(53) 叉手：作揖行礼。

(54) 表：即奏章，臣下写给皇帝的文书。

(55) 请给：薪俸，工资。

(56) 遭遇：得到赏识器重。

(57) 酒肆：酒店。

(58) 相知：朋友。

(59) 则：便。

(60) 遗漏：失火。

(61) 糁（sǎn）盆：同“籸（shēn）盆”。旧时风俗，除夕送神时焚烧用松柏搭成的高架叫“粑盆”。

⑥② 六丁神：民间传说中的火神。

⑥③ 八力士：传说中的八位天神。

⑥④ 骊（lí）山：在今陕西省临潼区东南。

⑥⑤ 褒（bāo）姒（sì）：周幽王的宠妃。为了博她一笑，周幽王竟在骊山燃起烽火，向诸侯告急，以戏弄取乐。

⑥⑥ 赤壁矶：这里应指今湖北赤壁市长江边上的赤壁，三国时著名的赤壁之战在这里进行。

⑥⑦ 周郎：对周瑜的美称，他是三国时东吴杰出的将领，赤壁之战时他是吴军统帅，当时年纪很轻，用计大败曹操。

⑥⑧ 五通神：民间传说中的妖神。

⑥⑨ 宋无忌：传说中的火仙，骑一匹载火的骡子。

⑦⓪ 直恁的：竟这样。

⑦① 挈（qiè）：提，拿。罄（qìng）尽：精光，一点不剩。

⑦② 打个胸厮撞：当胸相撞。

⑦③ 唱个喏（rě）：古代男子见面时行礼的一种方式，一边作揖，一边口中连声说“喏、喏”，以表恭敬。

⑦④ 尝：曾经。

⑦⑤ 满日：秀秀卖到郡王府中为工奴有一定期限，满日即到期。

⑦⑥ 撺（cuān）掇（duó）：怂恿，用言语鼓动。

⑦⑦ 金珠富贵：金银珠宝等贵重的东西。

⑦⑧ 竹叶：竹叶青，一种酒名。

⑦⑨ 兀（wù）自：还。

⑧⓪ 离不得：少不得。

⑧① 迤（yǐ）逦（lǐ）：连绵不断地，不停息地。衢（qú）州：今浙江省衢州市。

⑧② 五路总头：四通八达的交通枢纽。

⑧③ 信州：今江西省上饶市。

⑧④ 不当稳便：不大稳妥。

⑧⑤ 径取：直往。潭州：今湖南省长沙市。

⑧⑥ 寄居官员：即不在本地做官而家住那儿的外地官员。

⑧⑦ 日逐：每天。

⑧⑧ 见在：同“现在”。

⑧⑨ 着皂衫的：官府的差役。古代公差穿黑色衣服。

⑨⓪ 一似：好像。

⑨① 坐地：坐下。地：语助词。

⑨② 本官：自己的上司，这里指湘潭县官。

⑬ 做生活：做活儿。

⑭ 两上领：在衣领上再加一层衬领。

⑮ 青白行缠：用黑白两种颜色的布做的裹腿。

⑯ 耳：麻鞋的鞋袢。

⑰ 鸣榔板：敲击榔板。榔板是一种赶鱼用的木板，捕鱼时用榔板敲击船边，使鱼受惊而入网。

⑱ 筛：漏射。

⑲ 茅柴酒：一种质量低劣的酒，味苦而性烈。

⑳ 簇（cù）豆梅：用盐渍的梅脯，味酸咸。

⑩ 秦州：今甘肃省天水市。雄武军：在今天津市蓟州区东北。军是宋代比州小的行政区划。刘两府：指南宋抗金名将刘锜，因他曾在两府供职，所以称为刘两府。这里关西秦州是指他做官的地方，而雄武军应是指他的籍贯。刘锜实际是德顺军人，当是说话人误记。

⑫ 顺昌：今安徽阜阳市。刘锜曾在顺昌大败金兵。

⑬ 欢呼啰唣：喧闹呼喊。

⑭ 番人：指金兵。

⑮ 诬罔：本是诬陷、冤枉的意思，这里引申为轻蔑。

⑯ 殿前太尉：宋代最高一级的武官。阳和王："阳"字当系"杨"字之误，南宋将领杨存中，死后追封为和王。

⑰ 东人：主人，指咸安郡王。

⑱ 撞破：说破，揭穿。

⑲ 排军：即牌军，卫兵。

⑳ 叵（pǒ）耐：不可耐，可恨。

⑪ 干办：宋代官府里办事的官员。

⑫ 缉捕使臣：捕捉罪犯的公差头目。

⑬ 皂雕：黑色的大鹰。

⑭ 啖（dàn）：吃。

⑮ 壁牙：墙上挂东西的钉子。

⑯ 帝辇（niǎn）之下：即在京城之中。辇，皇帝乘坐的车子。

⑰ 凯：同"砍"。

⑱ 断治：判刑治罪。

⑲ 不合：不该。

⑳ 发遣：发配充军。

㉑ 伤弓之鸟：意同"惊弓之鸟"，指吃了苦头因而十分怕事的人。

㉒ 学舌的：多嘴的。

㉓ 问断了：判过罪的。

㉔ 浑家：妻子。

⑫⑤ 地理：居住地址。脚色：身份、年龄、面貌等情况。

⑫⑥ 奢遮去处：了不起的地方，指富贵人家。

⑫⑦ 吃：被。

⑫⑧ 喜欢的做一处：高兴得成一团，形容十分欢喜、亲热。

⑫⑨ 生受你：难为你，麻烦你。

⑬⓪ 官里：犹如说“官家”，指皇帝。

⑬① 敕（chì）：皇帝的命令。

⑬② 歇泊：安顿，住下。

⑬③ 见驾：拜见皇帝。

⑬④ 破分（fèn）：打破常例，破格。给（jǐ）养：工钱。

⑬⑤ 遭际御前：受到皇帝的赏识。

⑬⑥ 可煞：可是，真是。斗巧：凑巧。

⑬⑦ 则甚：干什么。

⑬⑧ 勒：立下，写下。军令状：古代军队里接受命令后写下的保证书，表示如不能完成任务，愿受最严厉的处分。

⑬⑨ 合苦：合该倒霉。

⑭⓪ 当值的轿番：值班的轿夫。

⑭① 妮子：对女孩子的贱称，犹如说“丫头”。

⑭② 麦穗两岐：一支麦秆上长出两个麦穗，很难辨认。

⑭③ 着：让，命。

⑭④ “身上”句：意思是他立过十几次功，已有十几次可以做官的机会了。

⑭⑤ 盖：大概。缘：由于。

⑭⑥ 背花棒：用棒打脊背。脊背被打破，伤处叫背花。

⑭⑦ 面面厮觑（qù）：你看着我，我看着你。

⑭⑧ 两部脉尽：两口手腕的脉搏已停止跳动。

⑭⑨ 捺（nà）：按捺，控制。

⑮⓪ 闲磕牙：多嘴多舌，爱说闲话。

阅读提示

这篇小说写了一个爱情婚姻的悲剧。悲剧是由残酷的阶级剥削和压迫所造成。工奴卖身到贵族官僚家里，不仅遭受剥削，而且丧失了人身自由。璩秀秀大胆热情地争取爱情婚姻的斗争，是跟她反压迫剥削、争取人身自由的斗争紧密结合的。这是秀秀性格的光辉之处，也是这篇小说在思想上的独特成就。小说以同情的笔调，描写了官僚府第中工奴的悲苦命运，热情地赞颂了她追求自由幸福、大胆坚决的斗争精神，同时也揭露了官僚阶级的残忍暴戾。崔宁的形象与秀秀的形象形成鲜明的对比，各有特色。情节的安排也曲折生动，颇具匠心。

参考资料

周先慎：《超越生死的爱情与自由的追求——〈碾玉观音〉鉴赏》（载《古典小说鉴赏》[增订本]，北京大学出版社，2003 年）。

错斩崔宁

聪明伶俐自天生，懵懂[1]痴呆未必真。
嫉妒每因眉睫浅[2]，戈矛时起笑谈深[3]。
九曲黄河心较险，十重铁甲面堪憎。
时因酒色亡家国，几见诗书误好人？

这首诗单表为人难处：只因世路窄狭，人心叵测[4]，大道既远[5]，人情万端。熙熙攘攘[6]，都为利来；蚩蚩蠢蠢[7]，皆纳祸去。持身保家，万千反复。所以古人云："颦有为颦，笑有为笑[8]，颦笑之间，最宜谨慎。"

这回书单说一个官人，只因酒后一时戏笑之言，遂至杀身破家，陷了[9]几条性命。且先引下一个故事来，权做个"得胜头回[10]"。

我朝元丰[11]年间，有一个少年举子[12]，姓魏名鹏举，字冲霄，年方一十八岁，娶得一个如花似玉的浑家。未及一月，只因春榜动、选场开[13]，魏生别了妻子，收拾行囊，上京应取[14]。临别时，浑家分付丈夫："得官不得官，早早回来；休抛闪[15]了恩爱夫妻。"魏生答道："功名二字，是俺本领前程，不索贤卿忧虑[16]。"别后登程到京，果然一举成名，榜上一甲第九名[17]，除授京职[18]，到差[19]甚是华艳动人。少不得修了一封家书，差人接取家眷入京。书上先叙了寒温及得官的事；后却写下一行道是："我在京中早晚无人照管，已讨了一个小老婆。专候夫人到京，同享荣华。"

家人收拾书程[20]，一径到家，见了夫人，称说贺喜，因取家书呈上。夫人拆开看了，见是如此如此，这般这般，便对家人道："官人直恁负恩！甫能[21]得官，便娶了二夫人！"家人便道："小人在京，并没见有此事，想是官人戏谑之言。夫人到京便知端的[22]，休得忧虑。"夫人道："恁地说，我也罢了。"却因人舟未便，一面收拾起身，一面寻觅便人，先寄封平安家信到京中去。那寄书人到了京中，寻问新科魏进士寓所，下了家书，管待酒饭，自回不题。

却说魏生接书，拆开来看了，并无一句闲言闲语，只说道："你在京中娶了一个小老婆，我在家中也嫁了一个小老公，早晚同赴京师也。"魏生见了，也只道是夫人取笑的说话，全不在意。未及收好，外面报说有个同年[23]相访。京邸[24]寓中不比在家宽转，那人又是相厚[25]的同年，又晓得魏生并无家眷在内，直至里面坐下。叙了些寒温，魏生起身去解手。那同年偶翻桌上书帖，看见了这封家书，写得好笑，故意朗诵起来。魏生措手不及，通红了脸，说道："这是没理的事。因是小弟戏谑了他，他便取笑写来的。"那同年呵呵大笑道："这节事却是取笑不得的。"别了就去。

那人也是一个少年，喜谈乐道，把这封家书一节，顷刻间遍传京邸。也有一班妒忌魏生少年登高科的，将这桩事只当做风闻言事的一个小小新闻，奏上一本，说是魏生年少不检[26]，不宜居清要之职[27]，降处外任[28]。魏生懊悔无及。后来毕竟做官蹭蹬[29]不起，把锦片也似一段美前程，等闲[30]放过去了。

这便是一句戏言，撒漫[31]了一个美官。

今日再说一个官人，也只为酒后一时戏言，断送了堂堂七尺之躯，连累两三个人，枉屈害了性命。却是为着甚的？有诗为证：

世路崎岖实可哀，傍人笑口等闲开。
白云本是无心物，又被狂风引出来。

却说高宗[32]时，建都临安[33]，繁华富贵，不减那汴京故国[34]。去那城中箭桥左侧，有个官人姓刘名贵，字君荐。祖上原是有根基的人家[35]。到得君荐手中，却是时乖运蹇[36]，先前读书，后来看看不济，却去改业做生意。便是半路上出家的一般，买卖行中一发不是本等伎俩[37]。又把本钱消折去了。渐渐大房改换小房，赁[38]得两三间房子，与同浑家王氏，年少齐眉[39]；后因没有子嗣，娶下一个小娘子，姓陈，是陈卖糕的女儿，家中都呼为二姐。这也是先前不十分穷薄的时候做下的勾当[40]。至亲三口，并无闲杂人在家。那刘君荐极是为人和气，乡里见爱，都称他："刘官人，你是一时运限不好，如此落寞，再过几时，定时有个亨通的日子。"说便是这般说，哪得有些些好处？只是在家纳闷，无可奈何。

却说一日闲坐家中，只见丈人家里的老王，年近七旬，走来对刘官人说道："家间老员外生日，特令老汉接取官人、娘子去走一遭。”刘官人便道：“便是我日逐[41]愁闷过日子，连那泰山的寿诞[42]也都忘了！”便同浑家王氏，收拾随身衣服，打迭个包儿，交与老王背了；分付二姐看守家中：“今日晚了，不能转回；明晚须索[43]来家。”说了就去。

离城二十余里，到了丈人王员外家，叙了寒温。当日座间客众，丈人、女婿不好十分叙述许多穷相[44]。到得客散，留在客房里歇宿。直到天明，丈人却来与女婿攀话，说道：“姐夫，你须不是这等算计。‘坐吃山空，立吃地陷’；‘咽喉深似海，日月快如梭’[45]。你须计较一个常便[46]。我女儿嫁了你一生也指望丰衣足食，不成只是这等就罢了！”刘官人叹了一口气，道是：“泰山在上，道不得个‘上山擒虎易，开口告人难’。如今的时势，再有谁似泰山这般怜念我的？只索守困[47]。若去求人，便是劳而无功。”丈人便道：“这也难怪你说！老汉却是看你们不过，今日赍助你些少本钱[48]，胡乱[49]去开个柴米店，赚得些利息来过日子，却不好么？”刘官人道：“感蒙泰山恩顾，可知[50]是好。”当下吃了午饭，丈人取出十五贯钱来，付与刘官人道：“姐夫，且将这些钱去收拾起店面。开张有日，我便再应付[51]你十贯。你妻子且留在此过几日，待有了开店日子，老汉亲送女儿到你家，就来与你作贺。意下如何？”

刘官人谢了又谢；驮[52]了钱，一径出门。到得城中，天色却早晚了。却撞着一个相识，顺路在他家门首经过。那人也要做经纪[53]的人，就与他商量一会，可知是好。便去敲那人门里，里面有人应诺，出来相揖，便问：“老兄下顾，有何见教？”刘官人一一说知就里[54]。那人便道：“小弟闲在家中，老兄用得着时，便来相帮。”刘官人道：“如此甚好。”当下说了些生意的勾当，那人便留刘官人在家，现成杯盘，吃了三杯两盏。刘官人酒量不济，便觉有些朦胧起来，抽身作别，便道：“今日相扰，明早就烦老兄过寒家计议生理。”那人又送刘官人至路口，作别回家，不在话下。若是说话的[55]同年生，并肩长，拦腰抱住，把臂拖回，也不见得受这般灾晦[56]，却教刘官人死得不如：

《五代史》李存孝[57]，《汉书》中彭越[58]。

却说刘官人驮了钱，一步一步挨到家中敲门，已是点灯时分。小娘子二姐独自在家，没一些事做，守得天黑，闭了门，在灯下打瞌睡。刘官人打门，他哪里便听见？敲了半晌，方才知觉，答应一声：“来了！”起身开了门。

刘官人进去，到了房中，二姐替刘官人接了钱，放在桌上，便问：“官人何处挪移[59]这项钱来？却是甚用？”那刘官人一来有了几分酒，二来怪他开得门迟了，且戏言吓他一吓。便道："说出来，又恐你见怪；不说时，又须通你得知。只是我一时无奈，没计可施，只得把你典[60]与一个客人。又因舍不得你，只典得十五贯钱。若是我有些好处，加利赎你回来，若是照前这般不顺溜[61]，只索罢了！"那小娘子听了，欲待不信，又见十五贯钱堆在面前；欲待信来，他平白与我没半句言语，大娘子又过得好，怎么便下得这等狠心辣手？疑惑不决，只得再问道："虽然如此，也须通知我爹娘一声。"刘官人道："若是通知你爹娘，此事断然不成。你明日且到了人家，我慢慢央人与你爹娘说通，他也须怪我不得。"小娘子又问："官人今日在何处吃酒来？"刘官人道："便是把你典与人，写了文书，吃他的酒才来的。"小娘子又问："大姐姐如何不来？"刘官人道："他因不忍见你分离，待得你明日出了门才来。这也是我没计奈何，一言为定。"说罢，暗地忍不住笑，不脱衣裳，睡在床上，不觉睡去了。

那小娘子好生摆脱不下："不知他卖我与甚色样人家？我须先去爹娘家里说知。就是他明日有人来要我，寻到我家，也须有个下落。"沉吟了一会，却把这十五贯钱，一垛儿堆在刘官人脚后边，趁他酒醉，轻轻的收拾了随身衣服，款款的[62]开了门出去，拽上了门，却去左边一个相熟的邻舍叫做朱三老儿家里，与朱三妈借宿了一夜，说道："丈夫今日无端[63]卖我，我须先去与爹娘说知。烦你明日对他说一声，既有了主顾，可同我丈夫到爹娘家中来讨个分晓，也须有个下落。"那邻居道："小娘子说得有理。你只顾自去，我便与刘官人说知就里。"过了一宵，小娘子作别去了，不题。正是：

鳌鱼脱却金钩去，摆尾摇头再不回。

放下一头。却说这里刘官人一觉直至三更方醒，见桌上灯犹未灭，小娘子不在身边，只道他还在厨下收拾家伙，便唤二姐讨茶吃。叫了一回，没人答应，却待挣扎起来，酒尚未醒，不觉又睡了去。不想却有一个做不是的[64]，日间赌输了钱，没处出豁[65]，夜间出来掏摸些东西，却好到刘官人门首。因是小娘子出去了，门儿拽上不关，那贼略推一推，豁地开了。捏手捏脚，直到房中，并无一人知觉。到得床前，灯火尚明，周围看时，并无一物可取。摸到床上，见一个朝着里床睡去，脚后却有一堆青钱。便去取了几贯。不想惊觉了刘官人，起来喝道："你须不尽道理[66]！我从丈人家借办得几贯钱来养身活命，不争[67]你偷了我的去，却是怎的计结[68]？"

那人也不回话，照面一拳。刘官人侧身躲过，便起身与这人相持。那人见刘官人手脚活动[69]，便拔步出房。刘官人不舍，抢出门来，一径赶到厨房里，恰待声张[70]邻舍起来捉贼。那人急了，正好没出豁，却见明晃晃一把劈柴斧头，正在手边。也是人急计生，被他绰[71]起一斧，正中刘官人面门，扑地倒了。又复一斧，斫倒一边。眼见得刘官人不活了，呜呼哀哉，伏惟尚飨[72]！那人便道："一不做，二不休。却是你来赶我，不是我来寻你索命。"翻身入房，取了十五贯钱，扯条单被包裹得停当，拽扎得爽利[73]，出门，拽上了门就走，不题。

次早邻舍起来，见刘官人家门也不开，并无人声息，叫道："刘官人！失晓[74]了！"里面没人答应。挨将进去，只见门也不关。直到里面，见刘官人劈死在地。他家大娘子两日前已自往娘家去了，小娘子如何不见？免不得声张起来。却有昨夜小娘子借宿的邻家朱三老儿说道："小娘子昨夜黄昏时到我家宿歇，说道刘官人无端卖了他，他一径先到爹娘家里去了。教我对刘官人说，既有了主顾，可同到他爹娘家中，也讨得个分晓。今一面着人去追他转来，便有下落；一面着人去报他大娘子到来，再作区处[75]。"众人都道："说得是。"

先着人去到王老员外家报了凶信。老员外与女儿大哭起来，对那人道："昨日好端端出门，老汉赠他十五贯钱，教他将来[76]作本，如何便恁的被人杀了？"那去的人道："好教老员外、大娘子得知：昨日刘官人归时，已自昏黑，吃得半酣[77]，我们都不晓得他有钱没钱，归迟归早。只是今早刘官人家门儿半开，众人推将进去，只见刘官人杀死在地；十五贯钱一文也不见，小娘子也不见踪迹。声张起来，却有左邻朱三老儿出来，说道他家小娘子昨夜黄昏时分，借宿他家。小娘子说道刘官人无端把他典与人了，小娘子要对爹娘说一声；住了一宵，今日径自去了。如今众人计议，一面来报大娘子与老员外，一面着人去追小娘子。若是半路里追不着的时节，直到他爹娘家中，好歹[78]追他转来，问个明白。老员外与大娘子须索去走一遭，与刘官人执命[79]。"老员外与大娘子急急收拾起身，管待来人酒饭；三步作一步，赶入城中。不题。

却说那小娘子清早出了邻舍人家，挨上路去，行不上一二里，早是脚疼走不动，坐在路旁。却见一个后生，头带万字头巾，身穿直缝宽衫，背上驮了一个搭膊[80]，里面却是铜钱，脚下丝鞋净袜[81]，一直走上前来。到了小娘子面前，看了一看，虽然没有十二分颜色，却也明眉皓[82]齿，莲脸生春[83]，秋波送媚，好生动人！正是：

野花偏艳目，村酒醉人多。

那后生放下搭膊，向前深深作揖："小娘子独行无伴，却是往哪里去的？"小娘子还了万福[84]道："是奴家[85]要往爹娘家去。因走不上，权[86]歇在此。"因问："哥哥是何处来？今要往何方去？"那后生叉手不离方寸[87]："小人[88]是村里人，因往城中卖了丝账，讨得些钱，要往褚家堂那边去的。"小娘子道："告哥哥则个。奴家爹娘也在褚家堂左侧，若得哥哥带挈[89]奴家同走一程，可知是好。"那后生道："有何不可？既如此说，小人情愿伏侍小娘子前去。"

两个厮赶[90]着，一路正行，行不到三二里田地，只见后面两个人脚不点地[91]赶上前来，赶得汗流气喘，衣服拽开，连叫："前面小娘子慢走！我却有话说知！"小娘子与那后生看见赶得蹊蹊[92]，都立住了脚。后边两个赶到跟前，见了小娘子与那后生，不容分说，一家扯了一个，说道："你们干得好事！却走往那里去？"小娘子吃了一惊，举眼看时，却是两家邻舍，一个就是小娘子昨夜借宿的主人。小娘子便道："昨夜也须告过公公得知，丈夫无端卖我，我自去对爹娘说知。今日赶来，却有何说？"朱三老道："我不管闲账[93]。只是你家里有杀人公事，你须回去对理。"小娘子道："丈夫卖我，昨日钱已驮在家中，有甚杀人公事？我只是不去。"朱三老道："好自在性儿！你若真个不去，叫起地方[94]；有杀贼人在此，烦为一捉。不然，须要连累我们，你这里地方不得清净！"

那个后生见不是话头，便对小娘子道："既如此说，小娘子只索回去。小人自家去休[95]。"那两个赶来的邻舍，齐叫起来，说道："若是没有你在此便罢；既然你与小娘子同行同止，你须也去不得！"那后生道："却又古怪！我自半路遇见小娘子，偶然伴他行一程，路途上有甚皂丝麻线[96]，要勒掯[97]我回去？"朱三老道："他家有了杀人公事，不争放你去了，却打没对头官司？"当下怎容小娘子与那后生做主。看的人渐渐立满，都道："后生，你去！不得你'日间不作亏心事，半夜敲门不吃惊'，便去何妨？"那赶来的邻舍道："你若不去，便是心虚。我们却和你罢休不得！"四个人只得厮挽[98]着一路转来。

到得刘官人门首，好一场热闹！小娘子入去看时，只见刘官人斧劈倒在地死了，床上十五贯钱，分文也不见，开了口合不得，伸了舌缩不上去。那后生也慌了，便道："我恁的晦气！没来由和那小娘子同走一程，却做了干连人[99]。"众人都和闹着，正在那里分豁[100]不开，只见王员外和女儿一步一攧[101]走回家来，见了女婿尸身，哭了一场，便对小娘子道：“你却如何杀了丈夫，劫了十五贯钱逃走出去？今日天理昭然[102]，有何理说？”小娘子道：“十五贯钱委[103]是有的。只是丈夫昨晚回来，说是无计奈何，将奴家典与他人，典得十五贯身价在此，说过今日便要奴家到他家去。奴家因不知他典与甚色样人家，先去与爹娘说知。故此趁夜深了，将这十五贯钱，一垛儿堆在他脚后边，拽上门，到朱三老家住了一宵，今早自去爹娘家里说知。我去之时，也曾央朱三老对我丈夫说，既然有了主儿，便同到我爹娘家里交割[104]。却不知因甚杀死在此？”那大娘子道：“可又来！我的父亲昨日明明把十五贯钱与他驮来作本，养赡[105]妻小，他岂有哄你说是典来身价之理？这是你两日因独自在家，勾搭上了人，又见家中好生不济[106]，无心守耐[107]，又见了十五贯钱，一时见财起意，杀死丈夫，劫了钱，又使见识[108]，往邻舍家借宿一夜，却与汉子通同计较，一处逃走。现今你跟着一个男子同走，却有何理说，抵赖得过？”众人齐声道：“大娘子之言，甚是有理！”又对那后生道：“后生！你却如何与小娘子谋杀亲夫？却暗暗约定在僻静处等候，一同去逃奔他方，却是如何计结？”那人道：“小人自姓崔名宁，与那小娘子无半面之识。小人昨晚入城卖得几贯丝钱在这里，因路上遇见小娘子，小人偶然问起往哪里去的，却独自一个行走。小娘子说起是与小人同路，以此作伴同行。却不知前后因依[109]。”

众人哪里肯听他分说，搜索他搭膊中，恰好是十五贯钱，一文也不多，一文也不少！众人齐发起喊来，道是：“天网恢恢，疏而不漏[110]！你却与小娘子杀了人，拐了钱财，盗了妇女，同往他乡。却连累我地方邻里打没头官司！”当下大娘子结扭了小娘子，王老员外结扭了崔宁，四邻舍都是证见，一哄都入临安府中来。

那府尹[111]听得有杀人公事，即便升堂，便叫一干人犯逐一从头说来。先是王老员外上去告说：“相公[112]在上，小人是本府村庄人氏，年近六旬，只生一女，先年嫁与本府中刘贵为妻，后因无子，娶了陈氏为妾，呼为二姐。一向三口在家过活，并无片言。只因前日是老汉生日，差人接取女儿、女婿到家住了一夜，次日因见女婿家中全无活计，养赡不起，把十五贯钱与女婿作本开店养身。却有二姐在家看守，到得昨夜，女婿到家时分，不知因甚原故，将女婿斧劈死了；二姐却与一个后生，名唤崔宁，一同逃走，被人追捉到来。望相公可怜见老汉的女婿身死不明，奸夫淫妇，赃证见在，伏乞[113]相公明断！”府尹听得如此如此，便叫：“陈氏上来！你却如何通同奸夫杀死了亲夫，劫了钱，与人一同逃走？是何理说？”二姐告道：“小妇人嫁与刘贵，虽是个小老婆，却也得他看承[114]得好，大娘子又贤慧，却如何肯起这片歹心？只是昨晚丈夫回来，吃得半酣，驮了十五贯钱进门。小妇人问他来历，丈夫说道为因养赡不周[115]，将小妇人典与他人，典得十五贯身价在此。又不通我爹娘得知，明日就要小妇人到他家去。小妇人慌了，连夜出门，走到邻舍家里借宿一宵，今早一径先往爹娘家去。教他对丈夫说：既然卖我有了主顾，可到我爹妈家里来交割。才走得到半路，却见昨夜借宿的邻家赶来，捉住小妇人回来。却不知丈夫杀死的根由。”那府尹喝道：“胡说！这十五贯钱，分明是他丈人与女婿的，你却说是典你的身价，眼见的没巴臂的说话[116]了。况且妇人家如何黑夜行走？定是脱身之计！这桩事须不是你一个妇人家做的，一定有奸夫帮你谋财害命。你却从实说来！”

那小娘子正待分说，只见几家邻舍，一齐跪上去告道：“相公的言语，委是青天[117]！他家小娘子昨夜果然借宿在左邻第二家的，今早他自去了。小的们见他丈夫杀死，一面着人去赶，赶到半路，却见小娘子和那一个后生同走，苦死[118]不肯回来。小的们勉强捉他转来。却又一面着人去接他大娘子与他丈人，到时，说昨日有十五贯钱付与女婿做生意的，今者女婿已死，这钱不知从何而去，再三问那小娘子时，说道他出门时，将这钱一堆儿堆在床上。却去搜那后生身边，十五贯钱分文不少，却不是小娘子与那后生通同谋杀！赃证分明，却如何赖得过？”

府尹听他们言言有理，就唤那后生上来道：“帝辇之下，怎容你这样胡行！你却如何谋了他小老婆，劫了十五贯钱，杀死他亲夫，今日同往何处？从实招来！”那后生道：“小人姓崔名宁，是乡村人氏。昨日往城中卖了丝，卖得十五贯钱。今早偶然路上撞着这小娘子。并不知他姓甚名谁，那里晓得他家杀人公事？”府尹大怒，喝道：“胡说！世间不信有这等巧事，他家失去了十五贯钱，你却卖的丝恰好也是十五贯钱。这分明是支吾[119]的说话了。况且他妻莫爱，他马莫骑。你既与那妇人没甚首尾[120]，却如何与他同行同宿？你这等顽皮赖骨，不打如何肯招！”

当下众人将那崔宁与小娘子死去活来拷打一顿。那边王老员外与女儿并一干邻右人等，口口声声咬他二人。府尹也巴不得了结这段公案。拷讯一回，可怜崔宁和小娘子受刑不过，只得屈招了，说是一时见财起意，杀死亲夫，劫了十五贯钱，同奸夫逃走是实。左邻右舍都指画了十字。将两人大枷枷了，送入死囚牢里。将这十五贯钱给还原主。也只好奉与衙门中人做使用，也还不够哩！

府尹迭成文案[121]，奏过朝庭，部复申详[122]，倒下圣旨，说崔宁不合奸骗人妻，谋财害命，依律处斩；陈氏不合通同奸夫杀死亲夫，大逆不道，凌迟[123]示众。当下读了招状，大牢内取出二人来，当厅判一个“斩”字，一个“剐”字，押赴市曹[124]行刑示众。两人浑身是口，也难分难说。正是：

哑子漫尝黄檗[125]味，难将苦口对人言。

看官听说：这段公事，果然是小娘子与那崔宁谋财害命的时节，他两人须连夜逃走他方，怎的又去邻舍人家借宿一宵，明早又走到爹娘家去，却被人捉住了？这段冤枉，仔细可以推详[126]出来。谁想问官糊涂，只图了事，不想捶楚[127]之下，何求不得！冥冥[128]之中，积了阴骘[129]，远在儿孙近在身，他两个冤魂也须放你不过。所以做官的切不可率意断狱[130]，任情[131]用刑，也要求个公平明允[132]。道不得个死者不可复生，断者不可复续。可胜叹哉[133]？

闲话休题。却说那刘大娘子到得家中，设个灵位，守孝过日。父亲王老员外劝他转身[134]，大娘子说道：“不要说起三年之久，也须到小祥[135]之后。”父亲应允自去。

光阴迅速，大娘子在家巴巴结结[136]，将近一年。父亲见他守不过，便叫家里老王去接他来，说：“叫大娘子收拾回家，与刘官人做了周年，转了身去罢。”大娘子没计奈何，细思父言，亦是有理，收拾了包裹，与老王背了，与邻舍家作别，暂去再来。一路出城，正值秋天，一阵乌风猛雨，只得落路往一所林子去躲。不想走错了路，正是：

猪羊走屠宰之家，一脚脚来寻死路。

走入林子里去，只听他林子背后大喝一声：“我乃静山大王在此！行山住脚，须把买路钱与我！”大娘子和那老王吃那一惊不小，只见跳出一个人来：

头带干红凹面巾，身穿一领旧战袍，腰间红绢搭膊裹肚，脚下蹬一双乌皮皂靴，手执一把朴刀。

舞刀前来。那老王该死，便道：“你这剪径的毛团[137]！我须是认得你。做这老性命着与你兑[138]了罢！”一头撞去，被他闪过空，老人家用力猛了，扑地便倒。那人大怒道：“这牛子[139]好生无礼！”连搠[140]一两刀，血流在地，眼见得老王养不大[141]

了。那刘大娘子见他凶猛，料道脱身不得，心生一计，叫做脱空计[142]。拍手叫道："杀得好！"那人便住了手，睁圆怪眼，喝道："这是你甚么人？"那大娘子虚心假气的答道："奴家不幸，丧了丈夫，却被媒人哄诱，嫁了这个老儿，只会吃饭。今日却得大王杀了，也替奴家除了一害。"那人见大娘子如此小心，又生得有几分颜色，便问道："你肯跟我做了压寨夫人[143]么？"大娘子寻思，无计可施，便道："情愿伏侍大王。"那人回嗔作喜[144]，收拾了刀杖，将老王尸首撺[145]入涧中；领了刘大娘子到一所庄院前来，甚是委曲[146]。只见大王向那地上拾些土块，抛向屋上去，里面便有人出来开门。到得草堂之上，分付杀羊备酒，与刘大娘子成亲。两口儿且是说得着[147]。正是：

明知不是伴，事急且相随。

不想那大王自得了刘大娘子之后，不上半年，连起了几注大财，家间也丰富了。大娘子甚是有识见，早晚用好言语劝他："自古道：'瓦罐不离井上破，将军难免阵中亡[148]。'你我两人，下半世也够吃用了，只管做这没天理的勾当，终须不是个好结果。却不道是'梁园[149]虽好，不是久恋之家'。不若改行从善，做个小小经纪，也得个养身活命。"那大王早晚被他劝转，果然回心转意，把这门道路撇[150]了，却去城市间赁下一处房屋，开了一个杂货店。遇闲暇的日子，也时常去寺院中念佛赴斋。

忽一日在家闲坐，对那大娘子道："我虽是个剪径的出身，却也晓得冤各有头，债各有主。每日间只是吓骗人东西，将来过日子；后来得有了你。一向不大顺溜，今已改行从善。闲来追思既往，正会枉杀了两个人，又冤陷了两个人，时常挂念，思欲做些功德，超度他们[151]，一向不曾对你说知。"大娘子便道："如何是枉杀了两个人？"那大王道："一个是你丈夫，前日在林子里的时节，他来撞我，我却杀了他。他须是个老人家，与我往日无仇，如今又谋了他老婆，他死也是不肯甘心的。"大娘子道："不恁的时，我却那得与你厮守？这也是往事，休题了。"又问："杀那一个又是甚人？"那大王道："说起来这个人，一发天理上放不过去，且又带累了两个人，无辜偿命。是一年前，也是赌输了：身边并无一文，夜间便去掏摸些东西。不想到一家门首，见他门也不闩，推进去时，里面并无一人。摸到门里，只见一人醉倒在床；脚后却有一堆铜钱。便去摸他几贯，正待要走，却惊醒了那人，起来说道：'这是我丈人家与我做本钱的，不争你偷去了，一家人口都是饿死！'起身抢出房门，正待声张起来。是我一时见他不是话头[152]，却好一把劈柴斧头在我脚边，这叫做人急计生，绰起斧来，喝一声道：‘不是我，便是你！’两斧劈倒。却去房中将十五贯钱尽数取了。后来打听得他，却连累了他家小老婆，与那一个后生，唤做崔宁，冤枉了他谋财害命，双双受了国家刑法。我虽是做了一世强人，只有这两桩人命是天理人心打不过去的。早晚还要超度他也是该的。”

那大娘子听说，暗暗地叫苦：“原来我的丈夫也是吃这厮[153]杀了！又连累了我家二姐与那个后生无辜受戮[154]。思量起来，是我不合当初做弄他两人偿命，料他两人阴司中也须放我不过！”当下权且欢天喜地，并无他说。明日捉个空，便一径到临安府前叫起屈来。

那时，换了一个新任府尹，才得半月，正值升厅，左右[155]捉将那叫屈的妇人进来。刘大娘子到于阶下，放声大哭。哭罢，将那大王前后所为：“怎的杀了我丈夫刘贵，问官不肯推详，含糊了事，却将二姐与那崔宁朦胧[156]偿命；后来又怎的杀了老王，奸骗了奴家。今日天理昭然，一一是他亲口招承，伏乞相公高抬明镜[157]，昭雪前冤！”说罢又哭。

府尹见他情词可悯，即着人去捉那静山大王到来，用刑拷讯，与大娘子口词一些不差。即时问成死罪，奏过官里。待六十日限满，倒下圣旨来：“勘[158]得静山大王谋财害命，连累无辜，准律杀一家非死罪三人者斩加等[159]，决不待时[160]；原问官断狱失情，削职为民；崔宁与陈氏枉死可怜，有司[161]访其家，量行优恤[162]，王氏既系强徒威逼成亲，又能伸雪夫冤，着将贼人家产一半没入官[163]，一半给与王氏，养赡终身。”

刘大娘子当日往法场上看决了静山大王，又取其头去祭献亡夫，并小娘子及崔宁，大哭一场。将这一半家私舍[164]入尼姑庵中。自己朝夕看经念佛，追荐亡魂[165]，尽老百年而终。

有诗为证：

善恶无分总丧躯，只因戏语酿灾危。
劝君出语须诚实，口舌从来是祸基[166]。

（选自《京本通俗小说》卷十五。冯梦龙编《醒世恒言》卷三十三也入选，题为《十五贯戏言成巧祸》。）

注 释

① 懵（měng）懂：糊涂，不明事理。

② 眉睫浅：目光短浅。

③ 戈矛：指矛盾、争端。笑谈深：玩笑开得太过头。

④ 叵（pǒ）测：不可测。

⑤ 大道既远：指人们不按做人的正道做事。

⑥ 熙熙攘攘：纷繁忙乱的样子。

⑦ 蚩蚩蠢蠢：愚昧无知的样子。

⑧ 颦（pín）有为颦，笑有为笑：指人的忧喜都各有原因。颦：皱眉，忧愁的样子。

⑨ 陷了：害了。

⑩ “得胜头回”：宋元说话人在讲正文故事之前，为了等候听众或为了静场，常在开头有一段“入话”（意思是进入正文故事）。“入话”形式有诗词、议论，也有用一段小故事的，用小故事的，称为“头回”或“得胜头回”。

⑪ 元丰：北宋神宗赵顼（xū）年号（1078–1085）。

⑫ 举子：参加科举考试的读书人。

⑬ 春榜动：指考进士的日期已近。唐宋以来选取进士的考试在春天举行，称为春试。选场：考场。

⑭ 应取：即应试。

⑮ 抛闪：丢下。

⑯ 不索：不须。贤卿：丈夫对妻子的爱称。

⑰ 一甲：古代科举考试，会试录取后还须参加由皇帝亲自主持的殿试，成绩分为一甲、二甲、三甲，每甲录取若干名。一甲第一名称为状元。

⑱ 除授：任命。京职：在首都任职。

⑲ 到差：赴任，上任。

⑳ 书：书信。程：程仪，送给人的路费。这里泛指行李。

㉑ 甫能：刚刚。

㉒ 端的：真情，究竟。

㉓ 同年：指同一次考取举人或进士的人。

㉔ 京邸（dǐ）：京中寓所。

㉕ 相厚：交情较深的。

㉖ 不检：不检点，言行不合道德规范。

㉗ 清要之职：地位高、职务重要的官职。

㉘ 降处外任：降职处理，放到外地去做官。

㉙ 蹭（cèng）蹬（dèng）：失意，运气不好。

㉚ 等闲：随随便便地。

㉛ 撒漫：抛失，丢掉。

㉜ 高宗：南宋第一个皇帝赵构。

㉝ 临安：今浙江省杭州市，当时是南宋的京城。

㉞ 汴京：今河南省开封市，北宋都城。旧国：旧日的国都。

㉟ 有根基的人家：富贵人家。

㊱ 时乖运蹇（jiǎn）：命运不好。

㊲ 一发：更加。本等伎俩：原本所学的技能。

㊳ 赁（lìn）：租。

㊴ 齐眉：形容夫妻和美。东汉时孟光对丈夫十分体贴，丈夫梁鸿做工回家，孟光总是举案齐眉（把盛着食品的托盘恭敬地举到眉际）。

㊵ 勾当：事情。

㊶ 日逐：每天。

㊷ 泰山：岳父。寿诞：生日。

㊸ 须索：必定。

㊹ 穷相：生活困窘的情况。

㊺ “咽喉”二句：是说日子过得很快，而每天都要吃饭，生活是很艰难的。

㊻ 计较：考虑。常便：长远的打算。

㊼ 只索：只得。守困：守着穷困的日子，指无法可想。

㊽ 赍（jī）助：用钱财帮助。

㊾ 胡乱：随便。

㊿ 可知：当然。

51 应付：这里是资助的意思。

52 驮（tuó）：用肩背扛。

53 做经纪：做买卖。

54 就里：底细，详情。

55 说话的：说书人。

56 灾晦：灾难。

57 李存孝：五代时后唐李克用的养子，被人陷害，车裂而死。事见《五代史》。

58 彭越：汉初名将，有人告发他谋反，被刘邦砍成肉酱而死。事见《汉书》。

59 挪移：借。

60 典：典当。

61 不顺溜：不顺利。

62 款款的：慢慢地。

63 无端：无缘无故。

64 做不是的：干坏事的人，这里指小偷。

65 出豁：想出办法。

⑯ 须：实在。不尽道理：不讲道理。
⑰ 不争：要是。
⑱ 计结：了结。
⑲ 活动：机敏灵活。
⑳ 恰待：正要。声张：呼喊。
㉑ 绰（chāo）起：抓起。
㉒ “呜呼”二句：旧时祭文哀悼死者的套语。伏惟尚飨（xiǎng）：请来享用祭品吧。
㉓ 拽扎得爽利：包扎得干净利落。
㉔ 失晓：睡得不知道天已经亮了。
㉕ 区处：处理，安排。
㉖ 将来：拿来。
㉗ 酣：醉。
㉘ 好歹：无论如何。
㉙ 执命：做主追究。
㉚ 搭膊：一种长袋子，中间开口，两头可放东西，用时搭在肩上。
㉛ 净袜：本色布袜。
㉜ 皓：洁白。
㉝ 莲脸生春：形容容貌姣美。
㉞ 万福：古时妇女行礼，一面两手松松抱拳在胸前右下侧上下移动，一面说“万福”。
㉟ 奴家：古时妇女自称。
㊱ 权：暂且。
㊲ 叉手不离方寸：表示行礼时十分恭敬。方寸：心。
㊳ 小人：后生自称。
㊴ 带挈（qiè）：带领。
㊵ 厮赶：相跟，即结伴赶路。
㊶ 脚不点地：形容飞快行走。
㊷ 跷（qiāo）蹊（qī）：奇怪。
㊸ 闲账：闲事。
㊹ 地方：指在一个地区维持治安、管理民事的基层小吏。
㊺ 休：语助词，算了，罢了。
㊻ 皂丝麻丝：比喻有牵连。
㊼ 勒掯（kèn）：逼迫。
㊽ 厮挽：互相扭结。
㊾ 干连人：脱不了关系的人。
⑩⓪ 分豁：摆脱，分解。
⑩① 一步一攧（diān）：形容跌跌撞撞，走得很急的样子。

⑽ 天理：公理。过去认为上天最公正，故称公理为天理。昭然：清清楚楚的样子。

⒀ 委：确实。

⒁ 交割：交代。

⒂ 养赡（shàn）：赡养，养活。

⒃ 好生不济：指生活十分艰难。

⒄ 守耐：安心忍耐。

⒅ 使见识：耍小聪明，用计骗人。

⒆ 前后因依：事情发展的前后因由。

⒇ “天网”二句：法律的网像天那么广大，网眼虽宽，也绝不会漏掉一个犯罪的人。

⑾ 府尹：一府的最高行政长官。

⑿ 相公：犹如说“长官”，是老百姓对官员的尊称。

⒀ 伏乞：表示恭敬地请求。

⒁ 看承：看待，照顾。

⒂ 养赡不周：养赡得不周全，即难以养活之意。

⒃ 没巴臂的说话：没有根据的话，即编造的谎言。

⒄ 青天：旧时代老百姓对公正贤明官吏的美称。

⒅ 苦死：拼命。

⒆ 支吾：抵赖搪塞。

⒇ 首尾：关系。

⒇ 迭成文案：做成公文案卷。

⒇ 部复：由刑部批复了处理办法。申详：向皇帝报告。

⒇ 凌迟：一种酷刑，用刀剐使犯人慢慢致死。

⒇ 市曹：闹市。古时处决犯人多在闹市，以示惩戒。

⒇ 漫尝：不要尝。黄檗（bò）：草药名，味极苦。

⒇ 推详：推究考察。

⒇ 捶楚：严刑拷打。

⒇ 冥冥：昏暗的地方，暗中。

⒇ 积了阴骘（zhì）：指暗中做了好事，有德于人。阴骘，阴德。这里反用其意，是指损了阴德。

⒇ 率意断狱：草率随意地判案。

⒇ 任情：随心所欲地。

⒇ 明允：明白公允。

⒇ 可胜（shēng）叹哉：真是令人感叹不尽啊。

⒇ 转身：改嫁。

⒇ 小祥：穿丧服满一年。按封建礼教，妇女死了丈夫，一般要服丧三年才能改嫁，至少也要守满一年。

⑬⑥ 巴巴结结：形容勉强度日，十分困难。

⑬⑦ 剪径的毛团：拦路抢劫的畜生。

⑬⑧ 兑：换，拼。

⑬⑨ 牛子：骂人性情执拗。

⑭⓪ 搠（shuò）：刺。

⑭① 养不大：指死。

⑭② 脱空计：脱身的计策。

⑭③ 压寨夫人：指强盗头领的妻子。因强盗多占据山头，因称强盗首领为寨主，其妻即称为压寨夫人。

⑭④ 回嗔（chēn）作喜：转怒为喜。

⑭⑤ 撺（cuān）：抛。

⑭⑥ 委曲：这里形容道路曲折。

⑭⑦ 且是：倒是。说得着：说话投机。

⑭⑧ “瓦罐”二句：比喻老干强盗行劫之事，难免有一天会落入法网的。

⑭⑨ 梁园：汉代梁孝王在汴京东南修建的大花园。

⑮⓪ 撇：丢弃。

⑮① 功德：旧时迷信，认为念佛诵经可以超度亡魂、消灾得福，叫“功德”。超度：让亡魂脱离地狱。

⑮② 不是话头：话中的意思对自己不利。

⑮③ 这厮：这家伙。

⑮④ 受戮（lù）：被处死。

⑮⑤ 左右：衙门里的公差。

⑮⑥ 朦胧：糊里糊涂地。

⑮⑦ 高抬明镜：指官吏判案清明公正。

⑮⑧ 勘：勘案，调查。

⑮⑨ 准律：依照法律。加等：加倍。

⑯⓪ 决不待时：意即判处死刑，立即执行。古时死刑多在秋天执行，但重大案犯可以不待秋天，立即执行。

⑯① 有司：主管官员。

⑯② 量行优恤（xù）：根据实际情况给予优厚抚恤。

⑯③ 没入官：没收归官府。

⑯④ 舍：施舍。

⑯⑤ 追荐亡魂：为死者做佛事，以使他的灵魂得到安宁、幸福。

⑯⑥ 口舌：指说话。祸基：灾祸的根源。

阅读提示

这是一篇公案小说。作品通过善良无辜的陈二姐和崔宁被冤屈处死，以及最后得到昭雪的过程，揭露了封建社会官吏滥施刑罚、胡乱判案、草菅人命的罪行。作者对善良无辜的受害者表现出深切的同情，对昏庸残暴的官吏投以愤怒的谴责。但作者在真实地写出这个社会悲剧的同时，又将悲剧的产生归结为“戏言酿祸”，这反映了处于下层的市民群众建立在狭隘生活经验基础上的思想和心理，这种认识削弱了小说主题的批判力量。小说在构思上，在叙事艺术和语言上，都反映了宋元话本的艺术成就。

小　结

话本的出现开始了中国古典小说发展的新阶段。“说话”是要取悦于听众的，因此话本小说的内容一般都是关注现实，而且为当时最广大的市民群众所熟悉和关心的；在艺术上说话人很注意小说的娱乐功能，除了“教化”和“劝惩”的目的外，还必须考虑到给听故事的人以审美享受；小说人物的身份也与唐以前的小说有所不同，手工业者、商人、小贩等成了小说中的主人公；而情节一般都生动曲折，引人入胜；而最明显的差异，是表达工具由脱离口语的文言，变成了在口语基础上提炼而成的白话，表现力有了极大的提高，生活气息也更加浓厚了。这些特点，就使中国古典小说开拓了一种新的境界、新的风貌和新的道路。

参考资料

周先慎:《出色的叙事艺术——〈错斩崔宁〉鉴赏》(载《古典小说鉴赏》[增订本]，北京大学出版社，2003 年)。

第二章　三国演义

温酒斩华雄

长沙太守孙坚出曰："坚愿为前部。"绍曰："文台勇烈，可当此任。"坚遂引本部人马杀奔汜水关来。守关将士，差流星马往洛阳丞相府告急。董卓自专大权之后，每日饮宴。李儒接得告急文书，径来禀卓。卓大惊，急聚众将商议。温侯吕布挺身出曰："父亲勿虑。关外诸侯，布视之如草芥[①]；愿提虎狼之师，尽斩其首，悬于都门。"卓大喜曰："吾有奉先，高枕无忧矣！"言未绝，吕布背后一人高声出曰："'割鸡焉用牛刀？'不劳温侯亲往。吾斩众诸侯首级，如探囊取物耳！"卓视之，其人身长九尺，虎体狼腰，豹头猿臂；关西人也，姓华，名雄。卓闻言大喜，加为骁骑校尉，拨马步军五万，同李肃、胡轸、赵岑星夜赴关迎敌。

众诸侯内有济北相鲍信，寻思孙坚既为前部，怕他夺了头功，暗拨其弟鲍忠，先将马步军三千，径抄小路，直到关下搦战[②]。华雄引铁骑五百，飞下关来，大喝："贼将休走！"鲍忠急待退，被华雄手起刀落，斩于马下，生擒将校极多。华雄遣人赍[③]鲍忠首级来相府报捷，卓加雄为都督。

却说孙坚引四将直至关前。那四将？——第一个，右北平土垠人，姓程，名普，字德谋，使一条铁脊蛇矛；第二个，姓黄，名盖，字公覆，零陵人也，使铁鞭；第三个，姓韩，名当，字义公，辽西令支人也，使一口大刀；第四个，姓祖，名茂，字大荣，吴郡富春人也，使双刀。孙坚披烂银铠，裹赤帻[④]，横古锭刀，骑花鬃马，指关上而骂曰："助恶匹夫，何不早降！"华雄副将胡轸引兵五千出关迎战。程普飞马挺矛，直取胡轸。斗不数合，程普刺中胡轸咽喉，死于马下。坚挥军直杀至关前，关上矢石如雨。孙坚引兵回至梁东屯住，使人于袁绍处报捷，就于袁术处催粮。

或说[⑤]术曰："孙坚乃江东猛虎；若打破洛阳，杀了董卓，正是除狼而得虎也。

今不与粮，彼军必散。”术听之，不发粮草。孙坚军缺食，军中自乱，细作[6]报上关来。李肃为华雄谋曰：“今夜我引一军从小路下关，袭孙坚寨后，将军击其前寨，坚可擒矣。”雄从之，传令军士饱餐，乘夜下关。是夜月白风清。到坚寨时，已是半夜，鼓噪直进。坚慌忙披挂上马，正遇华雄。两马相交，斗不数合，后面李肃军到，竟天价放起火来。坚军乱窜。众将各自混战，止有祖茂跟定孙坚，突围而走。背后华雄追来。坚取箭，连放两箭，皆被华雄躲过。再放第三箭时，因用力太猛，拽折了鹊画弓，只得弃弓纵马而奔。祖茂曰：“主公头上赤帻射目，为贼所识认。可脱帻与某戴之。”坚就脱帻换茂盔，分两路而走。雄军只望赤帻者追赶，坚乃从小路得脱。祖茂被华雄追急，将赤帻挂于人家烧不尽的庭柱上，却入树林潜躲。华雄军于月下遥见赤帻，四面围定，不敢近前。用箭射之，方知是计，遂向前取了赤帻。祖茂于林后杀出，挥双刀欲劈华雄；雄大喝一声，将祖茂一刀砍于马下。杀至天明，雄方引兵上关。

程普、黄盖、韩当都来寻见孙坚，再收拾军马屯扎。坚为折了祖茂，伤感不已，星夜遣人报知袁绍。绍大惊曰：“不想孙文台败于华雄之手！”便聚众诸侯商议。众人都到，只有公孙瓒后至，绍请入帐列坐。绍曰：“前日鲍将军之弟不遵调遣，擅自进兵，杀身丧命，折了许多军士；今者孙文台又败于华雄：挫动锐气，为之奈何？”诸侯并皆不语。绍举目遍视，见公孙瓒背后立着三人，容貌异常，都在那里冷笑。绍问曰：“公孙太守背后何人？”瓒呼玄德出曰：“此吾自幼同舍兄弟，平原令刘备是也。”曹操曰：“莫非破黄巾刘玄德乎？”瓒曰：“然。”即令刘玄德拜见。瓒将玄德功劳，并其出身，细说一遍。绍曰：“既是汉室宗派，取坐来。”命坐。备逊谢。绍曰：“吾非敬汝名爵[7]，吾敬汝是帝室之胄耳。”玄德乃坐于末位，关、张叉手侍立于后。

忽探子来报：“华雄引铁骑下关，用长竿挑着孙太守赤帻，来寨前大骂搦战。”绍曰：“谁敢去战？”袁术背后转出骁将[8]俞涉曰：“小将愿往。”绍喜，便著俞涉出马。即时报来：“俞涉与华雄战不三合，被华雄斩了。”众大惊。太守韩馥曰：“吾有上将潘凤，可斩华雄。”绍急令出战。潘凤手提大斧上马。去不多时，飞马来报：“潘凤又被华雄斩了。”众皆失色。绍曰：“可惜吾上将颜良、文丑未至！得一人在此，何惧华雄！”言未毕，阶下一人大呼出曰：“小将愿往斩华雄头，献于帐下！”众视之，见其人身长九尺，髯长二尺，丹凤眼，卧蚕眉，面如重枣，声如巨钟，立于帐前。绍问何人。公孙瓒曰：“此刘玄德之弟关羽也。”绍问现居何职。瓒曰：“跟随刘玄德充马弓手[9]。”帐上袁术大喝曰：“汝欺吾众诸侯无大将耶？量一弓手，安敢乱言！与我打出！”曹操急止之曰：“公路息怒。此人既出大言，必有勇略；试教出马，如其不胜，责之未迟。”袁绍曰：“使一弓手出战，必被华雄所笑。”操曰：“此人仪表不俗，华雄安知他是弓手？”关公曰：“如不胜，请斩某头。”操教酾热酒[10]一杯，与关公饮了上马。关公曰：“酒且斟下，某去便来。”出帐提刀，飞身上马。众诸侯听得关外鼓声大振，喊声大举，如天摧地塌，岳撼山崩，众皆失惊。正欲探听，鸾铃响处，马到中军，云长提华雄之头，掷于地上。——其酒尚温。后人有诗赞之曰：

威镇乾坤第一功，辕门画鼓响冬冬。云长停盏施英勇，酒尚温时斩华雄。

曹操大喜。只见玄德背后转出张飞，高声大叫：“俺哥哥斩了华雄，不就这里杀入关去，活拿董卓，更待何时！”袁术大怒，喝曰：“俺大臣尚自谦让，量一县令手下小卒，安敢在此耀武扬威！都与赶出帐去！”曹操曰：“得功者赏，何计贵贱乎？”袁术曰：“既然公等只重一县令，我当告退。”操曰：“岂可因一言而误大事耶？”命公孙瓒且带玄德、关、张回寨。众官皆散。曹操暗使人赍牛酒抚慰三人。

（节选自《三国演义》第五回）

注 释

① 草芥：细小的草，说明微不足道。

② 搦（nuò）战：挑战。

③ 赍（jī）：携带。

④ 赤帻（zé）：红色头巾。

⑤ 或：有人。说（shuì）：说服。

⑥ 细作：情报人员。

⑦ 名爵：这里是官职的意思。当时刘备只是一个平原县令，根本没有什么地位。胄：帝王或贵族的后代。

⑧ 骁（xiāo）将：勇猛的战将。

⑨ 马弓手：相当于今天所说的警卫员。

⑩ 酾（shī）酒：原指滤掉酒糟，这里是斟酒的意思。

阅读提示

这一段关于关羽的描写，表现了《三国演义》在人物刻画上的艺术特色。这是关羽出场不久，初露头角的一场战斗。作者没有费多大的力气，就举重若轻地将一个威武雄壮的英雄形象有声有色地表现了出来。其特点是避实而就虚，无论是写关羽本身，还是写有关的战斗，都没有采取直接描写的方法，而是用对比、烘托、渲染、夸张等手法，调动读者的艺术想象。没有直接写，却比直接写收到了更好的艺术效果。作者将关羽同华雄对比起来写，对华雄是用了欲抑先扬的手法，写他如何勇猛，如何了不起，造成一种氛围和悬念，然后写关羽轻而易举地就战胜了他，这样关羽的高大形象就自然地在读者的心目中站立了起来。写华雄是实的，写关羽是虚的，以实映虚，实就成了一种铺垫，一种烘托。这是一种很聪明、很省俭的方法。相关的战斗，作者也几乎不置一词，却十分紧张激烈，全在读者的想象之中。

煮酒论英雄

玄德也防曹操谋害，就下处后园种菜，亲自浇灌，以为韬晦之计①。关、张二人曰："兄不留心天下大事，而学小人之事，何也？"玄德曰："此非二弟所知也。"二人乃不复言。

一日，关、张不在，玄德正在后园浇菜，许褚、张辽引数十人入园中曰："丞相有命，请使君便行。"玄德惊问曰："有甚紧事？"许褚曰："不知。只教我来相请。"玄德只得随二人入府见操。操笑曰："在家做得好大事！"諕得玄德面如土色。操执玄德手，直至后园，曰："玄德学圃②不易！"玄德方才放心，答曰："无事消遣耳。"操曰："适见枝头梅子青青，忽感去年征张绣时，道上缺水，将士皆渴；吾心生一计，以鞭虚指曰：'前面有梅林。'军士闻之，口皆生唾，由是不渴。今见此梅，不可不赏。又值煮酒正熟，故邀使君小亭一会。"玄德心神方定。随至小亭，已设樽俎③：盘置青梅，一樽煮酒。二人对坐，开怀畅饮。

酒至半酣，忽阴云漠漠，骤雨将至。从人遥指天外龙挂④，操与玄德凭栏观之。操曰："使君知龙之变化否？"玄德曰："未知其详。"操曰："龙能大能小，能升能隐：大则兴云吐雾，小则隐介⑤藏形；升则飞腾于宇宙之间，隐则潜伏于波涛之内。方今春深，龙乘时变化，犹人得志而纵横四海。龙之为物，可比世之英雄。玄德久历四方，必知当世英雄。请试指言之。"玄德曰："备肉眼安识英雄？"操曰："休得过谦。”玄德曰：“备叨[6]恩庇，得仕于朝。天下英雄，实有未知。”操曰：“既不识其面，亦闻其名。”玄德曰：“淮南袁术，兵粮足备，可为英雄？”操笑曰：“冢中枯骨，吾早晚必擒之！”玄德曰：“河北袁绍，四世三公，门多故吏；今虎踞冀州之地，部下能事者极多，可为英雄？”操笑曰：“袁绍色厉胆薄，好谋无断；干大事而惜身，见小利而忘命：非英雄也。”玄德曰：“有一人名称八俊，威镇九州——刘景升可为英雄？”操曰：“刘表虚名无实，非英雄也。”玄德曰：“有一人血气方刚，江东领袖——孙伯符乃英雄也？”操曰：“孙策藉父之名，非英雄也。”玄德曰：“益州刘季玉，可为英雄乎？”操曰：“刘璋虽系宗室，乃守户之犬耳，何足为英雄！”玄德曰：“如张绣、张鲁、韩遂等辈皆何如？”操鼓掌大笑曰：“此等碌碌小人，何足挂齿！”玄德曰：“舍此之外，备实不知。”操曰：“夫英雄者，胸怀大志，腹有良谋，有包藏宇宙之机，吞吐天地之志者也。”玄德曰：“谁能当之？”操以手指玄德，后自指，曰：“今天下英雄，惟使君与操耳！”玄德闻言，吃了一惊，手中所执匙箸[7]，不觉落于地下。时正值大雨将至，雷声大作。玄德乃从容俯首拾箸曰：“一震之威，乃至于此。”操笑曰：“丈夫亦畏雷乎？”玄德曰：“圣人迅雷风烈必变[8]，安得不畏？”将闻言失箸缘故，轻轻掩饰过了。操遂不疑玄德。后人有诗赞曰：

勉从虎穴暂趋身，说破英雄惊杀人。巧借闻雷来掩饰，随机应变信如神。

天雨方住，见两个人撞入后园，手提宝剑，突至亭前，左右拦挡不住。操视之，乃关、张二人也。原来二人从城外射箭方回，听得玄德被许褚、张辽请将去了，慌忙来相府打听；闻说在后园，只恐有失，故冲突而入。却见玄德与操对坐饮酒。二人按剑而立。操问二人何来。云长曰：“听知丞相和兄饮酒，特来舞剑，以助一笑。”操笑曰：“此非‘鸿门会’，安用项庄、项伯乎？”玄德亦笑。操命：“取酒与二‘樊哙’压惊。”关、张拜谢。须臾席散，玄德辞操而归。云长曰：“险些惊杀我两个！”玄德以落箸事说与关、张。关、张问是何意。玄德曰：“吾之学圃，正欲使操知我无大志；不意操竟指我为英雄，我故失惊落箸。又恐操生疑，故借惧雷以掩饰之耳。”关、张曰：“兄真高见！”

（节选自《三国演义》第二十一回）

注　释

①　韬晦之计：在形势对自己不利的时候，为了长远的发展而暂将自己的才能、光芒等隐藏收敛起来，以瞒过别人眼目的一种计策。

②　学圃：学习种菜。

③　樽俎（zǔ）：本指斟酒和放祭物的器具，这里代指酒和菜。

④　龙挂：就是今天所说的龙卷风。远看积雨的云，下呈漏斗状，舒卷下垂，古人以为施雨的龙在下挂吸水，故曰龙挂。

⑤　介：鳞甲。

⑥　叨（tāo）：谦词，同“忝”。

⑦　箸：筷子。

⑧　迅雷风烈必变：语出《论语・乡党》，意思是遇见惊雷和大风，必定改变态度。

阅读提示

这段《煮酒论英雄》在《三国演义》中是非常著名的故事，既写了曹操，也写了刘备。曹操论英雄一节，表现了他的眼光、气度和胸襟，确有英雄本色；刘备以装痴来做周旋，也颇能显出他的机智。曹操锋芒毕露，气势逼人；刘备韬光晦迹，深藏不露。

官渡之战

却说袁绍兴兵，望官渡进发。夏侯惇发书告急。曹操起军七万，前往迎敌，留荀彧守许都。绍兵临发，田丰从狱中上书谏曰：“今且宜静守以待天时，不可妄兴大兵，恐有不利。”逢纪谮[①]曰：“主公兴仁义之师，田丰何得出此不祥之语！”绍因怒，欲斩田丰。众官告免。绍恨曰：“待吾破了曹操，明正其罪！”遂催军进发，旌旗遍野，刀剑如林。行至阳武，下定寨栅。沮授曰：“我军虽众，而勇猛不及彼军；彼军虽精，而粮草不如我军。彼军无粮，利在急战；我军有粮，宜且缓守。若能旷以日月，则彼军不战自败矣。”绍怒曰：“田丰慢我军心，吾回日必斩之。汝安敢又如此！”叱左右：“将沮授锁禁军中，待我破曹之后，与田丰一体治罪！”于是下令，将大军七十万，东西南北，周围安营，连络九十余里。

细作探知虚实，报至官渡。曹军新到，闻之皆惧。曹操与众谋士商议。荀攸曰：“绍军虽多，不足惧也。我军俱精锐之士，无不一以当十。但利在急战。若迁延日月，粮草不敷，事可忧矣。”操曰：“所言正合吾意。”遂传令军将鼓噪而进。绍军来迎，两边排成阵势。审配拨弩手一万，伏于两翼；弓箭手五千，伏于门旗内：约炮响齐发。三通鼓罢，袁绍金盔金甲，锦袍玉带，立马阵前。左右排列着张郃、高览、韩猛、淳于琼等诸将。旌旗节钺，甚是严整。曹阵上门旗开处，曹操出马。许褚、张辽、徐晃、李典等，各持兵器，前后拥卫。曹操以鞭指袁绍曰：“吾于天子之前，保奏你为大将军，今何故谋反？”绍怒曰：“汝托名汉相，实为汉贼！罪恶弥天，甚于莽、卓，乃反诬人造反耶！”操曰：“吾今奉诏讨汝！”绍曰：“吾奉衣带诏讨贼！”操怒，使张辽出战。张郃跃马来迎。二将斗了四五十合，不分胜负。曹操见了，暗暗称奇。许褚挥刀纵马，直出助战。高览挺枪接住。四员将捉对儿厮杀。曹操令夏侯惇、曹洪，各引三千军，齐冲彼阵。审配见曹军来冲阵，便令放起号炮：两下万弩并发，中军内弓箭手一齐拥出阵前乱射。曹军如何抵敌，望南急走。袁绍驱兵掩杀，曹军大败，尽退至官渡。

袁绍移军逼近官渡下寨。审配曰：“今可拨兵十万守官渡，就曹操寨前筑起土山，令军人下视寨中放箭。操若弃此而去，吾得此隘口，许昌可破矣。”绍从之，于各寨内选精壮军人，用铁锹土担，齐来曹操寨边，垒土成山。曹营内见袁军堆筑土山，欲待出去冲突，被审配弓弩手当住咽喉要路，不能前进。十日之内，筑成土山五十余座，上立高橹，分拨弓弩手于其上射箭。曹军大惧，皆顶着遮箭牌②守御。土山上一声梆子响处，箭下如雨。曹军皆蒙楯伏地，袁军呐喊而笑。曹操见军慌乱，集众谋士问计。刘晔进曰：“可作发石车以破之。”操令晔进车式，连夜造发石车数百乘，分布营墙内，正对着土山上云梯。候弓箭手射箭时，营内一齐拽动石车，炮石飞空，往上乱打。人无躲处，弓箭手死者无数。袁军皆号其车为“霹雳车”。由是袁军不敢登高射箭。审配又献一计：令军人用铁锹暗打地道，直透曹营内，号为“掘子军”。曹兵望见袁军于山后掘土坑，报知曹操。操又问计于刘晔。晔曰：“此袁军不能攻明而攻暗，发掘伏道，欲从地下透营而入耳。”操曰：“何以御之？”晔曰：“可绕营掘长堑，则彼伏道无用也。”操连夜差军掘堑。袁军掘伏道到堑边，果不能入，空费军力。

却说曹操守官渡，自八月起，至九月终，军力渐乏，粮草不继。意欲弃官渡退回许昌，迟疑未决，乃作书遣人赴许昌问荀彧。彧以书报之。书略曰：

承尊命，使决进退之疑。愚以袁绍悉众聚于官渡，欲与明公决胜负，公以至弱当至强，若不能制，必为所乘：是天下之大机也。绍军虽众，而不能用；以公之神武明哲，何向而不济！今军实虽少，未若楚、汉在荥阳、成皋间也。公今画地而守，扼其喉而使不能进，情见势竭，必将有变。此用奇之时，断不可失。惟明公裁察焉。

曹操得书大喜，令将士效力死守。绍军约退三十余里，操遣将出营巡哨。有徐晃部将史涣获得袁军细作，解见徐晃。晃问其军中虚实。答曰："早晚大将韩猛运粮至军前接济，先令我等探路。"徐晃便将此事报知曹操。荀攸曰："韩猛匹夫之勇耳。若遣一人引轻骑数千，从半路击之，断其粮草，绍军自乱。"操曰："谁人可往？"攸曰："即遣徐晃可也。"操遂差徐晃将带史涣并所部兵先出，后使张辽、许褚引兵救应。当夜韩猛押粮车数千辆，解赴绍寨。正走之间，山谷内徐晃、史涣引军截住去路。韩猛飞马来战，徐晃接住厮杀。史涣便杀散人夫，放火焚烧粮车。韩猛抵当不住，拨回马走。徐晃催军烧尽辎重。袁绍军中，望见西北上火起，正惊疑间，败军报来："粮草被劫！"绍急遣张郃、高览去截大路，正遇徐晃烧粮而回。恰欲交锋，背后张辽、许褚军到。两下夹攻，杀散袁军，四将合兵一处，回官渡寨中。曹操大喜，重加赏劳。又分军于寨前结营，为掎角之势。

却说韩猛败军还营，绍大怒，欲斩韩猛，众官劝免。审配曰："行军以粮食为重，不可不用心提防。乌巢乃屯粮之处，必得重兵守之。"袁绍曰："吾筹策已定。汝可回邺都监督粮草，休教缺乏。"审配领命而去。袁绍遣大将淳于琼，部领督将眭元进、韩莒子、吕威璜、赵睿等，引二万人马，守乌巢。那淳于琼性刚好酒，军士多畏之；既至乌巢，终日与诸将聚饮。

且说曹操军粮告竭，急发使往许昌教荀彧作速措办粮草，星夜解赴军前接济。使者赍书而往，行不上三十里，被袁军捉住，缚见谋士许攸。那许攸字子远，少时曾与曹操为友，此时却在袁绍处为谋士。当下搜得使者所赍曹操催粮书信，径来见绍曰："曹操屯军官渡，与我相持已久，许昌必空虚；若分一军星夜掩袭许昌，则许昌可拔，而操可擒也。今操粮草已尽，正可乘此机会，两路击之。"绍曰："曹操诡计极多，此书乃诱敌之计也。"攸曰："今若不取，后将反受其害。"正话间，忽有使者自邺郡来，呈上审配书。书中先说运粮事；后言许攸在冀州时，尝滥受民间财物，且纵令子侄辈多科税，钱粮入己，今已收其子侄下狱矣。绍见书大怒曰："滥行匹夫！尚有面目于吾前献计耶！汝与曹操有旧，想今亦受他财贿，为他作奸细，啜赚[③]吾军耳！本当斩首，今权且寄头在项！可速退出，今后不许相见！"许攸出，仰天叹曰："忠言逆耳，竖子不足与谋！吾子侄已遭审配之害，吾何颜复见冀州之人乎！"遂欲拔剑自刎。左右夺剑劝曰："公何轻生至此？袁绍不纳直言，后必为曹操所擒。公既与曹公有旧，何不弃暗投明？"只这两句言语，点醒许攸；于是许攸径投曹操。后人有诗叹曰：

本初豪气盖中华，官渡相持枉叹嗟。若使许攸谋见用，山河争得属曹家？

却说许攸暗步出营，径投曹寨，伏路军人拿住。攸曰："我是曹丞相故友，快与我通报，说南阳许攸来见。"军士忙报入寨中。时操方解衣歇息，闻说许攸私奔到寨，大喜，不及穿履，跣足出迎。遥见许攸，抚掌欢笑，携手共入，操先拜于地。攸慌扶起曰："公乃汉相，吾乃布衣，何谦恭如此？"操曰："公乃操故友，岂敢以名爵相上下乎！"攸曰："某不能择主，屈身袁绍，言不听，计不从，今特弃之来见故人。愿赐收录。"操曰："子远肯来，吾事济矣！愿即教我以破绍之计。"攸曰："吾曾教袁绍以轻骑乘虚袭许都，首尾相攻。"操大惊曰："若袁绍用子言，吾事败矣。"攸曰："公今军粮尚有几何？"操曰："可支一年。"攸笑曰："恐未必。"操曰："有半年耳。"攸拂袖而起，趋步出帐曰："吾以诚相投，而公见欺如是，岂吾所望哉！"操挽留曰："子远勿嗔，尚容实诉：军中粮实可支三月耳。"攸笑曰："世人皆言孟德奸雄，今果然也。"操亦笑曰："岂不闻'兵不厌诈'！"遂附耳低言曰："军中止有此月之粮。"攸大声曰："休瞒我！粮已尽矣！"操愕然曰："何以知之？"攸乃出操与荀彧之书以示之曰："此书何人所写？"操惊问曰："何处得之？"攸以获使之事相告。操执其手曰："子远既念旧交而来，愿即有以教我。"攸曰："明公以孤军抗大敌，而不求急胜之方，此取死之道也。攸有一策，不过三日，使袁绍百万之众，不战自破。明公还肯听否？"操喜曰："愿闻良策。"攸曰："袁绍军粮辎重，尽积乌巢，今拨淳于琼守把，琼嗜酒无备。公可选精兵诈称袁将蒋奇领兵到彼护粮，乘间烧其粮草辎重，则绍军不三日将自乱矣。"操大喜，重待许攸，留于寨中。

次日，操自选马步军士五千，准备往乌巢劫粮。张辽曰："袁绍屯粮之所，安得无备？丞相未可轻往，恐许攸有诈。"操曰："不然。许攸此来，天败袁绍。今吾军粮不给，难以久持；若不用许攸之计，是坐而待困也。彼若有诈，安肯留我寨中？且吾亦欲劫寨久矣。今劫粮之举，计在必行，君请勿疑。”辽曰：“亦须防袁绍乘虚来袭。”操笑曰：“吾已筹之熟矣。”便教荀攸、贾诩、曹洪同许攸守大寨，夏侯惇、夏侯渊领一军伏于左，曹仁、李典领一军伏于右，以备不虞。教张辽、许褚在前，徐晃、于禁在后，操自引诸将居中：共五千人马，打着袁军旗号，军士皆束草负薪，人衔枚④，马勒口，黄昏时分，望乌巢进发。是夜星光满天。

且说沮授被袁绍拘禁在军中，是夜因见众星朗列，乃命监者引出中庭，仰观天象。忽见太白逆行，侵犯牛、斗之分，大惊曰：“祸将至矣！”遂连夜求见袁绍。时绍已醉卧，听说沮授有密事启报，唤入问之。授曰：“适观天象，见太白逆行于柳、鬼之间，流光射入牛、斗之分，恐有贼兵劫掠之害。乌巢屯粮之所，不可不提备。宜速遣精兵猛将，于间道山路巡哨，免为曹操所算。”绍怒叱曰：“汝乃得罪之人，何敢妄言惑众！”因叱监者曰：“吾令汝拘囚之，何敢放出！”遂命斩监者，别唤人监押沮授。授出，掩泪叹曰：“我军亡在旦夕，我尸骸不知落何处也！”后人有诗叹曰：

逆耳忠言反见仇，独夫袁绍少机谋。乌巢粮尽根基拔，犹欲区区守冀州。

却说曹操领兵夜行，前过袁绍别寨，寨兵问是何处军马。操使人应曰：“蒋奇奉命往乌巢护粮。”袁军见是自家旗号，遂不疑惑。凡过数处，皆诈称蒋奇之兵，并无阻碍。及到乌巢，四更已尽。操教军士将束草周围举火，众将校鼓噪直入。时淳于琼方与众将饮了酒，醉卧帐中；闻鼓噪之声，连忙跳起问：“何故喧闹？”言未已，早被挠钩拖翻。眭元进、赵睿运粮方回，见屯上火起，急来救应。曹军飞报曹操，说：“贼兵在后，请分军拒之。”操大喝曰：“诸将只顾奋力向前，待贼至背后，方可回战！”于是众军将无不争先掩杀。一霎时，火焰四起，烟迷太空。眭、赵二将驱兵来救，操勒马回战。二将抵敌不住，皆被曹军所杀，粮草尽行烧绝。淳于琼被擒见操，操命割去其耳鼻手指，缚于马上，放回绍营以辱之。

却说袁绍在帐中，闻报正北上火光满天，知是乌巢有失，急出帐召文武各官，商议遣兵往救。张郃曰：“某与高览同往救之。”郭图曰：“不可。曹军劫粮，曹操必然亲往；操既自出，寨必空虚，可纵兵先击曹操之寨；操闻之，必速还：此孙膑‘围魏救赵’⑤之计也。”张郃曰：“非也。曹操多谋，外出必为内备，以防不虞。今若攻操营而不拔，琼等见获，吾属皆被擒矣。”郭图曰：“曹操只顾劫粮，岂留兵在寨耶！”再三请劫曹营。绍乃遣张郃、高览引军五千，往官渡击曹营；遣蒋奇领兵一万，往救乌巢。

且说曹操杀散淳于琼部卒，尽夺其衣甲旗帜，伪作淳于琼部下败军回寨，至山僻小路，正遇蒋奇军马。奇军问之，称是乌巢败军奔回。奇遂不疑，驱马径过。张辽、许褚忽至，大喝：“蒋奇休走！”奇措手不及，被张辽斩于马下，尽杀蒋奇之兵。又使人当先伪报云：“蒋奇已自杀散乌巢兵了。”袁绍因不复遣人接应乌巢，只添兵往官渡。

却说张郃、高览攻打曹营，左边夏侯惇，右边曹仁，中路曹洪，一齐冲出：三下攻击，袁军大败。比及接应军到，曹操又从背后杀来，四下围住掩杀。张郃、高览夺路走脱。袁绍收得乌巢败残军马归寨，见淳于琼耳鼻皆无，手足尽落。绍问：“如何失了乌巢？”败军告说：“淳于琼醉卧，因此不能抵敌。”绍怒，立斩之。郭图恐张郃、高览回寨证对是非，先于袁绍前谮曰：“张郃、高览见主公兵败，心中必喜。”绍曰：“何出此言？”图曰：“二人素有降曹之意，今遣击寨，故意不肯用力，以致损折士卒。”绍大怒，遂遣使急召二人归寨问罪。郭图先使人报二人云：“主公将杀汝矣。”及绍使至，高览问曰：“主公唤我等为何？”使者曰：“不知何故。”览遂拔剑斩来使。郃大惊。览曰：“袁绍听信谗言，必为曹操所擒；吾等岂可坐而待死？不如去投曹操。”郃曰：“吾亦有此心久矣。”于是二人领本部兵马，往曹操寨中投降。夏侯惇曰：“张、高二人来降，未知虚实。”操曰：“吾以恩遇之，虽有异心，亦可变矣。”遂开营门命二人入。二人倒戈卸甲，拜伏于地。操曰：“若使袁绍肯从二将军之言，不至有败。今二将军肯来相投，如微子去殷，韩信归汉也。”遂封张郃为偏将军、都亭侯，高览为偏将军、东莱侯。二人大喜。

却说袁绍既去了许攸，又去了张郃、高览，又失了乌巢粮，军心皇皇。许攸又劝曹操作速进兵；张郃、高览请为先锋；操从之。即令张郃、高览领兵往劫绍寨。当夜三更时分，出军三路劫寨。混战到明，各自收兵，绍军折其大半。荀攸献计曰：“今可扬言调拨人马，一路取酸枣，攻邺郡；一路取黎阳，断袁兵归路。袁绍闻之，必然惊惶，分兵拒我；我乘其兵动时击之，绍可破也。”操用其计，使大小三军，四远扬言。绍军闻此信，来寨中报说：“曹操分兵两路：一路取邺郡，一路取黎阳去也。”绍大惊，急遣袁谭分兵五万救邺郡，辛明分兵五万救黎阳，连夜起行。曹操探知袁绍兵动，便分大队军马，八路齐出，直冲绍营。袁军俱无斗志，四散奔走，遂大溃。袁绍披甲不迭，单衣幅巾上马；幼子袁尚后随。张辽、许褚、徐晃、于禁四员将，引军追赶袁绍。绍急渡河，尽弃图书车仗金帛，止引随行八百余骑而去。操军追之不及，尽获遗下之物。所杀八万余人，血流盈沟，溺水死者不计其数。操获全胜，将所得金宝缎匹，给赏军士。于图书中检出书信一束，皆许都及军中诸人与绍暗通之书。左右曰："可逐一点对姓名，收而杀之。"操曰："当绍之强，孤亦不能自保，况他人乎？"遂命尽焚之，更不再问。

却说袁绍兵败而奔，沮授因被囚禁，急走不脱，为曹军所获，擒见曹操。操素与授相识。授见操，大呼曰："授不降也！"操曰："本初无谋，不用君言，君何尚执迷耶？吾若早得足下，天下不足虑也。"因厚待之，留于军中。授乃于营中盗马，欲归袁氏。操怒，乃杀之。授至死神色不变。操叹曰："吾误杀忠义之士也！"命厚礼殡殓，为建坟安葬于黄河渡口，题其墓曰："忠烈沮君之墓"。后人有诗赞曰：

> 河北多名士，忠贞推沮君：凝眸知阵法，仰面识天文；
> 至死心如铁，临危气似云。曹公钦义烈，特与建孤坟。

操下令攻冀州。正是：势弱只因多算胜，兵强却为寡谋亡。

（节选自《三国演义》第三十回）

注　释

① 谮（zèn）：诬陷，说人坏话。

② 牌：同盾。

③ 啜赚：欺骗。

④ 衔枚：古时行军，为了防止队伍发声喧哗，让士兵口中衔一小棍，状如筷子，称为衔枚。

⑤ 围魏救赵：战国时有名的军事故事。孙膑是齐国著名的军事家，当时魏国围攻赵国的都城邯郸，齐王命令田忌、孙膑率兵救赵。孙膑认为魏国的精锐部队都在攻打赵国，国内空虚，于是引军攻打魏国，魏军从赵撤回，被齐军袭击，大败，赵国之围遂解。

阅读提示

官渡之战是《三国演义》中所写的三大战役之一，是具有典型意义的以弱胜强的著名战例。小说将袁、曹双方进行对比描写：袁绍志短才疏而又刚愎自用，他手下的许多谋士对战争双方的形势做了科学分析，提出了正确的利在缓守的战略指导思想和一定要重视保护粮草的意见，却不但被他拒绝，而且或以有慢军心为由论罪囚禁，或疑为奸细而将之逼到曹操一方，大大地削弱了自己而增强了对方的实力；与此相反，曹操则聪明机智，不但自己对战争的形势有正确的分析，而且能虚心听取众谋士的意见，集思广益，制定出利在急战的正确的战略指导思想，结果取得了战争的胜利。小说突出了指挥员对战争的主观认识和指导是否正确的重要意义，指出战争胜败的关键在于智谋和领导者的作风，都是写得很有深度而具有普遍指导意义的。

赤壁之战

一、舌战群儒

却说鲁肃、孔明辞了玄德、刘琦，登舟望柴桑郡来。二人在舟中共议。鲁肃谓孔明曰："先生见孙将军，切不可实言曹操兵多将广。"孔明曰："不须子敬叮咛，亮自有对答之语。"及船到岸，肃请孔明于馆驿中暂歇，先自往见孙权。权正聚文武于堂上议事，闻鲁肃回，急召入问曰："子敬往江夏，体探虚实若何？"肃曰："已知其略，尚容徐禀。"权将曹操檄文示肃曰："操昨遣使赍文至此，孤[①]先发遣来使，现今会众商议未定。"肃接檄文观看。其略曰：

> 孤近承帝命，奉词伐罪。旄麾[②]南指，刘琮束手；荆襄之民，望风归顺。今统雄兵百万，上将千员，欲与将军会猎[③]于江夏，共伐刘备，同分土地，永结盟好。幸勿观望，速赐回音。

鲁肃看毕曰："主公尊意若何？"权曰："未有定论。"张昭曰："曹操拥百万之众，借天子之名，以征四方，拒之不顺。且主公大势可以拒操者，长江也。今操既得荆州，长江之险，已与我共之矣，势不可敌。以愚之计，不如纳降，为万安之策。"众谋士皆曰："子布之言，正合天意。"孙权沉吟不语。张昭又曰："主公不必多疑。如降操，则东吴民安，江南六郡可保矣。"孙权低头不语。须臾，权起更衣，鲁肃随于权后。权知肃意，乃执肃手而言曰："卿欲如何？"肃曰："恰才众人所言，深误将军。众人皆可降曹操，惟将军不可降曹操。"权曰："何以言之？"肃曰："如肃等降操，当以肃还乡党[④]，累官故不失州郡也；将军降操，欲安所归乎？位不过封侯，车不过一乘，骑不过一匹，从不过数人，岂得南面称孤[⑤]哉！众人之意，各自为己，不可听也。将军宜早定大计。”权叹曰：“诸人议论，大失孤望。子敬开说大计，正与吾见相同。此天以子敬赐我也！但操新得袁绍之众，近又得荆州之兵，恐势大难以抵敌。”肃曰：“肃至江夏，引诸葛瑾之弟诸葛亮在此，主公可问之，便知虚实。”权曰：“卧龙先生在此乎？”肃曰：“现在馆驿中安歇。”权曰：“今日天晚，且未相见。来日聚文武于帐下，先教见我江东英俊，然后升堂议事。”

肃领命而去。次日至馆驿中见孔明，又嘱曰：“今见我主，切不可言曹操兵多。”孔明笑曰：“亮自见机而变，决不有误。”肃乃引孔明至幕下。早见张昭、顾雍等一班文武二十余人，峨冠博带[⑥]，整衣端坐。孔明逐一相见，各问姓名。施礼已毕，坐于客位。张昭等见孔明丰神飘洒，器宇轩昂，料道此人必来游说。张昭先以言挑之曰：“昭乃江东微末之士，久闻先生高卧隆中，自比管、乐[⑦]。此语果有之乎？”孔明曰：“此亮平生小可之比也。”昭曰：“近闻刘豫州三顾先生于草庐之中，幸得先生，以为‘如鱼得水’，思欲席卷荆襄。今一旦以属曹操，未审是何主见？”孔明自思张昭乃孙权手下第一个谋士，若不先难倒他，如何说得孙权，遂答曰：“吾观取汉上之地，易如反掌。我主刘豫州躬行仁义，不忍夺同宗之基业，故力辞之。刘琮孺子，听信佞言，暗自投降，致使曹操得以猖獗。今我主屯兵江夏，别有良图，非等闲可知也。”昭曰：“若此，是先生言行相违也。先生自比管、乐——管仲相桓公，霸诸侯，一匡天下；乐毅扶持微弱之燕，下齐七十余城：此二人者，真济世之才也。先生在草庐之中，但笑傲风月，抱膝危坐。今既从事刘豫州，当为生灵兴利除害，剿灭乱贼。且刘豫州未得先生之前，尚且纵横寰宇，割据城池；今得先生，人皆仰望。虽三尺童蒙，亦谓彪虎生翼，将见汉室复兴，曹氏即灭矣。朝廷旧臣，山林隐士，无不拭目而待：以为拂高天之云翳，仰日月之光辉，拯民于水火之中，措天下于衽席[⑧]之上，在此时也。何先生自归豫州，曹兵一出，弃甲抛戈，望风而窜；上不能报刘表以安庶民，下不能辅孤子而据疆土；乃弃新野，走樊城，败当阳，奔夏口，无容身之地：是豫州既得先生之后，反不如其初也。管仲、乐毅，果如是乎？愚直之言，幸勿见怪！”孔明听罢，哑然而笑曰：“鹏飞万里，其志岂群鸟能识哉？譬如人染沉疴[⑨]，当先用糜粥以饮之，和药以服之；待其腑脏调和，形体渐安，然后用肉食以补之，猛药以治之：则病根尽去，人得全生也。若不待气脉和缓，便投以猛药厚味，欲求安保，诚为难矣。吾主刘豫州，向日军败于汝南，寄迹刘表，兵不满千，将止关、张、赵云而已：此正如病势尪羸[10]已极之时也。新野山僻小县，人民稀少，粮食鲜薄，豫州不过暂借以容身，岂真将坐守于此耶？夫以甲兵不完，城郭不固，军不经练，粮不继日，然而博望烧屯，白河用水，使夏侯惇、曹仁辈心惊胆裂：窃谓管仲、乐毅之用兵，未必过此。至于刘琮降操，豫州实出不知；且又不忍乘乱夺同宗之基业，此真大仁大义也。当阳之败，豫州见有数十万赴义之民，扶老携幼相随，不忍弃之，日行十里，不思进取江陵，甘与同败，此亦大仁大义也。寡不敌众，胜负乃其常事。昔高皇数败于项羽，而垓下一战成功，此非韩信之良谋乎？夫信久事高皇，未尝累胜。盖国家大计，社稷安危，是有主谋。非比夸辩之徒，虚誉欺人：坐议立谈，无人可及；临机应变，百无一能。——诚为天下笑耳！”这一篇言语，说得张昭并无一言回答。

座上忽一人抗声问曰：“今曹公兵屯百万，将列千员，龙骧虎视，平吞江夏，公以为何如？”孔明视之，乃虞翻也。孔明曰：“曹操收袁绍蚁聚之兵，劫刘表乌合之众，虽数百万不足惧也。”虞翻冷笑曰：“军败于当阳，计穷于夏口，区区求救于人，而犹言‘不惧’，此真大言欺人也！”孔明曰：“刘豫州以数千仁义之师，安能敌百万残暴之众？退守夏口，所以待时也。今江东兵精粮足，且有长江之险，犹欲使其主屈膝降贼，不顾天下耻笑。——由此论之，刘豫州真不惧操贼者矣！”虞翻不能对。

座间又一人问曰：“孔明欲效仪、秦[11]之舌，游说东吴耶？”孔明视之，乃步骘也。孔明曰：“步子山以苏秦、张仪为辩士，不知苏秦、张仪亦豪杰也：苏秦佩六国相印，张仪两次相秦，皆有匡扶人国之谋，非比畏强凌弱，惧刀避剑之人也。君等闻曹操虚发诈伪之词，便畏惧请降，敢笑苏秦、张仪乎？”步骘默然无语。

忽一人问曰：“孔明以曹操何如人也？”孔明视其人，乃薛综也。孔明答曰：“曹操乃汉贼也，又何必问？”综曰：“公言差矣。汉传世至今，天数将终。今曹公已有天下三分之二，人皆归心。刘豫州不识天时，强欲与争，正如以卵击石，安得不败乎？”孔明厉声曰：“薛敬文安得出此无父无君之言乎！夫人生天地间，以忠孝为立身之本。公既为汉臣，则见有不臣之人，当誓共戮之：臣之道也。今曹操祖宗叨食汉禄，不思报效，反怀篡逆之心，天下之所共愤；公乃以天数归之，真无父无君之人也！不足与语！请勿复言！”薛综满面羞惭，不能对答。

座上又一人应声问曰：“曹操虽挟天子以令诸侯，犹是相国曹参[12]之后。刘豫州虽云中山靖王苗裔，却无可稽考，眼见只是织席贩屦之夫耳，何足与曹操抗衡哉！”孔明视之，乃陆绩也。孔明笑曰：“公非袁术座间怀桔之陆郎乎？请安坐，听吾一言：曹操既为曹相国之后，则世为汉臣矣；今乃专权肆横，欺凌君父，是不惟无君，亦且蔑祖，不惟汉室之乱臣，亦曹氏之贼子也。刘豫州堂堂帝胄，当今皇帝，按谱赐爵，何云‘无可稽考’？且高祖起身亭长，而终有天下；织席贩屦，又何足为辱乎？公小儿之见，不足与高士共语！”陆绩语塞。

座上一人忽曰：“孔明所言，皆强词夺理，均非正论，不必再言。且请问孔明治何经典？”孔明视之，乃严峻也。孔明曰：“寻章摘句，世之腐儒也，何能兴邦立事？且古耕莘伊尹⑬，钓渭子牙⑭，张良、陈平⑮之流，邓禹、耿弇⑯之辈，皆有匡扶宇宙之才，未审其生平治何经典。——岂亦效书生，区区于笔砚之间，数黑论黄，舞文弄墨而已乎？”严峻低头丧气而不能对。

忽又一人大声曰：“公好为大言，未必真有实学，恐适为儒者所笑耳。”孔明视其人，乃汝阳程德枢也。孔明答曰：“儒有君子小人之别。君子之儒，忠君爱国，守正恶邪，务使泽及当时，名留后世。——若夫小人之儒，惟务雕虫⑰，专工翰墨；青春作赋，皓首穷经；笔下虽有千言，胸中实无一策。且如杨雄⑱以文章名世，而屈身事莽，不免投阁而死，此所谓小人之儒也；虽日赋万言，亦何取哉！”程德枢不能对。众人见孔明对答如流，尽皆失色。

时座上张温、骆统二人，又欲问难。忽一人自外而入，厉声言曰：“孔明乃当世奇才，君等以唇舌相难，非敬客之礼也。曹操大军临境，不思退敌之策，乃徒斗口耶！”众视其人，乃零陵人，姓黄，名盖，字公覆，现为东吴粮官。当时黄盖谓孔明曰：“愚闻多言获利，不如默而无言。何不将金石之论⑲为我主言之，乃与众人辩论也？”孔明曰：“诸君不知世务，互相问难，不容不答耳。”于是黄盖与鲁肃引孔明入。至中门，正遇诸葛瑾，孔明施礼。瑾曰：“贤弟既到江东，如何不来见我？”孔明曰：“弟既事刘豫州，理宜先公后私。公事未毕，不敢及私。望兄见谅。”瑾曰：“贤弟见过吴侯，却来叙话。”说罢自去。

鲁肃曰：“适间所嘱，不可有误。”孔明点头应诺。引至堂上，孙权降阶而迎，优礼相待。施礼毕，赐孔明坐。众文武分两行而立。鲁肃立于孔明之侧，只看他讲话。孔明致玄德之意毕，偷眼看孙权：碧眼紫髯，堂堂一表。孔明暗思：“此人相貌非常，只可激，不可说。等他问时，用言激之便了。”献茶已毕，孙权曰：“多闻鲁子敬谈足下之才，今幸得相见，敢求教益。”孔明曰：“不才无学，有辱明问。”权曰：“足下近在新野，佐刘豫州与曹操决战，必深知彼军虚实。”孔明曰：“刘豫州兵微将寡，更兼新野城小无粮，安能与曹操相持。”权曰：“曹兵共有多少？”孔明曰：“马步水军，约有一百余万。”权曰：“莫非诈乎？”孔明曰：“非诈也。曹操就兖州已有青州军二十万；平了袁绍，又得五六十万；中原新招之兵三四十万；今又得荆州之军二三十万：以此计之，不下一百五十万。——亮以百万言之，恐惊江东之士也。”鲁肃在旁，闻言失色，以目视孔明；孔明只做不见。权曰：“曹操部下战将，还有多少？”孔明曰：“足智多谋之士，能征惯战之将，何止一二千人。”权曰：“今曹操平了荆、楚，复有远图乎？”孔明曰：“即今沿江下寨，准备战船，不欲图江东，待取何地？”权曰：“若彼有吞并之意，战与不战，请足下为我一决。”孔明曰：“亮有一言，但恐将军不肯听从。”权曰：“愿闻高论。”孔明曰：“向者宇内大乱，故将军起江东，刘豫州收众汉南，与曹操并争天下。今操芟除[20]大难，略已平矣；近又新破荆州，威震海内；纵有英雄，无用武之地：故豫州遁逃至此。愿将军量力而处之：若能以吴、越之众，与中国[21]抗衡，不如早与之绝；若其不能，何不从众谋士之论，按兵束甲，北面而事[22]之？”权未及答。孔明又曰：“将军外托服从之名，内怀疑贰[23]之见，事急而不断，祸至无日矣！”权曰：“诚如君言，刘豫州何不降操？”孔明曰：“昔田横[24]，齐之壮士耳，犹守义不辱。况刘豫州王室之胄，英才盖世，众士仰慕。——事之不济，此乃天也，又安能屈处人下乎！”

孙权听了孔明此言，不觉勃然变色，拂衣而起，退入后堂。众皆哂笑而散。鲁肃责孔明曰：“先生何故出此言？幸是吾主宽洪大度，不即面责。先生之言，藐视吾主甚矣。”孔明仰面笑曰：“何如此不能容物耶！我自有破曹之计，彼不问我，我故不言。”肃曰：“果有良策，肃当请主公求教。”孔明曰：“吾视曹操百万之众，如群蚁耳！但我一举手，则皆为齑粉矣！”肃闻言，便入后堂见孙权。权怒气未息，顾谓肃曰：“孔明欺吾太甚！”肃曰：“臣亦以此责孔明，孔明反笑主公不能容物。破曹之策，孔明不肯轻言，主公何不求之？”权回嗔作喜曰：“原来孔明有良谋，故以言词激我。我一时浅见，几误大事。”便同鲁肃重复出堂，再请孔明叙话。权见孔明，谢曰：“适来冒渎威严，幸勿见罪。”孔明亦谢曰：“亮言语冒犯，望乞恕罪。”权邀孔明入后堂，置酒相待。

数巡之后，权曰：“曹操平生所恶者：吕布、刘表、袁绍、袁术、豫州与孤耳。今数雄已灭，独豫州与孤尚存。孤不能以全吴之地，受制于人。吾计决矣。非刘豫州莫与当曹操者；然豫州新败之后，安能抗此难乎？”孔明曰：“豫州虽新败，然关云长犹率精兵万人；刘琦领江夏战士，亦不下万人。曹操之众，远来疲惫；近追豫州，轻骑一日夜行三百里，此所谓‘强弩之末，势不能穿鲁缟’者也。且北方之人，不习水战。荆州士民附操者，迫于势耳，非本心也。今将军诚能与豫州协力同心，破曹军必矣。操军破，必北还，则荆、吴之势强，而鼎足之形成矣。成败之机，在于今日。惟将军裁之。”权大悦曰：“先生之言，顿开茅塞。吾意已决，更无他疑。即日商议起兵，共灭曹操！”遂令鲁肃将此意传谕文武官员，就送孔明于馆驿安歇。

张昭知孙权欲兴兵，遂与众议曰：“中了孔明之计也！”急入见权曰：“昭等闻主公将兴兵与曹操争锋。主公自思比袁绍若何？曹操向日兵微将寡，尚能一鼓克袁绍；何况今日拥百万之众南征，岂可轻敌？若听诸葛亮之言，妄动甲兵，此所谓负薪救火也。”孙权只低头不语。顾雍曰：“刘备因为曹操所败，故欲借我江东之兵以拒之，主公奈何为其所用乎？愿听子布之言。”孙权沉吟未决。张昭等出，鲁肃入见曰：“适张子布等，又劝主公休动兵，力主降议，此皆全躯保妻子之臣，为自谋之计耳。愿主公勿听也。”孙权尚在沉吟。肃曰：“主公若迟疑，必为众人误矣。”权曰：“卿且暂退，容我三思。”肃乃退出。时武将或有要战的，文官都是要降的，议论纷纷不一。

且说孙权退入内宅，寝食不安，犹豫不决。吴国太见权如此，问曰：“何事在心，寝食俱废？”权曰：“今曹操屯兵于江汉，有下江南之意。问诸文武，或欲降者，或欲战者。欲待战来，恐寡不敌众；欲待降来，又恐曹操不容：因此犹豫不决。”吴国太曰：“汝何不记吾姐临终之语乎？”孙权如醉方醒，似梦初觉，想出这句话来。正是：追思国母临终语，引得周郎立战功。

（节选自《三国演义》第四十三回）

注　释

① 孤：古代王侯的谦称。

② 旄麾：旄，军中用的旗帜，竿顶用旄牛尾为饰。麾，指挥用的旗帜。旄麾，代指军队。

③ 会猎：大规模的打猎，这里是会战的意思。

④ 乡党：泛指乡里。周制以五百家为党，一万二千五百家为乡。

⑤ 南面称孤：古代以面向南为尊位，故称居帝位为南面。

⑥ 峨冠博带：高帽子和阔衣带，古代士大夫的装束。

⑦ 管、乐：管仲，春秋时齐国的名相；乐毅，战国时燕国的名将。

⑧ 衽席：床席。

⑨ 沉疴：重病。

⑩ 尪羸（wāng léi）：身体瘦弱。

⑪ 仪、秦：张仪、苏秦，战国时纵横家，以雄辩著名。

⑫ 曹参：汉高祖的功臣。

⑬ 古耕莘伊尹：伊尹是商初的大臣，传说他原是有莘氏女的陪嫁之臣，曾经耕作于有莘国之野。

⑭ 钓渭子牙：子牙指吕尚，传说中他 80 岁时在渭水钓鱼，被周文王访得，拜为丞相。后助周灭商，在小说《封神演义》中演变为一个神话人物。

⑮ 张良、陈平：张良，汉初功臣，封留侯；陈平，汉初功臣，封曲逆侯。

⑯ 邓禹、耿弇（yǎn）：汉光武帝时功臣。

⑰ 雕虫：指被人轻视的小技艺。

⑱ 杨雄：汉代著名的辞赋家，因屈事王莽，畏罪投阁自杀。

⑲ 金石之论：宝贵的看法。

⑳ 芟（shān）除：剪除。

㉑ 中国：这里指中原、中土。

㉒ 北面而事：称臣。

㉓ 疑贰：疑惑，没有主意。

㉔ 田横：秦末齐国人，齐王被虏，田横自立为齐王，后逃至海岛，拒绝汉高祖的招降，偕部下五百余人不屈自杀。

阅读提示

这回书写孙刘联盟的缔结，是赤壁之战前一次非常重要的外交斗争。主要写了三个人物：诸葛亮、孙权、鲁肃。诸葛亮唱的是主角，他过江的任务就是要说服孙权下决心与刘备结成同盟，联合抗曹。孙吴内部分为主战和主和两派，主和派明显占据优势。但孙权本人却在严峻的形势面前犹豫不决，一方面畏惧曹操，另一方面又不甘心投降曹操。小说通过反复描写，将他的内心矛盾冲突写得非常充分。小说围绕孙权的态度，将诸葛亮和鲁肃两人对比起来描写，而最后又都落到了诸葛亮的身上。鲁肃是主战派，却想不出办法来说服孙权，心急如焚而又心存疑虑，因而反复叮嘱诸葛亮不要将曹操军力的强大告知孙权；而诸葛亮则摸透了孙权的心思，如何才能达到预定的目的已胸有成竹，因而沉稳自信，从容不迫。他利用孙权的内心矛盾，采用了智激的方法，收到了很好的效果。舌战群儒，不只是表现出诸葛亮杰出的辩才，更重要的是表现出他审视全局的过人眼光和沉稳镇定的政治家风度。这回书所写的诸葛亮的智慧，主要表现在对孙权的认识非常准确和深刻，并据此采用了灵活而又十分有效的策略上。整个赤壁之战的描写都突出用计，智激孙权也是一次用计，在用计中表现人物的智慧和斗争经验。作者的叙事从容不迫，不急于展开战争本身的进程，而是从这场战争能否取得胜利的关键——孙刘联盟的缔结写起，写得很充分。这样就抓住了问题的核心，不仅易于展开下面的情节，而且还能在思想上给读者以启发。

二、蒋干中计

却说周瑜得胜回寨，犒赏三军，一面差人到吴侯处报捷。当夜瑜登高观望，只见西边火光接天。左右告曰："此皆北军灯火之光也。"瑜亦心惊。次日，瑜欲亲往探看曹军水寨，乃命收拾楼船一只，带着鼓乐，随行健将数员，各带强弓硬弩，一齐上船迤逦①前进。至操寨边，瑜命下了碇石②，楼船上鼓乐齐奏。瑜暗窥他水寨，大惊曰："此深得水军之妙也！"问："水军都督是谁？"左右曰："蔡瑁、张允。"瑜思曰："二人久居江东，谙习水战，吾必设计先除此二人，然后可以破曹。"正窥看间，早有曹军飞报曹操，说："周瑜偷看吾寨。"操命纵船擒捉。瑜见水寨中旗号动，急教收起碇石，两边四下一齐轮转橹棹，望江面上如飞而去。比及曹寨中船出时，周瑜的楼船已离了十数里远，追之不及，回报曹操。

操问众将曰："昨日输了一阵，挫动锐气；今又被他深窥吾寨。吾当作何计破之？"言未毕，忽帐下一人出曰："某自幼与周郎同窗交契，愿凭三寸不烂之舌，往江东说此人来降。"曹操大喜，视之，乃九江人，姓蒋，名干，字子翼，现为帐下幕宾。操问曰："子翼与周公瑾相厚乎？"干曰："丞相放心。干到江左，必要成功。"操问："要将何物去？"干曰："只消一童随往，二仆驾舟，其余不用。"操甚喜，置酒与蒋干送行。干葛巾布袍，驾一只小舟，径到周瑜寨中，命传报："故人蒋干相访。"周瑜正在帐中议事，闻干至，笑谓诸将曰："说客至矣！"遂与众将附耳低言，如此如此。众皆应命而去。

瑜整衣冠，引从者数百，皆锦衣花帽，前后簇拥而出。蒋干引一青衣小童，昂然而来。瑜拜迎之。干曰："公瑾别来无恙！"瑜曰："子翼良苦：远涉江湖，为曹氏作说客耶？"干愕然曰："吾久别足下，特来叙旧，奈何疑我作说客也？"瑜笑曰："吾虽不及师旷之聪③，闻弦歌而知雅意。"干曰："足下待故人如此，便请告退。"瑜笑而挽其臂曰："吾但恐兄为曹氏作说客耳。既无此心，何速去也？"遂同入帐。

叙礼毕，坐定，即传令悉召江左英杰与子翼相见。

须臾，文官武将，各穿锦衣；帐下偏裨将校[④]，都披银铠：分两行而入。瑜都教相见毕，就列于两傍而坐。大张筵席，奏军中得胜之乐，轮换行酒。瑜告众官曰：“此吾同窗契友也。虽从江北到此，却不是曹家说客。——公等勿疑。”遂解佩剑付太史慈曰：“公可佩我剑作监酒：今日宴饮，但叙朋友交情；如有提起曹操与东吴军旅之事者，即斩之！”太史慈应诺，按剑坐于席上。蒋干惊愕，不敢多言。周瑜曰：“吾自领军以来，滴酒不饮；今日见了故人，又无疑忌，当饮一醉。”说罢，大笑畅饮。座上觥筹交错。饮至半酣，瑜携干手，同步出帐外。左右军士，皆全装惯带，持戈执戟而立。瑜曰：“吾之军士，颇雄壮否？”干曰：“真熊虎之士也。”瑜又引干到帐后一望，粮草堆如山积。瑜曰：“吾之粮草，颇足备否？”干曰：“兵精粮足，名不虚传。”瑜佯醉大笑曰：“想周瑜与子翼同学业时，不曾望有今日。”干曰：“以吾兄高才，实不为过。”瑜执干手曰：“大丈夫处世，遇知己之主，外托君臣之义，内结骨肉之恩，言必行，计必从，祸福共之。假使苏秦、张仪、陆贾、郦生[⑤]复出，口似悬河，舌如利刃，安能动我心哉！”言罢大笑。蒋干面如土色。瑜复携干入帐，会诸将再饮；因指诸将曰：“此皆江东之英杰。今日此会，可名‘群英会’。”饮至天晚，点上灯烛，瑜自起舞剑作歌。歌曰：

丈夫处世兮立功名；立功名兮慰平生。慰平生兮吾将醉；吾将醉兮发狂吟！

歌罢，满座欢笑。至夜深，干辞曰：“不胜酒力矣。”瑜命撤席，诸将辞出。瑜曰：“久不与子翼同榻，今宵抵足而眠。”于是佯作大醉之状，携干入帐共寝。瑜和衣卧倒，呕吐狼藉。蒋干如何睡得着？伏枕听时，军中鼓打二更，起视残灯尚明。看周瑜时，鼻息如雷。干见帐内桌上，堆着一卷文书，乃起床偷视之，却都是往来书信。内有一封，上写“蔡瑁张允谨封”。干大惊，暗读之。书略曰：

某等降曹，非图仕禄，迫于势耳。今已赚北军困于寨中，但得其便，即将操贼之首，献于麾下。早晚人到，便有关报。幸勿见疑。先此敬覆。

干思曰：“原来蔡瑁、张允结连东吴！”遂将书暗藏于衣内。再欲检看他书时，床上周瑜翻身，干急灭灯就寝。瑜口内含糊曰："子翼，我数日之内，教你看操贼之首！"干勉强应之。瑜又曰："子翼，且住！……教你看操贼之首！……"及干问之，瑜又睡着。干伏于床上，将近四更，只听得有人入帐唤曰："都督醒否？"周瑜梦中做忽觉之状，故问那人曰："床上睡着何人？"答曰："都督请子翼同寝，何故忘却？"瑜懊悔曰："吾平日未尝饮醉；昨日醉后失事，不知可曾说甚言语？"那人曰："江北有人到此。"瑜喝："低声！"便唤："子翼。"蒋干只妆睡着。瑜潜出帐。干窃听之，只闻有人在外曰："张、蔡二都督道：'急切不得下手，……'"后面言语颇低，听不真实。少顷，瑜入帐，又唤："子翼。"蒋干只是不应，蒙头假睡。瑜亦解衣就寝。干寻思："周瑜是个精细人，天明寻书不见，必然害我。"睡至五更，干起唤周瑜；瑜却睡着。干戴上巾帻，潜步出帐，唤了小童，径出辕门。军士问："先生那里去？"干曰："吾在此恐误都督事，权且告别。"军士亦不阻当。

干下船，飞棹回见曹操。操问："子翼干事若何？"干曰："周瑜雅量高致，非言词所能动也。"操怒曰："事又不济，反为所笑！"干曰："虽不能说周瑜，却与丞相打听得一件事。乞退左右。"干取出书信，将上项事逐一说与曹操。操大怒曰："二贼如此无礼耶！"即便唤蔡瑁、张允到帐下。操曰："我欲使汝二人进兵。"瑁曰："军尚未曾练熟，不可轻进。"操怒曰："军若练熟，吾首级献于周郎矣！"蔡、张二人不知其意，惊慌不能回答。操喝武士推出斩之。须臾，献头帐下，操方省悟曰："吾中计矣！"后人有诗叹曰：

曹操奸雄不可当，一时诡计中周郎。蔡张卖主求生计，谁料今朝剑下亡！

众将见杀了张、蔡二人，入问其故。操虽心知中计，却不肯认错，乃谓众将曰："二人怠慢军法，吾故斩之。"众皆嗟呀不已。操于众将内选毛玠、于禁为水军都督，以代蔡、张二人之职。

（节选自《三国演义》第四十五回）

注　释

① 迤逦（yǐ lǐ）：曲折连绵。

② 碇（dìng）石：用来停船的石头，犹如今天所说的锚。

③ 师旷之聪：像师旷那样灵敏的耳朵。师旷是春秋时晋国的乐师，以善辨音著称。

④ 偏裨（pí）将校：军官中的副职。

⑤ 陆贾、郦生：陆贾和郦食其都是汉初著名的辩士。

阅读提示

这是周瑜使用的反间计，表现了他在军事斗争中的机敏和智慧。他作为盟军的统帅，注意调查研究，亲到前线视察曹军的水寨。视察中表现出他敏锐地发现问题的能力。当他看见曹军的水寨时，立即为曹操水军之妙感到震惊，便决心要除掉曹操新任命的水军都督蔡瑁和张允。他和蒋干之间的较量，实际上是同曹操之间的较量，曹操派蒋干过江就已先输一着。群英会的安排，周瑜先发制人，在气势声威上压倒了蒋干；然后佯装酒醉，故意口吐真言，引诱蒋干上当。反间计的成功，让曹操自毁长城，自己杀掉了刚任命而对于曹军十分重要的水军都督蔡、张二人，使不习水战的曹军刚刚开始向有利方向转变的形势，又重新陷于极其不利的被动局面。赤壁之战中的斗智，始终围绕着曹军不习水战这一主要矛盾进行，因而情节显得既丰富而又集中，毫无松散繁冗之病。

三、草船借箭

却说鲁肃领了周瑜言语，径来舟中相探孔明。孔明接入小舟对坐。肃曰：“连日措办军务，有失听教。”孔明曰：“便是亮亦未与都督贺喜。”肃曰：“何喜？”孔明曰：“公瑾使先生来探亮知也不知，便是这件事可贺喜耳。”諕得鲁肃失色问曰：“先生何由知之？”孔明曰：“这条计只好弄蒋干。曹操虽被一时瞒过，必然便省悟，只是不肯认错耳。今蔡、张两人既死，江东无患矣，如何不贺喜！吾闻曹操换毛玠、于禁为水军都督，则这两个手里，好歹送了水军性命。”鲁肃听了，开口不得，把些言语支吾了半晌，别孔明而回。孔明嘱曰：“望子敬在公瑾面前勿言亮先知此事。恐公瑾心怀妒忌，又要寻事害亮。”鲁肃应诺而去，回见周瑜，把上项事只得实说了。瑜大惊曰：“此人决不可留！吾决意斩之！”肃劝曰：“若杀孔明，却被曹操笑也。”瑜曰：“吾自有公道斩之，教他死而无怨。”肃曰：“何以公道斩之？”瑜曰：“子敬休问，来日便见。”

次日，聚众将于帐下，教请孔明议事。孔明欣然而至。坐定，瑜问孔明曰：“即日将与曹军交战，水路交兵，当以何兵器为先？”孔明曰：“大江之上，以弓箭为先。”瑜曰：“先生之言，甚合愚意。但今军中正缺箭用，敢烦先生监造十万枝箭，以为应敌之具。此系公事，先生幸勿推却。”孔明曰：“都督见委，自当效劳。敢问十万枝箭，何时要用？”瑜曰：“十日之内，可完办否？”孔明曰：“操军即日将至，若候十日，必误大事。”瑜曰：“先生料几日可完办？”孔明曰：“只消三日，便可拜纳十万枝箭。”瑜曰：“军中无戏言。”孔明曰：“怎敢戏都督！愿纳军令状：三日不办，甘当重罚。”瑜大喜，唤军政司当面取了文书，置酒相待曰：“待军事毕后，自有酬劳。”孔明曰：“今日已不及，来日造起。至第三日，可差五百小军到江边搬箭。”饮了数杯，辞去。鲁肃曰：“此人莫非诈乎？”瑜曰：“他自送死，非我逼他。今明白对众要了文书，他便两胁生翅，也飞不去。我只分付军匠人等，教他故意迟延，凡应用物件，都不与齐备。如此，必然误了日期。那时定罪，有何理说？公今可去探他虚实，却来回报。”

肃领命来见孔明。孔明曰：“吾曾告子敬，休对公瑾说，他必要害我。不想子敬不肯为我隐讳，今日果然又弄出事来。三日内如何造得十万箭？子敬只得救我！”肃曰：“公自取其祸，我如何救得你？”孔明曰：“望子敬借我二十只船，每船要军士三十人，船上皆用青布为幔，各束草千余个，分布两边。吾别有妙用。第三日包管有十万枝箭。只不可又教公瑾得知。——若彼知之，吾计败矣。”肃允诺，却不解其意。回报周瑜，果然不提起借船之事，只言：“孔明并不用箭竹、翎毛、胶漆等物，自有道理。”瑜大疑曰：“且看他三日后如何回覆我！”

却说鲁肃私自拨轻快船二十只，各船三十余人，并布幔束草等物，尽皆齐备，候孔明调用。第一日却不见孔明动静；第二日亦只不动。至第三日四更时分，孔明密请鲁肃到船中。肃问曰：“公召我来何意？”孔明曰：“特请子敬同往取箭。”肃曰：“何处去取？”孔明曰：“子敬休问，前去便见。”遂命将二十只船，用长索相连，径望北岸进发。是夜大雾漫天，长江之中，雾气更甚，对面不相见。孔明促舟前进，果然是好大雾！前人有篇《大雾垂江赋》曰：

> 大哉长江！西接岷、峨，南控三吴，北带九河。汇百川而入海，历万古以扬波。至若龙伯、海若，江妃、水母，长鲸千丈，天蜈九首，鬼怪异类，咸集而有。盖夫鬼神之所凭依，英雄之所战守也。
>
> 时也阴阳既乱，昧爽不分。讶长空之一色，忽大雾之四屯。虽舆薪而莫睹，惟金鼓之可闻。初若溟蒙，才隐南山之豹；渐而充塞，欲迷北海之鲲。然后上接高天，下垂厚地；渺乎苍茫，浩乎无际。鲸鲵出水而腾波，蛟龙潜渊而吐气。

又如梅霖收溽，春阴酿寒；溟溟漠漠，浩浩漫漫。东失柴桑之岸，南无夏口之山。战船千艘，俱沉沦于岩壑；渔舟一叶，惊出没于波澜。甚则穹昊无光，朝阳失色；返白昼为昏黄，变丹山为水碧。虽大禹之智，不能测其浅深；离娄之明，焉能辨乎咫尺？

于是冯夷息浪，屏翳收功；鱼鳖遁迹，鸟兽潜踪。隔断蓬莱之岛，暗围阊阖之宫。恍惚奔腾，如骤雨之将至；纷纭杂沓，若寒云之欲同。乃能中隐毒蛇，因之而为瘴疠；内藏妖魅，凭之而为祸害。降疾厄于人间，起风尘于塞外。小民遇之夭伤，大人观之感慨。盖将返元气于洪荒，混天地为大块。

当夜五更时候，船已近曹操水寨。孔明教把船只头西尾东，一带摆开，就船上擂鼓呐喊。鲁肃惊曰："倘曹兵齐出，如之奈何？"孔明笑曰："吾料曹操于重雾中必不敢出。吾等只顾酌酒取乐，待雾散便回。"

却说曹寨中，听得擂鼓呐喊，毛玠、于禁二人慌忙飞报曹操。操传令曰："重雾迷江，彼军忽至，必有埋伏，切不可轻动。可拨水军弓弩手乱箭射之。"又差人往旱寨内唤张辽、徐晃各带弓弩军三千，火速到江边助射。比及号令到来，毛玠、于禁怕南军抢入水寨，已差弓弩手在寨前放箭；少顷，旱寨内弓弩手亦到，约一万余人，尽皆向江中放箭：箭如雨发。孔明教把船吊回，头东尾西，逼近水寨受箭，一面擂鼓呐喊。待至日高雾散，孔明令收船急回。二十只船两边束草上，排满箭枝。孔明令各船上军士齐声叫曰："谢丞相箭！"比及曹军寨内报知曹操时，这里船轻水急，已放回二十余里，追之不及。曹操懊悔不已。

却说孔明回船谓鲁肃曰："每船上箭约五六千矣。不费江东半分之力，已得十万余箭。明日即将来射曹军，却不甚便！"肃曰："先生真神人也！何以知今日如此大雾？"孔明曰："为将而不通天文，不识地利，不知奇门[①]，不晓阴阳[②]，不看阵图[③]，不明兵势，是庸才也。亮于三日前已算定今日有大雾，因此敢任三日之限。公瑾教我十日完办，工匠料物，都不应手，将这一件风流罪过，明白要杀我。——我命系于天，公瑾焉能害我哉！"鲁肃拜服。

船到岸时，周瑜已差五百军在江边等候搬箭。孔明教于船上取之，可得十余万枝，都搬入中军帐交纳。鲁肃入见周瑜，备说孔明取箭之事。瑜大惊，慨然叹曰："孔明神机妙算，吾不如也！"后人有诗赞曰：

一天浓雾满长江，远近难分水渺茫。骤雨飞蝗来战舰，孔明今日伏周郎。

少顷，孔明入寨见周瑜。瑜下帐迎之，称羡曰：“先生神算，使人敬服。”孔明曰：“诡谲小计，何足为奇。”瑜邀孔明入帐共饮。瑜曰：“昨吾主遣使来催督进军，瑜未有奇计，愿先生教我。”孔明曰：“亮乃碌碌庸才，安有妙计？”瑜曰：“某昨观曹操水寨，极是严整有法，非等闲可攻。思得一计，不知可否。先生幸为我一决之。”孔明曰：“都督且休言。各自写于手内，看同也不同。”瑜大喜，教取笔砚来，先自暗写了，却送与孔明；孔明亦暗写了。两个移近坐榻，各出掌中之字，互相观看，皆大笑。原来周瑜掌中字，乃一“火”字；孔明掌中，亦一“火”字。瑜曰：“既我两人所见相同，更无疑矣。幸勿漏泄。”孔明曰：“两家公事，岂有漏泄之理。吾料曹操虽两番经我这条计，然必不为备。今都督尽行之可也。”饮罢分散，诸将皆不知其事。

（节选自《三国演义》第四十六回）

注　释

① 奇门：“奇门遁甲”的简称，或简称“遁甲”。古代术数中的一种，认为根据阴阳、五行、八卦、九宫、干支的推算，再牵附天上的星辰和地上的区域，就可以预知军事行动的吉凶成败。

② 阴阳：古代的一种哲学思想，和五行说相并行，认为人类社会的发展变化，受到木、火、土、金、水五行的制约。古代的阴阳家，以邹衍为代表。

③ 阵图：古代兵书中有所谓八阵法，诸葛亮有八阵图。

阅读提示

草船借箭是诸葛亮用计，一箭双雕。本来是周瑜出于嫉妒想加害于诸葛亮，结果不仅破了周瑜的奸计，又使曹操损失了十几万支箭，蒙受了巨大的损失，在水战中处于更加不利的地位。在这一节文字中，周瑜与诸葛亮又处于对比的地位，一个顾全大局，襟怀坦荡，一个目光短浅，心胸狭隘；一个似智而实愚，一个似愚而实智。两相比较，诸葛亮的思想境界和聪明才智都大大超出于周瑜，闪射出耀眼的光辉。诸葛亮的智慧表现在两个方面，一是对周瑜的认识，一下子就识破了他的阴谋，然后将计就计，既挫败了他的阴谋，同时又推进了战争的进程，使之朝着有利于联军一方的形势发展。二是他算出某日会有大雾，是由于他具有天文知识，并非什么

“神机妙算”。由于有一定的科学根据，因而读来让人信服。与后文祭东风的情节，将他神化甚至妖化的描写，艺术效果大不相同。周瑜与诸葛亮的矛盾是次要矛盾，但次要矛盾是在主要矛盾发展过程中产生的，而次要矛盾的发展和解决，又有力地推动了主要矛盾的发展。主次分明而又紧紧围绕着中心情节，看似旁枝侧出，实际不离主干。这是作者用笔的高明之处。

四、阚泽献书

却说阚泽字德润，会稽山阴人也；家贫好学，与人佣工，尝借人书来看，看过一遍，更不遗忘；口才辨给[①]，少有胆气。孙权召为参谋，与黄盖最相善。盖知其能言有胆，故欲使献诈降书。泽欣然应诺曰：“大丈夫处世，不能立功建业，不几与草木同腐乎！公既捐躯报主，泽又何惜微生！”黄盖滚下床来，拜而谢之。泽曰：“事不可缓，即今便行。”盖曰：“书已修下了。”

泽领了书，只就当夜扮作渔翁，驾小舟，望北岸而行。是夜寒星满天。三更时候，早到曹军水寨。巡江军士拿住，连夜报知曹操。操曰：“莫非是奸细么？”军士曰：“只一渔翁，自称是东吴参谋阚泽，有机密事来见。”操便教引将入来。军士引阚泽至，只见帐上灯烛辉煌，曹操凭几危坐，问曰：“汝既是东吴参谋，来此何干？”泽曰：“人言曹丞相求贤若渴，今观此问，甚不相合。——黄公覆，汝又错寻思了也！”操曰：“吾与东吴旦夕交兵，汝私行到此，如何不问？”泽曰：“黄公覆乃东吴三世旧臣，今被周瑜于众将之前，无端毒打，不胜忿恨。因欲投降丞相，为报仇之计，特谋之于我。我与公覆，情同骨肉，径来为献密书。未知丞相肯容纳否？”操曰：“书在何处？”阚泽取书呈上。操拆书，就灯下观看。书略曰：

> 盖受孙氏厚恩，本不当怀二心。然以今日事势论之：用江东六郡之卒，当中国百万之师，众寡不敌，海内所共见也。东吴将吏，无有智愚，皆知其不可。周瑜小子，偏怀浅戆[②]，自负其能，辄欲以卵敌石；兼之擅作威福，无罪受刑，有功不赏。盖系旧臣，无端为所摧辱，心实恨之！伏闻丞相诚心待物，虚怀纳士，盖愿率众归降，以图建功雪耻。粮草军仗，随船献纳。泣血拜白，万勿见疑。

曹操于几案上翻覆将书看了十余次，忽然拍案张目大怒曰：“黄盖用苦肉计，令汝下诈降书，就中取事，却敢来戏侮我耶！”便教左右推出斩之。左右将阚泽簇[③]

下。泽面不改容，仰天大笑。操教牵回，叱曰："吾已识破奸计，汝何故哂笑？"泽曰："吾不笑你。吾笑黄公覆不识人耳。"操曰："何不识人？"泽曰："杀便杀，何必多问！"操曰："吾自幼熟读兵书，深知奸伪之道。汝这条计，只好瞒别人，如何瞒得我！"泽曰："你且说书中那件事是奸计？"操曰："我说出你那破绽，教你死而无怨：你既是真心献书投降，如何不明约几时？——你今有何理说？"阚泽听罢，大笑曰："亏汝不惶恐，敢自夸熟读兵书！还不及早收兵回去！倘若交战，必被周瑜擒矣！无学之辈！可惜吾屈死汝手！"操曰："何谓我无学？"泽曰："汝不识机谋，不明道理，岂非无学？"操曰："你且说我那几般不是处？"泽曰："汝无待贤之礼，吾何必言！但有死而已。"操曰："汝若说得有理，我自然敬服。"泽曰："岂不闻'背主作窃，不可定期'？倘今约定日期，急切下不得手，这里反来接应，事必泄漏。但可觑便而行，岂可预期相订乎？汝不明此理，欲屈杀好人，真无学之辈也！"操闻言，改容下席而谢曰："某见事不明，误犯尊威，幸勿挂怀。"泽曰："吾与黄公覆，倾心投降，如婴儿之望父母，岂有诈乎！"操大喜曰："若二人能建大功，他日受爵，必在诸人之上。"泽曰："某等非为爵禄而来，实应天顺人耳。"操取酒待之。

少顷，有人入帐，于操耳边私语。操曰："将书来看。"其人以密书呈上。操观之，颜色颇喜。阚泽暗思："此必蔡中、蔡和来报黄盖受刑消息，操故喜我投降之事为真实也。"操曰："烦先生再回江东，与黄公覆约定，先通消息过江，吾以兵接应。"泽曰："某已离江东，不可复还。望丞相别遣机密人去。"操曰："若他人去，事恐泄漏。"泽再三推辞；良久，乃曰："若去则不敢久停，便当行矣。"

操赐以金帛，泽不受。辞别出营，再驾扁舟，重回江东，来见黄盖，细说前事。盖曰："非公能辩，则盖徒受苦矣。"泽曰："吾今去甘宁寨中，探蔡中、蔡和消息。"盖曰："甚善。"泽至宁寨，宁接入。泽曰："将军昨为救黄公覆，被周公瑾所辱，吾甚不平。"宁笑而不答。正话间，蔡和、蔡中至。泽以目送甘宁，宁会意，乃曰："周公瑾只自恃其能，全不以我等为念。我今被辱，羞见江左诸人！"说罢，咬牙切齿，拍案大叫。泽乃虚与宁耳边低语。宁低头不言，长叹数声。蔡和、蔡中见宁、泽皆有反意，以言挑之曰："将军何故烦恼？先生有何不平？"泽曰："吾等腹中之苦，汝岂知耶！"蔡和曰："莫非欲背吴投曹耶？"阚泽失色，甘宁拔剑而起曰："吾事已为窥破，不可不杀之以灭口！"蔡和、蔡中慌曰："二公勿忧。——吾亦当以心腹之事相告。"宁曰："可速言之！"蔡和曰："吾二人乃曹公使来诈降者。二公若有归顺之心，吾当引进。”宁曰：“汝言果真？”二人齐声曰：“安敢相欺！”宁佯喜曰：“若如此，是天赐其便也！”二蔡曰：“黄公覆与将军被辱之事，吾已报知丞相矣。”泽曰：“吾已为黄公覆献书丞相，今特来见兴霸，相约同降耳。”宁曰：“大丈夫既遇明主，自当倾心相投。”于是四人共饮，同论心事。二蔡即时写书，密报曹操，说“甘宁与某同为内应。”阚泽另自修书，遣人密报曹操，书中具言：黄盖欲来，未得其便；但看船头插青牙旗而来者，即是也。

（节选自《三国演义》第四十七回）

注　释

① 辨给：口才敏捷。

② 偏怀浅戆：胸怀偏激狭隘，思想浅薄愚蠢。

③ 簇：本意为聚集，这里是众人拥上去将他拿下。

阅读提示

草船借箭成功，使周瑜对诸葛亮的智慧大为惊叹，随后二人心照不宣，共同制定了对付曹操战船的火攻计。要实现火攻，就必须使曹操将战船连接起来，并需有人放火，这就是接着描写的周瑜打黄盖的“苦肉计”和庞统所授的“连环计”。阚泽献书这节文字，除了表现阚泽对孙权的忠心，以及为了大局而不惜牺牲自己的高贵品质外，主要是表现他的“能言有胆”。曹操以他的机智，一眼就识破了阚泽献书是诈降。在生命攸关的危急情况下，阚泽勇敢沉着，从容应对。“面不改容，仰天大笑”，八个字是转危为安的关键。前后写他几次大笑，不愿回答曹操的问题，而越是写他不屑意回答问题，就越显得情真而消除了曹操的疑虑。在艺术表现上，文字虽不长，写来却是波澜层叠，悬念丛生，引人入胜。蔡中、蔡和二人的书报传来，也穿插得恰到好处，曹操观后“颜色颇喜”，更加坚信不疑。这样，情节合情合理，人物性格也更加准确真实。

五、横槊赋诗

曹操自遣徐庶去后，心中稍安，遂上马先看沿江旱寨，次看水寨。乘大船一只于中央，上建“帅”字旗号，两傍皆列水寨，船上埋伏弓弩千张。操居于上。时建安十三年冬十一月十五日，天气晴明，平风静浪。操令：“置酒设乐于大船之上，吾今夕欲会诸将。”天色向晚，东山月上，皎皎如同白日。长江一带，如横素练[①]。操坐大船之上，左右侍御者数百人，皆锦衣绣袄，荷戈执戟。文武众官，各依次而坐。操见南屏山色如画，东视柴桑之境，西观夏口之江，南望樊山，北觑乌林，四顾空阔，心中欢喜，谓众官曰：“吾自起义兵以来，与国家除凶去害，誓愿扫清四海，削平天下；所未得者江南也。今吾有百万雄师，更赖诸公用命，何患不成功耶！收服江南之后，天下无事，与诸公共享富贵，以乐太平。”文武皆起谢曰：“愿得早奏凯歌！我等终身皆赖丞相福荫。”操大喜，命左右行酒。饮至半夜，操酒酣，遥指南岸曰：“周瑜、鲁肃，不识天时！今幸有投降之人，为彼心腹之患，此天助吾也。”荀攸曰：“丞相勿言，恐有泄漏。”操大笑曰：“座上诸公，与近侍左右，皆吾心腹之人也，言之何碍！”又指夏口曰：“刘备、诸葛亮，汝不料蝼蚁之力，欲撼泰山，何其愚耶！”顾谓诸将曰：“吾今年五十四岁矣，如得江南，窃有所喜。——昔日乔公与吾至契，吾知其二女皆有国色[②]。后不料为孙策、周瑜所娶。吾今新构铜雀台于漳水之上，如得江南，当娶二乔，置之台上，以娱暮年，吾愿足矣！”言罢大笑。唐人杜牧之有诗曰：

折戟沉沙铁未消，自将磨洗认前朝。东风不与周郎便，铜雀春深锁二乔。

曹操正笑谈间，忽闻鸦声望南飞鸣而去。操问曰：“此鸦缘何夜鸣？”左右答曰：“鸦见月明，疑是天晓，故离树而鸣也。”操又大笑。时操已醉，乃取槊立于船头上，以酒奠于江中，满饮三爵，横槊谓诸将曰：“我持此槊，破黄巾、擒吕布、灭袁术、收袁绍，深入塞北，直抵辽东，纵横天下：颇不负大丈夫之志也。今对此景，甚有慷慨。吾当作歌，汝等和之。”歌曰：

对酒当歌，人生几何：譬如朝露，去日苦多。慨当以慷，忧思难忘；何以解忧，惟有杜康。青青子衿，悠悠我心；但为君故，沉吟至今。呦呦鹿鸣，食野之苹；我有嘉宾，鼓瑟吹笙。皎皎如月，何时可辍？忧从中来，不可断绝！越陌度阡，枉用相存；契阔谈宴，心念旧恩。月明星稀，乌鹊南飞；绕树三匝，无枝可依。山不厌高，水不厌深：周公吐哺，天下归心。

歌罢，众和之，共皆欢笑。忽座间一人进曰：“大军相当之际，将士用命之时，丞相何故出此不吉之言？”操视之，乃扬州刺史，沛国相人，姓刘，名馥，字元颖。馥起自合肥，创立州治，聚逃散之民，立学校，广屯田，兴治教，久事曹操，多立功绩。当下操横槊问曰：“吾言有何不吉？”馥曰：“‘月明星稀，乌鹊南飞；绕树三匝，无枝可依。’此不吉之言也。”操大怒曰：“汝安敢败吾兴！”手起一槊，刺死刘馥。众皆惊骇。遂罢宴。次日，操酒醒，懊恨不已。馥子刘熙，告请父尸归葬。操泣曰：“吾昨因醉误伤汝父，悔之无及。可以三公厚礼葬之。”又拨军士护送灵柩，即日回葬。

（节选自《三国演义》第四十八回）

注　释

① 素练：白色的绸子。

② 国色：形容女子容貌美丽，冠居一国之首。

阅读提示

这一节写曹操临战前的精神状态：盲目自满，轻敌麻痹。战争形势的发展使曹操已处于危在旦夕的境地，他不仅不自知，相反却以为胜券在握，将智慧实力已转化为超出自己的刘备、诸葛亮一方视若蝼蚁。骄兵必败，这是从另一方面揭示曹操由强转弱，终至惨败的原因。这可与本回书末尾，写周瑜在真正胜券在握时并未掉以轻心，相反却是那样谨慎精细，亲自到山顶视察北军战船，当军旗的一角随风从他脸上拂过而悟及东风的重要时，竟至急得口吐鲜血的细节作对比，更能看出战争指挥者的精神状态对决定战争胜败的重要意义。艺术上有三句写景很值得注意，澄明如画的长江夜景，烘托出一种安闲的气氛，与曹操轻敌麻痹的精神状态正相一致。从情节的安排来看，这一节文字以安闲之笔，写紧张的战事，似松而实紧，有力地推动了主要矛盾的发展。

六、火烧战船

瑜从其言，唤集诸将听令。先教甘宁：“带了蔡中并降卒沿南岸而走，只打北军旗号，直取乌林地面，正当曹操屯粮之所，深入军中，举火为号。只留下蔡和一人在帐下，我有用处。”第二唤太史慈分付：“你可领三千兵，直奔黄州地界，断曹操合淝接应之兵，就逼曹兵，放火为号；只看红旗，便是吴侯接应兵到。”这两队兵最远，先发。第三唤吕蒙领三千兵去乌林接应甘宁，焚烧曹操寨栅。第四唤凌统领三千兵，直截彝陵界首，只看乌林火起，以兵应之。第五唤董袭领三千兵，直取汉阳，从汉川杀奔曹操寨中，看白旗接应。第六唤潘璋领三千兵，尽打白旗，往汉阳接应董袭。六队船只各自分路去了。却令黄盖安排火船，使小卒驰书约曹操，今夜来降。一面拨战船四只，随于黄盖船后接应。第一队领兵军官韩当，第二队领兵军官周泰，第三队领兵军官蒋钦，第四队领兵军官陈武：四队各引战船三百只，前面各摆列火船二十只。周瑜自与程普在大艨艟上督战，徐盛、丁奉为左右护卫，只留鲁肃共阚泽及众谋士守寨。程普见周瑜调军有法，甚相敬服。

却说孙权差使命持兵符至，说已差陆逊为先锋，直抵蕲、黄地面进兵，吴侯自为后应。瑜又差人西山放火炮，南屏山举号旗。各各准备停当，只等黄昏举动。

……

却说曹操在大寨中，与众将商议，只等黄盖消息。当日东南风起甚紧。程昱入告曹操曰："今日东南风起，宜预提防。"操笑曰："冬至一阳生，来复之时，安得无东南风？何足为怪！"军士忽报江东一只小船来到，说有黄盖密书。操急唤入。其人呈上书。书中诉说："周瑜关防得紧，因此无计脱身。今有鄱阳湖新运到粮，周瑜差盖巡哨，已有方便。好歹杀江东名将，献首来降。只在今晚二更，船上插青龙牙旗者，即粮船也。"操大喜，遂与众将来水寨中大船上，观望黄盖船到。

且说江东，天色向晚，周瑜唤出蔡和，令军士缚倒。和叫："无罪！"瑜曰："汝是何等人，敢来诈降！吾今缺少福物祭旗，愿借你首级。"和抵赖不过，大叫曰："汝家阚泽、甘宁亦曾与谋！"瑜曰："此乃吾之所使也。"蔡和悔之无及。瑜令捉至江边皂纛旗下，奠酒烧纸，一刀斩了蔡和，用血祭旗毕，便令开船。黄盖在第三只火船上，独披掩心，手提利刃，旗上大书"先锋黄盖"。盖乘一天顺风，望赤壁进发。是时东风大作，波浪汹涌。操在中军遥望隔江，看看月上，照耀江水，如万道金蛇，翻波戏浪。操迎风大笑，自以为得志。忽一军指说："江南隐隐一簇帆幔，使风而来。"操凭高望之。报称："皆插青龙牙旗。内中有大旗，上书先锋黄盖名字。"操笑曰："公覆来降，此天助我也！"来船渐近。程昱观望良久，谓操曰："来船必诈。且休教近寨。"操曰："何以知之？"程昱曰："粮在船中，船必稳重；今观来船，轻而且浮。更兼今夜东南风甚紧，倘有诈谋，何以当之？"操省悟，便问："谁去止之？"文聘曰："某在水上颇熟，愿请一往。"言毕，跳下小船，用手一指，十数只巡船，随文聘船出。聘立于船头，大叫："丞相钧旨：南船且休近寨，就江心抛住。"众军齐喝："快下了篷！"言未绝，弓弦响处，文聘被箭射中左臂，倒在船中。船上大乱，各自奔回。南船距操寨止隔二里水面。黄盖用刀一招，前船一齐发火。火趁风威，风助火势，船如箭发，烟焰涨天。二十只火船，撞入水寨，曹寨中船只一时尽着；又被铁环锁住，无处逃避。隔江炮响，四下火船齐到，但见三江面上，火逐风飞，一派通红，漫天彻地。

曹操回观岸上营寨，几处烟火。黄盖跳在小船上，背后数人驾舟，冒烟突火，来寻曹操。操见势急，方欲跳上岸，忽张辽驾一小脚船，扶操下得船时，那只大船，已自着了。张辽与十数人保护曹操，飞奔岸口。黄盖望见穿绛红袍者下船，料是曹操，乃催船速进，手提利刃，高声大叫："曹贼休走！黄盖在此！"操叫苦连声。张辽拈弓搭箭，觑着黄盖较近，一箭射去。此时风声正大，黄盖在火光中，那里听得弓弦响？正中肩窝，翻身落水。

（节选自《三国演义》第四十九回）

阅读提示

这一节是从正面写赤壁之战，却是水到渠成，举重若轻，没有费什么力气，没有用多少笔墨，就将这次决定三国鼎立局面的大战役的最后结局表现出来了。前一段写周瑜临战前夕，胸有成竹，调军有法；后一段写曹操亡在旦夕，仍然轻敌麻痹，待到省悟出黄盖有诈时，已是"三江面上，火逐风飞，一派通红"了。此节文字中又有一段写景，百忙中有此闲笔，且从曹操眼中写出，成功地烘托出败兵之帅的精神状态。

小　结

赤壁之战是《三国演义》中写战争的精彩文字。其精彩之处，一是多方面地合情合理地写出了战争进程中强弱转化的过程；二是从强弱转化中揭示出战争的一些基本规律，如对客观环境和主要矛盾的正确分析对于指导战争的重要意义、用计（即战争中的谋略）在战争中的作用、骄兵必败等；三是通过战争进程，在尖锐紧张的矛盾冲突中写人，表现人物的思想性格，而不是为写战争而写战争；四是情节的组织有张有弛，曲折生动，引人入胜；五是对比手法的成功运用。总之，在思想艺术上都能给我们以多方面的启发。

彝陵之战

一、先主兴兵

却说先主欲起兵东征，赵云谏曰："国贼乃曹操，非孙权也。今曹丕篡汉，神人共怒。陛下可早图关中，屯兵渭河上流，以讨凶逆，则关东义士，必裹粮策马以迎王师；若舍魏以伐吴，兵势一交，岂能骤解。愿陛下察之。"先主曰："孙权害了朕弟；又兼傅士仁、糜芳、潘璋、马忠皆有切齿之仇：啖其肉而灭其族，方雪朕恨！卿何阻耶？"云曰："汉贼之仇，公也；兄弟之仇，私也。愿以天下为重。"先主答曰："朕不为弟报仇，虽有万里江山，何足为贵？"遂不听赵云之谏，下令起兵伐吴；且发使往五谿，借番兵五万，共相策应；一面差使往阆中，迁张飞为车骑将军，领司隶校尉，封西乡侯，兼阆中牧。使命赍诏而去。

却说张飞在阆中，闻知关公被东吴所害，旦夕号泣，血湿衣襟。诸将以酒解劝，酒醉，怒气愈加。帐上帐下，但有犯者即鞭挞之；多有鞭死者。每日望南切齿睁目怒恨，放声痛哭不已。忽报使至，慌忙接入，开读诏旨。飞受爵望北拜毕，设酒款待来使。飞曰："吾兄被害，仇深似海；庙堂之臣，何不早奏兴兵？"使者曰："多有劝先灭魏而后伐吴者。"飞怒曰："是何言也！昔我三人桃园结义，誓同生死；今不幸二兄半途而逝，吾安得独享富贵耶！吾当面见天子，愿为前部先锋，挂孝伐吴，生擒逆贼，祭告二兄，以践前盟！"言讫，就同使命望成都而来。

却说先主每日自下教场操演军马，克日兴师，御驾亲征。于是公卿都至丞相府中见孔明，曰："今天子初临大位，亲统军伍，非所以重社稷[①]也。丞相秉钧衡之职，何不规谏？"孔明曰："吾苦谏数次，只是不听。今日公等随我入教场谏去。"当下孔明引百官来奏先主曰："陛下初登宝位，若欲北讨汉贼，以伸大义于天下，方可亲统六师；若只欲伐吴，命一上将统军伐之可也，何必亲劳圣驾？"先主见孔明苦谏，心中稍回。忽报张飞到来，先主急召入。飞至演武厅拜伏于地，抱先主足而哭。先主亦哭。飞曰："陛下今日为君，早忘了桃园之誓！二兄之仇，如何不报？"先主曰："多官谏阻，未敢轻举。"飞曰："他人岂知昔日之盟？若陛下不去，臣舍此躯与二兄报仇！若不能报时，臣宁死不见陛下也！"先主曰："朕与卿同往：卿提本部兵自阆州而出，朕统精兵会于江州，共伐东吴，以雪此恨！"飞临行，先主嘱曰："朕素知卿酒后暴怒，鞭挞健儿，而复令在左右：此取祸之道也。今后务宜宽容，不可如前。"飞拜辞而去。

次日，先主整兵要行。学士秦宓奏曰：“陛下舍万乘之躯[②]，而徇[③]小义，古人所不取也。愿陛下思之。”先主曰：“云长与朕，犹一体也。大义尚在，岂可忘耶？”宓伏地不起曰：“陛下不从臣言，诚恐有失。”先主大怒曰：“朕欲兴兵，尔何出此不利之言！”叱武士推出斩之。宓面不改色，回顾先主而笑曰：“臣死无恨，但可惜新创之业，又将颠覆耳！”众官皆为秦宓告免。先主曰：“暂且囚下，待朕报仇回时发落。”孔明闻知，即上表救秦宓。其略曰：

> 臣亮等切以吴贼逞奸诡之计，致荆州有覆亡之祸；陨将星于斗牛，折天柱于楚地：此情哀痛，诚不可忘。但念迁汉鼎[④]者，罪由曹操；移刘祚者，过非孙权。窃谓魏贼若除，则吴自宾服。愿陛下纳秦宓金石之言，以养士卒之力，别作良图，则社稷幸甚！天下幸甚！

先主看毕，掷表于地曰：“朕意已决，无得再谏！”遂命丞相诸葛亮保太子守两川；骠骑将军马超并弟马岱，助镇北将军魏延守汉中，以当魏兵；虎威将军赵云为后应，兼督粮草；黄权、程畿为参谋；马良、陈震掌理文书；黄忠为前部先锋；冯习、张南为副将；傅彤、张翼为中军护尉；赵融、廖淳为合后。川将数百员，并五谿番将等，共兵七十五万，择定章武元年七月丙寅日出师。

（节选自《三国演义》第八十一回）

注　释

① 社稷：原为古代帝王或诸侯祭祀的土神和谷神，后成为国家的代称。

② 万乘之躯：指帝王。

③ 徇：顺从。

④ 迁汉鼎：指窃取汉朝的帝位。

阅读提示

刘备兴兵伐吴之由，是关羽为吴所害。这一节突出刘备与关羽间的兄弟之义，但从小义而舍大义，伐吴本身就犯了战略性的错误。如赵云所指出的：“汉贼之仇，公也；兄弟之仇，私也。愿以天下为重。”他置众人的苦谏于不顾，甚至要将忠心劝谏他的秦宓推出斩首，其独断专行，刚愎自用，已与官渡之战时的袁绍相差无几，失败的结局已在意料之中。

二、火烧连营

却说韩当、周泰探知先主移营就凉，急来报知陆逊。逊大喜，遂引兵自来观看动静：只见平地一屯，不满万余人，大半皆是老弱之众，大书“先锋吴班”旗号。周泰曰：“吾视此等兵如儿戏耳。愿同韩将军分两路击之。如其不胜，甘当军令。”陆逊看了良久，以鞭指曰：“前面山谷中，隐隐有杀气起；其下必有伏兵，故于平地设此弱兵，以诱我耳。诸公切不可出。”众将听了，皆以为懦。

次日，吴班引兵到关前搦战，耀武扬威，辱骂不绝；多有解衣卸甲，赤身裸体，或睡或坐。徐盛、丁奉入帐禀陆逊曰：“蜀兵欺我太甚！某等愿出击之！”逊笑曰：“公等但恃血气之勇，未知孙、吴妙法。此彼诱敌之计也：三日后必见其诈矣。”徐盛曰：“三日后，彼移营已定，安能击之乎？”逊曰：“吾正欲令彼移营也。”诸将哂笑而退。过三日后，会诸将于关上观望，见吴班兵已退去。逊指曰：“杀气起矣。——刘备必从山谷中出也。”言未毕，只见蜀兵皆全装惯束，拥先主而过。吴兵见了，尽皆胆裂。逊曰：“吾之不听诸公击班者，正为此也。今伏兵已出，旬日之内，必破蜀矣。”诸将皆曰：“破蜀当在初时；今连营五六百里，相守经七八月，其诸要害，皆已固守，安能破乎？”逊曰：“诸公不知兵法。备乃世之枭雄[①]，更多智谋，其兵始集，法度精专；今守之久矣，不得我便，兵疲意阻，取之正在今日。”诸将方才叹服。后人有诗赞曰：

> 虎帐谈兵按《六韬》[②]，安排香饵钓鲸鳌。三分自是多英俊，又显江南陆逊高。

却说陆逊已定了破蜀之策，遂修笺遣使奏闻孙权，言指日可以破蜀之意。权览毕，大喜曰：“江东复有此异人，孤何忧哉！诸将皆上书言其懦，孤独不信。今观其言，果非懦也。”于是大起吴兵来接应。

却说先主于猇亭尽驱水军，顺流而下，沿江屯扎水寨，深入吴境。黄权谏曰：“水军沿江而下，进则易，退则难。臣愿为前驱。陛下宜在后阵，庶万无一失。”先主曰：“吴贼胆落，朕长驱大进，有何碍乎？”众官苦谏，先主不从。遂分兵两路：

命黄权督江北之兵，以防魏寇；先主自督江南诸军，夹江分立营寨，以图进取。细作探知，连夜报知魏主，言“蜀兵伐吴，树栅连营，纵横七百余里，分四十余屯，皆傍山林下寨；今黄权督兵在江北岸，每日出哨百余里，不知何意。”

魏主闻之，仰面笑曰：“刘备将败矣！”群臣请问其故。魏主曰：“刘玄德不晓兵法：岂有连营七百里，而可以拒敌者乎？包原隰险阻[③]屯兵者，此兵法之大忌也。玄德必败于东吴陆逊之手。——旬日之内，消息必至矣。”群臣犹未信，皆请拨兵备之。魏主曰：“陆逊若胜，必尽举吴兵去取西川；吴兵远去，国中空虚，朕虚托以兵助战，令三路一齐进兵，东吴唾手可取也。”众皆拜服。魏主下令，使曹仁督一军出濡须，曹休督一军出洞口，曹真督一军出南郡：“三路军马会合日期，暗袭东吴。朕随后自来接应。”调遣已定。

不说魏兵袭吴。且说马良至川，入见孔明，呈上图本而言曰：“今移营夹江，横占七百里，下四十余屯，皆依溪傍涧，林木茂盛之处。皇上令良将图本来与丞相观之。”孔明看讫，拍案叫苦曰：“是何人教主上如此下寨？可斩此人！”马良曰：“皆主上自为，非他人之谋。”孔明叹曰：“汉朝气数休矣！”良问其故。孔明曰：“包原隰险阻而结营，此兵家之大忌。倘彼用火攻，何以解救？又，岂有连营七百里而可拒敌乎？祸不远矣！陆逊拒守不出，正为此也。汝当速去见天子，改屯诸营，不可如此。”良曰：“倘今吴兵已胜，如之奈何？”孔明曰：“陆逊不敢来追，成都可保无虞。”良曰：“逊何故不追？”孔明曰：“恐魏兵袭其后也。主上若有失，当投白帝城避之。吾入川时，已伏下十万兵在鱼腹浦矣。”良大惊曰：“某于鱼腹浦往来数次，未尝见一卒，丞相何作此诈语？”孔明曰：“后来必见，不劳多问。”马良求了表章，火速投御营来。孔明自回成都，调拨军马救应。

却说陆逊见蜀兵懈怠，不复提防，升帐聚大小将士听令曰：“吾自受命以来，未尝出战。今观蜀兵，足知动静，故欲先取江南岸一营。谁敢去取？”言未毕，韩当、周泰、凌统等应声而出曰：“某等愿往。”逊教皆退不用，独唤阶下末将淳于丹曰：“吾与汝五千军，去取江南第四营：蜀将傅彤所守。今晚就要成功。吾自提兵接应。”淳于丹引兵去了，又唤徐盛、丁奉曰：“汝等各领兵三千，屯于寨外五里。如淳于丹败回，有兵赶来，当出救之，却不可追去。”二将自引军去了。

却说淳于丹于黄昏时分，领兵前进，到蜀寨时，已三更之后。丹令众军鼓噪而入。蜀营内傅彤引军杀出，挺枪直取淳于丹；丹敌不住，拨马便回。忽然喊声大震，一彪军拦住去路：为首大将赵融。丹夺路而走，折兵大半。正走之间，山后一彪蛮兵拦住：为首番将沙摩柯。丹死战得脱，背后三路军赶来。比及离营五里，吴军徐盛、丁奉二人两下杀来，蜀兵退去，救了淳于丹回营。丹带箭入见陆逊请罪。逊曰："非汝之过也。——吾欲试敌人之虚实耳。破蜀之计，吾已定矣。"徐盛、丁奉曰："蜀兵势大，难以破之，空自损兵折将耳。"逊笑曰："吾这条计，但瞒不过诸葛亮耳。天幸此人不在，使我成大功也。"

遂集大小将士听令：使朱然于水路进兵，来日午后东南风大作，用船装载茅草，依计而行；韩当引一军攻江北岸，周泰引一军攻江南岸，每人手执茅草一把，内藏硫黄焰硝，各带火种，各执枪刀，一齐而上，但到蜀营，顺风举火；蜀兵四十屯，只烧二十屯，每间一屯烧一屯。各军预带干粮，不许暂退，昼夜追袭，只擒了刘备方止。众将听了军令，各受计而去。

却说先主正在御营寻思破吴之计，忽见帐前中军旗幡，无风自倒。乃问程畿曰："此为何兆？"畿曰："今夜莫非吴兵来劫营？"先主曰："昨夜杀尽，安敢再来？"畿曰："倘是陆逊试敌，奈何？"正言间，人报山上远远望见吴兵尽沿山望东去了。先主曰："此是疑兵。"令众休动，命关兴、张苞各引五百骑出巡。黄昏时分，关兴回奏曰："江北营中火起。"先主急令关兴往江北，张苞往江南，探看虚实："倘吴兵到时，可急回报。"

二将领命去了。初更时分，东南风骤起。只见御营左屯火发。方欲救时，御营右屯又火起。风紧火急，树木皆着，喊声大震。两屯军马齐出，奔离御营中，御营军自相践踏，死者不知其数。后面吴兵杀到，又不知多少军马。先主急上马，奔冯习营时，习营中火光连天而起。江南、江北，照耀如同白日。冯习慌上马引数十骑而走，正逢吴将徐盛军到，敌住厮杀。先主见了，拨马投西便走。徐盛舍了冯习，引兵追来。先主正慌，前面又一军拦住，乃是吴将丁奉，两下夹攻。先主大惊，四面无路。忽然喊声大震，一彪军杀入重围，乃是张苞，救了先主，引御林军奔走。正行之间，前面一军又到，乃蜀将傅彤也，合兵一处而行。背后吴兵追至。先主前到一山，名马鞍山。张苞、傅彤请先主上的山时，山下喊声又起：陆逊大队人马，将马鞍山围住。张苞、傅彤死据山口。先主遥望遍野火光不绝，死尸重叠，塞江而下。

次日，吴兵又四下放火烧山，军士乱窜，先主惊慌。忽然火光中一将引数骑杀上山来，视之，乃关兴也。兴伏地请曰：“四下火光逼近，不可久停。陛下速奔白帝城，再收军马可也。”先主曰：“谁敢断后？”傅彤奏曰：“臣愿以死当之！”当日黄昏，关兴在前，张苞在中，留傅彤断后，保着先主，杀下山来。吴兵见先主奔走，皆要争功，各引大军，遮天盖地，往西追赶。先主令军士尽脱袍铠，塞道而焚，以断后军。正奔走间，喊声大震，吴将朱然引一军从江岸边杀来，截住去路。先主叫曰：“朕死于此矣！”关兴、张苞纵马冲突，被乱箭射回，各带重伤，不能杀出。背后喊声又起，陆逊引大军从山谷中杀来。

先主正慌急之间，此时天色已微明，只见前面喊声震天，朱然军纷纷落涧，滚滚投岩：一彪军杀入，前来救驾。先主大喜，视之，乃常山赵子龙也。时赵云在川中江州，闻吴、蜀交兵，遂引军出；忽见东南一带火光冲天，云心惊，远远探视，不想先主被困，云奋勇冲杀而来。陆逊闻是赵云，急令军退。云正杀之间，忽遇朱然，便与交锋；不一合，一枪刺朱然于马下，杀散吴兵，救出先主，望白帝城而走。先主曰：“朕虽得脱，诸将士将奈何？”云曰：“敌军在后，不可久迟。陛下且入白帝城歇息，臣再引兵去救应诸将。”此时先主仅存百余人入白帝城。后人有诗赞陆逊曰：

持矛举火破连营，玄德穷奔白帝城。一旦威名惊蜀魏，吴王宁不敬书生。

（节选自《三国演义》第八十四回）

注　释

① 枭雄：古时用以称悍厉雄杰人物。

② 《六韬》：中国古代的兵书，传为周代的吕尚（即姜太公）所作。

③ 包原隰险阻：包，同苞，草木丛生之地；原，高平之地；隰，阴湿之地；险阻，形势险要之地。皆不宜安营驻兵之所。

阅读提示

火烧连营七百里，这又是一场斗智。刘备的失败，一是麻痹轻敌；二是在战术上急于求胜，凭恃自己兵多，锐气极盛，连续出击，最后不得已依傍山林安营扎寨，犯了兵家大忌；而吴帅陆逊则采用了坚守不出，以逸待劳，避锐击疲的正确方针。

这也反映了军事斗争中的客观规律，至今对我们也还有一定的启发意义。

小　结

从以上所选几个片断，我们可以看出《三国演义》这部小说，既不同于历史，也不同于一般小说的特点。它是在历史事实的基础上，通过想象和虚构创造出来的。小说中的人物具有理想化的传奇色彩。《三国演义》的战争描写最为出色，其最重要的特点是重谋略，表现出人在战争中的智慧，许多地方符合战争的规律，给予我们深刻的启示。人物描写则以粗线条的勾画为主，烘托、渲染、映衬、夸张一类的艺术手法运用得十分成功。

参考资料

一、前人的评论

贾仲名曰：罗贯中，太原人，号湖海散人。与人寡合。乐府、隐语，极为清新。与余为忘年交，遭时多故，各天一方。至正甲辰复会，别来又六十余年，竟不知其所终。（《录鬼簿续编》）

高儒曰：《三国志通俗演义》二百四卷。晋平阳陈侯陈寿史传，明罗贯中编次。据正史，采小说，证文辞，通好尚，非俗非虚，易观易入，非史氏苍古之文，去瞽传诙谐之气，陈叙百年，该括万事。（《百川书志》卷六）

王圻曰：文至院本、说本，其变极矣。然非绝世轶材，自不妄作。如宗秀罗贯中、国初葛可久，皆有志图王者；乃遇真主，而葛寄神医工，罗传神稗史。（《稗史汇编》卷一百三）

蒋大器曰：若东原罗贯中，以平阳陈寿传，考诸国史，自汉灵帝中平元年，终于晋太康元年之事，留心损益，目之曰《三国志通俗演义》，文不甚深，言不甚俗，事纪其实，亦庶几乎史。益欲读诵者，人人得而知之，若诗所谓里巷歌谣之义也。（《三国志通俗演义序》）

金圣叹曰：三国者，乃古今争天下之一大奇局，而演《三国》者，又古今为小说之一大奇手也。异代之争天下，其事较平，取其事以为传，其手又较庸，故迥不得与《三国》并也。……作演义者，以文章之奇，而传其事之奇，而且无所事于穿凿，第贯穿其事实，错综其始末，而已无之不奇，此又人事之未经见者也。（毛宗岗评《三国志演义序》）

毛宗岗曰：古史甚多，而人独贪看《三国志》者，以古今人材之众未有盛于三国者也。观才与不才敌，不奇，观才与才敌则奇；观才与才敌，而一才又遇众才之匹，不奇；观才与才敌，而众才尤让一才之胜，则更奇。吾以为三国有三奇，可称三绝：诸葛孔明一绝也，关云长一绝也，曹操亦一绝也。（《读三国志法》）

又曰：《三国》一书，乃文章之最妙者。叙三国不自三国始也，三国必有所自始，则始之以汉帝。叙三国不自三国终也，三国必有所自终，则终之以晋国。……刘备、曹操于第一回出名，而孙权则于第七回方出名。曹氏之定许都在第十一回，孙氏之定江东在第十二回，而刘氏之取西川则在第六十回后。假令今人作稗官，欲平空拟一三国之事，势必劈头便叙三人，三人便各据一国。有能如是之绕乎其前，出乎其后，多方以盘旋乎其左右者哉？古事所传，天然有此等波澜，天然有此等层折，以成绝世妙文。然则读《三国》一书，诚胜读稗官万万耳。（同上）

又曰：《三国》叙事之佳，直与《史记》仿佛，而其叙事之难则有倍难于《史记》者。《史记》各国分书，各人分载，于是有本纪、世家、列传之别。今《三国》则不然，殆合本纪、世家、列传而总成一篇。分则文短而易工，合则文长而难好也。（同上）

又曰：读《三国》胜读《西游记》。《西游》捏造妖魔之事，诞而不经，不若《三国》实叙帝王之事，真而可考也。（同上）

章学诚曰：凡演义之书，如《列国志》《东西汉》《说唐》及《南北宋》多纪实事，《西游记》《金瓶梅》之类全凭虚构，皆无伤也。唯《三国演义》则七分事实，三分虚构，以致观者往往为所惑乱，如桃园等事，士大夫有作故事用者矣。故演义之属，虽无当于著述之论，然流俗耳目渐染，实有益于劝惩，但须实则概从其实，虚则明著寓言，不可错杂如《三国》之淆人耳。（《丙辰札记》）

徐时栋曰：史事演义，唯罗贯中之《三国志》最佳。其人博极典籍，非特借陈志裴注，敷衍成书而已；往往正史及注，并无此语，而杂史小说乃遇见之，知其书中无来历者希矣。至其序次前后，变化生色，亦复高出稗官，盛传至今，非幸也。（《烟屿楼笔记》）

刘廷玑曰：演义者，本有其事，而添设敷演，非无中生有者比也。蜀、吴、魏三分鼎足，依年次序，虽不能体《春秋》正统之义，亦不肯效陈寿之徇私偏侧。中间叙述曲折，不乖正史，但桃园结义，战阵回合，不脱稗官窠臼。（《在园杂志》）

谢鸿申曰：《三国》人才既多，事迹更杂，且真迹十居八九，如一团乱丝，既不能寸寸斩断，复不能处处添设，若自首至尾有条不紊，固极难矣；而又各各描摹，能不遗漏，似觉更难。乃作者好整以暇，安置妥贴，令人不觉事迹之繁多，而但觉头绪之清楚。以《列国志》较之，优劣自见矣。(《东池草堂尺牍·答周同甫书》)

觚庵曰：历史小说最难作，过于翔实，无以异于正史。读《东周列国志》，觉索然无味者，正以全书随事随时，摘录排比，绝无匠心经营于其间，递不足刺激读者精神，鼓舞读者兴趣。若《三国演义》，则起伏开合，萦拂映带，虽无一事不本史乘，实无一语未经陶冶，宜其风行数百年，而妇孺皆耳熟能详也。(《觚庵漫笔》)

二、今人的评论

鲁迅论《三国演义》(载《中国小说史略》第十四篇《元明传来之讲史》〔上〕)。

吴组缃:《关于〈三国演义〉》(载《说稗集》，北京大学出版社，1987年)。

刘维俊:《〈三国演义〉的艺术特色》。

周先慎:《从〈赤壁之战〉看〈三国演义〉的战争描写》(以上载《名家解读〈三国演义〉》，山东人民出版社，1998年)。

周先慎:《酒与英雄》(载《古典小说鉴赏》[增订本]，北京大学出版社，2003年)。

第三章　水浒传

拳打镇关西

三人上到潘家酒楼上，拣个济楚[①]阁儿里坐下。鲁提辖坐了主位，李忠对席，史进下首坐了。酒保唱了喏，认得是鲁提辖，便道："提辖官人，打多少酒？"鲁达道："先打四角[②]酒来。"一面铺下菜蔬果品案酒，又问道："官人，吃甚下饭？"鲁达道："问甚么！但有，只顾卖来，一发算钱还你。这厮只顾来聒噪[③]！"酒保下去，随即烫酒上来，但是下口肉食，只顾将来，摆一桌子。三个酒至数杯，正说些闲话，较量些枪法，说得入港[④]，只听得隔壁阁子里有人哽哽咽咽啼哭。鲁达焦躁，便把碟儿盏儿都丢在楼板上。酒保听得，慌忙上来看时，见鲁提辖气愤愤地。酒保抄手道："官人要甚东西，分付卖来。"鲁达道："洒家要甚么！你也须认的洒家，却恁地教甚么人在间壁吱吱的哭，搅俺弟兄们吃酒。洒家须不曾少了你酒钱。"酒保道："官人息怒。小人怎敢教人啼哭，打搅官人吃酒。这个哭的，是绰酒座儿唱的[⑤]父子两人，不知官人们在此吃酒，一时间自苦了啼哭。"鲁提辖道："可是作怪，你与我唤的他来。"酒保去叫，不多时，只见两个到来。前面一个十八九岁的妇人，背后一个五六十岁的老儿，手里拿串拍板，都来到面前。看那妇人，虽无十分的容貌，也有些动人的颜色。但见：

鬅松云髻，插一枝青玉簪儿；袅娜纤腰，系六幅红罗裙子。素白旧衫笼雪体，淡黄软袜衬弓鞋。蛾眉紧蹙，汪汪泪眼落珍珠；粉面低垂，细细香肌消玉雪。若非雨病云愁，定是怀忧积恨。大体还他肌骨好，不搽脂粉也风流。

那妇人拭着泪眼，向前来深深的道了三个万福。那老儿也都相见了。鲁达问道：

“你两个是那里人家？为甚啼哭？”那妇人便道：“官人不知，容奴告禀。奴家是东京人氏，因同父母来这渭州投奔亲眷，不想搬移南京去了。母亲在客店里染病身故。子父二人流落在此生受[6]。此间有个财主，叫做镇关西郑大官人，因见奴家，便使强媒硬保，要奴作妾。谁想写了三千贯文书，虚钱实契，要了奴家身体。未及三个月，他家大娘子好生利害，将奴赶打出来，不容完聚。着落店主人家，追要原典身钱三千贯。父亲懦弱，和他争执不的，他又有钱有势。当初不曾得他一文，如今那讨钱来还他。没计奈何，父亲自小教得奴家些小曲儿，来这里酒楼上赶座子[7]。每日但得些钱来，将大半还他，留些少子父们盘缠。这两日酒客稀少，违了他钱限，怕他来讨时，受他羞耻。子父们想起这苦楚来，无处告诉，因此啼哭。不想误触犯了官人，望乞恕罪，高抬贵手。”鲁提辖又问道：“你姓甚么？在那个客店里歇？那个镇关西郑大官人在那里住？”老儿答道：“老汉姓金，排行第二。孩儿小字翠莲。郑大官人便是此间状元桥下卖肉的郑屠，绰号镇关西。老汉父子两个，只在前面东门里鲁家客店安下。”鲁达听了道：“呸！俺只道那个郑大官人，却原来是杀猪的郑屠。这个腌臜泼才，投托着俺小种经略相公门下，做个肉铺户，却原来这等欺负人。”回头看着李忠、史进道：“你两个且在这里，等洒家去打死了那厮便来。”史进、李忠抱住劝道：“哥哥息怒，明日却理会。”两个三回五次劝得他住。

鲁达又道：“老儿，你来。洒家与你些盘缠，明日便回东京去如何？”父子两个告道：“若是能勾得回乡去时，便是重生父母，再长爷娘。只是店主人家如何肯放？郑大官人须着落[8]他要钱。”鲁提辖道：“这个不妨事，俺自有道理。”便去身边摸出五两来银子，放在桌上，看着史进道：“洒家今日不曾多带得些出来，你有银子借些与俺，洒家明日便送还你。”史进道：“直甚么，要哥哥还。”去包裹里取出一锭十两银子，放在桌上。鲁达看着李忠道：“你也借些出来与洒家。”李忠去身边摸出二两来银子。鲁提辖看了，见少，便道：“也是个不爽利的人。”鲁达只把这十五两银子与了金老，分付道：“你父子两个将去做盘缠。一面收拾行李。俺明日清早来发付你两个起身，看那个店主人敢留你！”金老并女儿拜谢去了。

鲁达把这二两银子丢还了李忠。三人再吃了两角酒，下楼来叫道：“主人家，酒钱洒家明日送来还你。”主人家连声应道：“提辖只顾自去，但吃不妨，只怕提辖不来赊。”三个人出了潘家酒肆，到街上分手。史进、李忠各自投客店去了。只说鲁提辖回到经略府前下处，到房里，晚饭也不吃，气愤愤的睡了。主人家又不敢问他。

再说金老得了这一十五两银子，回到店中，安顿了女儿，先去城外远处觅下一辆车儿；回来收拾了行李，还了房宿钱，算清了柴米钱，只等来日天明。当夜无事。次早五更起来，子父两个先打火做饭，吃罢，收拾了。天色微明，只见鲁提辖大踏步走入店里来，高声叫道："店小二，那里是金老歇处？"小二哥道："金公，提辖在此寻你。"金老开了房门，便道："提辖官人里面请坐。"鲁达道："坐甚么！你去便去，等甚么！"金老引了女儿，挑了担儿，作谢提辖，便待出门。店小二拦住道："金公，那里去？"鲁达问道："他少你房钱？"小二道："小人房钱，昨夜都算还了。须欠郑大官人典身钱，着落在小人身上看管他哩。"鲁提辖道："郑屠的钱，洒家自还他。你放这老儿还乡去。"那店小二那里肯放。鲁达大怒，叉开五指，去那小二脸上只一掌，打的那店小二口中吐血，再复一拳，打下当门两个牙齿。小二扒将起来，一道烟走了。店主人那里敢出来拦他。金老父子两个，忙忙离了店中，出城自去寻昨日觅下的车儿去了。

且说鲁达寻思，恐怕店小二赶去拦截他，且向店里掇条凳子，坐了两个时辰。约莫金公去的远了，方才起身，径投状元桥来。

且说郑屠开着两间门面，两副肉案，悬挂着三五片猪肉。郑屠正在门前柜身内坐定，看那十来个刀手卖肉。鲁达走到门前，叫声"郑屠！"郑屠看时，见是鲁提辖，慌忙出柜身来唱喏道："提辖恕罪。"便叫副手掇条凳子来，"提辖请坐。"鲁达坐下道："奉着经略相公钧旨，要十斤精肉，切做臊子，不要见半点肥的在上头。"郑屠道："使头，你们快选好的切十斤去。"鲁提辖道："不要那等腌臜厮们动手，你自与我切。"郑屠道："说得是，小人自切便了。"自去肉案上拣了十斤精肉，细细切做臊子。那店小二把手帕包了头，正来郑屠家报说金老之事，却见鲁提辖坐在肉案门边，不敢拢来，只得远远的立住在房檐下望。这郑屠整整的自切了半个时辰，用荷叶包了，道："提辖，教人送去？"鲁达道："送甚么！且住，再要十斤都是肥的，不要见些精的在上面，也要切做臊子。"郑屠道："却才精的，怕府里要裹馄饨。肥的臊子何用？"鲁达睁着眼道："相公钧旨分付洒家，谁敢问他。"郑屠道："是。合用的东西，小人切便了。"又选了十斤实膘的肥肉，也细细的切做臊子，把荷叶来包了。整弄了一早辰，却得饭罢时候。那店小二那里敢过来，连那正要买肉的主顾也不敢拢来。郑屠道："着人与提辖拿了，送将府里去。"鲁达道："再要十斤寸金软骨，也要细细地剁做臊子，不要见些肉在上面。"郑屠笑道："却不是特地来消遣[⑨]我。"鲁达听罢，跳起身来，拿着那两包臊子在手里，睁眼看着郑屠说道："洒家特的要消遣你！”把两包臊子劈面打将去，却似下了一阵的肉雨。郑屠大怒，两条忿气从脚底下直冲到顶门，心头那一把无明业火，焰腾腾的按纳不住，从肉案上抢了一把剔骨尖刀，托地跳将下来。鲁提辖早拔步在当街上。众邻舍并十来个火家，那个敢向前来劝，两边过路的人都立住了脚，和那店小二也惊的呆了。

郑屠右手拿刀，左手便来要揪鲁达。被这鲁提辖就势按住左手，赶将入去，望小腹上只一脚，腾地踢倒了在当街上。鲁达再入一步，踏住胸脯，提起那醋钵儿大小拳头，看着这郑屠道："洒家始投老种经略相公，做到关西五路廉访使，也不枉了叫做镇关西。你是个卖肉的操刀屠户，狗一般的人，也叫做镇关西！你如何强骗了金翠莲！"扑的只一拳，正打在鼻子上，打得鲜血迸流，鼻子歪在半边，却便似开了个油酱铺：咸的、酸的、辣的，一发都滚出来。郑屠挣不起来，那把尖刀也丢在一边，口里只叫："打得好！"鲁达骂道："直娘贼！还敢应口。"提起拳头来就眼眶际眉梢只一拳，打得眼睖缝裂，乌珠迸出，也似开了个彩帛铺的：红的、黑的、绛的，都滚将出来。两边看的人惧怕鲁提辖，谁敢向前来劝？郑屠当不过讨饶。鲁达喝道："咄！你是个破落户，若是和俺硬到底，洒家倒饶了你。你如何叫俺讨饶，洒家却不饶你！"又只一拳，太阳上正着，却似做了一个全堂水陆的道场：磬儿、钹儿、铙儿一齐响。

鲁达看时，只见郑屠挺在地下，口里只有出的气，没了入的气，动掸不得。鲁提辖假意道："你这厮诈死，洒家再打。"只见面皮渐渐的变了，鲁达寻思道："俺只指望痛打这厮一顿，不想三拳真个打死了他。洒家须吃官司，又没人送饭，不如及早撒开。"拔步便走，回头指着郑屠尸道："你诈死，洒家和你慢慢理会。"一头骂，一头大踏步去了。街坊邻舍并郑屠的火家，谁敢向前来拦他。

鲁提辖回到下处，急急卷了些衣服盘缠，细软银两，但是旧衣粗重都弃了。提了一条齐眉短棒，奔出南门，一道烟走了。

且说郑屠家中众人，救了半日不活，呜呼死了。老小邻人径来州衙告状。正直府尹升厅，接了状子，看罢，道："鲁达系是经略府提辖。"不敢擅自径来捕捉凶身。府尹随即上轿，来到经略府前，下了轿子，把门军士入去报知。经略听得，教请到厅上，与府尹施礼罢。经略问道："何来？"府尹禀道："好教相公得知，府中提辖鲁达，无故用拳打死市上郑屠。不曾禀过相公，不敢擅自捉拿凶身。"经略听说，吃了一惊，寻思道："这鲁达虽好武艺，只是性格粗卤。今番做出人命事，俺如何护得短？须教他推问使得。"经略回府尹道："鲁达这人，原是我父亲老经略处军官。

为因俺这里无人帮护，拨他来做提辖。既然犯了人命罪过，你可拿他依法度取问。如若供招明白，拟罪已定，也须教我父亲知道，方可断决。怕日后父亲处边上要这个人时，却不好看。”府尹禀道：“下官问了情由，合行申禀老经略相公知道，方敢断遣。”府尹辞了经略相公，出到府前，上了轿，回到州衙里，升厅坐下。便唤当日缉捕使臣押下文书，捉拿犯人鲁达。

当时王观察领了公文，将带二十来个做公的人，径到鲁提辖下处。只见房主人道：“却才拕了些包裹，提了短棒，出去了。小人只道奉着差使，又不敢问他。”王观察听了，教打开他房门看时，只有些旧衣旧裳和些被卧在里面。王观察就带了房主人，东西四下里去跟寻，州南走到州北，捉拿不见。王观察又捉了两家邻舍并房主人，同到州衙厅上回话道：“鲁提辖惧罪在逃，不知去向。只拿得房主人并邻舍在此。”府尹见说，且教监下。一面教拘集郑屠家邻佑人等，点了仵作行人，着仰本地坊官人并坊厢里正，再三检验已了。郑屠家自备棺木盛殓，寄在寺院。一面叠成文案，一壁差人杖限缉捕凶身。原告人保领回家；邻佑杖断有失救应；房主人并下处邻舍，止得个不应。鲁达在逃，行开个海捕文书，各处追捉。出赏钱一千贯，写了鲁达的年甲贯址，画了他的模样，到处张挂。一干人等疏放听候。郑屠家亲人自去做孝，不在话下。

（节选自百回本《水浒传》第三回）

注　释

① 济（jǐ）楚：整齐干净。

② 角：古时酒具，因用兽角做成故称角；宋时已不用兽角做了，仍然沿袭这一名称。

③ 聒噪：饶舌，打扰。

④ 入港：说话投机，进入佳境。

⑤ 绰酒座儿唱的：在酒楼里巡回卖唱的。

⑥ 生受：活受罪。

⑦ 赶座子：意同“绰酒座儿唱的”。

⑧ 着落：责成，指令。

⑨ 消遣：戏要，捉弄。

阅读提示

“路见不平，拔刀相助”，这是梁山英雄的义行，在鲁智深的身上表现得尤为突出。这一情节具有典型意义。鲁智深与金氏父女素昧平生，知道他们遭受欺侮后，立即愤愤不平，对一起喝酒的李忠和史进说：“你两个且在这里，等洒家去打死了那厮便来。”说得那样自然，那样爽快，那样轻便，好像是不费吹灰之力就可以完成的一桩小事。鲁智深的性格粗中有细，又富于生活经验，他在打郑屠之前先安排好金氏父女出走；而且在金氏父女走后，还特意掇了一条凳子，坐了两个时辰，估计两人已经走远了，方才去找郑屠算账。见到郑屠被他打得不能动弹时，就一头骂郑屠装死，一头大踏步及时撤退。他鲜明的爱憎、豪爽的性格、侠义的心肠，都在这一节不长的文字中得到鲜明的表现，不能不引起读者对他的喜爱。

风雪山神庙

话说当日林冲正闲走间，忽然背后人叫，回头看时，却认得是酒生儿[①]李小二。当初在东京时，多得林冲看顾。这李小二先前在东京时，不合偷了店主人家财，被捉住了，要送官司问罪。却得林冲主张陪话，救了他免送官司。又与他陪了些钱财，方得脱免。京中安不得身，又亏林冲赍发[②]他盘缠，于路投奔人。不想今日却在这里撞见。林冲道：“小二哥，你如何也在这里？”李小二便拜道：“自从得恩人救济，赍发小人，一地里投奔人不着。迤逦[③]不想来到沧州，投托一个酒店里，姓王，留小人在店中做过卖[④]。因见小人勤谨，安排的好菜蔬，调和的好汁水，来吃的人都喝采，以此买卖顺当。主人家有个女儿，就招了小人做女婿。如今丈人丈母都死了，只剩得小人夫妻两个，权在营前开了个茶酒店。因讨钱过来，遇见恩人。恩人不知为何事在这里？”林冲指着脸上道：“我因恶[⑤]了高太尉，生事陷害，受了一场官司，刺配[⑥]到这里。如今叫我管天王堂，未知久后如何。不想今日到此遇见。”

李小二就请林冲到家里面坐定，叫妻子出来拜了恩人。两口儿欢喜道：“我夫妻二人，正没个亲眷。今日得恩人到来，便是从天降下。”林冲道：“我是罪囚，恐怕玷辱你夫妻两个。”李小二道：“谁不知恩人大名，休恁地说。但有衣服，便拿来家里浆洗缝补。”当时管待林冲酒食，至晚送回天王堂。次日，又来相请。因此，林冲得李小二家来往，不时间送汤送水来营里与林冲吃。林冲因见他两口儿恭勤孝顺，常把些银两与他做本钱，不在话下。有诗为证：

才离寂寞神堂路，又守萧条草料场。

李二夫妻能爱客，供茶送酒意偏长。

且把闲话休题，只说正话。迅速光阴，却早冬来。林冲的绵衣裙袄，都是李小二浑家整治缝补。忽一日，李小二正在门前安排菜蔬下饭，只见一个人闪将进来，酒店里坐下，随后又一人入来。看时，前面那个人是军官打扮，后面这个走卒模样，跟着也来坐下。李小二入来问道："要吃酒？"只见那个人将出一两银子与小二道："且收放柜上，取三四瓶好酒来。客到时，果品酒馔只顾将来，不必要问。"李小二道："官人请甚客？"那人道："烦你与我去营里请管营、差拨两个来说话。问时，你只说有个官人请说话，商议些事务，专等，专等。"李小二应承了，来到牢城里，先请了差拨，同到管营家里，请了管营，都到酒店里。只见那个官人和管营、差拨两个讲了礼。管营道："素不相识，动问官人高姓大名？"那人道："有书在此，少刻便知。且取酒来。"李小二连忙开了酒，一面铺下菜蔬果品酒馔。那人叫讨副劝盘来，把了盏，相让坐了。小二独自一个，撺梭也似伏侍不暇。那跟来的人讨了汤桶，自行烫酒。约计吃过十数杯，再讨了按酒，铺放桌上。只见那人说道："我自有伴当烫酒，不叫你休来。我等自要说话。"

李小二应了，自来门首叫老婆道："大姐，这两个人来的不尴尬[⑦]。"老婆道："怎么的不尴尬？"小二道："这两个人语言声音，是东京人，初时又不认得管营，向后我将按酒入去，只听得差拨口里讷出一句'高太尉'三个字来。这人莫不与林教头身上有些干碍？我自在门前理会，你且去阁子背后，听说甚么。"老婆道："你去营中寻林教头来，认他一认。"李小二道："你不省得，林教头是个性急的人，摸不着便要杀人放火。倘或叫的他来看了，正是前日说的甚么陆虞候，他肯便罢？做出事来，须连累了我和你。你只去听一听，再理会。"老婆道："说的是。"便入去听了一个时辰，出来说道："他那三四个交头接耳说话，正不听得说甚么。只见那一个军官模样的人，去伴当怀里取出一帕子物事，递与管营和差拨。帕子里面的莫不是金银？只听差拨口里说道：'都在我身上，好歹要结果了他性命。'"正说之间，阁子里叫："将汤来。"李小二急去里面换汤时，看见管营手里拿着一封书。小二换了汤，添些下饭。又吃了半个时辰，算还了酒钱，管营、差拨先去了。次后，那两个低着头也去了。转背没多时，只见林冲走将入店里来，说道："小二哥，连日好买卖。"李小二慌忙道："恩人请坐，小人却待正要寻恩人，有些要紧话说。"有诗为证：

潜为奸计害英雄，一线天教把信通。
亏杀有情贤李二，暗中回护有奇功。

当下林冲问道："甚么要紧的事？"小二哥请林冲到里面坐下，说道："却才有个东京来的尴尬人，在我这里请管营、差拨吃了半日酒。差拨口里讷出高太尉三个字来。小人心下疑，又着浑家听了一个时辰，他却交头接耳说话，都不听得。临了，只见差拨口里应道：'都在我两个身上，好歹要结果了他。'那两个把一包金银递与管营、差拨，又吃一回酒，各自散了。不知甚么样人。小人心下疑，只怕恩人身上有些妨碍。"林冲道："那人生得甚么模样？"李小二道："五短身材，白净面皮，没甚髭须，约有三十余岁。那跟的也不长大，紫棠色面皮。"林冲听了大惊道："这三十岁的正是陆虞候。那泼贱贼也敢来这里害我！休要撞着我，只教他骨肉为泥！"李小二道："只要提防他便了，岂不闻古人言：吃饭防噎，走路防跌。"林冲大怒，离了李小二家，先去街上买把解腕尖刀，带在身上，前街后巷一地里去寻。李小二夫妻两个，捏着两把汗。

当晚无事，次日天明起来，早洗漱罢，带了刀又去沧州城里城外，小街夹巷，团团寻了一日。牢城营里都没动静。林冲又来对李小二道："今日又无事。"小二道："恩人，只愿如此。只是自放仔细便了。"林冲自回天王堂，过了一夜。街上寻了三五日，不见消耗，林冲也自心下慢了。到第六日，只见管营叫唤林冲到点视厅上，说道："你来这里许多时，柴大官人面皮不曾抬举的你。此间东门外十五里，有座大军草场，每月但是纳草纳料的，有些常例钱取觅。原是一个老军看管。我如今抬举你去替那老军来守天王堂，你在那里阖几贯盘缠。你可和差拨便去那里交割。"林冲应道："小人便去。"当时离了营中，径到李小二家，对他夫妻两个说道："今日管营拨我去大军草场管事，却如何？"李小二道："这个差使又好似天王堂。那里收草料时，有些常例钱钞。往常不使钱时，不能勾这差使。"林冲道："却不害我，倒与我好差使，正不知何意？"李小二道："恩人休要疑心，只要没事便好了。只是小人家离得远了，过几时那工夫来望恩人。"就时家里安排几杯酒，请林冲吃了。

话不絮烦，两个相别了。林冲自来天王堂，取了包裹，带了尖刀，拿了条花枪，与差拨一同辞了管营，两个取路投草料场来。正是严冬天气，彤云密布，朔风渐起，却早纷纷扬扬卷下一天大雪来。那雪早下得密了。怎见得好雪？有《临江仙》词为证：

作阵成团空里下，这回忒杀堪怜。剡溪冻住子猷船。玉龙鳞甲舞，江海尽平填。　　宇宙楼台都压倒，长空飘絮飞绵。三千世界玉相连。冰交河北岸，冻了十余年。

大雪下的正紧，林冲和差拨两个在路上又没买酒吃处。早来到草料场外看时，一周遭有些黄土墙，两扇大门。推开看里面时，七八间草房做着仓廒，四下里都是马草堆，中间两座草厅。到那厅里，只见那老军在里面向火。差拨说道："管营差这个林冲来替你回天王堂看守，你可即便交割。"老军拿了钥匙，引着林冲，分付道："仓廒内自有官司封记，这几堆草一堆堆都有数目。"老军都点见了堆数，又引林冲到草厅上。老军收拾行李，临了说道："火盆、锅子、碗、碟，都借与你。"林冲道："天王堂内我也有在那里，你要便拿了去。"老军指壁上挂一个大葫芦，说道："你若买酒吃时，只出草场，投东大路去三二里，便有市井。"老军自和差拨回营里来。

只说林冲就床上放了包裹被卧，就坐下生些焰火起来。屋边有一堆柴炭，拿几块来生在地炉里。仰面看那草屋时，四下里崩坏了，又被朔风吹撼，摇振得动。林冲道："这屋如何过得一冬？待雪晴了，去城中唤个泥水匠来修理。"向了一回火，觉得身上寒冷，寻思："却才老军所说五里路外有那市井，何不去沽些酒来吃？"便去包里取些碎银子，把花枪挑了酒葫芦，将火炭盖了，取毡笠子戴上，拿了钥匙，出来把草厅门拽上。出到大门首，把两扇草场门反拽上，锁了。带了钥匙，信步投东。雪地里踏着碎琼乱玉，迤逦背着北风而行。那雪正下得紧。

行不上半里多路，看见一所古庙。林冲顶礼道："神明庇佑，改日来烧钱纸。"又行了一回，望见一簇人家。林冲住脚看时，见篱笆中挑着一个草帚儿在露天里。林冲径到店里，主人道："客人那里来？"林冲道："你认得这个葫芦么？"主人看了道："这葫芦是草料场老军的。"林冲道："如何便认的？"店主道："既是草料场看守大哥，且请少坐。天气寒冷，且酌三杯权当接风。"店家切一盘熟牛肉，烫一壶热酒，请林冲吃。又自买了些牛肉，又吃了数杯。就又买了一葫芦酒，包了那两块牛肉，留下碎银子，把花枪挑了酒葫芦，怀内揣了牛肉，叫声相扰，便出篱笆门，依旧迎着朔风回来。看那雪，到晚越下的紧了。古时有个书生，做了一个词，单题那贫苦的恨雪：

> 广莫严风刮地，这雪儿下的正好。扯絮挦绵，裁几片大如栲栳。见林间竹屋茅茨，争些儿被他压倒。富室豪家，却言道压瘴犹嫌少。向的是兽炭红炉，穿的是绵衣絮袄。手捻梅花，唱道国家祥瑞，不念贫民些小。高卧有幽人，吟咏多诗草。

再说林冲踏着那瑞雪，迎着北风，飞也似奔到草场门口，开了锁，入内看时，只叫得苦。原来天理昭然，佑护善人义士，因这场大雪，救了林冲的性命。那两间草厅已被雪压倒了。林冲寻思："怎地好？"放下花枪、葫芦在雪里，恐怕火盆内有火炭延烧起来。搬开破壁子，探半身入去摸时，火盆内火种都被雪水浸灭了。林冲把手床上摸时，只拽得一条絮被。林冲钻将出来，见天色黑了，寻思："又没打火处，怎生安排？"想起："离了这半里路上，有个古庙，可以安身。我且去那里宿一夜，等到天明却做理会。"把被卷了，花枪挑着酒葫芦，依旧把门拽上，锁了，望那庙里来。入的庙门，再把门掩上，傍边止有一块大石头，掇将过来，靠了门。入的里面看时，殿上做着一尊金甲山神，两边一个判官，一个小鬼，侧边堆着一堆纸。团团看来，又没邻舍，又无庙主。林冲把枪和酒葫芦放在纸堆上，将那条絮被放开，先取下毡笠子，把身上雪都抖了，把上盖白布衫脱将下来，早有五分湿了，和毡笠放在供桌上，把被扯来盖了半截下身。却把葫芦冷酒提来便吃，就将怀中牛肉下酒。正吃时，只听得外面必必剥剥地爆响。林冲跳起身来，就壁缝里看时，只见草料场里火起，刮刮杂杂烧着。看那火时，但见：

> 一点灵台，五行造化，丙丁在世传流。无明心内，灾祸起沧州。烹铁鼎能成万物，铸金丹还与重楼。思今古，南方离位，荧惑最为头。绿窗归焰烬，隔花深处，掩映钓渔舟。鏖兵赤壁，公瑾喜成谋。李晋王醉存馆驿，田单在即墨驱牛。周褒姒骊山一笑，因此戏诸侯。

当时张见草场内火起，四下里烧着。林冲便拿枪，却待开门来救火，只听得前面有人说将话来。林冲就伏在庙听时，是三个人脚步声，且奔庙里来。用手推门，却被林冲靠住了，推也推不开。三人在庙檐下立地看火，数内一个道："这条计好么？"一个应道："端的亏管营、差拨两位用心。回到京师，禀过太尉，都保你二位做大官。这番张教头没的推故。"那人道："林冲今番直吃我们对付了。高衙内这病必然好了。”又一个道：“张教头那厮，三回五次托人情去说：‘你的女婿殁了。’张教头越不肯应承。因此衙内病患看看重了，太尉特使俺两个央浼[8]二位干这件事，不想而今完备了。”又一个道：“小人直爬入墙里去，四下草堆上点了十来个火把，待走那里去！”那一个道：“这早晚烧个八分过了。”又听一个道：“便逃得性命时，烧了大军草料场，也得个死罪。”又一个道：“我们回城里去罢。”一个道：“再看一看，拾得他一两块骨头回京，府里见太尉和衙内时，也道我们也能会干事。”

林冲听那三个人时，一个是差拨，一个是陆虞候，一个是富安。林冲道：“天可怜见林冲，若不是倒了草厅，我准定被这厮们烧死了。”轻轻把石头掇开，挺着花枪，一手拽开庙门，大喝一声：“泼贼那里去！”三个人急要走时，惊得呆了，正走不动。林冲举手肐察的一枪，先戳倒差拨。陆虞候叫声：“饶命！”吓的慌了手脚，走不动。那富安走不到十来步，被林冲赶上，后心只一枪，又戳倒了。翻身回来，陆虞候却才行的三四步。林冲喝声道：“好贼！你待那里去！”批胸只一提，丢翻在雪地上。把枪搠在地里，用脚踏住胸脯，身边取出那口刀来，便去陆谦脸上阁着，喝道：“泼贼！我自来又和你无甚么冤仇，你如何这等害我！正是杀人可恕，情理难容。”陆虞候告道：“不干小人事，太尉差遣，不敢不来。”林冲骂道：“奸贼，我与你自幼相交，今日倒来害我，怎不干你事！且吃我一刀。”把陆谦上身衣服扯开，把尖刀向心窝里只一剜，七窍迸出血来，将心肝提在手里。回头看时，差拨正爬将起来要走。林冲按住喝道：“你这厮原来也恁的歹！且吃我一刀。”又早把头割下来，挑在枪上。回来把富安、陆谦头都割下来。把尖刀插了，将三个人头发结做一处，提入庙里来，都摆在山神面前供桌上。再穿了白布衫，系了搭膊，把毡笠子带上，将葫芦里冷酒都吃尽了。被与葫芦都丢了不要。提了枪，便出庙门投东去。

（节选自百回本《水浒传》第十回）

注　释

① 酒生儿：酒店伙计。

② 赍发：赠送。

③ 迤逦：曲折连绵。

④ 过卖：跑堂的堂倌，犹今饭馆里的服务员。

⑤ 恶：得罪。

⑥ 刺配：充军，古时充军的犯人要在脸上刺字。

⑦ 不尴尬：鬼鬼祟祟，大有问题。

⑧ 央浼（měi）：请托。

阅读提示

这段文字主要写林冲的思想转变，从忍辱负重到忍无可忍，愤而杀死仇人，走上反叛的道路。有关李小二的一段情节，有两方面的作用，一是在情节的发展上，为后文写陆谦谋害林冲，火烧草料场张本；二是通过这个过去被林冲救助过的人物，自然地写出林冲的义气和义行，这是他思想性格中极可宝贵的因素，是他终于走上造反道路的重要原因，他之所以对陆谦极为痛恨，就是因为陆谦是他的结义朋友，陷害他乃是背信弃义行为。他到草料场去后的一系列行动和心理活动，写得极为真实细致，在中国古典小说中是十分少见的描写。有关草料场的细节能充分地展现林冲的性格，是十分出色的。杀人的场面写得很有章法，也很有思想深度，不是为杀人而杀人，而是通过杀人而写出人物思想性格的转变。这是《水浒传》现实主义风格成熟的表现。

智取生辰纲

话说当时公孙胜正在阁儿里对晁盖说："这北京生辰纲是不义之财，取之何碍。"只见一个人从外面抢将入来，揪住公孙胜道："你好大胆！却才商议的事，我都知了也。"那人却是智多星吴学究。晁盖笑道："先生休慌，且请相见。"两个叙礼罢，吴用道："江湖上久闻人说入云龙公孙胜一清大名，不期今日此处得会。"晁盖道："这位秀士先生，便是智多星吴学究。"公孙胜道："吾闻江湖上多人曾说加亮先生大名，岂知缘法却在保正庄上得会贤契。只是保正疏财仗义，以此天下豪杰都投门下。"晁盖道："再有几位相识在里面，一发请进后堂深处见。"三个人入到里面，就与刘唐、三阮都相见了。

众人道："今日此一会，应非偶然。须请保正哥哥正面而坐。"晁盖道："量小子是个穷主人，又无甚罕物相留好客，怎敢占上。"吴用道："保正哥哥，依着小生且请坐了。"晁盖只得坐了第一位。吴用坐了第二位，公孙胜坐了第三位，刘唐坐了第四位，阮小二坐了第五位，阮小五坐第六位，阮小七坐第七位。却才聚义饮酒。重整杯盘，再备酒肴，众人饮酌。

吴用道："保正梦见北斗七星坠在屋脊上，今日我等七人聚义举事，岂不应天垂象。此一套富贵，唾手而取。我等七人和会，并无一人晓得。想公孙胜先生江湖上仗义疏财之士，所以得知这件事，来投保正。所说央刘兄去探听路程从那里来，今日天晚，来早便请登程。”公孙胜道：“这一事不须去了，贫道已打听知他来的路数了。只是黄泥冈大路上来。”晁盖道：“黄泥冈东十里路，地名安乐村，有一个闲汉，叫做白日鼠白胜，也曾来投奔我，我曾赍助他盘缠。”吴用道：“北斗上白光，莫不是应在这人？自有用他处。”刘唐道：“此处黄泥冈较远，何处可以容身？”吴用道：“只这个白胜家，便是我们安身处。亦还要用了白胜。”晁盖道：“吴先生，我等还是软取，却是硬取？”吴用笑道：“我已安排定了圈套，只看他来的光景。力则力取，智则智取。我有一条计策，不知中你们意否？如此如此。”晁盖听了大喜，攧着脚道：“好妙计！不枉了称你做智多星，果然赛过诸葛亮。好计策！”吴用道：“休得再提。常言道：隔墙须有耳，窗外岂无人。只可你知我知。”晁盖便道：“阮家三兄且请回归，至期来小庄聚会。吴先生依旧自去教学。公孙先生并刘唐，只在敝庄权住。”当日饮酒至晚，各自去客房里歇息。

次日五更起来，安排早饭吃了。晁盖取出三十两花银送与阮家三兄弟道：“权表薄意，切勿推却。”三阮那里肯受。吴用道：“朋友之意，不可相阻。”三阮方才受了银两。一齐送出庄外来。吴用附耳低言道：“这般这般。至期不可有误。”阮家三弟兄相别了，自回石碣村去。晁盖留住吴学究与公孙胜、刘唐在庄上，每日议事。

话休絮繁。却说北京大名府梁中书，收买了十万贯庆贺生辰礼物完备，选日差人起程。当下一日在后堂坐下，只见蔡夫人问道：“相公，生辰纲几时起程？”梁中书道：“礼物都已完备，明后日便用起身。只是一件事在此踌躇未决。”蔡夫人道：“有甚事踌躇未决？”梁中书道：“上年费了十万贯收买金珠宝贝，送上东京去，只因用人不着，半路被贼人劫将去了，至今无获；今年帐前眼见得又没个了事的[①]人送去，在此踌躇未决。”蔡夫人指着阶下道：“你常说这个人十分了得，何不着他委纸领状送去走一遭，不致失误。”梁中书看阶下那人时，却是青面兽杨志。梁中书大喜，随即唤杨志上厅说道：“我正忘了你。你若与我送得生辰纲去，我自有抬举你处。”杨志叉手向前禀道：“恩相差遣，不敢不依。只不知怎地打点？几时起身？”梁中书道：“着落大名府差十辆太平车子，帐前拨十个厢禁军监押着车，每辆上各插一把黄旗，上写着‘献贺太师生辰纲’。每辆车子再使个军健跟着。三日内便要起身去。”杨志道：“非是小人推托，其实去不得。乞钧旨[②]别差英雄精细的人去。”

梁中书道："我有心要抬举你，这献生辰纲的札子内另修一封书在中间，太师跟前重重保你，受道敕命[③]回来。如何倒生支调[④]，推辞不去？"杨志道："恩相在上：小人也曾听得上年已被贼人劫去了，至今未获。今岁途中盗贼又多，甚是不好。此去东京，又无水路，都是旱路，经过的是紫金山、二龙山、桃花山、伞盖山、黄泥冈、白沙坞、野云渡、赤松林，这几处都是强人出没的去处。更兼单身客人，亦不敢独自经过。他知道是金银宝物，如何不来抢劫？枉结果了性命。以此去不得。"梁中书道："恁地时多着军校防护送去便了。"杨志道："恩相便差五百人去，也不济事。这厮们一声听得强人来时，都是先走了的。"梁中书道："你这般地说时，生辰纲不要送去了？"杨志又禀道："若依小人一件事，便敢送去。"梁中书道："我既委在你身上，如何不依你说。"杨志道："若依小人说时，并不要车子，把礼物都装做十余条担子，只做客人的打扮行货。也点十个壮健的厢禁军，却装做脚夫挑着。只消一个人和小人去，却打扮做客人。悄悄连夜送上东京交付。恁地时方好。"梁中书道："你甚说的是。我写书呈，重重保你，受道诰命[⑤]回来。"杨志道："深谢恩相抬举。"

当日便叫杨志一面打拴担脚，一面选拣军人。次日，叫杨志来厅前伺候，梁中书出厅来问道："杨志，你几时起身？"杨志禀道："告复恩相，只在明早准行，就委领状。"梁中书道："夫人也有一担礼物，另送与府中宝眷，也要你领。怕你不知头路，特地再教奶公谢都管，并两个虞候，和你一同去。"杨志告道："恩相，杨志去不得了。"梁中书道："礼物多已拴缚完备，如何又去不得？"杨志禀道："此十担礼物都在小人身上，和他众人都由杨志，要早行便早行，要晚行便晚行，要住便住，要歇便歇，亦依杨志提调。如今又叫老都管并虞候和小人去，他是夫人行的人，又是太师府门下奶公，倘或路上与小人鳖拗起来，杨志如何敢和他争执得？若误了大事时，杨志那其间如何分说？"梁中书道："这个也容易，我叫他三个都听你提调便了。"杨志答道："若是如此禀过，小人情愿便委领状。倘有疏失，甘当重罪。"梁中书大喜道："我也不枉了抬举你，真个有见识。"随即唤老谢都管并两个虞候出来，当厅分付道："杨志提辖情愿委了一纸领状，监押生辰纲十一担金珠宝贝赴京，太师府交割，这干系都在他身上。你三人和他做伴去，一路上早起晚行住歇，都要听他言语，不可和他鳖拗。夫人处分付的勾当，你三人自理会。小心在意，早去早回，休教有失。"老都管一一都应了。当日杨志领了。

次日早，起五更，在府里把担仗都摆在厅前。老都管和两个虞候又将一小担财帛，共十一担，拣了十一个壮健的厢禁军，都做脚夫打扮。杨志戴上凉笠儿，穿着青纱衫子，系了缠带行履麻鞋，跨口腰刀，提条朴刀。老都管也打扮做个客人模样。两个虞候假装做跟的伴当。各人都拿了条朴刀，又带几根藤条。梁中书付与了札付书呈。一行人都吃得饱了，在厅上拜辞了梁中书。看那军人担仗起程，杨志和谢都管、两个虞候监押着，一行共是十五人，离了梁府，出得北京城门，取大路投东京进发。五里单牌，十里双牌。此时正是五月半天气，虽是晴明得好，只是酷热难行。昔日吴七郡王有八句诗道：

> 玉屏四下朱阑绕，簇簇游鱼戏萍藻。
> 簟铺八尺白虾须，头枕一枚红玛瑙。
> 六龙惧热不敢行，海水煎沸蓬莱岛。
> 公子犹嫌扇力微，行人正在红尘道。

这八句诗单题着炎天暑月，那公子王孙在凉亭上水阁中，浸着浮瓜沉李，调冰雪藕避暑，尚兀自嫌热。怎知客人为些微名薄利，又无枷锁拘缚，三伏内只得在那途路中行。今日杨志这一行人，要取六月十五日生辰，只得在路途上行。自离了这北京五七日，端的只是起五更、趁早凉便行，日中热时便歇。五七日后，人家渐少，行客又稀，一站站都是山路。杨志却要辰牌起身，申时便歇。那十一个厢禁军，担子又重，无有一个稍轻。天气热了，行不得，见着林子便要去歇息。杨志赶着催促要行，如若停住，轻则痛骂，重则藤条便打，逼赶要行。两个虞候虽只背些包裹行李，也气喘了行不上。杨志也嗔道："你两个好不晓事！这干系须是俺的！你们不替洒家打这夫子，却在背后也慢慢地挨。这路上不是耍处。"那虞候道："不是我两个要慢走，其实热了行不动，因此落后。前日只是趁早凉走，如今怎地正热里要行？正是好歹不均匀。"杨志道："你这般说话，却似放屁。前日行的须是好地面，如今正是尴尬去处。若不日里赶过去，谁敢五更半夜走？"两个虞候口里不道，肚中寻思："这厮不直得便骂人。"

杨志提了朴刀，拿着藤条，自去赶那担子。两个虞候坐在柳阴树下等得老都管来。两个虞候告诉道："杨家那厮，强杀只是我相公门下一个提辖，直这般做大[⑥]！"老都管道："须是我相公当面分付道：休要和他鳌拗。因此我不做声。这两日也看他不得。权且奈他。"两个虞候道："相公也只是人情话儿，都管自做个主便了。"老都管又道："且奈他一奈。"当日行到申牌时分[⑦]，寻得一个客店里歇了。那十个厢禁军雨汗通流，都叹气吹嘘，对老都管说道：“我们不幸做了军健，情知道被差出来。这般火似热的天气，又挑着重担。这两日又不拣早凉行，动不动老大藤条打来。都是一般父母皮肉，我们直恁地苦！”老都管道：“你们不要怨怅，巴到东京时，我自赏你。”众军汉道：“若是似都管看待我们时，并不敢怨怅。”又过了一夜。次日，天色未明，众人跳起来趁早凉起身去。杨志跳起来喝道：“那里去！且睡了，却理会。”众军汉道：“趁早不走，日里热时走不得，却打我们。”杨志大骂道：“你们省得甚么！”拿了藤条要打。众军忍气吞声，只得睡了。当日直到辰牌时分，慢慢地打火吃了饭走。一路上赶打着，不许投凉处歇。那十一个厢禁军口里喃喃讷讷地怨怅，两个虞候在老都管面前絮絮聒聒地搬口。老都管听了，也不着意，心内自恼他。

话休絮繁。似此行了十四五日，那十四个人，没一个不怨怅杨志。当日客店里，辰牌时分，慢慢地打火吃了早饭行。正是六月初四日时节，天气未及晌午，一轮红日当天，没半点云彩。其日十分大热。古人有八句诗道：

> 祝融南来鞭火龙，火旗焰焰烧天红。
> 日轮当午凝不去，万国如在红炉中。
> 五岳翠干云彩灭，阳侯海底愁波竭。
> 何当一夕金风起，为我扫除天下热。

当日行的路，都是山僻崎岖小径，南山北岭。却监着那十一个军汉，约行了二十余里路程。那军人们思量要去柳阴树下歇凉，被杨志拿着藤条打将来，喝道：“快走！教你早歇。”众军人看那天时，四下里无半点云彩，其时那热不可当。但见：

> 热气蒸人，嚣尘扑面。万里乾坤如甑，一轮火伞当天。四野无云，风穾穾波翻海沸；千山灼焰，必剥剥石烈灰飞。空中鸟雀命将休，倒攧入树林深处；水底鱼龙鳞角脱，直钻入泥土窖里。直教石虎喘无休，便是铁人须汗落。

当时杨志催促一行人在山中僻路里行。看看日色当午，那石头上热了，脚疼走不得。众军汉道：“这般天气热，兀的不晒杀人。”杨志喝着军汉道：“快走！赶过前面冈子去，却再理会。”正行之间，前面迎着那土冈子。众人看这冈子时，但见：

顶上万株绿树，根头一派黄沙。嵯峨浑似老龙形，险峻但闻风雨响。山边茅草，乱丝丝攒遍地刀枪；满地石头，磣可可睡两行虎豹。休道西川蜀道险，须知此是太行山。

当时一行十五人奔上冈子来，歇下担仗，那十四人都去松阴树下睡倒了。杨志说道："苦也！这里是甚么去处，你们却在这里歇凉！起来，快走！"众军汉道："你便剁做我七八段，其实去不得了。"杨志拿起藤条，劈头劈脑打去。打得这个起来，那个睡倒，杨志无可奈何。只见两个虞候和老都管气喘急急，也巴到冈子上松树下坐了喘气。看这杨志打那军健，老都管见了，说道："提辖，端的热了走不得，休见他罪过。"杨志道："都管，你不知，这里正是强人出没的去处，地名叫做黄泥冈。闲常太平时节，白日里兀自[8]出来劫人，休道是这般光景，谁敢在这里停脚！"两个虞候听杨志说了，便道："我见你说好几遍了，只管把这话来惊吓人。"老都管道："权且教他们众人歇一歇，略过日中行如何？"杨志道："你也没分晓了，如何使得！这里下冈子去，兀自有七八里没人家。甚么去处，敢在此歇凉！"老都管道："我自坐一坐了走，你自去赶他众人先走。"杨志拿着藤条喝道："一个不走的，吃俺二十棍。"众军汉一齐叫将起来。数内一个分说道："提辖，我们挑着百十斤担子，须不比你空手走的。你端的不把人当人！便是留守相公自来监押时，也容我们说一句。你好不知疼痒，只顾逞办！"杨志骂道："这畜生不呕死俺，只是打便了。"拿起藤条，劈脸便打去。老都管喝道："杨提辖且住，你听我说。我在东京太师府里做奶公时，门下官军见了无千无万，都向着我喏喏连声。不是我口浅[9]，量你是个遭死的军人，相公可怜，抬举你做个提辖，比得草芥子大小的官职，直得恁地逞能。休说我是相公家都管，便是村庄一个老的，也合依我劝一劝，只顾把他们打，是何看待！"杨志道："都管，你须是城市里人，生长在相府里，那里知道途路上千难万难。"老都管道："四川、两广也曾去来，不曾见你这般卖弄。"杨志道："如今须不比太平时节。"都管道："你说这话该剜口割舌，今日天下怎地不太平？"

杨志却待再要回言，只见对面松林里影着一个人在那里舒头探脑价望。杨志道："俺说甚么，兀的不是歹人来了！"撇下藤条，拿了朴刀，赶入松林里来，喝一声道："你这厮好大胆，怎敢看俺的行货！"只见松林里一字儿摆着七辆江州车儿，七个人脱得赤条条的在那里乘凉。一个鬓边老大一搭朱砂记，拿着一条朴刀，望杨志跟前来。七个人齐叫一声："呵也！"都跳起来。杨志喝道："你等是甚么人？"那七人道："你是甚么人？"杨志又问道："你等莫不是歹人？"那七人道："你颠倒问，我等是小本经纪，那里有钱与你。"杨志道："你等小本经纪人，偏俺有大本钱。"那七人问道："你端的是甚么人？"杨志道："你等且说那里来的人？"那七人道："我等弟兄七人，是濠州人，贩枣子上东京去，路途打从这里经过。听得多人说，这里黄泥冈上如常有贼打劫客商。我等一面走，一头自说道：我七个只有些枣子，别无甚财赋，只顾过冈子来。上得冈子，当不过这热，权且在这林子里歇一歇，待晚凉了行。只听得有人上冈子来，我们只怕是歹人，因此使这个兄弟出来看一看。"杨志道："原来如此，也是一般的客人。却才见你们窥望，惟恐是歹人，因此赶来看一看。"那七个人道："客官请几个枣子了去。"杨志道："不必。"提了朴刀，再回担边来。

老都管道："既是有贼，我们去休。"杨志说道："俺只道是歹人，原来是几个贩枣子的客人。"老都管道："似你方才说时，他们都是没命的[10]。"杨志道："不必相闹，俺只要没事便好。你们且歇了，等凉些走。"众军汉都笑了。杨志也把朴刀插在地上，自去一边树下坐了歇凉。没半碗饭时，只见远远地一个汉子，挑着一副担桶，唱上冈子来。唱道：

> 赤日炎炎似火烧，野田禾稻半枯焦。
> 农夫心内如汤煮，楼上王孙把扇摇。

那汉子口里唱着，走上冈子来，松林里头歇下担桶，坐地乘凉。众军看见了，便问那汉子道："你桶里是甚么东西？"那汉子应道："是白酒。"众军道："挑往那里去？"那汉子道："挑去村里卖。"众军道："多少钱一桶？"那汉子道："五贯足钱。"众军商量道："我们又热又渴，何不买些吃？也解暑气。"正在那里凑钱。杨志见了，喝道："你们又做甚么？"众军道："买碗酒吃。"杨志调过朴刀杆便打，骂道："你们不得洒家言语，胡乱便要买酒吃，好大胆！"众军道："没事又来鸟乱。我们自凑钱买酒吃，干你甚事，也来打人。"杨志道："你这村鸟理会的甚么！到来只顾吃嘴，全不晓得路途上的勾当艰难。多少好汉，被蒙汗药麻翻了。"那挑酒的汉子看着杨志冷笑道："你这客官好不晓事，早是我不卖与你吃，却说出这般没气力的话来。"

正在松树边闹动争说，只见对面松林里那伙贩枣子的客人，都提着朴刀走出来问道："你们做甚么闹？"那挑酒的汉子道："我自挑这酒过冈子村里卖，热了在此歇凉。他众人要问我买些吃，我又不曾卖与他。这个客官道我酒里有甚么蒙汗药。你道好笑么？说出这般话来！"那七个客人说道："我只道有歹人出来，原来是如此。说一声也不打紧。我们倒着买一碗吃。既是他们疑心，且卖一桶与我们吃。"那挑酒的道："不卖，不卖！"这七个客人道："你这鸟汉子也不晓事，我们须不曾说你。你左右[11]将到村里去卖，一般还你钱。便卖些与我们，打甚么不紧。看你不道得舍施了茶汤，便又救了我们热渴。"那挑酒的汉子便道："卖一桶与你不争，只是被他们说的不好。又没碗瓢舀吃。"那七人道："你这汉子忒认真，便说了一声打甚么不紧。我们自有椰瓢在这里。"只见两个客人去车子前取出两个椰瓢来，一个捧出一大捧枣子来。七个人立在桶边，开了桶盖，轮替换着舀那酒吃，把枣子过口。无一时，一桶酒都吃尽了。七个客人道："正不曾问得你多少价钱？"那汉道："我一了[12]不说价，五贯足钱一桶，十贯一担。"七个客人道："五贯便依你五贯，只饶我们一瓢吃。"那汉道："饶不的，做定的价钱。"一个客人把钱还他，一个客人便去揭开桶盖，兜了一瓢，拿上便吃。那汉去夺时，这客人手拿半瓢酒，望松林里便走，那汉赶将去。只见这边一个客人从松林里走将出来，手里拿一个瓢，便来桶里舀了一瓢酒。那汉看见，抢来劈手夺住，望桶里一倾，便盖了桶盖，将瓢望地下一丢，口里说道："你这客人好不君子相！戴头识脸的[13]，也这般啰唣。"

那对过众军汉见了，心内痒起来，都待要吃。数中一个看着老都管道："老爷爷，与我们说一声。那卖枣子的客人买他一桶吃了，我们胡乱也买他这桶吃，润一润喉也好。其实热渴了，没奈何，这里冈子上又没讨水吃处。老爷方便！"老都管见众军所说，自心里也要吃得些，竟来对杨志说："那贩枣子客人已买了他一桶酒吃，只有这一桶，胡乱教他们买了避暑气。冈子上端的没处讨水吃。"杨志寻思道："俺在远远处望，这厮们都买他的酒吃了，那桶里当面也见吃了半瓢，想是好的。打了他们半日，胡乱容他买碗吃罢。"杨志道："既然老都管说了，教这厮们买吃了便起身。"众军健听了这话，凑了五贯足钱来买酒吃。那卖酒的汉子道："不卖了，不卖了！"便道："这酒里有蒙汗药在里头。"众军陪着笑说道："大哥，直得便还言语。"那汉道："不卖了，休缠！"这贩枣子的客人劝道："你这个鸟汉子，他也说得差了，你也忒认真，连累我们也吃你说了几声。须不关他众人之事，胡乱卖与他众人吃些。"那汉道："没事讨别人疑心做甚么。"这贩枣子客人把那卖酒的汉子推开一边，只顾将这桶酒提与众军去吃。那军汉开了桶盖，无甚舀吃，陪个小心，问客人借这椰瓢用一用。众客人道："就送这几个枣子与你们过酒。"众军谢道："甚么道理。"客人道："休要相谢，都是一般客人，何争在这百十个枣子上。"众军谢了，先兜两瓢，叫老都管吃一瓢，杨提辖吃一瓢。杨志那里肯吃。老都管自先吃了一瓢。两个虞候各吃一瓢。众军汉一发上，那桶酒登时吃尽了。杨志见众人吃了无事，自本不吃，一者天气甚热，二乃口渴难熬，拿起来，只吃了一半，枣子分几个吃了。那卖酒的汉子说道："这桶酒吃那客人饶两瓢吃了，少了你些酒，我今饶了你众人半贯钱罢。"众军汉把钱还他。那汉子收了钱，挑了空桶，依然唱着山歌，自下冈子去了。

只见那七个贩枣子的客人，立在松树旁边，指着这一十五人说道："倒也，倒也！"只见这十五个人，头重脚轻，一个个面面厮觑，都软倒了。那七个客人从松树林里推出这七辆江州车儿，把车子上枣子都丢在地上，将这十一担金珠宝贝，却装在车子内，叫声："聒噪！"一直望黄泥冈下推了去。杨志口里只是叫苦，软了身体，扎挣不起。十五人眼睁睁地看着那七个人都把这金宝装了去，只是起不来，挣不动，说不的。

我且问你：这七人端的是谁？不是别人，原来正是晁盖、吴用、公孙胜、刘唐、三阮这七个。却才那个挑酒的汉子，便是白日鼠白胜。却怎地用药？原来挑上冈子时，两桶都是好酒。七个人先吃了一桶，刘唐揭起桶盖，又兜了半瓢吃，故意要他们看着，只是教人死心塌地。次后，吴用去松林里取出药来，抖在瓢里，只做赶来饶他酒吃，把瓢去兜时，药已搅在酒里，假意兜半瓢吃，那白胜劈手夺来，倾在桶里。这个便是计策。那计较都是吴用主张。这个唤做"智取生辰纲"。

原来杨志吃的酒少，便醒得快，爬将起来，兀自捉脚不住。看那十四个人时，口角流涎，都动不得。正应俗语道："饶你奸似鬼，吃了洗脚水。"杨志愤闷道："不争你把了生辰纲去，教俺如何回去见得梁中书！这纸领状须缴不得！"就扯破了。"如今闪得俺有家难奔，有国难投，待走那里去？不如就这冈子上寻个死处！"撩衣破步，望黄泥冈下便跳。正是：虽然未得身荣贵，到此先须祸及身。正是：断送落花三月雨，摧残杨柳九秋霜。

（节选自百回本《水浒传》第十六回）

注　释

① 了事的：有本事的。

② 钧旨：对上级旨意的恭敬的说法。

③ 敕命：本指皇帝的诏命，这里指太师的命令。

④ 支调：不合主调，就是不同意的意思。

⑤ 诰命：皇帝对下级封赠的命令。

⑥ 做大：摆资格，拿架子。

⑦ 申牌时分：古时用地支计时，从子（午夜十一时至凌晨一时）时开始，将一天分为十二时辰，申牌时分指下午三点到五点。下文辰牌时分，指上午七点到九点。

⑧ 兀自：尚且，还。

⑨ 口浅：说话无遮拦，不讲情面。

⑩ 没命的：不要命的，亡命之徒。

⑪ 左右：反正。

⑫ 一了：向来。

⑬ 戴头识脸的：有脸面的。

阅读提示

七星聚义，智取生辰纲，是《水浒传》中描写的第一次集体的革命行动。“这北京生辰纲是不义之财，取之何碍。”这两句话，抵得上一篇革命宣言，堂堂正正，光明磊落，写出了起义英雄革命行动的正义性、合理性。作者热情歌颂的态度是十分鲜明的。值得注意的是杨志这个人物，他走向梁山的道路是曲折的，在这回书中他是以一个既是忠实走狗，又是一个凶暴的压迫者的形象出现的，他一步步艰难曲折地走上造反的道路，不是由于他受到压迫，而是在为统治阶级效劳中出了差错，被逼得走投无路时的无奈之举。小说写出了不同人物的不同命运和生活道路，表现了社会生活的丰富性和复杂性，这是《水浒传》现实主义艺术的重要成就。晁盖的号召力和领导作用，吴用的聪明机智，在这回书中都得到了初步的表现，为后面描写这两个重要人物打下了基础。

武松打虎

只说武松自与宋江分别之后，当晚投客店歇了。次日早起来，打火吃了饭，还了房钱，拴束包裹，提了梢棒，便走上路。寻思道：“江湖上只闻说及时雨宋公明，果然不虚。结识得这般弟兄，也不枉了。”武松在路上行了几日，来到阳谷县地面。此去离县治还远。当日晌午时分，走得肚中饥渴，望见前面有一个酒店，挑着一面招旗①在门前，上头写着五个字道：“三碗不过冈”。武松入到里面坐下，把梢棒倚了，叫道：“主人家，快把酒来吃。”只见店主人把三只碗、一双箸②、一碟热菜，放在武松面前，满满筛一碗酒来。武松拿起碗，一饮而尽，叫道：“这酒好生有气力！主人家，有饱肚的买些吃酒。”酒家道：“只有熟牛肉。”武松道：“好的切二三斤来吃酒。”店家去里面切出二斤熟牛肉，做一大盘子将来，放在武松面前，随即再筛一碗酒。武松吃了道：“好酒！”又筛下一碗，恰好吃了三碗酒，再也不来筛。武松敲着桌子叫道：“主人家，怎的不来筛酒？”酒家道：“客官要肉便添来。”武松道：“我也要酒，也再切些肉来。”酒家道：“肉便切来，添与客官吃，酒却不添了。”武松道：“却又作怪。”便问主人家道：“你如何不肯卖酒与我吃？”酒家道：“客官，你须见我门前招旗，上面明明写道‘三碗不过冈’。”武松道：“怎地唤做三碗不过冈？”酒家道：“俺家的酒，虽是村酒，却比老酒的滋味。但凡客人来我店中吃了三碗的，便醉了，过不得前面的山冈去。因此唤做‘三碗不过冈’。若是过往客人到此，只吃三碗，更不再问。”武松笑道：“原来恁地。我却吃了三碗，如何不醉？”酒家道：“我这酒叫做‘透瓶香’，又唤做‘出门倒’。初入口时，醇醲好吃，少刻时便倒。”武松道：“休要胡说。没地③不还你钱，再筛三碗来我吃。”酒家见武松全然不动，又筛三碗。武松吃道：“端的④好酒！主人家，我吃一碗，还你一碗钱，只顾筛来。”酒家道：“客官休只管要饮，这酒端的要醉倒人，没药医。”武松道：“休得胡鸟说！便是你使蒙汗药在里面，我也有鼻子。”店家被他发话不过，一连又筛了三碗。武松道：“肉便再把二斤来吃。”酒家又切了二斤熟牛肉，再筛了三碗酒。武松吃得口滑，只顾要吃，去身边取出些碎银子，叫道：“主人家，你且来看我银子，还你酒肉钱勾么？”酒家看了道：“有余，还有些贴钱⑤与你。”武松道：“不要你贴钱，只将酒来筛。”酒家道：“客官，你要吃酒时，还有五六碗酒哩，只怕你吃不的了。”武松道：“就有五六碗多时，你尽数筛将来。”酒家道：“你这条长汉，倘或醉倒了时，怎扶的你住？”武松答道：“要你扶的不算好汉。”酒家那里肯将酒来筛。武松焦躁道：“我又不白吃你的，休要引老爹性发，通教你屋里粉碎，把你这鸟店子倒翻转来！”酒家道：“这厮醉了，休惹他。”再筛了六碗酒与武松吃了，前后共吃了十五碗。绰了梢棒，立起身来道：“我却又不曾醉。”走出门前来，笑道：“却不说‘三碗不过冈’！”手提梢棒便走。

酒家赶出来叫道："客官那里去？"武松立住了，问道："叫我做甚么？我又不少你酒钱，唤我怎地？"酒家叫道："我是好意。你且回来我家看官司榜文[⑥]。"武松道："甚么榜文？"酒家道："如今前面景阳冈上，有只吊睛白额大虫，晚了出来伤人，坏了三二十条大汉性命。官司如今杖限打猎捕户，擒捉发落。冈子路口两边人民，都有榜文。可教往来客人，结伙成队，于巳、午、未三个时辰过冈，其余寅、卯、申、酉、戌、亥六个时辰，不许过冈。更兼单身客人，不许白日过冈，务要等伴结伙而过。这早晚正是未末申初时分，我见你走都不问人，枉送了自家性命。不如就我此间歇了，等明日慢慢凑的三二十人，一齐好过冈子。"武松听了，笑道："我是清河县人氏，这条景阳冈上少也走过了一二十遭。几时见说有大虫！你休说这般鸟话来吓我！便有大虫，我也不怕。"酒家道："我是好意救你。你不信时，进来看官司榜文。"武松道："你鸟子声！便真个有虎，老爷也不怕。你留我在家里歇，莫不半夜三更要谋我财，害我性命，却把鸟大虫唬吓我？"酒家道："你看么！我是一片好心，反做恶意，倒落得你恁地说。你不信我时，请尊便自行。"正是：

前车倒了千千辆，后车过了亦如然。
分明指与平川路，却把忠言当恶言。

那酒店里主人摇着头，自进店里去了。这武松提了梢棒，大着步自过景阳冈来。约行了四五里路，来到冈子下，见一大树，刮去了皮，一片白，上写两行字。武松也颇识几字，抬头看时，上面写道："近因景阳冈大虫伤人，但有过往客商，可于巳、午、未三个时辰，结伙成队过冈。请勿自误。"武松看了，笑道："这是酒家诡诈，惊吓那等客人，便去那厮家里宿歇。我却怕甚么鸟！"横拖着梢棒，便上冈子来。那时已有申牌时分。这轮红日，厌厌地相傍下山。武松乘着酒兴，只管走上冈子来。走不到半里多路，见一个败落的山神庙。行到庙前，见这庙门上贴着一张印信榜文[⑦]。武松住了脚读时，上面写道：

阳谷县示：为这景阳冈上新有一只大虫，近来伤害人命。见今杖限各乡里正并猎户人等，打捕未获。如有过往客商人等，可于巳、午、未三个时辰，结伴过冈。其余时分及单身客人，白日不许过冈。恐被伤害性命不便。各宜知悉。

武松读了印信榜文，方知端的有虎。欲待发步再回酒店里来，寻思道："我回去时，须吃他耻笑，不是好汉，难以转去。"存想了一回，说道："怕甚么鸟！且只顾上去，看怎地！"武松正走，看看酒涌上来，便把毡笠儿背在脊梁上，将梢棒绾在肋下，一步步上那冈子来。回头看这日色时，渐渐地坠下去了。此时正是十月间天气，日短夜长，容易得晚。武松自言自说道："那得甚么大虫！人自怕了，不敢上山。"武松走了一直，酒力发作，焦热起来，一只手提着梢棒，一只手把胸膛前袒开，踉踉跄跄，直奔过乱树林来。见一块光挞挞大青石，把那梢棒倚在一边，放翻身体，却待要睡，只见发起一阵狂风来。看那风时，但见：

无形无影透人怀，四季能吹万物开。
就树撮将黄叶去，入山推出白云来。

原来但凡世上云生从龙，风生从虎。那一阵风过处，只听得乱树背后扑地一声响，跳出一只吊睛白额大虫来。武松见了，叫声："呵呀！"从青石上翻将下来，便拿那条梢棒在手里，闪在青石边。那个大虫又饥又渴，把两只爪在地下略按一按，和身望上一扑，从半空里撺将下来。武松被那一惊，酒都做冷汗出了。说时迟，那时快。武松见大虫扑来，只一闪，闪在大虫背后。那大虫背后看人最难，便把前爪搭在地下，把腰胯一掀，掀将起来。武松只一躲，躲在一边。大虫见掀他不着，吼一声，却似半天里起个霹雳，振得那山冈也动。把这铁棒也似虎尾倒竖起来，只一剪。武松却又闪在一边。原来那大虫拿人，只是一扑，一掀，一剪，三般提不着时，气性先自没了一半。那大虫又剪不着，再吼了一声，一兜兜将回来。武松见那大虫复翻身回来，双手轮起梢棒，尽平生气力，只一棒，从半空劈将下来。只听得一声响，簌簌地将那树连枝带叶劈脸打将下来。定睛看时，一棒劈不着大虫。原来慌了，正打在枯树上，把那条梢棒折做两截，只拿得一半在手里。那大虫咆哮，性发起来，翻身又只一扑，扑将来。武松又只一跳，却退了十步远。那大虫却好把两只前爪搭在武松面前。武松将半截棒丢在一边，两只手就势把大虫顶花皮肐膊[8]地揪住，一按按将下来。那只大虫急要挣扎，早没了气力。被武松尽气力纳定，那里肯放半点儿松宽。武松把只脚望大虫面门上、眼睛里只顾乱踢。那大虫咆哮起来，把身底下扒起两堆黄泥，做了一个土坑。武松把那大虫嘴直按下黄泥坑里去。那大虫吃武松奈何得没了些气力。武松把左手紧紧地揪住顶花皮，偷出右手来，提起铁锤般大小拳头，尽平生之力，只顾打。打得五七十拳，那大虫眼里、口里、鼻子里、耳朵里都迸出鲜血来。那武松尽平昔神威，仗胸中武艺，半歇儿把大虫打做一堆，却似躺着一个锦布袋。有一篇古风，单道景阳冈武松打虎。但见：

景阳冈头风正狂，万里阴云霾日光。
焰焰满川枫叶赤，纷纷遍地草芽黄。
触目晚霞挂林薮，侵人冷雾满穹苍。
忽闻一声霹雳响，山腰飞出兽中王。
昂头踊跃逞牙爪，谷口麋鹿皆奔忙。
山中狐兔潜踪迹，涧内獐猿惊且慌。
卞庄见后魂魄丧，存孝遇时心胆强。
清河壮士酒未醒，忽在冈头偶相迎。
上下寻人虎饥渴，撞着狰狞来扑人。
虎来扑人似山倒，人去迎虎如岩倾。
臂腕落时坠飞炮，爪牙爬处成泥坑。
拳头脚尖如雨点，淋漓两手鲜血染。
秽污腥风满松林，散乱毛须坠山奄。
近看千钧势未休，远观八面威风敛。
身横野草锦斑销，紧闭双睛光不闪。

当下景阳冈上那只猛虎，被武松没顿饭之间，一顿拳脚打得那大虫动掸不得，使得口里兀自气喘。武松放了手，来松树边寻那打折的棒橛，拿在手里，只怕大虫不死，把棒橛又打了一回。那大虫气都没了。武松再寻思道："我就地拖得这死大虫下冈子去。"就血泊里双手来提时，那里提得动？原来使尽了气力，手脚都疏软了，动掸不得。

武松再来青石坐了半歇，寻思道："天色看看黑了，倘或又跳出一只大虫来时，我却怎地斗得他过？且挣扎下冈子去，明早却来理会。"就石头边寻了毡笠儿，转过乱树林边，一步步挨下冈子来。走不到半里多路，只见枯草丛中钻出两只大虫来。武松道："呵呀，我今番死也！性命罢了！"只见那两个大虫于黑影里直立起来。武松定睛看时，却是两个人，把虎皮缝做衣裳，紧紧拼在身上。那两个人手里各拿着一条五股叉，见了武松，吃一惊道："你那人吃了㺀狴心、豹子肝、狮子腿，胆倒包着身躯！如何敢独自一个，昏黑将夜，又没器械，走过冈子来！不知你是人？是鬼？"武松道："你两个是甚么人？"那个人道："我们是本处猎户。"武松道："你们上岭来做甚么？"两个猎户失惊道："你兀自不知哩！如今景阳冈上有一只极大的大虫，夜夜出来伤人。只我们猎户，也折了七八个。过往客人，不记其数，都被这畜生吃了。本县知县着落当乡里正和我们猎户人等捕捉。那业畜势大，难近得他，谁敢向前！我们为他正不知吃了多少限棒⑨，只捉他不得。今夜又该我们两个捕猎，和十数个乡夫在此，上上下下放了窝弓⑩药箭等他。正在这里埋伏，却见你大剌剌地从冈子上走将下来，我两个吃了一惊。你却正是甚人？曾见大虫么？"武松道："我是清河县人氏，姓武，排行第二。却才冈子上乱树林边，正撞着那大虫，被我一顿拳脚打死了。"两个猎户听得痴呆了，说道："怕没这话！"武松道："你不信时，只看我身上兀自有血迹。"两个道："怎地打来？"武松把那打大虫的本事，再说了一遍。两个猎户听了，又惊又喜，叫拢那十个乡夫来。只见这十个乡夫，都拿着钢叉、踏弩、刀枪，随即拢来。武松问道："他们众人如何不随着你两个上山？"猎户道："便是那畜生利害，他们如何敢上来！"一伙十数个人，都在面前。两个猎户把武松打杀大虫的事，说向众人。众人都不肯信。武松道："你众人不肯信时，我和你去看便了。"众人身边都有火刀、火石，随即发出火来，点起五七个火把。众人都跟着武松，一同再上冈子来，看见那大虫做一堆儿死在那里。众人见了大喜，先叫一个去报知本县里正，并该管上户⑪。这里五七个乡夫，自把大虫缚了，抬下冈子来。到得岭下，早有七八十人都哄将来，先把死大虫抬在前面，将一乘兜轿，抬了武松，径投本处一个上户家来。那上户里正都在庄前迎接。把这大虫抬到草厅上。却有本乡上户、本乡猎户三二十人，都来相探武松。众人问道："壮士高姓大名？贵乡何处？"武松道："小人是此间邻郡清河县人氏，姓武名松，排行第二。因从沧州回乡来，昨晚在冈子那边酒店吃得大醉了，上冈子来，正撞见这畜生。"把那打虎的身分拳脚，细说了一遍。众上户道："真乃英雄好汉！"众猎户先把野味将来与武松把杯。武松因打大虫困乏了，要睡。大户便教庄客打并客房，且教武松歇息。到天明，上户先使人去县里报知，一面合具虎床，安排端正，迎送县里去。

天明，武松起来洗漱罢，众多上户牵一腔羊，挑一担酒，都在厅前伺候。武松穿了衣裳，整顿巾帻，出到前面，与众人相见。众上户把盏说道："被这个畜生正不知害了多少人性命，连累猎户吃了几顿限棒。今日幸得壮士来到，除了这个大害。

第一乡中人民有福，第二客侣通行，实出壮士之赐。”武松谢道：“非小子之能，托赖众长上福荫。”众人都来作贺，吃了一早晨酒食。抬出大虫，放在虎床上。众乡村上户都把段匹花红来挂与武松。武松有些行李包裹，寄在庄上，一齐都出庄门前来。早有阳谷县知县相公使人来接武松，都相见了。叫四个庄客，将乘凉轿来抬了武松，把那大虫扛在前面，挂着花红段匹，迎到阳谷县里来。

那阳谷县人民听得说一个壮士打死了景阳冈上大虫，迎喝将来，尽皆出来看。哄动了那个县治。武松在轿上看时，只见亚肩叠背，闹闹穰穰，屯街塞巷，都来看迎大虫。到县前衙门口，知县已在厅上专等。武松下了轿，扛着大虫，都到厅前，放在甬道上。知县看了武松这般模样，又见了这个老大锦毛大虫，心中自忖道：“不是这个汉，怎地打的这个猛虎！”便唤武松上厅来。武松去厅前声了喏。知县问道：“你那打虎的壮士，你却说怎生打了这个大虫？”武松就厅前将打虎的本事，说了一遍。厅上厅下众多人等，都惊的呆了。知县就厅上赐了几杯酒，将出上户凑的赏赐钱一千贯，赏赐与武松。武松禀道：“小人托赖相公的福荫，偶然侥幸，打死了这个大虫。非小人之能，如何敢受赏赐。小人闻知这众猎户因这个大虫受了相公责罚，何不就把这一千贯给散与众人去用？”知县道：“既是如此，任从壮士。”

武松就把这赏钱在厅上散与众人猎户。知县见他忠厚仁德，有心要抬举他，便道：“虽你原是清河县人氏，与我这阳谷县只在咫尺。我今日就参你在本县做个都头，如何？”武松跪谢道：“若蒙恩相抬举，小人终身受赐。”知县随即唤押司立了文案，当日便参武松做了步兵都头。众上户都来与武松作贺庆喜，连连吃了三五日酒。武松自心中想道：“我本要回清河县去看望哥哥，谁想倒来做了阳谷县都头！”自此上官见爱，乡里闻名。

（节选自百回本《水浒传》第二十三回）

注　释

① 招旗：挂在酒店门口招示顾客的小旗。

② 箸：筷子。

③ 没地：难道。

④ 端的：真的。

⑤ 贴钱：找零。

⑥ 官司榜文：政府的公告。

⑦ 印信榜文：盖了政府大印的公告。

⑧ 肐膊：一把，一下子。
⑨ 限棒：限期完成某种任务，到时未能完成给予的杖刑。
⑩ 窝弓：埋在地下用以捕杀野兽的弓箭。
⑪ 上户：地方上地位较高的有钱人家。

阅读提示

这是“武十回”中的第一回，武松初露头角，就以一个光彩照人的高大的英雄形象出现在我们的面前。通过打虎来塑造武松的形象，“尽平昔神威，仗胸中武艺”，“神威”“武艺”四个字，是全篇表现的主要精神。写饮酒，写打虎，都极尽夸张之能事，却又处处顾及生活逻辑，符合生活的真实，使读者既受到震撼，又信其为真。这就是《水浒传》现实主义与浪漫主义相结合的特点。情节的组织安排，有酝酿、有铺垫、有高潮、有回映，既引人入胜、激动人心，又让人回味无穷。细节描写也很精彩，一路对梢棒的点染，对梢棒在打虎中作用的安排，都极具匠心。对武松的思想性格写得很深入，写出了他江湖生活的阅历和经验，他的江湖习气，他的豪爽急躁，他的个人意识（好面子，怕人耻笑），他的慷慨和义气，他的狭隘的恩义思想，更写出了他的豪气和胆量，他的英雄本色。总之，在《水浒传》作者的笔下，武松是一个活生生的人，而不是一个神，我们崇敬他，却又感到并不陌生，能够亲近。这种塑造人物的艺术经验值得学习借鉴。

英雄大聚义

当日梁山泊宋公明传令已了，分调众头领已定，各各领了兵符印信，筵宴已毕，人皆大醉，众头领各归所拨寨分。中间有未定执事者，都于雁台前后驻扎听调。有篇言语单道梁山泊的好处。怎见得？

山分八寨，旗列五方。交情浑似股肱[①]，义气真同骨肉。断金亭上，高悬石绿之碑；忠义堂前，特扁金书之额。总兵主将，山东豪杰宋公明；协赞军权，河北英雄卢俊义。施谋运计，吴加亮号智多星；唤雨呼风，入云龙是公孙胜。五虎将英雄猛烈，八骠骑悍勇当先。马步将军，弓箭枪刀遮路；水军将校，艨艟[②]战舰相连。八寨军兵，守护山头港泊；四方酒肆，招邀远路来宾。掌管钱粮，廉干李应柴进；总驰飞报，太保神行戴宗。飞符走檄，萧让是圣手书生；定赏行刑，裴宣为铁面孔目。神算须还蒋敬，造船原有孟康。金大坚置印信兵符，通臂猿造衣袍铠甲。皇甫端专攻医兽，安道全惟务救人。打军器须是汤隆，造炮石全凭凌振。修缉房舍，李云善布碧瓦朱甍；屠宰猪羊，曹正惯习挑筋剐骨。宋清安排筵宴，朱富酝造香醪。陶宗旺筑补城垣，郁保四护持旌节。人人戮力，个个同心。休言啸聚山林，真可图王伯业③。列两副仗义疏财金字障，竖一面替天行道杏黄旗。

梁山泊忠义堂上，号令已定，各各遵守。宋江拣了吉日良时，焚一炉香，鸣鼓聚众，都到堂上。宋江对众道："今非昔比，我有片言。今日既是天罡地曜相会，必须对天盟誓，各无异心，死生相托，吉凶相救，患难相扶，一同保国安民。"众皆大喜。各人拈香已罢，一齐跪在堂上。宋江为首誓曰："宋江鄙猥小吏，无学无能，荷天地之盖载，感日月之照临，聚弟兄于梁山，结英雄于水泊。共一百八人，上符天数，下合人心。自今已后，若是各人存心不仁，削绝大义，万望天地行诛，神人共戮，万世不得人身，亿载永沉末劫。但愿共存忠义于心，同著功勋于国，替天行道，保境安民。神天察鉴，报应昭彰。"誓毕，众皆同声共愿，但愿生生相会，世世相逢，永无断阻。当日歃血誓盟，尽醉方散。看官听说：这里方才是梁山泊大聚义处。起头分拨已定，话不重言。

原来泊子里好汉，但闲便下山，或带人马，或只是数个头领，各自取路去。途次中若是客商车辆人马，任从经过；若是上任官员，箱里搜出金银来时，全家不留。所得之物，解送山寨，纳库公用；其余些小，就便分了。折莫④便是百十里、三二百里，若有钱财广积，害民的大户，便引人去，公然搬取上山。谁敢阻当！但打听得有那欺压良善，暴富小人，积攒得些家私，不论远近，令人便去尽数收拾上山。如此之为，大小何止千百余处。为是无人可以当抵，又不怕你叫起撞天屈⑤来，因此不曾显露。所以无有说话。

再说宋江自盟誓之后，一向不曾下山，不觉炎威已过，又早秋凉，重阳节近。宋江便叫宋清安排大筵席，会众兄弟同赏菊花。唤做菊花之会。但有下山的兄弟们，不拘远近，都要招回寨来赴筵。至日肉山酒海，先行给散马、步、水三军，一应小头目人等，各令自去打团儿吃酒。且说忠义堂上遍插菊花，各依次坐，分头把盏。堂前两边筛锣击鼓，大吹大擂，笑语喧哗，觥筹交错，众头领开怀痛饮。马麟品箫唱曲，燕青弹筝。不觉日暮。宋江大醉，叫取纸笔来，一时乘着酒兴，作《满江红》一词。写毕，令乐和单唱这首词曲。道是：

喜遇重阳，更佳酿今朝新熟。见碧水丹山，黄芦苦竹。头上尽教添白发，鬓边不可无黄菊。愿樽前长叙弟兄情，如金玉。　　统豺虎，御边幅。号令明，军威肃。中心愿平虏，保民安国。日月常悬忠烈胆，风尘障却奸邪目。望天王降诏早招安，心方足。

乐和唱这个词，正唱到“望天王降诏早招安”，只见武松叫道：“今日也要招安，明日也要招安去，冷了弟兄们的心！”黑旋风便睁圆怪眼，大叫道：“招安，招安！招甚鸟安！”只一脚，把桌子踢起，攧做粉碎。宋江大喝道：“这黑厮怎敢如此无礼！左右与我推去斩讫报来！”众人都跪下告道：“这人酒后发狂。哥哥宽恕！”宋江答道：“众贤弟且起，把这厮推抢监下。”众人皆喜。有几个当刑小校，向前来请李逵。李逵道：“你怕我敢挣扎？哥哥剐我也不怨，杀我也不恨。除了他，天也不怕！”说了，便随着小校去监房里睡。宋江听了他说，不觉酒醒，忽然发悲。吴用劝道：“兄长既设此会，人皆欢乐饮酒。他是个粗卤的人，一时醉后冲撞，何必挂怀。且陪众兄弟尽此一乐。”宋江道：“我在江州醉后误吟了反诗，得他气力来。今日又作《满江红》词，险些儿坏了他性命。早是得众弟兄谏救了！他与我身上情分最重，如骨肉一般，因此潸然泪下。”便叫武松：“兄弟，你也是个晓事的人。我主张招安，要改邪归正，为国家臣子，如何便冷了众人的心？”鲁智深便道：“只今满朝文武，俱是奸邪，蒙蔽圣聪，就比俺的直裰染做皂了，洗杀怎得干净。招安不济事！便拜辞了，明日一个个各去寻趁罢。”宋江道：“众弟兄听说：今皇上至圣至明，只被奸臣闭塞，暂时昏昧。有日云开见日，知我等替天行道，不扰良民，赦罪招安，同心报国，竭力施功，有何不美？因此只愿早早招安，别无他意。”众皆称谢不已。当日饮酒，终不畅怀。席散各回本寨。有诗为证：

虎噬狼吞兴已阑，偶摅心愿欲招安。
武松不解公明意，直要纵横振羽翰。

且说次日清晨，众人来看李逵时，尚兀自未醒。众头领睡里唤起来，说道：“你昨日大醉，骂了哥哥，今日要杀你。”李逵道：“我梦里也不敢骂他。他要杀我时，便由他杀了罢。”众弟兄引着李逵，去堂上见宋江请罪。宋江喝道：“我手下许多人马，都似你这般无礼，不乱了法度！且看众兄弟之面，寄下你项上一刀。再犯，必不轻恕！”李逵喏喏连声而退。众人皆散。

（节选自百回本《水浒传》第七十一回）

注　释

① 股肱（gōng）：这里是手足的意思。股，指大腿，自胯至膝盖部分；肱，指胳膊，自肩至肘的部分。

② 艨艟（méng chōng）：古代的战船。

③ 伯业：同霸业。

④ 折莫：无论，不管。

⑤ 撞天屈：天大的冤屈。

阅读提示

一百零八位好汉上了梁山，英雄大聚义，是农民革命事业达到鼎盛的时期，同时也就伏下了败亡的种因。对天盟誓实际上是提出了未来的斗争纲领，其内容有两个方面：一方面是死生相托，“替天行道，保境安民”；另一方面是“共存忠义于心”，也就是忠心不负朝廷。宋江在菊花会上所作的《满江红》词，“望天王降诏早招安，心方足”就明确提出了争取朝廷招安的投降路线。值得注意的是，作者写了武松、李逵、鲁智深等人的激烈反对，而宋江的回答和解释：“今皇上至圣至明，只被奸臣闭塞，暂时昏昧”，则代表了梁山义军对朝廷的基本认识，而这种认识就是导致义军走向败亡悲剧的思想基础。李逵虽与宋江在思想上有尖锐的对立，但他却为狭隘的兄弟义气观念所束缚，说：“哥哥剐我也不怨，杀我也不恨。除了他，天也不怕！”这种思想，也是后来宋江和李逵同被朝廷奸贼用毒酒毒死的原因。从小说的艺术构思和思想脉络来看，作者确实用了一个统一的指导思想来结构作品，是前后一贯的，但却表现了作者的思想矛盾和历史局限。

神聚蓼儿洼

且说宋朝原来自太宗传太祖帝位之时，说了誓愿，以致朝代奸佞不清。至今徽宗天子，至圣至明，不期致被奸臣当道，谗佞专权，屈害忠良，深可悯念。当此之时，却是蔡京、童贯、高俅、杨戬四个贼臣，变乱天下，坏国坏家坏民。当有殿帅府太尉高俅、杨戬，因见天子重礼厚赐宋江等这伙将校，心内好生不然。两个自来商议道："这宋江、卢俊义皆是我等仇人，今日倒吃他做了有功大臣，受朝廷这等钦恩赏赐，却教他上马管军，下马管民。我等省院官僚，如何不惹人耻笑！自古道：恨小非君子，无毒不丈夫。"杨戬道："我有一计，先对付了卢俊义，便是绝了宋江一只臂膊。这人十分英勇。若先对付了宋江，他若得知，必变了事，倒惹出一场不好。"高俅道："愿闻你的妙计如何。"杨戬道："排出几个庐州军汉，来省院首告卢安抚招军买马，积草屯粮，意在造反。便与他申呈去太师府启奏。和这蔡太师都瞒了。等太师奏过天子，请旨定夺，却令人赚他来京师。待上皇赐御食与他，于内下了些水银，却坠了那人腰肾，做用不得，便成不得大事。再差天使，却赐御酒与宋江吃，酒里也与他下了慢药，只消半月之间，一定没救。"高俅道："此计大妙。"有诗为证：

自古权奸害善良，不容忠义立家邦。
皇天若肯明昭报，男作俳优女作倡。

两个贼臣计议定了，着心腹人出来寻觅两个庐州土人，写与他状子，叫他去枢密院，首告卢安抚在庐州即日招军买马，积草屯粮，意欲造反。使人常往楚州，结连安抚宋江，通情起义。枢密院却是童贯，亦与宋江等有仇。当即收了原告状子，径呈来太师府启奏。蔡京见了申文，便会官计议。此时高俅、杨戬俱各在彼，四个奸臣定了计策，引领原告人入内启奏天子。上皇曰："朕想宋江、卢俊义，破大辽，收方腊，掌握十万兵权，尚且不生歹心。今已去邪归正，焉肯背反？寡人不曾亏负他，如何敢叛逆朝廷？其中有诈，未审虚的，难以准信。"当有高俅、杨戬在傍奏道："圣上道理虽是忠爱，人心难忖，想必是卢俊义嫌官卑职小，不满其心，复怀反意，不幸被人知觉。"上皇曰："可唤来寡人亲问，自取实招。"蔡京、童贯又奏道："卢俊义是一猛兽，未保其心。倘若惊动了他，必致走透，深为未便，今后难以收捕。只可赚来京师，陛下亲赐御膳御酒，将圣言抚谕之，窥其虚实动静。若无，不必究问。亦显陛下不负功臣之念。"上皇准奏，随即降下圣旨，差一使命径往庐州宣取卢俊义还朝，有委用的事。天使奉命来到庐州，大小官员出郭迎接。直至州衙，开读已罢。

话休絮繁。卢俊义听了圣旨宣取回朝，便同使命离了庐州，一齐上了铺马来京。于路无话。早至东京皇城司前歇了。次日早，到东华门外伺候早朝。时有太师蔡京，枢密院童贯，太尉高俅、杨戬，引卢俊义于偏殿朝见上皇。拜舞已罢，天子道："寡人欲见卿一面。"又问："庐州可容身否？"卢俊义再拜奏道："托赖圣上洪福齐天，彼处军民亦皆安泰。"上皇又问了些闲话。俄延至午。尚膳厨官奏道："进呈御膳在此，未敢擅便，乞取圣旨。"此时高俅、杨戬，已把水银暗地着放在里面，供呈在御案上。天子当面将膳赐与卢俊义，卢俊义拜受而食。上皇抚谕道："卿去庐州，务要尽心安养军士，勿生非意。"卢俊义顿首谢恩，出朝回还庐州，全然不知四个贼臣设计相害。高俅、杨戬相谓曰："此后大事定矣。"有诗为证：

奸贼阴谋害善良，共为谗语惑徽皇。
潜将鸩毒安中膳，俊义何辜一命亡。

再说卢俊义星夜便回庐州来，觉道腰肾疼痛，动举不得，不能乘马，坐船回来。行至泗州淮河，天数将尽，自然生出事来。其夜因醉，要立在船头上消遣。不想水银坠下腰胯并骨髓里去，册立不牢，亦且酒后失脚，落于淮河深处而死。可怜河北玉麒麟，屈作水中冤抑鬼！从人打捞起尸首，具棺椁殡于泗州高原深处。本州官员动文书申复省院，不在话下。

且说蔡京、童贯、高俅、杨戬四个贼臣，计较定了，将赍泗州申达文书，早朝奏闻天子说："泗州申复：卢安抚行至淮河，坠水而死。臣等省院，不敢不奏。今卢俊义已死，只恐宋江心内设疑，别生他事。乞陛下圣鉴，可差天使，赍御酒往楚州赏赐，以安其心。"上皇沉吟良久，欲道不准，未知其心意；欲准理，诚恐害人。上皇无奈，终被奸臣谗佞所惑，片口张舌，花言巧语，缓里取事，无不纳受。遂降御酒二樽，差天使一人，赍往楚州，限目下便行。眼见得这使臣亦是高俅、杨戬二贼手下心腹之辈。天数只注宋公明合当命尽，不期被这奸臣们将御酒内放了慢药在里面，却教天使赍擎了，径往楚州来。

且说宋公明自从到楚州为安抚，兼管总领兵马。到任之后，惜军爱民，百姓敬之如父母，军校仰之若神明，讼庭肃然，六事[①]俱备，人心既服，军民钦敬。宋江赴任之后，时常出郭游玩。原来楚州南门外有个去处，地名唤做蓼儿洼。其山四面都是水港，中有高山一座。其山秀丽，松柏森然，甚有风水，和梁山泊无异。虽然是个小去处，其内山峰环绕，龙虎踞盘，曲折峰峦，坡阶台砌，四围港汊，前后湖荡，俨然似水浒寨一般。宋江看了，心中甚喜，自己想道："我若死于此处，堪为阴宅②。"但若身闲，常去游玩，乐情消遣。

话休絮烦。自此宋江到任以来，将及半载，时是宣和六年首夏初旬，忽听得朝廷降赐御酒到来，与众出郭迎接。入到公廨③，开读圣旨已罢。天使捧过御酒，教宋安抚饮毕。宋江亦将御酒回劝天使，天使推称自来不会饮酒。御酒宴罢，天使回京。宋江备礼馈送天使，天使不受而去。

宋江自饮御酒之后，觉道肚腹疼痛，心中疑虑，想被下药在酒里。却自急令从人打听那来使时，于路馆驿却又饮酒。宋江已知中了奸计，必是贼臣们下了药酒。乃叹曰："我自幼学儒，长而通吏。不幸失身于罪人，并不曾行半点异心之事。今日天子信听谗佞，赐我药酒，得罪何辜！我死不争，只有李逵见在润州都统制，他若闻知朝廷行此奸弊，必然再去啸聚山林，把我等一世清名忠义之事坏了。只除是如此行方可。"有诗为证：

奸邪误国太无情，火烈擎天白玉茎。
他日三边如有警，更凭何将统雄兵。

连夜使人往润州唤取李逵星夜到楚州，别有商议。

且说黑旋风李逵自到润州为都统制，只是心中闷倦，与众终日饮酒，只爱贪杯。听得楚州宋安抚差人到来有请，李逵道："哥哥取我，必有话说。"便同干人下了船，直到楚州，径入州治拜见。宋江道："兄弟，自从分散之后，日夜只是想念众人。吴用军师，武胜军又远。花知寨在应天府，又不知消耗。只有兄弟在润州镇江较近，特请你来商量一件大事。"李逵道："哥哥，甚么大事？"宋江道："你且饮酒。"宋江请进后厅，见成杯盘，随即管待李逵，吃了半晌酒食。将至半酣，宋江便道："贤弟不知，我听得朝廷差人赍药酒来赐与我吃。如死，却是怎的好？"李逵大叫一声："哥哥，反了罢！"宋江道："兄弟，军马尽都没了，兄弟们又各分散，如何反得成？"李逵道："我镇江有三千军马，哥哥这里楚州军马，尽点起来，并这百姓都尽数起去，并气力招军买马，杀将去。只是再上梁山泊倒快活，强似在这奸臣们手下受气！"宋江道："兄弟且慢着，再有计较。"不想昨日那接风酒内，已下了慢药。当夜，李逵饮酒了。

次日，具舟相送。李逵道："哥哥，几时起义兵？我那里也起军来接应。"宋江道："兄弟，你休怪我！前日朝廷差天使赐药酒与我服了，死在旦夕。我为人一世，只主张忠义二字，不肯半点欺心。今日朝廷赐死无辜，宁可朝廷负我，我忠心不负朝廷。我死之后，恐怕你造反，坏了我梁山泊替天行道忠义之名，因此请将你来，相见一面。昨日酒中已与了你慢药服了，回至润州必死。你死之后，可来此处楚州南门外，有个蓼儿洼，风景尽与梁山泊无异，和你阴魂相聚。我死之后，尸首定葬于此处，我已看定了也！"言讫，堕泪如雨。李逵见说，亦垂泪道："罢，罢，罢！生时伏侍哥哥，死了也只是哥哥部下一个小鬼。"言讫，泪下。便觉道身体有些沉重。当时洒泪，拜别了宋江下船。回到润州，果然药发身死。有诗为证：

宋江饮毒已知情，恐坏忠良水浒名。
便约李逵同一死，蓼儿洼内起佳城。

李逵临死之时，付嘱从人："我死了，可千万将我灵柩，去楚州南门外蓼儿洼，和哥哥一处埋葬。"嘱罢而死。从人置备棺椁盛贮，不负其言，扶柩而往。

原来楚州南门外蓼儿洼，果然风景异常，四面俱是水，中有此山。宋江自到任以来，便看在眼里，常时游玩乐情。虽然窄狭，山峰秀丽，与梁山泊无异。常言："我死当葬于此处。"不期果应其言。宋江自与李逵别后，心中伤感，思念吴用、花荣，不得会面。是夜药发，临危嘱付从人亲随之辈："可依我言，将我灵柩，殡葬此间南门外蓼儿洼高原深处，必报你众人之德。乞依我嘱。"言讫而逝。有诗为证：

受命为臣赐锦袍，南征北伐有功劳。
可怜忠义难容世，鸩酒奸谗竟莫逃。

宋江从人置备棺椁，依礼殡葬楚州。官吏听从其言，不负遗嘱，当与亲随人从，本州吏胥老幼，扶宋公明灵柩，葬于蓼儿洼。数日之后，李逵灵柩亦从润州到来，从人不违其言，扶柩葬于宋江墓侧，不在话下。有诗为证：

始为放火图财贼，终作投降受命人。
千古英雄两坯土，暮云衰草倍伤神。

且说宋清在家患病，闻知家人回来报说，哥哥宋江，已故在楚州。病在郓城，不能前来津送。后又闻说葬于本州南门外蓼儿洼。只令得家人到来祭祀，看视坟茔，修筑完备，回复宋清。不在话下。

却说武胜军承宣使军师吴用，自到任之后，常常心中不乐，每每思念宋公明相爱之心。忽一日，心情恍惚，寝寐不安。至夜，梦见宋江、李逵二人，扯住衣服说道："军师，我等以忠义为主，替天行道，于心不曾负了天子。今朝廷赐饮药酒，我死无辜。身亡之后，见已葬于楚州南门外蓼儿洼深处。军师若想旧日之交情，可到坟茔，亲来看视一遭。"吴用要问备细，撒然觉来，乃是南柯一梦。吴用泪如雨下，坐而待旦。得了此梦，寝食不安。

次日，便收拾行李，径往楚州来。不带从人，独自奔来。于路无话。前至楚州。到时，果然宋江已死。只闻彼处人民，无不嗟叹。吴用安排祭仪，直至南门外蓼儿洼，寻到坟茔，哭祭宋公明、李逵，就于墓前，以手掴其坟冢，哭道："仁兄英灵不昧，乞为昭鉴！吴用是一村中学究，始随晁盖，后遇仁兄，救护一命，坐享荣华，到今数十余载，皆赖兄长之德。今日既为国家而死，托梦显灵与我。兄弟无以报答，愿得将此良梦，与仁兄同会于九泉之下。"言罢，痛哭。正欲自缢，只见花荣从船上飞奔到于墓前。见了吴用，各吃一惊。吴学究便问道："贤弟在应天府为官，缘何得知宋兄长已丧？"花荣道："兄弟自从分散到任之后，无日身心得安，常想念众兄之情。因夜得一异梦，梦见宋公明哥哥和李逵，前来扯住小弟，诉说：'朝廷赐饮药酒鸩死，见葬于楚州南门外蓼儿洼高原之上。兄弟如不弃旧，可到坟前看望一遭。'因此小弟擲了家间，不避驱驰，星夜到此。"吴用道："我得异梦，亦是如此，与贤弟无异，因此而来看探坟所。今得贤弟知而到来在此，最好。吴某心中想念宋公明恩义难报，交情难舍，正欲就此处自缢一死，魂魄与仁兄同聚一处，以表忠义之心。"花荣道："军师既有此心，小弟便当随之，亦与仁兄同尽忠义。"似此真乃死生契合者也。有诗为证：

红蓼洼中客梦长，花荣吴用苦悲伤。
一腔义烈原相契，封树高悬两命亡。

吴用道："我指望贤弟看见我死之后，葬我于此。你如何也行此义？"花荣道："小弟寻思宋兄长仁义难舍，恩念难忘。我等在梁山泊时，已是大罪之人，幸然不死。累累相战，亦为好汉。感得天子赦罪招安，北讨南征，建立功勋。今已姓扬名显，天下皆闻。朝廷既已生疑，必然来寻风流罪过。倘若被他奸谋所施，误受刑戮，那时悔之无及。如今随仁兄同死于黄泉，也留得个清名于世，尸必归坟矣。”吴用道：“贤弟，你听我说。我已单身，又无家眷，死却何妨。你今见有幼子娇妻，使其何依？”花荣道：“此事不妨，自有囊箧，足以糊口。妻室之家，亦自有人料理。”两个大哭一场，双双悬于树上，自缢而死。船上从人，久等不见本官出来，都到坟前看时，只见吴用、花荣自缢身死。慌忙报与本州官僚，置备棺椁，葬于蓼儿洼宋江墓侧。宛然东西四丘。楚州百姓感念宋江仁德，忠义两全，建立祠堂，四时享祭。里人祈祷，无不感应。

且不说宋江在蓼儿洼，累累显灵，所求立应。却说道君皇帝在东京内院，自从赐御酒与宋江之后，圣意累累设疑。又不知宋江消息，常只挂念于怀。每日被高俅、杨戬议论奢华受用所惑，只要闭塞贤路，谋害忠良。忽然一日，上皇在内宫闲玩，猛然思想起李师师，就从地道中，和两个小黄门，径来到他后园中，拽动铃索。李师师慌忙迎接圣驾，到于卧房内坐定。上皇便叫前后关闭了门户。李师师盛妆向前，起居已罢。天子道：“寡人近感微疾，见今神医安道全看治。有数十日不曾来与爱卿相会，思慕之甚。今一见卿，朕怀不胜悦乐。”有诗为证：

不见芳卿十日余，朕心眷恋又踟蹰。
今宵得遂风流兴，美满恩情锦不如。

李师师奏道：“深蒙陛下眷爱之心，贱人愧感莫尽。”房内铺设酒肴，与上皇饮酌取乐。才饮过数杯，只见上皇神思困倦，点的灯烛荧煌，忽然就房里起一阵冷风。上皇见个穿黄衫的立在面前。上皇惊起，问道：“你是甚人，直来到这里？”那穿黄衫的人奏道：“臣乃是梁山泊宋江部下神行太保戴宗。”上皇道：“你缘何到此？”戴宗奏曰：“臣兄宋江，只在左右，启请陛下车驾同行。”上皇曰：“轻屈寡人车驾何往？”戴宗道：“自有清秀好去处，请陛下游玩。”上皇听罢此语，便起身随戴宗出得后院来。见马车足备。戴宗请上皇乘马而行。但见如云似雾，耳闻风雨之声，到一个去处。则见：

漫漫烟水，隐隐云山。不观日月光明，只见水天一色。红瑟瑟满目蓼花，绿依依一洲芦叶。双双鸂鶒，游戏在沙渚矶头；对对鸳鸯，睡宿在败荷汀畔。林峦霜叶，纷纷万片火龙鳞；堤岸露花，簇簇千双金兽眼。淡月疏星长夜景，凉风冷露九秋天。

当下上皇在马上，观之不足，问戴宗道：“此是何处，屈寡人到此？”戴宗指着山上关路道：“请陛下行去，到彼便知。”上皇纵马登山，行过三重关道。至第三座关前，见有百余人俯伏在地，尽是披袍挂铠，戎装革带，金盔金甲之将。上皇大惊，连问道：“卿等皆是何人？”只见为头一个，凤翅金盔，锦袍金甲，向前奏道：“臣乃梁山泊宋江是也。”上皇曰：“寡人已教卿在楚州为安抚使，却缘何在此？”宋江奏道：“臣等谨请陛下到忠义堂上，容臣细诉衷曲枉死之冤。”上皇到忠义堂前下马，上堂坐定。看堂下时，烟雾中拜伏着许多人。上皇犹豫不定。只见为首的宋江，上阶跪膝，向前垂泪启奏。上皇道：“卿何故泪下？”宋江奏道：“臣等虽曾抗拒天兵，素秉忠义，并无分毫异心。自从奉陛下敕命招安之后，北退辽兵，东擒方腊，弟兄手足，十损其八。臣蒙陛下命守楚州，到任已来，与军民水米无交，天地共知臣心。陛下赐以药酒，与臣服吃。臣死无憾。但恐李逵怀恨，辄起异心。臣特令人去润州，唤李逵到来，亲与药酒鸩死。吴用、花荣亦为忠义而来，在臣冢上，俱皆自缢而亡。臣等四人，同葬于楚州南门外蓼儿洼。里人怜悯，建立祠堂于墓前。今臣等与众已亡者，阴魂不散，俱聚于此，伸告陛下，诉平生衷曲，始终无异。乞陛下圣鉴。”上皇听了，大惊曰：“寡人亲差天使，亲赐黄封御酒，不知是何人换了药酒赐卿？”宋江奏道：“陛下可问来使，便知奸弊所出也。”上皇看见三关寨栅雄壮，惨然问曰：“此是何所，卿等聚会于此？”宋江奏曰：“此是臣等旧日聚义梁山泊也。”上皇又曰：“卿等已死，当往受生于阳世，何故相聚于此？”宋江奏道：“天帝哀怜臣等忠义，蒙玉帝符牒敕命，封为梁山泊都土地。因到乡中为神，众将已会于此。有屈难伸，特令戴宗屈万乘之主，亲临水泊，恳告平日之衷曲。”上皇曰：“卿等何不诣九重深苑，显告寡人？”宋江奏道：“臣乃幽阴魂魄，怎得到凤阙龙楼。今者陛下出离宫禁，屈邀至此。”上皇曰：“寡人久坐，可以观玩否？”宋江等再拜谢恩。上皇下堂，回首观看堂上牌额，大书“忠义堂”三字。上皇点头下阶。忽见宋江背后转过李逵，手掿双斧，厉声高叫道：“皇帝，皇帝！你怎地听信四个贼臣挑拨，屈坏了我们性命？今日既见，正好报仇！”黑旋风说罢，轮起双斧，径奔上皇。天子吃这一惊，撒然觉来，乃是南柯一梦。浑身冷汗，闪开双眼，见灯烛荧煌，李师师犹然未寝。有诗为证：

偶入青楼访爱卿，梦经水浒见豪英。
无穷冤抑当阶诉，身后何人报不平。

上皇问曰："寡人恰才何处去来？"李师师奏道："陛下适间伏枕而卧。"上皇却把梦中神异之事，对李师师一一说知。李师师又奏曰："凡人正直者，必然为神也。莫非宋江端的已死，是他故显神灵托梦与陛下？"上皇曰："寡人来日，必当举问此事。若是如果真实，必须与他建立庙宇，敕封烈侯。"李师师奏曰："若圣上如此加封，显陛下不负功臣之德。"上皇当夜嗟叹不已。

次日早朝，传圣旨会群臣于偏殿。当有蔡京、童贯、高俅、杨戬朝罢，虑恐圣上问宋江之事，已出宫去了。只有宿太尉等近上大臣，在彼侍侧。上皇便问宿元景曰："卿知楚州安抚宋江消息否？"宿太尉奏道："臣虽一向不知宋安抚消息，臣昨夜得一异梦，甚是奇怪。"上皇曰："卿得异梦，可奏与寡人知道。"宿太尉奏曰："臣梦见宋江亲到私宅，戎装惯带，顶盔挂甲，见臣诉说陛下以药酒见赐而亡。楚人怜其忠义，葬于本州南门外蓼儿洼内，建立祠堂，四时享祭。"上皇听罢，摇着头道："此诚异事！与朕梦一般。"又分付宿元景道："卿可使心腹之人，往楚州体察此事有无，急来回报。"宿太尉是日领了圣旨，自出宫禁，归到私宅，便差心腹之人，前去楚州打听宋江消息，不在话下。

次日，上皇驾坐文德殿，见高俅、杨戬在侧。圣旨问道："汝等省院近日知楚州宋江消息否？"二人不敢启奏，各言不知。上皇展转心疑，龙体不乐。

且说宿太尉干人，已到楚州打探回来，备说宋江蒙御赐饮药酒而死。已丧之后，楚人感其忠义，今葬于楚州蓼儿洼高原之上。更有吴用、花荣、李逵三人，一处埋葬。百姓哀怜，盖造祠堂于墓前。春秋祭赛，虔诚奉事，士庶祈祷，极有灵验。宿太尉听了，慌忙引领干人入内，备将此事面奏天子。上皇见说，不胜伤感。次日早朝，天子大怒，当百官前，责骂高俅、杨戬："败国奸臣，坏寡人天下！"二人俯伏在地，叩头谢罪。蔡京、童贯亦向前奏道："人之生死，皆由注定。省院未有来文，不敢妄奏，其实不知。昨夜楚州才有申文到院，目今臣等正欲启奏圣上，正待取问此事。"上皇终被四贼曲为掩饰，不加其罪。当即喝退高俅、杨戬，便教追要原赍御酒使臣。不期天使自离楚州回还，已死于路。

宿太尉次日见上皇于偏殿驾坐，再以宋江忠义为神，显灵士庶之事，奏闻天子。上皇准宣宋江亲弟宋清，承袭宋江名爵。不期宋清已感风疾在身，不能为官。上表辞谢，只愿郓城为农。上皇怜其孝道，赐钱十万贯，田三千亩，以赡其家。待有子嗣，朝廷录用。后来宋清生一子宋安平，应过科举，官至秘书学士。这是后话。

再说上皇具宿太尉所奏，亲书圣旨，敕封宋江为忠烈义济灵应侯，仍敕赐钱，于梁山泊起盖庙宇，大建祠堂，妆塑宋江等殁于王事诸多将佐神像。敕赐殿宇牌额，御笔亲书“靖忠之庙”。济州奉敕，于梁山泊起造庙宇。但见：

金钉朱户，玉柱银门，画栋雕梁，朱檐碧瓦。绿栏干低应轩窗，绣帘幙高悬宝槛。五间大殿，中悬敕额金书；两庑长廊，采画出朝入相。绿槐影里，棂星门高接青云；翠柳阴中，靖忠庙直侵霄汉。黄金殿上，塑宋公明等三十六员天罡正将；两廊之内，列朱武为头七十二座地煞将军。门前侍从狰狞，部下神兵勇猛。纸炉巧匠砌楼台，四季焚烧楮帛；桅竿高竖挂长旛，二社乡人祭赛。庶民恭敬正神祇，祀典朝参忠烈帝。万年香火享无穷，千载功勋标史记。

又有绝句一首，诗曰：

天罡尽已归天界，地煞还应入地中。
千古为神皆庙食，万年青史播英雄。

后来宋公明累累显灵，百姓四时享祭不绝。梁山泊内，祈风得风，祷雨得雨。又在楚州蓼儿洼，亦显灵验。彼处人民，重建大殿，添设两廊，奏请赐额。妆塑神像三十六员于正殿，两廊仍塑七十二将，侍从人众。楚人行此诚心，远近祈祷，无有不应。护国保民，受万万年香火。年年享祭，岁岁朝参。万民顶礼保安宁，士庶恭祈而赐福。至今古迹尚存。太史有唐律二首哀挽，诗曰：

莫把行藏怨老天，韩彭当日亦堪怜。
一心征腊摧锋日，百战擒辽破敌年。
煞曜罡星今已矣，谗臣贼相尚依然。

早知鸩毒埋黄壤，学取鸱夷泛钓船④。

生当庙食死封侯，男子平生志已酬。
铁马夜嘶山月暗，玄猿秋啸暮云稠。
不须出处求真迹，却喜忠良作话头。
千古蓼洼埋玉地，落花啼鸟总关愁。

（节选自百回本《水浒传》第一百回）

注　释

① 六事：指旧时代反映官吏政绩的六方面的大事：田野辟（开辟）、户口增、赋役平、盗贼息、军民和、词讼简。

② 阴宅：坟墓。

③ 公廨：官署，衙门。

④ 鸱夷泛钓船：指春秋时越国大夫范蠡，晚年号鸱夷子皮，他在帮助越王勾践报仇复国后，功成身退，泛舟五湖。这里是说宋江应该学习范蠡，及时身退，这样就可以免遭毒害。

阅读提示

这是百回本《水浒传》全书的最后一回，是作者怀着深深的同情和遗憾所写出的水浒英雄全军覆亡的大悲剧。在这个大悲剧的结局中，表现了作者思想上的矛盾和局限，也表现了作者内心深深的痛苦和遗憾。这些局限和矛盾主要表现在：一、通过具体的情节（奸贼背着皇帝设计毒杀宋江等人），说明确实是“天子至圣至明，只被奸臣闭塞”，表现了作者真实地反映出的农民起义军“只反贪官，不反皇帝”的思想局限；二、对宋江的“今日朝廷赐死无辜，宁可朝廷负我，我忠心不负朝廷”的带有浓厚奴才色彩的忠义思想，不仅不加批判，反而加以肯定；三、让反抗性极强的李逵，也出于义气和对宋江的忠心而被毒死，使千古以来喜爱李逵的读者，不免扼腕叹惜；四、对招安导致的惨败，没有做出正确的认识和总结，而只是归结为未能向范蠡学习，及早地功成身退。但作者对李逵反抗性的刻画，却放射出全书最后的耀眼的光彩：他在被毒死以前还劝宋江再次造反；死后还托梦给皇帝，“手搭双斧，厉声高叫道：‘皇帝，皇帝！你怎地听信四个贼臣挑拨，屈坏了我们性命？今日既见，正好报仇！’”让读者在痛苦和遗憾中，稍稍感到一丝快慰。

小　结

从以上节选的部分章节，可以看出：《水浒传》确是一部思想倾向十分鲜明的小说，同时也是一部思想内容非常复杂，充满矛盾的小说。歌颂农民起义，并将被压迫者塑造成光彩照人的英雄形象，在气势、力量、声威等各方面都压倒了统治阶级，使不少贪官和恶霸受到了应有的惩罚，读来真让千百年来的读者拍手称快。但由于种种原因，他又让这支队伍走向招安的道路，并终致全军覆没。矛盾的思想应该从社会历史的种种因素中去寻找，而不应该简单地给予全盘的肯定或全盘的否定。《水浒传》又是一部英雄主义的乐章，它所创造出的无数高大的英雄形象，它的气势恢宏的主旋律，永远激励着人们充满信心地为美好的生活而斗争。

参考资料

一、前人的评论

李贽曰：《水浒传》者，发愤之所作也。盖自宋室不競，冠屦倒施，大贤处下，不肖处上。驯致夷狄处上，中原处下。一时君相，犹然处堂燕雀，纳币称臣，甘心屈膝于犬羊而已矣。施、罗二公，身在元，心在宋；虽生元日，实愤宋事。是故愤二帝之北狩，则称大破辽以泄其愤；愤南渡之苟安，则称灭方腊以泄其愤。敢问泄愤者谁乎？则前日啸聚水浒之强人也，欲不谓之忠义不可也。是故施、罗二公传《水浒》，而复以忠义名其传焉。（《忠义水浒传序》）

又曰：《水浒传》事节都是假的，说来却似逼真，所以为妙。常见近来文集，乃有真事说做假者，真钝汉也；何堪与施耐庵、罗贯中作奴？（《明容与堂刻本水浒传》回评）

又曰：《水浒传》文字，妙色千古，全在同而不同处有辨。如鲁智深、李逵、武松、阮小七、石秀、呼延灼、刘唐等众人，都是急性的，渠形容刻画来，各有派头，各有光景，各有家数，各有身分，一毫不差，半些不混，读去自有分辨，不必见其姓名，一睹事实，就知某人某人也。（同上）

胡应麟曰：《水浒》余尝戏以拟《琵琶》，谓皆不事文饰，而曲尽人情耳。然《琵琶》自本色外，《长空万里》等篇，即词人中不妨翘举。而《水浒》撰所语稍涉声偶者，辄呕哕不足观，信其伎俩易尽；第述情叙事，针工密致，亦滑稽之雄也。（《少室山房笔丛》卷四十一）

吴从先曰：及读稗史《水浒传》，其词轧札不雅，怪诡不经。独其叙宋江以罪亡之躯，能当推戴，而诸人以穷窜之合，能听约束，不觉抚卷叹曰：天下有道，其气伸于朝；天下无道，其气礴于野。信哉！（《小窗自纪》）

袁宏道曰：里中有好读书者，缄默十年，忽一日拍案狂叫曰："异哉，卓吾老子吾师乎！"客惊问其故，曰："人言《水浒传》奇，果奇。予每捡《十三经》或《二十一史》，一展卷，即忽忽一睡去，未有若《水浒》之明白晓畅，语语家常，使我捧玩不能释手者也。若无卓老揭出一段精神，则作者与读者，千古俱成梦境。"（《东西汉通俗演义序》）

大涤余人曰：亦知《水浒》惟以招安为心，而名始传，其人忠义也。施、罗惟以人情为辞，而书始传，其言忠义也。所杀奸贪淫秽，皆不忠不义者也。道揆法守，讵不相因哉？故能大法小廉，不拂民性，使好勇疾贫之辈，无以为口实，则盗弭矣。且既以此写愚夫愚妇之情者，写圣贤之情，则文体亦得矣。正辞禁非，或有权巧。盖正史不能摄下流，而稗说可以醒通国。化血气为德性，转鄙俚为菁华，其于人文之治，未必无小补云。（《刻忠义水浒传缘起》）

金圣叹曰：《水浒》所叙，叙一百八人，人有其性情，人有其气质，人有其形状，人有其声口。夫以一手而画数面，则将有兄弟之形；一口而吹数声，斯不免再映也。施耐庵以一心所运，而一百八人各自入妙者，无他，十年格物而一朝物格；斯以一笔而写百千万人，固不以为难也。（《水浒传序三》）

又曰：某尝道《水浒》胜似《史记》，人都不肯信。殊不知某却不是乱说。其实《史记》是以文运事，《水浒》是因文生事。以文运事，是先有事生成如此如此，却要算计出一篇文字来。虽是史公高才，也毕竟是吃苦事。因文生事即不然，只是顺着笔性去，削高补低都由我。（《读第五才子书法》）

又曰：《水浒传》一个人出来，分明便是一篇列传。至于中间事迹，又逐段逐段自成文字。亦有两三卷成一篇者，亦有五六句成一篇者。

别一部书，看过一遍即休。独有《水浒传》，只是看不厌。无非为他把一百八个人性格，都写出来。

《水浒传》写一百八个人性格，真是一百八样。若别一部书，任他写一千个人，也只是一样。便只写得两个人，也只是一样。（同上）

又曰：《水浒传》只是写人粗卤处，便有许多写法：如鲁达粗卤是性急，史进粗卤是少年任气，李逵粗卤是蛮，武松粗卤是豪杰不受羁靮，阮小七粗卤是悲愤无说处，焦挺粗卤是气质不好。（同上）

又曰：一部大书，七十回，将写一百八人也。乃开书未写一百八人，而先写高俅者，盖不写高俅，便写一百八人，则是乱自下生也；不写一百八人，先写高俅，则是乱自上作也。乱自下生，不可训也，作者之所必避也；乱自上作，不可长也，作者之所深惧也。一部大书七十回，而开书先写高俅，有以也。（《水浒传》第一回回评）

王仕云曰：施耐庵著《水浒》，申明一百八人之罪状，所以责备徽宗、蔡京之暴政也。然严于论君相，而宽以待盗贼，令读之者日生放辟邪耻之乐，且归罪朝廷以为口实，人又何以惮而不为盗？余故深亮其著书之苦心，而又不能深憾其读书之流弊。（《水浒传总论》）

李渔曰：言者，心之声也。欲代此一人立言，先宜代此一人立心。……务使心曲隐微，随口唾出，说一人肖一人，勿使雷同，弗使浮泛，若《水浒传》之叙事，吴道子之写生，斯称此道中之绝技。（《闲情偶寄》卷三）

句曲外史曰：孰谓施耐庵《水浒》一书，取一百八人而传之，分之而人各为一人，合之而事则为一事；以一百八人刚柔燥湿之性，各写其声音笑貌，而遂以揭其心思，纤者毋使之为弘，疏者毋使之为密，非如化工之鼓舞万物，欲其各肖而无一同也？虽以一百八人邀若山河，岂惟走险者啸而复离，抑且守正者仇而未合，非如化工之鼓舞万物，欲其纵横组织，一合而无不同也？虽然，则《水浒》者，耐庵恢史公之合传而广之者也。（《水浒传序》）

张潮曰：《水浒传》是一部怒书，《西游记》是一部悟书，《金瓶梅》是一部哀书。（《幽梦影》）

刘廷玑曰：如《水浒》本施耐庵所著，一百八人，人各一传，性情面貌，装束举止，俨有一人跳跃纸上。天下最难写者英雄，而各传则各色英雄也；天下更难写者英雄美人，而其中二三传，则别样英雄别样美人也；串插连贯，各具机杼，真是写生妙手。（《在园杂志》卷二）

王钟麒曰：施氏少负异才，自少迄老，未获一伸其志。痛社会之黑暗，而政府之专横也，乃以一己之理想，构成此书。设言壮武慷慨之士，与俗有所忤，愤而为盗。其人类皆非常之材，敢于复大仇，犯大难，独行其志无所于悔。生民以来，未有以百八人组织政府，而人人平等者。有之，惟《水浒传》。使耐庵而生于欧美也，则其人之著作，当与柏拉图、巴枯宁、托尔斯泰、迭盖司诸氏相抗衡。观其平等级，均财产，则社会主义之小说也；其复仇怨，贼污吏，则虚无党之小说也；其一切组

织，无不完备，则政治小说也。(《中国三大小说家论赞》)

燕南尚生曰：施耐庵生于专制政府之下，痛世界之惨无人理，欲平反之，手无寸权，于是本其思想发为著述，以待后之阅是书者，以待后之阅是书而传播是书者，以待后之阅是书而应用是书、实行是书之学说者。(《水浒传新或问》)

眷秋曰：世之读《水浒》者，多喜其痛快淋漓，为能尽豪放之致。《水浒》之叙事雄快，令人读之块磊俱消，自是其长处。然《水浒》之能冠古今诸作者，正不在此，实以其思想之伟大，见地之超远，为古今人所不能及也。(《小说杂评》)

又曰：小说中之《水浒》《石头记》，于词中可比周、辛。《石头记》之境界惝恍，措语幽咽，颇类清真。其叙黛玉之满怀幽怨，抑郁缠绵，便不减美成《兰陵王》《瑞鹤仙》诸作。《水浒》之雄畅沉厚，直逼稼轩。读《北固亭怀古》及《别茂嘉十二弟》之词，乃令人忆及林武师、武都头。(同上)

二、今人的评论

鲁迅论《水浒》(载《中国小说史略》第十五篇《元明传来之讲史》〔下〕)。

茅盾：《谈〈水浒〉的人物和结构》(载《名家解读〈水浒传〉》，山东人民出版社，1998 年)。

吴组缃：《谈〈水浒〉》(载《说稗集》，北京大学出版社，1987 年)。

周先慎：《论〈水浒〉的思想倾向和艺术构思》(载《北京大学学报》1985 年第 5 期)。

周先慎：《林教头风雪山神庙鉴赏》。

周先慎：《武松打虎鉴赏》(以上载《古典小说鉴赏》[增订本]，北京大学出版社，2004 年)。

第四章　西游记

美猴王出身

感盘古[①]开辟，三皇治世，五帝定伦，世界之间，遂分为四大部洲：曰东胜神洲，曰西牛贺洲，曰南赡部洲，曰北俱芦洲。这部书单表东胜神洲。海外有一国土，名曰傲来国。国近大海，海中有一座名山，唤为花果山。此山乃十洲之祖脉，三岛之来龙，自开清浊而立，鸿蒙判后而成。真个好山！有词赋为证。赋曰：

势镇汪洋，威宁瑶海。势镇汪洋，潮涌银山鱼入穴；威宁瑶海，波翻雪浪蜃离渊。水火方隅高积土，东海之处耸崇巅。丹崖怪石，削壁奇峰。丹崖上，彩凤双鸣；削壁前，麒麟独卧。峰头时听锦鸡鸣，石窟每观龙出入。林中有寿鹿仙狐，树上有灵禽玄鹤。瑶草奇花不谢，青松翠柏长春。仙桃常结果，修竹每留云。一条涧壑藤萝密，四面原堤草色新。正是百川会处擎天柱，万劫无移大地根。

那座山正当顶上，有一块仙石。其石有三丈六尺五寸高，有二丈四尺围圆。三丈六尺五寸高，按周天三百六十五度；二丈四尺围圆，按政历二十四气。上有九窍八孔，按九宫八卦。四面更无树木遮阴，左右倒有芝兰相衬。盖自开辟以来，每受天真地秀，日精月华，感之既久，遂有灵通之意。内育仙胞，一日迸裂，产一石卵，似圆球样大。因见风，化作一个石猴。五官俱备，四肢皆全。便就学爬学走，拜了四方。目运两道金光，射冲斗府[②]。惊动高天上圣大慈仁者玉皇大天尊玄穹高上帝，驾座金阙云宫灵霄宝殿，聚集仙卿，见有金光焰焰，即命千里眼、顺风耳开南天门观看。二将果奉旨出门外，看的真，听的明。须臾回报道："臣奉旨观听金光之处，乃东胜神洲海东傲来小国之界，有一座花果山，山上有一仙石，石产一卵，见风化一石猴，在那里拜四方，眼运金光，射冲斗府。如今服饵水食，金光将潜息矣。”玉帝垂赐恩慈曰：“下方之物，乃天地精华所生，不足为异。”

那猴在山中，却会行走跳跃，食草木，饮涧泉，采山花，觅树果；与狼虫为伴，虎豹为群，獐鹿为友，猕猿为亲；夜宿石崖之下，朝游峰洞之中。真是“山中无甲子[③]，寒尽不知年”。一朝天气炎热，与群猴避暑，都在松阴之下顽耍。你看他一个个：

跳树攀枝，采花觅果；抛弹子，邸么儿[④]；跑沙窝，砌宝塔；赶蜻蜓，扑虮蜡；参老天，拜菩萨；扯葛藤，编草帓；捉虱子，咬又掐；理毛衣，剔指甲；挨的挨，擦的擦；推的推，压的压；扯的扯，拉的拉，青松林下任他顽，绿水涧边随洗濯。

一群猴子耍了一会，却去那山涧中洗澡。见那股涧水奔流，真个似滚瓜涌溅。古云：“禽有禽言，兽有兽语。”众猴都道：“这股水不知是那里的水。我们今日赶闲无事，顺涧边往上溜头寻看源流，耍子去耶！”喊一声，都拖男挈女，唤弟呼兄，一齐跑来，顺涧爬山，直至源流之处，乃是一股瀑布飞泉。但见那：

一派白虹起，千寻雪浪飞。
海风吹不断，江月照还依。
冷气分青嶂，余流润翠微。
潺湲名瀑布，真似挂帘帷。

众猴拍手称扬道：“好水！好水！原来此处远通山脚之下，直接大海之波。”又道：“那一个有本事的，钻进去寻个源头出来，不伤身体者，我等即拜他为王。”连呼了三声，忽见从杂中跳出一个石猴，应声高叫道：“我进去！我进去！”好猴！也是他：

今日芳名显，时来大运通。有缘居此地，天遣入仙宫。

你看他瞑目蹲身，将身一纵，径跳入瀑布泉中，忽睁睛抬头观看，那里边却无水无波，明明朗朗的一架桥梁。他住了身，定了神，仔细再看，原来是座铁板桥。桥下之水，冲贯于石窍之间，倒挂流出去，遮闭了桥门。却又欠身上桥头，再走再看，却似有人家住处一般，真个好所在。但见那：

翠藓堆蓝，白云浮玉，光摇片片烟霞。虚窗静室，滑凳板生花。乳窟龙珠倚挂，萦回满地奇葩。锅灶傍崖存火迹，樽罍靠案见肴渣。石座石床真可爱，石盆石碗更堪夸。又见那一竿两竿修竹，三点五点梅花。几树青松常带雨，浑然象个人家。

看罢多时，跳过桥中间，左右观看，只见正当中有一石碣。碣上有一行楷书大字，镌着“花果山福地，水帘洞洞天”。石猿喜不自胜，急抽身往外便走，复瞑目蹲身，跳出水外，打了两个呵呵道：“大造化！大造化！”众猴把他围住，问道：“里面怎么样？水有多深？”石猴道：“没水！没水！原来是一座铁板桥。桥那边是一座天造地设的家当⑤。”众猴道：“怎见得是个家当？”石猴笑道：”这股水乃是桥下冲贯石窍，倒挂下来遮闭门户的。桥边有花有树，乃是一座石房。房内有石锅、石灶、石碗、石盆、石床、石凳。中间一块石碣上，镌着‘花果山福地，水帘洞洞天’。真个是我们安身之处。里面且是宽阔，容得千百口老小。我们都进去住，也省得受老天之气。这里边：

刮风有处躲，下雨好存身。
霜雪全无惧，雷声永不闻。
烟霞常照耀，祥瑞每蒸熏。
松竹年年秀，奇花日日新。”

众猴听得，个个欢喜。都道：“你还先走，带我们进去，进去！”石猴却又瞑目蹲身，往里一跳，叫道：“都随我进来！进来！”那些猴有胆大的，都跳进去了；胆小的，一个个伸头缩颈，抓耳挠腮，大声叫喊，缠一会，也都进去了。跳过桥头，一个个抢盆夺碗，占灶争床，搬过来，移过去，正是猴性顽劣，再无一个宁时，只搬得力倦神疲方止。石猿端坐上面道：“列位呵，‘人而无信，不知其可’。你们才说有本事进得来，出得去，不伤身体者，就拜他为王。我如今进来又出去，出去又进来，寻了这一个洞天与列位安眠稳睡，各享成家之福，何不拜我为王？”众猴听说，即拱伏无违。一个个序齿排班，朝上礼拜。都称“千岁大王”。自此，石猿高登王位，将“石”字儿隐了，遂称美猴王。有诗为证。诗曰：

三阳交泰产群生，仙石胞含日月精。
借卵化猴完大道，假他名姓配丹成。
内观不识因无相，外合明知作有形。
历代人人皆属此，称王称圣任纵横。

美猴王领一群猿猴、猕猴、马猴等，分派了君臣佐使，朝游花果山，暮宿水帘洞，合契[⑥]同情，不入飞鸟之丛，不从走兽之类，独自为王，不胜欢乐。是以：

春采百花为饮食，夏寻诸果作生涯。
秋收芋栗延时节，冬觅黄精度岁华。

（节选自《西游记》第一回）

注　释

① 盘古：即神话传说中的盘古氏，开天辟地的人。
② 斗府：斗为星官名，斗府即天上星官所居之所。
③ 甲子：这里是年月时日的代称。
④ 䢼么儿：苏北儿童的一种游戏，用的工具是用瓦片磨成的小子儿，如北方小孩儿玩儿的“抓子儿”。
⑤ 家当：这里是居所的意思。
⑥ 合契：意气相投。

阅读提示

这一段文字虽不长，有三点值得注意：一是，孙悟空来历不凡：他乃是由一块仙石经天地化育而成，感受了天真地秀，日月精华，因此得了灵通之意，天生就有了不起的灵气身手。二是，他由众猴推尊为“美猴王”，是凭着他的本身，因为事先有过约定：“那一个有本事的，钻进去寻个源头出来，不伤身体者，我等即拜他为王。”他后来造反时“强者为尊”的思想所来有自。三是，花果山、水帘洞乃是一个自由自在、无限欢乐的福地，这就证明有的学者将孙悟空的造反同封建时代受压迫的农民起义作比附，是完全没有根据的。

大闹龙宫冥府

美猴王享乐天真，何期有三五百载。一日，与群猴喜宴之间，忽然忧恼，堕下泪来。众猴慌忙罗拜道：“大王何为烦恼？”猴王道：“我虽在欢喜之时，却有一点儿远虑，故此烦恼。”众猴又笑道：“大王好不知足！我等日日欢会，在仙山福地，古洞神洲，不伏麒麟辖，不伏凤凰管，又不伏人间王位所拘束，自由自在，乃无量之福，为何远虑而忧也？”猴王道：“今日虽不归人王法律，不惧禽兽威严，将来年老血衰，暗中有阎王老子管着，一旦身亡，可不枉生世界之中，不得久注天人之内？”众猴闻此言，一个个掩面悲啼，俱以无常为虑。

只见那班部中，忽跳出一个通背猿猴，厉声高叫道：“大王若是这般远虑，真所谓道心开发也！如今五虫[①]之内，惟有三等名色，不伏阎王老子所管。”猴王道：“你知那三等人？”猿猴道：“乃是佛与仙与神圣三者，躲过轮回[②]，不生不灭，与天地山川齐寿。”猴王道：“此三者居于何所？”猿猴道：“他只在阎浮[③]世界之中，古洞仙山之内。”猴王闻之，满心欢喜，道：“我明日就辞汝等下山，云游海角，远涉天涯，务必访此三者，学一个不老长生，常躲过阎君之难。”噫！这句话，顿教跳出轮回网，致使齐天大圣成。众猴鼓掌称扬，都道：“善哉！善哉！我等明日越岭登山，广寻些果品，大设筵宴送大王也。”

（节选自《西游记》第一回）

次日，依旧排营。悟空会聚群猴，计有四万七千余口。早惊动满山怪兽，都是些狼、虫、虎、豹、麖、麂、獐、狍、狐、狸、獾、狢、狮、象、狻猊、猩猩、熊、鹿、野豕、山牛、羚羊、青兕、狡儿、神獒……各样妖王，共有七十二洞，都来参拜猴王为尊。每年献贡，四时点卯[④]。也有随班操演的，也有随节征粮的，齐齐整整，把一座花果山造得似铁桶金城。各路妖王，又有进金鼓，进彩旗，进盔甲的，纷纷攘攘，日逐家习舞兴师。

美猴王正喜间，忽对众说道：“汝等弓弩熟谙，兵器精通，奈我这口刀着实榔榛[5]，不遂我意，奈何？”四老猴上前启奏道：“大王乃是仙圣，凡兵是不堪用；但不知大王水里可能去得？”悟空道：“我自闻道之后，有七十二般地煞变化之功；筋斗云有莫大的神通；善能隐身遁身，起法摄法；上天有路，入地有门；步日月无影，入金石无碍；水不能溺，火不能焚。那些儿去不得？”四猴道：“大王既有此神通，我们这铁板桥下，水通东海龙宫。大王若肯下去，寻着老龙王，问他要件甚么兵器，却不趁心？”悟空闻言甚喜道：“等我去来。”

好猴王，跳至桥头，使一个闭水法，捻着诀，扑的钻入波中，分开水路，径入东洋海底。正行间，忽见一个巡海的夜叉，挡住问道：“那推水来的，是何神圣？说个明白，好通报迎接。”悟空道：“吾乃花果山天生圣人孙悟空，是你老龙王的紧邻，为何不识？”那夜叉听说，急转水晶宫传报道：“大王，外面有个花果山天生圣人孙悟空，口称是大王紧邻，将到宫也。”东海龙王敖广即忙起身，与龙子、龙孙、虾兵、蟹将出宫迎道：“上仙请进，请进。”直至宫里相见，上坐献茶毕，问道：“上仙几时得道，授何仙术？”悟空道：“我自生身之后，出家修行，得一个无生无灭之体。近因教演儿孙，守护山洞，奈何没件兵器。久闻贤邻享乐瑶宫贝阙，必有多余神器，特来告求一件。”龙王见说，不好推辞，即着鳜都司取出一把大捍刀奉上。悟空道：“老孙不会使刀，乞另赐一件。”龙王又着鲌大尉，领鳝力士，抬出一捍九股叉来。悟空跳下来，接在手中，使了一路，放下道：“轻！轻！轻！又不趁手！再乞另赐一件。”龙王笑道：“上仙，你不曾看这叉，有三千六百斤重哩！”悟空道：“不趁手！不趁手！”龙王心中恐惧，又着鳊提督、鲤总兵抬出一柄画杆方天戟。那戟有七千二百斤重。悟空见了，跑近前接在手中，丢几个架子，撒两个解数，插在中间道：“也还轻！轻！轻！”老龙王一发害怕道：“上仙，我宫中只有这根戟重，再没甚么兵器了。”悟空笑道：“古人云：‘愁海龙王没宝哩！’你再去寻寻看。若有可意的，一一奉价。”龙王道：“委的[6]再无。”

正说处，后面闪过龙婆、龙女道：“大王，观看此圣，决非小可。我们这海藏中，那一块天河定底的神珍铁，这几日霞光艳艳，瑞气腾腾，敢莫是[7]该出现，遇此圣也？”龙王道：“那是大禹治水之时，定江海浅深的一个定子，是一块神铁，能中何用？”龙婆道：“莫管他用不用，且送与他，凭他怎么改造，送出宫门便了。”老龙王依言，尽向悟空说了。悟空道：“拿出来我看。”龙王摇手道：“扛不动！抬不动！须上仙亲去看看。”悟空道：“在何处？你引我去。”龙王果引导至海藏中间，忽见金光万道。龙王指定道：“那放光的便是。”悟空撩衣上前，摸了一把，乃是一根铁柱子，约有斗来粗，二丈有余长。他尽力两手挝过道："忒粗忒长些！再短细些方可用。"说毕，那宝贝就短了几尺，细了一围。悟空又颠一颠道："再细些更好！"那宝贝真个又细了几分。悟空十分欢喜，拿出海藏看时，原来两头是两个金箍，中间乃一段乌铁；紧挨箍有镌成的一行字，唤做"如意金箍棒"，重一万三千五百斤。心中暗喜道："想必这宝贝如人意！"一边走，一边心思口念，手颠着道："再短细些更妙！"拿出外面，只有二丈长短，碗口粗细。

你看他弄神通，丢开解数，打转水晶宫里，唬得老龙王胆战心惊，小龙子魂飞魄散；龟鳖鼋鼍皆缩颈，鱼虾鳌蟹尽藏头。悟空将宝贝执在手中，坐在水晶宫殿上。对龙王笑道："多谢贤邻厚意。"龙王道："不敢，不敢。"悟空道："这块铁虽然好用，还有一说。"龙王道："上仙还有甚说？"悟空道："当时若无此铁，倒也罢了；如今手中既拿着他，身上更无衣服相趁，奈何？你这里若有披挂，索性送我一副，一总奉谢。"龙王道："这个却是没有。"悟空道："'一客不犯二主。'若没有，我也定不出此门。"龙王道："烦上仙再转一海，或者有之。"悟空又道："'走三家不如坐一家。'千万告求一副。"龙王道："委的没有；如有即当奉承。"悟空道："真个没有，就和你试试此铁！"龙王慌了道："上仙，切莫动手！切莫动手！待我看舍弟处可有，当送一副。"悟空道："令弟何在？"龙王道："舍弟乃南海龙王敖钦、北海龙王敖顺、西海龙王敖闰是也。"悟空道："我老孙不去！不去！俗语谓'赊三不敌见二'，只望你随高就低的送一副便了。"老龙道："不须上仙去。我这里有一面铁鼓，一口金钟；凡有紧急事，擂得鼓响，撞得钟鸣，舍弟们就顷刻而至。"悟空道："既是如此，快些去擂鼓撞钟！"真个那鼍将便去撞钟，鳖帅即来擂鼓。

少时，钟鼓响处，果然惊动那三海龙王，须臾来到，一齐在外面会着。敖钦道："大哥，有甚紧事，擂鼓撞钟？"老龙道："贤弟！不好说！有一个花果山甚么天生圣人，早间来认我做邻居，后要求一件兵器，献钢叉嫌小，奉画戟嫌轻。将一块天河定底神珍铁，自己拿出手，丢了些解数。如今坐在宫中，又要索甚么披挂。我处无有，故响钟鸣鼓，请贤弟来。你们可有甚么披挂，送他一副，打发出门去罢了。"敖钦闻言，大怒道："我兄弟们，点起兵，拿他不是！"老龙道："莫说拿！莫说拿！那块铁，挽着些儿就死，磕着些儿就亡；挨挨儿皮破，擦擦儿筋伤！"西海龙王敖闰说："二哥不可与他动手；且只凑副披挂与他，打发他出了门，启表奏上上天，天自诛也。"北海龙王敖顺道："说的是。我这里有一双藕丝步云履哩。"西海龙王敖闰道："我带了一副锁子黄金甲哩。"南海龙王敖钦道："我有一顶凤翅紫金冠哩。"

老龙大喜，引入水晶宫相见了，以此奉上。悟空将金冠、金甲、云履都穿戴停当，使动如意棒，一路打出去，对众龙道："聒噪！聒噪！"四海龙王甚是不平，一边商议进表上奏不题。

你看这猴王，分开水道，径回铁板桥头，撺将上来，只见四个老猴领着众猴，都在桥边等候。忽然见悟空跳出波外，身上更无一点水湿，金灿灿的，走上桥来。唬得众猴一齐跪下道："大王，好华彩耶！好华彩耶！"悟空满面春风，高登宝座，将铁棒竖在当中。那些猴不知好歹，都来拿那宝贝，却便似蜻蜓撼铁树，分毫也不能禁动。一个个咬指伸舌道："爷爷呀！这般重，亏你怎的拿来也！"悟空近前，舒开手，一把挝起，对众笑道："物各有主。这宝贝镇于海藏中，也不知几千百年，可可的[⑧]今岁放光。龙王只认做是块黑铁，又唤做天河镇底神珍。那厮每都扛抬不动，请我亲去拿之。那时此宝有二丈多长，斗来粗细；被我挝他一把，意思嫌大，他就小了许多；再教小些，他又小了许多；再教小些，他又小了许多；急对天光看处，上有一行字，乃'如意金箍棒，一万三千五百斤。'你都站开，等我再叫他变一变着。"他将那宝贝颠在手中，叫："小！小！小！"即时就小做一个绣花针儿相似，可以揌在耳躲里面藏下。众猴骇然，叫道："大王！还拿出来耍耍！"猴王真个去耳躲里拿出，托放掌上叫："大！大！大！"即又大做斗来粗细，二丈长短。他弄到欢喜处，跳上桥，走出洞外，将宝贝揝[⑨]在手中，使一个法天象地的神通，把腰一躬，叫声"长！"他就长的高万丈，头如泰山，腰如峻岭，眼如闪电，口似血盆，牙如剑戟；手中那棒，上抵三十三天，下至十八层地狱，把些虎豹狼虫，满山群怪，七十二洞妖王，都唬得磕头礼拜，战兢兢魄散魂飞。霎时收了法象，将宝贝还变做个绣花针儿，藏在耳内，复归洞府。慌得那各洞妖王，都来参贺。

此时遂大开旗鼓，响振铜锣。广设珍馐百味，满斟椰液萄浆，与众饮宴多时。却又依前教演。猴王将那四个老猴封为健将；将两个赤尻马猴唤做马、流二元帅；两个通背猿猴唤做崩、芭二将军。将那安营下寨、赏罚诸事，都付与四健将维持。他放下心，日逐腾云驾雾，遨游四海，行乐千山。施武艺，遍访英豪；弄神通，广交贤友。此时又会了个七弟兄，乃牛魔王、蛟魔王、鹏魔王、狮驼王、猕猴王、狨狨王，连自家美猴王七个。日逐讲文论武，走斝传觞[⑩]，弦歌吹舞，朝去暮回，无般儿不乐。把那万里之遥，只当庭闱之路，所谓点头径过三千里，扭腰八百有余程。

一日，在本洞分付四健将安排筵宴，请六王赴饮，杀牛宰马，祭天享地，着众怪跳舞欢歌，俱吃得酩酊大醉。送六王出去，却又赏犒大小头目，攲在铁板桥边松阴之下，霎时间睡着。四健将领众围护，不敢高声。只见那美猴王睡里见两人拿一张批文，上有“孙悟空”三字，走近身，不容分说，套上绳，就把美猴王的魂灵儿索了去，踉踉跄跄，直带到一座城边。猴王渐觉酒醒，忽抬头观看，那城上有一铁牌，牌上有三个大字，乃“幽冥界”。美猴王顿然醒悟道：“幽冥界乃阎王所居，何为到此？”那两人道：“你今阳寿该终，我两人领批，勾你来也。”猴王听说，道：“我老孙超出三界外，不在五行中，已不伏他管辖，怎么朦胧[11]，又敢来勾我？”那两个勾死人[12]只管扯扯拉拉，定要拖他进去。那猴王恼起性来，耳躲中掣出宝贝，幌一幌，碗来粗细；略举手，把两个勾死人打为肉酱。自解其索，丢开手，轮着棒，打入城中。唬得那牛头鬼东躲西藏，马面鬼南奔北跑，众鬼卒奔上森罗殿，报着：“大王！祸事！祸事！外面一个毛脸雷公，打将来了！”

慌得那十代冥王急整衣来看；见他相貌凶恶，即排下班次，应声高叫道：“上仙留名！上仙留名！”猴王道：“你既认不得我，怎么差人来勾我？”十王道：“不敢！不敢！想是差人差了。”猴王道：“我本是花果山水帘洞天生圣人孙悟空。你等是甚么官位？”十王躬身道：“我等是阴间天子十代冥王。”悟空道：“快报名来，免打！”十王道：“我等是秦广王、楚江王、宋帝王、仵官王、阎罗王、平等王、泰山王、都市王、卞城王、转轮王。”悟空道：“汝等既登王位，乃灵显感应之类，为何不知好歹？我老孙修仙了道，与天齐寿，超升三界之外，跳出五行之中，为何着人拘我？”十王道：“上仙息怒。普天下同名同姓者多，敢是那勾死人错走了也？”悟空道：“胡说！胡说！常言道：‘官差吏差，来人不差。’你快取生死簿子来我看！”十王闻言，即请上殿查看。

悟空执着如意棒，径登森罗殿上，正中间南面坐下。十王即命掌案的判官取出文簿来查。那判官不敢怠慢，便到司房里，捧出五六簿文书并十类簿子，逐一查看。裸虫、毛虫、羽虫、昆虫、鳞介之属，俱无他名。又看到猴属之类，原来这猴似人相，不入人名；似裸虫，不居国界；似走兽，不伏麒麟管；似飞禽，不受凤凰辖。另有个簿子，悟空亲自检阅，直到那魂字一千三百五十号上，方注着孙悟空名字，乃天产石猴，该寿三百四十二岁，善终。悟空道：“我也不记寿数几何，且只消了名字便罢！取笔过来！”那判官慌忙捧笔，饱掭[13]浓墨。悟空拿过簿子，把猴属之类，但有名者，一概勾之。捽下簿子道：“了帐！了帐！今番不伏你管了！”一路棒，打出幽冥界。那十王不敢相近，都去翠云宫，同拜地藏王菩萨，商量启表，奏闻上天，不在话下。

这猴王打出城中，忽然绊着一个草纥繨[14]，跌了个踿踵[15]，猛的醒来，乃是南柯一梦。才觉伸腰，只闻得四健将与众猴高叫道："大王，吃了多少酒，睡这一夜，还不醒来？"悟空道："睡还小可，我梦见两个人，来此勾我，把我带到幽冥界城门之外，却才醒悟。是我显神通，直嚷到森罗殿，与那十王争吵，将我们的生死簿子看了，但有我等名号，俱是我勾了，都不伏那厮所辖也。"众猴磕头礼谢。自此，山猴多有不老者，以阴司无名故也。美猴王言毕前事，四健将报知各洞妖王，都来贺喜。不几日，六个义兄弟，又来拜贺；一闻销名之故，又个个欢喜，每日聚乐不题。

却表启那个高天上圣大慈仁者玉皇大天尊玄穹高上帝，一日，驾坐金阙云宫灵霄宝殿，聚集文武仙卿早朝之际，忽有丘弘济真人启奏道："万岁，通明殿外，有东海龙王敖广进表，听天尊宣诏。"玉皇传旨：着宣来。敖广宣至灵霄殿下，礼拜毕。旁有引奏仙童，接上表文。玉皇从头看过。表曰：

水元下界东胜神洲东海小龙臣敖广启奏大天圣主玄穹高上帝君：近因花果山生、水帘洞住妖仙孙悟空者，欺虐小龙，强坐水宅，索兵器，施法施威；要披挂，骋凶骋势。惊伤水族，唬走龟鼍。南海龙战战兢兢，西海龙凄凄惨惨，北海龙缩首归降。臣敖广舒身下拜，献神珍之铁棒，凤翅之金冠，与那锁子甲、步云履，以礼送出。他仍弄武艺，显神通，但云'聒噪！聒噪！'果然无敌，甚为难制。臣今启奏，伏望圣裁。恳乞天兵，收此妖孽，庶使海岳清宁，下元[16]安泰。奉奏。

圣帝览毕，传旨："着龙神回海，朕即遣将擒拿。"老龙王顿首谢去。下面又有葛仙翁天师启奏道："万岁，有冥司秦广王赍奉幽冥教主地藏王菩萨表文进上。"旁有传言玉女，接上表文，玉皇亦从头看过。表曰：

幽冥境界，乃地之阴司。天有神而地有鬼，阴阳轮转；禽有生而兽有死，反复雌雄。生生化化，孕女成男，此自然之数，不能易也。今有花果山水帘洞天产妖猴孙悟空，逞恶行凶，不服拘唤。弄神通，打绝九幽鬼使；恃势力，惊伤十代慈王。大闹森罗，强销名号。致使猴属之类无拘，猕猴之畜多寿；寂灭轮回，各无生死。贫僧具表，冒渎天威。伏乞调遣神兵，收降此妖，整理阴阳，永安地府。谨奏。

玉皇览毕，传旨："着冥君回归地府，朕即遣将擒拿。"秦广王亦顿首谢去。

大天尊宣众文武仙卿，问曰："这妖猴是几年产育，何代出身，却就这般有道？"一言未已，班中闪出千里眼、顺风耳道："这猴乃三百年前天产石猴。当时不以为然，不知这几年在何方修炼成仙，降龙伏虎，强销死籍也。"玉帝道："那路神将下界收伏？"言未已，班中闪出太白长庚星，俯伏启奏道："上圣三界中，凡有九窍者，皆可修仙。奈此猴乃天地育成之体，日月孕就之身，他也顶天履地，服露餐霞；今既修成仙道，有降龙伏虎之能，与人何以异哉？臣启陛下，可念生化之慈恩，降一道招安圣旨，把他宣来上界，授他一个大小官职，与他籍名在箓，拘束此间；若受天命，后再升赏；若违天命，就此擒拿。一则不动众劳师，二则收仙有道也。"玉帝闻言甚喜，道："依卿所奏。"即着文曲星官修诏，着太白金星招安。

金星领了旨，出南天门外，按下祥云，直至花果山水帘洞。对众小猴道："我乃天差天使，有圣旨在此，请你大王上界。快快报知！"洞外小猴，一层层传至洞天深处，道："大王，外面有一老人，背着一角文书，言是上天差来的天使，有圣旨请你也。"美猴王听得大喜，道："我这两日，正思量要上天走走，却就有天使来请。"叫："快请进来！"猴王急整衣冠，门外迎接。金星径入当中，面南立定道："我是西方太白金星，奉玉帝招安圣旨下界，请你上天，拜受仙箓[17]。"悟空笑道："多感老星降临。"教："小的们！安排筵宴款待。"金星道："圣旨在身，不敢久留；就请大王同往，待荣迁之后，再从容叙也。"悟空道："承光顾，空退！空退！"即唤四健将，分付："谨慎教演儿孙，待我上天去看看路，却好带你们上去同居住也。"四健将领诺。这猴王与金星纵起云头，升在空霄之上。

（节选自《西游记》第三回）

注　释

① 五虫：古代将动物分成五类，即倮虫（人类）、毛虫（兽类）、羽虫（禽类）、鳞虫（鱼类）、介虫（昆虫类）。

② 轮回：佛教名词，意为流转，认为众生各依自己的善恶业因，在六道（天、人、阿修罗、地狱、饿鬼、畜生）生死相续，有如车轮。

③ 阎浮：佛教观念，指人的世界。

④ 点卯：旧时官府从卯时（早晨5时到7时）开始办公，到时点名，称为点卯。

⑤ 榔槺：形容器物过大、笨重。

⑥ 委的：确实。

⑦ 敢莫是：莫非是。

⑧ 可可的：恰好，正好。

⑨ 揝（zuàn）：同“攥”，紧握。

⑩ 走斝传觞：犹言传杯递盏。斝（jiǎ），古代铜制的酒器，三足，形似鼎。

⑪ 朦胧：这里是糊涂的意思。

⑫ 勾死人：迷信传说，一个人的阳寿已尽时，阴司就会派勾命鬼来勾魂，一称勾司人。

⑬ 掭：这里是用笔醮墨的意思。

⑭ 纥繨：同“疙瘩”。

⑮ 跳踵：跌跤的动作，近似踉跄。

⑯ 下元：指龙宫水府。道教的说法，天空是上元，地上为中元，海中为下元。

⑰ 仙箓：神仙的簿籍。

阅读提示

孙悟空大闹龙宫，乃是为了获得一件遂心如意的武器，他终于得到了那个天河定底的神物，变成了能大能小的“如意金箍棒”；大闹冥府，乃是为了勾掉生死簿，能得长生不老。这些都显然为后文写他护送唐僧到西天取经有无穷的本事作铺垫。但更重要的是写出了孙悟空追求自由和个性解放的思想性格：他当了美猴王，生活在“仙山福地，古洞神洲，不伏麒麟辖，不伏凤凰管，又不伏人间王位所拘束，自由自在，乃无量之福”，却仍然意犹未足，他追求的是更大的自由，更大的解放。他在勾掉了生死簿上所有猴属之类的名字以后，痛快淋漓地说：“了帐！了帐！今番不伏你管了！”这样的思想性格，虽然以幻想的形式出现，却带有浓厚的时代色彩，离开明中叶以后的时代思潮，这个形象的出现是不可思议的。

大闹天宫

太白金星，领着美猴王，到于灵霄殿外。不等宣诏，直至御前，朝上礼拜。悟空挺身在旁，且不朝礼，但侧耳以听金星启奏。金星奏道：“臣领圣旨，已宣妖仙到了。”玉帝垂帘问曰：“那个是妖仙？”悟空却才躬身答应道：“老孙便是。”仙卿们都大惊失色道：“这个野猴！怎么不拜伏参见，辄敢这等答应道：‘老孙便是！’却该死了！该死了！”玉帝传旨道：“那孙悟空乃下界妖仙，初得人身，不知朝礼，且姑恕罪。”众仙卿叫声“谢恩！”猴王却才朝上唱个大喏。玉帝宣文选武选仙卿，看那处少甚官职，着孙悟空去除授。旁边转过武曲星君，启奏道：“天宫里各宫各殿，各方各处，都不少官，只是御马监缺个正堂管事。”玉帝传旨道：“就除他做个‘弼马温’罢。”众臣叫谢恩，他也只朝上唱个大喏。玉帝又差木德星官送他去御马监到任。

当时猴王欢欢喜喜，与木德星官径去到任。事毕，木德回宫。他在监里，会聚了监丞、监副、典簿、力士、大小官员人等，查明本监事务，止有天马千匹。乃是：

> 骅骝骐骥，騄駬纤离；龙媒紫燕，挟翼骕骦；駃騠银騔，騕褭飞黄；騊駼翻羽，赤兔超光；逾辉弥景，腾雾胜黄；追风绝地，飞翮奔霄；逸飘赤电，铜爵浮云；骢珑虎䮴，绝尘紫鳞；四极大宛，八骏九逸，千里绝群——此等良马，一个个，嘶风逐电精神壮，踏雾登云气力长。

这猴王查看了文簿，点明了马数。本监中典簿管征备草料；力士官管刷洗马匹、扎草①、饮水、煮料；监丞、监副辅佐催办；弼马昼夜不睡，滋养马匹。日间舞弄犹可，夜间看管殷勤：但是马睡的，赶起来吃草；走的捉将来靠槽。那些天马见了他，泯耳攒蹄，都养得肉肥膘满。不觉的半月有余。一朝闲暇，众监官都安排酒席，一则与他接风，一则与他贺喜。

正在欢饮之间，猴王忽停杯问曰：“我这‘弼马温’是个甚么官衔？”众曰：“官名就是此了。”又问：“此官是个几品？”众道：“没有品从。”猴王道：“没品，想是大之极也。”众道：“不大，不大，只唤做‘未入流’。”猴王道：“怎么叫做‘未入流’？”众道：“末等。这样官儿，最低最小，只可与他看马。似堂尊到任之后，这等殷勤，喂得马肥，只落得道声‘好’字；如稍有些尪羸，还要见责；再十分伤损，还要罚赎问罪。”猴王闻此，不觉心头火起，咬牙大怒道：“这般藐视老孙！老孙在那花果山，称王称祖，怎么哄我来替他养马？养马者，乃后生小辈，下贱之役，岂是待我的？不做他！不做他！我将去也！”忽喇的一声，把公案推倒，耳中取出宝贝，幌一幌，碗来粗细，一路解数，直打出御马监，径至南天门。众天丁知他受了仙箓，乃是个弼马温，不敢阻当，让他打出天门去了。

须臾，按落云头，回至花果山上。只见那四健将与各洞妖王，在那里操演兵卒。这猴王厉声高叫道："小的们！老孙来了！"一群猴都来叩头，迎接进洞天深处，请猴王高登宝位，一壁厢办酒接风。都道："恭喜大王，上界去十数年，想必得意荣归也？"猴王道："我才半月有余，那里有十数年？"众猴道："大王，你在天上，不觉时辰。天上一日，就是下界一年哩。请问大王，官居何职？"猴王摇手道："不好说！不好说！活活的羞杀人！那玉帝不会用人，他见老孙这般模样，封我做个甚么'弼马温'，原来是与他养马，未入流品之类。我初到任时不知，只在御马监中顽耍。及今日问我同寮，始知是这等卑贱。老孙心中大恼，推倒席面，不受官衔，因此走下来了。"众猴道："来得好！来得好！大王在这福地洞天之处为王，多少尊重快乐，怎么肯去与他做马夫？"教："小的们！快办酒来，与大王释闷。"

正饮酒欢会间，有人来报道："大王，门外有两个独角鬼王，要见大王。"猴王道："教他进来。"那鬼王整衣跑入洞中，倒身下拜。美猴王问他："你见我何干？"鬼王道："久闻大王招贤，无由得见；今见大王授了天箓，得意荣归，特献赭黄袍一件，与大王称庆。肯不弃鄙贱，收纳小人，亦得效犬马之劳。"猴王大喜，将赭黄袍穿起，众等欣然排班朝拜，即将鬼王封为前部总督先锋。鬼王谢恩毕，复启道："大王在天许久，所授何职？"猴王道："玉帝轻贤，封我做个甚么'弼马温'！"鬼王听言，又奏道："大王有此神通，如何与他养马？就做个'齐天大圣'，有何不可？"猴王闻说，欢喜不胜，连道几个"好！好！好！"教四健将："就替我快置个旌旗，旗上写'齐天大圣'四大字，立竿张挂。自此以后，只称我为齐天大圣，不许再称大王。亦可传与各洞妖王，一体知悉。"此不在话下。

却说那玉帝次日设朝，只见张天师引御马监监丞、监副在丹墀下拜奏道："万岁，新任弼马温孙悟空，因嫌官小，昨日反下天宫去了。"正说间，又见南天门外增长天王领众天丁，亦奏道："弼马温不知何故，走出天门去了。"玉帝闻言，即传旨："着两路神元，各归本职，朕遣天兵，擒拿此怪。"班部中闪上托塔李天王与哪吒三太子，越班奏上道："万岁，微臣不才，请旨降此妖怪。"玉帝大喜，即封托塔天王李靖为降魔大元帅，哪吒三太子为三坛海会大神，即刻兴师下界。

李天王与哪吒叩头谢辞，径至本宫，点起三军，帅众头目，着巨灵神为先锋，鱼肚将掠后，药叉将催兵。一霎时出南天门外，径来到花果山。选平阳处安了营寨，传令教巨灵神挑战。巨灵神得令，结束整齐，轮着宣花斧，到了水帘洞外。只见那洞门外，许多妖魔，都是些狼虫虎豹之类，丫丫叉叉，轮枪舞剑，在那里跳斗咆哮。这巨灵神喝道："那业畜！快早去报与弼马温知道，吾乃上天大将，奉玉帝旨意，到此收伏；教他早早出来受降，免致汝等皆伤残也。"那些怪，奔奔波波，传报洞中道："祸事了！祸事了！"猴王问："有甚祸事？"众妖道："门外有一员天将，口称大圣官衔，道：'奉玉帝圣旨，来此收伏；教早早出去受降，免伤我等性命。'"猴王听说，教："取我披挂来！"就戴上紫金冠，贯上黄金甲，登上步云鞋，手执如意金箍棒，领众出门，摆开阵势。这巨灵神睁睛观看，真好猴王：

身穿金甲亮堂堂，头戴金冠光映映。
手举金箍棒一根，足踏云鞋皆相称。
一双怪眼似明星，两耳过肩查又硬。
挺挺身才变化多，声音响亮如钟磬。
尖嘴咨牙弼马温，心高要做齐天圣。

巨灵神厉声高叫道："那泼猴！你认得我么？"大圣听言，急问道："你是那路毛神？老孙不曾会你，你快报名来。"巨灵神道："我把你那欺心的猢狲！你是认不得我！我乃高上神霄托塔李天王部下先锋，巨灵天将！今奉玉帝圣旨，到此收降你。你快卸了装束，归顺天恩，免得这满山诸畜遭诛；若道半个'不'字，教你顷刻化为齑粉！"猴王听说，心中大怒道："泼毛神，休夸大口，少弄长舌！我本待一棒打死你，恐无人去报信；且留你性命，快早回天，对玉皇说：他甚不用贤！老孙有无穷的本事，为何教我替他养马？你看我这旌旗上字号。若依此字号升官，我就不动刀兵，自然的天地清泰；如若不依，时间就打上灵霄宝殿，教他龙床定坐不成！"这巨灵神闻此言，急睁睛迎风观看，果见门外竖一高竿，竿上有旌旗一面，上写着"齐天大圣"四大字。巨灵神冷笑三声道："这泼猴，这等不知人事，辄敢无状，你就要做齐天大圣！好好的吃吾一斧！"劈头就砍将去。那猴王正是会家不忙，将金箍棒应手相迎。这一场好杀：

棒名如意，斧号宣花。他两个乍相逢，不知深浅；斧和棒，左右交加。一个暗藏神妙，一个大口称夸。使动法，喷云嗳雾；展开手，播土扬沙。天将神通就有道，猴王变化实无涯。棒举却如龙戏水，斧来犹似凤穿花。巨灵名望传天下，原来本事不如他：大圣轻轻轮铁棒，着头一下满身麻。

巨灵神抵敌他不住，被猴王劈头一棒，慌忙将斧架隔，“扢扠”的一声，把个斧柄打做两截，急撤身败阵逃生。猴王笑道：“脓包！脓包！我已饶了你，你快去报信！快去报信！”

巨灵神回至营门，径见托塔天王，忙哈哈跪下道：“弼马温果是神通广大！末将战他不得，败阵回来请罪。”李天王发怒道：“这厮锉吾锐气，推出斩之！”旁边闪出哪吒太子，拜告：“父王息怒，且恕巨灵之罪，待孩儿出师一遭，便知深浅。”天王听谏，且教回营待罪管事。

这哪吒太子，甲胄齐整，跳出营盘，撞至水帘洞外。那悟空正来收兵，见哪吒来的勇猛。好太子：

总角才遮囟，披毛未苫肩。
神奇多敏悟，骨秀更清妍。
诚为天上麒麟子，果是烟霞彩凤仙。
龙种自然非俗相，妙龄端不类尘凡。
身带六般神器械，飞腾变化广无边。
今受玉皇金口诏，敕封海会号三坛。

悟空迎近前来问曰：“你是谁家小哥？闯近吾门，有何事干？”哪吒喝道：“泼妖猴！岂不认得我？我乃托塔天王三太子哪吒是也。今奉玉帝钦差，至此捉你。”悟空笑道：“小太子，你的奶牙尚未退，胎毛尚未干，怎敢说这般大话？我且留你的性命，不打你。你只看我旌旗上是甚么字号，拜上玉帝：是这般官衔，再也不须动众，我自皈依；若是不遂我心，定要打上灵霄宝殿。”哪吒抬头看处，乃“齐天大圣”四字。哪吒道：“这妖猴能有多大神通，就敢称此名号！不要怕！吃吾一剑！”悟空道：“我只站下不动，任你砍几剑罢。”那哪吒奋怒，大喝一声，叫“变！”即变做三头六臂，恶狠狠，手持着六般兵器，乃是斩妖剑、砍妖刀、缚妖索、降妖杵、绣球儿、火轮儿，丫丫叉叉，扑面来打。悟空见了，心惊道：“这小哥倒也会弄些手段！莫无礼，看我神通！”好大圣，喝声“变！”也变做三头六臂；把金箍棒幌一幌，也变作三条；

六只手拿着三条棒架住。这场斗，真个是地动山摇，好杀也：

> 六臂哪吒太子，天生美石猴王，相逢真对手，正遇本源流。那一个蒙差来下界，这一个欺心闹斗牛。斩妖宝剑锋芒快，砍妖刀狠鬼神愁；缚妖索子如飞蟒，降妖大杵似狼头，火轮掣电烘烘艳，往往来来滚绣球。大圣三条如意棒，前遮后挡运机谋。苦争数合无高下，太子心中不肯休。把那六件兵器多教变，百千万亿照头丢。猴王不惧呵呵笑，铁棒翻腾自运筹。以一化千千化万，满空乱舞赛飞虬。唬得各洞妖王都闭户，遍山鬼怪尽藏头。神兵怒气云惨惨，金箍铁棒响飕飕。那壁厢，天丁呐喊人人怕；这壁厢，猴怪摇旗个个忧。发狠两家齐斗勇，不知那个刚强那个柔。

三太子与悟空各骋神威，斗了个三十回合。那太子六般兵，变做千千万万；孙悟空金箍棒，变作万万千千。半空中似雨点流星，不分胜负。原来悟空手疾眼快，正在那混乱之时，他拔下一根毫毛，叫声“变！”就变做他的本相，手挺着棒，演[②]着哪吒；他的真身，却一纵，赶至哪吒脑后，着左膊上一棒打来。哪吒正使法间，听得棒头风响，急躲闪时，不能措手，被他着了一下，负痛逃走；收了法，把六件兵器，依旧归身，败阵而回。

那阵上李天王早已看见，急欲提兵助战。不觉太子倏至面前，战兢兢报道：“父王！弼马温真个有本事！孩儿这般法力，也战他不过，已被他打伤膊也。”天王大惊失色道：“这厮恁的[③]神通，如何取胜？”太子道：“他洞门外竖一竿旗，上写‘齐天大圣’四字，亲口夸称，教玉帝就封他做齐天大圣，万事俱休；若还不是此号，定要打上灵霄宝殿哩！”天王道：“既然如此，且不要与他相持，且去上界，将此言回奏，再多遣天兵，围捉这厮，未为迟也。”太子负痛，不能复战，故同天王回天启奏不题。

金星趋步向前，径入洞内，面南立着道：“今告大圣，前者因大圣嫌恶官小，躲离御马监，当有本监中大小官员奏了玉帝。玉帝传旨道：‘凡授官职，皆由卑而尊，为何嫌小？’即有李天王领哪吒下界取战。不知大圣神通，故遭败北，回天奏道：‘大圣立一竿旗，要做“齐天大圣”。’众武将还要支吾，是老汉力为大圣冒罪奏闻，免兴师旅，请大王授箓。玉帝准奏，因此来请。”悟空笑道：“前番动劳，今又蒙爱，多谢！多谢！但不知上天可有此‘齐天大圣’之官衔也？”金星道：“老汉以此衔奏准，方敢领旨而来；如有不遂，只坐罪老汉便是。”

悟空大喜，恳留饮宴不肯，遂与金星纵着祥云，到南天门外。那些天丁天将，都拱手相迎。径入灵霄殿下。金星拜奏道："臣奉诏宣弼马温孙悟空已到。"玉帝道："那孙悟空过来。今宣你做个'齐天大圣'，官品极矣，但切不可胡为。"这猴亦止朝上唱个喏，道声谢恩。玉帝即命工干官——张、鲁二班——在蟠桃园右首，起一座齐天大圣府，府内设个二司：一名安静司，一名宁神司。司俱有仙吏，左右扶持。又差五斗星君送悟空去到任，外赐御酒二瓶，金花十朵，着他安心定志，再勿胡为。那猴王信受奉行，即日与五斗星君到府，打开酒瓶，同众尽饮。送星官回转本宫，他才遂心满意，喜地欢天，在于天宫快乐，无挂无碍。

那二圣得了旨，径到灵山胜境，雷音宝刹之前，对四金刚、八菩萨礼毕，即烦转达。众神随至宝莲台下启知，如来召请。二圣礼佛三匝，侍立台下。如来问："玉帝何事，烦二圣下临？"二圣即启道："向时花果山产一猴，在那里弄神通，聚众猴搅乱世界。玉帝降招安旨，封为'弼马温'，他嫌官小反去。当遣李天王、哪吒太子擒拿未获，复招安他，封做'齐天大圣'，先有官无禄。着他代管蟠桃园，他即偷桃；又走至瑶池，偷肴，偷酒，搅乱大会；仗酒又暗入兜率宫，偷老君仙丹，反出天宫。玉帝复遣十万天兵，亦不能收伏。后观世音举二郎真君同他义兄弟追杀，他变化多端，亏老君抛金钢琢打重，二郎方得拿住。解赴御前，即命斩之。刀砍斧剁，火烧雷打，俱不能伤，老君奏准领去，以火煅炼。四十九日开鼎，他却又跳出八卦炉，打退天丁，径入通明殿里，灵霄殿外；被佑圣真君的佐使王灵官挡住苦战，又调三十六员雷将，把他困在垓心，终不能相近。事在紧急，因此，玉帝特请如来救驾。"如来闻诏，即对众菩萨道："汝等在此稳坐法堂，休得乱了禅位，待我炼魔救驾去来。"

如来即唤阿傩、迦叶二尊者相随，离了雷音，径至灵霄门外。忽听得喊声振耳，乃三十六员雷将围困着大圣哩。佛祖传法旨："教雷将停息干戈，放开营所，叫那大圣出来，等我问他有何法力。"众将果退。大圣也收了法象，现出原身近前，怒气昂昂，厉声高叫道："你是那方善士，敢来止住刀兵问我？"如来笑道："我是西方极乐世界释迦牟尼尊者，南无阿弥陀佛。今闻你猖狂村野，屡反天宫，不知是何方生长，何年得道，为何这等暴横？"大圣道："我本：

天地生成灵混仙，花果山中一老猿。
水帘洞里为家业，拜友寻师悟太玄。

炼就长生多少法，学来变化广无边。
因在凡间嫌地窄，立心端要住瑶天。
灵霄宝殿非他久，历代人王有分传。
强者为尊该让我，英雄只此敢争先。”

佛祖听言，呵呵冷笑道：“你那厮乃是个猴子成精，焉敢欺心，要夺玉皇上帝龙位？他自幼修持，苦历过一千七百五十劫。每劫该十二万九千六百年。你算，他该多少年数，方能享受此无极大道？你那个初世为人的畜生，如何出此大言！不当人子！不当人子！折了你的寿算！趁早皈依，切莫胡说！但恐遭了毒手，性命顷刻而休，可惜了你的本来面目！”大圣道：“他虽年劫修长，也不应久占在此。常言道：‘皇帝轮流做，明年到我家。’只教他搬出去，将天宫让与我，便罢了；若还不让，定要搅攘，永不清平！”佛祖道：“你除了长生变化之法，再有何能，敢占天宫胜境？”大圣道：“我的手段多哩！我有七十二般变化，万劫不老长生。会驾筋斗云，一纵十万八千里。如何坐不得天位？”佛祖道：“我与你打个赌赛：你若有本事，一筋斗打出我这右手掌中，算你赢，再不用动刀兵苦争战，就请玉帝到西方居住，把天宫让你；若不能打出手掌，你还下界为妖，再修几劫，却来争吵。”

那大圣闻言，暗笑道：“这如来十分好呆！我老孙一筋斗去十万八千里。他那手掌，方圆不满一尺，如何跳不出去？”急发声道：“既如此说，你可做得主张？”佛祖道：“做得！做得！”伸开右手，却似个荷叶大小。那大圣收了如意棒，抖擞神威，将身一纵，站在佛祖手心里，却道声：“我出去也！”你看他一路云光，无影无形去了。佛祖慧眼观看，见那猴王风车子一般相似不住，只管前进。大圣行时，忽见有五根肉红柱子，撑着一股青气。他道：“此间乃尽头路了。这番回去，如来作证，灵霄宫定是我坐也。”又思量说：“且住！等我留下些记号，方好与如来说话。”拔下一根毫毛，吹口仙气，叫“变！”变作一管浓墨双毫笔，在那中间柱子上写一行大字云：“齐天大圣到此一游。”写毕，收了毫毛。又不庄尊，却在第一根柱子根下撒了一泡猴尿。翻转筋斗云，径回本处，站在如来掌内道：“我已去，今来了。你教玉帝让天宫与我。”

如来骂道：“我把你这个尿精猴子！你正好不曾离了我掌哩！”大圣道：“你是不知。我去到天尽头，见五根肉红柱，撑着一股青气，我留个记在那里，你敢和我同去看么？”如来道：“不消去，你只自低头看看。”那大圣睁圆火眼金睛，低头看时，原来佛祖右手中指写着：“齐天大圣，到此一游。”大指丫里，还有些猴尿臊气，大圣吃了一惊道：“有这等事！有这等事！我将此字写在撑天柱子上，如何却在他手指上？莫非有个未卜先知的法术。我决不信！不信！等我再去来！”

好大圣，急纵身又要跳出，被佛祖翻掌一扑，把这猴王推出西天门外，将五指化作金、木、水、火、土五座联山，唤名“五行山”，轻轻的把他压住。众雷神与阿傩、迦叶，一个个合掌称扬道：“善哉！善哉！”

当年卵化学为人，立志修行果道真。
万劫无移居胜境，一朝有变散精神。
欺天罔上思高位，凌圣偷丹乱大伦。
恶贯满盈今有报，不知何日得翻身。

（节选自《西游记》第七回）

注　释

① 扎草：同“铡草”。
② 演：即后文所说的“演样”，一种蒙蔽人的幻象。
③ 恁的：如此，这样的。

阅读提示

天宫由玉皇统治，那一套上下尊卑的秩序，正是人间封建秩序的象征和反映，而孙悟空却将这一套等级制度全不放在眼里。见了玉皇也不礼拜，也不谢恩，只是唱个大喏。他反抗天庭出于两方面的原因，一是认为玉皇甚不用贤，自己有无穷的本事，却只让他养马，是大大的屈才，所以要做“齐天大圣”；二是“强者为尊”的思想，所以喊出“皇帝轮流做，明年到我家”的口号，而经过较量，在如来佛的佛法面前还只是一个弱者，这才皈依佛门，按佛的旨意，护送唐僧到西天去取经。这种口号的提出，也只有在封建社会的后期，新的市民思想出现以后才有可能。

与二郎真君斗法

真君与大圣斗经三百余合，不知胜负。那真君抖搜神威，摇身一变，变得身高万丈，两只手，举着三尖两刃神锋，好便似华山顶上之峰，青脸獠牙，朱红头发，恶狠狠，望大圣着头就砍。这大圣也使神通，变得与二郎身躯一样，嘴脸一般，举一条如意金箍棒，却就如昆仑顶上的擎天之柱，抵住二郎神：唬得那马、流元帅，战兢兢，摇不得旌旗；崩、芭二将，虚怯怯，使不得刀剑。这阵上，康、张、姚、李、郭申、直健，传号令，撒放草头神，向他那水帘洞外，纵着鹰犬，搭弩张弓，一齐掩杀。可怜冲散妖猴四健将，捉拿灵怪二三千！那些猴，抛戈弃甲，撇剑丢枪；跑的跑，喊的喊；上山的上山，归洞的归洞：好似夜猫惊宿鸟，飞洒满天星。众兄弟得胜不题。

却说真君与大圣变做法天象地的规模，正斗时，大圣忽见本营中妖猴惊散，自觉心慌，收了法象，掣棒抽身就走。真君见他败走，大步赶上道："那里走？趁早归降，饶你性命！"大圣不恋战，只情[①]跑起。将近洞口，正撞着康、张、姚、李四太尉，郭申、直健二将军，一齐帅众挡住道："泼猴！那里走！"大圣慌了手脚，就把金箍棒捏做绣花针，藏在耳内，摇身一变，变作个麻雀儿，飞在树梢头钉住。那六兄弟，慌慌张张，前后寻觅不见，一齐吆喝道："走了这猴精也！走了这猴精也！"

正嚷处，真君到了，问："兄弟们，赶到那厢不见了？"众神道："才在这里围住，就不见了。"二郎圆睁凤目观看，见大圣变了麻雀儿，钉在树上，就收了法象，撇了神锋，卸下弹弓，摇身一变，变作个饿鹰儿，抖开翅，飞将去扑打。大圣见了，搜的一翅飞起去，变作一只大鹚老，冲天而去。二郎见了，急抖翎毛，摇身一变，变作一只大海鹤，钻上云霄来嗛。大圣又将身按下，入涧中，变作一个鱼儿，淬[②]入水内。二郎赶至涧边，不见踪迹。心中暗想道："这猢狲必然下水去也，定变作鱼虾之类。等我再变变拿他。"果一变变作个鱼鹰儿，飘荡在下溜头波面上，等待片时。那大圣变鱼儿，顺水正游，忽见一只飞禽，似青鹞，毛片不青；似鹭鸶，顶上无缨；似老鹳，腿又不红："想是二郎变化了等我哩！……"急转头，打个花[③]就走。二郎看见道："打花的鱼儿，似鲤鱼，尾巴不红；似鳜鱼，花鳞不见；似黑鱼，头上无星；似鲂星，鳃上无针。他怎么见了我就回去了？必然是那猴变的。"赶上来，刷的啄一嘴。那大圣就撺出水中，一变，变作一条水蛇，游近岸，钻入草中。二郎因嗛[④]他不着，他见水响中，见一条蛇撺出去，认得是大圣，急转身，又变了一只朱绣顶的灰鹤，伸着一个长嘴，与一把尖头铁钳子相似，径来吃这水蛇。水蛇跳一跳，又变做一只花鸨，木木樗樗[⑤]的，立在蓼汀之上。二郎见他变得低贱，——花鸨乃鸟中至贱至淫之物，不拘鸾、凤、鹰、鸦都与交群[⑥]——故此不去拢傍，即现原身，走将去，取过弹弓拽满，一弹子把他打个踋踵。

那大圣趁着机会，滚下山崖，伏在那里又变，变一座土地庙儿：大张着口，似个庙门；牙齿变做门扇，舌头变做菩萨，眼睛变做窗棂。只有尾巴不好收拾，竖在后面，变做一根旗竿。真君赶到崖下，不见打倒的鸨鸟，只有一间小庙；急睁凤眼，仔细看之，见旗竿立在后面，笑道："是这猢狲了！他今又在那里哄我。我也曾见庙宇，更不曾见一个旗竿竖在后面的。断是这畜生弄喧[⑦]！他若哄我进去，他便一口咬住。我怎肯进去？等我掣拳先捣窗棂，后踢门扇！"大圣听得，心惊道："好狠！好狠！门扇是我牙齿，窗棂是我眼睛；若打了牙，捣了眼，却怎么是好？"扑的一个虎跳，又冒在空中不见。

真君前前后后乱赶，只见四太尉、二将军，一齐拥至道："兄长，拿住大圣了么？"真君笑道："那猴儿才自变座庙宇哄我。我正要捣他窗棂，踢他门扇，他就纵一纵，又渺无踪迹。可怪！可怪！"众皆愕然，四望更无形影。真君道："兄弟们在此看守巡逻，等我上去寻他。"急纵身驾云，起在半空。见那李天王高擎照妖镜，与哪吒住立云端，真君道："天王，曾见那猴王么？"天王道："不曾上来。我这里照着他哩。"真君把那赌变化，弄神通，拿群猴一事说毕，却道："他变庙宇，正打处，就走了。"李天王闻言，又把照妖镜四方一照，呵呵的笑道："真君，快去！快去！那猴使了个隐身法，走出营围，往你那灌江口去也。"二郎听说，即取神锋，回灌江口来赶。

却说那大圣已至灌江口，摇身一变，变作二郎爷爷的模样，按下云头，径入庙里。鬼判不能相认，一个个磕头迎接。他坐中间，点查香火：见李虎拜还的三牲，张龙许下的保福，赵甲求子的文书，钱丙告病的良愿。正看处，有人报："又一个爷爷来了。"众鬼判急急观看，无不惊心。真君却道："有个甚么齐天大圣，才来这里否？"众鬼判道："不曾见甚么大圣，只有一个爷爷在里面查点哩。"真君撞进门，大圣见了，现出本相道："郎君不消嚷，庙宇已姓孙了。"这真君即举三尖两刃神锋，劈脸就砍。那猴王使个身法，让过神锋，掣出那绣花针儿，幌一幌，碗来粗细，赶到前，对面相还。两个嚷嚷闹闹，打出庙门，半雾半云，且行且战，复打到花果山，慌得那四大天王等众，提防愈紧。这康、张太尉等迎着真君，合心努力，把那美猴王围绕不题。

（节选自《西游记》第六回）

注　释

① 只情：只顾。

② 淬（cuì）：将金属烧红，放入水中急速冷却叫淬。这里指急速跳入水中。

③ 花：小的浪花。

④ 嗛：通“衔”，这里是用嘴叼的意思。

⑤ 木木樗樗（chū）：发呆的样子。

⑥ 交群：交配。

⑦ 弄喧：玩儿花招骗人。

阅读提示

这是一段读起来很好玩儿的文字。两位法术高妙的神话人物斗法，作者驰骋想象，笔下千变万化，幻象丛生，令读者读来神迷目眩，悦目开心。奇幻中表现了孙悟空的法力和机敏，文字也不乏诙谐幽默。

三打白骨精

却说三藏师徒，次日天明，收拾前进。那镇元子与行者结为兄弟，两人情投意合，决不肯放；又安排管待，一连住了五六日。那长老自服了草还丹，真似脱胎换骨，神爽体健。他取经心重，那里肯淹留，无已，遂行。

师徒别了上路，早见一座高山。三藏道：“徒弟，前面有山险峻，恐马不能前，大家须仔细仔细。”行者道：“师父放心，我等自然理会。”好猴王，他在那马前，横担着棒，剖开山路，上了高崖，看不尽：

峰岩重叠，涧壑湾环。虎狼成阵走，麂鹿作群行。无数獐豝钻簇簇，满山狐兔聚丛丛。千尺大蟒，万丈长蛇。大蟒喷愁雾，长蛇吐怪风。道旁荆棘牵漫，岭上松楠秀丽。薜萝满目，芳草连天。影落沧溟北，云开斗柄南。万古常含元气老，千峰巍列日光寒。

那长老马上心惊，孙大圣布施手段，舞着铁棒，哮吼一声，唬得那狼虫颠窜，虎豹奔逃。师徒们入此山，正行到嵯峨[①]之处，三藏道：“悟空，我这一日，肚中饥了，你去那里化些斋吃。”行者陪笑道：“师父好不聪明。这等半山之中，前不巴村，后不着店，有钱也没买处，教往那里寻斋？”三藏心中不快，口里骂道：“你这猴子！想你在两界山，被如来压在石匣之内，口能言，足不能行；也亏我救你性命，摩顶受戒，做了我的徒弟。怎么不肯努力，常怀懒惰之心！”行者道：“弟子亦颇殷勤，何尝懒惰？”三藏道：“你既殷勤，何不化斋我吃？我肚饥怎行？况此地山岚瘴气，怎么得上雷音？”行者道：“师父休怪，少要言语。我知你尊性高傲，十分违慢了你，便要念那话儿咒。你下马稳坐，等我寻那里有人家处化斋去。”

行者将身一纵，跳上云端里，手搭凉篷，睁眼观看。可怜西方路甚是寂寞，更无庄堡人家；正是多逢树木，少见人烟去处。看多时，只见正南上有一座高山。那山向阳处，有一片鲜红的点子。行者按下云头道：“师父，有吃的了。”那长老问甚东西。行者道：“这里没人家化饭，那南山有一片红的，想必是熟透了的山桃，我去摘几个来你充饥。”三藏喜道：“出家人若有桃子吃，就为上分了！快去。”行者取了钵盂，纵起祥光，你看他筋斗幌幌，冷气飕飕，须臾间，奔南山摘桃不题。

却说常言有云：“山高必有怪，岭峻却生精。”果然这山上有一个妖精。孙大圣去时，惊动那怪。他在云端里，踏着阴风，看见长老坐在地下，就不胜欢喜道：“造化[②]！造化！几年家人都讲东土的唐和尚取‘大乘[③]’，他本是金蝉子化身，十世修行的原体。有人吃他一块肉，长寿长生。真个今日到了。”那妖精上前就要拿他，只见长老左右手下有两员大将护持，不敢拢身。他说两员大将是谁？说是八戒、沙僧。八戒、沙僧，虽没甚么大本事，然八戒是天蓬元帅，沙僧是卷帘大将。他的威气尚不曾泄，故不敢拢身。妖精说：“等我且戏他戏，看怎么说。”

好妖精，停下阴风，在那山凹里，摇身一变，变做个月貌花容的女儿，说不尽那眉清目秀，齿白唇红，左手提着一个青砂礶儿，右手提着一个绿磁瓶儿，从西向东，径奔唐僧：

圣僧歇马在山岩，忽见裙钗女近前。
翠袖轻摇笼玉笋，湘裙斜拽显金莲。
汗流粉面花含露，尘拂蛾眉柳带烟。
仔细定睛观看处，看看行至到身边。

三藏见了，叫："八戒，沙僧，悟空才说这里旷野无人，你看那里不走出一个人来了？"八戒道："师父，你与沙僧坐着，等老猪去看看来。"那呆子放下钉钯，整整直裰，摆摆摇摇，充作个斯文气象，一直的觌面④相迎。真个是远看未实，近看分明。那女子生得：

冰肌藏玉骨，衫领露酥胸。柳眉积翠黛，杏眼闪银星。月样容仪俏，天然性格清。体似燕藏柳，声如莺啭林。半放海棠笼晓日，才开芍药弄春晴。

那八戒见他生得俊俏，呆子就动了凡心，忍不住胡言乱语。叫道："女菩萨，往那里去？手里提着是甚么东西？"——分明是个妖怪，他却不能认得。——那女子连声答应道："长老，我这青礶里是香米饭，绿瓶里是炒面筋。特来此处无他故，因还誓愿要斋僧。"八戒闻言，满心欢喜。急抽身，就跑了个猪颠风，报与三藏道："师父！'吉人自有天报！'师父饿了，教师兄去化斋，那猴子不知那里摘桃儿耍子去了。桃子吃多了，也有些嘈人⑤，又有些下坠。你看那不是个斋僧的来了？"唐僧不信道："你这个夯货⑥胡缠！我们走了这向，好人也不曾遇着一个，斋僧的从何而来！"八戒道："师父，这不到了？"

三藏一见，连忙跳起身来，合掌当胸道："女菩萨，你府上在何处住？是甚人家？有甚愿心，来此斋僧？"——分明是个妖精，那长老也不认得。——那妖精见唐僧问他来历，他立地就起个虚情，花言巧语，来赚哄道："师父，此山叫做蛇回兽怕的白虎岭。正西下面是我家。我父母在堂，看经好善，广斋方上远近僧人；只因无子，求神作福；生了奴奴，欲扳门第，配嫁他人，又恐老来无倚，只得将奴招了一个女婿，养老送终。"三藏闻言道："女菩萨，你语言差了。圣经云：'父母在，不远游；游必有方。'你既有父母在堂，又与你招了女婿，——有愿心，教你男子还，便也罢，怎么自家在山行走？又没个侍儿随从。这个是不遵妇道了。"那女子笑吟吟，忙陪俏语道："师父，我丈夫在山北凹里，带几个客子锄田。这是奴奴煮的午饭，送与那些人吃的。只为五黄六月，无人使唤，父母又年老，所以亲身来送。忽遇三位远来，却思父母好善，故将此饭斋僧。如不弃嫌，愿表芹献[⑦]。”三藏道：“善哉！善哉！我有徒弟摘果子去了，就来，我不敢吃；假如我和尚吃了你饭，你丈夫晓得，骂你，却不罪坐贫僧也？”那女子见唐僧不肯吃，却又满面春生道：“师父啊，我父母斋僧，还是小可；我丈夫更是个善人，一生好的是修桥补路，爱老怜贫。但听见说这饭送与师父吃了，他与我夫妻情上，比寻常更是不同。”三藏也只是不吃。旁边子恼坏了八戒。那呆子努着嘴，口里埋怨道：“天下和尚也无数，不曾象我这个老和尚罢软[⑧]！现成的饭，三分儿，倒不吃，只等那猴子来，做四分才吃！”他不容分说，一嘴把个礶子拱倒，就要动口。

只见那行者自南山顶上，摘了几个桃子，托着钵盂，一筋斗，点将回来；睁火眼金睛观看，认得那女子是个妖精，放下钵盂，掣铁棒，当头就打。唬得个长老用手扯住道：“悟空！你走将来打谁？”行者道：“师父，你面前这个女子，莫当做个好人；他是个妖精，要来骗你哩。”三藏道：“你这猴头，当时倒也有些眼力，今日如何乱道！这女菩萨有此善心，将这饭要斋我等，你怎么说他是个妖精？”行者笑道：“师父，你那里认得。老孙在水帘洞里做妖魔时，若想人肉吃，便是这等：或变金银，或变庄台，或变醉人，或变女色。有那等痴心的，爱上我，我就迷他到洞里，尽意随心，或蒸或煮受用；吃不了，还要晒干了防天阴哩！师父，我若来迟，你定入他套子，遭他毒手！”那唐僧那里肯信，只说是个好人。行者道：“师父，我知道你了。你见他那等容貌，必然动了凡心。若果有此意，叫八戒伐几棵树来，沙僧寻些草来，我做木匠，就在这里搭个窝铺，你与他圆房[⑨]成事，我们大家散了，却不是件事业？何必又跋涉，取甚经去！”那长老原是个软善的人，那里吃得他这句言语，羞得个光头彻耳通红。

三藏正在此羞惭，行者又发起性来，掣铁棒，望妖精劈脸一下。那怪物有些手段，使个“解尸法”，见行者棍子来时，他却抖擞精神，预先走了，把一个假尸首打死在地下。唬得个长老战战兢兢，口中作念道：“这猴着然无礼！屡劝不从，无故伤人性命！”行者道：“师父莫怪，你且来看看这礶子里是甚东西。”沙僧搀着长老，近前看时，那里是甚香米饭，却是一礶子拖尾巴的长蛆；也不是面筋，却是几个青蛙、癞虾蟆，满地乱跳。长老才有三分儿信了。怎禁猪八戒气不忿，在旁漏八分儿唆嘴道：“师父，说起这个女子，他是此间农妇，因为送饭下田，路遇我等，却怎么栽他是个妖怪？哥哥的棍重，走将来试手打他一下，不期就打杀了；怕你念甚么紧箍儿咒，故意的使个障眼法儿，变做这等样东西，演幌你眼，使不念咒哩。”

三藏自此一言，就是晦气到了：果然信那呆子撺唆[⑩]，手中捻诀，口里念咒。行者就叫：“头疼！头疼！莫念！莫念！有话便说。”唐僧道：“有甚话说！出家人时时常要方便，念念不离善心，扫地恐伤蝼蚁命，爱惜飞蛾纱罩灯。你怎么步步行凶！打死这个无故平人，取将经来何用？你回去罢！”行者道：“师父，你教我回那里去？”唐僧道：“我不要你做徒弟。”行者道：“你不要我做徒弟，只怕你西天路去不成。”唐僧道：“我命在天，该那个妖精蒸了吃，就是煮了，也算不过。终不然，你救得我的大限？你快回去！”行者道：“师父，我回去便也罢了，只是不曾报得你的恩哩。”唐僧道：“我与你有甚恩？”那大圣闻言，连忙跪下叩头道：“老孙因大闹天宫，致下了伤身之难，被我佛压在两界山；幸观音菩萨与我受了戒行，幸师父救脱吾身；若不与你同上西天，显得我‘知恩不报非君子，万古千秋作骂名’。”原来这唐僧是个慈悯的圣僧。他见行者哀告，却也回心转意道：“既如此说，且饶你这一次。再休无礼。如若仍前作恶，这咒语颠倒就念二十遍！”行者道：“三十遍也由你，只是我不打人了。”却才伏侍唐僧上马，又将摘来桃子奉上。唐僧在马上也吃了几个，权且充饥。

却说那妖精，脱命升空。原来行者那一棒不曾打杀妖精，妖精出神去了。他在那云端里，咬牙切齿，暗恨行者道：“几年只闻得讲他手段，今日果然话不虚传。那唐僧已此不认得我，将要吃饭。若低头闻一闻儿，我就一把捞住，却不是我的人了。不期被他走来，弄破我这勾当，又几乎被他打了一棒。若饶了这个和尚，诚然是劳而无功也。我还下去戏他一戏。”

好妖精，按落阴云，在那前山坡下，摇身一变，变作个老妇人，年满八旬，手拄着一根弯头竹杖，一步一声的哭着走来。八戒见了，大惊道：“师父！不好了！那妈妈儿来寻人了！”唐僧道：“寻甚人？”八戒道：“师兄打杀的，定是他女儿。这个定是他娘寻将来了。”行者道：“兄弟莫要胡说！那女子十八岁，这老妇有八十岁，怎么六十多岁还生产？断乎是个假的，等老孙去看来。”好行者，拽开步，走近前观看，那怪物：

假变一婆婆，两鬓如冰雪。走路慢腾腾，行步虚怯怯。弱体瘦伶仃，脸如枯菜叶。颧骨望上翘，嘴唇往下别。老年不比少年时，满脸都是荷叶折。

行者认得他是妖精，更不理论，举棒照头便打。那怪见棍子起时，依然抖擞，又出化了元神，脱真儿去了；把个假尸首又打死在山路之下。唐僧一见，惊下马来，睡在路旁，更无二话，只是把紧箍儿咒颠倒足足念了二十遍。可怜把个行者头，勒得似个亚[11]腰儿葫芦，十分疼痛难忍，滚将来哀告道："师父莫念了！有甚话说了罢！"唐僧道："有甚话说！出家人耳听善言，不堕地狱。我这般劝化你，你怎么只是行凶？把平人打死一个，又打死一个，此是何说？"行者道："他是妖精。"唐僧道："这个猴子胡说！就有这许多妖怪！你是个无心向善之辈，有意作恶之人，你去罢！"行者道："师父又教我去？回去便也回去了，只是一件不相应。"唐僧道："你有甚么不相应处？"八戒道："师父，他要和你分行李哩。跟着你做了这几年和尚，不成空着手回去？你把那包袱里的甚么旧褊衫[12]，破帽子，分两件与他罢。"

行者闻言，气得暴跳道："我把你这个尖嘴的夯货！老孙一向秉教沙门，更无一毫嫉妒之意，贪恋之心，怎么要分甚么行李？"唐僧道："你既不嫉妒贪恋，如何不去？"行者道："实不瞒师父说。老孙五百年前，居花果山水帘洞大展英雄之际，收降七十二洞邪魔，手下有四万七千群怪，头戴的是紫金冠，身穿的是赭黄袍，腰系的是蓝田带，足踏的是步云履，手执的是如意金箍棒：着实也曾为人。自从涅槃罪度，削发秉正沙门，跟你做了徒弟，把这个'金箍儿'勒在我头上，若回去，却也难见故乡人。师父果若不要我，把那个松箍儿咒念一念，退下这个箍子，交付与你，套在别人头上，我就快活相应了。也是跟你一场。莫不成这些人意儿也没有了？"唐僧大惊道："悟空，我当时只是菩萨暗受一卷紧箍儿咒，却没有甚么松箍儿咒。"行者道："若无松箍儿咒，你还带我去走走罢。"长老又没奈何道："你且起来，我再饶你这一次，却不可再行凶了。"行者道："再不敢了。再不敢了。"又伏侍师父上马，剖路前进。

却说那妖精，原来行者第二棍也不曾打杀他。那怪物在半空中，夸奖不尽道："好个猴王，着然[13]有眼！我那般变了去，他也还认得我。这些和尚，他去得快，若过此山，西下四十里，就不伏我所管了。若是被别处妖魔捞了去，好道就笑破他人口，使碎自家心。我还下去戏他一戏。"好妖怪，按耸阴风，在山坡下摇身一变，变做一个老公公，真个是：

白发如彭祖，苍髯赛寿星。

耳中鸣玉磬，眼里幌金星。
手拄龙头拐，身穿鹤氅轻。
数珠掐在手，口诵南无经。

唐僧在马上见了，心中欢喜道："阿弥陀佛！西方真是福地！那公公路也走不上来，逼法[14]的还念经哩。"八戒道："师父，你且莫要夸奖。那个是祸的根哩。"唐僧道："怎么是祸根？"八戒道："行者打杀他的女儿，又打杀他的婆子，这个正是他的老儿寻将来了。我们若撞在他的怀里呵，师父，你便偿命，该个死罪；把老猪为从，问个充军；沙僧喝令，问个摆站[15]；那行者使个遁法走了，却不苦了我们三个顶缸？"

行者听见道："这个呆根，这等胡说，可不唬了师父？等老孙再去看看。"他把棍藏在身边，走上前，迎着怪物，叫声"老官儿，往那里去？怎么又走路，又念经？"那妖精错认了定盘星[16]，把孙大圣也当做个等闲的，遂答道："长老啊，我老汉祖居此地，一生好善斋僧，看经念佛。命里无儿，止生得一个小女，招了个女婿。今早送饭下田，想是遭逢虎口。老妻先来找寻，也不见回去。全然不知下落，老汉特来寻看。果然是伤残他命，也没奈何，将他骸骨收拾回去，安葬茔中。"行者笑道："我是个做嬲虎的祖宗，你怎么袖子里笼了个鬼儿来哄我？你瞒了诸人，瞒不过我！我认得你是个妖精！"那妖精唬得顿口无言。行者掣出棒来，自忖思道："若要不打他，显得他倒弄个风儿；若要打他，又怕师父念那话儿咒语。"又思量道："不打杀他，他一时间抄空儿把师父捞了去，却不又费心劳力去救他？……还打的是！就一棍子打杀他，师父念起那咒，常言道：'虎毒不吃儿。'凭着我巧言花语，嘴伶舌便，哄他一哄，好道也罢了。"好大圣，念动咒语，叫当坊土地、本处山神道："这妖精三番来戏弄我师父，这一番却要打杀他。你与我在半空中作证，不许走了。"众神听令，谁敢不从，都在云端里照应。那大圣棍起处，打倒妖魔，才断绝了灵光。

那唐僧在马上，又唬得战战兢兢，口不能言。八戒在旁边又笑道："好行者！风发了！只行了半日路，倒打死三个人！"唐僧正要念咒，行者急到马前，叫道："师父，莫念！莫念！你且来看看他的模样。"却是一堆粉骷髅在那里。唐僧大惊道："悟空，这个人才死了，怎么就化作一堆骷髅？"行者道："他是个潜灵[17]作怪的僵尸，在此迷人败本[18]；被我打杀，他就现了本相。他那脊梁上有一行字，叫做'白骨夫人'。"唐僧闻说，倒也信了；怎禁那八戒旁边唆嘴道："师父，他的手重棍凶，把人打死，只怕你念那话儿，故意变化这个模样，掩你的眼目哩！”唐僧果然耳软，又信了他，随复念起。行者禁不得疼痛，跪于路旁，只叫：“莫念！莫念！有话快说了罢！”唐僧道：“猴头！还有甚说话！出家人行善，如春园之草，不见其长，日有所增；行恶之人，如磨刀之石，不见其损，日有所亏。你在这荒郊野外，一连打死三人，还是无人检举，没有对头；倘到城市之中，人烟凑集之所，你拿了那哭丧棒，一时不知好歹，乱打起人来，撞出大祸，教我怎的脱身？你回去罢！”行者道：“师父错怪了我也。这厮分明是个妖魔，他实有心害你。我倒打死他，替你除了害，你却不认得，反信了那呆子谗言冷语，屡次逐我。常言道：‘事不过三。’我若不去，真是个下流无耻之徒。我去！我去！——去便去了，只是你手下无人。”唐僧发怒道：“这泼[19]猴越发无礼！看起来，只你是人，那悟能、悟净，就不是人？”

那大圣一闻得说，他两个是人，止不住伤情凄惨，对唐僧道声“苦啊！你那时节，出了长安，有刘伯钦送你上路；到两界山，救我出来，投拜你为师，我曾穿古洞，入深林，擒魔捉怪，收八戒，得沙僧，吃尽千辛万苦；今日昧着惺惺使糊涂，只教我回去：这才是‘鸟尽弓藏，兔死狗烹！’——罢！罢！罢！但只是多了那紧箍儿咒。”唐僧道：“我再不念了。”行者道：“这个难说：若到那毒魔苦难处不得脱身，八戒、沙僧救不得你，那时节，想起我来，忍不住又念诵起来，就是十万里路，我的头也是疼的；假如再来见你，不如不作此意。”

唐僧见他言言语语，越添恼怒，滚鞍下马来，叫沙僧包袱内取出纸笔，即于涧下取水，石上磨墨，写了一纸贬书，递于行者道：“猴头！执此为照！再不要你做徒弟了！如再与你相见，我就堕了阿鼻地狱！”行者连忙接了贬书道：“师父，不消发誓，老孙去罢。”他将书折了，留在袖中，却又软款[20]唐僧道：“师父，我也是跟你一场，又蒙菩萨指教；今日半涂而废，不曾成得功果，你请坐，受我一拜，我也去得放心。”唐僧转回身不睬，口里唧唧哝哝的道：“我是个好和尚，不受你歹人的礼！”大圣见他不睬，又使个身外法，把脑后毫毛拔了三根，吹口仙气，叫“变！”即变了三个行者，连本身四个，四面围住师父下拜。那长老左右躲不脱，好道也受了一拜。

大圣跳起来，把身一抖，收上毫毛，却又吩咐沙僧道：“贤弟，你是个好人，却只要留心防着八戒詀言詀语[21]，途中更要仔细。倘一时有妖精拿住师父，你就说老孙是他大徒弟：西方毛怪，闻我的手段，不敢伤我师父。”唐僧道：“我是个好和尚，不题你这歹人的名字。你回去罢。”那大圣见长老三番两复，不肯转意回心，没奈何才去。你看他：

> 噙泪叩头辞长老，含悲留意嘱沙僧。
> 一头拭迸坡前草，两脚蹬翻地上藤。
> 上天下地如轮转，跨海飞山第一能。
> 顷刻之间不见影，霎时疾返旧途程。

你看他忍气别了师父，纵筋斗云，径回花果山水帘洞去了。独自个凄凄惨惨，忽闻得水声聒耳。大圣在那半空里看时，原来是东洋大海潮发的声响。一见了，又想起唐僧，止不住腮边泪坠，停云住步，良久方去。

（节选自《西游记》第二十七回）

注　释

① 嵯峨：山势高峻貌。

② 造化：运气，福分。

③ 大乘：佛教的一个派别，与小乘相对而言，修行利己与利他并重，认为众生皆可修炼成佛。

④ 觍面：客气害羞的样子。

⑤ 嘈人：这里是恶心的意思。

⑥ 夯货：犹如说蠢货、笨蛋。夯同“笨”。

⑦ 芹献：一作献芹，送人礼物（或提供意见）时自谦菲薄之词。

⑧ 罢（pí）软：糊涂，无主见。

⑨ 圆房：结婚同房。

⑩ 撺唆：怂恿，劝诱。

⑪ 亚：同“压”。

⑫ 褊（biǎn）衫：窄小的衣衫。

⑬ 着然：确实。

⑭ 逼法：象声词。

⑮ 摆站：近于充军而略轻的一种刑罚，充配到某一个地方去服劳役。

⑯ 定盘星：秤杆上的第一个星，秤垂悬于此处时，恰与秤盘平衡，故称为定盘星，后引申为做事的准绳。

⑰ 潜灵：化身精灵。

⑱ 败本：败乱人的本性。

⑲ 泼：不懂礼貌，不守规矩。

⑳ 软款：态度和蔼温柔。

㉑ 诂（zhān）言诂语：花言巧语。

阅读提示

这是《西游记》中一段最富于训诫意义的故事，曾被改编为戏剧演出并搬上银幕，产生过广泛的影响。小说通过生动有趣的故事情节，展开尖锐的矛盾冲突，刻画了人物的思想性格，并成功地表现了训诫主题。白骨精妖术高超而又十分狡猾，三次幻化为人形，不是以容貌进行引诱，就是装成年老可怜令人同情，但都未能瞒过孙悟空的火眼金睛。唐僧和猪八戒成了孙悟空与妖精作斗争的绊脚石，因此矛盾冲突在两个层面上展开，一是同妖怪的斗争，二是还要同时与取经队伍内部的阻力作斗争。唐僧和猪八戒有相同之处，他们在妖精出现时怕得要命，而在妖精出现前却又麻痹大意。但两人也有不同之处：唐僧懦弱愚蠢，恪守佛教教义，以慈悲为本，是非颠倒，人妖不分，昏顽迂腐；而猪八戒则贪色好食，自私自利，不顾大局，搬弄是非。他们两人的这些缺点，客观上起到了保护妖精的作用。孙悟空却在斗争中表现出极可宝贵的思想性格，他在斗争中始终保持高度的警惕，对复杂的现象进行正确的分析，因而能透过现象看清本质，不被敌人的假象所迷惑。而在遭到师父的无理斥责，受到极大的委屈时，又能从取经事业的大局出发，不计个人的得失，充分发挥了勇敢战斗、除恶务尽的精神。他明大义，识大体，胸怀坦荡，公而忘私。三人的思想性格形成鲜明的对比，在矛盾冲突中推进了故事情节的发展。孙悟空的性格表现出神性和人性的统一，在奇幻中透出浓厚的人间气息和人情味，读来令人感到亲切。故事不长，写来却曲折紧张，生动紧凑，摇曳多姿，引人入胜。

车迟国斗法

国王见说，即命打扫坛场；一壁厢教："摆驾，寡人亲上五凤楼观看。"当时多官摆驾。须臾，上楼坐了。唐三藏随着行者、沙僧、八戒，侍立楼下。那三道士陪国王坐在楼上。少时间，一员官飞马来报："坛场诸色皆备，请国师爷爷登坛。"

那虎力大仙，欠身拱手，辞了国王，径下楼来。行者向前拦住道："先生那里去？"大仙道："登坛祈雨。"行者道："你也忒自重了，更不让我远乡之僧。——也罢，这正是‘强龙不压地头蛇’。先生先去，必须对君前讲开。”大仙道：“讲甚么？”行者道：“我与你都上坛祈雨，知雨是你的，是我的？不见是谁的功绩了。”国王在上听见，心中暗喜道：“那小和尚说话，倒有些筋节[①]。”沙僧听见，暗笑道：“不知一肚子筋节，还不曾拿出来哩！”大仙道：“不消讲，陛下自然知之。”行者道：“虽然知之，奈我远来之僧，未曾与你相会。那时彼此混赖，不成勾当。须讲开方好行事。”大仙道：“这一上坛，只看我的令牌为号：一声令牌响，风来；二声响，云起；三声响，雷闪齐鸣；四声响，雨至；五声响，云散雨收。”行者笑道：“妙啊！我僧是不曾见！请了！请了！”

大仙拽开步前进，三藏等随后，径到了坛门外。抬头观看，那里有一座高台，约有三丈多高。台左右插着二十八宿旗号，顶上放一张桌子，桌上有一个香炉，炉中香烟霭霭。两边有两只烛台，台上风烛煌煌。炉边靠着一个金牌，牌上镌的是雷神名号。底下有五个大缸，都注着满缸清水，水上浮着杨柳枝。杨柳枝上，托着一面铁牌，牌上书的是雷霆都司的符字。左右有五个大桩，桩上写着五方蛮雷使者的名录。每一桩边，立两个道士，各执铁锤，伺候着打桩。台后面有许多道士，在那里写作文书。正中间设一架纸炉，又有几个象生的人物，都是那执符使者，土地赞教之神。

那大仙走进去，更不谦逊，直上高台立定。旁边有个小道士，捧了几张黄纸书就的符字，一口宝剑，递与大仙。大仙执着宝剑，念声咒语，将一道符在烛上烧了。那底下两三个道士，拿过一个执符的象生，一道文书，亦点火焚之。那上面乒的一声令牌响，只见那半空里，悠悠的风色飘来。猪八戒口里作念道：“不好了！不好了！这道士果然有本事！令牌响了一下，果然就刮风！”行者道：“兄弟悄悄的，你们再莫与我说话，只管护持师父，等我干事去来。”

好大圣，拔下一根毫毛，吹口仙气，叫“变！”就变作一个“假行者”，立在唐僧手下。他的真身，出了元神，赶到半空中。高叫：“那司风的是那个？”慌得那风婆婆捻住布袋，巽二郎札住口绳，上前施礼。行者道：“我保护唐朝圣僧西天取经，路过车迟国，与那妖道赌胜祈雨，你怎么不助老孙，反助那道士？我且饶你，把风收了。若有一些风儿，把那道士的胡子吹得动动，各打二十铁棒！”风婆婆道：“不敢！不敢！”遂而没些风气。八戒忍不住，乱嚷道：“那先儿[②]请退！令牌已响，怎么不见一些风儿？你下来，让我们上去！”

那道士又执令牌，烧了符檄，扑的又打了一下，只见那空中云雾遮满。孙大圣又当头叫道："布云的是那个？"慌得那推云童子、布雾郎君当面施礼。行者又将前事说了一遍。那云童、雾子也收了云雾，放出太阳星耀耀，一天万里更无云。八戒笑道："这先儿只好哄这皇帝，搪塞黎民，全没些真实本事！令牌响了两下，如何又不见云生？"

那道士心中焦躁，仗宝剑，解散了头发，念着咒，烧了符，再一令牌打将下去，只见那南天门里，邓天君领着雷公、电母到当空，迎着行者施礼。行者又将前项事说了一遍。道："你们怎么来的志诚！是何法旨！"天君道："那道士五雷法是个真的。他发了文书，烧了文檄，惊动玉帝，玉帝掷下旨意，径至'九天应元雷声普化天尊'府下。我等奉旨前来，助雷电下雨。"行者道："既如此，且都住了，同候老孙行事。"果然雷也不鸣，电也不灼。

那道士愈加着忙，又添香、烧符、念咒、打下令牌。半空中，又有四海龙王，一齐拥至。行者当头喝道："敖广！那里去？"那敖广、敖顺、敖钦、敖闰上前施礼。行者又将前项事说了一遍。道："向日有劳，未曾成功；今日之事，望为助力。"龙王道："遵命！遵命！"行者又谢了敖顺道："前日亏令郎缚怪，搭救师父。"龙王道："那厮还锁在海中，未敢擅便，正欲请大圣发落。"行者道："凭你怎么处治了罢。如今且助我一功。那道士四声令牌已毕，却轮到老孙下去干事了。——但我不会发符、烧檄、打甚令牌，你列位却要助我行行。"

邓天君道："大圣吩咐，谁敢不从！但只是得一个号令，方敢依令而行；不然，雷雨乱了，显得大圣无款也。"行者道："我将棍子为号罢。"那雷公大惊道："爷爷呀！我们怎吃得这棍子？"行者道："不是打你们，但看我这棍子往上一指，就要刮风。"那风婆婆、巽二郎没口的答应道："就放风！"——"棍子第二指，就要布云。"那推云童子、布雾郎君道："就布云！就布云！"——"棍子第三指，就要雷电皆鸣。"那雷公、电母道："奉承！奉承！"——"棍子第四指，就要下雨。"那龙王道："遵命！遵命！"——"棍子第五指，就要大日晴天，却莫违误。"

吩咐已毕，遂按下云头，把毫毛一抖，收上身来。那些人肉眼凡胎，那里晓得？行者遂在旁边高叫道："先生请了。四声令牌俱已响毕，更没有风云雷雨，该让我了。"那道士无奈，不敢久占，只得下了台让他。努着嘴，径往楼上见驾③。行者道："等我跟他去，看他说些甚的。"只听得那国王问道："寡人这里洗耳诚听，你那里四声令响，不见风雨，何也？"道士云："今日龙神都不在家。"行者厉声道："陛下，龙神俱在家；只是这国师法不灵，请他不来。等和尚请来你看。"国王道："即去登坛，寡人还在此候雨。”

行者得旨，急抽身到坛所，扯着唐僧道：“师父请上台。”唐僧道：“徒弟，我却不会祈雨。”八戒笑道：“他害你了。若还没雨，拿上柴蓬，一把火了帐！”行者道：“你不会求雨，好的会念经。等我助你。”那长老才举步登坛，到上面，端然坐下，定性归神，默念那密多心经。正坐处，忽见一员官，飞马来问：“那和尚，怎么不打令牌，不烧符檄？”行者高声答道：“不用！不用！我们是静功祈祷。”那官去回奏不题。

行者听得老师父经文念尽，却去耳朵内取出铁棒，迎风幌了一幌，就有丈二长短，碗来粗细。将棍望空一指，那风婆婆见了，急忙扯开皮袋，巽二郎解放口绳；只听得呼呼风响，满城中揭瓦翻砖，扬砂走石。看起来，真个好风，却比那寻常之风不同也。但见：

折柳伤花，摧林倒树。九重殿损壁崩墙，五凤楼摇梁撼柱。天边红日无光，地下黄砂有翅。演武厅前武将惊，会文阁内文官惧。三宫粉黛乱青丝，六院嫔妃蓬宝髻。侯伯金冠落绣缨，宰相乌纱飘展翅。当驾有言不敢谈，黄门[4]执本无由递。金鱼玉带不依班，象简罗衫无品叙。彩阁翠屏尽损伤，绿窗朱户皆狼狈。金銮殿瓦走砖飞，锦云堂门歪槅碎。这阵狂风果是凶，刮得那君王父子难相会；六街三市没人踪，万户千门皆紧闭！

正是那狂风大作，孙行者又显神通，把金箍棒钻一钻，望空又一指。只见那：

推云童子，布雾郎君。推云童子显神威，骨都都触石遮天；布雾郎君施法力，浓漠漠飞烟盖地。茫茫三市暗，冉冉六街昏。因风离海上，随雨出昆仑。顷刻漫天地，须臾蔽世尘。宛然如混沌，不见凤楼门。

此时昏雾朦胧，浓云叆叇。孙行者又把金箍棒钻一钻，望空又一指。慌得那：

雷公奋怒，电母生嗔。雷公奋怒，倒骑火兽下天关；电母生嗔，乱掣金蛇离斗府。唿喇喇施霹雳，振碎了铁叉山；淅沥沥闪红绡，飞出了东洋海。呼呼隐隐滚车声，烨烨煌煌飘稻米。万萌万物精神改，多少昆虫蛰已开。君臣楼上心惊骇，商贾闻声胆怯忙。

那沉雷护闪，乒乒乓乓，一似那地裂山崩之势，唬得那满城人，户户焚香，家家化纸。孙行者高呼："老邓！仔细替我看那贪赃坏法之官，忤逆不孝之子，多打死几个示众！"那雷越发振响起来。行者却又把铁棒望上一指。只见那：

> 龙施号令，雨漫乾坤。势如银汉倾天堑，疾似云流过海门。楼头声滴滴，窗外响潇潇。天上银河泻，街前白浪滔。淙淙如瓮捡，滚滚似盆浇。孤庄将漫屋，野岸欲平桥。真个桑田变沧海，霎时陆岸滚波涛。神龙借此来相助，抬起长江望下浇。

这场雨，自辰时下起，只下到午时前后。下得那车尺城，里里外外，水漫了街衢。那国王传旨道："雨彀了！雨彀了！十分再多，又渰坏了禾苗，反为不美。"五凤楼下听事官策马冒雨来报："圣僧，雨彀了。"行者闻言，将金箍棒往上又一指。只见霎时间，雷收风息，雨散云收。国王满心欢喜，文武尽皆称赞道："好和尚！这正是'强中更有强中手'！就是我国师求雨虽灵，若要晴，细雨儿还下半日，便不清爽；怎么这和尚要晴就晴，顷刻间杲杲日出，万里就无云也？"

国王教回銮，倒换关文，打发唐僧过去。正用御宝时，又被那三个道士上前阻住道："陛下，这场雨全非和尚之功，还是我道门之力。"国王道："你才说龙王不在家，不曾有雨；他走上去，以静功祈祷，就雨下来，怎么又与他争功，何也？"虎力大仙道："我上坛发了文书，烧了符檄，击了令牌，那龙王谁敢不来？想是别方召请，风、云、雷、雨……五司俱不在，一闻我令，随赶而来；适遇着我下他上，一时撞着这个机会，所以就雨。从根算来，还是我请的龙，下的雨，怎么算作他的功果？"那国王昏乱，听此言，却又疑惑未定。

行者近前一步，合掌奏道："陛下，这些傍门法术，也不成个功果，算不得我的他的；如今有四海龙王，现在空中，我僧未曾发放，他还不敢遽退。那国师若能叫得龙王现身，就算他的功劳。"国王大喜道："寡人做了二十三年皇帝，更不曾看见活龙是怎么模样。你两家各显法力，不论僧道，但叫得来的，就是有功；叫不出的，有罪。"那道士怎么有那样本事？就叫，那龙王见大圣在此，也不敢出头。道士云："我辈不能，你是叫来。"

那大圣仰面朝空，厉声高叫："敖广何在？弟兄们都现原身来看！"那龙王听唤，即忙现了本身。四条龙，在半空中度雾穿云，飞舞向金銮殿上。但见：

飞腾变化，绕雾盘云。玉爪垂钩白，银鳞舞镜明。髯飘素练根根爽，角耸轩昂挺挺清。磕额崔巍，圆睛幌亮。隐显莫能测，飞扬不可评。祷雨随时布雨，求晴即便天晴。这才是有灵有圣真龙象，祥瑞缤纷绕殿庭。

那国王在殿上焚香，众公卿在阶前礼拜。国王道："有劳贵体降临，请回。寡人改日醮谢。"行者道："列位众神各自归去，这国王改日醮谢哩。"那龙王径自归海，众神各各回天。这正是：广大无边真妙法，至真了性劈傍门。

（节选自《西游记》第四十五回）

话说那国王见孙行者有呼龙使圣之法，即将关文用了宝印，便要递与唐僧，放行西路。那三个道士，慌得拜倒在金銮殿上启奏。那皇帝即下龙位，御手忙搀道："国师今日行此大礼，何也？"道士说："陛下，我等至此，匡扶社稷，保国安民，苦历二十年来，今日这和尚弄法力，抓了丢去⑤，败了我们声名，陛下以一场之雨，就恕杀人之罪，可不轻了我等也？望陛下且留住他的关文，让我兄弟与他再赌一赌，看是何如。"那国王着实昏乱，东说向东，西说向西，真个收了关文，道："国师，你怎么与他赌？"虎力大仙道："我与他赌坐禅。"国王道："国师差矣。那和尚乃禅教出身，必然先会禅机，才敢奉旨求经；你怎与他赌此？"大仙道："我这坐禅，比常不同：有一异名，教做'云梯显圣'。"国王道："何为'云梯显圣'？"大仙道："要一百张桌子，五十张作一禅台，一张一张迭将起去，不许手攀而上，亦不用梯凳而登，各驾一朵云头，上台坐下，约定几个时辰不动。"

国王见此有些难处，就便传旨问道："那和尚，我国师要与你赌'云梯显圣'坐禅，那个会么？"行者闻言，沉吟不答。八戒道："哥哥，怎么不言语？"行者道："兄弟，实不瞒你说。若是踢天弄井，搅海翻江，担山赶月，换斗移星，诸般巧事，我都干得；就是砍头剁脑，剖腹剜心，异样腾那，却也不怕；但说坐禅，我就输了。我那里有这坐性？你就把我锁在铁柱子上，我也要上下爬踏，莫想坐得住。"三藏忽的开言道："我会坐禅。"行者欢喜道："却好！却好！可坐得多少时？"三藏道："我幼年遇方上禅僧讲道，那性命根本上，定性存神，在死生关里，也坐二三个年头。”行者道：“师父若坐二三年，我们就不取经罢；多也不上二三个时辰，就下来了。”三藏道：“徒弟呀，却是不能上去。”行者道：“你上前答应，我送你上去。”那长老果然合掌当胸道：“贫僧会坐禅。”国王教传旨，立禅台。国家有倒山之力，不消半个时辰，就设起两座台，在金銮殿左右。

那虎力大仙下殿，立于阶心，将身一纵，踏一朵席云，径上西边台上坐下。行者拔一根毫毛，变做假象，陪着八戒、沙僧，立于下面，他却作五色祥云，把唐僧撮起空中，径至东边台上坐下。他又敛祥光，变作一个蟭蟟虫，飞在八戒耳朵边道：“兄弟，仔细看着师父，再莫与老孙替身说话。”那呆子笑道：“理会得！理会得！”

却说那鹿力大仙在绣墩上坐看多时，他两个在高台上，不分胜负，这道士就助他师兄一功：将脑后短发，拔了一根，捻着一团，弹将上去，径至唐僧头上，变作一个大臭虫，咬住长老。那长老先前觉痒，然后觉疼。原来坐禅的不许动手，动手算输。一时间疼痛难禁，他缩着头，就着衣襟擦痒。八戒道：“不好了！师父羊儿风发了。”沙僧道：“不是，是头风发了。”行者听见道：“我师父乃志诚君子，他说会坐禅，断然会坐；说不会，只是不会。君子家，岂有谬乎？你两个休言，等我上去看看。”好行者，嘤的一声，飞在唐僧头上，只见有豆粒大小一个臭虫叮他师父。慌忙用手捻下，替师父挠挠摸摸。那长老不疼不痒，端坐上面。行者暗想道：“和尚头光，虱子也安不得一个，如何有此臭虫？……想是那道士弄的玄虚，害我师父。——哈哈！枉自也不见输赢，等老孙去弄他一弄！”这行者飞将去，金殿兽头上落下，摇身一变，变作一条七寸长的蜈蚣，径来道士鼻凹里叮了一下。那道士坐不稳，一个筋斗，翻将下去，几乎丧了性命；幸亏大小官员人多救起。国王大惊，即着当驾太师领他往文华殿里梳洗去了。行者仍驾祥云，将师父驮下阶前，已是长老得胜。

那国王只教放行。鹿力大仙又奏道：“陛下，我师兄原有暗风疾，因到了高处，冒了天风，旧疾举发，故令和尚得胜。且留下他，等我与他赌‘隔板猜枚’。”国王道：“怎么叫做‘隔板猜枚’？”鹿力道：“贫道有隔板知物之法，看那和尚可能彀。他若猜得过我，让他出去；猜不着，凭陛下问拟罪名，雪我昆仲之恨，不污了二十年保国之恩也。”

真个那国王十分昏乱，依此谗言。即传旨，将一朱红漆的柜子，命内官抬到宫殿。教娘娘放上件宝贝。须臾抬出，放在白玉阶前，教僧道：“你两家各赌法力，猜那柜中是何宝贝。”三藏道：“徒弟，柜中之物，如何得知？”行者敛祥光，还变作蟭蟟虫，钉在唐僧头上道："师父放心，等我去看看来。"好大圣，轻轻飞到柜上，爬在那柜脚之下，见有一条板缝儿。他钻将进去，见一个红漆丹盘，内放一套宫衣，乃是山河社稷袄，乾坤地理裙。用手拿起来，抖乱了，咬破舌尖上，一口血哨喷将去，叫声"变！"即变作一件破烂流丢一口钟；临行又撒上一泡臊溺，却还从板缝里钻出来，飞在唐僧耳朵上道："师父，你只猜是破烂流丢一口钟。"三藏道："他教猜宝贝哩，流丢是件甚宝贝？"行者道："莫管他，只猜着便是。"

唐僧进前一步，正要猜，那鹿力大仙道："我先猜，那柜里是山河社稷袄，乾坤地理裙。"唐僧道："不是，不是，柜里是件破烂流丢一口钟。"国王道："这和尚无礼！敢笑我国中无宝，猜甚么流丢一口钟！"教："拿了！"那两班校尉，就要动手，慌得唐僧合掌高呼："陛下，且赦贫僧一时，待打开柜看。端的是宝，贫僧领罪；如不是宝，却不屈了贫僧也？"国王教打开看。当驾官即开了，捧出丹盘来看，果然是件破烂流丢一口钟。国王大怒道："是谁放上此物？"龙座后面，闪上三宫皇后道："我主，是梓童亲手放的山河社稷袄，乾坤地理裙，却不知怎么变成此物。"国王道："御妻请退，寡人知之。——宫中所用之物，无非是缎绢绫罗，那有此甚么流丢？"教："抬上柜来，等朕亲藏一宝贝，再试如何。"

那皇帝即转后宫，把御花园里仙桃树上结得一个大桃子——有碗来大小——摘下，放在柜内，又抬下叫猜。唐僧道："徒弟啊，又来猜了。"行者道："放心，等我再去看看。"又嘤的一声，飞将去，还从板缝儿钻进去；见是一个桃子，正合他意，即现了原身，坐在柜里，将桃子一顿口啃得干干净净，连两边腮凹儿都啃净了，将核儿安在里面。仍变蟭蟟虫，飞将出去，钉在唐僧耳朵上道："师父，只猜是个桃核子。"长者道："徒弟啊，休要弄我。先前不是口快，几乎拿去典刑。这番须猜宝贝方好。桃核子是甚宝贝？"行者道："休怕，只管赢他便了。"

三藏正要开言，听得那羊力大仙道："贫道先猜，是一颗仙桃。"三藏猜道："不是桃，是个光桃核子。"那国王喝道："是朕放的仙桃，如何是核？三国师猜着了。"三藏道："陛下，打开来看就是。"当驾官又抬上去打开，捧出丹盘，果然是一个核子，皮肉俱无。国王见了，心惊道："国师，休与他赌斗了，让他去罢。寡人亲手藏的仙桃，如今只是一核子，是甚人吃了？想是有鬼神暗助他也。"八戒听说，与沙僧微微冷笑道："还不知他是会吃桃子的积年哩！"

正话间，只见那虎力大仙从文华殿梳洗了，走上殿道："陛下，这和尚有搬运抵物之术，抬上柜来，我破他术法，与他再猜。"国王道："国师还要猜甚？"虎力道：

“术法只抵得物件，却抵不得人身。将这道童藏在里面，管教他抵换不得。”这小童果藏在柜里，掩上柜盖，抬将下去，教：“那和尚再猜，这三番是甚宝贝。”三藏道：“又来了！”行者道：“等我再去看看。”嘤的又飞去，钻入里面，见是一个小童儿。好大圣，他却有见识。果然是腾那天下少，似这伶俐世间稀！

他就摇身一变，变作个老道士一般容貌。进柜里叫声“徒弟。”童儿道：“师父，你从那里来的？”行者道：“我使遁法来的。”童儿道：“你来有么教诲？”行者道：“那和尚看见你进柜来了，他若猜个道童，却不又输了？是特来和你计较计较，剃了头，我们猜和尚罢。”童儿道：“但凭师父处治，只要我们赢他便了。若是再输与他，不但低了声名，又恐朝廷不敬重了。”行者道：“说得是。我儿过来。赢了他，我重重赏你。”将金箍棒就变作一把剃头刀，搂抱着那童儿，口里叫道：“乖乖，忍着疼，莫放声，等我与你剃头。”须臾，剃下发来，窝作一团，塞在那柜脚纥络⑥里。收了刀儿，摸着他的光头道：“我儿，头便象个和尚，只是衣裳不趁。脱下来，我与你变一变。”那道童穿的一领葱白色云头花绢绣锦沿边的鹤氅，真个脱下来，被行者吹一口仙气，叫“变！”即变做一件土黄色的直裰⑦儿，与他穿了。却又拔下两根毫毛，变作一个木鱼儿，递在他手里道：“徒弟，须听道。但叫道童，千万莫出去；若叫和尚，你就与我顶开柜盖，敲着木鱼，念一卷佛经钻出来，方得成功也。”童儿道：“我只会念三官经、北斗经、消灾经，不会念佛家经。”行者道：“你可会念佛？”童儿道：“阿弥陀佛，那个不会念？”行者道：“也罢，也罢，就念佛，省得我又教你。切记着，我去也。”还变蟭蟟虫，钻出去，飞在唐僧耳轮边道：“师父，你只猜是个和尚。”三藏道：“这番他准赢了。”行者道：“你怎么定得？”三藏道：“经上有云：‘佛、法、僧三宝。’和尚却也是一宝。”

正说处，只见那虎力大仙道：“陛下，第三番是个道童。”只管叫，他那里肯出来。三藏合掌道：“是个和尚。”八戒尽力高叫道：“柜里是个和尚！”那童儿忽的顶开柜盖，敲着木鱼，念着佛，钻出来。喜得那两班文武，齐声喝采。唬得那三个道士，拑口无言。国王道：“这和尚是有鬼神辅佐！怎么道士入柜，就变做和尚？纵有待诏跟进去，也只剃得头便了，如何衣服也能趁体，口里又会念佛？——国师啊！让他去罢！”

虎力大仙道：“陛下，左右是‘棋逢对手，将遇良材。’贫道将锺南山幼时学的武艺，索性与他赌一赌。”国王道：“有甚么武艺？”虎力道：“弟兄三个，都有些神通。会砍下头来，又能安上；剖腹剜心，还再长完；滚油锅里，又能洗澡。”国王大惊道："此三事都是寻死之路！"虎力道："我等有此法力，才敢出此朗言，断要与他赌个才休。"那国王叫道："东土的和尚，我国师不肯放你，还要与你赌砍头剖腹，下滚油锅洗澡哩。"

行者正变作蟭蟟虫，往来报事。忽听此言，即收了毫毛，现出本相，哈哈大笑道："造化！造化！买卖上门了！"八戒道："这三件都是丧性命的事，怎么说买卖上门？"行者道："你还不知我的本事。"八戒道："哥哥，你只象这等变化腾那也彀了，怎么还有这等本事？"行者道："我啊：

> 砍下头来能说话，剁了臂膊打得人。
> 扎去腿脚会走路，剖腹还平妙绝伦。
> 就似人家包匾食，一捻一个就囫囵。
> 油锅洗澡更容易，只当温汤涤垢尘。"

八戒、沙僧闻言，呵呵大笑。行者上前道："陛下，小和尚会砍头。"国王道："你怎么会砍头？"行者道："我当年在寺里修行，曾遇着一个方上禅和子，教我一个砍头法，不知好也不好，如今且试试新。"国王笑道："那和尚年幼不知事。砍头那里好试新？头乃六阳之首，砍下即便死矣。"虎力道："陛下，正要他如此，方才出得我们之气。"那昏君信他言语，即传旨，教设杀场。

一声传旨，即有羽林军三千，摆列朝门之外。国王教："和尚先去砍头。"行者欣然应道："我先去！我先去！"拱着手，高呼道："国师，恕大胆，占先了。"拽回头，往外就走。唐僧一把扯住道："徒弟呀，仔细些。那里不是耍处。"行者道："怕他怎的！撒了手，等我去来。"

那大圣径至杀场里面，被刽子手挝住了，捆做一团。按在那土墩高处，只听喊一声"开刀！"飕的把个头砍将下来。又被刽子手一脚踢了去，好似滚西瓜一般，滚有三四十步远近。行者腔子中更不出血。只听得肚里叫声："头来！"慌得鹿力大仙见有这般手段，即念咒语，教本坊土地神祇："将人头扯住，待我赢了和尚，奏了国王，与你把小祠堂盖作大庙宇，泥塑像改作正金身。"原来那些土地神祇因他有五雷法，也服他使唤，暗中真个把行者头按住了。行者又叫声："头来！"那头一似生根，莫想得动。行者心焦，捻着拳，挣了一挣，将捆的绳子就皆挣断，喝声："长！"飕的腔子内长出一个头来。唬得那刽子手，个个心惊；羽林军，人人胆战。那监斩官急走入朝奏道："万岁，那小和尚砍了头，又长出一颗来了。"八戒冷笑道："沙僧，那知哥哥还有这般手段。"沙僧道："他有七十二般变化，就有七十二个头哩。"

说不了，行者走来，叫声"师父。"三藏大喜道："徒弟，辛苦么？"行者道："不辛苦，倒好耍子。"八戒道："哥哥，可用刀疮药么？"行者道："你是摸摸看，可有刀痕？"那呆子伸手一摸，就笑得呆呆睁睁道："妙哉！妙哉！却也长得完全，截疤儿也没些儿！"

兄弟们正都欢喜，又听得国王叫领关文："赦你无罪。快去！快去！"行者道："关文虽领，必须国师也赴曹砍砍头，也当试新去来。"国王道："大国师，那和尚也不肯放你哩。你与他赌胜，且莫唬了寡人。"虎力也只得去，被几个刽子手，也捆翻在地，幌一幌，把头砍下，一脚也踢将去，滚了有三十余步，他腔子里也不出血，也叫一声："头来！"行者即忙拔下一根毫毛，吹口仙气，叫"变！"变作一条黄犬，跑入场中，把那道士头，一口衔来，径跑到御水河边丢下不题。

却说那道士连叫三声，人头不到，怎似行者的手段，长不出来，腔子中，骨都都红光迸出。可怜空有唤雨呼风法，怎比长生果正仙？须臾，倒在尘埃。众人观看，乃是一只无头的黄毛虎。

那监斩官又来奏："万岁，大国师砍下头来，不能长出，死在尘埃，是一只无头的黄毛虎。"国王闻奏，大惊失色。目不转睛，看那两个道士。鹿力起身道："我师兄已是命到禄绝了，如何是只黄虎！这都是那和尚惫懒，使的掩样法儿，将我师兄变作畜类！我今定不饶他，定要与他赌那剖腹剜心！"

国王听说，方才定性回神。又叫："那和尚，二国师还要与你赌哩。"行者道："小和尚久不吃烟火食，前日西来，忽遇斋公家劝饭，多吃了几个馍馍；这几日腹中作痛，想是生虫，正欲借陛下之刀，剖开肚皮，拿出脏腑，洗净脾胃，方好上西天见佛。"国王听说，教："拿他赴曹。"那许多人，搀的搀，扯的扯。行者展[8]脱手道："不用人搀，自家走去。——但一件，不许缚手，我好用手洗刷脏腑。"国王传旨，教："莫绑他手。"

行者摇摇摆摆，径至杀场。将身靠着大桩，解开衣带，露出肚腹。那刽子手将一条绳套在他膊项上，一条绳札住他腿足，把一口牛耳短刀，幌一幌，着肚皮下一割，搠个窟窿。这行者双手爬开肚腹，拿出肠脏来，一条条理彀多时，依然安在里面。照旧盘曲，捻着肚皮，吹口仙气，叫"长！"依然长合。国王大惊，将他那关文捧在手中道："圣僧莫误西行，与你关文去罢。"行者笑道："关文小可，也请二国师剖剖剜剜，何如？"国王对鹿力说："这事不与寡人相干，是你要与他做对头的。请去，请去。"鹿力道："宽心，料我决不输与他。"

你看他也象孙大圣，摇摇摆摆，径入杀场，被刽子手套上绳，将牛耳短刀，唿喇的一声，割开肚腹，他也拿出肝肠，用手理弄。行者即拔一根毫毛，吹口仙气，叫"变！"即变作一只饿鹰，展开翅爪，飕的把他五脏心肝，尽情抓去，不知飞向何方受用。这道士弄做一个空腔破肚淋漓鬼，少脏无肠浪荡魂。那刽子手蹬倒大桩，拖尸来看，呀！原来是一只白毛角鹿！

慌着那监斩官又来奏道："二国师晦气，正剖腹时，被一只饿鹰将脏腑肝肠都刁去了，死在那里。原身是个白毛角鹿也。"国王害怕道："怎么是个角鹿？"那羊力大仙又奏道："我师兄既死，如何得现兽形？这都是那和尚弄术法坐害我等。等我与师兄报仇者。"国王道："你有甚么法力赢他？"羊力道："我与他赌下滚油锅洗澡。"国王便教取一口大锅，满着香油，教他两个赌去。行者道："多承下顾。小和尚一向不曾洗澡，这两日皮肤燥痒，好歹荡荡去。"

那当驾官果安下油锅，架起干柴，燃着烈火，将油烧滚，教和尚先下去。行者合掌道："不知文洗，武洗？"国王道："文洗如何？武洗如何？"行者道："文洗不脱衣服，似这般叉着手，下去打个滚，就起来，不许污坏了衣服，若有一点油腻算输。武洗要取一张衣驾，一条手巾，脱了衣服，跳将下去，任意翻筋斗，竖蜻蜓，当耍子洗也。"国王对羊力说："你要与他文洗，武洗？"羊力道："文洗恐他衣服是药炼过的，隔油。武洗罢。"行者又上前道："恕大胆，屡次占先了。"你看他脱了布直裰，褪了虎皮裙，将身一纵，跳在锅内，翻波斗浪，就似负水一般顽耍。

八戒见了，咬着指头，对沙僧道："我们也错看了这猴子了！平时间劚言讪语[⑨]，斗他耍子，怎知他有这般真实本事！"他两个唧唧哝哝，夸奖不尽。行者望见，心疑道："那呆子笑我哩！正是'巧者多劳拙者闲'。老孙这般舞弄，他倒自在。等我作成他捆一绳，看他可怕。"正洗浴，打个水花，淬在油锅底上，变作个枣核钉儿，再也不起来了。

那监斩官近前又奏："万岁，小和尚被滚油烹死了。"国王大喜，教捞上骨骸来看。刽子手将一把铁笊篱，在油锅里捞，原来那笊篱眼稀，行者变得钉小，往往来来，从眼孔漏下去了，那里捞得着！又奏道："和尚身微骨嫩，俱札化了。"

国王教："拿三个和尚下去！"两边校尉，见八戒面凶，先揪翻，把背心捆了。

慌得三藏高叫："陛下，赦贫僧一时。我那个徒弟，自从归教，历历有功；今日冲撞国师，死在油锅之内，奈何先死者为神，——我贫僧怎敢贪生！正是天下官员也管着天下百姓。陛下若教臣死，臣岂敢不死。——只望宽恩，赐我半盏凉浆水饭，三张纸马，容到油锅边，烧此一陌纸，也表我师徒一念，那时再领罪也。"国王闻言道："也是，那中华人多有义气。"命取些浆饭、黄钱与他。果然取了，递与唐僧。

唐僧教沙和尚同去。行至阶下，有几个校尉，把八戒揪着耳朵，拉在锅边。三藏对锅祝曰："徒弟孙悟空！

> 自从受戒拜禅林，护我西来恩爱深。
> 指望同时成大道，何期今日你归阴！
> 生前只为求经意，死后还存念佛心。
> 万里英魂须等候，幽冥做鬼上雷音！"

八戒听见道："师父，不是这般祝了。——沙和尚，你替我奠浆饭，等我祷。"那呆子捆在地下，气呼呼的道：

> "闯祸的泼猴子，无知的弼马温！该死的泼猴子，油烹的弼马温！猴儿了帐，马温断根！"

孙行者在油锅底上，听得那呆子乱骂，忍不住现了本相。赤淋淋的，站在油锅底道："馕糟的夯货！你骂那个哩！"唐僧见了道："徒弟，唬杀我也！"沙僧道："大哥干净推佯死惯了！"慌得那两班文武，上前来奏道："万岁，那和尚不曾死，又打油锅里钻出来了。"监斩官恐怕虚诳朝廷，却又奏道："死是死了，只是日期犯凶，小和尚来显魂哩。"

行者闻言大怒，跳出锅来，揩了油腻，穿上衣服，掣出棒，挝过监斩官，着头一下，打做了肉团，道："我显甚么魂哩！"唬得多官连忙解了八戒，跪地哀告："恕罪！恕罪！"国王走下龙座。行者上殿扯住道："陛下不要走，且教你三国师也下下油锅去。"那皇帝战战兢兢道："三国师，你救朕之命，快下锅去，莫教和尚打我。"

羊力下殿，照依行者脱了衣服，跳下油锅，也那般支吾洗浴。

行者放了国王，近油锅边，叫烧火的添柴，却伸手探了一把，——呀！——那滚油都冰冷，心中暗想道：“我洗时滚热，他洗时却冷。我晓得了，这不知是那个龙王，在此护持他哩。”急纵身跳在空中，念声“唵”字咒语，把那北海龙王唤来：“我把你这个带角的蚯蚓，有鳞的泥鳅！你怎么助道士冷龙护住锅底，教他显圣赢我！”唬得那龙王喏喏连声道：“敖顺不敢相助。大圣原来不知。这个孽畜，苦修行了一场，脱得本壳，却只是五雷法真受，其余都蹝[10]了傍门，难归仙道。这个是他在小茅山学来的‘大开剥’。那两个已是大圣破了他法，现了本相。这一个也是他自己炼的冷龙，只好哄瞒世俗之人耍子，怎瞒得大圣！小龙如今收了他冷龙，管教他骨碎皮焦，显什么手段。”行者道：“趁早收了，免打！”那龙王化一阵旋风，到油锅边，将冷龙捉下海去不题。

行者下来，与三藏、八戒、沙僧立在殿前，见那道士在滚油锅里打挣，爬不出来。滑了一跌，霎时间骨脱皮焦肉烂。

（节选自《西游记》第四十六回）

注　释

① 筋节：指言语上能掌握分寸和关键。

② 先儿：犹说先生儿，带有调侃的意味。

③ 见驾：拜见皇帝。

④ 黄门：官名，即黄门侍郎，与皇帝的关系较亲近。

⑤ 抓了丢去：占了先去，即被抢去了头功。

⑥ 纥（gā）络（lá）：同“旮旯”，角落。

⑦ 直裰：和尚穿的僧衣。

⑧ 展：挣。

⑨ 劖（chàn）言讪语：玩笑话。

⑩ 蹝（xǐ）：踩，踏。

阅读提示

本节写和尚道士斗法，又是一篇热闹好看文字。奇幻与奇趣相结合，充分表现出《西游记》的艺术魅力和审美特征。通过大胆的艺术想象，表现了孙悟空无穷的法力、惊人的本领和乐观精神，尤其是与道士比砍头、剖腹、下油锅洗澡，三件都是“丧性命的事”，而孙悟空却看作是“买卖上门”，高兴得哈哈大笑，还对皇帝说：“多承下顾”，“这两日皮肤燥痒，好歹荡荡去。”连平日嫉妒心很强的猪八戒也发出这样的惊叹："怎知他有这般真实本事！"与沙僧"唧唧哝哝，夸奖不尽"。但猴性好动而没有坐性，说到坐禅就只好认输，又让人忍俊不禁。

小　结

《西游记》和其他几部小说的明显不同之处，是在人物描写上不以塑造群像为特色，而是突出地描写了孙悟空的高大形象。因此，对孙悟空形象的认识，对于整部小说思想意趣的把握就具有极其重要的意义。他身上表现出的追求自由和个性解放的倾向，传达了强烈的时代精神和时代要求，这是《三国演义》和《水浒传》中所没有的。在艺术描写上，可以好好体会它的奇幻和奇趣。人人都会有这样的感受：《西游记》这部书，读来让人感到兴味无穷，而且常常忍俊不禁，确实是百读不厌、老少咸宜的一部佳作。

参考资料

一、前人的评论

吴承恩曰：……后来群魔出孔窍，白昼搏人繁聚啸，终南进士老钟馗，空向宫帏啖虚耗。民灾翻出衣冠中，不为猿鹤为沙虫。坐观宋室用五鬼，不见虞廷诛四凶。野夫有怀多感激，抚事临风三叹息。胸中磨损斩邪刀，欲起平之恨无力。救月有矢救日弓，世间岂谓无英雄？谁能为我致麟凤，长令万年保合清宁功。（《二郎搜山图歌》）

又曰：余幼年即好奇闻。在童子社学时，每偷市野言稗史，惧为父师诃夺，私求隐处读之。比长，好益甚，闻益奇。迫于既壮，旁求曲致，几贮满胸中矣。

……虽然，吾书名为志怪，盖不专名鬼，时纪人间变异，亦微有鉴戒寓焉。昔禹受贡金，写形魑魅，欲使民违弗若。读兹编者，倪幭然易虑，庶几哉有夏氏之遗乎！国史非余敢议，野史氏其何让焉？作《禹鼎志》。（《禹鼎志序》）

宋祖舜等曰：吴承恩性敏而多慧，博极群书，为诗文下笔立成，清雅流丽，有秦少游之风。复善谐剧，所著杂记几种，名震一时。数奇，竟以明经授县贰，未久，耻折腰，遂拂袖而归，放浪诗酒，卒。有文集存于家，丘少司徒汇而刻之。（《淮安府志》卷十六）

袁于令曰：文不幻不文，幻不极不幻。是知天下极幻之事，乃极真之事；极幻之理，乃极真之理。故言真不如言幻，言佛不如言魔。魔非他，即我也。我化为佛，

未佛皆魔。魔与佛力齐而位逼，丝发之微，关头匪细。摧挫之极，心性不惊。此《西游》之所以作也。(《西游记题词》)

谢肇淛曰:《西游记》曼衍虚诞，而其纵横变化，以猿为心之神，以猪为意之驰，其始之放纵，上天下地，莫能禁制，而归于紧箍一咒，能使心猿驯伏，至死靡他，盖亦求放心之喻，非浪作也。(《五杂俎》卷十五)

睡乡居士云:至演义一家，幻易而真难，固不可相衡而论矣。有如《西游》一记，怪诞不经，读者皆知其谬。然据其所载，师弟四人，各一性情，各一动止，试摘取其一言一事，遂使暗中摸索，亦知其出自何人，则正以幻中有真，乃为传神阿堵，而已有不如《水浒》之讥，岂非真不真之关，固奇不奇之大较也哉。(《二刻拍案惊奇序》)

张书绅曰:予今批《西游记》一百回，亦一言以蔽之，曰:“只是教人诚心为学，不要退悔。”此其大略也。至于逐段逐节，皆寓正心修身，黾勉警策，克己复礼之至要，实包罗天地万象，四海九州，士农工商，三教九流，诸子百家，无非一部《西游记》也。以一人读之，则是一人为一部《西游记》;以士农工商、三教九流、诸子百家各自读之，各自有一部《西游记》，务必迁善改过，以底于至善而后已若是乎?(《西游记总论》)

又曰:《西游》一书，古人命为证道书，原是证圣贤儒者之道。至谓证仙佛之道，则误矣。……《西游》一书，以言仙佛者，不一而足。初不思佛之一途，清静无为，必至空门寂灭而后成。即仙之一道，虽与不同，然亦不过采炼全真，希图不死。斯二者皆远避人世，惟知独善一身，以视斯世斯民之得失，漠不相关。至于仁义礼智之学，三纲五伦之道，更不相涉。此仙佛之事也。今《西游记》，是把《大学》诚意正心、克己明德之要，竭力备细，写了一尽，明显易见，确然可据，不过借取经一事，以寓其意耳。亦何有于仙佛之事哉?(《新说西游记总批》)

又曰:《西游记》，却从东胜写起，唐僧又在中华，其相隔不知几万千也，如何会合得来?看他一层一层，有经有纬，有理有法，贯串极其神妙。方知第一回落笔之际，全部的大局，早已在其胸中。非是作了一段，又去想出一段也。(同上)

刘一明曰:《西游记》者，元初长春邱真君之所著也。其书阐三教一家之理，传性命双修之道。俗语常言中，暗藏天机;戏谑笑谈处，显露心法。古人所不敢道者，真君道之;古人所不敢泄者，真君泄之。一章一篇，皆从身体力行处写来;一辞一意，俱在真履实践中发出。其造化枢纽，修真窍妙，无不详明且备。可谓拔天根而钻鬼窟，开生门而闭死户，实还元返本之源流，归根复命之阶梯。悟之者在儒即可成圣，在释即可成佛，在道即可成仙。(《西游原旨序》)

又曰:《西游》立言，与禅机颇同。其用意处，尽在言外。或藏于俗语常言中，或托于山川人物中。或在一笑一戏里，分其邪正；或在一言一字上，别其真假。若借假以发真，或从正以劈邪。千变万化，神出鬼没，最难测度。学者须要极深研几，莫在文字上隔靴搔痒。(《西游原旨读法》)

雨香曰:《西游记》无句不真，无句不假。假假真真，随手拈来，头头是道。看之如山阴道上，应接不暇；思之如抽茧剥蕉，层出不穷。解之以诠，如珠喷星汉，攀不可阶；如锦织云霞，梭成无缝。(《西游记叙言》)

冥飞曰:《西游记》随手写来，羌无故实，毫无情理之可言，而行文之乐，则纵绝古今，横绝世界，未有如作者之开拓心胸者矣。谢君直选《文章轨范》，有大胆文、小心文之称，《西游记》于说部中，可谓大胆文矣。

昔人谓写鬼怪易，写人物难，以人物确有标准，鬼怪茫无对证也。作《西游》者本此意，一味胡说乱道，任意大开顽笑，有时自难自解，亦无甚深微奥妙之旨，无非随手提起，随手放倒，此于作文则真能取乐，而实则并不成为文法者也。(《古今小说评林》)

梁启超曰：言英雄则《三国》《水浒》《说唐》《征西》，言哲理则《封神》《西游》，言情绪则《红楼》《西厢》。自余无量数之长章短帙，樊然杂陈，而各皆分占势力之一部分。(《告小说家》)

二、今人的评论

鲁迅论《西游记》(载《中国小说史略》第十七篇《明之神魔小说》〔中〕)。

林庚:《童话的天真世界》(载《西游记漫话》，载人民文学出版社，1990年)

吴圣昔:《涉笔成趣　妙在自然——论〈西游记〉的诙谐性》

刘勇强:《论〈西游记〉的世俗化》

刘毓忱:《论〈西游记〉塑造人物的艺术特色》

(以上载《名家解读〈西游记〉》，山东人民出版社，1998年。)

第五章　金瓶梅

潘金莲激打孙雪娥

话说潘金莲在家，恃宠生骄，颠寒作热，镇日夜不得个宁静。性极多疑，专一听篱察壁，寻些头脑[①]厮闹。那个春梅，又不是十分耐烦的。一日，金莲为些零碎事情，不凑巧骂了春梅几句。春梅没处出气，走往后边厨房下去，捶台拍盘，闷狠狠的模样。那孙雪娥看不过，假意戏他道："怪行货子[②]，想汉子便别处去想，怎的在这里硬气？"春梅正在闷时，听了几句，不一时暴跳起来："那个歪斯缠[③]我哄汉子[④]！"雪娥见他性不顺，只做不开口。春梅便使性，做几步走到前边来，如此如此，这般这般，一五一十，又添些话头道："他还说娘教爹收[⑤]了我，俏一帮儿[⑥]哄汉子。"挑拨与金莲知道。金莲满肚子不快活，只因送吴月娘出去送殡，起身早些，也有些身子倦，睡了一觉，走到亭子上。只见孟玉楼摇飐的走来，笑嘻嘻道："姐姐如何闷闷的不言语？"金莲道："不要说起，今早倦到了不得。三姐，你在那里去来？"玉楼道："才到后面厨房里走了一下。"金莲道："他与你说些什么来？"玉楼道："姐姐没言语。"金莲虽故口里说着，终久怀记在心，与雪娥结仇，不在话下。

两个做了一回针指，只见春梅抱着汤瓶，秋菊拿了两盏茶来。吃毕茶，两个放桌儿，摆下棋子盘儿下棋。正下在热闹处，忽见看园门小厮琴童走来报道："爹来了。"慌的两个妇人收棋子不迭。西门庆恰进门槛，看见二人家常都带着银丝䯼髻，露着四鬓，耳边青宝石坠子，白纱衫儿，银红比甲，挑线裙子，双弯尖趫红鸳瘦小鞋，一个个粉妆玉琢，不觉满面堆笑，戏道："好似一对儿粉头[⑦]，也值百十银子！"潘金莲说道："俺每才不是粉头，你家正有粉头在后边哩。"那玉楼抽身就往后走，被西门庆一手扯住，说道："你往那里去？我来了，你脱身去了。实说，我不在家，你两个在这里做甚么？"金莲道："俺两个闷的慌，在这里下了两盘棋子时，没做贼，谁知道你就来了。”一面替他接了衣服，说道：“你今日送殡来家早。”西门庆道：“今日斋堂里，都是内相、同官，一来天气暄热，我不耐烦，先来家。”玉楼问道：“他大娘怎的还不来家？”西门庆道：“他的轿子也待进城，我使回两个小厮接去了。”一面脱了衣服，坐下，因问：“你两个下棋，赌些什么？”金莲道：“俺两个自恁下一盘耍子，平白赌什么！”西门庆道：“等我和你们下一盘，那个输了，拿出一两银子做东道。”金莲道：“俺每并没银子。”西门庆道：“你没银子，拿簪子问我手里当，也是一般。”于是摆下棋子，三人下了一盘，潘金莲输了。西门庆才数子儿，被妇人把棋子扑撒乱了，一直走到瑞香花下，倚着湖山，推掐花儿。西门庆寻到那里，说道：“好小油嘴儿，你输了棋子，却躲在这里。”那妇人见西门庆来，昵笑不止，说道：“怪行货子，孟三儿输了，你不敢禁他，却来缠我。”将手中花撮成瓣儿，洒西门庆一身。被西门庆走向前，双关抱住，按在湖山畔，就口吐丁香，舌融甜唾，戏谑做一处。不防玉楼走到跟前叫道：“六姐，他大娘来家了，咱后边去来！”这妇人方才撇了西门庆，说道：“哥儿，我回来和你答话。”同玉楼到后边，与月娘道了万福。月娘问：“你每笑甚么？”玉楼道：“六姐今日和他爹下棋，输了一两银子，到明日整治东道，请姐姐耍子。”月娘笑了。

金莲当下只在月娘面前，只打了个照面儿，就走来前边倍伴西门庆。分付春梅房中熏下香，预备澡盆浴汤，准备晚间两个效鱼水之欢。

看官听说：家中虽是吴月娘大娘子，在正房居住，常有疾病，不管家事，只是人情看往，出门走动。出入银钱，都在唱的李娇儿手里。孙雪娥单管率领家人媳妇在厨中上灶，打发各房饮食。譬如西门庆在那房里宿歇，或吃酒吃饭，造甚汤水，俱经雪娥手中整理。那房里丫头，自往厨下拿去。此事不说。

当晚西门庆在金莲房中吃了回酒，洗毕澡，两人歇了。次日也是合当有事，西门庆许了金莲，要往庙上替他买珠子，要穿箍儿戴，早起来等着要吃荷花饼、银丝鲊汤。才起身，使春梅往厨下说去。那春梅只顾不动身。金莲道：“你休使他。有人说我纵容他，教你收了，俏成一帮儿哄汉子。百般指猪骂狗，欺负俺娘儿们使。你又使他后边做甚么去！”西门庆便问：“是谁说此话，欺负他？你对我说。”妇人道：“说怎的，盆罐都有耳朵。你只不叫他后边去，另使秋菊去便了。”这西门庆遂叫过秋菊，分付他往厨下对雪娥说去。约有两顿饭时，妇人已是把桌儿放了，白不见拿来，急的西门庆只是暴跳。妇人见秋菊不来，使春梅：“你去后边瞧瞧，那奴才只顾生根长苗不见来。”

春梅有几分不顺，使性子走到厨下，只见秋菊正在那里等着哩，便骂道：“贼饧奴，娘要卸你那腿哩！说你怎的就不去了哩！爹紧等着吃了饼，要往庙上去，急的爹在前边暴跳，叫我采了你去哩！”这孙雪娥不听便罢，听了心中大怒，骂道：“怪小淫妇儿，马回子拜节，来到的就是[⑧]！锅儿是铁打的，也等慢慢儿的来。预备下熬的粥儿，又不吃，忽剌八[⑨]新梁兴出来，要烙饼做汤，那个是肚里蛔虫？”春梅不忿他骂，说道：“没的扯毬淡，主子不使了来问你，那个好来问你要？有没，俺们到前边自说的一声儿，有那些声气的。”一只手拧着秋菊的耳朵，一直往前边来。雪娥道：“主子、奴才常远似这等硬气，有时道[⑩]着！”春梅道：“中。有时道使时道，没的把俺娘儿两个别变了罢！”于是气狠狠走来。妇人见他脸气的黄黄，拉着秋菊进门，便问：“怎的来了？”春梅道：“你问他。我去时还在厨房里雌着[⑪]，等他慢条丝礼儿才和面儿。我自不是，说了一句：‘爹在前边等着，娘说你怎的就不去了，使我来叫你来了。’倒被小院儿里的，千奴才，万奴才，骂了我恁一顿。说爹马回子拜节，来到的就是。只相那个调唆了爹一般，预备下粥儿不吃，平白新生发起要饼和汤。只顾在厨房里骂人，不肯做哩。”妇人在旁便道：“我说别要使他去，人自恁[⑫]和他合气，说俺娘儿两个攡拦你在这屋里。只当吃人骂将来。”

这西门庆听了，心中大怒，走到后边厨房里，不由分说，向雪娥踢了几脚，骂道：“贼歪剌骨，我使他来要饼，你如何骂他？你骂他奴才，你如何不溺泡尿，把你自家照照？”那雪娥被西门庆踢骂了一顿，敢怒而不敢言。西门庆刚走出厨房门外，雪娥对着大家人来昭妻一丈青说道：“你看我今日晦气，早是你在旁听，我又没曾说什么。他走将来凶神也一般，大喓小喝，把丫头采的去了，反对主子面前轻事重报，惹的走来平白把恁一场儿。我洗着眼儿看着主子、奴才，长远恁硬气着，只休要错了脚儿[⑬]！”不想被西门庆听见了，复回来，又打了几拳，骂道：“贼奴才淫妇，你还说不欺负他，亲耳朵听见你还骂他！”打的雪娥疼痛难忍，西门庆便往前边去了。那雪娥气的在厨房里两泪悲啼，放声大哭。

吴月娘正在上房，才起来梳头，因问小玉：“厨房里乱的些甚么？”小玉回道：“爹要饼吃了往庙上去，说姑娘骂五娘房里春梅来，被爹听见了，在厨房里踢了姑娘几脚，哭起来。”月娘道：“也没见，他要饼吃，连忙做了与他去就罢了，平白又骂他房里丫头怎的！”于是使小玉走到厨房，撺掇雪娥和家人媳妇连忙攒造汤水，打发西门庆吃了，骑马，小厮跟随，往庙上去不题。

这雪娥气愤不过，走到月娘房里，正告诉月娘此事。不防金莲蓦然走来，立于窗下潜听。见雪娥在屋里，对月娘、李娇儿说他怎的㩦拦汉子，背地无所不为，“娘，你不知淫妇，说起来比养汉老婆还浪[14]，一夜没汉子也成不的。背地干的那茧儿[15]，人干不出，他干出来。当初在家把亲汉子用毒药摆死了，跟了来，如今把俺们也吃他活埋了。弄的汉子乌眼鸡[16]一般，见了俺们便不待见。”月娘道：“也没见你，他前边使了丫头要饼，你好好打发与他去便了，平白又骂他怎的？”雪娥道：“我骂他秃也瞎也来？那顷这丫头在娘房里，着紧不听手[17]，俺没曾在灶上把刀背打他，娘尚且不言语。可可[18]今日轮他手里，便骄贵的这等的了！”正说着，只见小玉走到，说：“五娘在外边。”

少顷，金莲进房，望着雪娥说道：“比对我当初摆死亲夫，你就不消叫汉子娶我来家，省的我㩦拦着他，撑了你的窝儿。论起春梅，又不是我房里丫头，你气不愤，还教他伏侍大娘就是了，省的你和他合气，把我扯在里头。那个好意死了汉子嫁人？如今也不难的勾当，等他来家，与我一纸休书，我去就是了。”月娘道：“我也不晓的你们底事，你每大家省言一句儿便了。”孙雪娥道：“娘，你看他嘴似淮洪也一般，随问谁也辩他不过。他又在汉子根前戳舌儿，转过眼就不认了。——依你说起来，除了娘把俺们都撵了，只留着你罢！”那吴月娘坐着，由着他那两个，你一句，我一句，只不言语。后来见骂起来，雪娥道：“你骂我奴才，你便是真奴才！”拉些儿不曾打起来。月娘看不上，使小玉把雪娥拉往后边去。

这潘金莲一直归到前边，卸了浓妆，洗了脂粉，乌云散乱，花容不整，哭得两眼如桃，倘在床上。到日西时分，西门庆庙上来，袖着四两珠子，进入房中，一见便问：“怎的来？”妇人放声号哭起来，问西门庆要休书，如此这般，告诉一遍，“我当初又不曾图你钱财，自恁跟了你来，如何今日交人这等欺负？千也说我摆杀汉子，万也说我摆杀汉子。拾了本有，吊了本无[19]，没丫头便罢了，如何要人房里丫头伏侍，吃人指骂？我一个还多着影儿哩！”这西门庆不听便罢，听了此言，三尸神暴跳，五陵气冲天，一阵风走到后边，采过雪娥头发来，尽力拿短棍打了几下。多亏吴月娘向前拉住了手，说道：“没的大家省事些儿罢了，好交你主子惹气。”西门庆便道：“好贼歪剌骨，我亲自听见你在厨房里骂，你还搅缠别人！我不把你下截打下来，也不算！”看官听说：不争今日打了孙雪娥，管教潘金莲从前作过事，没兴一齐来。有诗为证：

金莲恃宠仗夫君，倒使孙娥忌怨深。

自古感恩并积恨，千年万载不生尘。

当下西门庆打了雪娥，走到前边，窝盘住了金莲，袖中取出今日庙上买的四两珠子，递与他穿箍儿戴。妇人见汉子与他做主儿，出了气，如何不喜。由是要一奉十，宠爱愈深。一日，在园中置了一席，请吴月娘、孟玉楼连西门庆，四人共饮酒。

（节选自《金瓶梅词话》第十一回）

注　释

① 寻些头脑：找茬儿。

② 行货子：家伙（指人）。

③ 歪斯缠：不讲道理，胡搅蛮缠。

④ 哄汉子：笼络男人。

⑤ 收：收用，这里指男主人奸占丫头。

⑥ 俏一帮儿：结成一伙用俏媚手段哄占男人。

⑦ 粉头：娼妓。

⑧ 马回子拜节，来到的就是：意思是很快做好了就拿去。回教徒姓马的很多，他们到清真寺拜节，行动总是很快的。

⑨ 忽剌八：突然。

⑩ 时道：时运，运气。

⑪ 雌着：呆着不动。

⑫ 自恁：原本就。

⑬ 错了脚儿：踏错了步子，容易摔跤。

⑭ 浪：淫荡。

⑮ 茧儿：指见不得人的勾当。

⑯ 乌眼鸡：好斗的鸡。

⑰ 着紧：着实。不听手：不听使唤。

⑱ 可可：恰巧。

⑲ 拾了本有，吊了本无：得到了的就该是你的，失掉了的就不该是你的。意思是，得失都是无所谓的。“吊”同“掉”。

阅读提示

前面我们读了《三国演义》《水浒传》《西游记》，都是写战争或战斗的，充满金戈铁马之声。现在读《金瓶梅》，题材、主题、风格都大异其趣，听不到金戈铁马之声了，但同样也有战争，人与人之间为了生存和发展而进行的战争，没有硝烟，却同样残酷。斗争深入到社会的细胞——家庭的日常生活，这里展开的是旧时代典型的生活图景：妻妾争宠。斗争的手段是进谗、挑拨、辱骂、诅咒，而取胜的关键是得到男人的宠爱和支持。男人的态度起到了决定性的作用。这反映了旧时代中国妇女的地位，她们只不过是男人的附属品，是男人的玩物。这是中国妇女的悲剧，也是中国历史的悲剧。

西门庆谋财娶妇

话说当日西门庆出离院门，玳安跟随，打马径到狮子街李瓶儿家。门首下马，见大门关的紧紧的，就知堂客[①]轿子家去了。一面叫玳安问冯妈妈开门。西门庆进来，李瓶儿堂中秉烛，花冠齐整，素服轻盈，正倚帘栊，口中磕瓜子儿。见西门庆来，忙轻移莲步，款蹙湘裙，下阶迎接。笑道："你早来些儿，他三娘、五娘还在这里，只刚才轿子起身往家里去了。今日他大娘去的早，说你不在家，那里去了？"西门庆道："今日我和应二哥、谢子纯早辰看灯，打你门首过去来。不想又撞见两个朋友拉去院[②]里，撞到这咱晚。我又恐怕你这里等候，小厮去时，教我推净手打后门跑了。不然，必吃他们挂住了，休想来的成。"李瓶儿道："适间多谢官人重礼。他娘每又不肯坐，只说家里没人，教奴倒没意思的。"于是重筛美酒，再设佳肴。堂中把花灯都点上，放下暖帘来。金炉添兽炭，宝篆爇龙涎[③]。春台上高堆异品，看杯中香醪满泛。妇人递与西门庆酒，磕下头去，说道："拙夫已故，举眼无亲，今日此杯酒，只靠官人与奴作个主儿。休要嫌奴丑陋，奴情愿与官人铺床叠被，与众位娘子作个姊妹，奴死也甘心。不知官人心下如何？"说着，满眼落泪。西门庆一壁接酒，一壁笑道："你请起来。既蒙你厚爱，我西门庆铭刻于心。待你孝服满时，我自有处，不劳你费心。今日是你的好日子，咱每且吃酒。"西门庆于是吃毕，亦满斟了一杯回奉。妇人安他上席坐下。冯妈妈单管厨下看菜儿。须臾，拿面上来吃。西门庆因问道："今日唱的是那两个？"李瓶儿道："今日是董娇儿、韩金钏儿两个在这里，临晚送他三娘、五娘家中讨花儿去了。"西门庆坐席左。两个在席上交杯换盏饮酒，迎春、绣春两个丫鬟在傍斟酒下菜伏侍。只见玳安上来，扒在地下与李瓶儿磕头拜寿。李瓶儿连忙起身，还了万福[④]。分付迎春，教老冯厨下看寿面点心下饭，拿一壶酒，与玳安吃。西门庆分付："吃了早些回马家去罢。"李瓶儿道：

“到家里，你娘问，只休说你爹在这里。”玳安道：“小的知道，只说爹在里边过夜，明日早来接爹就是了。”西门庆便点了点头儿。当下把李瓶儿喜欢的要不的，说道：“好个乖孩子，眼里说话！”即令迎春拿二钱银子，节间叫买瓜子儿磕，“明日你拿个样儿来，我替你做双好鞋儿穿”。那玳安连忙磕头说：“小的怎么敢！”走到下边，吃了酒饭，带马出门。冯妈妈把大门上了拴。

李瓶儿同西门庆猜枚。吃了一回，又拿一副三十二扇象牙牌儿，桌上铺茜红苫条，两个灯下抹牌饮酒。吃一回，分付迎春房里秉烛。原来花子虚死了，迎春、绣春都已被西门庆要了，以此凡事不避他，教他收拾床铺、拿果盒杯酒。又在床上紫锦帐中，妇人露着粉般身子，西门庆香肩相并，玉体厮挨，两个看牌，拿大锺饮酒。因问西门庆：“你那边房子几时收拾？”西门庆道：“且待二月间兴工动土。连你这边一所，通身打开，与那边花园取齐。前边起盖山子卷棚、花园耍子去处，还盖三间玩花楼。”妇人因指道：“奴这床后茶叶箱内，还藏着四十斤沉香，二百斤白蜡，两罐子水银、八十斤胡椒椒。你明日都搬出来，替我卖了银子，凑着你盖房子使。你若不嫌奴丑陋，到家好歹对大娘说，奴情愿只要与娘们做个姊妹，随问把我做第几个的也罢。亲亲，奴舍不的你！”说着，眼泪纷纷的落将下来。西门庆慌把汗巾儿替他抹拭，说道：“你的情意我知道，也待你这边孝服满，我那边房子盖了才好。不然，娶你过去，没有住房。”妇人道：“既有实心娶奴家去，到明日好歹把奴的房盖的与他五娘在一处，奴舍不的他，好个人儿。与后边孟家三娘，见了奴且亲热，两个天生的，打扮也不相[⑤]两个姊妹，只相一个娘儿生的一般。惟有他大娘，性儿不是好的，快[⑥]眉眼里扫人。”西门庆道：“俺吴家的这个拙荆[⑦]，他倒好性儿哩！不然，手下怎生容得这些人？明日这边与那边，一样盖三间楼，与你居住，安两个角门儿出入。你心下何如？”妇人道：“我的哥哥，这等才可奴之意。”于是两个颠鸾倒凤，淫欲无度，狂到四更时分，方才就寝。枕上并肩交股，直睡到次日饭时不起来。

妇人且不梳头，迎春拿进粥来，只陪着西门庆吃了上半盏粥儿，又拿酒来，二人又吃。只见玳安儿外边打门，骑马来接。西门庆唤他在窗下问他话。玳安说：“家中有三个川广客人坐着，有许多细货要科兑[⑧]与傅二叔，只要一百两银子押合同，其余八月中旬找完银子。大娘使小的来，请爹家去，理会此事。”西门庆道：“你没说我在这里？”玳安道：“小的只说爹在里边桂姨家，没说在这里。”西门庆道：“你看不晓事[⑨]，教把傅二叔打发他便了，又来请我怎的？”玳安道：“傅二叔讲来，客人不肯，直等我爹去，方才批合同。”李瓶儿道：“既是家中使了孩子来请，买卖要紧，你不去，惹的他大娘不怪么？”西门庆道：“你不知贼蛮奴才，行市迟[10]，货物没处发脱，才来上门脱与人，迟半年三个月找银子；若快时，他就张致[11]了。满清河县，除了我家铺子大、发货多，随问多少时，不怕他不来寻我。”妇人道：“买卖不与道路为仇[12]。只依奴，到家打发了再来也。往后日子多如柳叶儿哩。”西门庆于是依听李瓶儿之言，慢慢起来，梳头净面，戴网巾，穿衣服。李瓶儿收拾饭与他吃。

西门庆一直带着个眼纱，骑马来家。铺子里有四五个客人，等候秤货兑银，批了合同，打发去了。走到潘金莲房中，金莲便问：“你昨日往那里去来？实说便罢，不然，我就嚷的尘邓邓的[13]！”西门庆道：“你们都在花家吃酒，我和他每灯市里走了回来，同往里边吃酒，过一夜。今日小厮接去，我才来家。”金莲道：“我知小厮去接，那院里有你那魂儿！罢么，贼负心，你还哄我哩！那淫妇昨日打发俺每来了，弄神弄鬼的，晚夕叫了你去，合捣了一夜；合捣的了，才放来了。玳安这贼囚根子，久惯儿牢成[14]，对着他大娘又一样话儿，对着我又是一样话儿。先是他回马来家，他大娘又是问他：‘你爹怎的不来家？在谁家吃酒哩？’他回话：‘和应二叔众人看了灯回来，都在院里李桂姨家吃酒，教我明早接去哩。’落后我叫了问他，他笑不言语；问的急了，才说：‘爹在狮子街花二娘那里哩。’贼囚根，他怎的就知我和你一心一计？想必你叫他话来。”西门庆哄道：“我那里教他！”于是隐瞒不住，方才把李瓶儿“晚夕请我去到那里，与我递酒，说空过你每来了。又哭哭啼啼告诉我说，他没人手，后半截空，晚夕害怕，一心要教我娶他。问几时收拾这房子。他还有些香蜡细货，也直几百两银子，教我会经纪，替他打发；银子教我收，凑着盖房子。上紧修盖，他要和你一处住，与你做了姊妹，恐怕你不肯”。妇人道：“我也不多着个影儿在这里，巴不的来总好。我这里也空落落的，得他来与老娘做伴儿。自古船多不碍港，车多不碍路。我不肯招他，当初那个怎么招我来？搀奴甚么分儿[15]也怎的。倒只怕人心不似奴心，你还问声大姐姐去。”西门庆道：“虽故是恁说，他孝服还未满哩！”

话休饶舌，一日，西门庆会了经纪，把李瓶儿床后茶叶箱内堆放的香蜡等物，都秤了斤两，共卖了三百八十两银子。李瓶儿只留下一百八十两盘缠，其余都付与西门庆收了，凑着盖房。便教阴阳择用二月初八日兴工动土。五百两银子委付大家人来昭并主管贲四，卸砖瓦木石，管工计账。这贲四名唤贲地传，年少，生的百浪嚣虚[16]，百能百巧。原是内相勤儿出身，因不守本分，打出吊入，滑流水，被赶出来。初时跟着人做兄弟儿[17]来；次后投入大人家做家人，把人家奶子拐出来做了浑家，却在故衣行做经纪。琵琶箫管都会。西门庆见他这般本事，常照顾他在生药铺中秤货，讨中人钱使。以此凡大小事情，少他不得。当日赍地传与来昭，督管各作匠人兴工，先拆毁花家那边旧房，打开墙垣，筑起地脚，盖起卷棚山子，各亭台要子去处。非止一日，不必尽说。

光阴迅速，日月如梭，西门庆在家看管起盖花园，约有一个月有余。却在三月上旬，乃花子虚百日，李瓶儿预先请过西门庆去，和他计议，要把花子虚灵烧了，"房子卖的卖，不的你着人来看守，你早把奴娶过去罢。省的奴在这里，晚夕空落落的，我害怕，常有狐狸鬼混的慌。你到家对大娘说，只当可怜见奴的性命罢。随你把奴做第几个，奴情愿伏侍你铺床叠被，也无抱怨。"说着，泪如雨下。西门庆道："你休烦恼。前日我把你这话，到家对房下和潘五姐也说过了，直待与你把房盖得完，那时你孝服将满，娶你过门不迟。"李瓶儿道："好，好！你既有真心娶奴，先早把奴房撺掇盖了。娶过奴去，到你家住一日，死也甘心。省的奴在这里，度日如年。"西门庆道："你的话，我知道了。"李瓶儿道："再不的，房子盖完，我烧了灵，搬在五姐那边楼上住两日，等你盖了新房子搬移不迟。你好歹到家和五姐说，我还等你的话。这三月初十日是他百日，我好念经烧灵。"

西门庆应诺，与妇人歇了一夜。到次日，一五一十对潘金莲说了。金莲道："可知好哩！奴巴不的腾两间房与他住，只怕别人。你还问声大姐姐去。我落得河水不碍船[18]，看大姐姐怎么说。"这西门庆一直走到月娘房里来。月娘正梳头，西门庆把李瓶儿要嫁一节，从头至尾说一遍。月娘道："你不好娶他的休。他头一件，孝服不满；第二件，你当初和他男子汉相交；第三件，你又和他老婆有连手，买了他房子，收着他寄放的许多东西。常言：机儿不快梭儿快[19]。我闻得人说，他家房族中花大，是个刁徒泼皮的人，倘或一时有些声口，倒没的惹虱子头上挠。奴说的是好话，赵钱孙李，你依不依随你。"几句说的西门庆闭口无言，走出前厅来，自己坐在椅子上沉吟，又不好回李瓶儿话，又不好不去的。寻思了半日，还进入金莲房里来。金莲问道："你到大姐姐房里，大姐姐怎么说？"西门庆把月娘的话告诉了一遍。金莲道："大姐不肯。论他也说的是：你又买了他房子，又娶他老婆，当初又与他汉子相交了一世，方才好。我又是一说：既做朋友，没丝都有寸[20]，交官儿也看乔了[21]。"西门庆道："这个也罢了。倒只怕花大那厮没圈子跳，知道挟制他孝服不满，在中间鬼混，怎生计较？我如今又不好回他的。”金莲道：“呸！有甚难处事。我问你：今日回他去？明日回他去？”西门庆道：“他教我今日回他声去。”金莲道：“你今日到那里，恁对他说，你说：‘我到家对五姐说来，他的楼上堆着许多药料，你这家火去，到那里没处堆放。亦发再宽待些时，你这边房子七八也待盖了，撺掇匠人，早些装修油漆停当；你这边孝服也将满。那时娶你过去，却不齐备些？强似搬在五姐楼上，荤不荤，素不素，挤在一处甚么样子！’管情他也罢了。”

西门庆听言大喜，那里等的时分，走到李瓶儿家。妇人便问：“你到家，所言之事如何？”西门庆道：“五姐说来，一发等收拾油漆你新房子，你搬去不迟。如今他那边楼上，堆的破零二乱，你这些东西过去，那里堆放？只有一件打搅，只怕你家大伯子说你孝服不满，如之奈何？”妇人道：“他不敢管我的事。休说各衣另饭，当官写立分单，已倒断开了的勾当；只我先嫁由爹娘，后嫁由自己，自古嫂儿不通问，大伯管不的我暗地里事。我如今见过不的日子，他顾不的我；他若但放出个屁来，我教那贼花子坐着死，不敢睡着死。大官人你放心，他不敢惹我！”因问：“你这房子也得几时方收拾完备？”西门庆道：“我如今分付匠人，先替你盖出这三间楼来，及到油漆了，也到五月头上。”妇人道：“我的哥哥，你上紧[22]些，奴情愿等着到那时候也罢！”说毕，丫鬟摆上酒，两个欢娱饮酒过夜。西门庆自此没三五日不来，俱不必细说。

（节选自《金瓶梅词话》第十六回）

注 释

① 堂客：女眷。

② 院：妓院。

③ 龙涎：一种香料。

④ 万福：古代妇女的一种礼仪，双手合拜胸前，口称万福，表示恭敬和祝福。

⑤ 相：同“像”。

⑥ 快：会，善于。

⑦ 拙荆：对自己妻子的谦称。

⑧ 科兑：按价兑给货物。

⑨ 不晓事：不懂事。

⑩ 行市迟：销路不好。

⑪ 张致：摆架子，这里指货物不肯轻易出手。

⑫ 买卖不与道路为仇：做买卖的人不能与交易人结仇，这里是李瓶儿劝西门庆要热情接待川广客人。

⑬ 尘邓邓的：乌烟瘴气的。

⑭ 久惯儿牢成：惯于说假话骗人。

⑮ 搀……分儿：搀合进去分得一份好处。

⑯ 百浪嚣虚：奸诈油滑。

⑰ 做兄弟儿：充当男妓。

⑱ 河水不碍船：做顺水人情。

⑲ 机儿不快梭儿快：比喻当事人没的说，而旁人却多说闲话。

⑳ 没丝都有寸：丝谐私，谓既有私交就要顾及朋友的交情。

㉑ 看乔了：看得虚假了。

㉒ 上紧：抓紧。

阅读提示

贪色与敛财，是西门庆相生相伴的两种思想性格，娶李瓶儿，西门庆可谓是财色两得。害死花子虚，李瓶儿显得是那样冷酷无情，可要嫁西门庆，却一下子变得是那样的温情柔顺。还未进入西门府，她就已开始显露出痴情的一面来：她毫无保留地将自己的财产交给西门庆，表示自己愿将一切都交给他；她几次三番表白，情愿一辈子给西门庆铺床叠被，不论做第几房妾，都毫无怨言；主动提出要和潘金莲做姊妹，跟她住在一起，从没有想过这个人到底是朋友还是毒蛇。她没有潘金莲那样的机心，却有天真的一面，误以为找到了西门庆，就找到了自己一生的归宿，所以一心一意只想平平安安过日子。但她的刚性在这一节文字中也偶有显露：对那个花大，连西门庆都不无顾忌，她却根本不放在眼里，在西门庆跟前放言："他不敢惹我！"三个女人，吴月娘的善良和顾全大局，潘金莲的奸巧和锋芒毕露，李瓶儿的柔顺和痴情，各有自己的性格特色，在处事和对西门庆的态度中已初步得到了揭示。

宋惠莲含羞自缢

单表来旺儿押到提刑院。西门庆先差玳安，下了一百石白米与夏提刑，贺千户。二人受了礼物，然后坐厅。来兴儿递上呈状，看了一遍，已知来旺先因领银做买卖，见财起意，抵换银两，恐家主查算，夤夜持刀突入后厅，谋杀家主等情，心中大怒，把来旺叫到当厅，审问这件事。这来旺儿告道：“望天官爷查情，容小的说，小的便说；不容小的说，小的不敢说。”夏提刑道：“你这厮见获赃证明白，勿得推调，从实与我说来，免我动刑。”来旺儿悉把西门庆初时令某人将蓝段子，怎的调戏他媳妇儿宋氏成奸，如今故入此罪，要垫害图霸妻子一节，诉说一遍。夏提刑大喝了一声，令右左打嘴巴，说：“你这奴才，欺心背主！你这媳妇也是你家主娶的，配与你为妻，又托资本与你做买卖；你不思报本，还生事倚醉，夤夜突入卧房，持刀杀害。满天下人都象你这奴才，也不敢使人了！”来旺儿口还叫冤屈，被夏提刑叫过甘来兴儿过来，面前执证。那来旺儿有口也说不得了。正是：会施天上计，难免目前灾。夏提刑即令左右选大夹棍上来，把来旺儿夹了一夹，打了二十大棍，打的皮开肉绽，鲜血淋漓。分付狱卒，带下去收监。来兴儿、钺安儿来家，回覆了西门庆话。西门庆满心欢喜，分付家中小厮：“铺盖饭食，一般都不与他送进去，但打了，休要来家对你嫂子说。只说衙门中一下儿也没打他，监几日便放出来。”众小厮应诺道：“小的每知道了。”

这宋惠莲自从拿了来旺儿去后，头也不梳，脸也不洗，黄着脸儿，裙腰不整，倒靸了鞋，只是关闭房门哭泣，茶饭不吃。西门庆慌了，使了玉箫并贲四娘子儿，再三进房劝解他，说道：“你放心，爹因他吃酒狂言，监他几日，耐他性儿[①]，不久也放他出来。”惠莲不信，使小厮来安儿送饭进监去，回来问他，也是这般说：“哥见官一下儿也没打，一两日来家，教嫂子在家安心。”这惠莲听了此言，方才不哭了，每日淡扫蛾眉，薄施脂粉，出来走跳。西门庆要便来回打房门首走，老婆在帘下叫道：“房里无人，爹进来坐坐不是。”西门庆抽身进入房里，与老婆做一处说话。西门庆哄他说道：“我儿，你放心。我看你面上，写了帖儿对官府说，也不曾打他一下儿。监他几日，耐耐他性儿，一两日还放他出来，还教他做买卖。”妇人搂抱着西门庆脖子，说道：“我的亲达达[②]，你好歹看奴之面，奈何他两日，放他出来。随你教他做买卖，不教他做买卖也罢。这一出来，我教他把酒断了，随你去近到远，使他往那去，他敢不去？再不，你若嫌不自便，替他寻上个老婆，他也罢了。我常远不是他的人了。”西门庆道：“我的心肝，你话是了。我明日买了对过乔家房，收拾三间房子与你住，搬了那里去，咱两个自在顽耍。”老婆道：“着来，亲亲，随你张主[③]便了。”说毕，两个闭了门首，云雨一席。妇人将身带所佩的，白银条纱挑线四条穗子的香袋儿，里面装着松柏儿、玫瑰花蕊并跤趾排草，挑着“冬夏长青，娇香美爱”八个字，把与西门庆，令攥了。西门庆喜的心中要不的，恨不的与他誓共死生，不能遽舍。向袖中又掏了一二两银子，与他买果子吃，房中盘缠。再三安抚他，“不消忧虑，只怕忧虑坏了你。我明日写帖子，对夏大人说，就放他出来。”说了一回，西门庆恐有人来，连忙出去了。

这妇人得了西门庆此话，到后边对众丫鬟媳妇，词色之间，未免轻露。孟玉楼早已知道，转来告潘金莲说：他爹怎的早晚要放来旺儿出来，另替他娶一个；怎的要买对门乔家房子，把媳妇子吊到那里去，与他三间房住；又买个丫头扶侍他，与他编银丝鬏髻，打头面，一五一十，说了一遍，“就和你我等辈一般，甚么张致？大姐姐也就不管管儿。”潘金莲不听便罢，听了忿气满怀无处着，双腮红上更添红，说道：“真个由他，我就不信了。今日与你说的话，我若教贼奴才淫妇与西门庆做了第七个老婆，我不是喇嘴说[4]，就把潘字吊过来哩！”玉楼道：“汉子没正条，大的又不管，咱每能走不能飞，到的那些儿？”金莲道：“你也忒不长俊，要这命做甚么？活一百岁杀肉吃！他若不依，我拚着这命，摈兑在他手里，也不差甚么。”玉楼笑道：“我是小胆儿，不敢惹他，看你有本事和他缠。”话休絮烦。

到晚，西门庆在花园中翡翠轩书房里坐的，要教陈经济来写帖子，往夏提刑处说，要放来旺儿出来。被金莲蓦地走到根前，搭伏着书桌儿问：“你教陈姐夫写甚么帖子？送与谁家去？”西门庆不能隐讳，把“来旺儿责打与他几下，放他出来罢”一节，告诉一遍。妇人止住小厮：“且不要叫陈姐夫来。”坐在旁边，因说道：“你空耽着汉子的名儿，原来是个随风倒舵、顺水推船的行货子！我那等对你说的话儿，你不依，倒听那贼奴才淫妇话儿。随你怎的逐日沙糖拌蜜与他吃，他还只疼他的汉子。依你如今把那奴才放出来，你也不好要他这老婆的了，教他奴才好藉口。你放在家里不荤不素，当做甚么人儿看成？待要把他做你小老婆，奴才又见在；待要说是奴才老婆，你见把他逞的恁没张置[5]的，在人根前上头上脸，有些样儿！就算另替那奴才娶一个着，你要了他这老婆，往后倘忽你两个坐在一答里，那奴才或走来根前回话做甚么，见了有个不气的？老婆见了他，站起来是，不站起来是？先不先只这个就不雅相。传出去休说六邻亲戚笑话，只家中大小把你也不着在意里。正是上梁不正下梁歪。你既要干这营生，誓做了泥鳅怕污了眼睛[6]，不如一狠二狠，把奴才结果了，你就搂着他老婆也放心。”几句又把西门庆又念翻了，把帖子写就了，送与提刑院。教夏提刑限三日提出来受一顿，拷几拶[7]，打的通不象模样。提刑两位官府，并上下观察缉捕排军，监狱中押锁上下，都受了西门庆财物，只要重不要轻。

内中有一当案的孔目阴先生，名唤阴骘，乃山西孝义县人，极是个仁慈正直之士。因是提刑官吏，上下受了西门庆贿赂，要陷害此人，图谋他妻子，故入他奴婢图财，持刀谋杀家长的重罪，也要天理，做官的养儿养女也往上长，再三不肯做文书送问，与提刑官抵面相讲。况两位提刑官，上下都被西门庆买通了，以此掣肘难行。又况来旺儿监中无钱，受其凌逼。多亏阴先生悯念他负屈衔冤，是个没底人，反替他分付监中狱卒，凡事松宽看顾他。延挨了几日，人情两尽，只把当厅责了他四十，论个递解原籍徐州为民。当查原赃，花费十七两，铅锡五包，责令西门庆家人来兴儿领回。差人写了个帖子，回覆了西门庆。随教即日押发起身。这里提刑官当厅押了一道公文，差两个公人，把来旺儿取出来，已是打的稀烂。旋钉了扭，上了封皮，限即日起程，迳往徐州管下交割。

可怜这来旺儿，在监中监了半月光景，没钱使用，弄的身体狼狈，衣服蓝缕，没处投奔。哀告两个公人，哭泣不一，说："两位哥在上，我打了一场屈官司，身上分文没有，寸布皆无。要凑些脚步钱⑧与二位，无处所凑。望你可怜见，押我到我家主家处，有我的媳妇儿，并衣服箱笼，讨出来变卖了，支谢二位，并路途盘费，也讨得一步松宽。"那两个公人道："你好不知道理！你家主西门庆，既要摆布了一场，他又肯发出媳妇，并箱笼与你？你还有甚亲故，俺每看阴师父分上，瞒上不瞒下，领你到那里，胡乱讨些钱米，勾你路上盘费便了，谁指望你甚脚步钱儿。"来旺道："二位哥哥，你只可怜，引我先到我家主门首。我央浼两三位亲邻，替我美言讨讨儿，无多有少。"两个公人道："也罢，我每押你到他门首。"这来旺儿先到应伯爵门首，伯爵推不在家。又央了左邻贾仁清、伊面慈二人来西门庆家，替来旺儿说念，讨媳妇箱笼。西门庆也不出来，使出五六个小厮，一顿棍打出来，不许在门首缠绕。把贾伊二人羞的要不的。他媳妇儿宋惠莲，在屋里瞒的铁桶相似，并不知一字。西门庆分付："那个小厮走漏消息，决打二十板。"两个公人又押到丈人家，卖棺材的宋仁家。来旺儿如此这般，对宋仁哭诉其事。打发了他一两银子，与那两个公人一吊铜钱、一斗米，路上盘缠。哭哭啼啼，从四月初旬离了清河县，往徐州大道而来。这来旺儿，又是那棒疮发了，身边盘缠缺乏，甚是苦恼。正是：若得苟全痴性命，也甘饥饿过平生。有诗为证：

当案推详秉至公，来旺遭陷出牢笼。

今朝递解徐州去，病草凄凄遇暖风。

不说来旺儿递解徐州去了。且说宋惠莲在家，每日只盼他出来。小厮一般的替他送饭，到外边，众人都吃了。转回来，惠莲问着他，只说："哥吃了，监中无事。若不是也放出来了，连日提刑老爹没来衙门中问事。也只在一二日来家。"西门庆又哄他说："我差人说了，不久即出。"妇人以为信实。一日，风里言风里语，闻得人说，来旺儿押出来在门首讨衣箱，不知怎的去了。这妇人几次问众小厮每，都不说。忽见钺安儿跟了西门庆马来家，叫住问他："你旺哥在监中好么？几时出来？"钺安道："嫂子，我告你知了罢，俺哥这早晚到流沙河了。"惠莲问其故。这钺安千不合万不合，如此这般，"打了四十板，递解原籍徐州家去了。只放你心里，休题我告你说。"这妇人不听万事皆休，听了此言是实，关闭了房门，放声大哭道："我的人哌！你在他家干坏了甚么事来？被人纸棺材暗算计[⑨]了你。你做奴才一场，好衣服没曾挣下一件在屋里。今日只当把你远离他乡算的去了，坑得奴好苦也！你在路上死活未知，存亡未保，我如今合在缸底下一般，怎的晓得？"哭了一回，取一条长手巾，拴在卧房门楹上，悬梁自缢。不想来昭妻一丈青，住房正与他相连，从后来，听见他屋里哭了一回，不见动静，半日只听喘息之声。扣房门，叫他不应，慌了手脚，教小厮。平安儿撬开窗户窜进去，见妇人穿着随身衣服，在门楹上正吊得好。一面解救下来，开了房门，取姜汤撅灌。须臾攘的后边知道，吴月娘率领李娇儿、孟玉楼、西门大姐、李瓶儿、玉箫、小玉都来看视，见贲四娘子儿也来瞧，一丈青搊扶他坐在地下，只顾哽咽，白哭不出声来。月娘叫着他，只是低着头，口吐涎痰不答应。月娘便道："原来是个傻孩子。你有话只顾说便好，如何寻这条路起来？"因问一丈青："灌些姜汤与他不曾？"一丈青道："才灌了些姜汤吃了。"月娘令玉箫扶着他，亲叫道："惠莲孩儿，你有甚么心事，越发老实叫上几声，不妨事。"问了半日，那妇人哽咽了一回，大放声，排手拍掌哭起来。月娘叫玉箫扶他上炕，他不肯上炕。月娘众人劝了半日，回后边去了。止有贲四嫂同玉箫相伴在屋里。

只见西门庆掀帘子进来，也看见他坐在冷地下哭泣，令玉箫："你搊他炕上去罢。"玉箫道："刚才娘教他上去，他不肯去。"西门庆道："好褦孩子[⑩]，冷地下冰着你。你有话对我说，如何这等拙智[⑪]。"惠莲把头摇着，说道："爹，你好人儿！你瞒着我干的好勾当儿！还说甚么孩子不孩子，你原来就是个弄人的刽子手，把人活埋惯了。害死人，还看出殡的！你成日间只哄着我，今日也说放出来，明日也说放出来，只当端的好出来。你如递解他，也和我说声儿。暗暗不透风，就解发远远的去了。你也要合凭个天理！你就信着人，干下这等绝户计[12]！把圈套儿做的成成的，你还瞒着我。你就打发，两个人都打发了，如何留下我做甚么？”西门庆笑道：“孩儿，不关你事。那厮坏了事，难以打发你。你安心，我自有个处。”因令玉箫：“你和贲四娘子相伴他一夜儿，我使小厮送酒来你每吃。”说毕，往外去了。贲四嫂良久扶他上炕坐的，和玉箫将话儿劝解他，做一处坐的。

只见西门庆到前边铺子里，问傅伙计要了一吊钱，买了一钱酥烧，拿盒子盛了，又是一瓶酒。使来安儿送到惠莲屋里，说道：“爹使我送这个与嫂子吃。”惠莲看见，一顿骂：“贼囚根子，趁早与我都拿了去，省的我摔一地！大拳打了，这回拿手摸挲。”来安儿道：“嫂子收了罢。我拿回去，爹又打我。”于是放在桌子上。就见那惠莲跳下来，把酒拿起来，才待赶着摔了去，被一丈青拦住了。那贲四嫂看着一丈青咬指头儿。正相伴他坐的，只见贲四嫂家长儿走来叫他妈，他爹门外头来家，要吃饭。贲四嫂和一丈青走出来，到一丈青门首，只见西门大姐在那里和来保儿媳妇惠祥说话，因问：“贲四嫂那里去？”贲四嫂道：“他爹门外头来了要饭吃，我到家瞧瞧就来。我来看看，乞他大爹再三央陪伴他坐坐儿，谁知倒把我来挂住了，不得脱身。”因问：“他想起甚么，干这道路？”一丈青接过来道：“早是我打后边来，听见他在屋里哭着，就不听的动静儿。乞我慌了，推门推不开，旋叫了平安儿来，打窗子里跳进去，才救下来了。若迟了一步儿，胡子老儿吹灯[13]，把人了了。”惠祥道：“刚才爹在屋里，他说甚么来？”那贲四嫂只顾笑，说道：“看不出他旺官娘子，原来也是个辣菜根子[14]，和他大爹白搽白折的平上。谁家媳妇儿有这个道理？”惠祥道：“这个媳妇儿，比别的媳妇儿不同好些：从公公身上拉下来的媳妇儿，这一家大小谁如他？”说毕，往家里去了。一丈青道：“四嫂，你到家快来。”贲四嫂道：“甚么话，我若不来，惹他大爹就怪死了。”

西门庆白日教贲四嫂和一丈青陪他坐，晚夕教玉箫伴他一处睡，慢慢将言词说，劝化他，说道：“宋大姐，你是个聪明的，趁早恁妙龄之时，一朵花初开，主子爱你，也是缘法相投。你如今将上不足，比下有余。守着主子，强如守着奴才。他去也是去了，你恁烦恼不打紧，一时哭的有好歹，却不亏负了你的性命。常言道：我做了一日和尚，撞了一日钟。往后贞节轮不到你头上了。”那惠莲听了，只是哭涕，每日饭粥也不吃。玉箫回了西门庆话。西门庆又令潘金莲亲来对他说，也不依。金莲恼了，向西门庆道："贼淫妇，他一心只想他汉子！千也说一夜夫妻百夜恩，万也说相随百步也有个徘徊意。这等贞节的妇人，便拿甚么拴的住他心？"西门庆笑道："你休听他摭说。他若早有贞节之心，当初只守着厨子蒋聪，不嫁来旺儿了。"一面坐在前厅上，把众小厮家人都叫到根前审问："你每近前，几日来旺儿递解去时，是谁对他说来？趁早举出来，我也一下不打他。不然，我打听出，每人三十板子，即与我离门离户。"忽有画童跪下说道："小的不敢说。"西门庆道："你说不妨。"画童道："那日小的听见钺安跟了爹马来家，在夹道内，嫂子问他，他走了口，对嫂子说。"这西门庆不听便罢，听了心中大怒，一片声使人寻钺安儿。

这钺安儿早已知此消息，一直躲在潘金莲房里不出来。金莲正洗脸，小厮走到屋里，跪着哭道："五娘，救小的则个！"金莲骂道："贼囚，猛可走来唬我一跳。你又不知干下甚么事？"钺安道："爹因为小的告嫂子说了旺哥去了，要打我。娘好歹劝劝爹。若出去，爹在气头上，小的就是死罢了。"金莲道："怪道囚根子唬的鬼也似的！我说甚么勾当来，恁惊天动地的，原来为那奴才淫妇。"分付："你在我这屋里，不要出去。"于是藏在门背后。西门庆见叫不将钺安去，在前厅暴叫如雷，一连使了两替小厮，来金莲房里寻他，都被金莲骂的去了。落后西门庆一阵风自家走来，手里拿着马鞭子，问："奴才在那里？"金莲不理他。被西门庆绕屋走了一遍，从门背后采出钺安来要打。乞金莲向前把马鞭子夺了，掠在床顶上，说道："没廉耻的货儿，你脸做个主了！那奴才淫妇想他汉子上吊，羞急，拿小厮来煞气。关小厮另脚儿事！"那西门庆气的睁睁的。金莲叫小厮："你往前头干你那营生去，不要理他。等他再打你，有我哩。"那钺安得手，一直往前去了。正是：两手劈开生死路，翻身跳出是非门。

这潘金莲几次见西门庆留意在宋惠莲身上，于是心生一计，行在后边唆调孙雪娥，说：来旺儿媳妇子怎的说你要了他汉子，备了他一篇是非，"他爹恼了，才把他汉子打发了。前日打了你那一顿，拘了你头面衣服，都是他过嘴告说的。"这孙雪娥耳满心满[15]。掉了雪娥口气儿，走到前边，向惠莲又是一样话说，说：孙雪娥怎的后边骂你"是蔡家使喝了的奴才，积年转主子养汉。不是你背养主子，你家汉子怎的离了他家门。说你眼泪留着些脚后跟。"说的两下都怀仇忌恨。

一日，也是合当有事。四月十八日，李娇儿生日，院中李妈妈并李桂姐，都来与他做生日。吴月娘留他同众堂客在后厅饮酒。西门庆往人家赴席不在家。这宋惠莲吃了饭儿，从早辰在后边打了个搅儿，一头拾到屋里，直睡到日沉西。由着后边一替两替使了丫鬟来叫，只是不出来。雪娥寻不着这个由头儿，走来他房里叫他，说道："嫂子做了王美人了，怎的这般难请？"那惠莲也不理他，只顾面朝里睡。这雪娥又道："嫂子，你思想你家旺官儿哩。早思想好来，不得你，他也不得死，还在西门庆家里。"这惠莲听了他这一句话，打动潘金莲说的那情由，翻身跳起来，望雪娥说道："你没的走来浪声颡气！他便因我弄出去了，你为甚么来？打你一顿，撵的不容上前！得人不说出来，大家将就些便罢了，何必撑着头儿来寻趁[16]人？"这雪娥心中大怒，骂道："好贼奴才，养汉淫妇！如何大胆骂我？"惠莲道："我是奴才淫妇，你是奴才小妇！我养汉养主子，强如你养奴才！你倒背地偷我的汉子，你还来倒自家掀腾。"这几句话分明戳在雪娥身上，那雪娥怎不急了。那宋惠莲不防他，被他走向前，一个巴掌打在脸上，打的脸上通红的。说道："你如何打我？"于是一头撞将去。两个就揪扭打在一处。慌的来昭妻一丈青走来劝解，把雪娥拉的后走，两个还骂不绝口。吴月娘走来骂了两句："你每都没些规矩儿，不管家里有人没人，都这等家反宅乱。等你主子回来，我对你主子说不说。"当下雪娥便往后边去了。月娘见惠莲头发揪乱，便道："还不快梳了头，往后边来哩。"惠莲一声儿不答话，打发月娘后边去了，走到房内，倒插了门，哭泣不止。哭到掌灯时分，众人乱着后边堂客吃酒，可怜这妇人忍气不过，寻了两条脚带，拴在门楹上，自缢身死。亡年二十五岁。正是：世间好物不坚牢，彩云易散琉璃脆。

那时可霎作怪，不想月娘正送李妈妈、桂姐出来，打惠莲门首过，关着不见动静，心中甚是疑影。打发李妈妈娘儿两个上轿去了，回来叫他门不开，都慌了手脚，还使小厮打窗户内跳进去。正是：瓦罐不离井上破[17]。割断脚带，解卸下，撅救了半日，不知多咱时分呜呼哀哉死了。

（节选自《金瓶梅词话》第二十六回）

注 释

① 耐他性儿：磨炼改变他不好的性子。

② 达达：枕席间女性对男性的昵称。

③ 张主：即主张，决定。

④ 喇嘴说：说大话，吹牛。

⑤ 没张置：没有规矩。

⑥ 誓做了泥鳅怕污了眼睛：意思是，既然决心做泥鳅，就不怕泥污了眼睛，比喻做事下了决心就不要后悔。

⑦ 拷几拶（zǎn）：用拶子夹手指的酷刑。

⑧ 脚步钱：犹说盘费。

⑨ 纸棺材暗算计：用计骗人，因纸棺材是不能用来安放死人的，故只是一种骗人的把戏。

⑩ 䙓孩子：这里是不听话的孩子。

⑪ 拙智：没见识，短见。

⑫ 绝户计：让人死绝了的毒计。

⑬ 胡子老儿吹灯，把人了了：歇后语，长着胡子的老儿去吹灯，灯未吹灭，倒先把胡子烧着了。了了，谐燎了。

⑭ 辣菜根子：性子泼辣的人。

⑮ 耳满心满：听到的话都到心里去了。

⑯ 寻趁：找毛病，挑衅。

⑰ 瓦罐不离井上破：打水的瓦罐总有一天会破碎在井边，比喻宋惠莲最终还是死在与西门庆的奸情上。

阅读提示

这是西门府中妻妾争宠的一场激烈斗争。宋惠莲勾搭上西门庆，引起了潘金莲的嫉恨，她绝对不能容许宋惠莲成为西门庆的第七个老婆。她挑拨离间，借刀杀人。先挑唆西门庆设计陷害宋惠莲的汉子来旺，瞒着宋惠莲将来旺递解到徐州，结果气得宋惠莲寻死觅活；然后又挑拨孙雪娥与宋惠莲对骂打斗，最后使宋惠莲不堪受辱而自缢身亡。潘金莲并没有直接出面，但她只是略施小计就能操纵西门庆按她的意志行事，又使孙雪娥充当了她的打手。她不用多大的力气就战胜了自己的对手，却又不为对手所知。她的阴险狠毒，机巧聪明，在这场斗争中表现得非常突出。家庭里的斗争并未同外界隔绝，西门庆交结官府，给提刑院送了礼，发了话，就将来旺按他的吩咐发落了。作者并未孤立地写西门庆的家庭生活，而是具有较为开阔的眼界，由家庭而伸展开去，涉及广泛的社会生活。宋惠莲之死，表现了她复杂的性格内涵，在她的身上有淫荡邪恶的一面，也有善良刚烈的一面；她曲意事人，却又还有维护自己人格尊严的独立意识。她背着汉子偷人，却又拼命地要保护汉子不受人伤害。看似矛盾，在她身上却是完全统一的。潘金莲在挑拨西门庆陷害来旺打击宋惠莲时，就说她是一个“一心只想着自己汉子”的“贞节妇人”。这是潘金莲所不肯做、不能做，也是她完全不能理解的。在这里，作者深刻地写出了这两个“淫妇”的本质区别，是很高明的笔墨。

潘金莲雪夜弄琵琶

不说西门庆在夏提刑家饮酒，单表潘金莲见西门庆许多时不进他房里来，每日翡翠衾寒，芙蓉帐冷。那一日把角门儿开着，在房内银灯高点，靠定帏屏，弹弄琵琶，等到二三更，便使春梅瞧数次，不见动静。正是：银筝夜久殷勤弄，寂寞空房不忍弹。取过琵琶，横在膝上，低低弹了个《二犯江儿水》，以遣其闷。在床上和衣儿又睡不着，不免

"闷把帏屏来靠，和衣强睡倒。"

猛听的房檐上铁马儿一片声响，只道西门庆来到，敲的门环儿响，连忙使春梅去瞧。春梅回道："娘错了，是外边风起落雪了。"妇人于是弹唱道：

"听风声嘹喨，雪洒窗寮，任冰花片片飘。"

一回儿灯昏香尽，心里欲待去剔续，见西门庆不来，又意儿懒的动旦了。唱道：

"懒把宝灯挑，慵将香篆烧。（只是捱一日似三秋，盼一夜如半夏。）挨过今宵，怕到明朝。细寻思，这烦恼何日是了？（暗想负心贼当初说的话儿，心中由不的我伤情儿。）想起来，今夜里心儿内焦，误了我青春年少。（谁想你弄的我三不归[①]，四捕儿，着他）你撇的人，有上稍来没下稍[②]。"

且说西门庆，约一更时分，从夏提刑家吃了酒归来。一路天气阴晦，空中半雨半雪下来，落在衣服上多化了。不免打马来家，小厮打着灯笼，就不到后边，径往李瓶儿房来。李瓶儿迎着，一面替他拂去身上雪霰。西门庆穿着青绒狮子补子，坐马白绫袄子，忠靖段巾，皂靴棕套，貂鼠风领。李瓶儿替他接了衣服，止穿绫敞衣，坐在床上，就问："哥儿睡了不曾？"李瓶儿道："小官儿顽了这回，方睡下了。"西门庆分付："叫孩儿睡罢，休要沉动着，只怕諕醒他。"迎春于是拿茶来吃了。李瓶儿问："今日吃酒来的早？"西门庆道："夏龙溪还是前日因我送了他那匹马，今日全为我费心，治了一席酒请我，又叫了两个小优儿[③]。和他坐了这一回，见天气下

雪，来家早些。”李瓶儿道：“你吃酒，教丫头筛酒来你吃。大雪里来家，只怕冷哩。”西门庆道：“还有那葡萄酒，你筛来我吃。今日他家吃的是自造的菊花酒，我嫌他殺香殺气的，我没大好生吃。”于是迎春放下桌儿，就是几碟腌鸡儿嗄饭、细巧果菜之类。李瓶儿拿杌儿在旁边坐下。桌下放着一架小火盆儿。

这里两个吃酒，潘金莲在那边屋里冷清清，独自一个儿坐在床上，怀抱着琵琶，桌上灯昏烛暗。待要睡了，又恐怕西门庆一时来；待要不睡，又是那盹困，又是寒冷。不免除去冠儿，乱挽乌云，把帐儿放下半边来，拥衾而坐。正是：

倦倚绣床愁懒睡，低垂锦帐绣衾空。
早知薄幸轻抛弃，辜负奴家一片心。

又唱道：

“懊恨薄情轻弃，离愁闲自恼。”

又唤春梅过来，“你去外边再瞧瞧，你爹来了没有，快来回我话。”那春梅走去，良久回来，说道：“娘还认爹没来哩，爹来家不耐烦了，在六娘屋里吃酒的不是！”这妇人不听罢了，听了如同心上戳上几把刀子一般，骂了几句负心贼，由不得扑簌簌眼中流下泪来。一径把那琵琶儿放得高高的，口中又唱道：

“论杀人好恕，情理难饶，负心的天鉴表！（好教我题起来，又是那疼他，又是那恨他。）心痒痛难搔，愁怀闷自焦。（叫了声贼狠心的冤家，我比他何如？盐也是这般盐，醋也是这般醋。砖儿能厚？瓦儿能薄？你一旦弃旧怜新。）让了甜桃，去寻酸枣。（不合今日教你哄了。）奴将你这定盘星儿错认了。（合）想起来，心儿里焦，误了我青春年少。你撇的人，有上稍来没下稍。”

为人莫作妇人身，百般苦乐由他人。
痴心老婆负心汉，悔莫当初错认真。

“常记的当初相聚，痴心儿望到老。（谁想今日他把心变了，把奴来一旦轻抛不理，正如那日）被云遮楚岫，水淹蓝桥，打拆开鸾凤交。（到如今当面对语，心隔千山，隔着一堵墙，咫尺不得相见。）心远路非遥，（意散了，如盐落水，如水落沙相似了。）情疏鱼雁杳。（空教我有情难控诉。）地厚天高，（空教我无梦到阳台。）梦断魂劳。俏冤家这其间心变了！（合）想起来，心儿里焦，误了我青春年少。你撇的人，有上稍来无下稍。”

西门庆正在房中和李瓶儿吃酒，忽听见这边房里弹的琵琶之声，便问是谁弹琵琶。迎春答道：“是五娘在那边弹琵琶响。”李瓶儿道：“原来你五娘还没睡哩。绣春，你快去请你五娘来吃酒。你说，俺娘请哩。”那绣春去了。李瓶儿忙教迎春那边安下个坐儿，放个锺箸在面前。良久，绣春走来说：“五娘摘了头，不来哩。”李瓶儿道：“迎春，你再去请你五娘去。你说，娘和爹请五娘哩。”不多时，迎春来说：“五娘把角门儿关了，说吹了灯，睡下了。”西门庆道：“休要信他小淫妇儿，等我和你两个拉他去，务要把他拉了来，咱和他下盘棋耍子。”于是和李瓶儿同来打他角门。打了半日，春梅把角门子开了。西门庆拉着李瓶儿进入他房中，只见妇人坐在帐上，琵琶放在旁边。西门庆道：“怪小淫妇儿，怎的两三转请着你不去？”金莲坐在床上，纹丝儿不动，把脸儿沉着，半日说道：“那没时运的人儿，丢在这冷屋里，随我自生儿由活的，又来揪采我怎的？没的空费了你这个心，留着别处使。”西门庆道：“怪奴才，八十岁妈妈没牙，有那些唇说的④！李大姐那边请你和他下盘棋儿，只顾等你不去了。”李瓶儿道：“姐姐，可不怎的。我那屋里摆下棋子了，咱每闲着下一盘儿，赌杯酒吃。”金莲道：“李大姐，你每自去。我摘了头，你不知我心里不耐烦，我如今睡也。比不的你每心宽闲散。我这两日，只有口游气儿，黄汤淡水谁尝着来？我成日睁着脸儿过日子哩！”西门庆道：“怪奴才，你好好儿的，怎的不好？你若心内不自在，早对我说，我好请太医来看你。”金莲道：“你不信，教春梅拿过我的镜子来，等我瞧。这两日，瘦的相个人模样哩！”春梅把镜子真个递在妇人手里，灯下观看。正是：

羞对菱花拭粉妆，为郎憔瘦减容光。
闭门不顾闲风月，任您梅花自主张。

“羞把菱花来照，蛾眉懒去扫。暗消磨了精神，折损了丰标，瘦伶仃不甚好。”

西门庆拿过镜子也照了照，说道：“我怎么不瘦？”金莲道：“拿什么比的你！

每日碗酒块肉，吃的肥胖胖的，专一只奈何人。”被西门庆不由分说，一屁股挨着他坐在床上，搂过脖子来就亲了个嘴，舒手被里，摸见他还没脱衣裳，两只手齐插在他腰里去，说道：“我的儿，真个瘦了些。”金莲道：“怪行货子，好冷手，冰的人慌！莫不我哄了你不成？”正是：

“香褪了海棠娇，衣惚了杨柳腰。”

说着，顺着香腮抛下珠泪来，“我的苦恼谁人知道，眼泪打肚里流罢了。”

“闷闷无聊，攘攘劳劳。泪珠儿到今滴尽了。（合）想起来，心里乱焦，误了我青春年少。撇的人来，有上稍来落下稍。”

乱了一回，西门庆还把他强死强活拉到李瓶儿房内，下了一盘棋，吃了一回酒。临起身，李瓶儿见他这等脸酸⑤，把西门庆撺掇过他这边歇了。

（节选自《金瓶梅词话》第三十八回）

注　释

① 三不归：意思是流落他乡不能归家，引申为没有着落。
② 有上稍来没下稍：有好的开头没有好的结果。稍一作梢。
③ 小优儿：小歌女。
④ 八十岁妈妈没牙，有那些唇说的：意思是哪有那么多话说的，“唇说”谐音“陈说”。
⑤ 脸酸：因强烈的嫉妒，醋意表现在脸上。

阅读提示

通过深夜弹唱琵琶，《金瓶梅》的作者写了一段潘金莲内心的抒情独白，这在前此的中国古典小说中是从没有过的。像西门庆那样的好色之徒，三妻四妾，谈不上真爱，更谈不上爱的专一，他当时正热宠李瓶儿，又同时包占了王六儿，潘金莲自然就会受到冷落。但潘金莲的痴心妄想却恰好要想独占西门庆的心，这是她痛苦的根源，也是她不幸的根源。这段描写，利用了唱词独特的艺术表现力，渲染出浓厚的气氛，近于戏剧舞台上角色面对观众的独白，充分地揭示出潘金莲内心难言的苦闷。李瓶儿定要拉潘金莲到她屋里去下棋玩，毫无机心，更无意于向她显示西门庆对她的宠爱，表现了她的单纯和天真。不过，她对潘金莲内心的不理解，不仅反衬出潘金莲内心的痛苦，更激起了潘金莲的不满和嫉恨。这是写得非常真实的，作者的笔深入到人物的灵魂深处去了。

西门庆受赃枉法

话说江南扬州广陵城内，有一苗员外，名唤苗天秀。家有万贯资财，颇好诗礼。年四十岁，身边无子，止有一女，尚未出嫁。其妻李氏，身染痼疾在床，家事尽托与宠妾刁氏，名唤刁七儿。原是扬州大马头娼妓出身。天秀用银三百两娶来家，纳为侧室，宠嬖无比。忽一日，有一老僧在门首化缘，自称是东京报恩寺僧，因为堂中缺少一尊镀金铜罗汉，故云游在此，访善纪录。天秀闻之不吝，即施银五十两与那僧人。僧人道："不消许多，一半足以完备此像。"天秀道："吾师休嫌少，除完佛像，余剩可作斋供。"那僧人问讯致谢，临行向天秀说道："员外左眼眶下有一道白气，乃是死气。主不出此年，当有大灾殃。你有如此善缘与我，贫僧焉可不预先说与你知。今后随有甚事，切勿出境。戒之，戒之！"言毕，作辞天秀而去。

那消半月，天秀偶游后园，见其家人苗青，——平日是个浪子。——正与刁氏在亭侧相倚私语，不意天秀卒至，躲避不及。看见不由分说，将苗青痛打一顿，誓欲逐之。苗青恐惧，转央亲邻，再三劝留得免，终是切恨在心。不期有天秀表兄黄美，原是扬州人氏，乃举人出身，在东京开封府做通判，亦是博学广识之人也。一日，差人寄了一封书来扬州，与天秀。要请天秀上东京，一则游玩，二者为谋其前程。苗天秀得书不胜欢喜，因向其妻妾说道："东京乃辇毂之地[①]，景物繁华所萃，吾心久欲游览，无由得便。今不期表兄书来相招，实有以大慰平生之意。"其妻李氏便说："前日僧人相你面上有灾厄，嘱付不可出门。且此去京都甚远，况你家私沉重，抛下幼女病妻在家，未审此去前程如何，不如勿往为善。"天秀不听，反加怒叱，说道："大丈夫生于天地之间，桑弧蓬矢[②]，不能遨游天下，观国之光，徒老死牖下无益矣。况吾胸中有物，囊有余资，何愁功名之不到手。此去表兄必有美事于我，切勿多言！"于是分付家人苗青，收拾行李衣装，多打点两箱金银，载一船货物，带了个安童，并苗青，来上东京，取功名如拾芥，得美职犹唾手。嘱付妻妾守家，择日起行。

正值秋末冬初之时，从扬州马头上船，行了数日，到徐州洪。但见一派水光，十分险恶：

> 万里长洪水似倾，东流海岛若雷鸣；
> 滔滔雪浪令人怕，客旅逢之谁不惊！

前过地名陕湾，苗员外见看天晚，命舟人泊住船只。也是天数将尽，合当有事。不料搭的船只，却是贼船。两个艄子皆是不善之徒：一个姓陈，名唤陈三；一个姓翁，乃是翁八。常言道：不着家人弄不得家鬼。这苗青深恨家主苗天秀，日前被责之仇，一向要报无由，口中不言，心内暗道："不如我如此如此，这般这般，与两个艄子做一路，拿得将家主害了性命，推在水内，尽分其财物。我这一回去，再把病妇谋死，这分家私连刁氏都是我情受[③]的。"正是：花枝叶下犹藏刺，人心怎保不怀毒。这苗青由是与两个艄子密密商量，说道："我家主皮箱中还有一千两金银，二千两段匹，衣服之类极广。汝二人若能谋之，愿将此物均分。"陈三、翁八笑道："汝若不言，我等不瞒你说，亦有此意久矣。"是夜天气阴黑，苗天秀与安童在中舱睡，苗青在艪后。将近三鼓时分，那苗青故意连叫有贼。苗天秀从梦中惊醒，便探头出舱外观看，被陈三手持利刀，一下刺中脖下，推在洪波荡里。那安童正要走时，乞翁八一闷棍打落于水中。三人一面在船舱内打开箱笼，取出一应财帛金银，并其段货衣服，点数均分。二艄便说："我等若留此货物，必然有犯。你是他手下家人，载此货物，到于市店上发卖，没人相疑。"因此二艄尽把皮箱中一千两金银，并苗员外衣服之类分讫，依前撑船回去了。这苗青另搭了船只，载至临清马头上，钞关[④]上过了，装到清河县城外官店内卸下，见了扬州故旧商家，只说："家主在后船便来也。"这个苗青在店发卖货物不题。

常言：人便如此如此，天理未然未然。可怜苗员外平昔良善，一旦遭其仆人之害，不得好死，虽则是不纳忠言之劝，其亦大数难逃。不想安童被艄子一棍打昏，虽落水中，幸得不死，浮没芦港，得岸上来，在于堤边号泣连声。看看天色微明之时，忽见上流有一只渔船撑将下来。船上坐着个老翁，头顶箬笠，身披短蓑，只听得岸边芦荻深处有啼哭。移船过来看时，却是一个十七八岁小厮，满身是水。问其始末情由，却是扬州苗员外家童，在洪上被劫之事。这渔翁带下船，撑回家中，取衣服与他换了，给以饮食，因问他："你要回去乎？却同我在此过活？"安童哭道：

“主人遭难，不见下落，如何回得家去，愿随公公在此。”渔翁道：“也罢，你且随我在此。等我慢慢替你访此贼人是谁，再作理会。”安童拜谢公公，遂在此翁家过其日月。

一日，也是合当有事。年除岁末，渔翁忽带安童正出河口卖鱼，正撞见陈三、翁八在船上饮酒，穿着他主人衣服，上岸来买鱼。安童认得，即密与渔翁说道：“主人之冤当雪矣。”渔翁道：“如何不具状官司处告理？”当下安童将情具告到巡河周守备府内。守备见没赃证，不接状子。又告到提刑院。夏提刑见是强盗劫杀人命等事，把状批行了。从正月十四日，差缉捕公人押安童下来拿人，前至新河口，把陈三、翁八获住到案，责问了口词。二艄见安童在旁执证，也没得动刑，一一招承了。供称：“下手之时，还有他家人苗青，同谋杀其家主，分赃而去。”这里把三人监下，又差人访拿苗青，拿到一起定罪。因节间放假，提刑官吏一连两日没来衙门中问事。早有衙门首透信儿的人，悄悄报与苗青。

苗青把这件事儿慌了，把店门锁了，暗暗躲在经纪乐三家。这乐三就在狮子街石桥西首，韩道国家隔壁，门面一间，到底三层房儿居住。他浑家乐三嫂，与王六儿所交极厚，常过王六儿这边来做伴儿坐；王六儿无事，也常往他家行走，彼此打的热闹。这乐三见苗青面带忧容，问其所以，说道：“不打紧，间壁韩家就是提刑西门老爹的外室，又是他家伙计，和俺家交往的甚好，凡事百依百随。若要保得你无事，破多少东西，教俺家过去和他家说说。”这苗青听了，连忙就下跪，说道：“但得除割了我身上没事，恩有重报，不敢有忘。”于是写了说帖，封下五十两银子，两套妆花段子衣服。乐三教他老婆拿过去，如此这般对王六儿说。王六儿喜欢的要不的，把衣服和银子并说帖都收下，单等西门庆，不见来。

到十七日日西时分，只见玳安夹着毡包，骑着头口，从街心里来。王六儿在门首，叫下来问道：“你往那里去来？”玳安道：“我跟了爹走了个远差，往东平府送礼去来。”王六儿道：“你爹如今在那里，来了不曾？”玳安道：“爹和贲四先往家去了。”王六儿便叫进去，和他如此这般说话，拿帖儿与他瞧。玳安道：“韩大婶，管他这事！休要把事轻看了，如今衙门里监着那两个船家，供着只要他哩。拿过几两银子来，也不勾打发脚下人的哩。我不管别的帐，韩大婶和他说，只与我二十两银子罢。等我请将俺爹来，随你老人家与俺爹说就是了。”王六儿笑道：“怪油嘴儿，要饭吃，休要恶了火头⑤。事成了，你的事甚么打紧，宁可我们不要，也少不得你的。”玳安道：“韩大婶，不是这等说。常言：君子不羞当面⑥。先断过，后商量。”

王六儿当下备几样菜，留玳安吃酒。玳安道："吃的红头红脸，咱家去爹问，却怎的回爹？"王六儿道："怕怎的，你就说在我这里来。"于是玳安只吃了一瓯子就走了。王六儿道："你到好歹累你说，我这里等着哩。"

玳安一直上了头口[7]来家，交进毡包，等的西门庆房中睡了一觉出来，在厢房中坐的。这玳安慢慢走到根前，说："小的回来，韩大婶叫住小的，要请爹快些过去，有句要紧话和爹说。"西门庆说："甚么话？——我知道了。"说时，正值刘学官来借银子。打发刘学官去了，西门庆骑马，带着眼纱、小帽，便叫玳安、琴童两个跟随，来到王六儿家。下马进去，到明间客位坐下。王六儿出来拜见了。那日韩道国因来前边铺子里，该上宿，没来家。老婆买了许多东西，叫老冯厨下整治，等候西门庆。一面丫鬟锦儿拿茶上来，妇人递了茶。西门庆分付琴童把马送到对门房子里去，把大门关上。妇人且不敢就题此事，先只说："爹家中连日摆酒辛苦。我闻得说，哥家中定了亲事，你老人家喜呀！"西门庆道："只因舍亲吴大嫂那里说起，和乔家做了这门亲事。他家也只这一个女孩儿。论起来，也还不搬陪，胡乱亲上做亲罢了。"王六儿道："就是和他做亲也好，只是爹如今居着恁大官，会在一处，不好意思的。"西门庆道："说甚么哩。"说了一回，老婆道："只怕爹寒冷，往房里坐去罢。"一面让至房中，一面安着一张椅儿，笼着火盆，西门庆坐下。妇人慢慢先把苗青揭帖拿与西门庆看，说："他央了间壁经纪乐三娘子，过来对我说：这苗青是他店里客人，如此这般，被两个船家拽扯，只望除豁了他这名字，免提他。他备了些礼儿在此谢我。好歹望老爹怎的将就他罢。"西门庆看了帖子，因问："他拿了那礼物谢你？"王六儿向箱中取出五十两银子来与西门庆瞧，说道："明日事成，还许两套衣裳。"西门庆看了笑道："这些东西儿，平白你要他做甚么？你不知道，这苗青乃扬州苗员外家人，因为在船上与两个船家商议，杀害家主，撺在河里，图财谋命。如今见打捞不着尸首。又当官两个船家招认他，原跟来的一个小厮安童，又当官三口执证着要他。这一拿去，稳定是个凌迟罪名。那两个，都是真犯斩罪。两个船家见供他有二千两银货在身上，拿这些银子来做甚么，还不快送与他去！"这王六儿一面到厨下，使了丫头锦儿，把乐三娘子儿叫了来，将原礼交付与他，如此这般对他说了去。

那苗青不听便罢，听他说了，犹如一桶水顶门上直灌到脚底下。正是：惊骇六叶连肝胆，諕坏三魂七魄心。即请乐三一处商议道："宁可把二千货银都使了，只要救得性命家去。"乐三道："如今老爹上边既发此言，一些半些恒属[8]打不动两位官府。须得凑一千货物与他。其余节级、原解缉捕，再得一半，才得勾用。”苗青道：“况我货物未卖，那讨银子来？”因使过乐三嫂来，和王六儿说：“老爹就要货物，发一千两银子货与老爹。如不要，伏望老爹再宽限两三日，等我倒下价钱，将货物卖了，亲往老爹宅里进礼去。”王六儿拿礼帖复到房里，与西门庆瞧。西门庆道：“既是恁般，我分付原解，且宽限他几日拿他。教他即便进礼来。”当下乐三娘子得此口词，回报苗青。苗青满心欢喜。

西门庆见间壁有人，也不敢久坐，吃了几锺酒，与老婆坐了回房，见马来接，就起身家去了。次日到衙门早发放，也不题问这件事，分付缉捕：“你休捉这苗青。”就托经纪乐三，连夜替他会了人，攛掇货物出去。那消三日，都发尽了，共卖了一千七百两银子。把原与王六儿的不动，又另加上五十两银子、四套上色衣服。

且说十九日，苗青打点一千两银子，装在四个酒坛内，又宰一口猪。约掌灯已后时分，抬送到西门庆门首。手下人都是知道的，玳安、平安、书童、琴童四个家人，与了十两银子才罢。玳安在王六儿这边，梯己又要十两银子。须臾西门庆出来，卷棚内坐的，也不掌灯，月色朦胧才上来，抬至当面。苗青穿青衣，望西门庆只顾磕着头，说道：“小人蒙老爹超拔[9]之恩，粉身碎骨，死生难报。”西门庆道：“你这件事情，我也还没好审问哩。那两个船家甚是攀你，你若出官，也有老大一个罪名。既是人说，我饶了你一死，此礼我若不受你的，你也不放心。我还把一半送你掌刑夏老爹，同做分上。你不可久住，即便星夜回去。”因问：“你在扬州那里？”苗青磕头道：“小的在扬州城内住。”西门庆分付后边拿了茶来。那苗青在松树下立着吃了，磕头告辞回去。又叫回来问：“下边原解的，你都与他说了不曾说？”苗青道：“小的外边已说停当了。”西门庆分付：“既是说了，你即回家。”那苗青出门，走到乐三家收拾行李，还剩一百五十两银子。苗青拿出五十两来，并余下几匹段子，都谢了乐三夫妇。五更替他雇长行牲口，起身往扬州去了。正是：忙忙如丧家之狗，急急似漏网之鱼。

不说苗青逃出性命不题。单表西门庆、夏提刑从衙门中散了出来，并马而行。走到大街口上，夏提刑要作辞分路。西门庆在马上举着马鞭儿说道：“长官不弃，降到舍下一叙。”把夏提刑邀到家来。门首同下了马，进到厅上叙礼，请入卷棚内宽了衣服，左右拿茶上来吃了。书童、玳安走上，安放桌席摆设。夏提刑道：“不当闲来打搅长官。”西门庆道：“岂有此理。”须臾，两个小厮用方盒拿了小菜，就在旁边摆下，各样鸡、蹄、鹅、鸭、鲜鱼，下饭就是十六碗。吃了饭，收了家火去，就是吃酒的各样菜蔬出来，小金把锺儿，银台盘儿，金镶象牙箸儿。饮酒中间，西门庆慢慢题起苗青的事来："这厮昨日央及了个士夫，再三来对学生说，又馈送了些礼在此。学生不敢自专，今日请长官来，与长官计议。"于是把礼帖递与夏提刑。夏提刑看了，便道："任凭长官尊意裁处。"西门庆道："依着学生，明日只把那个贼人、真赃送过去罢，也不消要这苗青。那个原告小厮安童，便收领在外，待有了苗天秀尸首，归给未迟。礼还送到长官处。"夏提刑道："长官这些意就不是了。长官见得极是，此是长官费心一场，何得见让于我，决然使不得。"彼此推辞了半日，西门庆不得已，还把礼物两家平分了，装了五百两在食盒内。夏提刑下席来作揖谢道："既是长官见爱，我学生再辞，显的迂阔了。盛情感激不尽，实为多愧。"又领了几杯酒，方才告辞起身。这里西门庆随即就差玳安拿了盒，还当酒抬送到夏提刑家。夏提刑亲在门上收了，拿回帖，又赏了玳安二两银子，两名排军四钱，俱不在话下。

常言道：火到猪头烂，钱到公事办。且说西门庆、夏提刑已是会定了。次日，到衙门里升厅，那提、孔、节级并缉捕观察，都被乐三替苗青上下打点停当了。摆设下刑具，监中提出陈三、翁八，审问情由，只是供称："跟伊家人苗青同谋。"西门庆大怒，喝令左右："与我用起刑来！你两个贼人，专一积年在江河中，假以舟楫装载为名，实是劫帮凿漏，邀截客旅，图财致命。见有这个小厮供称，是你等持刀戮死苗天秀波中，又将棍打伤他落水，见有他主人衣服存证，你如何抵头赖别人！"因把安童提上来问道："是谁刺死你主人，推在水中来？"安童道："某日夜，至三更时分，先是苗青叫有贼，小的主人出船舱观看，被陈三一刀戮死，推在水去；小的便被翁八一棍打落水中，才得逃出性命。苗青并不知下落。"西门庆道："据这小厮所言，就是实话，汝等如何展转得过！"于是每人两夹棍，三十榀头，打的胫骨皆碎，杀猪也似叫动。他一千两赃货已追出大半，余者花费无存。

这里提刑连日做了文书，歇过赃货，申详[⑩]东平府。府尹胡师文，又与西门庆相交，照依原行文书，叠成案卷，将陈三、翁八问成强盗杀人，斩罪。只把安童保领在外听候。有日走到东京，投到开封府黄通判衙内，具诉："苗青情夺了主人家事，使钱提刑，除了他名字出来。主人冤仇何时得报？"黄通判听了，连夜修书，并他诉状封在一处，与他盘费，就着他往巡按山东察院里投下。

（节选自《金瓶梅词话》第四十七回）

注　释

① 辇毂之地：帝王所居之地，即京都。
② 桑弧蓬矢：桑木做的弓，蓬梗做的箭。象征男子汉应该有志于四方。
③ 情受：享受。
④ 钞关：验收关税的机关。
⑤ 要饭吃，休要恶了火头：想要吃饭，就不要得罪炊夫。
⑥ 君子不羞当面：君子什么事当面讲清楚，不会以此为羞耻。
⑦ 头口：这里指马。
⑧ 恒属：同“横竖”。有时也写作恒数。
⑨ 超拔：这里是救命的意思。
⑩ 申详：给上级的报告文书。

阅读提示

这一节写西门庆的政治生涯。他用钱来换权，有了权就又换回来钱。他做了管司法的提刑官，却贪赃枉法，收受了一千两银子，就将杀人犯苗青放走。“火到猪头烂，钱到公事办。”西门庆的行为，正提供了一个鲜明的例证。值得注意的是，苗青打通关节，是通过西门庆的外室王六儿来进行的，财色相连，财色两旺，这正是西门庆追求的目的，也是他的突出特点。

李瓶儿痛哭官哥儿

却说潘金莲房中，养活的一只白狮子猫儿。浑身纯白，只额儿上带龟背一道黑，名唤“雪里送炭”，又名“雪狮子”。又善会口衔汗巾儿，拾扇儿。西门庆不在房中，妇人晚夕常抱着他在被窝里睡，又不撒尿屎在衣服上。妇人吃饭，常蹲在肩上喂他饭，呼之即至，挥之即去。妇人常唤他是“雪贼”。每日不吃牛肝干鱼，只吃生肉半斤，调养得十分肥壮，毛内可藏一鸡弹。甚是爱惜他，终日抱在膝上摸弄。不是生好意，因李瓶儿官哥儿平昔怕猫，寻常无人处，在房里用红绢裹肉，令猫扑而挝食。也是合当有事，官哥儿心中不自在，连日吃刘婆子药，略觉好些。李瓶儿与他穿上红段衫儿，安顿在外间炕上，铺着小褥子儿顽耍。迎春守着，奶子便在旁拿着碗吃饭。不料金莲房中这雪狮子，正蹲在护炕上，看见官哥儿在炕上穿着红衫儿一动动的顽耍，只当平日哄喂他肉食一般，猛然望下一跳，扑将官哥儿，身上皆抓破了。只听那官哥儿呱的一声，倒咽了一口气，就不言语了，手脚俱被风搐起来。慌的奶子丢下饭碗，搂抱在怀，只顾唾哕，与他收惊。那猫还来赶着他要挝，被迎春打出外边去了。如意儿实承望孩子搐过一阵好了，谁想只顾常连，一阵不了，一阵搐起来。李瓶儿入在后边，一面使迎春："后边请娘去，哥儿不好了，风搐着哩，叫娘快来！"

那李瓶儿不听便罢，听了正是惊损六叶连肝肺，唬坏三毛七孔心。连月娘慌的两步做一步走，径扑到房中，见孩子搐的两只眼直往上吊，通不见黑眼睛珠儿，口中白沫流出，咿咿犹如小鸡叫，手足皆动。一见心中犹如刀割相侵一般，连忙搂抱起来，脸揾着他嘴儿，大哭道："我的哥哥，我出去好好儿，怎么的搐起来？"迎春与奶子悉把被五娘房里猫所唬一节说了。那李瓶儿越发哭起来，说道："我的哥哥，你紧不可公婆意，今日你只当脱不了，打这条路儿去了。"月娘听了一声儿没言语，一面叫将金莲来，问他说："是你屋里的猫唬了孩子？"金莲问："是谁说的？"月娘指着："是奶子和迎春说来。"金莲道："你着这老婆子这等张睛[①]！俺猫在屋里好好儿的卧着不是，你每乱道怎的！把孩子唬了，没的赖人起来，瓜儿只拣软处捏，俺每这屋里是好缠的。"月娘道："他的猫怎得来这屋里？"迎春道："每常也来这边屋里走跳。"那金莲接过来道："早时你说，每常怎的不挝他？可可今日儿就挝起来？你这丫头也跟着他恁张眉瞪眼儿，六说白道[②]的！将就些儿罢了，怎的要把弓儿扯满[③]了，可可儿[④]俺每自恁没时运来。"于是使性子，抽身往房里去了。看官听说：常言道花枝叶下犹藏刺，人心怎保不怀毒？这潘金莲平日见李瓶儿从有了官哥儿，西门庆百依百随，要一奉十，每日争妍竞宠，心中常怀嫉妒不平之气，今日故行此阴谋之事：驯养此猫，必欲唬死其子，使李瓶儿宠衰，教西门庆复亲于己，就如昔日屠岸贾养神獒，害赵盾丞相一般[⑤]。正是：

湛湛青天不可欺，未曾举意早先知：
休道眼前无报应，古往今来放过谁？

月娘众人见孩子只顾搐起来，一面熬姜汤灌他，一面使来安儿快叫刘婆去。不一时，刘婆子来到，看了脉息，只顾跌脚，说道："此遭惊唬重了，是惊风，难得过来。"急令快熬灯心薄荷金银汤，取出一丸金箔丸来，向锺儿内研化。牙关紧闭，月娘连忙拔下金簪儿来，撬开口，灌下去。刘婆道："过得来便罢。如过不来，告过主家奶奶，必须要灸几醮才好。”月娘道：“谁敢耽[⑥]，必须还等他爹来，问了他爹。不然灸了，惹他来家嚶喝。”李瓶儿道：“大娘救他命罢！若等来家，只恐迟了。若是他爹骂，等我承当就是了。”月娘道：“孩儿是你的孩儿，随你灸，我不敢张主。”当下刘婆子把官哥儿眉攒、脖根、两手关尺并心口[⑦]，共灸了五醮，放他睡下。那孩子昏昏沉沉，直睡到日暮时分，西门庆来家，还不醒。那刘婆见西门庆来家，月娘与了他五钱银子药钱，一溜烟从夹道内出去了。

西门庆归到上房，月娘把孩子风搐不好，对西门庆说了。西门庆连忙走到前边来看视，见李瓶儿哭的眼红红的，问：“孩儿怎的风搐起来？”李瓶儿满眼落泪，只是不言语。问丫头、奶子，都不敢说。西门庆又见官哥儿手上皮儿去了，灸的满身火艾，心中焦燥，又走到后边问月娘。月娘隐瞒不住，只得把金莲房中猫惊唬之事说了，“刘婆子刚才看，说是急惊风，若不针灸，难过得来。若等你来，又恐怕迟了。他娘母子主张，教他灸了孩儿身上五醮，才放下他睡了，这半日还未醒。”西门庆不听便罢，听了此言三尸暴跳，五脏气冲，怒从心上起，恶向胆边生，直走到潘金莲房中，不由分说，寻着猫，提溜着脚，走向穿廊，望石台基轮起来只一摔，只听响亮一声，脑浆迸万朵桃花，满口牙零噙碎玉。正是：不在阳间擒鼠耗，却归阴府作狸仙。那潘金莲见他拿出猫去摔死了，坐在炕上风纹也不动；待西门庆出了门，口里喃喃呐呐骂道：“贼作死的强盗，把人妆出去杀了，才是好汉！一个猫儿碍着你咻屎，亡神也似走的来摔死了。他到阴司里，明日还问你要命，你慌怎的，贼不逢好死变心的强盗。”

这西门庆走到李瓶儿房里，因说奶子、迎春：“我教你好生看着孩儿，怎的教猫唬了他，把他手也挝了！又信刘婆子那老淫妇，平白把孩子灸的恁样的。若好便罢，不好把这老淫妇拿到衙门里，与他个两拶！”李瓶儿道：“你看孩儿紧自不得命，你又是恁样的！孝顺是医家[⑧]，他也巴不得要好哩。”当下李瓶儿只指望孩儿好来，不料被艾火把风气反于内，变为慢风，内里抽搐的肠肚儿皆动，尿屎皆出，大便屙出五花颜色，眼目忽睁忽闭，终朝只是昏沉不省，奶也不吃了。李瓶儿慌了，到处求神、问卜、打卦[⑨]，皆有凶无吉。月娘瞒着西门庆，又请刘婆子来家调神，又请小儿科太医来看。都用接鼻散试之，“若吹在鼻孔内打鼻涕，还看得；若无鼻涕出来，则看阴骘[⑩]，守他罢了。”于是吹下去，茫然无知，并无一个喷涕出来。越发昼夜守着，哭涕不止，连饮食都减了。

看看到八月十五日将近，月娘因他不好，连自家生日都回了不做。亲戚内眷，就送礼来也不请。家中止有吴大妗子、杨姑娘并大师父来相伴。那薛姑子和王姑子两个，在印经处争分钱不平，又使性儿彼此互相揭调。十四日，贲四同薛姑子催讨，将经卷挑将来，一千五百卷都完了。李瓶儿又与了一吊钱，买纸马香烛。十五日，同陈经济早往岳庙里进香纸，把经来看着都散施尽了，走来回李瓶儿话。乔大户家一日一遍，使孔嫂儿来看，又举荐了一个看小儿的鲍太医来看，说道："这个变成天吊客忤[11]，治不得了。"白与了他五钱银子，打发去了。灌下药去，也不受，还吐出了，只是把眼合着，口中咬的牙格支支响。李瓶儿通衣不解带，昼夜口接在怀中，眼泪不干的，只是哭。西门庆也不往那里去，每日衙门中来家，就进来看孩儿。

那时正值八月下旬天气，李瓶儿守着官哥儿睡在床上，桌上点着银灯。丫鬟养娘都睡熟了。觑着满窗月色，更漏沉沉，见那孩儿只是昏昏不省人事，一向愁肠万结，离思千端。正是：人逢喜事精神爽，闷来愁肠磕睡多。但见：

银河耿耿，玉漏迢迢。穿窗皓月耿寒光，透户凉风吹夜气。雁声嘹亮，孤眠才子梦魂惊；蛩韵凄凉，独宿佳人情绪苦。谯楼禁鼓，一更未尽一更敲；别院寒砧，千捣将残千捣起。画檐前叮当铁马，敲碎仕女情怀；银台上闪烁灯光，偏照佳人长叹。一心只想孩儿好，谁料愁来在梦多。

当下李瓶儿卧在床上，似睡不睡，梦见花子虚从前门外来，身穿白衣，恰像活时一般。见了李瓶儿，厉声骂道："泼贼淫妇，你如何抵盗我财物与西门庆？如今我告你去也！"被李瓶儿一手扯住他衣袖，央及道："好哥哥，你饶恕我则个。"花子虚一顿，撒手惊觉，却是南柯一梦。醒来手里扯着，却是官哥儿的衣衫袖子。连唦了几口，道："怪哉，怪哉！"听一听更鼓，正打三更三点。这李瓶儿唬的浑身冷汗，毛发皆竖起来。

到次日，西门庆进房来，把梦中之事告诉与西门庆。西门庆道："知道他死到那里去了，此是你梦想旧境。只把心来放正着，休要理他！你休害怪，如今我使小斯拿轿子接了吴银儿，晚夕来与你做伴儿；再把老妈叫来伏侍你两个。"玳安打院里接了吴银儿来。

那消到日西时分，那官哥儿在奶子怀里只搐气儿了。慌的奶子叫李瓶儿："娘，你来看哥哥！这黑眼睛珠儿只往上翻，口里气儿只有出来的，没有进去的。"这李瓶儿走来，抱到怀中，一面哭起来，叫丫头："快请你爹去！你说孩子待断气也。"

可好常时节又走来说话，告诉房子儿寻下了，门面两间，二层，大小四间，只要三十五两银子。西门庆听见后边官哥儿重了，就打发常时节起身，说："我不送你罢，改日我使人拿银子和你看去。"急急走到李瓶儿房中。月娘众人连吴银儿、大妗子，都在房里瞧着，那孩子在他娘怀里，把嘴一口口搐气儿。西门庆不忍看他，走到明间椅子上坐着，只长吁短叹。那消半盏茶时，官哥儿呜呼哀哉，断气身亡。时八月廿三日申时也，只活了一年零两个月。合家大小放声号哭。那李瓶儿挝耳挠腮，一头撞在地下，哭的昏过去，半日方才苏省，搂着他大放声哭叫道："我的没救星儿，心疼杀我了！宁可我同你一答儿里死了罢，我也不久活于世上了！我的抛闪杀人的心肝，撇的我好苦也！"那奶子如意儿和迎春在旁，哭的言不得，动不得。西门庆即令小厮收拾前厅西厢房干净，放下两条宽凳，要把孩子连枕席被褥抬出去，那里挺放。那李瓶儿倘在孩儿身上，两手搂抱着，那里肯放，口口声声直叫："没救星的冤家！娇娇的儿！生揭了我的心肝去了！撇的我枉费辛苦，干生受一场，再不得见你了，我的心肝！"月娘众人哭了一回，在旁劝他不住。西门庆走来，见他把脸抓破了，滚的宝髻蓬松，乌云散乱，便道："你看蛮子[12]！他既然不是你我的儿女，干养活他一场。他短命死了，哭两声，丢开罢了。如何只顾哭了去，又哭不活他，你的身子也要紧。如今抬出去，好叫小厮请阴阳[13]来看。——那是甚么时候？"月娘道："这个也有申时前后。"玉楼道："我头里怎么说来，他管情还等他这个时候才去。原是申时生，还是申时死，日子又相同，都是二十三日，只是月分差些，圆圆的一年零两个月。"李瓶儿见小厮每伺候两旁要抬他，又哭了，说道："慌抬他出去怎么的！大妈妈，你伸手摸摸，他身上还热的。"叫了一声："我的儿哷！你教我怎生割舍的你去？坑得我好苦也！"一头又撞倒在地下，放声哭道，有《山坡羊》为证：

"叫一声，青天你，如何坑陷了人奴性命！叫一声我的娇儿呵，恨不的一声儿就要把你叫应。也是前缘前世那世里少欠下你冤家债不了，轮着我今生今世为你眼泪也抛流不尽。每日家吊胆提心，费杀了我心。从来我又不曾坑人陷人，苍天如何恁不睁眼。非是你无缘，必是我那些儿薄幸。撇的我回扑着地树倒无阴来呵，竹篮打水落而无效。叫了一声：痛肠的娇生！奴情愿和你阴灵，路上一处儿行。"

当下李瓶儿哭了一回，把官哥儿抬出停在西厢房内。月娘向西门庆计较："还对亲家那里，并他师父庙里说声去。"西门庆道："他师父庙里明早去罢。"一面使玳安往乔大户家说了；一面使人请了徐阴阳来批书；又拿出十两银子与贲四，教他快抬了一付平头杉板，令匠人随即攒造了一具小棺柩儿，就要入殓。乔宅那里一闻来报，随即乔大户娘子就坐轿子，进门来就哭。月娘众人都陪着大哭了一场，告诉前事一遍。不一时，阴阳徐先生来到，看了，说道："哥儿还是正申时永逝。"月娘分付出来，教与他看看黑书[14]。徐先生掐指寻复，又检阅了阴阳秘书，瞧了一回，说道："哥儿生于政和丙申六月廿三日申时，卒于政和丁酉八月廿三日申时，月令丁酉，日干壬子，犯天地重春，本家却要忌忌哭声。亲人不忌。入殓之时，蛇、龙、鼠、兔四生人避之则吉。又黑书上云：壬子日死者，上应宝瓶宫，下临齐地。他前生曾在兖州蔡家作男子，曾倚力夺人财物，吃酒落魄，不敬天地六亲，横事牵连，遭气寒之疾，久卧床席，秽污而亡。今生为小儿，亦患风痫之疾。十日前被六畜惊去魂魄，又犯土司太岁，先亡摄去魂，死托生往郑州王家为男子，后作千户，寿六十八岁而终。"须臾，徐先生看了黑书，"请问老爹：明日出去，或埋或化？"西门庆道："明日如何出得！出三日，念了经，到五日出去，坟上埋了罢。"徐先生道："二十七日丙辰，合家本命都不犯，宜正午时掩土。"批毕书，一面就收拾入殓，已有三更天气。李瓶儿哭着往房中寻出他几件小道衣道髻鞋袜之类，替他安放在棺柩内，钉了长命钉。合家大小又哭了一场，打发阴阳去了。

次日，西门庆乱着，也没往衙门中去。夏提刑打听得知，早辰衙门散时，就来吊问，致赙[15]慰怀。又差人对吴道官庙里说知。到三日，请报恩寺八众僧人在家诵经。吴道官庙里并乔大户家，俱备折桌三牲来祭奠。吴大舅、沈姨夫，门外韩姨夫、花大舅，都有三牲祭桌来烧纸。应伯爵、谢希大、温秀才、常时节、韩道国、甘出身、贲地传、李智、黄四，都斗了分资[16]，晚夕来与西门庆宿伴。打发僧人去了，叫了一起提偶的，先在哥儿灵前祭毕，然后西门庆在大厅上放桌席管待众人。

那日院中李桂姐、吴银儿并郑月儿三家，都有人情来上纸[17]。李瓶儿思想官哥儿，每日黄恹恹，连茶饭儿都懒待吃，题起来只是哭涕，把喉音都哭哑了。西门庆怕他思想孩儿，寻了拙智[18]，白日里分付奶子、丫鬟和吴银儿相伴他，不离左右。晚夕，西门庆一连在他房中歇了三夜，枕上百般解劝。薛姑子夜间又替他念《楞严经》《解冤咒》，劝他："休要哭了。经上不说的好？改头换面，轮回去来，世机缘莫想他当来世。他不是你的儿女，都是宿世冤家债主，托生来化财化目，骗劫财物，或一岁而亡，二岁而亡，三、六、九岁而亡。一日一夜，万死万生。《陀罗经》上不说的好？昔日有一妇人，常持《佛顶心陀罗经》，日以供养不缺。乃于三生之前，曾置毒药，杀害他命。此冤家不曾离于前后，欲求方便，致杀其母，遂以托荫此身。向母胎中抱母心肝，令母至生产之时，分解不得，万死千生。及至生产下来，端正如法，不过两岁，即便身亡。母思忆之，痛切号哭，遂即把他孩儿抛向水中。如是三遍，托荫此身，向母腹中，欲求方便，致杀其母。至第三遍，准前得生，向母胎中百千计较，抱母心肝，令其母千生万死，闷绝叫唤。准前得生下，特地端严，相见具足，不过两岁，又以身亡。母既见之，不觉放声大哭，是何恶业因缘？准前把孩儿直至江边，已经数时，不忍抛弃。感得观世音菩萨，遂化作一僧，身披百衲，直至江边，乃谓此妇人曰：'不用啼哭，此非是你男女，是你三生前冤家，三度托生，欲杀母不得。为缘你常持诵《佛顶心陀罗经》，并供养不缺，所以杀汝不得。若你要见这冤家，但随贫僧手指看之。'道罢，以神通力一指，其儿遂化作一夜叉[19]之形，向水中而立，报言：'缘汝曾杀我来，我今故来报冤。盖缘汝有大道心，常持《佛顶心陀罗经》，善神日夜拥护，所以杀汝不得。我已蒙观世音菩萨受度了，从今永不与汝为冤。'道毕，沉水中不见。此女人两泪交流，礼拜菩萨，归家益修善事，后寿至九十七岁而终，转女成男。不该我贫僧说：今你这儿子，必是宿世冤家，托来你荫下化目化财，要恼害你身。为缘你供养修持，舍了此经一千五百卷，有此功行，他投害你不得，今此离身。到明日再生下来，才是你儿女。"这李瓶儿听了，终是爱缘不断，但题起来，辄流涕不止。

须臾过了五日光景，到廿七日早辰，雇了八名青衣白帽小童，大红销金棺，与播幢、云盖、玉梅、雪柳围随，前者大红铭旌，题着"西门冢男[20]之柩"。吴道官庙里，又差了十二众青衣小道童儿来，绕棺转咒生神玉章，动清乐送殡。众亲朋陪西门庆穿素服走至大街东口，将及门上，才上头口。西门庆恐怕李瓶儿到坟上悲恸，不叫他去。只是吴月娘、李娇儿、孟玉楼、潘金莲、大姐，家里五顶轿子，陪乔亲家母、大妗子和李桂姐、郑月儿、吴舜臣媳妇郑三姐，往坟头去。留下孙雪娥、吴银儿并个姑子在家，与李瓶儿做伴儿。那李瓶儿见不放他去，见棺材起身，送出到大门首，赶着棺材大放声，一口一声只叫："不来家亏心的儿哳！"叫的连声气破了，不防一头撞在门底下，把粉额磕伤，金钗坠地。慌了吴银儿与孙雪娥，向前掐扶起来，劝归后边去了。到了房中，见炕上空落落的，只有他要的那寿星博浪鼓儿还挂在床头上，一面想将起来，拍了桌子，由不的又哭了。《山坡羊》全腔为证：

“进房来，四下静，由不的我悄叹。想娇儿，哭的我肝肠儿气断。想着生下你来我受尽了千辛万苦，说不的偎干就湿成日把你耽心儿来看。教人气破了心肠和我两个结冤，实承望你与我做主儿团圆久远。谁知道天无眼又把你残生丧了，撇的我前不着村后不着店。明知我不久也命丧在黄泉来呵，咱娘儿两个鬼门关上一处儿眠。叫了一声：我娇娇的心肝！皆因是前世里无缘，你今生寿短。”

那吴银儿在旁，一面拉着他手，劝说道：“娘，少哭了。哥哥已是抛闪了你去了，那里再哭得活？你须自解自叹，休要只顾烦恼了。”雪娥道：“你又年少青春，愁到明日养不出来也怎的！这里墙有缝，壁有眼，俺每不好说的：他使心用心，反累己身。谁不知他气不忿你养这孩子。若果是他害了，当当来世，教他一还一报，问他要命。不知你我也被他话埋了几遭哩！只要汉子常守着他便好，到人屋里睡一夜儿，他就气生气死。早时前者，你每都知道，汉子等闲不到我后边，到了一遭儿，你看背地乱都囔，唧喳成一块，对着他姐儿每，说我长，道我短，那个纸包儿里也看哩！俺每也不言语，每日洗着眼儿看着他。这个淫妇，到明日还不知怎么死哩！”李瓶儿道：“罢了，我也惹了一身病在这里，不知在今日明日死也，和他也争执不得了，随他罢。”

正说着，只见奶子如意儿向前跪下，哭道：“小媳妇有句话，不敢对娘说：今日哥儿死了，乃是小媳妇没造化。只怕往后爹与大娘打发小媳妇出去，小媳妇男子汉又没了，那里投奔？”李瓶儿见他这般说，又心中伤痛起来，说：“我有那冤家在一日，去用他一日，他岂有此话说。”便道：“怪老婆，你放心，孩子便没了，我还没死哩。纵然我到明日死了，你恁在我手下一场，我也不教你出门。往后你大娘身子若是生下哥儿小姐来，你就接了奶，就是一般了。你慌乱的是些甚么！”那如意儿方才不言语了。这李瓶儿良久又悲恸哭起来。前腔：

“想娇儿，想的我，无颠无倒。盼娇儿，除非是梦儿中来到。白日里睹物伤情如刀剜了肺腑，到晚间睡醒来再不见你在我这怀儿中抱，由不的珍珠望下抛。你再不来在描金床儿上睡着顽耍，你再不来在我手掌儿上引笑。你再不来相靠着我胸膛儿来呵，生抱这热笑笑。心肝割上一刀，奴为你干生受枉费了徒劳。称愿了别人，撇的我无有个下稍。”

雪娥与吴银儿两个在旁解劝了一回，说道："你肚中吃了些甚么儿，这般只顾哭了去。"一面绣春后边拿了饭来，摆在桌上，陪他吃。那李瓶儿怎生咽得下去，只吃了半瓯儿，就丢下不吃了。

西门庆在坟上，教徐先生画了穴，把官哥儿就埋在先头陈氏娘怀中，抱孙葬了。那日乔大户山头并众亲戚都在祭祀，就在新盖卷棚管待，饮酒一日。来家，李瓶儿与月娘、乔大户娘子、大妗子磕着头，又哭了，向乔大户娘子说道："亲家，谁似奴养的孩儿不气长，短命死了。既死了，你家姐姐做了望门寡㉑，劳而无功，亲家休要笑话。"那乔大户娘子说道："亲家，怎的这般说话？孩儿每各人寿数，谁人保得后来的事。常言先亲后不改㉒。亲家每又不老，往后愁没子孙，须得慢慢来，亲家也少要烦恼了。"说毕，作辞回家去了。西门庆在前厅，教徐先生洒辉，各门上都贴辟非黄符。死者煞高三丈，向东北方而去，遇日游神冲回不出，斩之则吉，亲人勿避。西门庆拿出一匹大布，二两银子，谢了徐先生，管待出门。晚夕入李瓶儿房中，陪他睡。夜间百般言语温存。见官哥儿的戏耍物件都还在根前，恐怕李瓶儿看见，思想烦恼，都令迎春拿到后边去了。

（节选自《金瓶梅词话》第五十九回）

注 释

① 张睛：这里是白张大了眼睛的意思。

② 六说白道：同胡说八道。

③ 把弓儿扯满：把事情做得太过分，暗含把事情做绝了将后悔莫及意。

④ 可可儿：恰好。

⑤ 屠岸贾养神獒，害赵盾丞相：春秋时故事：晋灵公时，奸臣屠岸贾为害丞相赵盾，故意养一条恶犬，放言此犬能识奸臣，在朝廷放犬企图害死赵盾。此事与史载不全相符，主要见于戏曲作品中。

⑥ 耽：担待，承担责任。

⑦ 关尺、心口：都是中医中有关人体经脉穴位名。

⑧ 孝顺是医家：医生的心都是好的，总想把病人治好。

⑨ 问卜、打卦：旧时迷信用以判断吉凶的方法。

⑩ 阴骘（zhì）：天命所定。

⑪ 天吊客忤：星术用语，认为凶神已经降临，病已无法治了。

⑫ 蛮子：本是对南方男人的蔑称，这里借指李瓶儿头发蓬松的形象。

⑬ 阴阳：旧社会看风水的先生。

⑭ 黑书：阴阳先生用来推算阴间之事与阳间关系的书，与下一句所说的“阴阳秘书”性质相同。

⑮ 赙（fù）：给办丧事的家送钱财。

⑯ 斗了分资：集资，凑份子。

⑰ 上纸：烧纸钱祭奠。

⑱ 拙智：短见。

⑲ 夜叉：佛教用语，梵文的音译，意思是一种吃人的恶鬼。

⑳ 冢男：嫡生长男。

㉑ 望门寡：还没有过门就做了寡妇。

㉒ 先亲后不改：商定了的亲事不会改变，意为虽然官哥儿死了，但亲家关系是不变的。

阅读提示

这是《金瓶梅》全书中的重头笔墨之一，是西门府中一次尖锐激烈的斗争。这次斗争以潘金莲的胜利和李瓶儿的惨败为结局。这次斗争包含着非常丰富的社会内容和文化意蕴。

首先是与封建宗法制度有关。是否有子嗣是男性在家庭中要考虑的重要问题，西门庆虽然有一妻五妾，但一直没有儿子，好不容易李瓶儿为他生了官哥儿，所以视若宝贝。只要看看官哥儿安葬时棺材上写的是“西门冢男之柩”，就会明白了。李瓶儿只是第六房妾，并不是正妻，可是她生的儿子官哥儿却视作西门家中的“冢男”（即嫡生长男），可见官哥儿虽只是一个一岁多的孩子，却有重要的地位，得到了西门庆的重视和疼爱。还有就是官哥儿死后葬仪的描写也很值得注意。可以同《红楼梦》中对秦可卿的葬仪相比较，是很有意思的：秦可卿只是贾府中的一个重孙媳妇，葬仪却是那样风光；官哥儿只是一个仅活了一岁多的小孩儿，葬仪在西门府中也是够风光的了。

其次是，与此相关，这段描写深刻地反映了在那个时代条件下，妇女在家庭中的地位和命运。李瓶儿能得到西门庆的宠爱，除了她美丽的容貌和可以满足西门庆的淫欲之外，最重要的原因就是因为她替西门庆生下了一个宝贝儿子，在传宗接代上立了头功。这也是引起潘金莲对她极度嫉恨的根本原因。看看潘金莲为了未能怀孕产生的无穷苦恼以及为此所做出的各种努力，就能看出是否能为男人生子，在封建时代的妇女有多么重要。官哥儿死后，西门庆对李瓶儿的百般体贴爱怜，也是意味深长，值得我们注意的。

第三是，封建社会中的妻妾争宠是一场你死我活的斗争，是极其尖锐，极其残酷的。潘金莲的害死官哥儿，并进而害死李瓶儿，是她处心积虑、精心策划的一个大阴谋，这固然是她的恶德和罪行的表现；但如果放到男尊女卑和一夫多妻的思想文化大背景下来考察，潘金莲的思想行为，只不过是富于个性的生存竞争的一种表现而已。《金瓶梅》描写的意义，它所揭示的，就不完全是某个人的个人意志和行为，而是表现了社会生活的本质方面。这对我们今天认识那个已经逝去的历史生活，显然具有重要的启发意义。

另外，李瓶儿和潘金莲性格的对比描写，通过治病和葬仪等的描写所表现出的当时的民俗民情，也都是值得注意的方面。

小　结

读《金瓶梅》，应该和它之前的长篇小说对比起来看。应注意的是：一、题材的转变，从金戈铁马的政治历史题材转变到家庭生活的题材，传奇色彩脱掉了，紧张曲折的情节也没有了，艺术描写变得平实、细腻、深刻了；二、人物关系和人物的思想性格，都趋于复杂和多层次、多侧面化，这是中国古典小说现实主义艺术走向成熟的表现；三、小说以揭露和批判为主，对社会生活中正面和美好的人和事表现得很不够，不像后来的《红楼梦》那样对美好的理想和美好的人和事，表现出强烈的赞美和追求的热情，而是表现出一种对生活中的黑暗和丑恶现象的冷峻态度；四、在一定程度上表现出作家个人的艺术风格，语言更趋于口语化，运用方言俗语比较多，生活气息浓厚，但同时也增加了阅读的困难。

参考资料

一、前人的评论

欣欣子曰：窃谓兰陵笑笑生作《金瓶梅传》，寄意于时俗，盖有谓也。……吾友笑笑生为此，爰罄平日所蕴者，著斯传，凡一百回，其中语句新奇，脍炙人口，无非明人伦，戒淫奔，分淑慝，化善恶，知盛衰消长之机，取报应轮回之事，如在目前，始终如脉络贯通，如万丝迎风而不乱也，使观者庶几可以一哂而忘忧也。……此一传者，虽市井之常谈，闺房之碎语，使三尺童子闻之，如饫天浆而拔鲸牙，洞洞然易晓。虽不比古之集，理趣文墨，绰有可观。（《金瓶梅词话序》）

弄珠客曰：借西门庆以描画世之大净，应伯爵以描画世之小丑，诸淫妇以描画世之丑婆净婆，令人读之汗下。盖为世戒，非为世劝也。余尝曰：读《金瓶梅》而生怜悯心者，菩萨也；生畏惧心者，君子也；生欢喜心者，小人也；生效法心者，乃禽兽耳。（《金瓶梅序》）

廿公曰：《金瓶梅传》，为世庙时一巨公寓言，盖有所刺也。然曲尽人间丑态，其亦先师不删郑、卫之旨乎？中间处处埋伏因果，作者亦大慈悲矣。（《金瓶梅跋》）

谢肇淛曰：《金瓶梅》一书，不著作者名代。相传永陵中有金吾戚里，凭怙奢汰，淫纵无度，而其门客病之，采摭日逐行事，汇以成编，而托之西门庆也。……其中朝野之政务，官私之晋接，闺闼之媟语，市里之猥谈，与夫势交利合之态，心输背笑之局，桑中濮上之期，尊罍枕席之语，驵验之机械意智，粉黛之自媚争妍，狎客之从臾逢迎，奴佁之嵇唇淬语，穷极境象，駴意快心。譬之范工抟泥，妍媸老少，人鬼万殊，不徒有其貌，且其神传之。信稗官之上乘，炉锤之妙手也。（《金瓶梅跋》）

袁宏道曰：《金瓶梅》从何得来？伏枕略观，云霞满纸，胜于枚生《七发》多矣。（《袁宏道集·与董思白》）

袁中道曰：（《金瓶梅》）大约摸写儿女情态俱备……琐碎中有无限烟波，亦非慧人不能。（《游居柿录》）

沈德符曰：闻此为嘉靖间大名士手笔，指斥时事，如蔡京父子则指分宜，林灵素则指陶仲文，朱勔则指陆炳，其他各有所属云。（《万历野获编》）

张竹坡曰：若《金瓶》乃隐大段精采于琐碎之中，只分别字句，细心者皆可为，而反失其大段精采也。（《第一奇书凡例》）

又曰：我喜其文之洋洋一百回，而千针万线同出一丝，又千曲万折不露一线，闲窗独坐，读史读诸家文，少暇偶一观之，曰：如此妙文，不为之递出金针，不几辜负作者千秋苦心哉！……盖其书之细如牛毛，乃千万根共具一体，血脉贯通，藏针伏线，千里相牵，少有所见，不禁望洋而退。（《竹坡闲话》）

又曰：稗官者，寓言也，其假捏一人，幻造一事，虽为风影之谈，亦必依山点石，借海扬波。故《金瓶》一部，有名人物不下百数，为之寻端竟委，大半皆属寓言。庶因物有名，托名摭事，以成此一百回曲曲折折之书。（《寓意说》）

又曰：《金瓶梅》是一部《史记》。然而《史记》有独传，有合传，却是分开做的。《金瓶梅》却是一百回共成一传，而千百人总合一传，内却又断断续续，各人自有一传。固知作《金瓶梅》者，必能作《史记》也。（《批评第一奇书金瓶梅读法》）

又曰:《金瓶梅》妙在善用犯笔而不犯也。如写一伯爵，更写一希大；然毕竟伯爵是伯爵，希大是希大，各自的身分，各人的谈吐，一丝不紊。写一金莲，更写一瓶儿，可谓犯矣；然又如终聚散，其言语举动，又各各不乱一丝。写一王六儿，偏又写一贲四嫂；写一李桂姐，又写一吴银姐、郑月儿；写一王婆，偏又写一薛媒婆、一冯妈妈、一文嫂儿、一陶媒婆。写一薛姑子，偏又写一王姑子、刘姑子。诸如此类，皆妙在特特犯手，却又各各一款，绝不相同也。(同上)

又曰:凡人谓《金瓶梅》是淫书者，想必伊只知看其淫处也。若我看此书，纯是一部史公文字。

做《金瓶梅》之人，若令其做忠臣孝子之文，彼必能又出手眼，摹神肖影，追魂取魄，另做出一篇忠孝文字也。我何以知之？我于其摹写奸夫淫妇知之。

作《金瓶梅》者，必曾于患难穷愁，人情世故，一一经历过，入世最深，方能为众脚色摹神也。(同上)

刘廷玑曰:深切人情世务，无如《金瓶梅》，真称奇书。欲要止淫，以淫说法；欲要破迷，引迷入悟。其中家常日用，应酬世务，奸诈贪狡，诸恶皆作，果报昭然。而文心细如牛毛茧丝。凡写一人，始终口吻酷肖到底，掩卷读之，但道数语，便能默会为何人。结构铺张，针线缜密，一字不漏，又岂寻常笔墨可到者哉！(《在园杂志》)

平子曰:《金瓶梅》一书，作者抱无穷冤抑，无限深痛，而又处黑暗之时代，无可与言，无从发泄，不得已借小说以鸣之。其描写当时之社会情状，略具一斑，然与《水浒传》不同。《水浒》多正笔,《金瓶》多侧笔;《水浒》多明写,《金瓶》多暗刺;《水浒》多快语,《金瓶》多痛语;《水浒》明白畅快,《金瓶》隐抑凄恻;《水浒》抱奇愤,《金瓶》抱奇冤。处境不同，故下笔亦不同。且其中短简小曲，往往隽韵绝伦，有非宋词元曲所能及者。又可征当时小人女子之情状，人心思想之程度，真正一社会小说，不得以淫书目之。(《小说丛话》)

曼殊曰:至于《金瓶梅》，吾固不能谓为非淫书，然其奥妙，绝非在写淫之笔，盖此书的是描写下等妇人社会之书也。(同上)

二、今人的评论

鲁迅论《金瓶梅》(载《中国小说史略》第十九篇《明之人情小说》〔上〕)。

吴晗:《〈金瓶梅〉的著作时代及其社会背景》

郑振铎:《谈〈金瓶梅词话〉》(以上均载《论〈金瓶梅〉》，文化艺术出版社，

1984 年）

宁宗一:《小说观念的更新与〈金瓶梅〉的价值》（载《〈金瓶梅〉研究集》，齐鲁书社，1988 年）

吴组缃:《关于〈金瓶梅〉的漫谈》（载《文学遗产》1993 年第 5 期）

任访秋:《略论〈金瓶梅〉中的人物形象及其艺术成就》（载《名家解读〈金瓶梅〉》，山东人民出版社，1998 年）

周先慎:《论潘金莲悲剧》，（载《中国文化研究》1995 年第 4 期，秋之卷）

第六章　明代白话短篇小说

蒋兴哥重会珍珠衫

仕至千钟[①]非贵，年过七十常稀。浮名身后有谁知？万事空花[②]游戏　休逞少年狂荡，莫贪花酒便宜。脱离烦恼是和非，随分安闲得意。

这首词，名为《西江月》，是劝人安分守己，随缘[③]作乐，莫为“酒”“色”“财”“气”四字，损却精神，亏了行止[④]。求快活时非快活，得便宜处失便宜。说起那四字中，总到不得那“色”字利害。眼是情媒，心为欲种。起手时，牵肠挂肚；过后去，丧魄销魂。假如墙花路柳[⑤]，偶然适兴，无损于事；若是生心设计，败俗伤风，只图自己一时欢乐，却不顾他人的百年恩义，——假如你有娇妻爱妾，别人调戏上了，你心下如何？古人有四句道得好：

人心或可昧[⑥]，天道不差移。
我不淫人妇，人不淫我妻。

看官[⑦]，则今日听我说《珍珠衫》这套词话[⑧]，可见果报不爽[⑨]，好教少年子弟做个榜样。

话中单表一人，姓蒋名德，小字兴哥，乃湖广襄阳府枣阳县[⑩]人氏。父亲叫做蒋世泽，从小走熟广东做客买卖。因为丧了妻房罗氏，止遗下这兴哥，年方九岁，别无男女，这蒋世泽割舍不下，又绝不得广东的衣食道路，千思百计，无可奈何，只得带那九岁的孩子同行作伴，就教他学些乖巧。这孩子虽则年小，生得：

> 眉清目秀，齿白唇红。行步端庄，言辞敏捷。聪明赛过读书家，伶俐不输长大汉。人人唤做粉孩儿，个个羡他无价宝。

蒋世泽怕人妒忌，一路上不说是嫡亲儿子，只说是内侄罗小官人。原来罗家也是走广东的，蒋家只走得一代，罗家到走过三代了。那边客店牙行[11]，都与罗家世代相识，如自己亲眷一般。这蒋世泽做客，起头也还是丈人罗公领他走起的；因罗家近来屡次遭了屈官司，家道消乏，好几年不曾走动。这些客店牙行见了蒋世泽，那一遍不动问罗家消息，好生牵挂！今番见蒋世泽带个孩子到来，问知是罗家小官人，且是生得十分清秀，应对聪明，想着他祖父三辈交情，如今又是第四辈了，那一个不欢喜。

闲话休题。却说蒋兴哥跟随父亲做客，走了几遍，学得伶俐乖巧，生意行中，百般都会，父亲也喜不自胜。何期到一十七岁上，父亲一病身亡。且喜刚在家中，还不做客途之鬼。兴哥哭了一场，免不得揩干泪眼，整理大事。殡殓之外，做些功德超度[12]，自不必说。七七四十九日内[13]，内外宗亲，都来吊孝。本县有个王公，正是兴哥的新岳丈，也来上门祭奠，少不得蒋门亲戚陪侍叙话。中间说起：兴哥少年老成，这般大事，亏他独力支持。因话随话间，就有人撺掇道："王老亲翁，如今令爱也长成了，何不乘凶完配[14]，教他夫妇作伴，也好过日。"王公未肯应承，当日相别去了。众亲戚等安葬事毕，又去撺掇兴哥。兴哥初时也不肯，却被撺掇了几番，自想孤身无伴，只得应允。央原媒人往王家去说，王公只是推辞，说道："我家也要备些薄薄妆奁，一时如何来得？况且孝未期年[15]，于礼有碍。便要成亲，且待小祥之后再议[16]。"媒人回话，兴哥见他说得正理，也不相强。

光阴如箭，不觉周年已到。兴哥祭过了父亲灵位，换去粗麻衣服，再央媒人王家去说，方才依允。不隔几日，六礼完备[17]，娶了新妇进门。有《西江月》为证：

> 孝幕翻成红幕，色衣换去麻衣[18]。画楼结彩烛光辉，合卺[19]花筵齐备　那羡妆奁富盛，难求丽色娇妻。今宵云雨足欢娱，来日人称恭喜。

说这新妇是王公最幼之女，小名唤做三大儿；因他是七月七日生的，又唤做三巧儿。王公先前嫁过的两个女儿，都是出色标致的。枣阳县中，人人称羡，造出四句口号[20]，道是：

“天下妇人多，王家美色寡。
有人娶着他，胜似为驸马。”

常言道：“做买卖不着，只一时；讨老婆不着，是一世。”若干官宦大户人家，单拣门户相当，或是贪他嫁资丰厚，不分皂白，定了亲事。后来娶下一房奇丑的媳妇，十亲九眷面前，出来相见，做公婆的好没意思。又且丈夫心下不喜，未免私房走野[21]。偏是丑妇极会管老公，若是一般见识的，便要反目；若使顾惜体面，让他一两遍，他就做大[22]起来。有此数般不妙，所以蒋世泽闻知王公惯生得好女儿，从小便送过财礼，定下他幼女与儿子为婚。今日娶过门来，果然娇姿艳质，说起来，比他两个姐儿加倍标致。正是：

吴宫西子不如，楚国南威难赛[23]。
若比水月观音[24]，一样烧香礼拜。

蒋兴哥人才本自齐整，又娶得这房美色的浑家，分明是一对玉人，良工琢就，男欢女爱，比别个夫妻更胜十分。三朝之后，依先换了些浅色衣服，只推制中[25]，不与外事，专在楼上与浑家成双捉对，朝暮取乐。真个行坐不离，梦魂作伴。自古苦日难熬，欢时易过，暑往寒来，早已孝服完满。起灵除孝[26]，不在话下。

兴哥一日间想起父亲存日广东生理，如今担阁三年有余了，那边还放下许多客帐，不曾取得，夜间与浑家商议，欲要去走一遭。浑家初时也答应道“该去”，后来说到许多路程，恩爱夫妻，何忍分离？不觉两泪交流。兴哥也自割舍不得，两下凄惨一场，又丢开了。如此已非一次。

光阴荏苒，不觉又挨过了二年。那时兴哥决意要行，瞒过了浑家，在外面暗暗收拾行李。拣了个上吉的日期，五日前方对浑家说知，道：“常言‘坐吃山空’，我夫妻两口，也要成家立业，终不能抛了这行衣食道路？如今这二月天气，不寒不暖，不上路更待何时？”浑家料是留他不住了，只得问道：“丈夫此去几时可回？”兴哥道：“我这番出外，甚不得已，好歹一年便回，宁可第二遍多去几时罢了。”浑家指着楼前一棵椿树道：“明年此树发芽，便盼着官人回也。”说罢，泪下如雨。兴哥把衣袖替他揩拭，不觉自己眼泪也挂下来。两下里怨离惜别，分外恩情，一言难尽。

到第五日，夫妇两个啼啼哭哭，说了一夜的说话，索性不睡了。五更时分，兴哥便起身收拾，将祖遗下的珍珠细软，都交付与浑家收管，自己只带得本钱银两、账目底本及随身衣服、铺陈之类，又有预备下送礼的人事，都装叠得停当。原有两房家人，只带一个后生些的去；留一个老成的在家，听浑家使唤，买办日用。两个婆娘，专管厨下。又有两个丫头，一个叫晴云，一个叫暖雪，专在楼中伏侍，不许远离。分付停当了，对浑家说道："娘子耐心度日。地方轻薄子弟不少，你又生得美貌，莫在门前窥瞰[27]，招风揽火[28]。"浑家道："官人放心，早去早回。"两下掩泪而别。正是：

世上万般哀苦事，无非死别与生离。

兴哥上路，心中只想着浑家[29]，整日的不瞅不睬[30]。不一日，到了广东地方，下了客店。这伙旧时相识都来会面，兴哥送了些人事[31]，排家的治酒接风[32]，一连半月二十日，不得空闲。兴哥在家时，原是淘虚了的身子，一路受些劳碌，到此未免饮食不节，得了个疟疾，一夏不好，秋间转成水痢。每日请医切脉，服药调治，直延到秋尽，方得安痊。把买卖都担阁了，眼见得一年回去不成。正是：

只为蝇头微利，抛却鸳被良缘。

兴哥虽然想家，到得日久，索性把念头放慢了。

不题兴哥做客之事，且说这里浑家王三巧儿，自从那日丈夫分付了，果然数月之内，目不窥户，足不下楼。光阴似箭，不觉残年将尽，家家户户，闹轰轰的暖火盆[33]，放爆竹，吃合家欢[34]耍子。三巧儿触景伤情，思想丈夫，这一夜好生凄楚！正合古人的四句诗，道是：

腊尽愁难尽，春归人未归。
朝来嗔寂寞，不肯试新衣。

明日正月初一日，是个岁朝[35]。晴云、暖雪两个丫头，一力劝主母在前楼去看看街坊景象。原来蒋家住宅前后通连的两带楼房，第一带临着大街，第二带方做卧室，三巧儿闲常只在第二带中坐卧。这一日被丫头们撺掇不过，只得从边厢里走过前楼，分付推开窗子，把帘儿放下，三口儿在帘内观看。这日街坊上好不闹杂！三巧儿道："多少东行西走的人，偏没个卖卦先生在内；若有时，唤他来卜问官人消息也好。"晴云道："今日是岁朝，人人要闲耍的，那个出来卖卦？"暖雪叫道："娘限在我两个身上，五日内包唤一个来占卦便了。"

到初四日早饭过后，暖雪下楼小解，忽听得街上当当的敲响。响的这件东西，唤做"报君知"[36]，是瞎子卖卦的行头[37]。暖雪等不及解完，慌忙检了裤腰，跑出门外，叫住了瞎先生，拨转脚头一口气跑上楼来，报知主母。三巧儿分付：唤在楼下坐启[38]内坐着。讨他课钱[39]，通陈[40]过了，走下楼梯，听他剖断。那瞎先生占成一卦，问是何用。那时厨下两个婆娘，听得热闹，也都跑将来了，替主母传语道："这卦是问行人的。"瞎先生道："可是妻问夫么？"婆娘道："正是。"先生道："青龙治世，财爻发动，若是妻问夫，行人在半途，金帛千箱有，风波一点无。青龙属木，木旺于春，立春前后，已动身了。月尽月初，必然回家，更兼十分财采。"三巧儿叫买办的，把三分银子打发他去，欢天喜地，上楼去了。真所谓"望梅止渴"，"画饼充饥"。

大凡人不做指望，到也不在心上；一做指望，便痴心妄想，时刻难过。三巧儿只为信了卖卦先生之语，一心只想丈夫回来，从此时常走向前楼，在帘内东张西望。直到二月初旬，椿树抽芽，不见些儿动静。三巧儿思想丈夫临行之约，愈加心慌，一日几遍，向外探望。也是合当有事，遇着这个俊俏后生。正是：

有缘千里能相会，无缘对面不相逢。

这个俊俏后生是谁？原来不是本地，是徽州新安县[41]人氏，姓陈名商，小名叫做大喜哥，后来改口呼为大郎。年方二十四岁，且是生得一表人物，虽胜不得宋玉、潘安[42]，也不在两人之下。这大郎也是父母双亡，凑了二三千金本钱，来走襄阳贩籴些米豆之类，每年常走一遍。他下处[43]自在城外，偶然这日进城来，要到大市街汪朝奉[44]典铺中问个家信。那典铺正在蒋家对门，因此经过。你道怎生打扮？头上带一顶苏样的百柱鬃帽[45]，身上穿一件鱼肚白的湖纱道袍，又恰好与蒋兴哥平昔穿着相象。三巧儿远远瞧见，只道是他丈夫回了，揭开帘子，定睛而看。陈大郎抬头，望见楼上一个年少的美妇人，目不转睛的，只道心上欢喜了他，也对着楼上丢个眼色。谁知两个都错认了。三巧儿见不是丈夫，羞得两颊通红，忙忙把窗儿拽转，跑在后楼，靠着床沿上坐地，兀自心头突突的跳一个不住。谁知陈大郎的一片精魂，早被妇人眼光儿摄上去了。回到下处，心心念念的放他不下，肚里想道："家中妻子，虽是有些颜色，怎比得妇人一半？欲待通个情款[46]，争奈无门可入。若得谋他一宿，就消花这些本钱，也不枉为人在世。"叹了几口气，忽然想起大市街东巷，有个卖珠子的薛婆，曾与他做过交易。这婆子能言快语，况且日逐串街走巷，那一家不认得？须是与他商议，定有道理。

这一夜番来覆去，勉强过了。次日起个清早，只推有事，讨些凉水梳洗，取了一百两银子、两大锭金子，急急的跑进城来。这叫做：

欲求生受用，须下死工夫。

陈大郎进城，一径来到大市街东巷，去敲那薛婆的门。薛婆蓬着头，正在天井里拣珠子，听得敲门，一头收过珠包，一头问道："是谁？"才听说出"徽州陈"三字，慌忙开门请进，道："老身未曾梳洗，不敢为礼了。大官人起得好早！有何贵干？"陈大郎道："特特而来，若迟时，怕不相遇。"薛婆道："可是作成老身出脱[47]些珍珠首饰么？"陈大郎道："珠子也要买，还有大买卖作成你。"薛婆道："老身除了这一行货，其余都不熟惯。"陈大郎道："这里可说得话么？"薛婆便把大门关上，请他到小阁儿坐着，问道："大官人有何分付？"大郎见四下无人，便向衣袖里摸出银子，解开布包，摊在卓[48]上，道："这一百两白银，干娘收过了，方才敢说。"婆子不知高低，那里肯受。大郎道："莫非嫌少？"慌忙又取出黄灿灿的两锭金子，也放在卓上，道："这十两金子，一并奉纳。若干娘再不收时，便是故意推调了。今日是我来寻你，非是你来求我。只为这桩大买卖，不是老娘成不得，所以特地相求。便说做不成时，这金银你只管受用，终不然我又来取讨，日后再没相会的时节了，我陈商不是恁般小样[49]的人！"看官，你说从来做牙婆[50]的那个不贪钱钞？见了这般黄白之物，如何不动火？薛婆当时满脸堆下笑来，便道："大官人休得错怪，老身一生不曾要别人一厘一毫不明不白的钱财。今日既承大官人分付，老身权且留下；若是不能效劳，依旧奉纳。"说罢，将金锭放银包内，一齐包起，叫声："老身大胆了。"拿向卧房中藏过，忙趄[51]出来，道："大官人，老身且不敢称谢，你且说甚么买卖，用着老身之处？"大郎道："急切要寻一件救命之宝，是处都无；只大市街上一家人家方有，特央干娘去借借。"婆子笑将起来，道："又是作怪！老身在这条巷住过二十多年，不曾闻大市街有甚救命之宝。大官人你说，有宝的还是谁家？”大郎道：“敝乡里汪三朝奉典铺对门高楼子内是何人之宅？”婆子想了一回，道：“这是本地蒋兴哥家里。他男子出外做客，一年多了，止有女眷在家。”大郎道：“我这救命之宝，正要问他女眷借借。”便把椅儿掇近了婆子身边，向他诉出心腹，如此如此。婆子听罢，连忙摇首道：“此事大难！蒋兴哥新娶这房娘子，不上四年，夫妻两个如鱼似水，寸步不离。如今没奈何出去了，这小娘子足不下楼，甚是贞节。因兴哥做人有些古怪，容易嗔嫌，老身辈从不曾上他的阶头。连这小娘子面长面短，老身还不认得，如何应承得此事？方才所赐，是老身薄福，受用不成了。”陈大郎听说，慌忙双膝跪下。婆子去扯他时，被他两手拿住衣袖，紧紧按定在椅上，动掸不得。口里说：“我陈商这条性命，都在干娘身上。你是必思量个妙计，作成我入马[52]，救我残生。事成之日，再有白金百两相酬。若是推阻，即今便是个死。”慌得婆子没理会处，连声应道：“是，是，莫要折杀老身，大官人请起，老身有话讲。”陈大郎方才起身，拱手道：“有何妙策，作速见教。”薛婆道：“此事须从容图之，只要成就，莫论岁月。若是限时限日，老身决难奉命。”陈大郎道：“若果然成就，便迟几日何妨？只是计将安出？”薛婆道：“明日不可太早，不可太迟，早饭后，相约在汪三朝奉典铺中相会。大官人可多带银两，只说与老身做买卖，其间自有道理。若是老身这两只脚跨进得蒋家门时，便是大官人的造化。大官人便可急回下处，莫在他门首盘桓[53]，被人识破，误了大事。讨得三分机会，老身自来回覆。”陈大郎道：“谨依尊命。”唱了个肥喏[54]，欣然开门而去。正是：

未曾灭项兴刘，先见筑坛拜将[55]。

当日无话。到次日，陈大郎穿了一身齐整衣服，取上三四百两银子，放在个大皮匣内，唤小郎背着[56]，跟随到大市街汪家典铺来。瞧见对门楼窗紧闭，料是妇人不在，便与管典的拱了手，讨个木凳儿坐在门前，向东而望。不多时，只见薛婆抱着一个篾丝箱儿来了。陈大郎唤住，问道：“箱内何物？”薛婆道：“珠宝首饰，大官人可用么？”大郎道：“我正要买。”薛婆进了典铺，与管典的相见了，叫声咶噪，便把箱儿打开。内中有十来包珠子，又有几个小匣儿，都盛着新样簇花点翠的首饰，奇巧动人，光灿夺目。陈大郎拣几吊极粗极白的珠子，和那些簪珥[57]之类，做一堆儿放着，道：“这些我都要了。”婆子便把眼儿瞅着，说道：“大官人要用时尽用，只怕不肯出这样大价钱。”陈大郎已自会意，开了皮匣，把这些银两白华华的，摊做一台，高声的叫道：“有这些银子，难道买你的货不起！”此时邻舍闲汉已自走过七八个人，在铺前站着看了。婆子道：“老身取笑，岂敢小觑大官人。这银两须要仔细，请收过了，只要还得价钱公道便好。”两下一边的讨价多，一边的还钱少，差得天高地远。那讨价的一口不移。这里陈大郎拿着东西，又不放手，又不增添，故意走出屋檐，件件的翻覆认看，言真道假、弹斤估两的在日光中烜耀。惹得一市人都来观看，不住声的有人喝采。婆子乱嚷道：“买便买，不买便罢，只管担阁人则甚！”陈大郎道：“怎么不买？”两个又论了一番价。正是：

只因酬价争钱口，惊动如花似玉人。

王三巧儿听得对门喧嚷，不觉移步前楼，推窗偷看。只见珠光闪烁，宝色辉煌，甚是可爱。又见婆子与客人争价不定，便分付丫鬟去唤那婆子，借他东西看看。晴云领命，走过街去，把薛婆衣袂一扯，道：“我家娘请你。”婆子故意问道：“是谁家？”晴云道：“对门蒋家。”婆子把珍珠之类，劈手夺将过来，忙忙的包了，道：“老身没有许多空闲，与你歪缠！”陈大郎道：“再添些卖了罢。”婆子道：“不卖不卖，象你这样价钱，老身卖去多时了。”一头说，一头放入箱儿里，依先关锁了，抱着便走。晴云道：“我替你老人家拿罢。”婆子道：“不消。”头也不回，径到对门去了。陈大郎心中暗喜，也收拾银两，别了管典的，自回下处。正是：

眼望捷旌旗，耳听好消息。

晴云引薛婆上楼，与三巧儿相见了。婆子看那妇人，心下想道：“真天人也！怪不得陈大郎心迷，若我做男子，也要浑了。”当下说道：“老身久闻大娘贤慧，但恨无缘拜识。”三巧儿问道：“你老人家尊姓？”婆子道：“老身姓薛，只在这里东巷住，与大娘也是个邻里。”三巧儿道：“你方才这些东西，如何不卖？”婆子笑道：“若不卖时，老身又拿出来怎的？只笑那下路客人[58]，空自一表人才，不识货物。”说罢便去开了箱儿，取出几件簪珥，递与那妇人看，叫道：“大娘，你道这样首饰，便工钱也费多少！他们还得忒不象样，教老身在主人家面前，如何告得许多消乏[59]？”又把几串珠子提将起来，道：“这般头号的货，他们还做梦哩。”三巧儿问了他讨价还价，便道："真个亏你些儿。"婆子道："还是大家宝眷，见多识广，比男子汉眼力，到胜十倍。"三巧儿唤丫鬟看茶，婆子道："不扰茶了。老身有件要紧的事，欲往西街走走，遇着这个客人，缠了多时，正是：'买卖不成，担误工程。'这箱儿连锁放在这里，权烦大娘收拾。老身暂去，少停就来。"说罢，便走。三巧儿叫晴云送他下楼，出门向西去了。

三巧儿心上爱了这几件东西，专等婆子到来酬价，一连五日不至。到第六日午后，忽然下一场大雨。雨声未绝，砰砰的敲门声响。三巧儿唤丫鬟开看，只见薛婆衣衫半湿，提个破伞进来，口儿道：

"晴干不肯走，直待雨淋头。"

把伞儿放在楼梯边，走上楼来万福[60]道："大娘，前晚失信了。"三巧儿慌忙答礼道："这几日在那里去了？"婆子道："小女托赖新添了个外孙，老身去看看，留住了几日，今早方回。半路上下起雨来，在一个相识人家借得把伞，又是破的，却不是晦气！"三巧儿道："你老人家几个儿女？"婆子道："只一个儿子，完婚过了。女儿到有四个，这是我第四个了，嫁与徽州朱八朝奉做偏房，就在这北门外开盐店的。"三巧儿道："你老人家女儿多，不把来当事了。本乡本土少什么一夫一妇的，怎舍得与异乡人做小？"婆子道："大娘不知，到是异乡人有情怀。虽则偏房，他大娘子只在家里，小女自在店中，呼奴使婢，一般受用。老身每遍去时，他当个尊长看待，更不怠慢。如今养了个儿子，愈加好了。"三巧儿道："也是你老人家造化，嫁得着。"说罢，恰好晴云讨茶上来，两个吃了。婆子道："今日雨天没事，老身大胆，敢求大娘的首饰一看，看些巧样儿在肚里也好。"三巧儿道："也只是平常生活，你老人家莫笑话。"就取一把钥匙，开了箱笼，陆续搬出许多钗、钿、缨络之类。薛婆看了，夸美不尽，道："大娘有恁般珍异，把老身这几件东西，看不在眼了。"三巧儿道："好说，我正要与你老人家请个实价。"婆子道："娘子是识货的，何消老身费嘴？"三巧儿把东西检过，取出薛婆的篾丝箱儿来，放在卓上，将钥匙递与婆子道："你老人家开了，检看个明白。"婆子道："大娘忒精细了。"当下开了箱儿，把东西逐件搬出。三巧儿品评价钱，都不甚远。婆子并不争论，欢欢喜喜的道："恁地，便不枉了人。老身就少赚几贯钱，也是快活的。"三巧儿道："只是一件，目下凑不起价钱，只好现奉一半。等待我家官人回来，一并清楚。他也只在这几日回了。”婆子道：“便迟几日，也不妨事。只是价钱上相让多了，银水要足纹[61]的。”三巧儿道：“这也小事。”便把心爱的几件首饰及珠子收起。唤晴云取杯见成[62]酒来，与老人家坐坐。婆子道：“造次[63]如何好搅扰？”三巧儿道：“时常清闲，难得你老人家到此，作伴扳话。你老人家若不嫌怠慢，时常过来走走。”婆子道：“多谢大娘错爱，老身家里当不过嘈杂，象宅上又忒清闲了。”三巧儿道：“你家儿子做甚生意？”婆子道：“也只是接些珠宝客人，每日的讨酒讨浆，刮的人不耐烦。老身亏杀各宅们走动，在家时少，还好。若只在六尺地上转，怕不燥死了人。”三巧儿道：“我家与你相近，不耐烦时，就过来闲话。”婆子道：“只不敢频频打搅。”三巧儿道：“老人家说那里话。”

只见两个丫鬟轮番的走动，摆了两副杯箸，两碗腊鸡，两碗腊肉，两碗鲜鱼，连果碟素菜，共一十六个碗。婆子道：“如何盛设！”三巧儿道：“见成的，休怪怠慢。”说罢，斟酒递与婆子，婆子将杯回敬，两下对坐而饮。原来三巧儿酒量尽去得，那婆子又是酒壶酒瓮，吃起酒来，一发相投了，只恨会面之晚。那日直吃到傍晚，刚刚雨止，婆子作谢要回。三巧儿又取出大银钟来，劝了几钟，又陪他吃了晚饭，说道：“你老人家再宽坐一时，我将这一半价钱付你去。”婆子道：“天晚了，大娘请自在，不争这一夜儿，明日却来领罢。连这篋丝箱儿，老身也不拿去了，省得路上泥滑滑的不好走。”三巧儿道：“明日专专望你。”婆子作别下楼，取了破伞，出门去了。正是：

世间只有虔婆[64]嘴，哄动多多少少人。

却说陈大郎在下处呆等了几日，并无音信。见这日天雨，料是婆子在家，拖泥带水的进城来问个消息，又不相值。自家在酒肆中吃了三杯，用了些点心，又到薛婆门首打听，只是未回。看看天晚，却待转身，只见婆子一脸春色，脚略斜[65]的走入巷来。陈大郎迎着他，作了揖，问道：“所言如何？”婆子摇手道：“尚早。如今方下种，还没有发芽哩。再隔五六年，开花结果，才到得你口。你莫在此探头探脑，老娘不是管闲事的。”陈大郎见他醉了，只得转去。

次日，婆子买了些时新果子、鲜鸡、鱼、肉之类，唤个厨子安排停当，装做两个盒子，又买一瓮上好的醨[66]酒，央间壁小二挑了，来到蒋家门首。三巧儿这日，不见婆子到来，正教晴云开门出来探望，恰好相遇。婆子教小二挑在楼下，先打发他去了。晴云已自报知主母，三巧儿把婆子当个贵客一般，直到楼梯口边迎他上去。婆子千恩万谢的福了一回，便道：“今日老身偶有一杯水酒，将来与大娘消遣。”三巧儿道：“到要你老人家赔钞，不当受了。”婆子央两个丫鬟搬将上来，摆做一卓子。三巧儿道：“你老人家忒迂阔了，恁般大弄起来。”婆子笑道：“小户人家，备不出甚么好东西，只当一茶奉献。”晴云便去取杯箸，暖雪便吹起水火炉[67]来。霎时酒暖，婆子道：“今日是老身薄意，还请大娘转坐客位。”三巧儿道：“虽然相扰，在寒舍岂有此理？”两下谦让多时，薛婆只得坐了客席。这是第三次相聚，更觉熟分了。

饮酒中间，婆子问道：“官人出外好多时了，还不回，亏他撇得大娘下。”三巧儿道：“便是，说过一年就转，不知怎地担阁了？”婆子道：“依老身说，放下了恁般如花似玉的娘子，便博个堆金积玉也不为罕。”婆子又道：“大凡走江湖的人，把客当家，把家当客。比如我第四个女婿朱八朝奉，有了小女，朝欢暮乐，那里想家？或三年四年，才回一遍，住不上一两个月，又来了。家中大娘子替他担孤受寡，那晓得他外边之事？”三巧儿道：“我家官人到不是这样人。”婆子道：“老身只当闲话讲，怎敢将天比地？”当日两个猜谜掷色[68]，吃得酩酊[69]而别。

第三日，同小二来取家火，就领这一半价钱。三巧儿又留他吃点心。

从此以后，把那一半赊钱为由，只做问兴哥的消息，不时行走。这婆子俐齿伶牙，能言快语，又半痴不颠的惯与丫鬟们打诨[70]，所以上下都欢喜他。三巧儿一日不见他来，便觉寂寞，叫老家人认了薛婆家里，早晚常去请他，所以一发来得勤了。世间有四种人惹他不得，引起了头，再不好绝他。是那四种？

游方僧道，乞丐，闲汉，牙婆。

上三种人犹可，只有牙婆是穿房入户的，女眷们怕冷静时，十个九个到要扳他来往。今日薛婆本是个不善之人，一般甜言软语，三巧儿遂与他成了至交，时刻少他不得。正是：

画虎画皮难画骨，知人知面不知心。

陈大郎几遍讨个消息，薛婆只回言尚早。其时五月中旬，天渐炎热。婆子在三巧儿面前，偶说起家中蜗窄[71]，又是朝西房子，夏月最不相宜，不比这楼上高敞风凉。三巧儿道："你老人家若撇得家下，到此过夜也好。"婆子道："好是好，只怕官人回来。"三巧儿道："他就回，料道不是半夜三更。"婆子道："大娘不嫌蒿恼[72]，老身惯是掗相知的[73]，只今晚就取铺陈过来，与大娘作伴，何如？"三巧儿道："铺陈尽有，也不须拿得。你老人家回覆家里一声，索性在此过了一夏家去不好？"婆子真个对家里儿子媳妇说了，只带个梳匣儿过来。三巧儿道："你老人家多事，难道我家油梳子也缺了，你又带来怎地？"婆子道："老身一生怕的是同汤洗脸，合具梳头。大娘怕没有精致的梳具，老身如何敢用？其他姐儿们的，老身也怕用得，还是自家带了便当。只是大娘分付在那一门房安歇？"三巧儿指着床前一个小小藤榻儿，道："我预先排下你的卧处了，我两个亲近些，夜间睡不着好讲些闲话。"说罢，检出一顶青纱帐来，教婆子自家挂了，又同吃了一会酒，方才歇息。两个丫鬟原在床前打铺相伴，因有了婆子，打发他在间壁房里去睡。

从此为始，婆子日间出去串街做买卖，黑夜便到蒋家歇宿。时常携壶挈榼[74]的殷勤热闹，不一而足。床榻是丁字样铺下的，虽隔着帐子，却象是一头同睡。夜间絮絮叨叨，你问我答，凡街坊秽亵之谈，无所不至。这婆子或时装醉诈风起来，到说起自家少年时偷汉的许多情事，去勾动那妇人的春心。害得那妇人娇滴滴一副嫩脸，红了又白，白了又红。婆子已知妇人心活，只是那话儿不好启齿。

光阴迅速，又到七月初七日了，正是三巧儿的生日。婆子清早备下两盒礼，与他做生。三巧儿称谢了，留他吃面。婆子道："老身今日有些穷忙，晚上来陪大娘，看牛郎织女做亲。"说罢，自去了。

下得阶头不几步，正遇着陈大郎。路上不好讲话，随到个僻静巷里。陈大郎攒着两眉，埋怨婆子道："干娘，你好慢心肠！春去夏来，如今又立过秋了。你今日也说尚早，明日也说尚早，却不知我度日如年。再延挨几日，他丈夫回来，此事便付东流，却不活活的害死我也！阴司去少不得与你索命。"婆子道："你且莫喉急[75]，老身正要相请，来得恰好。事成不成，只在今晚，须是依我而行。"如此如此，这般这般，"全要轻轻悄悄，莫带累人。"陈大郎点头道："好计，好计！事成之后，定当厚报。"说罢，欣然而去。正是：

排成窃玉偷香阵，费尽携云握雨心。

却说薛婆约定陈大郎这晚成事，午后细雨微茫，到晚却没有星月。婆子黑暗里引着陈大郎埋伏在左近，自己却去敲门。晴云点个纸灯儿，开门出来。婆子故意把衣袖一摸，说道："失落了一条临清[76]汗巾儿。姐姐，劳你大家寻一寻。"哄得晴云便把灯向街上照去。这里婆子捉个空，招着陈大郎一溜溜进门来，先引他在楼梯背后空处伏着。婆子便叫道："有了，不要寻了。"晴云道："恰好火也没了，我再去点个来照你。"婆子道："走熟的路，不消用火。"两个黑暗里关了门，摸上楼来。三巧儿问道："你没了什么东西？"婆子袖里扯出个小帕儿来，道："就是这个冤家，虽然不值甚钱，是一个北京客人送我的，却不道：'礼轻人意重。'"三巧儿取笑道："莫非是你老相交送的表记[77]。"婆子笑道："也差不多。"当夜两个耍笑饮酒。婆子道："酒肴尽多，何不把些赏厨下男女？也教他闹轰轰，象个节夜。"三巧儿真个把四碗菜，两壶酒，分付丫鬟，拿下楼去。那两个婆娘，一个汉子，吃了一回，各去歇息，不题。

再说婆子饮酒中间，问道："官人如何还不回家？"三巧儿道："便是算来一年半了。"婆子道："牛郎织女，也是一年一会，你比他到多隔了半年。常言道：'一品官，二品客。'做客的那一处没有风花雪月？只苦了家中娘子。"三巧儿叹了口气，低头不语。婆子道："是老身多嘴了。今夜牛女佳期，只该饮酒作乐，不该说伤情话儿。"说罢，便斟酒去劝那妇人。

约莫半酣，婆子又把酒去劝两个丫鬟，说道："这是牛郎织女的喜酒，劝你多吃几杯。后日嫁个恩爱的老公，寸步不离。"两个丫鬟被缠不过，勉强吃了，各不胜酒力，东倒西歪。三巧儿分付关了楼门，发放他先睡。他两个自在吃酒。

婆子一头吃，口里不住的说罗说皂[78]，道："大娘几岁上嫁的？"三巧儿道："十七岁。"婆子道："破得身迟，还不吃亏；我是十三岁上就破了身。"三巧儿道："嫁得恁般早？"婆子道："论起嫁，到是十八岁了。不瞒大娘说，因是在间壁人家学针指，被他家小官人调诱，一时间贪他生得俊俏，就应承与他偷了。初时好不疼痛，两三遍后，就晓得快活。大娘你可也是这般么？"三巧儿只是笑。婆子又道："那话儿到是不晓得滋味的到好，尝过的便丢不下，心坎里时时发痒。日里还好，夜里好难过哩。"三巧儿道："想你在娘家时阅人多矣，亏你怎生充得黄花女儿嫁去？"婆子道："我的老娘也晓得些影像，生怕出丑，教我一个童女方，就遮过了。"三巧儿道："你做女儿时，夜间也少不得独睡。"婆子道："还记得在娘家时节，哥哥出外，我与嫂嫂一头同睡。"三巧儿道："两个女人做对，有甚好处？"婆子走过三巧儿那边，挨肩坐了，说道："大娘，你不知，只要大家知音，一般有趣，也撒得火。"三巧儿举手把婆子肩胛上打一下，说道："我不信，你说谎。"婆子见他欲心已动，有心去挑拨他，又道："老身今年五十二岁了，夜间常痴性发作，打熬不过，亏得你少年老成。"三巧儿道："你老人家打熬不过，终不然还去打汉子。"婆子道："败花枯柳，如今那个要我了？不瞒大娘说，我也有个自取其乐，救急的法儿。"三巧儿道："你说谎，又是甚么法儿？"婆子道："少停到床上睡了，与你细讲。"说罢只见一个飞蛾在灯上旋转，婆子便把扇来一扑，故意扑灭了灯，叫声："阿呀！老身自去点个灯来。"便去开楼门。陈大郎已自走上楼梯，伏在门边多时了。——都是婆子预先设下的圈套。婆子道："忘带个取灯儿[79]去了。"又走转来，便引着陈大郎到自己榻上伏着。婆子下楼去了一回，复上来道："夜深了，厨下火种都熄了，怎么处？"三巧儿道："我点灯睡惯了，黑魆魆[80]地，好不怕人！"婆子道："老身伴你一床睡何如？"三巧儿正要问他救急的法儿，应道："甚好。"婆子道："大娘，你先上床，我关了门就来。"三巧儿先脱了衣服，床上去了，叫道："你老人家快睡罢。"婆子应道："就来了。"却在榻上拖陈大郎上来，赤条条的掇[81]在三巧儿床上去。三巧儿摸着身子，道："你老人家许多年纪，身上恁般光滑！"那人并不回言，钻进被里。那妇人一则多了杯酒，醉眼朦胧；二则被婆子挑拨，春心飘荡，到此不暇致详[82]，凭他轻薄。

> 一个是闺中怀春的少妇，一个是客邸慕色的才郎。一个打熬许久，如文君初遇相如[83]；一个盼望多时，如必正初谐陈女[84]。分明久旱逢甘雨，胜过他乡遇故知。

陈大郎是走过风月场的人，颠鸾倒凤，曲尽其趣，弄得妇人魂不附体。云雨毕后，三巧儿方问道："你是谁？"陈大郎把楼下相逢，如此相慕，如此苦央薛婆用计，细细说了："今番得遂平生，便死瞑目。"婆子走到床间，说道："不是老身大胆，一来可怜大娘青春独宿，二来要救陈郎性命。你两个也是宿世姻缘，非干老身之事。"三巧儿道："事已如此，万一我丈夫知觉，怎么好？"婆子道："此事你知我知，只买定了晴云、暖雪两个丫头，不许他多嘴，再有谁人漏泄？在老身身上，管成你夜夜欢娱，一些事也没有；只是日后不要忘记了老身。"三巧儿到此，也顾不得许多了，两个又狂荡起来。直到五更鼓绝，天色将明，两个兀自不舍。婆子催促陈大郎起身，送他出门去了。

自此无夜不会，或是婆子同来，或是汉子自来。两个丫鬟被婆子把甜话儿偎[85]他，又把利害话儿吓他，又教主母赏他几件衣服，汉子到时，不时把些零碎银子赏他们买果儿吃，骗得欢欢喜喜，已自做了一路。夜来明去，一出一入，都是两个丫鬟迎送，全无阻隔。真个是你贪我爱，如胶似漆，胜如夫妇一般。陈大郎有心要结识这妇人，不时的制办好衣服、好首饰送他，又替他还了欠下婆子的一半价钱。又将一百两银子谢了婆子。往来半年有余，这汉子约有千金之费。三巧儿也有三十多两银子东西，送那婆子。婆子只为图这些不义之财，所以肯做牵头[86]。这都不在话下。

古人云："天下无不散的筵席。"

才过十五元宵夜，又是清明三月天。

陈大郎思想蹉跎[87]了多时生意，要得还乡。夜来与妇人说知，两下恩深义重，各不相舍。妇人到情愿收拾了些细软，跟随汉子逃走，去做长久夫妻。陈大郎道："使不得。我们相交始末，都在薛婆肚里。就是主人家吕公，见我每夜进城，难道没有些疑惑？况客船上人多，瞒得那个？两个丫鬟又带去不得。你丈夫回来，跟究出情由，怎肯干休？娘子权且耐心，到明年此时，我到此，觅个僻静下处，悄悄通个信儿与你，那时两口儿同走，神鬼不觉，却不安稳？"妇人道："万一你明年不来，如何？"陈大郎就设起誓来。妇人道："既然你有真心，奴家也决不相负。你若到了家乡，倘有便人，托他捎个书信到薛婆处，也教奴家放意。"陈大郎道："我自用心，不消分付。"

又过几日，陈大郎雇下船只，装载粮食完备，又来与妇人作别。这一夜倍加眷恋，两下说一会，哭一会，又狂荡一会，整整的一夜不曾合眼。到五更起身，妇人便去开箱，取出一件宝贝，叫做"珍珠衫"，递与陈大郎道："这件衫儿，是蒋门祖传之物，暑天若穿了他，清凉透骨。此去天道渐热，正用得着。奴家把与你做个记念，穿了此衫，就如奴家贴体一般。"陈大郎哭得出声不得，软做一堆。妇人就把衫儿亲手与汉子穿下，叫丫鬟开了门户，亲自送他出门，再三珍重而别。诗曰：

昔年含泪别夫郎，今日悲啼送所欢。

堪恨妇人多水性，招来野鸟胜文鸾。

话分两头。却说陈大郎有了这珍珠衫儿，每日贴体穿着，便夜间脱下，也放在被窝中同睡，寸步不离。一路遇了顺风，不两月行到苏州府枫桥地面。那枫桥是柴米牙行聚处，少不得投个主家脱货，不在话下。

忽一日，赴个同乡人的酒席。席上遇个襄阳客人，生得风流标致。那人非别，正是蒋兴哥。原来兴哥在广东贩了些珍珠、玳瑁、苏木、沉香之类，搭伴起身。那伙同伴商量，都要到苏州发卖。兴哥久闻得“上说天堂，下说苏杭”，好个大马头所在，有心要去走一遍，做这一回买卖，方才回去。还是去年十月中到苏州的。因是隐姓为商，都称为罗小官人，所以陈大郎更不疑惑。他两个萍水相逢，年相若，貌相似，谈吐应对之间，彼此敬慕。即席间问了下处，互相拜望，两下遂成知己，不时会面。

兴哥讨完了客帐，欲待起身，走到陈大郎寓所作别。大郎置酒相待，促膝谈心，甚是款洽。此时五月下旬，天气炎热。两个解衣饮酒，陈大郎露出珍珠衫来。兴哥心中骇异，又不好认他的，只夸奖此衫之美。陈大郎恃了相知，便问道：“贵县大市街有个蒋兴哥家，罗兄可认得否？”兴哥到也乖巧，回道：“在下出外日多，里中虽晓得有这个人，并不相认。陈兄为何问他？”陈人郎道：“不瞒兄长说，小弟与他有些瓜葛[88]。”便把三巧儿相好之情，告诉了一遍。扯着衫儿看了，眼泪汪汪道：“此衫是他所赠。兄长此去，小弟有封书信，奉烦一寄，明日侵早送到贵寓。”兴哥口里答应道：“当得，当得。”心下沉吟：“有这等异事！现在珍珠衫为证，不是个虚话了。”当下如针刺肚，推故不饮，急急起身别去。回到下处，想了又恼，恼了又想，恨不得学个缩地法儿，顷刻到家。连夜收拾，次早便上船要行。

只见岸上一个人气吁吁的赶来，却是陈大郎。亲把书信一大包，递与兴哥，叮嘱千万寄去。气得兴哥面如土色，说不得，话不得，死不得，活不得。只等陈大郎去后，把书看时，面上写道：“此书烦寄大市街东巷薛妈妈家。”兴哥性起，一手扯开，却是八尺多长一条桃红绉纱汗巾。又有个纸糊长匣儿，内有羊脂玉凤头簪一根。书上写道：“微物二件，烦干娘转寄心爱娘子三巧儿亲收，聊表记念。相会之期，准在来春。珍重，珍重。”兴哥大怒，把书扯得粉碎，撇在河中；提起玉簪在船板上一掼[89]，折做两段。一念想起道：“我好糊涂！何不留此做个证见也好。”便检起簪儿和汗巾，做一包收拾，催促开船。急急的赶到家乡，望见了自家门首，不觉堕下泪来。想起：“当初夫妻何等恩爱，只为我贪着蝇头微利，撇他少年守寡，弄出这场丑来，如今悔之何及！”在路上性急，巴不得赶回。及至到了，心中又苦又恨，行一步，懒一步。进得自家门里，少不得忍住了气，勉强相见。兴哥并无言语，三巧儿自己心虚，觉得满脸惭愧，不敢殷勤上前扳话。兴哥搬完了行李，只说去看看丈人丈母，依旧到船上住了一晚。

次早回家，向三巧儿说道："你的爹娘同时害病，势甚危笃[90]。昨晚我只得住下，看了他一夜。他心中只牵挂着你，欲见一面。我已顾下轿子在门首，你可作速回去，我也随后就来。"三巧儿见丈夫一夜不回，心里正在疑虑；闻说爹娘有病，却认真了，如何不慌？慌忙把箱笼上钥匙递与丈夫，唤个婆娘跟了，上轿而去。兴哥叫住了婆娘，向袖中摸出一封书来，分付他送与王公："送过书，你便随轿回来。"

却说三巧儿回家，见爹娘双双无恙，吃了一惊。王公见女儿不接而回，也自骇然。在婆子手中接书，拆开看时，却是休书一纸。上写道：

"立休书人蒋德，系襄阳府枣阳县人，从幼凭媒聘定王氏为妻，岂期过门之后，本妇多有过失，正合七出之条[91]。因念夫妻之情，不忍明言，情愿退还本宗，听凭改嫁，并无异言。休书是实。

成化二年[92]　月　日　　手掌为记。"

书中又包着一条桃红汗巾，一枝打折的羊脂玉凤头簪。王公看了，大惊，叫过女儿问其缘故。三巧儿听说丈夫把他休了，一言不发，啼哭起来。王公气忿忿的一径跟到女婿家来，蒋兴哥连忙上前作揖，王公回礼，便问道："贤婿，我女儿是清清白白嫁到你家的，如今有何过失，你便把他休了？须还我个明白。"蒋兴哥道："小婿不好说得，但问令爱便知。"王公道："他只是啼哭，不肯开口，教我肚里好闷！小女从幼聪慧，料不到得犯了淫盗。若是小小过失，你可也看老汉薄面，恕了他罢。你两个是七八岁上定下的夫妻，完婚后并不曾争论一遍两遍，且是和顺。你如今做客才回，又不曾住过三朝五日，有什么破绽落在你眼里？你直如此狠毒，也被人笑话，说你无情无义。"蒋兴哥道："丈人在上，小婿也不敢多讲。家下有祖遗下珍珠衫一件，是令爱收藏，只问他如今在否，若在时，半字休题；若不在，只索休怪了。"王公忙转身回家，问女儿道："你丈夫只问你讨什么珍珠衫，你端的拿与何人去了？"那妇人听得说着了他紧要的关目，羞得满脸通红，开不得口，一发号啕大哭起来，慌得王公没做理会处。王婆劝道："你不要只管啼哭，实实的说个真情与爹妈知道，也好与你分剖。"妇人那里肯说，悲悲咽咽，哭一个不住。王公只得把休书和汗巾簪子，都付与王婆，教他慢慢的偎着女儿，问他个明白。

王公心中纳闷，走在邻家闲话去了。王婆见女儿哭得两眼赤肿，生怕苦坏了他，安慰了几句言语，走往厨房下去暖酒，要与女儿消愁。三巧儿在房中独坐，想着珍珠衫泄漏的缘故，好生难解！这汗巾簪子，又不知那里来的。沉吟了半晌道："我晓得了：这折簪是镜破钗分[93]之意，这条汗巾，分明教我悬梁自尽。他念夫妻之情，不忍明言，是要全我的廉耻。可怜四年恩爱，一旦决绝，是我做的不是，负了丈夫恩情。便活在人间，料没有个好日，不如缢死，到得干净。"说罢，又哭了一回，把个坐兀子[94]填高，将汗巾兜在梁上，正欲自缢。也是寿数未绝，不曾关上房门。恰好王婆暖得一壶好酒走进房来，见女儿安排这事，急得他手忙脚乱，不放酒壶，便上前去拖拽。不期一脚踢番坐兀子，娘儿两个跌做一团，酒壶都泼翻了。王婆爬起来，扶起女儿，说道："你好短见！二十多岁的人，一朵花还没有开足，怎做这没下梢[95]的事？莫说你丈夫还有回心转意的日子，便真个休了，恁般容貌，怕没人要你？少不得别选良姻，图个下半世受用。你且放心过日子去，休得愁闷。"王公回家，知道女儿寻死，也劝了他一番，又嘱付王婆用心提防。过了数日，三巧儿没奈何，也放下了念头。正是：

夫妻本是同林鸟，大限[96]来时各自飞。

再说蒋兴哥把两条索子，将晴云、暖雪捆缚起来，拷问情由。那丫头初时抵赖，吃打不过，只得从头至尾，细细招将出来，已知都是薛婆勾引，不干他人之事。到明朝，兴哥领了一伙人，赶到薛婆家里，打得他雪片相似，只饶他拆了房子。薛婆情知自己不是，躲过一边，并没一人敢出头说话。兴哥见他如此，也出了这口气。回去唤个牙婆，将两个丫头都卖了。楼上细软箱笼，大小共十六只，写三十二条封皮，打叉封了，更不开动。这是甚意儿？只因兴哥夫妇，本是十二分相爱的。虽则一时休了，心中好生痛切。见物思人，何忍开看？

话分两头。却说南京有个吴杰进士，除授[97]广东潮阳县知县，水路上任，打从襄阳经过。不曾带家小，有心要择一美妾。一路看了多少女子，并不中意。闻得枣阳县王公之女，大有颜色，一县闻名，出五十金财礼，央媒议亲。王公到也乐从，只怕前婿有言，亲到蒋家，与兴哥说知。兴哥并不阻当。临嫁之夜，兴哥顾了人夫，将楼上十六个箱笼，原封不动，连钥匙送到吴知县船上，交割与三巧儿，当个赔嫁。

妇人心上到过意不去。傍人晓得这事，也有夸兴哥做人忠厚的，也有笑他痴呆的，还有骂他没志气的：正是人心不同。

闲话休题。再说陈大郎在苏州脱货完了，回到新安，一心只想着三巧儿。朝暮看了这件珍珠衫，长吁短叹。老婆平氏心知这衫儿来得跷蹊[98]，等丈夫睡着，悄悄的偷去，藏在天花板上。陈大郎早起要穿时，不见了衫儿，与老婆取讨。平氏那里肯认。急得陈大郎性发，倾箱倒箧的寻个遍，只是不见，便破口骂老婆起来。惹得老婆啼啼哭哭，与他争嚷，闹炒了两三日。陈大郎情怀撩乱，忙忙的收拾银两，带个小郎，再望襄阳旧路而进。

将近枣阳，不期遇了一伙大盗，将本钱尽皆劫去，小郎也被他杀了。陈商眼快，走向船梢舵上伏着，幸免残生。思想还乡不得，且到旧寓住下，待会了三巧儿，与他借些东西，再图恢复。叹了一口气，只得离船上岸。

走到枣阳城外主人吕公家，告诉其事，又道："如今要央卖珠子的薛婆，与一个相识人家借些本钱营运。"吕公道："大郎不知，那婆子为勾引蒋兴哥的浑家，做了些丑事。去年兴哥回来，问浑家讨什么'珍珠衫'，原来浑家赠与情人去了，无言回答，兴哥当时休了浑家回去，如今转嫁与南京吴进士做第二房夫人了。那婆子被蒋家打得个片瓦不留，婆子安身不牢，也搬在隔县去了。"

陈大郎听得这话，好似一桶冷水没头淋下，这一惊非小。当夜发寒发热，害起病来。这病又是郁症，又是相思症，也带些怯症，又有些惊症，床上卧了两个多月，翻翻覆覆只是不愈，连累主人家小厮，伏侍得不耐烦。陈大郎心上不安，打熬起精神，写成家书一封，请主人来商议，要觅个便人捎信往家中，取些盘缠，就要个亲人来看觑同回。这几句正中了主人之意，恰好有个相识的承差[99]，奉上司公文要往徽宁一路，水陆驿递[100]，极是快的。吕公接了陈大郎书札，又替他应出五钱银子，送与承差，央他乘便寄去。果然的"自行由得我，官差急如火"，不勾几日，到了新安县。问着陈商家里，送了家书，那承差飞马去了。正是：

只为千金书信，又成一段姻缘。

话说平氏拆开家信，果是丈夫笔迹，写道：

"陈商再拜，贤妻平氏见字：别后襄阳遇盗，劫资杀仆。某受惊患病，见卧旧寓吕家，两月不愈。字到可央一的当亲人，多带盘缠，速来看视。伏枕草草。”

平氏看了，半信半疑，想道：“前番回家，亏折了千金资本。据这件珍珠衫，一定是邪路上来的。今番又推被盗，多讨盘缠，怕是假话。”又想道：“他要个的当亲人，速来看视，必然病势利害。这话是真，也未可知。如今央[101]谁人去好？”左思右想，放心不下。与父亲平老朝奉商议。收拾起细软家私，带了陈旺夫妇，就请父亲作伴，顾个船只，亲往襄阳看丈夫去。到得京口[102]，平老朝奉痰火病发，央人送回去了。平氏引着男女，上水前进。

不一日，来到枣阳城外，问着了旧主人吕家。原来十日前，陈大郎已故了。吕公赔些钱钞，将就入殓。平氏哭倒在地，良久方醒。慌忙换了孝服，再三向吕公说，欲待开棺一见，另买副好棺材，重新殓过。吕公执意不肯。平氏没奈何，只得买木做个外棺包裹，请僧做法事超度，多焚冥资[103]。吕公已自索了他二十两银子谢仪，随他闹炒，并不言语。

过了一月有余，平氏要选个好日子，扶柩而回。吕公见这妇人年少姿色，料是守寡不终，又且囊中有物，思想儿子吕二，还没有亲事，何不留住了他，完其好事，可不两便？吕公买酒请了陈旺，央他老婆委曲进言，许以厚谢。陈旺的老婆是个蠢货，那晓得什么委曲？不顾高低，一直的对主母说了。平氏大怒，把他骂了一顿，连打几个耳光子，连主人家也数落了几句。吕公一场没趣，敢怒而不敢言。正是：

羊肉馒头没的吃，空教惹得一身骚。

吕公便去撺掇陈旺逃走。陈旺也思量没甚好处了，与老婆商议，教他做脚[104]，里应外合，把银两首饰，偷得罄尽，两口儿连夜走了。吕公明知其情，反埋怨平氏道：不该带这样歹人出来，幸而偷了自家主母的东西，若偷了别家的，可不连累人！又嫌这灵柩碍他生理，教他快些抬去。又道后生寡妇，在此住居不便，催促他起身。平氏被逼不过，只得别赁下一间房子住了。顾人把灵柩移来，安顿在内。这凄凉景象，自不必说。

间壁有个张七嫂，为人甚是活动。听得平氏啼哭，时常走来劝解。平氏又时常央他典卖几件衣服用度，极感其意。不勾几月，衣服都典尽了。从小学得一手好针线，思量要到个大户人家，教习女红度日，再作区处。正与张七嫂商量这话，张七嫂道："老身不好说得，这大户人家，不是你少年人走动的。死的没福自死了，活的还要做人。你后面日子正长哩，终不然做针线娘了得你下半世？况且名声不好，被人看得轻了。还有一件，这个灵柩，如何处置？也是你身上一件大事。便出赁房钱，终久是不了之局。"平氏道："奴家也都虑到，只是无计可施了。"张七嫂道："老身到有一策，娘子莫怪我说。你千里离乡，一身孤寡，手中又无半钱，想要搬这灵柩回去，多是虚了。莫说你衣食不周，到底难守；便多守得几时，亦有何益？依老身愚见，莫若趁此青年美貌，寻个好对头，一夫一妇的，随了他去。得些财礼，就买块土来葬了丈夫，你的终身又有所托，可不生死无憾？"平氏见他说得近理，沉吟了一会，叹口气道："罢，罢，奴家卖身葬夫，傍人也笑我不得。"张七嫂道："娘子若定了主意时，老身现有个主儿在此。年纪与娘子相近，人物齐整，又是大富之家。"平氏道："他既是富家，怕不要二婚的。"张七嫂道："他也是续弦了，原对老身说：不拘头婚二婚，只要人才出众。似娘子这般丰姿，怕不中意。"原来张七嫂曾受蒋兴哥之托，央他访一头好亲。因是前妻三巧儿出色标致，所以如今只要访个美貌的。那平氏容貌，虽不及得三巧儿，论起手脚伶俐，胸中泾渭[105]，又胜似他。

张七嫂次日就进城，与蒋兴哥说了。兴哥闻得是下路人，愈加欢喜。这里平氏分文财礼不要，只要买块好地殡葬丈夫要紧。张七嫂往来回复了几次，两相依允。

话休烦絮。却说平氏送了丈夫灵柩入土，祭奠毕了，大哭一场，免不得起灵除孝。临期，蒋家送衣饰过来，又将他典下的衣服都赎回了。成亲之夜，一般大吹大擂，洞房花烛。正是：

规矩熟闲虽旧事，恩情美满胜新婚。

蒋兴哥见平氏举止端庄，甚相敬重。一日，从外而来，平氏正在打叠衣箱，内有珍珠衫一件。兴哥认得了，大惊问道："此衫从何而来？"平氏道："这衫儿来得跷蹊。"便把前夫如此张致[106]，夫妻如此争嚷，如此赌气分别，述了一遍。又道："前日艰难时，几番欲把他典卖，只愁来历不明，怕惹出是非，不敢露人眼目。连奴家至今，不知这物事那里来的。"兴哥道："你前夫陈大郎名字，可叫做陈商？可是白净面皮，没有须，左手长指甲的么？"平氏道："正是。"蒋兴哥把舌头一伸，合掌对天道："如此说来，天理昭彰，好怕人也！"平氏问其缘故，蒋兴哥道："这件珍珠衫，原是我家旧物。你丈夫奸骗了我的妻子，得此衫为表记。我在苏州相会，见了此衫，始知其情，回来把王氏休了。谁知你丈夫客死，我今续弦，但闻是徽州陈客之妻，谁知就是陈商！却不是一报还一报！”平氏听罢，毛骨竦然。从此恩情愈笃。这才是“蒋兴哥重会珍珠衫”的正话[107]。诗曰：

天理昭昭不可欺，两妻交易孰便宜？
分明欠债偿他利，百岁姻缘暂换时。

再说蒋兴哥有了管家娘子，一年之后，又往广东做买卖。也是合当有事，一日到合浦县贩珠，价都讲定。主人家老儿，只拣一粒绝大的偷过了，再不承认。兴哥不忿，一把扯他袖子要搜。何期去得势重，将老儿拖翻在地，跌下便不做声。忙去扶时，气已断了。儿女亲邻，哭的哭，叫的叫，一阵的簇拥将来，把兴哥捉住。不由分说，痛打一顿，关在空房里。连夜写了状词，只等天明，县主早堂，连人进状。县主准了，因这日有公事，分付把凶身锁押，次日候审。

你道这县主是谁？姓吴名杰，南畿[108]进士，正是三巧儿的晚老公。初选原在潮阳，上司因见他清廉，调在这合浦县采珠的所在来做官。是夜，吴杰在灯下将准过的状词细阅。三巧儿正在傍边闲看，偶见宋福所告人命一词，凶身罗德，枣阳县客人，不是蒋兴哥是谁！想起旧日恩情，不觉痛酸，哭告丈夫道：“这罗德是贱妾的亲哥，出嗣在母舅罗家的。不期客边，犯此大辟[109]。官人可看妾之面，救他一命还乡。”县主道：“且看临审如何。若人命果真，教我也难宽宥[110]。”三巧儿两眼噙泪，跪下苦苦哀求。县主道：“你且莫忙，我自有道理。”明早出堂，三巧儿又扯住县主衣袖哭道：“若哥哥无救，贱妾亦当自尽，不能相见了。”

当日县主升堂，第一就问这起。只见宋福、宋寿弟兄两个，哭啼啼的与父亲执命，禀道：“因争珠怀恨，登时打闷，仆地身死，望爷爷做主。”县主问众干证口词，也有说打倒的，也有说推跌的。蒋兴哥辩道：“他父亲偷了小人的珠子，小人不忿，与他争论。他因年老脚跸[111]，自家跌死，不干小人之事。”县主问宋福道：“你父亲几岁了？”宋福道：“六十七岁了。”县主道：“老年人容易昏绝，未必是打。”宋福、宋寿坚执是打死的。县主道：“有伤无伤，须凭检验。既说打死，将尸发在漏泽园去[112]，俟晚堂听检。”原来宋家也是个大户，有体面的，老儿曾当过里长[113]，儿子怎肯把父亲在尸场剔骨？两个双双叩头道：“父亲死状，众目共见，只求爷爷到小人家里相验，不愿发检。”县主道：“若不见贴骨伤痕，凶身怎肯伏罪？没有尸格，如何申得上司过[114]？”弟兄两个只是求告，县主发怒道：“你既不愿检，我也难问。”慌的他弟兄两个连连叩头道：“但凭爷爷明断。”县主道：“望七[115]之人，死是本等。倘或不因打死，屈害了一个平人，反增死者罪过。就是你做儿子的，巴得父亲到许多年纪，又把个不得善终的恶名与他，心中何忍？但打死是假，推仆是真，若不重罚罗德，也难出你的气。我如今教他披麻戴孝，与亲儿一般行礼；一应殡殓之费，都要他支持，你可服么？”弟兄两个道：“爷爷分付，小人敢不遵依。”兴哥见县主不用刑罚，断得干净，喜出望外。当下原被告都叩头称谢。县主道：“我也不写审单[116]，着差人押出，待事完回话，把原词[117]与你销讫便了。”正是：

公堂造业[118]真容易，要积阴功亦不难。
试看今朝吴大尹，解冤释罪两家欢。

却说三巧儿自丈夫出堂之后，如坐针毡。一闻得退衙，便迎住问个消息。县主道：“我……如此如此断了，看你之面，一板也不曾责他。”三巧儿千恩万谢，又道：“妾与哥哥久别，渴思一会，问取爹娘消息。官人如何做个方便，使妾兄妹相见，此恩不小。”县主道：“这也容易。”看官们，你道三巧儿被蒋兴哥休了，恩断义绝，如何恁地用情？他夫妇原是十分恩爱的，因三巧儿做下不是，兴哥不得已而休之，心中兀自不忍；所以改嫁之夜，把十六只箱笼，完完全全的赠他。只这一件，三巧儿的心肠，也不容不软了。今日他身处富贵，见兴哥落难，如何不救？这叫做知恩报恩。

再说蒋兴哥遵了县主所断，着实小心尽礼，更不惜费，宋家弟兄都没话了。丧葬事毕，差人押到县中回复，县主唤进私衙赐坐，说道：“尊舅这场官司，若非令妹再三哀恳，下官几乎得罪了。”兴哥不解其故，回答不出。少停茶罢，县主请入内书房，教小夫人出来相见。你道这番意外相逢，不象个梦景么？他两个也不行礼，也不讲话，紧紧的你我相抱，放声大哭。就是哭爹哭娘，从没见这般哀惨，连县主在傍，好生不忍，便道：“你两人且莫悲伤，我看你不象哥妹，快说真情，下官有处。”两个哭得半休不休的，那个肯说？却被县主盘问不过，三巧儿只得跪下，说道：“贱妾罪当万死，此人乃妾之前夫也。”蒋兴哥料瞒不得，也跪下来，将从前恩爱，及休妻再嫁之事，一一诉知。说罢，两人又哭做一团，连吴知县也堕泪不止，道：“你两人如此相恋，下官何忍拆开？幸然在此三年，不曾生育，即刻领去完聚。”两个插烛也似拜谢。

县主即忙讨个小轿，送三巧儿出衙；又唤集人夫，把原来赔嫁的十六个箱笼抬去，都教兴哥收领；又差典吏[119]一员，护送他夫妇出境。——此乃吴知县之厚德。正是：

珠还合浦[120]重生采，剑合丰城[121]倍有神。
堪羡吴公存厚道，贪财好色竟何人？

此人向来艰子[122]，后行取到吏部，在北京纳宠[123]，连生三子，科第不绝，人都说阴德之报，这是后话。

再说蒋兴哥带了三巧儿回家，与平氏相见。论起初婚，王氏在前；只因休了一番，这平氏到是明媒正娶，又且平氏年长一岁，让平氏为正房，王氏反做偏房。两个姊妹相称，从此一夫二妇，团圆到老。有诗为证：

恩爱夫妻虽到头，妻还作妾亦堪羞。
殃祥果报[124]无虚谬，咫尺青天莫远求。

（选自《喻世明言》卷一）

注　释

① 千钟：指俸禄多。钟，古容量单位。《左传·昭公三年》：“釜十则钟。”杜预注：“（钟）六斛四斗。”

② 空花：虚幻的花，此句是说人生如梦幻。

③ 随缘：佛家语，外界事物之来，使人的身心有所感触，叫作缘；随着这种感触有所动作，叫随缘。在这里有随遇而安的意思。

④ 亏了行止：缺了德，坏了品德。行止，品行。

⑤ 墙花路柳：指娼妓，旧社会受人侮辱玩弄的下层妇女。

⑥ 昧：掩藏。

⑦ 看官：说书人对听众的敬称。这里可指读者。

⑧ 词话：元明时一种有说有唱的艺术。“话”是故事，说话人演说时，有诗有话，叫

诗话；有词有话叫词话；有评有话叫评话。此处指本文演说的故事。

⑨ 爽：差错。

⑩ 湖广：旧指湖南湖北两省。襄阳：府名，治所在今湖北省襄阳市。枣阳县：今湖北省枣阳市。

⑪ 牙行：旧时为买卖双方议价说合、并从中抽取佣金的商行。

⑫ 做些功德句：旧时迷信做法，死者家人请僧人作些佛事，使死者灵魂得脱离地狱诸苦难，谓之超度。功德，指佛事，如诵经、念佛、布施等事。

⑬ 七七句：旧丧俗，人死后每七日称一七，为忌日，届时祭奠一次，到七七四十九日为止。

⑭ 乘凶完配：旧时习俗，父母、祖父母死后，服丧期间不许婚娶。有的人家或因家中人口少，不能长期等待，则往往在长辈刚刚死去的时候立刻完婚，新娘行完婚礼即换上孝服，叫作“乘凶完配”。

⑮ 期（jī）年：周年。

⑯ 小祥：父母死后一周年的祭礼叫小祥。

⑰ 六礼：旧时婚制有六礼，即纳采、问名、纳吉、纳征、请期、亲迎。

⑱ 麻衣：孝服。

⑲ 合卺（jǐn）：旧时婚礼，夫妇行礼后要饮交杯酒。把瓠分成两个瓢，新婚夫妇各执一瓢来饮酒，叫合卺。卺，瓢，旧时结婚用的礼器。

⑳ 口号：旧诗的一种形式，随口吟成，类似后来的即兴诗。

㉑ 走野：男女间不合法的性关系。

㉒ 做大：拿架子，装出自大的样子。

㉓ 吴宫西子两句：意思是说西施和南威都比不上三巧儿美。西子，即西施，春秋时越国的美女；越被吴国战败后，把西施进献给吴王。南威，即南之威，春秋时代楚国的美女。

㉔ 水月观音：民间根据观音菩萨的传说，画成观音观看水月的像，叫做“水月观音”。

㉕ 制中：即守制期间。父母或祖父母死后，孝子、孝孙三年之内不准出去作官，不准参加科举考试，不准婚娶，叫作守制。

㉖ 起灵：除灵。除孝：脱去孝服。

㉗ 窥瞰（kàn）：暗中偷看。

㉘ 招风揽火：招惹是非。

㉙ 浑家：本来是指合家的意思，后来用以专指妻子。

㉚ 不瞅不睬：精神消沉，没情没绪的样子。

㉛ 人事：送人的礼品。

㉜ 排家句：挨家挨户设宴接待远来的亲友宾客。

㉝ 暖火盆：即糁（shēn）盆。旧时风俗，除夕在庭院架起松柏树枝焚烧，以祭祀祖先和神灵。

㉞ 合家欢：即饺子。

㉟ 岁朝：元旦，即春节。

㊱ 报君知：占卦人用的小铜铛，用小锤打击发声，作为行业的信号。

㊲ 行头：一般指手工业者所用的工具，此处指盲人占卦的用具。

㊳ 坐启：就是便厅。也叫坐起、坐憩。

㊴ 课钱：占卦的报酬。课，占卜。

㊵ 通陈：祝祷，祷告。

㊶ 徽州新安县：今安徽省歙县。

㊷ 宋玉：战国时楚国的文人，作有《登徒子好色赋》，文中夸耀自己的美貌，后来就被作为美男子的代表。潘安：字安仁，晋朝人，著名的美男子。

㊸ 下处：寄宿的地方。下，是投宿的意思。

㊹ 朝奉：本是官名，宋代有朝奉大夫、朝奉郎，后来用以指称富翁，如同员外一样。

㊺ 鬃（zōng）帽：也叫缠鬃帽，一种像钟状的盔帽，用棕藤编制而成，元明之间甚流行。鬃，或作棕。

㊻ 情款：诚挚的情意。

㊼ 出脱：脱手，售出。

㊽ 卓：同“桌”。

㊾ 恁（nèn）般小样：这样小气。恁，这，如此。小样，小气，不大方。

㊿ 牙婆：说合买卖的中间人叫牙人，牙婆是女牙人，也叫牙嫂。

(51) 踅（xué）：盘旋，来回地走，这里意为走回来。

(52) 入马：勾搭女人上手叫入马。

(53) 盘桓：徘徊，迟留不进的样子。

(54) 肥喏（rě）：宋元明时期的行礼方式，一面作揖，一面口里喊喏，叫唱喏。肥喏，就是深深地作一个揖，大声唱喏，也叫唱大喏。

(55) 未曾两句：刘邦和项羽争天下，不敌项羽，后来得到韩信，于是筑一高坛，拜韩信为大将，从此战胜了项羽。这两句是说，事情还没成功，先找到一个能办事的人。

(56) 小郎：年轻的男仆。

(57) 簪珥：首饰。用来绾发的叫簪，耳上的饰物叫珥。

(58) 下路客人：指下江客人，这是住在上游的人，对住在下游人的称呼。

(59) 如何句：意为赔了许多钱，如何向主人交代。消乏，消耗，耗费。

(60) 万福：古时妇女行礼，拜揖时上身不弯、两膝微曲，同时口称万福。

(61) 足纹：古代使用的银子，表面形成绉纹，叫纹银。足纹是含银成色较高的银子。

(62) 见成：现成。

(63) 造次：仓卒。

(64) 虔婆：指妓院的老鸨，后来遂作为对坏女人的称呼。

(65) 略斜：形容脚步歪斜的样子。

(66) 酽（yàn）：酒醋茶等味浓都叫酽。

⑥⑦ 水火炉：铜或陶制的一种小火炉，可供暖酒或热水之用。

⑥⑧ 掷色：即掷骰子，一种赌博的活动。

⑥⑨ 酩酊（mǐng dǐng）：形容大醉。

⑦⓪ 打诨：开玩笑。诨，玩笑话。

⑦① 蜗窄：房子窄小。

⑦② 蒿恼：扰乱，打扰的意思。也作薅（hāo）恼。

⑦③ 掗（yǎ）相知：和以前并不熟悉的人交朋友。

⑦④ 榼（kē）：古代盛酒或贮水的器具。

⑦⑤ 喉急：急迫，急于得到。

⑦⑥ 临清：地名，在山东省，明清时重要的水陆码头，商业繁盛。

⑦⑦ 表记：男女定情，互相赠送的纪念品。

⑦⑧ 罗皂：或作罗唣，罗罗嗦嗦。

⑦⑨ 取灯儿：又名焠（cuì）儿，用松木小薄片，一头涂上硫磺，用以引火，略似今天的火柴。

⑧⓪ 黑魆魆（xū）：黑暗。

⑧① 㧐（sǒng）：推。

⑧② 致详：深究，细察。

⑧③ 如文君句：四川临邛卓王孙的女儿卓文君青年寡居，司马相如赴卓家饮酒，弹琴挑动文君，文君遂夜奔相如，结为夫妇。

⑧④ 如必正句：宋代传说河南书生潘必正赴京赶考，寄居女贞观，和观中女道士陈妙常相爱，后来结为夫妇。

⑧⑤ 偎：哄，诱骗。

⑧⑥ 牵头：从中牵合男女使之发生不正当关系的人。

⑧⑦ 蹉跎：延误时间。

⑧⑧ 瓜葛：比喻互相牵连，有交往关系。

⑧⑨ 掼：摔，扔。

⑨⓪ 危笃：病势沉重。

⑨① 七出之条：封建时代休妻的七条理由，即：无子、淫佚、不事舅姑、口舌、盗窃、妒忌、恶病。丈夫可用其中任何一条为借口，命妻子离去。

⑨② 成化：明宪宗朱见深的年号，公元 1465—1487 年。

⑨③ 镜破钗分：比喻夫妇离异。镜破，南朝陈时，驸马徐德言与妻乐昌公主，见天下大乱，预知夫妇将分散，取铜镜一破为二，各执一半，约定日后相会，以半镜为记。隋灭陈，乐昌公主为杨素所得，后数年，德言执半镜来寻，夫妇重又会合。此处取其前半的意思，借指夫妇分离。钗分，白居易《长恨歌》叙唐明皇、杨贵妃爱情悲剧故事，杨贵妃死后从天上寄给唐明皇金钗、钿合各半边，有“钗留一股合一扇，钗擘黄金合分钿”句，比喻二人分离。

⑭ 坐兀子：小板凳。

⑮ 没下梢：没有好下场。

⑯ 大限：极限。此处是死期的意思。

⑰ 除授：本是除旧职受新职的意思，后来习惯解作授官。

⑱ 跷蹊：奇怪，可疑。

⑲ 承差：公差，此指专管递送文书的役吏。

⑳ 驿：古代供传送官文的人中途换马、休息、住宿的地方。递：送。

㉑ 央：恳求。这里有派、让的意思。

㉒ 京口：今江苏省镇江市。

㉓ 冥资：纸钱。迷信认为剪些纸钱烧化了，死者地下就可以有钱用。

㉔ 做脚：做眼线。贼人作窃，预先埋伏下人，从内部观察情况，给盗贼通信息，这种人叫眼线，或底线。底线从中活动，就是做脚。

㉕ 胸中泾渭：明白事理，有心机。泾水清，渭水浊，此处以水清比喻人的思虑清楚明白。

㉖ 张致：样子，动态，装模作样。

㉗ 正话：故事的本体、正文；也有本意的意思。

㉘ 南畿（jī）：南京近郊。畿，都城的近郊。南京是明朝的陪都，故称南畿。

㉙ 大辟：死罪。

㉚ 宥（yòu）：赦免。

㉛ 脚跶：脚下失误。

㉜ 漏泽园：当时官府设立的专门收埋死尸的场所。

㉝ 里长：古时乡里的小吏，主管一乡之民政。

㉞ 没有尸格两句：没有验尸的表格，如何向上司申报。尸格，验尸时填写的表格，也叫验状。

㉟ 望七：年近七十岁。

㊱ 审单：审判书。

㊲ 原词：原来起诉的状词。

㊳ 业：佛教名词，认为生死轮回都是由业决定的。业包括行动、语言、思想意识三个方面，业有善有恶，一般偏指恶业，引申为罪孽。

㊴ 典吏：司、道、府、州、县衙门的属吏。

㊵ 珠还合浦：东汉时传说，合浦郡海中出珍珠，历届太守贪婪，珍珠渐移别处。后来孟尝来作太守，为官清廉，珍珠又重回合浦。这句意思是说失而复得。

㊶ 剑合丰城：晋张华望见斗牛间有紫气，于是命雷焕为丰城县令。雷焕到丰城后，掘出两口宝剑，一名龙泉，一名太阿。一口送给张华，一口自佩。二人死后，两口剑落入延平津，化为两条龙，复合一处。以上两句是比喻夫妇二人重合。

㊷ 艰子：子息艰难，没有儿子。

⑫ 纳宠：娶妾。
⑭ 殃祥果报：恶有恶报，善有善报。殃，灾祸，指恶报。祥，吉祥，指善报。

阅读提示

这篇小说生动地反映了明代中后期，在商品经济发展、资本主义生产关系萌芽的历史条件下，城镇商人的生活风貌和思想风貌。从这个爱情的悲喜剧中，我们看到了一种新的观念和新的人物的萌生，这就是重情而轻贞操的观念和把爱情看得比传统的伦理道德更为重要的新兴商人。作者在劝善惩恶的幌子下，实际上是大胆地肯定了人性、人的自然欲望的合理性。在充满人情化的描写中，作者以充分的理由写出了三巧儿失身的情有可原。在阅读过程中，要注意对小说有关时代气氛的典型环境的描写，体会只有在这样的时代条件下，才会产生这样的人物和思想，从而正确认识小说深刻的社会意义和思想价值。小说对主人公生活情景和思想感情的描写，精微深细，入情入理，十分动人。小说的篇幅相当长，略近于我们今天所说的中篇小说的规模。经过作者的艺术提炼和精心安排，小说的情节奇巧曲折，引人入胜；而在情节的自然发展过程中，人物形象浮现出来，并越来越鲜明突出，这些都表现了古代白话短篇小说在艺术上的成熟。

杜十娘怒沉百宝箱

扫荡残胡立帝畿[①]，龙翔凤舞势崔嵬[②]。左环沧海天一带[③]，右拥太行山万围[④]。戈戟九边雄绝塞[⑤]，衣冠万国仰垂衣[⑥]。太平人乐华胥世[⑦]，永永金瓯[⑧]共日辉。

这首诗，单夸我朝燕京[⑨]建都之盛。说起燕都的形势，北倚雄关，南压区夏[⑩]，真乃金城天府[⑪]，万年不拔之基。当先洪武爷[⑫]扫荡胡尘，定鼎[⑬]金陵，是为南京。到永乐爷从北平起兵靖难[⑭]，迁于燕都，是为北京。只因这一迁，把个苦寒地面，变作花锦世界。自永乐爷九传至于万历爷[⑮]，此乃我朝第十一代的天子。这位天子，聪明神武，德福兼全，十岁登基，在位四十八年，削平了三处寇乱。那三处？日本关白平秀吉[⑯]，西夏哱承恩[⑰]，播州杨应龙[⑱]。平秀吉侵犯朝鲜，哱承恩、杨应龙是土官[⑲]谋叛，先后削平。远夷莫不畏服，争来朝贡。真个是：

一人有庆[20]民安乐，四海无虞国太平。

话中单表万历二十年间，日本国关白作乱，侵犯朝鲜，朝鲜国王上表告急，天朝发兵泛海往救。有户部官奏准：目今兵兴之际，粮饷未充，暂开纳粟入监[21]之例。原来纳粟入监的有几般便宜：好[22]读书，好科举，好中，结末来又有个小小前程结果。以此宦家公子，富室子弟，倒不愿做秀才，都去援例做太学生。自开了这例，两京[23]太学生各添至千人之外。内中有一人，姓李名甲，字干先，浙江绍兴府人氏。父亲李布政[24]所生三儿，惟甲居长。自幼读书在庠[25]，未得登科，援例入于北雍。因在京坐监[26]，与同乡柳遇春监生同游教坊司[27]院内，与一个名姬相遇。那名姬姓杜名媺，排行第十，院中都称为杜十娘，生得：

浑身雅艳，遍体娇香。两弯眉画远山青，一对眼明秋水润。脸如莲萼[28]，分明卓氏文君[29]；唇似樱桃，何减白家樊素[30]。可怜一片无瑕玉，误落风尘花柳中。

那杜十娘自十三岁破瓜[31]，今一十九岁，七年之内，不知历过了多少公子王孙，一个个情迷意荡，破家荡产而不惜。院中传出四句口号[32]来，道是：

坐中若有杜十娘，斗筲之量[33]饮千觞；院中若识杜老媺，千家粉面[34]都如鬼。

却说李公子风流年少，未逢美色；自遇了杜十娘，喜出望外，把花柳情怀，一担儿挑在他身上。那公子俊俏庞儿，温存性儿，又是撒漫[35]的手儿，帮衬的勤儿[36]，与十娘一双两好，情投意合。十娘因见鸨儿[37]贪财无义，久有从良[38]之志；又见李公子忠厚志诚，甚有心向他。奈李公子惧怕老爷，不敢应承。虽则如此，两下情好愈密，朝欢暮乐，终日相守，如夫妇一般，海誓山盟，各无他志。真个：

恩深似海恩无底，义重如山义更高。

再说杜妈妈，女儿被李公子占住，别的富家巨室，闻名上门，求一见而不可得。

初时李公子撒漫用钱，大差大使，妈妈胁肩谄笑[39]，奉承不暇。日往月来，不觉一年有余，李公子囊箧渐渐空虚，手不应心，妈妈也就怠慢了。老布政在家闻知儿子嫖院，几遍写字来唤他回去。他迷恋十娘颜色，终日延挨。后来闻知老爷在家发怒，越不敢回。

古人云："以利相交者，利尽而疏。"那杜十娘与李公子真情相好，见他手头愈短，心头愈热。妈妈也几遍教女儿打发李甲出院，见女儿不统口[40]，又几遍将言语触突李公子，要激怒他起身。公子性本温克[41]，词气愈和。妈妈没奈何，日逐[42]只将十娘叱骂道："我们行户[43]人家，吃客穿客，前门送旧，后门迎新，门庭闹如火，钱帛堆成垛。自从那李甲在此，混帐[44]一年有余，莫说新客，连旧主顾都断了。分明接了个钟馗[45]老，连小鬼也没得上门。弄得老娘一家人家有气无烟[46]，成什么模样！"杜十娘被骂，耐性不住，便回答道："那李公子不是空手上门的，也曾费过大钱来。"妈妈道："彼一时，此一时。你只教他今日费些小钱儿，把与老娘，办些柴米，养你两口也好。别人家养的女儿便是摇钱树，千生万活；偏我家晦气，养了个退财白虎[47]。开了大门七件事[48]，般般都在老身心上，倒替你小贱人白白养着穷汉，教我衣食从何处来？你对那穷汉说，有本事出几两银子与我，到得你跟了他去，我别讨个丫头过活却不好？"十娘道："妈妈，这话是真是假？"妈妈晓得李甲囊无一钱，衣衫都典尽了，料他没处设法，便应道："老娘从不说谎，当真哩。"十娘道："娘，你要他许多银子？"妈妈道："若是别人，千把银子也讨了；可怜那穷汉出不起，只要他三百两，我自去讨一个粉头代替。只一件：须是三日内交付与我，左手交银，右手交人；若三日没有银时，老身也不管三七二十一，公子不公子，一顿孤拐[49]打那光棍出去，那时莫怪老身。"十娘道："公子虽在客边乏钞，谅三百金还措办得来。只是三日忒近，限他十日便好。"妈妈想道："这穷汉一双赤手，便限他一百日，他那里来银子？没有银子，便铁皮包脸，料也无颜上门。那时重整家风，媺儿也没得话讲。"答应道："看你面，便宽到十日。第十日没有银子，不干老娘之事。"十娘道："若十日内无银，料他也无颜再见了。只怕有了三百两银子，妈妈又翻悔起来。"妈妈道："老身年五十一岁了，又奉十斋[50]，怎敢说谎？不信时与你拍掌为定。若翻悔时，做猪做狗！"

从来海水斗难量，可笑虔婆[51]意不良；料定穷儒囊底竭，故将财礼难娇娘。

是夜，十娘与公子在枕边议及终身之事。公子道："我非无此心，但教坊落籍[52]，其费甚多，非千金不可。我囊空如洗，如之奈何？"十娘道："妾已与妈妈议定，只要三百金，但须十日内措办。郎君游资虽罄[53]，然都中岂无亲友，可以借贷？倘得如数，妾身遂为君之所有，省受虔婆之气。"公子道："亲友中为我留恋行院，都不相顾。明日只做束装起身，各家告辞，就开口借贷路费，凑聚将来，或可满得此数。"起身梳洗，别了十娘出门。十娘道："用心作速，专听佳音。"公子道："不须分付。"

公子出了院门，来到三亲四友处，假说起身告别，众人倒也欢喜。后来叙到路费欠缺，意欲借贷。常言道："说着钱，便无缘。"亲友们就不招架[54]。他们也见得是，道："李公子是风流浪子，迷恋烟花[55]，年许不归，父亲都为他气坏在家。他今日抖然[56]要回，未知真假。倘或说骗盘缠到手，又去还脂粉钱，父亲知道，将好意翻成恶意，始终只是一怪，不如辞了干净。"便回道："目今正值空乏，不能相济，惭愧，惭愧！"人人如此，个个皆然，并没有个慷慨丈夫，肯统口许他一十二十两。

李公子一连奔走了三日，分毫无获。又不敢回决十娘，权且含糊答应。到第四日又没想头，就羞回院中。平日间有了杜家，连下处也没有了，今日就无处投宿，只得往同乡柳监生寓所借歇。柳遇春见公子愁容可掬，问其来历。公子将杜十娘愿嫁之情，备细说了。遇春摇首道："未必，未必。那杜媺曲中[57]第一名姬，要从良时，怕没有十斛明珠，千金聘礼，那鸨儿如何只要三百两？想鸨儿怪你无钱使用，白白占住他的女儿，设计打发你出门。那妇人与你相处已久，又碍却面皮，不好明言，明知你手内空虚，故意将三百两卖个人情，限你十日。若十日没有，你也不好上门；便上门时，他会说你笑你，落得一场亵渎[58]，自然安身不牢。此乃烟花逐客之计。足下三思，休被其惑。据弟愚意，不如早早开交[59]为上。"公子听说，半晌无言，心中疑惑不定。遇春又道："足下莫要错了主意。你若真个还乡，不多几两盘费，还有人搭救；若是要三百两时，莫说十日，就是十个月也难。如今的世情，那肯顾缓急二字的？那烟花也算定你没处告贷，故意设法难你。"公子道："仁兄所见良是。"口里虽如此说，心中割舍不下，依旧又往外边东央西告，只是夜里不进院门了。

公子在柳监生寓中，一连住了三日，共是六日了。杜十娘连日不见公子进院，十分着紧，就教小厮四儿街上去寻。四儿寻到大街，恰好遇见公子。四儿叫道："李姐夫，娘在家里望你。"公子自觉无颜，回复道："今日不得功夫，明日来罢。"四儿奉了十娘之命，一把扯住，死也不放，道："娘叫咱寻你，是必同去走一遭。"李公子心上也牵挂着婊子，没奈何，只得随四儿进院。见了十娘，嘿嘿[60]无言。十娘问道："所谋之事如何？"公子眼中流下泪来。十娘道："莫非人情淡薄，不能足三百之数么？"公子含泪而言，道出二句："'不信上山擒虎易，果然开口告人[61]难'。一连奔走六日，并无铢两[62]，一双空手，羞见芳卿[63]，故此这几日不敢进院。今日承命呼唤，忍耻而来。非某不用心，实是世情如此。"十娘道："此言休使虔婆知道。郎君今夜且住，妾别有商议。"十娘自备酒肴，与公子欢饮。睡至半夜，十娘对公子道："郎君果不能办一钱耶？妾终身之事，当如何也？"公子只是流涕，不能答一语。渐渐五更天晓，十娘道："妾所卧絮褥内，藏有碎银一百五十两，此妾私蓄，郎君可持去。三百金，妾任其半，郎君亦谋其半，庶易为力[64]。限只四日，万勿迟误！"

十娘起身将褥付公子。公子惊喜过望，唤童儿持褥而去，径到柳遇春寓中。又把夜来之情与遇春说了。将褥拆开看时，絮中都裹着零碎银子。取出兑[65]时，果是一百五十两。遇春大惊道："此妇真有心人也！既系真情，不可相负。吾当代为足下谋之。"公子道："倘得玉成[66]，决不有负。"当下柳遇春留李公子在寓，自出头各处去借贷。两日之内，凑足一百五十两，交付公子道："吾代为足下谋债[67]，非为足下，实怜杜十娘之情也。"

李甲拿了三百两银子，喜从天降，笑逐颜开，欣欣然来见十娘，刚是第九日，还不足十日。十娘问道："前日分毫难借，今日如何就有一百五十两？"公子将柳监生事情又述了一遍。十娘以手加额[68]道："使吾二人得遂其愿者，柳君之力也！"两个欢天喜地，又在院中过了一晚。

次早，十娘早起，对李甲道："此银一交，便当随郎君去矣。舟车之类，合当预备。妾昨日于姊妹中借得白银二十两，郎君可收下为行资也。"公子正愁路费无出，但不敢开口，得银甚喜。说犹未了，鸨儿恰来敲门，叫道："媺儿，今日是第十日了。"公子闻叫，启户相延道："承妈妈厚意，正欲相请。"便将银三百两放在桌上。鸨儿不料公子有银，嘿然变色，似有悔意。十娘道："儿在妈妈家中八年，所致[69]金帛，不下数千金矣。今日从良美事，又妈妈亲口所订。三百金不欠分毫，又不曾过期。倘若妈妈失信不许，郎君持银去，儿即刻自尽。恐那时人财两失，悔之无及也。"鸨儿无词以对。腹内筹划了半晌，只得取天平兑准了银子，说道："事已如此，料留你不住了。只是你要去时，即今就去。平时穿戴衣饰之类，毫厘休想。"

说罢将公子和十娘推出房门，讨锁来就落了锁。此时九月天气。十娘才下床，尚未梳洗，随身旧衣，拜了妈妈两拜。李公子也作了一揖。一夫一妇，离了虔婆大门。

鲤鱼脱却金钩去，摆尾摇头再不来。

公子教十娘且住片时："我去唤个小轿抬你，权往柳荣卿寓所去，再作道理。"十娘道："院中诸姊妹平昔相厚，理宜话别；况前日又承她借贷路费，不可不一谢也。"乃同公子到各处姊妹处谢别。姊妹中惟谢月朗、徐素素与杜家相近，尤与十娘亲厚。十娘先到谢月朗家。月朗见十娘秃髻[70]旧衫，惊问其故。十娘备述来因。又引李甲相见。十娘指月朗道："前日路资，是此位姐姐所贷，郎君可致谢。"李甲连连作揖。月朗便教十娘梳洗，一面去请徐素素来家相会。十娘梳洗已毕，谢、徐二美人各出所有，翠钿金钏[71]，瑶簪宝珥[72]，锦袖花裙，鸾带绣履[73]，把杜十娘装扮得焕然一新，备酒作庆贺筵席。月朗让卧房与李甲、杜媺二人过宿。次日，又大排筵席，遍请院中姊妹。凡十娘相厚者，无不毕集，都与他夫妇把盏称喜，吹弹歌舞，各逞其长，务要尽欢，直饮至夜分。十娘向众姊妹一一称谢。众姊妹道："十娘为风流领袖，今从郎君去，我等相见无日。何日长行[74]，姊妹们尚当奉送。"月朗道："候有定期，小妹当来相报。但阿姊千里间关[75]，同郎君远去，囊箧萧条，曾无约束[76]。此乃吾等之事，当相与共谋之，勿令姊有穷途之虑也。"众姊妹各唯唯而散。

是晚，公子和十娘仍宿谢家。至五鼓，十娘对公子道："吾等此去，何处安身？郎君亦曾计议有定着[77]否？"公子道："老父盛怒之下，若知娶妓而归，必然加以不堪，反致相累。辗转寻思，尚未有万全之策。"十娘道："父子天性，岂能终绝。既然仓卒难犯，不若与郎君于苏杭胜地，权作浮居[78]。郎君先回，求亲友于尊大人面前劝解和顺，然后携妾于归[79]，彼此安妥。"公子道："此言甚当。"

次日，二人起身，辞了谢月朗，暂往柳监生寓中，整顿行装。杜十娘见了柳遇春，倒身下拜，谢其周全之德："异日我夫妇必当重报。"遇春慌忙答礼道："十娘钟情所欢，不以贫窭[80]易心，此乃女中豪杰。仆因风吹火[81]，谅区区何足挂齿！"三人又饮了一日酒。

次早，择了出行吉日，雇倩[82]轿马停当。十娘又遣童儿寄信别谢月朗。临行之际，只见肩舆[83]纷纷而至，乃谢月朗与徐素素拉众姊妹来送行。月朗道："十姊从郎君千里间关，囊中消索，吾等甚不能忘情。今合具薄贶[84]，十姊可检收，或长途空乏，亦可少助。”说罢，命从人挈一描金文具[85]至前，封锁甚固，正不知什么东西在里面。十娘也不开看，也不推辞，但殷勤作谢而已。须臾，舆马齐集，仆夫催促起身。柳监生三杯别酒，和众美人送出崇文门外，各各垂泪而别。正是：

他日重逢难预必，此时分手最堪怜。

再说李公子同杜十娘行至潞河[86]，舍陆从舟，却好有瓜洲[87]差使船转回之便，讲定船钱，包了舱口。比及下船时，李公子囊中并无分文余剩。你道杜十娘把二十两银子与公子，如何就没了？公子在院中嫖得衣衫蓝缕，银子到手，未免在解库[88]中取赎几件穿着，又制办了铺盖，剩来只勾[89]轿马之费。公子正当愁闷，十娘道：“郎君勿忧。众姊妹合赠，必有所济。”乃取钥开箱。公子在傍，自觉惭愧，也不敢窥觑箱中虚实。只见十娘在箱里取出一个红绢袋来，掷于桌上道：“郎君可开看之。”公子提在手中，觉得沉重。启而观之，皆是白银，计数整五十两。十娘仍将箱子下锁，亦不言箱中更有何物，但对公子道：“承众姊妹高情，不惟途路不乏，即他日浮寓吴越间[90]，亦可稍佐吾夫妻山水之费[91]矣。”公子且惊且喜道：“若不遇恩卿，我李甲流落他乡，死无葬身之地矣！此情此德，白头不敢忘也！”自此，每谈及往事，公子必感激流涕。十娘亦曲意抚慰。一路无话。

不一日，行至瓜洲，大船停泊岸口。公子别雇了民船，安放行李，约明日侵晨剪江[92]而渡。其时仲冬[93]中旬，月明如水。公子和十娘坐于舟首。公子道：“自出都门，困守一舱之中，四顾有人，未得畅语。今日独据一舟，更无避忌；且已离塞北，初近江南：宜开怀畅饮，以舒向来抑郁之气。恩卿以为何如？”十娘道：“妾久疏谈笑，亦有此心。郎君言及，足见同志耳。”公子乃携酒具于船首，与十娘铺毡并坐，传杯交盏。饮至半酣，公子执卮[94]对十娘道：“恩卿妙音，六院[95]推首，某相遇之初，每闻绝调[96]，辄不禁神魂之飞动。心事多违，彼此郁郁，鸾鸣凤奏，久矣不闻。今清江明月，深夜无人，肯为我一歌否？”十娘兴亦勃发，遂开喉顿嗓，取扇按拍，呜呜咽咽，歌出元人施君美《拜月亭》杂剧[97]上“状元执盏与婵娟”一曲，名《小桃红》。真个：

声飞霄汉云皆驻，响入深泉鱼出游。

却说他舟有一少年，姓孙名富，字善赉，徽州新安[98]人氏。家资巨万，积租扬州种盐[99]。年方二十，也是南雍中朋友。生性风流，惯向青楼[100]买笑，红粉[101]追欢，若嘲风弄月[102]，到是个轻薄的头儿。事有偶然，其夜亦泊舟瓜洲渡口，独酌无聊。忽听得歌声嘹亮，凤吟鸾吹不足喻其美。起立船头，伫听半晌，方知声出邻舟。正欲相访，音响倏已寂然。乃遣仆者潜窥踪迹，访于舟人，但晓得是李相公雇的船，并不知歌者来历。孙富想道："此歌者必非良家，怎生得他一见？"辗转寻思，通宵不寐。挨至五更，忽闻江风大作。及晓，彤云密布，狂雪飞舞。怎见得？有诗为证：

千山云树灭[103]，万径人踪绝。扁舟蓑笠翁，独钓寒江雪。

因这风雪阻渡，舟不得开。孙富命艄公移船泊于李家舟之傍。孙富貂帽狐裘，推窗假作看雪。值十娘梳洗方毕，纤纤玉手揭起舟傍短帘，自泼盂中残水，粉容微露，却被孙富窥见了，果是国色天香[104]。魂摇心荡，迎眸注目，等候再见一面，杳不可得。沉思久之，乃倚窗高吟高学士[105]《梅花诗》二句道：

雪满山中高士卧，月明林下美人来。

李甲听得邻舟吟诗，舒头出舱，看是何人。只因这一看，正中了孙富之计：孙富吟诗，正要引李公子出头，他好乘机攀话。当下慌忙举手，就问："老兄尊姓何讳？"李公子叙了姓名乡贯，少不得也问那孙富。孙富也叙过了。又叙了些太学中的闲话，渐渐亲热。孙富便道："风雪阻舟，乃天遣与尊兄相会，实小弟之幸也。舟次[106]无聊，欲同尊兄上岸，就酒肆中一酌，少领清诲[107]，万望不拒。"公子道："萍水相逢，何当厚扰？"孙富道："说那里话！四海之内，皆兄弟也。"喝教艄公打跳[108]，童儿张伞，迎接公子过船，就于船头作揖。然后让公子先行，自己随后，各各登跳上涯[109]。行不数步，就有个酒楼。二人上楼，拣一副洁净坐头，靠窗而坐。酒保列上酒肴。孙富举杯相劝，二人赏雪饮酒。先说些斯文中套话[110]，渐渐引入花柳之事[111]。二人都是过来之人，志同道合，说得入港[112]，一发成相知了。

孙富屏去左右，低低问道："昨夜尊舟清歌者何人也？"李甲正要卖弄在行，遂实说道："此乃北京名姬杜十娘也。"孙富道："既系曲中姊妹，何以归兄？"公子遂将初遇杜十娘，如何相好，后来如何要嫁，如何借银讨他，始末根由，备细述了一遍。

孙富道："兄携丽人而归，固是快事，但不知尊府中能相容否？"公子道："贱室[113]不足虑。所虑者，老父性严，尚费踌躇耳。"孙富将机就机，便问道："既是尊大人未必相容，兄所携丽人，何处安顿？亦曾通知丽人，共作计较否？"公子攒眉[114]而答道："此事曾与小妾议之。"孙富欣然问道："尊宠[115]必有妙策？"公子道："他意欲侨居苏杭，流连山水，使小弟先行，求亲友宛转于家君[116]之前，俟家君回嗔[117]作喜，然后图归。高明[118]以为何如？"孙富沉吟半晌，故作愀然[119]之色道："小弟乍会[120]之间，交浅言深，诚恐见怪。"公子道："正赖高明指教，何必谦逊？"孙富道："尊大人位居方面[121]，严帷薄之嫌[122]。平时既怪兄游非礼之地，今日岂容兄娶不节之人？况且贤亲贵友，谁不迎合尊大人之意者？兄枉去求他，必然相拒。就有个不识时务的讲言于尊大人之前，见尊大人意思不允，他就转口了。兄进不能和睦家庭，退无词以回复尊宠，即使流连山水，亦非长久之计。万一资斧[123]困竭，岂不进退两难？"公子自知手中只有五十金，此时费去大半，说到资斧困竭，进退两难，不觉点头道是。孙富又道："小弟还有句心腹之谈，兄肯俯听否？"公子道："承兄过爱，更求尽言。"孙富道："'疏不间亲'[124]，还是莫说罢。"公子道："但说何妨？"孙富道："自古道：'妇人水性无常[125]'。况烟花之辈，少真多假。他既系六院名姝[126]，相识定满天下，或者南边原有旧约，借兄之力，挈带而来，以为他适之地[127]。"公子道："这个恐未必然。"孙富道："即不然，江南子弟，最工[128]轻薄，兄留丽人独居，难保无逾墙钻穴之事[129]；若挈之同归，愈增尊大人之怒。为兄之计，未有善策。况父子天伦，必不可绝。若为妾而触父，因妓而弃家，海内必以兄为浮浪不经[130]之人。异日妻不以为夫，弟不以为兄，同袍[131]不以为友，兄何以立于天地之间？兄今日不可不熟思也。"公子闻言，茫然自失，移席问计道："据高明之见，何以教我？"孙富道："仆有一计，于兄甚便。只恐兄溺[132]枕席之爱，未必能行，使仆空费词说耳。"公子道："兄诚有良策，使弟再睹家园之乐，乃弟之恩人也，又何惮[133]而不言耶？"孙富道："兄飘零岁余，严亲怀怒，闺阁[134]离心，设身以处兄之地，诚寝食不安之时也。然尊大人所以怒兄者，不过为迷花恋柳，挥金如土，异日必为弃家荡产之人，不堪承继家业耳。兄今日空手而归，正触其怒。兄倘能割衽席之爱[135]，见机而作，仆愿以千金相赠。兄得千金，以报尊大人，只说在京授馆[136]，并不曾浪费分毫，尊大人必然相信。从此家庭和睦，当无间言[137]。须臾之间，转祸为福。兄请三思。仆非贪丽人之色，实为兄效忠于万一也。"李甲原是没主意的人，本心惧怕老子，被孙富一席话，说透胸中之疑，起身作揖道："闻兄大教，顿开茅塞[138]。但小妾千里相从，义难顿绝，容归与商之。得其心肯[139]，当奉复耳。”孙富道：“说话之间，宜放婉曲。彼既忠心为兄，必不忍使兄父子分离，定然玉成兄还乡之事矣。”二人饮了一回酒，风停雪止，天色已晚。孙富教家僮算还了酒钱，与公子携手下船。正是：

逢人且说三分话，未可全抛一片心。

却说杜十娘在舟中摆设酒果，欲与公子小酌，竟日未回，挑灯以待。公子下船，十娘起迎，见公子颜色匆匆[140]，似有不乐之意，乃满斟热酒劝之。公子摇首不饮，一言不发，竟自床上睡了。十娘心中不悦，乃收拾杯盘，为公子解衣就枕，问道：“今日有何见闻，而怀抱郁郁如此？”公子叹息而已，终不启口。问了三四次，公子已睡去了。十娘委决不下[141]，坐于床头而不能寐。

到夜半，公子醒来，又叹一口气。十娘道：“郎君有何难言之事，频频叹息？”公子拥被而起，欲言不语者几次，扑簌簌掉下泪来。十娘抱持公子于怀间，软言抚慰道：“妾与郎君情好，已及二载，千辛万苦，历尽艰难，得有今日。然相从数千里，未曾哀戚；今将渡江，方图百年欢笑，如何反起悲伤？必有其故。夫妇之间，死生相共，有事尽可商量，万勿讳[142]也。”公子再四被逼不过，只得含泪而言道：“仆天涯穷困，蒙恩卿不弃，委曲相从，诚乃莫大之德也。但反复思之，老父位居方面，拘于礼法，况素性方严，恐添嗔怒，必加黜逐[143]，你我流荡，将何底止[144]？夫妇之欢难保，父子之伦又绝。日间蒙新安孙友邀饮，为我筹及此事，寸心如割！”十娘大惊道：“郎君意将如何？”公子道：“仆事内之人，当局而迷。孙友为我画[145]一计颇善，但恐恩卿不从耳。”十娘道：“孙友者何人？计如果善，何不可从？”公子道：“孙友名富，新安盐商，少年风流之士也。夜间闻子清歌，因而问及。仆告以来历，并谈及难归之故。渠[146]意欲以千金聘汝。我得千金，可借口以见吾父母；而恩卿亦得所天[147]。但情不能舍，是以悲泣。”说罢，泪如雨下。十娘放开两手，冷笑一声道：“为郎君画此计者，此人乃大英雄也。郎君千金之资既得恢复，而妾归他姓，又不致为行李之累[148]；发乎情，止乎礼，诚两便之策也。那千金在那里？”公子收泪道：“未得恩卿之诺[149]，金尚留彼处，未曾过手。”十娘道：“明早快快应承了他，不可错过机会。但千金重事，须得兑足，交付郎君之手，妾始过舟，勿为贾竖子[150]所欺。”

时已四鼓，十娘即起身挑灯梳洗道：“今日之妆，乃迎新送旧，非比寻常。”于是脂粉香泽，用意修饰，花钿绣袄，极其华艳，香风拂拂，光彩照人。装束方完，天色已晓。孙富差家童到船头候信。十娘微窥公子，欣欣似有喜色，乃催公子快去回话，及早兑足银子。公子亲到孙富船中，回复依允。孙富道："兑银易事，须得丽人妆台为信。"公子又回复了十娘。十娘即指描金文具道："可便抬去。"孙富喜甚，即将白银一千两，送到公子船中。十娘亲自检看，足色[151]足数，分毫无爽[152]。乃手把船舷，以手招孙富。孙富一见，魂不附体。十娘启朱唇，开皓齿道："方才箱子可暂发来，内有李郎路引[153]一纸，可检还之也。"孙富视十娘已为瓮中之鳖，即命家童送那描金文具，安放船头之上。十娘取钥开锁，内皆抽替[154]小箱。十娘叫公子抽第一层来看，只见翠羽明珰[155]，瑶簪宝珥，充牣[156]于中，约值数百金。十娘遽投之江中。李甲与孙富及两船之人，无不惊诧。又命公子再抽一箱，乃玉箫金管。又抽一箱，尽古玉紫金玩器，约值数千金。十娘尽投之于大江中。岸上之人，观者如堵[157]，齐声道："可惜，可惜！"正不知什么缘故。最后又抽一箱，箱中复有一匣。开匣视之，夜明之珠，约有盈把；其他祖母绿、猫儿眼[158]，诸般异宝，目所未睹，莫能定其价之多少。众人齐声喝彩，喧声如雷。十娘又欲投之于江。李甲不觉大悔，抱持十娘恸哭。那孙富也来劝解。

十娘推开公子在一边，向孙富骂道："我与李郎备尝艰苦，不是容易到此。汝以奸淫之意，巧为谗说[159]，一旦破人姻缘，断人恩爱，乃我之仇人。我死而有知，必当诉之神明，尚妄想枕席之欢乎？"又对李甲道："妾风尘[160]数年，私有所积，本为终身之计。自遇郎君，山盟海誓，白首不渝。前出都之际，假托众姊妹相赠，箱中韫藏百宝，不下万金。将润色[161]郎君之装，归见父母，或怜妾有心，收佐中馈[162]，得终委托，生死无憾。谁知郎君相信不深，惑于浮议[163]，中道见弃，负妾一片真心。今日当众目之前，开箱出视，使郎君知区区千金，未为难事。妾椟[164]中有玉，恨郎眼内无珠。命之不辰[165]，风尘困瘁[166]，甫[167]得脱离，又遭弃捐。今众人各有耳目，共作证明，妾不负郎君，郎君自负妾耳！"于是众人聚观者，无不流涕，都唾骂李公子负心薄幸。公子又羞又苦，且悔且泣，方欲向十娘谢罪，十娘抱持宝匣向江心一跳。众人急呼捞救，但见云暗江心，波涛滚滚，杳无踪影。可惜一个如花似玉的名姬，一旦葬于江鱼之腹！

三魂渺渺归水府，七魄悠悠入冥途。

当时旁观之人，皆咬牙切齿，争欲拳殴李甲和那孙富。慌得李、孙二人手足无措，急叫开船，分途遁去。李甲在舟中看了千金，转忆十娘，终日愧悔，郁成狂疾，终身不痊。孙富自那日受惊得病，卧床月余，终日见杜十娘在傍诟骂，奄奄而逝。人以为江中之报也。

却说柳遇春在京坐监完满，束装回乡，停舟瓜步[168]。偶临江净脸，失坠铜盆于水，觅渔人打捞。及至捞起，乃是个小匣儿。遇春启匣观看，内皆明珠异宝，无价之珍。遇春厚赏渔人，留于床头把玩。是夜梦见江中一女子，凌波[169]而来，视之，乃杜十娘也。近前万福，诉以李郎薄幸之事。又道："向承君家慷慨，以一百五十金相助，本意息肩[170]之后，徐图报答。不意事无终始。然每怀盛情，悒悒[171]未忘。早间曾以小匣托渔人奉致，聊表寸心，从此不复相见矣。"言讫，猛然惊醒，方知十娘已死，叹息累日。

后人评论此事，以为孙富谋夺美色，轻掷千金，固非良士；李甲不识杜十娘一片苦心，碌碌蠢才，无足道者。独谓十娘千古女侠，岂不能觅一佳侣，共跨秦楼之凤[172]！乃错认李公子，明珠美玉，投于盲人，以致恩变为仇，万种恩情，化为流水，深可惜也！有诗叹云：

不会风流莫妄谈，单单情字费人参[173]；若将情字能参透，唤作风流也不惭。

（选自《警世通言》卷三十二）

注　释

① 残胡：指元朝统治者。立帝畿（jī）：指建都。畿是靠近国都的地区。

② 崔嵬（wéi）：高峻的样子。

③ "左环"句：指北京东临大海。

④ "右拥"句：指北京西边有太行山。

⑤ 九边：明代北方的九个边防区，即辽东、蓟州、宣府、太原、大同、延绥、宁夏、固原、甘肃。绝塞：辽远的边塞。

⑥ 衣冠万国：泛指外国。仰：仰慕。垂衣：垂衣而治的意思，指皇帝垂衣拱手，端坐不语，而天下清平。

⑦ 华胥世：神话传说中理想的清平世界。

⑧ 金瓯（ōu）：金盆，比喻国土的完整和巩固。

⑨ 燕京：即今北京。

⑩ 区夏：中原地区，中国的别称。

⑪ 金城：比喻城池的坚固。天府：形胜而富庶的地方。

⑫ 洪武爷：明太祖朱元璋，洪武（1368–1398）是他的年号。

⑬ 定鼎：建都。

⑭ 永乐爷：明成祖朱棣，永乐（1403–1424）是他的年号。靖难：平定祸患。明太祖死后传位给嫡孙朱允炆，即建文帝。朱棣是朱元璋的第四子，初封燕王，以“靖难”的名义起兵夺得了帝位。

⑮ 万历爷：明神宗朱翊钧，万历（1573–1620）是他的年号。

⑯ 关白平秀吉：关白是日本古代的官名，相当于中国的宰相。平秀吉：即丰臣秀吉。明万历二十年（1592）派兵侵略朝鲜，明朝出兵救援，终于获胜。

⑰ 西夏哱承恩：西夏即宁夏镇，当时边防区之一。哱承恩是原宁夏镇副总兵哱拜的儿子，后袭父爵，万历二十年（1592）起兵叛明，后被平定。

⑱ 播州：即今贵州省的遵义市。杨应龙当时任播州宣慰使，万历二十五年（1597）起兵反叛明朝，二十八年（1600）被平定。

⑲ 土官：指边远地区由当地人担任官职者。

⑳ 庆：福气。

㉑ 纳粟入监：用向政府交纳米粟或银子的办法取得到国子监做监生的资格。监，国子监，当时的国立最高学府。明代初年，秀才中的优秀者或落第举人，才能入监读书，称为监生或太学生。后来可以用捐款纳粟的办法取得这种资格，并不一定要到国子监去念书。

㉒ 好：便于，有利于。

㉓ 两京：指北京和南京。当时在北京和南京都同时设有国子监，北京的称为“北雍”，南京的称为“南雍”。

㉔ 布政：官名，即承宣布政使司布政使，省级的地方最高长官。

㉕ 庠（xiáng）：古代学校名。

㉖ 坐监：指正式在国子监读书。

㉗ 教坊司：本为管理音乐歌舞等伎艺的机关。明代统治者将原来的官妓和籍没了的政敌的妻女都划作乐户，在京都的就设立教坊司来管领，教坊司就成为妓院的泛称。

㉘ 莲萼：莲花瓣。

㉙ 卓氏文君：卓文君，西汉时人，著名文学家司马相如的妻子。

㉚ 白家樊素：唐代诗人白居易的歌姬。

㉛ 破瓜：女子破身。

㉜ 口号：诗歌的一种体裁，类似顺口溜。

㉝ 斗筲（shāo）之量：形容酒量很小。斗，容十升，筲，容一斗二升。

㉞ 粉面：指妓女。

㉟ 撒漫：用钱挥霍，大手大脚。

㊱ 帮衬的勤儿：指善于体贴、献殷勤的人。

㊲ 鸨（bǎo）儿：妓院里的老板娘。

㊳ 从良：指妓女脱籍嫁人。

㊴ 胁肩谄笑：耸肩媚笑，一副奉承人的卑下丑态。

㊵ 不统口：不同意，不答应。

㊶ 温克：温和谦恭。

㊷ 日逐：每天。

㊸ 行（háng）户：指妓院。

㊹ 混帐：这里是胡混、纠缠的意思。

㊺ 钟馗（kuí）：民间传说中捉鬼的神。

㊻ 有气无烟：形容穷到断炊。

㊼ 退财白虎：白虎是传说中的凶神，退财白虎指耗费钱财的凶神。

㊽ 七件事：指日常生活的必需品：油、盐、柴、米、酱、醋、茶。

㊾ 孤拐：指脚踝骨。

㊿ 十斋：信奉佛教的人逢夏历的初一、初八、十四、十五、十八、二十三、二十四、二十八、二十九、三十等十天不吃荤，以为这样做可以免灾。

(51) 虔婆：对老太婆的骂称，这里指鸨母。

(52) 落籍：从教坊乐籍上除名，即妓女从良。

(53) 罄（qìng）：尽。

(54) 招架：应承，照顾。

(55) 烟花：指妓女。

(56) 抖然：突然。

(57) 曲中：妓院中。

(58) 亵渎（xiè dú）：侮辱。

(59) 开交：放手。

(60) 嘿：同“默”。

(61) 告人：求告于人，即向人开口借钱。

(62) 铢（zhū）：重量单位，二十四铢为一两。

(63) 芳卿：男子对女子的爱称。

(64) 庶易为力：大概容易做到了。

(65) 兑：用秤称。

(66) 玉成：对别人成全、帮助自己的一种客气的说法。

(67) 谋债：设法借贷。

(68) 以手加额：一种表示高兴和庆幸的动作。

(69) 致：招致，这里是赚的意思。

(70) 秃髻：发髻上没有戴首饰。

(71) 翠钿（diàn）：用翡翠镶嵌的金属首饰。金钏：金镯子。

⑫ 瑶簪：玉簪。宝珥（ěr）：宝石耳环。

⑬ 鸾带：绣有鸾凤的衣带。绣履：绣花鞋。

⑭ 长行：远行。

⑮ 间关：指崎岖辗转，行程艰难。

⑯ 约束：这里指行李。曾：加强语气的词。

⑰ 定着：确定无疑的着落。

⑱ 浮居：短暂而不固定的居住。

⑲ 于归：指女子出嫁到夫家。

⑳ 贫窭（jù）：贫穷。

㉑ 因风吹火：指顺势帮助，没有费多大的力气。

㉒ 雇倩：雇请。

㉓ 肩舆：轿子。

㉔ 薄赆：临别时赠送一点薄薄的礼物。

㉕ 描金文具：描绘着金色图案的文具箱。

㉖ 潞河：北运河，在今北京市通州区。

㉗ 瓜洲：大运河入长江处，在今江苏省邗江区南部。

㉘ 解库：典当铺。

㉙ 勾：同“够”。

㉚ 吴越间：指苏杭一带。

㉛ 山水之费：旅费。

㉜ 剪江：横江。

㉝ 仲冬：农历十一月。

㉞ 卮（zhī）：酒器。

㉟ 六院：京都妓院的统称。

㊱ 绝调：绝妙的歌声。

㊲ 《拜月亭》：传奇名，又叫《幽闺记》，相传为元人施惠（字君美）所作。这里称杂剧，系误记。

㊳ 徽州新安：今安徽歙县。

㊴ 积祖：祖祖辈辈，好几代人。种盐：制盐。

⑩⓪ 青楼：妓院。

⑩① 红粉：指妓女。

⑩② 嘲风弄月：喻指嫖妓。

⑩③ “千山”四句：这里改用唐代柳宗元的《江雪》诗，原诗是：“千山鸟飞绝，万径人踪灭。孤舟蓑笠翁，独钓寒江雪。”

⑩④ 国色天香：形容女子容貌极美。

⑩⑤ 高学士：明代诗人高启，因他曾任翰林院编修，故称高学士。

⑩⑥ 舟次：行舟旅途中。

⑩⑦ 清诲：高雅的教诲。这是邀人谈话的一种敬词。

⑩⑧ 打跳：搭上跳板。

⑩⑨ 涯：岸。

⑪⓪ 斯文中套话：读书人相互间的客套话。

⑪① 花柳之事：寻花问柳之事，喻指嫖妓。

⑪② 入港：投机。

⑪③ 贱室：在人前对自己妻子的谦称。

⑪④ 攒（cuán）眉：皱眉。

⑪⑤ 尊宠：对别人妾的尊称。

⑪⑥ 家君：犹家父，在人前对自己父亲的称呼。

⑪⑦ 回嗔（chēn）：息怒。

⑪⑧ 高明：对人赞美其聪明有识见的敬称。

⑪⑨ 愀（qiǎo）然：神色严肃的样子。

⑫⓪ 乍会：初次见面。

⑫① 位居方面：掌管一个政区大权的地方官。

⑫② 帷薄之嫌：指男女之间不合封建礼法的交往。帷，幔。薄，帘。都是指将妇女居住的内室隔开的帘幕。

⑫③ 资斧：旅费。

⑫④ 疏不间亲：关系疏远的人不能挑拨离间关系亲近的人之间的关系。

⑫⑤ 水性无常：像水一样流动无定，比喻妇女爱情不专一。

⑫⑥ 姝（shū）：美女。

⑫⑦ 他适之地：另嫁他人的处所。

⑫⑧ 工：长于，善于。

⑫⑨ 逾墙钻穴：指男女间的偷情幽会。

⑬⓪ 浮浪不经：轻浮放浪，不守礼法。

⑬① 同袍：情谊深重的朋友。

⑬② 溺：沉醉。

⑬③ 惮（dàn）：害怕。

⑬④ 闺阁：这里指妻子。

⑬⑤ 衽（rèn）席之爱：即枕席之爱，指男女爱情。

⑬⑥ 授馆：做家庭教师。

⑬⑦ 间（jiàn）言：不和睦、有隔阂的话。

⑬⑧ 顿开茅塞：比喻心中豁然开朗。

⑬⑨ 心肯：同意。

⑭⓪ 颜色匆匆：神情着急的样子。

⑭ 委决不下：犹疑不决，放心不下。

⑭ 讳：隐瞒。

⑭ 黜（chù）逐：斥责、驱逐。

⑭ 将何底止：何处是归宿。

⑭ 画：谋划。

⑭ 渠：他。

⑭ 所天：这里指丈夫。封建时代以君、父、夫权为至高无上，所以称君、父、夫为所天。

⑭ 行李之累：旅途中的累赘。

⑭ 诺：同意。

⑮ 贾（gǔ）竖子：市侩小人。

⑮ 足色：银子的成色纯正，质量很好。

⑮ 爽：差错。

⑮ 路引：为官府签发的行路执照。

⑮ 抽替：同“抽屉”。

⑮ 翠羽：羽毛形状的翡翠首饰。明珰：珠玉做的耳饰。

⑮ 充牣（rèn）：充满。

⑮ 如堵：形容人很多。堵，墙。

⑮ 祖母绿：绿色透明的宝石。猫儿眼：一种类似猫眼的宝石。

⑮ 谗说（shuì）：劝说别人做坏事。

⑯ 风尘：指妓女生活。

⑯ 润色：装点。

⑯ 收佐中馈：辅佐主妇料理家务，意即留下做妾。封建时代，认为料理饭食是主妇的职责，因而中馈成为妻子的代称。

⑯ 浮议：没有根据的不可靠的话。

⑯ 椟（dú）：匣子。

⑯ 命之不辰：生不逢时，命运不好。

⑯ 困瘁：困苦忧患。

⑯ 甫：才。

⑯ 瓜步：即瓜步镇，在今江苏省六合区南瓜步山下。

⑯ 凌波：在水波上行走。

⑰ 息肩：这里是生活安定的意思。

⑰ 悒悒：心中不畅，这里指心里放不下。

⑰ 共跨秦楼之凤：神话传说，春秋时萧史善吹箫，秦穆公将女儿嫁给了他，两人志同道合，十分恩爱。一天，夫妻吹箫，招来了赤龙、紫凤，便双双乘龙跨凤一道升天。这里借以比喻结为美满的夫妻。

⑰³ 参：参悟、懂得。

阅读提示

这篇小说通过被侮辱、被迫害的妓女杜十娘的爱情悲剧，揭露和控诉了封建礼教和封建制度的罪恶，热情地歌颂了杜十娘的美好品质和对自由幸福生活的执着追求。杜十娘的爱情追求，体现了明代后期以“情”反“理”以及要求真诚、平等和对人格的尊重等新的时代内容。小说鞭挞了李甲和孙富怯懦、自私和卑劣的灵魂，对以李布政为代表的社会上强大而又冷酷的封建礼教的势力作了深刻的揭露。这篇小说是明代拟话本的优秀之作，在艺术上构思精巧，含义深刻；情节生动，结构完整；人物形象鲜明生动，富有典型性。

转运汉遇巧洞庭红　波斯胡指破鼍龙壳[①]

词云：

日日深杯酒满，朝朝小圃花开。自歌自舞自开怀，且喜无拘无碍。　　青楼几番春梦，红尘多少奇才。不须计较与安排，领取而今现在[②]！

这首词乃宋朱希真[③]所作，词寄《西江月》。单道着人生功名富贵，总有天数，不如图一个见前快活。试看往古来今，一部十七史[④]中，多少英雄豪杰？该富的不得富；该贵的不得贵；能文的倚马千言[⑤]，用不着时，几张纸，盖不完酱瓿。能武的穿杨百步[⑥]，用不着时，几竿箭，煮不熟饭锅。最是那痴呆懵懂，生来有福分的，随他文学低浅，也会发科发甲；随他武艺庸常，也会大请大受[⑦]，真所谓时也，运也，命也。俗语有两句道得好：

命若穷，掘得黄金化作铜；命若富，拾着白纸变成布。

总来只听掌命司[⑧]颠之倒之。所以吴彦高[⑨]又有词云：

造化小儿[⑩]无定据，翻来覆去，倒横直竖，眼见都如许！

僧晦庵[11]亦有词云：

谁不愿黄金屋？谁不愿千钟粟？算五行不是这般题目[12]。枉使心机闲计较，儿孙自有儿孙福。

苏东坡亦有词云：

蜗角虚名，蝇头微利，算来着甚奔忙？事皆前定，谁弱又谁强！

这几位名人说来说去，都是一个意思。总不如古语云：

万事分已定，浮生空自忙。

说话的，依你说来，不须能文善武，懒惰的，也只消天掉下前程，不须经商立业；败坏的，也只消天挣与家园，却不把人间向上的心都冷了？看官有所不知，假如人家出了懒惰的人，也就是命中该贱；出了败坏的人，也是命中该穷，此是常理。却又自有转眼贫富出人意外，眼前事分毫算不得准的哩！

且听说一人，乃宋朝汴京人，姓金双名维厚，乃是经纪行中人，少不得朝晨起早，晚夕眠迟，睡醒来，千思想，万算计，拣有便宜的才做。后来家事挣得从容[13]了，他便思想一个久远方法，手头用来用去的，只是那散碎银子。若是二两块头好银，便存着不动。约得百两，便熔成一大锭，把一综红线，结成一绦，系在锭腰，放在枕边。夜来摩弄一番，方才睡下。积了一生，整整熔成八锭，以后也就随来随去，再积不成百两，他也罢了。

金老生有四子，一日，是他七十寿旦，四子置酒上寿。金老见了四子，跻跻跄跄，心中喜欢，便对四子说道："我靠皇天覆庇，虽则劳碌一生，家事尽可度日。况我平日留心，有熔成八大锭银子，永不动用的，在我枕边。见将绒线做对儿结着。今将择个好日子分与尔等，每人一对，做个镇家之宝。"四子喜谢，尽欢而散。

是夜金老带些酒意，点灯上床，醉眼模糊，望去八个大锭，白晃晃排在枕边。摸了几摸，哈哈地笑了一声，睡下去了，睡未安稳，只听得床前有人行走脚步响，心疑有贼。又细听着，恰像欲前不前，相让一般。床前灯火微明，揭帐一看，只见八个大汉身穿白衣，腰系红带，曲躬而前曰：“某等兄弟，天数派定，宜在君家听令。今蒙我翁过爱，抬举成人，不烦役使，珍重多年，冥数将满。待翁归天后，再觅去向。今闻我翁将以我等分役诸郎君，我等与诸郎君，原无前缘，故此前来告别，往某县某村王姓某者投托，后缘未尽，还可一面。”语毕，回身便走。金老不知何事，吃了一惊。翻下床，不及穿鞋，赤脚赶去。远远见八人，出了房门，金老赶得性急，绊了房槛，扑的跌倒，飒然惊醒，乃是南柯一梦。急起挑灯明亮，点照枕边，已不见了八个大锭。细思梦中所言，句句是实。叹了一口气，哽咽了一会，道：“不信我苦积一世，却没分与儿子每受用，到是别人家的？明明说有地方姓名，且慢慢跟寻下落则个。”一夜不睡，次早起来与儿子每说知，儿子中也有惊骇的，也有疑惑的。惊骇的道：“不该是我们手里东西，眼见得作怪。”疑惑的道：“老人家欢喜中说话有失，许了我们，回想转来，一时间就不割舍得分散了，造此鬼话，也未见得。”金老见儿子们疑信不等，急急要验个实话。遂访至某县某村果有王姓某者。叩门进去，只见堂前灯烛荧煌，三牲福物[14]正在那里献神。金老便开口问道：“宅上有何事如此？”家人报知，请主人出来。主人王老儿见金老揖坐了，问其来因。金老道：“老汉有一疑事，特造上宅，来问消息。今见上宅正在此献神，必有所谓，敢乞明示。”工老道：“老拙偶因寒荆[15]小恙，买卜先生[16]道：‘移床即好。’昨寒荆病中，恍惚见八个白衣大汉，腰系红束，对寒荆道：‘我等本在金家，今在彼缘尽，来投身宅上。’言毕，俱钻入床上。寒荆惊出了一身冷汗，身体爽快了。及至移床，灰尘中得银八大锭，多用红绒系腰，不知是那里来的？此皆神天福佑，故此买福物酬谢。金老丈来问，莫非晓得些来历么？”金老跌跌脚道：“此老汉一生所积，因前日也做了一梦，就不见了。梦中也道出老丈姓名居址的确，故得访寻到此。可见天数已定，老汉也无怨处。但只求取出一看，也完了老汉心事。”王老道：“容易。”笑嘻嘻的走进去，叫安童[17]四人，托出四个盘来。每盘两锭，多是红绒系束，正是金家之物。金老看了，眼睁睁无计所奈，不觉扑簌簌吊下泪来，抚摩一番道：“老汉直如此命薄！消受不得。”王老虽然叫安童仍旧拿了进去，心里见金老如此，老大不忍。别取三两零银封了，送与金老作别。金老道：“自家的东西，尚无福，何须尊惠！”再三谦让，必不肯受。王老强纳在金老袖中，金老欲待摸出还了，一时摸个不着，面儿通红，又被王老央不过，只得作揖别了。直至家中，对儿子们一一把前事说了，大家叹息了一回。因言王老好处，临行送银三两，满袖摸遍，并不见有，只说路中掉了。却原来金老推逊时，王老往袖中乱塞，落在着外面一层袖中。袖有断线处，在王老家摸时，已在脱线处落出，在门槛边了。客去扫门，仍旧是王老拾得。可见一饮一啄，莫非前定[18]。不该是他的东西，不要说八百两，就是三两，也得不去。该是他的东西，不要说八百两，就是三两也推不出。原无的到有了，并不由人计较。

而今说一个人在实地上行，步步不着，极贫极苦的，却在渺渺茫茫做梦不到的去处，得了一主没头没脑的钱财，变成巨富，从来稀有亘古[19]新闻。有诗为证，诗曰：

分内功名匣里财，不关聪慧不关呆。果然命是财官格，海外犹能送宝来。

话说国朝成化年间[20]，苏州府长洲县阊门外有一人姓文名实，字若虚。生来心思慧巧，做着便能，学着便会。琴棋书画，吹弹歌舞，件件粗通。幼年间，曾有人相他有巨万之富，他亦自恃才能，不十分去营求生产。坐吃山空，将祖上遗下千金家事，看看消下来。以后晓得家业有限，看见别人经商图利的，时常获利几倍，便也思量做些生意，却又百做百不着。

一日见人说："北京扇子好卖。"他便合了一个伙计，置办扇子起来。上等金面精巧的，先将礼物，求了名人诗画，免不得是沈石田、文衡山、祝枝山拓子几笔[21]，便值上两数银子，中等的自有一样乔人[22]，一只手学写了这几家字画，也就哄得人过，将假当真的买了，他自家也兀自做得来的；下等的无金无字画，将就卖几十钱，也有对合利钱[23]，是看得见的。拣个日子装了箱儿，到了北京。岂知北京那年自交夏来，日日淋雨不晴，并无一毫暑气，发市[24]甚迟。交秋早凉，虽不见及时，幸喜天色却晴，有妆晃[25]子弟要买把苏做的扇子袖中笼着摇摆。来买时，开箱一看，只叫得苦。元来北京历沴[26]，却在七八月。更加目前雨湿之气，斗着扇上胶墨之性，弄做了个"合而言之"[27]，揭不开了。用力揭开，东粘一层，西缺一片，但是有字有画，值价钱者，一毫无用。止剩下等没字白扇，是不坏的，能值几何？将就卖了，做盘费回家，本钱一空，频年做事，大概如此。不但自己折本，但是搭他作伴，连伙计也弄坏了，故此人起他一个混名"倒运汉"。不数年，把个家事干圆洁净[28]了，连妻子也不曾娶得。终日间靠着些东涂西抹，东挨西撞，也济不得甚事。但只是嘴头子谄得来，会说会笑，朋友家喜欢他有趣，顽耍去处，少他不得。也只好趁口[29]，不是做家的。况且他是大模大样过来的，帮闲行里，又不十分入得队。有怜他的，要荐他坐馆教学，又有诚实人家嫌他是个杂板令[30]，高不凑，低不就，打从帮闲的处馆的两项人见了他，也就做鬼脸，把"倒运"两字笑他，不在话下。

一日，有几个走海贩货[31]的，邻近做头的，无非是张大、李二、赵甲、钱乙一班人，共四十余人，合了伙将行。他晓得了，自家思想道："一身落魄，生计皆无。便附了他们航海，看看海外风光，也不枉人生一世。况且他们定是不却我的，省得在家忧柴忧米，也是快活。"正计较间，恰好张大踱将来。元来这个张大名唤张乘运，专一做海外生意，眼里认得奇珍异宝，又且秉性爽慨，肯扶持好人，所以乡里起他一个混名叫张识货。文若虚见了，便把此意一一与他说了。张大道："好，好。我们在海船里头，不耐烦寂寞。若得兄去在船中说说笑笑，有甚难过的日子？我们众兄弟料想多是喜欢的。只是一件，我们多有货物将去，兄并无所有，觉得空了一番往返，也可惜了。待我们大家计较，多少凑些出来，助你将就置办些东西去也好。"文若虚便道："多谢厚情，只怕没人如兄肯周全小弟。"张大道："且说说看。"一竟自去了。

恰遇一个瞽目先生敲着报君知[32]走将来，文若虚伸手顺袋里，摸了一个钱，扯他一卦，问问财气看。先生道："此卦非凡，有百十分财气，不是小可。"文若虚自想道："我只要搭去海外耍耍混过日子罢了，那里是我做得着的生意？要什么赍助？就赍助得来，能有多少？便直恁地财爻[33]动？这先生也是混帐。"只见张大气忿忿走来，说道："说着钱便无缘，这些人好笑，说道'你去'，无不喜欢，说到'助你'，没一个则声。今我同两个好的弟兄，拼凑得一两银子在此，也办不成甚货，凭你买些果子船里吃罢。口食之类，是在我们身上。"若虚称谢不尽，接了银子。张大先行道："快些收拾，就要开船了。"若虚道："我没甚收拾，随后就来。"手中拿了银子，看了又笑，笑了又看，道："置得甚货么？"信步走去，只见满街上筐篮内盛着卖的：

> 红如喷火，巨若悬星。皮未皱，尚有余酸；霜未降，不可多得。元殊苏井诸家树[34]，亦非李氏千头奴[35]。较广[36]似曰"难兄"，比福亦云"具体"[37]。

原来乃是太湖中有一洞庭山，地软土肥，与闽广无异，所以广橘福橘，播名天下，洞庭有一样橘树绝与他相似，颜色正同，香气亦同。止是初出时，味略少酸，后来熟了，却也甜美，比福橘之价十分之一，名曰"洞庭红"。若虚看见了，便思想道："我一两银子买得百斤有余，在船可以解渴，又可分送一二，答众人助我之意。"买成装上竹篓，雇一闲的[38]，并行李挑了下船。众人都拍手笑道："文先生宝货来也！"文若虚羞惭无地，只得吞声上船，再也不敢提起买橘的事。

开得船来，渐渐出了海口，只见：

> 银涛卷雪，雪浪翻银。湍转则日月似惊，浪动则星河如覆。

三五日间，随风漂去，也不觉过了多少路程。忽至一个地方，舟中望去，人烟凑聚，城郭巍峨，晓得是到了什么国都了。舟人把船撑入藏风避浪的小港内，钉了桩橛，下了铁锚，缆好了。船中人多上岸打一看，元来是来过的所在，名曰吉零国。元来这边中国货物拿到那边，一倍就有三倍价。换了那边货物，带到中国也是如此。一往一回，却不便有八九倍利息，所以人都拚死走这条路，众人多是做过交易的，各有熟识经纪歇家通事人等[39]，各自上岸，找寻发货去了。只留文若虚在船中看船，路径不熟，也无走处。正闷坐间，猛可想起道："我那一篓红橘，自从到船中，不曾开看，莫不人气冲坏了？趁着众人不在，看看则个。"叫那水手在舱板底下，翻将起来，打开了篓看时，面上多是好好的。放心不下，索性搬将出来，都摆在艎板[40]上面，也是合该发迹，时来福凑。摆得满船红焰焰的，远远望来，就是万点火光，一天星斗。岸上走的人，都拢将来问道："是什么好东西呀？"文若虚只不答应，看见中间有个把一点头的[41]，拣了出来，掐破就吃。岸上看的，一发多了。惊笑道："元来是吃得的。"就中有个好事的，便来问价，"多少一个？"文若虚不省得他们说话，船上人却晓得，就扯个谎哄他，竖起一个指头，说："要一钱一颗。"那问的人揭开长衣，露出那兜罗锦红裹肚来，一手摸出银钱一个来，道："买一个尝尝。"文若虚接了银钱，手中撷撷看，约有两把重。心下想道："不知这些银子，要买多少？"也不见秤秤，且先把一个与他看样。拣个大些的，红得可爱的，递一个上去。只见那个人接上手，撷了一撷道："好东西呀！"扑地就劈开来，香气扑鼻，连旁边闻着的许多人，大家喝一声采。那买的不知好歹，看见船上吃法，也学他去了皮，却不分囊[42]，一块塞在口里，甘水满咽喉，连核都不吐，吞下去了。哈哈大笑道："妙哉！妙哉！"又伸手在裹肚里，摸出十个银钱来，说："我要买十个进奉去。"文若虚喜出望外，拣十个与他去了。那看的人见那人如此买去了，也有买一个的，也有买两个、三个的，都是一般银钱。买了的，都千欢万喜去了。

元来彼国以银为钱，上有文采，有等龙凤文的，最贵重；其次人物，又次禽兽；又次树木；最下通用的，是水草。却都是银铸的，分两不异。适才买橘的，都一样水草文的，他道是把下等钱买了好东西去了，所以欢喜，也只是要小便宜心肠，与中国人一样。须臾之间，三停里卖了二停，有的不带钱在身边的，老大懊悔，急忙取了钱转来，文若虚已此剩不多了，拿一个班[43]道："而今要留着自家用，不卖了。"其人情愿再增一个钱，四个钱买了二颗，口中哓哓道："悔气！来得迟了。"旁边人见他增了价，就埋怨道："我每还要买个，如何把价钱增长了他的？"买的人道："你不听得他方才说，兀自不卖了。"正在议论间，只见首先买十个的那一个人，骑了一匹青骢马，飞也似奔到船边，下了马，分开人丛对船上大喝道："不要零卖，不要零卖！是有的，俺多要买。俺家头目，要买去进奉克汗[44]哩。"看的人听见这话，便远远走开，站住了看。文若虚是伶俐的人，看见来势，已自瞧科[45]在眼里，晓得是个好主顾了。连忙把篓里尽数倾出来，止剩五十余颗。数了一数，又拿起班来说道："适间讲过要留着自用，不得卖了。今肯加些价钱，再让几颗去罢。适间已卖出两个钱一颗了。"其人在马背上拖下一大囊，摸出钱来，另是一样树木纹的，说道："如此钱一个罢了。"文若虚道："不情愿，只照前样罢了。"那人笑了一笑，又把手去摸一个龙凤做的来道："这样的一个如何？"文若虚道："不情愿，只要前样的。"那人又笑道："此钱一个抵百个，料也没得与你，只是与你耍。你不要俺这一个，却要那等的，是个傻子！你那东西，肯都与俺了，俺就加你一个那等的，也不打紧。文若虚数了有五十二个，准准的要了他一百五十六个水草银钱。那人连竹篓都要了，又丢了一个钱，把篓拴在马上，笑吟吟地一鞭去了，看的人见没得买了，一哄而散。

文若虚见人散了，到舱里把一个钱秤一秤，有八钱七分多重。秤过数个都是一般，总数一数，共有一千个差不多。把两个赏了船家，其余收拾在包里了。笑一声道："那盲子好灵卦也！"欢喜不尽，只等同船人来对他说笑则个。

说话的你说错了，那国里银子这样不值钱，如此做买卖，那久惯漂洋的，带去多是绫罗缎匹，何不多卖了些银子回来？一发百倍了。看官有所不知，那国里见了绫罗等物，都是以货交兑。我这里人也只是要他货物，才有利钱。若是卖他银钱时，他都把龙凤人物的来交易，作了好价钱，分量也只得如此，反不便宜。如今是买吃口东西，他只认做把低钱交易，我却只受分两，所以得利了。说话的，你又说错了。依你说来，那航海的，何不只买吃口东西只换他低钱，岂不有利？反着重本钱，置他货物怎地？看官又不是这话，也是此人，偶然有些横财，带去着了手，若是有心第二遭再带去，三五日不过海，等得希烂。即文若虚运未通时卖扇子就是榜样。扇子还是放得起的，尚且如此，何况果品！是这样执一论[46]不得的。

闲话休题，且说众人领了经纪主人到船发货，文若虚把上头事说了一遍，众人都惊喜道："造化！造化！我们同来，到是你没本钱的，先得了手也！"张大便拍手道："人都道他倒运，而今想是运转了！"便对文若虚道："你这些银钱在此置货，作价不多，除是转发在伙伴中，回[47]他几百两中国货物上去，打换些土产珍奇，带转去有大利钱，也强如虚藏此银钱在身边，无个用处。"文若虚道："我是倒运的，将本求财，从无一遭不连本送的。今承诸公挈带，做此无本钱生意，偶然侥幸一番，真是天大造化了！如何还要生利钱，妄想甚么？万一如前，再做折[48]了，难道再有洞庭红这样好卖不成？"众人多道："我们用得着的是银子，有的是货物。彼此通融，大家有利，有何不可？"文若虚道："一年被蛇咬，三年怕草索。说到货物，我就没胆气了。只是带了这些银钱回去罢。"众人齐拍手道："放着几倍利钱不取，可惜！可惜！"随同众人一齐上去，到了店家交货明白，彼此兑换，约有半月光景。文若虚眼中看过了若干好东好西，他已自志得意满，不放在心上。

众人事体完了，一齐上船，烧了神福[49]，吃了酒开洋。行了数日，忽然间天变起来。但见：

乌云蔽日，黑浪掀天。蛇龙戏舞起长空，鱼鳖惊惶潜水底。艨艟[50]泛泛，只如栖不定的数点寒鸦；岛屿浮浮，便似没不煞的几双水鹈[51]。舟中是方扬的米簸；舷外是正熟的饭锅。总因风伯太无情，以致篙师多失色。

那船上人见风起了，扯起半帆，不问东西南北，随风势漂去。隐隐望见一岛，便带住篷脚，只看着岛边便来，看看渐近，恰是一个无人的空岛。但见：

树木参天，草莱遍地。荒凉径界，无非些兔迹狐踪；坦迤[52]土壤，料不是龙潭虎窟。混茫内，未识应归何国？开辟来[53]，不知曾有人登？

船上人把[54]船后抛铁锚，将橹橛泥犁上岸去钉停当了，对舱里道："且安心坐一坐，候风势则个。"那文若虚身边有了银子，恨不得插翅飞到家里，巴不得行路，却如此守风呆坐，心里焦燥。对众人道："我且上岸去岛上望望则个。"众人道："一个荒岛，有何好看？"文若虚道："总是看看何碍。"众人都被风颠得头晕，个个是呵欠连天，都不肯同去。文若虚便自一个抖擞精神，跳上岸来。只因此一去，有分交：

千年败壳精灵显，一介[55]穷神富贵来。

若是说话的同年生，并时长，有个未卜先知的法儿，便双脚走不动，也拄个拐儿，随他同去一番也不妨的。

却说文若虚见众人不去，偏要发个狠，扳藤附葛，直走到岛上绝顶。那岛也苦不甚高，不费甚大力，只是荒草蔓延，无好路径。到得上边，打一看时，四望漫漫，身如一叶，不觉凄然，吊下泪来。心里道："想我如此聪明，一生命蹇。家业消亡，剩得只身，直到海外，虽然侥幸有得千来个银钱在囊内，知他命里是我的？不是我的？今在绝岛中间，未到实地，性命也还是与海龙王合着的哩。"正在感怆，抬头望去，远远草丛中一物突高，移步往前一看，却是床大一个败龟壳。大惊道："不信天下有如此大龟！船上人那里曾看见，说也不信的。我自到海外一番，不曾置得一件海外物事，今我带了此物去，也是一件希罕的东西，与人看看，省得空口说着，道是苏州人会调谎[56]。又且一件，锯将开来，一盖一板，多置四足，便是两张床，却不奇怪！"遂脱下两只裹脚接了[57]，穿在龟壳中间，打个扣儿，拖了便走。走至船边，船上人见他这等模样，都笑道："文先生那里又跎了纤[58]来？"文若虚道："好教列位得知，这就是我海外的货了。"众人抬头一看，便似一张无柱有底的硬脚床。吃惊道："好大龟壳？你拖来何干？"文若虚道："也是罕见的，带了他去。"众人笑道："好货不置一件，要此何用？"有的道："也有用处，有甚么天大的疑心事，灼他一卦[59]，只没有这样大龟药。"又有的道："是医家要煎龟膏拿去打碎了煎起来也当得几百个小龟壳。"文若虚道："不要管有用没用，只是希罕。又不费本钱，便带了回去。"当时叫个船上水手，一抬抬下舱来。初时山下空阔，还只如此；舱中看来，一发大了。若不是海船，也着不得这样狼犺[60]东西。

众人大家笑一回，说："到家时，有人问，只说文先生做了个大的乌龟买卖来了。"文若虚道："不要笑我，好歹有一个用处，决不是弃物。"随他众人取笑，文若虚只是得意，取些水来内外洗一洗净，抹干了，却把自己钱包行李都塞在龟壳里面，两头把绳一绊，却当了一个大皮箱了。自笑道："兀的不眼前就有用处了。"众人都笑将起来道："好算计！好算计！文先生到底是个聪明人。"

当夜无词，次日风息了，开船一走。不数日，又到了一个去处，却是福建地方了。才住定了船，就有一伙惯伺候接海客的小经纪牙人，攒将拢来，你说张家好，我说李家好，拉的拉，扯的扯，嚷个不住。船上众人拣一个一向熟识的，跟了去，其余的也就住了。众人到了一个波斯胡人店中坐定。里面主人见说海客到了，连忙先发银子，唤厨户，整办酒席几十桌，分付停当，然后踱将出来。

这主人是个波斯国里人，姓个古怪姓，是玛瑙的“玛”字，叫名玛宝哈，专一与海客兑换珍宝货物，不知有多少万数本钱。众人走海过的，都是熟主熟客，只是文若虚不认得。抬眼看时，元来波斯胡住在中华久了，衣服言动都与中华不大分别，只是剃眉剪须，深眼高鼻，有些古怪。出来见了众人，行宾主礼，坐定了。两杯茶罢，站起身来，请到一个大厅上。只见酒筵多完备了，且是摆得齐楚。原来旧规，海舡[61]一到主人家，先领过这一番款待，然后发货讲价。主人家手执着一付法琅菊花盘盏，拱一拱手道：“请将货单一看，好定坐席。”

看官，你道这是何意？元来波斯胡以利为重，只看货单上有奇珍异宝值得上万者，就送在首席。余者看货轻重，挨次坐去，不论年纪，不论尊卑，一向做下的规矩。舡上众人，货物贵的贱的，多的少的，你知我知，各自心照，差不多领了酒杯，各自坐了。单单剩得文若虚一个，呆呆站在那里。主人道：“这位老客长，不曾会面，想是新出海外的，置货不多了。”众人道：“这是我们好朋友，到海外耍去的。身边有银子，却到不曾置货。今日没奈何，只是屈他在末位坐了。”文若虚满面羞惭，坐了末席，主人坐在横头。饮酒中间，这一个说道：“我有猫儿眼多少。”那一个说：“我有祖母绿多少。”你夸我逞。文若虚一发嘿嘿无言，自心里也微微有些懊悔道：“我前日该听他们劝，置些货物来的是。今枉有几百银子在囊中，说不得一句说话。”又自叹了口气道：“我原是一些本钱没有的，今已大幸，不可不知足。”自思自忖，无心发兴吃酒。众人却猜拳行令，吃得狼藉。主人是个积年[62]，看出文若虚不快活的意思来，不好说破，虚劝了他几杯酒。众人都起身道：“酒勾了，天晚了，趁早上船去。明日发货罢。”别了主人去了。主人撤了酒席，收拾睡了。

明日起个清早，先走到海岸船边来拜这伙客人。主人登舟，一眼瞅去，那舱里狼狼犺犺这件东西，早先看见了。吃了一惊道：“这是那一位客人的宝货？昨日席上并不曾见说起，莫不是不要卖的？”众人都笑指道：“此敝友文兄的宝货。”中有一人衬道[63]：“又是滞货。”主人看了文若虚一看，满面挣得通红，带了怒色，埋怨众人道：“我与诸公相处多年，如何恁地作弄我？教我得罪于新客。把一个末座屈了他，是何道理！”一把扯住文若虚对众客道：“且慢发货，容我上岸谢过罪着。”众人不知其故，有几个与文若虚相知些的，又有几个喜事的，觉得有些古怪，共十余人，赶了上来到店中，看是如何。只见主人拉了文若虚，把交椅整一整，不管众人好歹，纳他头一位坐下了，道："适间得罪得罪，且请坐一坐。"文若虚心中镬铎[64]，忖道："不信此物是宝贝，这等造化不成？"

主人走了进去，须臾出来，又拱众人到先前吃酒去处，早又摆下几桌酒。为首一桌，比先更齐整。主人向文若虚一揖，就对众人道："此公正该坐头一席，你每枉自一船的货，也还赶他不来。先前失敬失敬。"众人看见，又好笑，又好怪，半信不信的一带儿坐了。酒过三杯，主人就开口道："敢问客长，适间此宝可肯卖否？"文若虚是个乖人，趁口答应道："只要有好价钱，为甚不卖？"那主人听得肯卖，不觉喜从天降，笑逐颜开。起身道："果然肯卖，但凭分付价钱，不敢吝惜。"文若虚其实不知值多少，讨少了，怕不在行；讨多了，怕吃笑。忖了忖，面红耳热，颠倒讨不出价钱来。张大便向文若虚丢个眼色，将手放在椅子背上，竖起三个指头，再把第二个指，空中一撇道："索性讨他这些。"文若虚摇头竖一指道："这些我还讨不出口在这里。"却被主人看见道："果是多少价钱？"张大捣一个鬼道："依文先生手势，敢象要五万哩。"主人呵呵大笑道："这是不要卖，哄我而已。此等宝物，岂止此价钱！"众人见说，大家目睁口呆，都立起身来，扯文若虚去商议道："造化！造化！想是值得多哩。我们实实不知，如何定价？文先生不如开个大口，凭他还罢。"文若虚终是碍口识羞，待说又止。众人道："不要不老气[65]！"主人又催道："实说说，何妨。"文若虚只得讨了五万两。主人还摇头道："罪过，罪过。没有此话。"扯着张大私问他道："老客长们海外往来，不是一番了。人都叫你张识货，岂有不知此物就里的？必是无心卖他，奚落小肆罢了。"张大道："实不瞒你说，这个是我的好朋友，同了海外顽耍的，故此不曾置货。适间此物，乃是避风海岛，偶然得来，不是出价置办的，故此不识得价钱。若果有这五万与他，勾他富贵一生，他也心满意足了。"主人道："如此说，要你做个大保人，当有重谢，万万不可翻悔！"遂叫店小二拿出文房四宝来，主人家将一张供单绵纸料[66]，折了一折，拿笔递与张大道："有烦老客长做主，写个合同文契，好成交易。"张大指着同来一人道："此位客人褚中颖，写得好，"把纸笔让与他。褚客磨得墨浓，展好纸，提起笔来写道：

立合同议单张乘运等，今有苏州客人文实，海外带来大龟壳一个，投至波斯玛宝哈店，愿出银五万两买成，议定立契之后，一家交货，一家交银，各无翻悔。有翻悔者，罚契上加一[67]。合同为照。

一样两纸，后边写了年月日，下写张乘运为头，一连把在坐客人十来个写去，褚中颖因自己执笔，写了落末，年月前边，空行中间，将两纸凑着，写了骑缝一行，两边各半，乃是“合同议约”四字，下写“客人文实，主人玛宝哈”，各押了花押，单上有名的，从后头写起，写到了乘运道：“我们押字钱重些，这买卖才弄得成。”主人笑道：“不敢轻，不敢轻。”写毕，主人进内，先将银一箱抬出来道：“我先交明白了用钱，还有说话。”众人攒将拢来，主人开箱，却是五十两一包，共是二十包，整整一千两。双手交与张乘运道：“凭老客长收明，分与众客罢。”众人起初吃酒写合同时，大家撺哄鸟乱[68]，心下还有信有不信的意思，如今见他拿出精晃晃白银来做用钱，方知是实。

文若虚恰像梦里醉里，话都说不出来，呆呆的看。张大扯他一把道：“这用钱如何分散？也要文兄主张。”文若虚方说一句道：“且完了正事慢处。”只见主人笑嘻嘻的对文若虚道：“有一事要与客长商议，价银见在里面阁儿上，都是向来兑过的，一毫不少，只消请客长一两位进去，将一包过一过目，兑一兑为准，其余多不消兑得。却又一说，此银数不少，搬动也不是一时功夫。况且文客官是个单身，如何好将下船去？又要泛海回还，有许多不便处。”文若虚想了一想道：“见教得极是。而今却待怎样？”主人道：“依着愚见，文客官目下回去未得，小弟此间有个缎匹铺，有本三千两在内。其前后大小厅屋楼房，共百余间，也是个大所在，价值二千两，离此半里之地。愚见就把本店货物及房屋文契，作了五千两，尽行交与文客官，就留文客官在此住下了，做此生意。其银也做几遭搬了过去，不知不觉。日后文客官要回去，这里可以托心腹伙计看守，便可轻身往来。不然小店交出不难，文客官收贮却难也，愚意如此。”说了一遍，说得文若虚与张大跌足道：“果然是客纲客纪[69]，句句有理。”文若虚道：“我家里原无家小，况且家业已尽，就带了许多银子回去，没处安顿。依了此话，我就在这里，立起个家园来，有何不可？此番造化，一缘一会[70]，都是上天作成的，只索随缘做去便是。货物房屋价钱，未必有五千，总究落得[71]的。”便对主人说：“适间所言，诚万全之算，小弟无不从命。”主人便领文若虚进去阁上看，又叫张、褚二人：“一同来看，其余列位不必了，请略坐一坐。”他四人进去。众人不进去的，个个伸头缩颈，你三我四，说道：“有此异事！有此造化！早知这样，懊悔岛边泊船时节，也下去走走，或者还有宝贝，也未见得。”有的道：“这是天大的福气，撞将来的，如何强得？”

正欣羡间，文若虚已同张、褚二客出来了。众人都问：“进去如何了？”张大道:“里边高阁，是个上库放银两的所在，都是桶子存着。适间进去看了，十个大桶，每桶四千；又五个小桶，每个一千，共是四万五千，已将文兄的封皮记，封好了，只等交了货，就是文兄的了。”主人出来道：“房屋文书缎匹账目，俱已在此，凑足五千之数了。且到船上取货去。”一拥都到海船来。

文若虚于路对众人说：“船上人多，切勿明言！小弟自有厚报。”众人也只怕船上人知道，要分了用钱去，各各心照。文若虚到了船上，先向龟壳中，把自己包裹被囊取出了，手摸一摸壳口里，暗道：“侥幸，侥幸。”主人便叫店内后生二人来抬此壳，分付道：“好生抬进去，不要放在外边。”船上人见抬了此壳去，便道：“这个滞货，也脱手了。不知卖了多少？”文若虚只不做声，一手提了包裹，往岸上就走。这起初同上来的几个，又到岸上，将龟壳从头至尾，细细看了一遍，又向壳内张了一张，捽了一捽[72]，面面相觑道:“好处在那里？”主人仍拉了这十来个，一同上去，到店里说道:“而今且同文客官看了房屋铺面来。”众人与主人，一同走到一处，正是闹市中间，一所好大房屋！门前正中是个铺子，傍有一弄，走进转个弯，是两扇大石板门。门内大天井，上面一所大厅堂，上有一匾，题曰：“来琛堂”，堂旁有两楹侧屋，屋内三面有橱，橱内都是绫罗各色缎匹，以后内房，楼房甚多。文若虚暗道：“得此为住居，王侯之家，不过如此矣。况又有缎铺营生，利息无尽，便做了这里客人罢了。还思想家里做甚？”就对主人道：“好却好，只是小弟是个孤身，毕竟还要寻几房使唤的人才住得。”主人道：“这个不难，都在小弟身上。”文若虚满心欢喜，同众人走归本店来。主人道：“文客官今晚不消船里去，就在铺中住下。使唤的人，铺中现有，逐渐再讨便是。”众客人多道：“交易事已成，不必说了，只是我们毕竟有些疑心，此壳有何好处？价值如此。还要主人见教一个明白。”文若虚道：“正是，正是。”主人笑道：“诸公枉了海上走了多遭，这些也不识得！列位岂不闻说，龙有九子乎？内有一种是鼍龙[73]，其皮可以鞔鼓[74]，声闻百里，所以谓之鼍鼓。鼍龙万年，到底蜕下此壳成龙。此壳有二十四肋，按天上二十四气，每肋中间节内有大珠一颗。若有肋未完全时节，成不得龙，蜕不得壳，也有生捉得他来，只好将皮鞔鼓。其肋中也未有东西，直待二十四肋，肋肋完全，节节珠满，然后蜕了此壳，变龙而去。故此，是天然蜕下，气候俱到，肋节俱完的，与生擒活捉，寿数未到的不同，所以有如此之大。这个东西，我们肚中虽晓得，知他几时蜕下？又在何处地方守得他着？壳不值钱，其珠皆有夜光，乃无价宝也！今天幸遇巧，得之无心耳。”众人听罢，似信不信。

只见主人走将进去了一会，笑嘻嘻的走出来，袖中取出一西洋布的包来，说道："请诸公看看。"解开来，只见一团绵裹着寸许大一颗夜明珠，光彩夺目。讨人黑漆的盘，放在暗处，其珠滚一个不定，闪闪烁烁，约有尺余亮处。众人看了，惊得目睁口呆，伸了舌头，收不进去。主人回身转来，对众客逐个致谢道："多蒙列位作成了，只这一颗，拿到我国中，就值方才的价钱了。其余多是尊惠。"众人个个心惊，却是说过的话，又不好翻悔得。主人见众人有些变色，取了珠子，急急走到里边，又叫抬出一个缎箱来。除了文若虚，每人送与缎子二端，说道："烦劳了列位，做两件道袍穿穿，也见小肆中薄意。"袖中又摸出细珠十数串，每送一串道："轻鲜⑮，轻鲜。备送一茶罢了。"文若虚处另是粗些的珠子四串，缎子八匹，道："是权且做几件衣服。"文若虚同众人欢喜作谢了，主人就同众人送了文若虚到缎铺中，叫铺里伙计后生们，都来相见。说道："今番是此位主人了。"

主人自别了去道："再到小店中去去来。"只见须臾间数十个脚夫扛了好些杠来，把先前文若虚封记的十桶五匣都发来了。文若虚搬在一个深密谨慎的卧房里头去处，出来对众人道："多承列位挈带，有此一套意外富贵，感谢不尽。"走进去把自家包裹内所卖"洞庭红"的银钱，倒将出来，每人送他十个，止有张大与先前出银助他的两三个，分外又是十个。道："聊表谢意。"

此时文若虚把这些银钱，看得不在眼里了。众人却是快活，称谢不尽。文若虚又拿出几十个来对张大说："有烦老兄将此分与船上同行的人，每位一个，聊当一茶。小弟住在此间，有了头绪，慢慢到本乡来。此时不得同行，就此为别了。"张大道："还有一千两用钱，未曾分得，却是如何？须得文兄分开，方没得说。"文若虚道："这倒忘了。"就与众人商议，将一百两散与船上众人，余九百两照现在人数，另外添出两股，派了股数，各得一股。张大为头的，褚中颖执笔的，多分一股。

众人千欢万喜，没有说话。内中一人道："只是便宜了这回回⑯，文先生还该多要他些。"文若虚道："不要不知足，看我一个倒运汉。做着便折本的，造化到来，平空地有此一主财爻。可见人生分定，不必强取。我们若非这主人识货，也只当废物罢了。还亏他指点晓得，如何还好昧心争论？"众人都道："文先生说得是，存心忠厚，所以该有此富贵。"大家千恩万谢，各各赍了所得东西，自到船上发货。

从此文若虚做了闽中一个富商，就在那里，娶了妻小，立起家业。数年之间，才到苏州走一遭，会旧相识故旧去了。至今子孙繁衍，家道殷富不绝。正是：

运退黄金失色，时来顽铁生辉。莫与痴人说梦！思量海外寻龟。

（选自《初刻拍案惊奇》卷一，《今古奇观》选入此篇，题目简化为《转运汉遇巧洞庭红》）

注 释

① 洞庭红：是产于太湖洞庭山的一种橘子名。鼍（tuó）龙：一种鳄鱼。

② 领取而今现在：享受眼前快活。

③ 朱希真：南宋词人，名敦儒，字希真，河南人。

④ 十七史：指宋以前的十七部史书：《史记》《汉书》《后汉书》《三国志》《晋书》《宋书》《南齐书》《梁书》《陈书》《魏书》《北齐书》《后周书》《南史》《北史》《隋书》《唐书》《五代史》。

⑤ 倚马千言：比喻文思敏捷，成文极快。《世说新语·文学》记袁虎为桓温草拟文书，倚马顷刻写成七纸。李白《与韩荆州书》："请日试万言，倚马可待。"

⑥ 穿杨百步：比喻武艺高强，百发百中。《史记·周本纪》："楚有养由基者，善射者也，去柳叶百步而射之，百发而百中。"

⑦ 大请大受：享受很高的俸禄。

⑧ 掌命司：掌管命运的神。

⑨ 吴彦高：吴激，字彦高，号东山，建州（今福建建瓯市）人。金代文学家，诗词书画并长。

⑩ 造化小儿：对造物主（指化育万物的天地）的戏称。

⑪ 晦庵：南宋时诗僧。

⑫ 五行：指金、木、水、火、土。旧时迷信，以五行相克相生之理为人算命。题目：这里指命运。

⑬ 从容：宽裕。

⑭ 三牲福物：祭神用的祭品，三牲指牛、羊、猪。

⑮ 寒荆：对自己妻子的谦称。

⑯ 买卜先生：看风水的先生。

⑰ 安童：小童。

⑱ "一饮一啄"二句：一口水一口饭，都是命中注定的。

⑲ 亘古：从古以来。

⑳ 成化：明宪宗朱见深年号（1465-1487）。

㉑ 沈石田：沈周，字启南，号石田，明代著名诗画家。文衡山：文璧，字徵明，号衡山，吴中四才子之一，工书画。祝枝山：祝允明，字希哲，号枝山，吴中四才子之一，工

诗画。拓子：涂抹。子是语助词，无义。

㉒ 乔人：弄虚作假的人。

㉓ 对合（gě）利钱：对本对利，一倍的利钱。

㉔ 发市：开张卖货。

㉕ 妆晃：装样子。

㉖ 历沴（lì）：阴雨潮湿的天气。

㉗ “合而言之”：是一句带俏皮意味的话，意思是粘连在一起。

㉘ 干圆洁净：精光干净。

㉙ 趁口：糊口。

㉚ 杂板令：即杂班令，指非科举出身的做官人，这里指不是正途出身的士子。

㉛ 走海贩货：出海做买卖。

㉜ 报君知：算命人用来敲打作响以招揽顾主的金属片。

㉝ 财爻（yáo）：爻是卜卦上的爻象，财爻指爻象上带财气，是发财的征兆。

㉞ 苏井诸家树：《神仙传》载，苏耽在成仙前凿井种橘，告其母，明年有疫，取井水服橘叶可愈，以此救了乡里病人。

㉟ 李氏千头树：意指千株橘树。相传东汉李衡曾种橘树千株，称“千头木奴”，谓可以仰之衣食。

㊱ 广：指广州产的广橘。

㊲ 福：指福州产的福橘。具体：犹具象，样子相似。

㊳ 闲的：闲汉。

㊴ 经纪：联系买卖的中间人。歇家：客店。通事：翻译。

㊵ 艎（huáng）板：船板。艎是船的一种。

㊶ 一点头的：长出白点子开始坏的。

㊷ 分囊：分瓣。

㊸ 拿一个班：即拿一个架子。

㊹ 克汗：即可汗，这里指外国的君主。

㊺ 瞧科：看清。

㊻ 执一：固执于一端。

㊼ 回：转买。

㊽ 折：折本，赔本。

㊾ 烧了神福：烧纸钱祭神，以求保佑一路平安。

㊿ 艨艟（méng chōng）：一种战船，这里泛指航船。

51 没不煞的：淹不死。水鹈（tí）：水鸟名。

52 坦迤（yí）：平坦广阔。

53 开辟来：开天辟地以来。

54 把船：停船。

⑮ 一介：一个。

㊱ 调谎：说谎骗人。

㊲ 裹脚：缠脚的布。

㊳ 跎了纤：拉纤，用绳子挎在肩上拉着走。

㊴ 灼他一卦：卜他一卦。古代用龟甲卜吉凶，以荆木烧龟甲。下句“龟药”即指灼卦时制荆木。

㊵ 狼犺（kàng）：大而笨重。

㊶ 海舡：海船。舡同“船”字。

㊷ 积年：年岁大而富有生活经验。

㊸ 衬道：帮话道。

㊹ 镬铎：糊涂，疑惑。

㊺ 不老气：不好意思，怕羞。

㊻ 供单绵纸料：一种韧性较强可供写单据契约的纸。

㊼ 罚契上加一：以契上原价加一成作为惩罚。

㊽ 攃哄鸟乱：吵吵嚷嚷，乱哄哄地。

㊾ 客纲客纪：谓老客商考虑周到。纲纪，指能够全面理事，有条不紊。

㊿ 一缘一会：一种缘分和机会。

⑦ 落得：犹乐得，乐于得到，即心甘情愿。

⑫ 捞（láo）一捞：摸了一摸。

⑬ 鼍龙：俗称猪龙婆，皮可做鼓。与龟不同属。

⑭ 鞔（mán）鼓：用皮蒙鼓面。

⑮ 轻鲜：犹言微薄。鲜，少。

⑯ 回回：穆斯林，这里指波斯胡玛哈宝。

阅读提示

这篇小说通过文若虚随人出海经商意外发财致富的故事，反映了明代海外贸易的繁荣和商人经商致富的幻想。题材内容带有资本主义生产关系萌芽时期的鲜明的时代特征。但小说带有浓厚的命定论色彩，未能反映出商品经济发展时期商人的积极进取精神。

参考资料

周先慎:《曲折为文　精微深细——〈蒋兴哥重会珍珠衫〉鉴赏》

周先慎:《在“情”与“理”的冲突中刻画人物——〈杜十娘怒沉百宝箱〉鉴赏》

（以上载《古典小说鉴赏》[增订本]，北京大学出版社，2004 年）

第七章　聊斋志异

叶　生

淮阳[1]叶生者，失其名字[2]。文章词赋，冠绝[3]当时；而所如不偶[4]，困于名场[5]。会关东[6]丁乘鹤，来令是邑[7]。见其文，奇之；召与语，大悦。使即官署受灯火[8]，时赐钱谷恤[9]其家。值科试[10]，公游扬于学使[11]，遂领冠军[12]。公期望綦切[13]。闱[14]后，索文读之，击节[15]称叹。不意时数[16]限人，文章憎命[17]，榜既放[18]，依然铩羽[19]。生嗒丧[20]而归，愧负知己，形销骨立[21]，痴若木偶。公闻，召之来而慰之。生零涕[22]不已。公怜之，相期考满[23]入都，携与俱北[24]。生甚感佩。辞而归，杜门不出。

无何[25]，寝疾[26]。公遗问[27]不绝；而服药百裹[28]，殊罔所效[29]。公适以忤上官免[30]，将解任[31]去。函[32]致生，其略云："仆东归[33]有日，所以迟迟者，待足下耳。足下朝至，则仆夕发[34]矣。"传[35]之卧榻。生持书啜泣[36]。寄语[37]来使："疾革难遽瘥[38]，请先发。"使人返白[39]，公不忍去，徐待之。

逾数日，门者忽通[40]叶生至。公喜，逆[41]而问之。生曰："以犬马[42]病，劳夫子[43]久待，万虑不宁。今幸可从杖履[44]。"公乃束装戒旦[45]。抵里[46]，命子师事生[47]，夙夜[48]与俱。公子名再昌，时年十六，尚不能文。然绝惠[49]，凡文艺三两过[50]，辄无遗忘。居之期岁[51]，便能落笔成文。益之公力[52]，遂入邑庠[53]。生以生平所拟举子业[54]，悉录授读。闱中七题[55]，并无脱漏，中亚魁[56]。

公一日谓生曰："君出余绪[57]，遂使孺子成名。然黄钟[58]长弃奈何？"生曰："是殆有命[59]。借福泽为文章吐气，使天下人知半生沦落，非战之罪[60]也，愿亦足矣。且士得一人知己，可无憾，何必抛却白纻[61]，乃谓之利市[62]哉？"公以其久客，恐误岁试[63]，劝令归省[64]。惨然不乐。公不忍强[65]，嘱公子至都，为之纳粟[66]。公子又捷南宫[67]，授部中主政[68]。携生赴监[69]，与共晨夕。逾岁，生入北闱[70]，竟领乡荐[71]。

会公子差南河典务[72]，因谓生曰："此去离贵乡不远。先生奋迹云霄[73]，锦还[74]为快。"生亦喜。择吉就道，抵淮阳界，命仆马送生归。归见门户萧条，意甚悲恻。逡巡[75]至庭中，妻携簸具[76]以出，见生，掷具骇走。生凄然曰："我今贵矣。三四年不觌[77]，何遂顿[78]不相识？"妻遥[79]谓曰："君死已久，何复言贵？所以久淹君柩[80]者，以家贫子幼耳。今阿大亦已成立[81]，行将卜窀穸[82]。勿作怪异吓生人。"生闻之，怃然[83]惆怅。逡巡入室，见灵柩俨然[84]，扑地而灭[85]。妻惊视之，衣冠履舄如脱委[86]焉。大恸，抱衣悲哭。子自塾[87]中归，见结驷[88]于门，审所自来[89]，骇奔告母。母挥涕告诉。又细询从者，始得颠末[90]。从者返，公子闻之，涕堕垂膺[91]。即命驾[92]哭诸其室；出橐营丧[93]，葬以孝廉[94]礼。又厚遗其子，为延师教读。言于学使，逾年游泮[95]。

异史氏曰[96]：魂从知己，竟忘死耶？闻者疑之，余深信焉。同心倩女[97]，至离枕上之魂；千里良朋[98]，犹识梦中之路。而况茧丝蝇迹[99]，呕学士之心肝[100]；流水高山[101]，通我曹[102]之性命者哉！嗟呼！遇合难期[103]，遭逢不偶。行踪落落[104]，对影长愁；傲骨嶙嶙[105]，搔头自爱。叹面目之酸涩[106]，来鬼物之揶揄[107]。频居康了之中[108]，则须发之条条可丑[109]；一落孙山之外[110]，则文章之处处皆疵[111]。古今痛哭之人，卞和惟尔[112]；颠倒逸群之物[113]，伯乐伊谁[114]？抱刺于怀[115]，三年灭字；侧身以望[116]，四海无家。人生世上，只须合眼放步，以听造物之低昂[117]而已。天下之昂藏[118]沦落如叶生其人者，亦复不少，顾安得令威[119]复来，而生死从之也哉？噫！

（选自三会本《聊斋志异》卷一）

注　释

① 淮阳：今河南省淮阳区。

② 失其名字：名字已失传。

③ 冠绝：超群出众。

④ 所如：所到之处，处处。如，往，到。不偶：命运不好，所遇都不顺利。古人以为偶（双）数代表吉祥，奇（单数）代表不吉利，故以不偶和数奇代指命运不好。

⑤ 名场：科举考试的考场。古代士子通过科举考试求取功名，因称科举考试为名场。

⑥ 会：适逢。关东：指山海关以东地区，包括今天辽宁、吉林、黑龙江等省。

⑦ 令：县令，这里作动词用，是担任县令的意思。

⑧ 即：到。灯火：夜晚读书需用灯火，这里用以指代学习费用。

⑨ 恤（xù）：帮助，周济。

⑩ 科试：或称科考，乡试之前的预考，科考合格的人才能参加乡试。

⑪ 公：对丁乘鹤的敬称。游扬：到处宣扬。学使：又称提学使、学政、学道，主管一省教育事务的官员。

⑫ 领冠军：指科考获得第一名。

⑬ 綦（qí）切：十分殷切。

⑭ 闱（wéi）：科举考试的考场，这里代指乡试。

⑮ 击节：表示赞赏的一种动作。节是一种打击乐器，演奏乐曲时用来打拍子。

⑯ 时数：命运。

⑰ 文章憎命：意思是文章写得好反而妨碍了命运的显达。语出杜甫《天末怀李白》："文章憎命达。"

⑱ 放：公布。

⑲ 铩（shā）羽：原意是鸟的翅膀受到摧残而无法奋飞，这里喻指考试落榜。

⑳ 嗒（tà）丧：垂头丧气、失魂落魄的样子。

㉑ 形销骨立：因失意而形容消瘦枯槁。

㉒ 零涕：形容泪如雨下。

㉓ 相期：互相约定。考满：在任期满。清代地方官三年一考，考核其政绩表现，以定升降。满一任期进行一次考核，故以考代指任期。

㉔ 俱北：一起北上入都。

㉕ 无何：不多久。

㉖ 寝疾：生病卧床。

㉗ 遗（wèi）问：赠送物品以表示慰问。

㉘ 裹：付，剂。

㉙ 残罔所效：毫无效果。

㉚ 忤（wǔ）：触犯。免：免职。

㉛ 解任：去任。

㉜ 函：这里作动词用，写信。

㉝ 仆：对自己的谦称。东归：从淮阳回到家乡辽东去。

㉞ 发：动身。

㉟ 传：送到。

㊱ 啜（chuò）泣：吞声抽噎。

㊲ 寄语：请……口头传话。

㊳ 革：通"亟"，危重。遽瘥（chài）：很快痊愈。

㊴ 白：禀白，告诉。

㊵ 通：通报，传达。

㊶ 逆：迎。

㊷ 犬马：对自己的谦称，表示自己无足轻重。

㊸ 夫子：犹今称先生。

㊹ 从杖履：跟随出行（这里指东归）。杖指拐杖，履指鞋，习惯称老年人出门为杖履，这里有表示尊敬的意思。

㊺ 束装：整理好行装。戒旦：等待天亮。

㊻ 抵里：回到乡里。

㊼ 师事生：拜叶生为老师。

㊽ 夙夜：早晚。

㊾ 绝惠：非常聪明。

㊿ 过：遍。

51 期（jī）岁：满一年。

52 益：加上。公力：指他父亲的声望和社会关系。

53 邑庠（xiáng）：县学。入县学即取得了秀才的资格。

54 拟：撰写。举子业：指八股文。

55 七题：明清科举考试制度规定，乡试和会试要考三场，头场考题共有七道。

56 亚魁：指乡试第二名。

57 余绪：多余的才学。

58 黄钟：古代乐器，其发音可校正音乐十二律中的第一律“中阳律”，因此常用黄钟来象征正宗的音乐。这里喻指叶生出众的才学。

59 是：代词，指考试不中这件事。殆：大概，也许。有命：命中注定。

60 非战之罪：《史记·项羽本纪》载：项羽兵败垓下时，感叹说：“此天之亡我，非战之罪也。”意思是，是上天要我失败，不是不会打仗。这里借指叶生并不是没有才学。

61 白纻（zhù）：白布衣服，古时平民所穿。

62 利市：幸运。

63 岁试：科举制度中规定的一种考试，每三年由省里的学政到各地府、州、县学对生员（即秀才）进行考核，以定优劣奖惩。

64 归省（xǐng）：回家探亲。

65 强：强迫，勉强。

66 纳粟：用交钱粮的方法取得监生的资格。

67 捷南宫：指参加会试取得了胜利。会试由礼部主持，南宫是礼部的别称，因以南宫代指会试。

68 主政：又称主事，是明清中央各部中最低一级的属官。

69 监（jiàn）：国子监，明清时期的最高学府。

70 入北闱：参加在顺天府（今北京）举行的乡试。明清时期的乡试在顺天府和应天府（清代为江宁府，今南京）及各省举行。在顺天府举行的称“北闱”，在应天府举行的称“南闱”。

⑦1 领乡荐：指参加乡试，中了举人。原意是指唐代由州、县长官推荐人才赴京应试。

⑦2 差：派遣。南河典务：到南河河道担任典务（管理查工、核料、税收一类事务）的差使。

⑦3 奋迹云霄：对考中举人的一种恭维的说法。

⑦4 锦还：衣锦还乡的省略。

⑦5 逡（qūn）巡：因有顾虑而徘徊不前。

⑦6 簸具：一种竹制的簸扬谷物的工具。

⑦7 觌（dí）：见面。

⑦8 顿：顿时，忽然。

⑦9 遥：因害怕而站得远远的。

⑧0 淹：淹留，停留。柩：灵柩。

⑧1 成立：长大成人。

⑧2 卜：选择。窀穸（zhūn xī）：墓穴。

⑧3 怃然：茫然若失的样子。

⑧4 俨然：清清楚楚的样子。

⑧5 灭：消失。

⑧6 履舄（xì）：指鞋。古代的鞋有两种，单底叫履，复底叫舄，以后都成为鞋的泛称，不再分别。脱委：即蜕委，像蝉蜕壳那样褪下来。

⑧7 塾：读书的地方。

⑧8 结：拴着。驷：四匹马拉的车，这里指马。

⑧9 审：询问。

⑨0 颠末：始末，事情的来龙去脉。

⑨1 膺（yīng）：胸。

⑨2 命驾：命人驾车。

⑨3 出橐（tuó）营丧：花钱料理丧事。

⑨4 孝廉：明清时称举人为孝廉。

⑨5 游泮（pàn）：入学读书，即中了秀才，取得了生员的资格。古代的学校称为泮宫，故入学称游泮。

⑨6 异史氏：《聊斋志异》作者蒲松龄自称。

⑨7 倩女：唐陈玄祐作传奇《离魂记》中的女主人公，她与王宙相爱，却受父阻不能结合，灵魂便离开躯体而跟情人生活在一起。

⑨8 千里良朋：《后汉书·范式传》载，山阳人范式和汝南人张劭是好朋友，二人分别时相约范式到汝南跟张劭相会。后张劭死，托梦给范式，范式不辞千里赶到汝南，为张劭办理了后事。

⑨9 茧丝蝇迹：形容学习写作的艰辛，文思如蚕吐丝，字迹如蝇头般细小。

⑩0 “呕学”句：学子学习作文，呕心沥血，绞尽脑汁。

⑩ 流水高山：一般作“高山流水”，比喻知音。春秋时俞伯牙善弹琴，钟子期最能听懂他弹的意思，伯牙弹琴时想着高山，想着流水，他都能准确地指出来。

⑩ 我曹：我辈，指读书应举的人。

⑩ 遇合：本指臣民受到君主的赏识，这里指被人理解、欣赏。

⑩ 落落：孤苦失意的样子。

⑩ 嶙嶙：形容人的性格孤傲不屈如突兀峭拔的山势。

⑩ 酸涩：形容面色的穷愁憔悴。

⑩ 揶揄：嘲笑。用《世说新语》中罗友遇鬼的典故，是说人的命运不好，连鬼也要来嘲笑。

⑩ “频居”句：是说长期参加科举考试都未考中。康了，用唐人柳冕的典故：柳冕因安乐的乐字跟落第的“落”字同音，要仆人称安乐为安康。后来他参加考试，仆人看榜后向他报告说：“秀才康了”。后因以康了代指落第。

⑩ “则须”句：意思是因久试未中，内心痛苦，形容憔悴，连须发都显得丑陋难看。

⑪ “一落”句：指考试不中。相传宋代有个秀才名叫孙山，一同乡跟他一起应考，孙山取在最后一名，同乡落榜，后因以“名落孙山”或“孙山之外”代指落第。

⑪ 疵：指缺点。

⑪ 卞和：春秋时楚人，他于山中得一玉璞，献于楚厉王，厉王让玉工辨认，玉工说是石头，厉王使砍去卞和的左脚；厉王死，卞和又把玉璞献给武王，又被砍去了右脚。文王即位后，卞和抱玉在荆山下痛哭，文王命玉工剖开玉璞，果然得一美玉。这就是著名的和氏璧。事见《韩非子·和氏篇》。卞和惟尔，是说古今空有才学、怀才不遇的人都跟卞和一样。

⑪ 颠倒：反复辨识。逸群：超群出众，比喻人才杰出。

⑪ 伯乐伊谁：除了伯乐还有谁？伯乐，相传古代一位善于相马的人。

⑪ “抱刺”二句：是说把名片揣在怀里，希望有人赏识，可是时间过了很久，连名片上的字都磨掉了，还是受人冷落。这里用了汉代祢衡的典故，见《后汉书·祢衡传》。刺，名片。

⑪ 侧身以望：一种生活失意的动作神态。

⑪ 造物：上天。低昂：升降。

⑪ 昂藏：气宇不凡的样子。

⑪ 顾：不过，只是。令威：指丁令威，汉代人，传说他学道成仙，变成鹤飞回家乡，劝人修道成仙。事见《搜神后记》。这里借指丁乘鹤，说明知己难得。

阅读提示

这篇小说通过才学出众的叶生屡试不中，以致落魄潦倒，忧愤而死的遭遇，从压抑和埋没人才的角度揭露了科举考试制度的不合理。小说写得十分沉痛，显然融入了作者蒲松龄的切身体验在内。

婴 宁

王子服，莒[①]之罗店人。早孤，绝慧，十四入泮。母最爱之，寻常不令[②]游郊野。聘[③]萧氏，未嫁而夭[④]，故求凰未就[⑤]也。会上元[⑥]，有舅氏子吴生，邀同眺瞩[⑦]。方至村外，舅家有仆来，招吴去。生见游女如云，乘兴独遨[⑧]。有女郎携婢，拈梅花一枝，容华绝代，笑容可掬。生注目不移，竟忘顾忌。女过去数武[⑨]，顾婢子笑曰："个儿郎目灼灼[⑩]似贼！"遗花地上，笑语自去。生拾花怅然，神魂丧失，怏怏[⑪]遂反。至家，藏花枕底，垂头而睡，不语亦不食。母忧之。醮禳益剧[⑫]，肌革锐减[⑬]。医师诊视，投剂发表[⑭]，忽忽若迷。母抚问所由[⑮]，默然不答。适吴生来，嘱密诘[⑯]之。吴至榻前，生见之泪下。吴就榻[⑰]慰解，渐致研诘[⑱]。生具吐其实，且求谋画。吴笑曰："君意亦复痴，此愿有何难遂？当代访之。徒步于野，必非世家[⑲]。如其未字[⑳]，事固谐[㉑]矣；不然，拚以重赂[㉒]，计必允遂[㉓]。但得痊瘳[㉔]，成事在我。"生闻之，不觉解颐[㉕]。吴出告母，物色女子居里[㉖]，而探访既穷[㉗]，并无踪绪[㉘]。母大忧，无所为计。然自吴去后，颜顿开，食亦略进。数日，吴复来。生问所谋，吴绐[㉙]之曰："已得之矣。我以为谁何人，乃我姑氏女，即君姨妹，今尚待聘。虽内戚有婚姻之嫌[㉚]，实告之，无不谐者。"生喜溢眉宇，问："居何里？"吴诡曰："西南山中，去此可三十余里。"生又付嘱再四，吴锐身[㉛]自任而去。

生由此饮食渐加，日就平复。探视枕底，花虽枯，未便凋落，凝思把玩，如见其人。怪吴不至，折简[㉜]招之。吴支托不肯赴召。生恚怒[㉝]，悒悒不欢。母虑其复病，急为议姻。略与商榷，辄摇首不愿。惟日盼吴。吴迄无耗[㉞]，益怨恨之。转思三十里非遥，何必仰息[㉟]他人？怀梅袖中，负气自往，而家人不知也。伶仃独步，无可问程[㊱]，但望南山行去。约三十余里，乱山合沓[㊲]，空翠爽肌，寂无行人，止有鸟道[㊳]。遥望谷底，丛花乱树中，隐隐有小里落[㊴]。下山入村，见舍宇无多，皆茅屋，而意甚修雅[㊵]。北向一家，门前皆丝柳，墙内桃杏犹繁，间以修竹，野鸟格磔[㊶]其中。意其园亭[㊷]，不敢遽入[㊸]。回顾对户，有巨石滑洁，因据坐少憩[㊹]，俄闻墙内有女子长呼："小荣！"其声娇细。方伫听间，一女郎由东而西，执杏花一朵，俯首自簪；举头见生，遂不复簪，含笑拈花而入。审视[㊺]之，即上元途中所遇也。心骤喜，但念无以阶进[㊻]。欲呼姨氏，顾从无还往，惧有讹误，门内无人可问。坐卧徘徊，自朝至于日昃[47]，盈盈望断[48]，并忘饥渴。时见女子露半面来窥，似讶其不去者。忽一老媪扶杖出，顾生曰："何处郎君？闻自辰刻[49]便来，以至于今，意将何为？得勿[50]饥耶？"生急起揖之，答云："将以盼亲[51]。"媪聋聩[52]不闻。又大言之。乃问："贵戚何姓？"生不能答。媪笑曰："奇哉！姓名尚自不知，何亲可探？我视郎君，亦书痴耳，不如从我来，啖以粗粝[53]，家有短榻可卧。待明朝归，询知姓氏，再来探访，不晚也。"生方腹馁[54]思啖，又从此渐近丽人，大喜，从媪入。见门内白石砌路，夹道红花，片片坠阶上。曲折而西，又启一关，豆棚花架满庭中。肃[55]客入舍，粉壁光明如镜；窗外海棠，枝朵探入室中；茵藉[56]几榻，罔不洁泽[57]。甫[58]坐，即有人自窗外隐约相窥。媪唤："小荣，可速作黍[59]。"外有婢子嗷声[60]而应。坐次[61]，具展宗阀[62]。媪曰："郎君外祖，莫姓吴否？"曰："然。"媪惊曰："是吾甥也！尊堂[63]，我妹子。年来以家窭贫[64]，又无三尺男[65]，遂致音问梗塞。甥长成如许，尚不相识。"生曰："此来即为姨也，匆遽遂忘姓氏。"媪曰："老身秦姓，并无诞育[66]，弱息[67]仅存，亦为庶产[68]。渠母改醮[69]，遗我鞠养[70]，颇亦不钝[71]；但少教训，嬉[72]不知愁。少顷，使来拜识。"未几，婢子具饭，雏尾盈握[73]。媪劝餐已，婢来敛具。媪曰："唤宁姑来。"婢应去。良久，闻户外隐有笑声。媪又唤曰："婴宁！汝姨兄在此。"户外嗤嗤笑不已。婢推之以入，犹掩其口，笑不可遏。媪瞋目曰："有客在，咤咤叱叱[74]，是何景象！"女忍笑而立，生揖之。媪曰："此王郎，汝姨子。一家尚不相识，可笑人[75]也。"生问："妹子年几何矣？"媪未能解，生又言之。女复笑，不可仰视。媪谓生曰："我言少教诲，此可见矣。年已十六，呆痴才如婴儿。"生曰："小于甥一岁。"曰："阿甥已十七矣，得非庚午属马[76]者耶？"生首应[77]之。又问："甥妇阿谁？"答云："无之。"曰："如甥才貌，何十七犹未聘耶？婴宁亦无姑家[78]，极相匹敌[79]，惜有内亲之嫌。"生无语，目注婴宁，不暇他瞬[80]。婢向女小语云："目灼灼，贼腔未改。"女又大笑，顾婢曰："视碧桃开未？"遽起，以袖掩口，细碎连步[81]而出。至门外，笑声始纵。媪亦起，唤婢襆被[82]，为生安置。曰："阿甥来不易，宜留三五日，迟迟[83]送汝归。如嫌幽闷，舍后有小园可供消遣，有书可读。"

次日，至舍后，果有园半亩，细草铺毡，杨花糁径[84]。有草舍三楹[85]，花木四合其所。穿花小步，闻树头苏苏有声，仰视，则婴宁在上。见生来，狂笑欲堕。生曰："勿尔[86]！堕矣！"女且下且笑，不能自止。方将及地，失手而堕，笑乃止。生扶之，阴捘其腕[87]。女笑又作，倚树不能行，良久乃罢。生俟其笑歇，乃出袖中花示之。女接之曰："枯矣，何留之？"曰："此上元妹子所遗，故存之。"问："存之何意？”曰：“以示相爱不忘也。自上元相遇，凝思成疾，自分化为异物[88]，不图得见颜色，幸垂[89]怜悯！”女曰：“此大细事[90]，至戚何所靳惜[91]？待兄行时，园中花，当唤老奴来，折一巨捆负送之。”生曰：“妹子痴耶？”女曰：“何便是痴？”生曰：“我非爱花，爱捻花之人耳。”女曰：“葭莩之情[92]，爱何待言？”生曰：“我所谓爱，非瓜葛[93]之爱，乃夫妻之爱。”女曰：“有以异乎？”曰：“夜共枕席耳。”女俯思良久，曰：“我不惯与生人睡。”语未已，婢潜至，生惶恐遁去。少时，会母所。母问：“何往？”女答以园中共话。媪曰：“饭熟已久，有何长言，啁嗻乃尔[94]？”女曰：“大哥欲我共寝。”言未已，生大窘，急目瞪之，女微笑而止。幸媪不闻，犹絮絮究诘[95]。生急以他词掩之，因小语责女。女曰：“适此语不应说耶？”生曰：“此背人语。”女曰：“背他人，岂得背老母？且寝处亦常事，何讳之？”生恨其痴，无术可以悟之。

食方竟，家中人捉双卫[96]来寻生。先是，母待生久不归，始疑。村中搜觅几遍，竟无踪兆[97]，因往询吴。吴忆曩[98]言，因教于西南山行觅。凡历数村，始至于此。生出门，适相值[99]。便入告媪，且请偕女同归。媪喜曰：“我有志，匪伊朝夕[100]，但残躯不能远涉[101]。得甥携妹子去，识认阿姨，大好。”呼婴宁，宁笑至。媪曰：“有何喜，笑辄不辍？若不笑，当为全人。”因怒之以目。乃曰：“大哥欲同汝去，可便装束。”又饷[102]家人酒食，始送之出，曰：“姨家田产丰裕，能养冗人[103]。到彼且勿归，小学诗礼[104]，亦好事翁姑[105]。即烦阿姨为汝择一良匹。”二人遂发。至山坳回顾，犹依稀见媪倚门北望也。

抵家，母睹姝丽[106]，惊问为谁。生以姨妹对。母曰：“前吴郎与儿言者，诈也。我未有姊，何以得甥？”问女，女曰：“我非母出。父为秦氏，没[107]时，儿在褓中[108]，不能记忆。”母曰：“我一姊适[109]秦氏，良确[110]。然殂谢[111]已久，那得复存？”因细诘面庞痣赘，一一符合。又疑曰：“是矣。然亡已多年，何得复存？”疑虑间，吴生至，女避入室。吴询得故，惘然[112]久之。忽曰：“此女名婴宁耶？”生然之。吴极称怪事。问所自知[113]，吴曰：“秦家姑去世后，姑丈鳏居[114]，祟于狐[115]，病瘠死[116]。狐生女名婴宁，绷[117]卧床上，家人皆见之。姑丈殁，狐犹时来。后求天师符[118]粘壁间，狐遂携女去。将勿[119]此耶？”彼此疑参[120]。但闻室中吃吃，皆婴宁笑声。母曰：“此女亦太憨生[121]。”吴请面之[122]。母入室，女犹浓笑不顾。母促令出，始极力忍笑，又面壁移时，方出。才一展拜，翻然遽入，放声大笑。满室妇女，为之粲然[123]。吴请往觇其异[124]，就便执柯[125]。寻至村所，庐舍全无，山花零落而已。吴忆姑葬处，仿佛不远，然坟垄湮没[126]，莫可辨识，诧叹而返。母疑其为鬼，入告吴言，女略无骇意[127]；又吊[128]其无家，亦殊无悲意，孜孜[129]憨笑而已。众莫之测[130]。母令与少女同寝止，昧爽即来省问[131]。操女红[132]，精巧绝伦。但善笑，禁之亦不可止。然笑处嫣然[133]，狂而不损其媚，人皆乐之。邻女少妇，争承迎之。母择吉将为合卺[134]，而终恐为鬼物。窃于日中窥之，形影殊无少异。至日，使华妆行新妇礼，女笑极，不能俯仰[135]，遂罢。生以其憨痴，恐泄漏房中隐事，而女殊秘密，不肯道一语。每值母忧怒，女至，一笑即解。奴婢小过，恐遭鞭楚[136]，辄求诣母共话，罪婢投见，恒得免。而爱花成癖，物色遍戚党[137]，窃典[138]金钗购佳种，数月，阶砌藩溷[139]，无非花者。

庭后有木香[140]一架，故邻西家[141]。女每攀登其上，摘供簪玩。母时遇见，辄诃[142]之，女卒[143]不改。一日，西邻子见之，凝注倾倒[144]，女不避而笑。西邻谓女意属己[145]，心益荡。女指墙底，笑而下。西邻子谓示约处[146]，大悦。及昏而往，女果在焉。就而淫之，则阴如锥刺，痛彻于心，大号而踣[147]。细视，非女，则一枯木卧墙边，所接乃水淋窍也。邻父闻声，急奔研问，呻而不言。妻来，始以实告。爇火烛[148]窍，见中有巨蝎，如小蟹然。翁碎木，捉杀之。负子至家，半夜寻卒。邻人讼生，讦发[149]婴宁妖异。邑宰素仰生才，稔知其笃行士[150]，谓邻翁讼诬，将杖责之。生为乞免，遂释而归。母谓女曰："憨狂尔尔[151]，早知过喜而伏忧也。邑令神明，幸不牵累；设糊涂官宰，必逮妇女质[152]公堂，我儿何颜见戚里[153]？"女正色，矢[154]不复笑。母曰："人罔不笑，但须有时。"而女由是竟不复笑，虽故逗之，亦终不笑；然竟日未尝有戚容[155]。

一夕，对生涕零。异之。女哽咽曰："曩以相从日浅，言之恐致骇怪；今日察姑及郎，皆过爱无有异心，直告或无妨乎？妾本狐产。母临去，以妾托鬼母，相依十余年，始有今日。妾又无兄弟，所恃者惟君。老母岑寂山阿[156]，无人怜而合厝[157]之，九泉辄为悼恨。君倘不惜烦费，使地下人消此怨恫[158]，庶养女者不忍溺弃[159]。"生诺之，然虑坟冢迷于荒草。女但言："无虑。"刻日[160]，夫妻舆榇[161]而往。女于荒烟错楚[162]中，指示墓处，果得媪尸，肤革犹存。女抚哭哀痛。舁[163]归，寻秦氏墓合葬焉。是夜，生梦媪来称谢，寤而述之。女曰："妾夜见之，嘱勿惊郎君耳。"生恨不邀留，女曰："彼鬼也，生人多，阳气盛，何能久居？"生问小荣，曰："是[164]亦狐，最黠[165]。狐母留以视妾。每摄果饵相哺，故德[166]之，常不去心[167]。昨问母，云已嫁之。"由是，岁至寒食[168]，夫妻登秦墓，拜扫无缺。女逾年生一子，在怀抱中，不畏生人，见人辄笑，亦大有母风[169]云。

异史氏曰：观其孜孜憨笑，似全无心肝者；而墙下恶作剧，其黠孰甚焉[170]？至凄恋鬼母，反笑为哭，我婴宁殆隐于笑[171]者矣。窃闻山中有草，名“笑矣乎”，嗅之，则笑不可止。房中植此一种，则合欢、忘忧[172]并无颜色矣；若解语花[173]，正嫌其作态[174]耳。

（选自三会本《聊斋志异》卷二）

注　释

① 莒（jǔ）：今山东莒县一带。

② 不令：不许。

③ 聘：订婚。

④ 夭：夭折，早死。

⑤ 求凰未就：指未成婚配。凤凰是传说中的一种鸟，雌的称凰，雄的称凤。求凰指男方向女方求亲。

⑥ 上元：旧历正月十五日为上元节。

⑦ 眺瞩（tiào zhǔ）：远望，这里是游览的意思。

⑧ 遨：游玩。

⑨ 数武：几步。迈一次脚的距离为一武。

⑩ 个：这个。灼灼：目光明亮的样子，这里引申为张大眼睛盯着。

⑪ 怏怏（yàng）：郁郁不乐的样子。

⑫ 醮禳（jiào ráng）：请和尚或道士设坛祈祷，以求福消灾。益剧：病情更加严重。

⑬ 肌革锐减：身体很快消瘦。

⑭ 投剂：下药。发表：中医用药将人体内病气发散出来称为发表。

⑮ 抚问：关切地询问。所由：得病的原因。

⑯ 诘：询问。

⑰ 就榻：坐在床上。

⑱ 研诘：细问。

⑲ 世家：世代做官的富贵人家。

⑳ 未字：未许婚。

㉑ 谐：成功。

㉒ 拚以重赂：不惜以重金去求婚。赂，财物。

㉓ 计：估计。允遂：同意。

㉔ 痊瘳（chōu）：病愈。

㉕ 解颐（yí）：开颜为笑。颐，面颊。

㉖ 物色：探寻。居里：住处。

㉗ 穷：遍。

㉘ 踪绪：踪迹，线索。
㉙ 绐（dài）：诳骗。
㉚ 内戚：母系亲戚。嫌：避忌。
㉛ 锐身：挺身。
㉜ 折简：写一封短信。
㉝ 恚（huì）怒：恼怒。
㉞ 迄（qì）：终究。耗：消息。
㉟ 仰息：仰人鼻息，即依赖别人。
㊱ 无可问程：无处可以问路。
㊲ 合沓（tà）：重叠聚积。
㊳ 鸟道：只有鸟能飞过的高险的山道。
㊴ 里落：村落。
㊵ 意：风格意趣。修雅：整齐幽雅。
㊶ 格磔（zhé）：鸟叫声，这里用作动词。
㊷ 意：猜想。园亭：富贵人家的园林亭阁。
㊸ 遽（jù）入：贸然进入。
㊹ 憩（qì）：休息。
㊺ 审视：仔细地看。
㊻ 无以阶进：找不到进去的理由。阶进，阶梯，引申为缘由。
㊼ 日昃（zè）：太阳过午。
㊽ 盈盈望断：犹言望眼欲穿。盈盈，目光流转的样子。
㊾ 辰刻：指上午七时至九时。
㊿ 得勿：莫非，是否。
51 盼亲：探望亲戚。
52 聋聩（kuì）：耳聋。
53 啖（dàn）：吃。粗粝（lì）：糙米，这里指粗茶淡饭。
54 馁（něi）：饿。
55 肃：恭敬地导引。
56 茵（yīn）藉：坐席，垫褥。
57 罔：无。洁泽：光洁明亮。
58 甫：刚。
59 作黍：做饭。黍，黍子，去皮后叫黄米。
60 噭（jiào）声：大声。
61 坐次：坐着的时候，即入座以后。次，指某种行为或事件正在进行中。
62 展：展示，这里是自我介绍的意思。宗阀：家世门第。
63 尊堂：即令堂，旧时对别人母亲的尊称。

㉔ 窭（jù）贫：贫穷。

㉕ 三尺男：指儿子。

㉖ 诞育：生育。

㉗ 弱息：弱女，这里指婴宁。息，子女。

㉘ 庶产：妾所生。

㉙ 渠：他。改醮：改嫁。

⑩ 鞠养：抚养。

⑪ 钝：愚笨。

⑫ 嬉：嬉戏，玩耍。

⑬ 雏尾盈握：《礼记·内则》："雏尾不盈握弗食。"意思是鸡鸭之类尾部抓着还不满一手，说明尚未长大，不应该食用，故雏尾盈握就是指肥大的鸡鸭。

⑭ 咤（zhà）咤叱（chì）叱：形容笑声，这里带有无拘束、不检点的意思。

⑮ 可笑人：令人笑话。

⑯ 庚午属马：生在庚午年，属相为马。

⑰ 首应：点头答应。

⑱ 姑家：婆家。姑，指婆婆。

⑲ 匹敌：这里指婚姻上相配。

⑳ 他瞬：看别的东西。

㉑ 细碎连步：每步迈得很小，却走得很快。

㉒ 襆（fú）被：准备被褥。

㉓ 迟迟：慢慢。

㉔ 糁（sǎn）径：散落在路径上。糁，原意是将米和在羹汤里，这里比喻杨花点点落在小路上，如米粒之和于羹内。

㉕ 三楹：三间。楹，原指厅堂的前柱，后用为计算房屋的单位，一间为一楹（或说一列为一楹）。

㉖ 勿尔：不要这样。

㉗ 阴挼（zùn）其腕：暗中捏他的手腕。

㉘ 自分（fèn）：自以为。化为异物：指死去。

㉙ 幸垂：犹如说希望俯赐，一种客气的说法。

㉚ 大细事：很小的事。

㉛ 靳（jìn）惜：吝惜。

㉜ 葭（jiā）莩之情：葭莩是芦苇内的薄膜，比喻较疏远的亲戚，这里泛指亲戚关系。

㉝ 瓜葛：两种蔓生植物，这里用以喻指亲戚关系。

㉞ 啁嗻（zhōu zhè）：形容话多。乃尔：竟然如此。

㉟ 絮絮：唠叨不断。究诘：查问。

㊱ 捉双卫：牵着两头驴。卫，驴的别称。

⑰ 踪兆：踪影。

⑱ 曩（nǎng）：从前。

⑲ 相值：相逢。

⑩ 匪伊朝夕：不是一朝一夕。匪，通“非”。伊，语助词，无义。

⑩ 残躯：犹言“老身”。远涉：远行。

⑩ 饷（xiǎng）：款待。

⑩ 冗人：闲人。

⑩ 小学：稍微学一点。诗礼：指《诗经》《礼记》一类封建时代对女子进行教育的儒家经典。

⑩ 事翁姑：侍奉公婆。

⑩ 姝（shū）丽：美貌女子。

⑩ 没：同“殁”，死。

⑩ 褓：包裹婴儿的被服。

⑩ 适：出嫁。

⑩ 良确：千真万确。

⑪ 殂（cú）谢：死亡。

⑪ 惘然：迷惑不解的样子。

⑪ 所自知：从何而知。

⑪ 鳏（guān）居：成年男子无妻独居。

⑪ 祟于狐：被狐狸精作祟。

⑪ 病瘠（jí）死：得虚病而死。病，这里作动词用。瘠，虚弱之症。

⑪ 绷：即小儿襁褓。

⑪ 天师符：指道教为人驱怪治病的符咒。天师，即张天师。东汉张道陵创道教，世代相传，元代封其三十六世孙张宗演为辅汉天师，人称张天师。

⑪ 将勿：莫不是。

⑫ 疑参：怀疑猜想。

⑫ 憨（hān）：痴傻。生：语助词，无义。

⑫ 面：作动词用，指见面。

⑫ 为之粲然：因为她而大笑。

⑫ 觇（chān）：私下观察。

⑫ 执柯：作媒。语本《诗经・豳风・伐柯》：“伐柯如何？匪斧不克。取妻如何？匪媒不得。”后因称作媒为执柯或作伐。

⑫ 湮（yān）没：埋没。

⑫ 略无骇意：一点没有害怕的表情。

⑫ 吊：同情，抚慰。

⑫ 孜孜：不停地。

⑬⓪ 莫之测：对她猜不透。

⑬① 昧爽：天刚亮。省（xǐng）问：请安。

⑬② 女红（gōng）：妇女做的针线活。

⑬③ 嫣然：妩媚的样子。

⑬④ 合卺（jǐn）：举行婚礼。古时举行婚礼时，将葫芦剖为两半，新郎新娘各执一半饮酒，称为“合卺”。故称结婚为“合卺”。

⑬⑤ 俯仰：指婚礼时起立、下跪一类动作。

⑬⑥ 鞭楚：鞭打。楚，打人的荆条。

⑬⑦ 戚党：亲戚朋友。

⑬⑧ 典：典当。

⑬⑨ 阶砌：台阶。藩溷（hùn）：厕所。

⑭⓪ 木香：即醛醾醾，又叫“荼蘼”“佛见笑”，蔷薇科，条有刺，初夏开白花。

⑭① 故邻西家：本来同西边一户人家相邻。

⑭② 诃：同“呵”，斥责。

⑭③ 卒：终于，到底。

⑭④ 倾倒：十分爱慕。

⑭⑤ 意属（zhǔ）己：倾心于自己。

⑭⑥ 约处：幽会的地方。

⑭⑦ 踣（bó）：跌倒。

⑭⑧ 爇（ruò）火：燃火。烛：照。

⑭⑨ 讦（jié）发：告发。

⑮⓪ 稔（rěn）知：熟知。笃行士：品德诚实的读书人。

⑮① 尔尔：如此。

⑮② 质：对质。

⑮③ 里：邻里。

⑮④ 矢：同“誓”。

⑮⑤ 戚容：愁容。

⑮⑥ 山阿（ē）：山坳。

⑮⑦ 合厝（cuò）：合葬。

⑮⑧ 怨恫（tōng）：怨恨和哀痛。

⑮⑨ “庶养”句：自己做为女儿而能使母亲死后得到安宁，这样也许可以使世上养育女儿的人不再以为生活无靠而忍心将女婴在刚出生后溺死。

⑯⓪ 刻日：选定一个日子。

⑯① 舆榇（chèn）：用车子运载棺材。榇，棺材。

⑯② 错楚：杂乱的树丛。

⑯③ 舁（yú）：抬。

⑯④ 是：此，这人，指小荣。

⑯⑤ 黠（xiá）：聪慧，狡猾。

⑯⑥ 德：感谢。

⑯⑦ 不去心：心中不能忘怀。

⑯⑧ 寒食：寒食节，在清明前两日，民间习俗在这一天不生火做饭，故称为寒食。

⑯⑨ 母风：风亲的风貌、秉性。

⑰⓪ “其黠”句：她的机灵谁能超过呢？

⑰① 隐于笑：掩藏于笑的后面，指她孝敬母亲等善良美好的品质。

⑰② 合欢、忘忧：花草名。合欢夏天开红花；忘忧即萱草，夏天开红黄色的花。

⑰③ 解语花：唐玄宗曾称杨贵妃为“解语花”，即懂得说话（能领会人意）的花，后人因以“解语花”称聪慧的美人。

⑰④ 作态：矫揉造作的样子。

阅读提示

这篇小说塑造了一个独特的女性形象婴宁，她外憨内慧，天真、爽朗、纯洁、善良，自由放纵，不受礼法的拘束。全篇以笑作点染，将她的性格、风貌从内到外写得栩栩如生；用花作烘托，以 种优美的艺术气氛和意境，使人物显得更加美丽可爱。

红　玉

广平[①]冯翁有一子，字相如。父子俱诸生[②]。翁年近六旬，性方鲠[③]，而家屡空。数年间，媪与子妇又相继逝，井臼[④]自操之。一夜，相如坐月下，忽见东邻女自墙上来窥。视之，美。近之，微笑。招以手，不来亦不去。固[⑤]请之，乃梯[⑥]而过。遂共寝处。问其姓名，曰：“妾，邻女红玉也。”生大爱悦，与订永好，女诺之。夜夜往来，约半年许。翁夜起，闻子舍[⑦]笑语，窥之，见女，怒。唤生出，骂曰：“畜生！所为何事？如此落寞[⑧]，尚不刻苦，乃学浮荡耶？人知之，丧汝德[⑨]；人不知，亦促[⑩]汝寿。”生跪自投[⑪]，泣言知悔。翁叱女曰：“女子不守闺戒[⑫]，既自玷[⑬]，而又复玷人。倘事一发[⑭]，当不仅贻寒舍羞[⑮]！”骂已，愤然归寝。女流涕曰：“亲庭[⑯]罪责，良足[⑰]愧辱，我两人缘分尽矣！”生曰：“父在不得自专[⑱]。卿[⑲]如有情，尚当含垢[⑳]为好。”女言辞决绝，生乃洒涕。女止之曰：“妾与君无媒妁之言[㉑]，父母之命，逾墙钻隙[㉒]，何能白首？此处有一佳耦[㉓]，可聘[㉔]也。”生告以贫。女曰：

"来宵相俟，妾为君谋之。"次夜，女果至，出白金[25]四十两赠生。曰："此去六十里，有吴村卫氏女，年十八矣，高其价[26]，故未售[27]也。君重啖[28]之，必合谐允[29]。"言已，别去。

生乘间语[30]父，欲往相[31]之，而隐馈金[32]，不敢告父。翁自度[33]无资，以是故止之。生又婉言："试可乃已[34]。"翁颔[35]之。生遂假仆马[36]，诣卫氏。卫故田舍翁[37]，生呼出外，与间语[38]。卫知生望族[39]，又见仪采轩豁[40]，心许之，而虑其靳于资[41]。生听其词意吞吐，会其旨[42]，倾囊陈几上。卫乃喜，浼邻生居间[43]，书红笺而盟焉[44]。生入拜媪。居室逼侧[45]，女依母自障[46]。微睨[47]之，虽荆布之饰[48]，而神情光艳，心窃喜。卫借舍款婿，便言："公子无须亲迎，待少作衣妆，即合舁[49]送去。"生与订期而归。诡告翁，言："卫爱清门[50]，不责资[51]。"翁亦喜。至日，卫果送女至。女勤俭，有顺德[52]，琴瑟甚笃[53]。逾二年，举[54]一男，名福儿。

会清明，抱子登墓[55]，遇邑绅[56]宋氏。宋官御史[57]，坐行赇[58]，免居林下[59]，大扇威虐[60]。是日亦上墓归，见女，艳[61]之。问村人，知为生配。料冯贫士，诱以重赂，冀可摇[62]，使家人风示[63]之。生骤闻，怒形于色；既[64]思势不敌，敛怒为笑。归告翁，翁大怒奔出，对其家人指天划地，诟骂万端[65]。家人鼠窜而去。宋氏亦怒，竟遣数人入生家，殴翁及子，汹若沸鼎[66]。女闻之，弃儿于床，披发号救。群篡舁[67]之，哄然便去。父子伤残，呻吟在地，儿呱呱啼室中。邻人共怜之，扶置榻上。经日[68]，生杖[69]而能起。翁忿不食，呕血，寻毙。生大哭，抱子兴词[70]，上至督抚[71]，讼几遍[72]，卒不得直[73]。后闻妇不屈死，益悲。冤塞胸吭[74]，无路可伸。每思邀路[75]刺杀宋，而虑其扈从[76]繁，儿又罔托[77]。日夜哀思，双睫为之不交。忽一丈夫吊[78]诸其室，虬髯阔颔[79]，曾与无素[80]。挽坐，欲问邦族[81]。客遽[82]曰："君有杀父之仇，夺妻之恨，而忘报乎？"生疑为宋人之侦，姑伪应之。客怒，眦欲裂[83]，遽出曰："仆以君人也，今乃知不足齿之伧[84]！"生察其异，跪而挽之曰："诚恐宋人餂[85]我。今实布腹心[86]：仆之卧薪尝胆[87]者，固有日[88]矣；但怜此褓中物[89]，恐坠宗祧[90]。君义士，能为我杵臼[91]否？"客曰："此妇人女子之事，非所能。君所欲托诸人者[92]，请自任之；所欲自任者，愿得而代庖[93]焉。"生闻，崩角[94]在地。客不顾[95]而出。生追问姓字，曰："不济[96]，不任受怨；济，亦不任受德[97]。"遂去。生惧祸及，抱子亡去[98]。

至夜，宋家一门俱寝，有人越重垣[99]入，杀御史父子三人，及一媳一婢。宋家具状告官，官大骇。宋执谓[100]相如，于是遣役捕生。生遁，不知所之[101]，于是情益真。宋仆同官役诸处冥搜[102]，夜至南山，闻儿啼，迹[103]得之，系缧[104]而行。儿啼愈嗔[105]，群夺儿抛弃之。生冤愤欲绝。见邑令，问："何杀人？"生曰："冤哉！某以夜死，我以昼出，且抱呱呱者[106]，何能逾垣杀人？"令曰："不杀人，何逃乎？"生词穷，不能置辩，乃收诸狱。生泣曰："我死无足惜，孤儿何罪？"令曰："汝杀人子多矣，杀汝子，何怨？"生既褫革[107]，屡受梏惨[108]，卒无词。令是夜方卧，闻有物击床，震震有声，大惧而号。举家惊起，集而烛之，一短刀，铦利[109]如霜，剁床入木者寸余，牢不可拔。令睹之，魂魄丧失。荷戈遍索，竟无踪迹。心窃馁[110]；又以宋人死，无可畏惧。乃详诸宪[111]，代生解免，竟释生。生归，瓮无升斗，孤影对四壁。幸邻人怜馈饮食，苟且自度。念大仇已报，则辗然[112]喜；思惨酷之祸，几于灭门[113]，则泪潸潸[114]堕；及思半生贫彻骨，宗支不续[115]，则于无人处大哭失声，不复能自禁。如此半年，捕禁益懈，乃哀邑令，求判还卫氏之骨。既葬而归，悲怛[116]欲死，辗转空床，竟无生路。

忽有款门[117]者，凝神寂听，闻一人在门外，哝哝[118]与小儿语。生急起窥觇[119]，似一女子。扉初启，便问："大冤昭雪，可幸无恙[120]？"其声稔熟[121]，而仓卒不能追忆。烛之，则红玉也。挽一小儿，嬉笑胯下。生不暇问，抱女呜哭[122]。女亦惨然。既而推儿曰："汝忘尔父耶？"儿牵女衣，目灼灼视生。细审之，福儿也。大惊，泣曰："儿那得来？"女曰："实告君：昔言邻女者，妾[123]也，妾实狐。适[124]宵行，见儿啼谷中，抱养于秦[125]。闻大难已息，故携来与君团聚耳。"生挥涕拜谢。儿在女怀，如依其母，竟不复能识父矣。天未明，女即遽起。问之，答曰："奴欲去。"生裸跪床头，涕不能仰。女笑曰："妾诳君耳。今家道新创，非夙兴夜寐[126]不可。"乃剪莽拥彗[127]，类男子操作。生忧贫乏，不能自给。女曰："但请下帷读[128]，勿问盈歉[129]，或当不殍[130]饿死。"遂出金治[131]织具，租田数十亩，雇佣耕作。荷镵[132]诛茅，牵萝补屋[133]，日以为常。里党[134]闻妇贤，益乐资助之。约半年，人烟腾茂[135]，类素封[136]家。生曰："灰烬之余[137]，卿白手再造矣。然一事未就安妥，如何？"诘之，答云："试期已迫，巾服尚未复耳[138]。"女笑曰："妾前以四金寄广文[139]，已复名在案。若待君言，误之已久。"生益神之[140]。是科遂领乡荐[141]。时年三十六，腴田连阡[142]，夏屋渠渠[143]矣。女袅娜[144]如随风飘去，而操作过农家妇，虽严冬自苦，而手腻如脂。自言三十八岁，人视之，常若二十许人。

异史氏曰：其子贤，其父德，故其报之也侠[145]。非特人侠，狐亦侠也，遇亦奇矣！然官宰悠悠[146]，竖人毛发，刀震震入木[147]，何惜不略移床上半尺许哉？使苏子美读之[148]，必浮白曰："惜乎击之不中！"

（选自三会本《聊斋志异》卷二）

注　释

① 广平：府名，府治在今河北省永年区。

② 诸生：明清时期指已入学的生员。

③ 方鲠（gěng）：方正耿直。

④ 井臼（jiù）：汲水舂米一类的家务劳动。

⑤ 固：坚持。

⑥ 梯：这里作动词用，指攀梯越墙。

⑦ 子舍：正房旁的偏房，一说指儿子的居室，亦通。

⑧ 落寞：因家境贫寒而受人冷落。

⑨ 丧：败坏。德：品德，操守。

⑩ 促：减少，缩短。

⑪ 自投：自首，自己承认错误。

⑫ 闺戒：指封建社会中用来束缚妇女思想行为的封建道德。

⑬ 玷（diàn）：玷辱。

⑭ 发：败露。

⑮ 贻寒舍羞：给家里带来羞辱。贻，带给。

⑯ 亲庭：父亲的代称。孔子曾经当庭教训儿子，后因称父训为庭训。

⑰ 良足：非常地。

⑱ 自专：不经父母同意而自己决定事情。

⑲ 卿：对情人的昵称。

⑳ 含垢：忍辱。

㉑ 媒妁（shuò）之言：媒人的说合。

㉒ 逾墙钻隙：封建时代专指男女之间的私相幽会，带有贬斥的意思。《孟子·滕文公下》："不待父母之命，媒妁之言，钻隙穴相窥，逾墙相从，则父母国人皆贱之。"

㉓ 佳耦：理想的配偶。耦，同"偶"。

㉔ 聘：这里指订亲，迎娶。

㉕ 白金：银子。

㉖ 高其价：指索求很高的聘金。

㉗ 售：这里指出嫁。这里表现了封建时代嫁女的买卖婚姻性质。

㉘ 啖（dàn）：原意是给人吃，这里是给人财物的意思。

㉙ 必合谐允：肯定会得到许诺。

㉚ 乘间（jiàn）：寻找机会。语：告诉。

㉛ 相：看，相亲。

㉜ 馈（kuì）金：赠送的银子。

㉝ 度（duó）：考虑。

㉞ “试可”句：试试看行不行，如不行再作罢。可，在这里作可否解。乃已，罢了。

㉟ 颔（hàn）：点头表示同意。

㊱ 假：借。仆马：仆人和马匹。借仆马是为了表示自己家里有钱。

㊲ 故：原来。田舍翁：老农民。

㊳ 间（xián）语：间通“闲”，闲语即秘密地谈话。

㊴ 望族：世家大族。

㊵ 仪采：仪容风采，指外貌风度。轩豁：态度开朗大方。

㊶ 虑：担心。靳于资：舍不得出聘金。靳，吝啬，小气。

㊷ 会其旨：领会了他的意思。

㊸ 浼（měi）：托请。居间：做中间人，以作证。

㊹ “书红”句：在红纸上写下婚约。

㊺ 居室逼侧：住房窄小。

㊻ “女俵”句：形容卫氏女害羞的样子。障，隐藏。

㊼ 睨（nì）：斜视，偷看。

㊽ 荆布之饰：荆钗布裙，贫家妇女的打扮。

㊾ 舁（yú）：用轿子抬。

㊿ 清门：本指寒素人家，这里指家世清白的书香门第。

(51) 不责资：不求资财（指聘金）。

(52) 顺德：指妇女出嫁后顺从丈夫，这是封建礼教所谓“三从四德”一类对妇女的要求。

(53) 琴瑟：指夫妻间的感情。《诗经・小雅・棠棣》：“妻子好合，如鼓琴瑟。”琴和瑟是两种经常合奏的乐器，因其发音和谐，故用以比喻和美的夫妻关系。笃（dǔ）：深厚。

(54) 举：生下。

(55) 登墓：指清明节扫墓。

(56) 邑绅：地方豪绅。

(57) 御史：封建时代负责监察和考核官吏政绩的官职。

(58) 坐：坐罪，犯法。行赇（qiú）：用财物行贿以求免罪。

(59) 免：被罢官。居林下：住在乡间。

(60) 大扇威虐：肆无忌惮地逞威风、压迫人。

(61) 艳：艳羡，这里指迷恋于卫氏女的姿色。

(62) 摇：动摇，指动摇冯相如对妻子的感情。

(63) 风示：传话暗示。

(64) 既：既而，随即。

⑥⑤ 诟（gòu）骂：辱骂。万端：凡能骂的话都骂出来了。

⑥⑥ 汹若沸鼎：气势汹汹，人声喧嚷，如开锅的水一样。

⑥⑦ 篡舁：用轿子强行抬走。篡，抢夺。

⑥⑧ 经日：过了一天。

⑥⑨ 杖：扶杖。

⑦⓪ 兴词：到官府去告状。

⑦① 督抚：督，总督，明末及清代为一省的最高军政长官。抚，巡抚，清代为一省的最高行政长官，职权略低于总督。

⑦② 讼几遍：差不多各级府官都去告遍了。讼，告状。

⑦③ 卒：最后，终究。直：伸冤昭雪。

⑦④ 吭（háng）：喉咙。

⑦⑤ 邀路：半路拦截。

⑦⑥ 扈从：跟从保卫的人。

⑦⑦ 罔托：无可托付。

⑦⑧ 吊：探访慰问。

⑦⑨ 虬（qiú）髯：蜷曲的络腮胡子。阔颔：宽大的下巴。

⑧⓪ “曾与”句：素不相识。曾，向来。无素，没有交往，引申为互不认识。素，等于说素交、素友，即真诚的朋友。

⑧① 邦族：籍贯和姓氏。

⑧② 遽：突然。

⑧③ 眦（zì）欲裂：形容瞪眼发怒的样子。眦，眼角。

⑧④ 不足齿：即不足挂齿，不值得一提，表示轻蔑。伧（cāng）：粗鄙而没有血性的人。

⑧⑤ 餂（tiǎn）：欺骗。

⑧⑥ 实布腹心：老老实实地把心里话讲出来。

⑧⑦ 卧薪尝胆：春秋时，越国被吴国所灭，为了报仇雪耻，越王勾践睡在干柴上，头上悬着苦胆，时时刻刻能尝着苦味，兢兢业业，艰苦奋斗，终于打败了吴国，实现了报仇雪恨的目的。事见《史记·越王勾践世家》。卧薪表示不敢安逸，尝胆表示不近甘味。后因以“卧薪尝胆”表示刻苦自励、立志复仇。

⑧⑧ 固有日：实在有些日子了。

⑧⑨ 褓中物：指婴儿。

⑨⓪ 恐坠宗祧（tiāo）：生怕断绝了香火，指担心绝了后代，没有人到宗祠里去祭祀。

⑨① 杵臼：指春秋时期人公孙杵臼。晋灵公时，晋国的大夫赵朔与屠岸贾不和，屠将赵氏满门抄斩，又企图捕杀赵朔的遗腹子。赵朔的门客程婴和公孙杵臼设法营救赵氏孤儿，程婴将自己的儿子与赵氏孤儿调包，由公孙杵臼将程婴之子抱持逃往山中，然后程婴出首告发，结果屠岸贾将杵臼及冒充赵氏孤儿的程婴之子捉杀，使程婴得以安全地保存和抚养了赵氏孤儿，终于为赵家报了仇。这里从下文文意看，“能为我杵臼否”应是指替自己抚

养儿子，历史上代为抚养赵氏孤儿的是程婴，不是杵臼，当是作者误记。

㊽ 欲托诸人者：想托付给别人办的事情。

㊾ 代庖（páo）：代别人去完成本来不是自己分内的任务。语出《庄子·逍遥游》。

㊿ 崩角：磕响头，是一种表示非常感激的礼节。角，额头。

(95) 不顾：不回头看，表示十分坚决。

(96) 不济：不成功。

(97) 德：报恩。

(98) 亡去：逃走。

(99) 重垣：多重院墙。

(100) 执谓：坚持认为。

(101) 所之：逃往的地方。

(102) 冥搜：暗中查访搜捕。

(103) 迹：踪迹。这里作动词用，循声探迹的意思。

(104) 系缧（léi）：用绳子捆绑。缧，捆人的绳子。

(105) 嗔：本指嗔怒，这里是哭声更大的意思。

(106) 呱（gū）呱者：指婴儿。呱呱，状婴儿的哭声。

(107) 褫（chǐ）革：科举时代，秀才犯了罪，须先革除他的秀才功名，并不许他穿秀才的制服，然后才审讯判刑。褫革即指革除功名。

(108) 梏（gù）惨：残酷的刑罚。

(109) 铦（xiān）利：锋利。

(110) 窃馁（něi）：心里暗自害怕。

(111) 详：本指下级向上级呈报的公文，这里用作动词，即呈报的意思。宪：对上级官员的尊称。

(112) 辴（chǎn）然：欢笑的样子。

(113) 灭门：全家死绝。

(114) 潸（shān）潸：泪流不止的样子。

(115) 宗支不续：指小儿死去，无人承继宗族。

(116) 悲怛（dá）：悲痛。

(117) 款门：敲门。

(118) 诙（nóng）诙：形容话多。

(119) 窥觇（chān）：观看。

(120) 恙：疾病或忧愁。

(121) 稔（rěn）熟：非常熟悉。

(122) 呜哭：低声哭泣。

(123) 妄：虚妄，不真实。

(124) 适：适逢，正值。

⑫⑤ 秦：古秦地，在今陕西省一带。

⑫⑥ 夙（sù）兴夜寐：早起晚睡，形容勤苦持家。

⑫⑦ 莽：杂草。拥彗（huì）：用扫帚打扫。

⑫⑧ 下帷读：指不受外界影响，专心一意地读书。

⑫⑨ 盈歉：盈是满，歉是亏，这里指家庭收入的多和少。

⑬⓪ 殍（piǎo）：饿死。殍饿死，即饿死，同义反复。

⑬① 治：置办。

⑬② 荷镵（chán）：锄草工具。

⑬③ 牵萝补屋：形容生活的艰辛。萝，女萝，一种蔓生植物。

⑬④ 里党：指邻里乡亲。古时以二十五家为里，五百家为党。

⑬⑤ 人烟腾茂：形容人丁繁旺，家业兴盛。

⑬⑥ 类：类似。素封：不做官而富有的人家。

⑬⑦ 灰烬之余：比喻大难之后。

⑬⑧ “巾服”句：指尚未恢复被革除的秀才资格，不恢复就没有资格参加科举考试。巾服，指秀才穿戴的服饰。

⑬⑨ 广文：明清时期对学官的通称。

⑭⓪ 神之：对她感到惊奇敬佩。

⑭① 是科：这一次科举考试。领乡荐：指乡试考中举人，取得了进京参加会试（考进士）的资格。

⑭② 腴（yú）田：肥沃的土地。连阡：连成一大片，指很多。阡，田间小路，也泛指田野。

⑭③ 夏屋：高大的房屋。渠渠：高大的样子。

⑭④ 袅娜：形容轻盈柔美的风姿。

⑭⑤ 侠：指锄恶助困的侠义行为。

⑭⑥ 悠悠：指昏庸腐败。

⑭⑦ “刀震”句：指文中所写虬髯豪侠深夜以刀剁县令床入木寸余事。

⑭⑧ “使苏子美”三句：宋代文学家苏舜钦，字子美。相传他读《汉书·张良传》，当读到张良与刺客袭击秦始皇而不中时，拍掌感叹道：“惜乎击之不中！”然后“浮一大白”（即喝一大杯酒）。作者引用这一典故，借以表达他对贪官污吏的强烈憎恨。

阅读提示

这篇小说通过一个爱情婚姻的悲惨故事，揭示了一个具有鲜明政治色彩的社会主题。一方面，揭露了土豪劣绅的罪恶和官府的黑暗腐败；另一方面，又描写了怀着强烈的正义感的虬髯侠客和狐女红玉对恶人的惩罚及对冯相如的热情帮助，歌颂了锄暴扶弱、乐于助人的侠义行为和美好品德。情节生动曲折，作者爱憎分明，感情强烈。

席方平

席方平，东安人[①]。其父名廉，性戆拙[②]。因与里中富室羊姓有隙[③]，羊先死，数年，廉病垂危，谓人曰："羊某今贿嘱冥使搒我[④]矣！"俄而身赤肿，号呼遂死；席惨怛[⑤]不食，曰："我父朴讷[⑥]，今见凌[⑦]于强鬼，我将赴地下，代伸冤气耳。"自此不复言，时坐时立，状类痴，盖魂已离舍[⑧]矣。

席觉初出门，莫知所往，但见路有行人，便问城邑。少选[⑨]，入城，其父已收狱中。至狱门，遥见父卧檐下，似甚狼狈，举目见子，潸然涕流。便谓："狱吏悉受贿嘱，日夜搒掠，胫股[⑩]摧残甚矣！"席怒，大骂狱吏："父如有罪，自有王章[⑪]，岂汝等死魅所能操耶[⑫]！"遂出，抽笔为词[⑬]。值城隍早衙[⑭]，喊冤以投。羊惧，内外贿通，始出质理[⑮]。城隍以所告无据，颇不直席[⑯]。席忿气无所复伸，冥行[⑰]百余里，至郡，以官役私状[⑱]，告之郡司。迟至半月，始得质理。郡司扑[⑲]席，仍批城隍覆案[⑳]。席至邑，备受械梏[㉑]，惨冤不能自舒[㉒]。城隍恐其再讼，遣役押送回家。役至门辞去。席不肯入，遁赴冥府[㉓]，诉郡邑之酷贪。冥王立拘[㉔]质对。二官密遣腹心，与席关说[㉕]，许以千金。席不听。过数日，逆旅[㉖]主人告曰："君负气已甚，官府求和而[㉗]执不从，今闻于王前各有函进[㉘]，恐事殆[㉙]矣。"席以道路之口[㉚]，犹未深信。俄有皂衣人[㉛]唤入。升堂，见冥王有怒色，不容置词，命笞[㉜]二十。席厉声问："小人何罪？"冥王漠若不闻。席受笞。喊曰："受笞允当[㉝]，谁教我无钱耶！"冥王益怒，命置火床。两鬼捽[㉞]席下，见东墀[㉟]有铁床，炽火[㊱]其下，床面通赤。鬼脱席衣，掬[㊲]置其上，反复揉捺[㊳]之。痛极，骨肉焦黑，苦不得死。约一时许，鬼曰："可矣。"遂扶起，促使下床着衣，犹幸而能行，复至堂上，冥王问："敢再讼乎？"席曰："大冤未伸，寸心不死，若言不讼，是欺王也。必讼！"又问："讼何词？"席曰："身所受者，皆言之耳。"冥王又怒，命以锯解其体。二鬼拉去，见立木，高八九尺许，有木板二，仰置其下，上下凝血模糊。方将就缚，忽堂上大呼"席某"，二鬼即复押回。冥王又问："尚敢讼否？"答云："必讼！"冥王命捉去速解。既下，鬼乃以二板夹席，缚木上。锯方下，觉顶脑渐辟，痛不可禁，顾亦忍而不号。闻鬼曰："壮哉此汉！"锯隆隆然寻[㊴]至胸下。又闻一鬼云："此人大孝无辜，锯令稍偏，勿损其心。"遂觉锯锋曲折而下，其痛倍苦。俄顷，半身辟[㊵]

矣。板解，两身俱仆。鬼上堂大声以报。堂上传呼，令合身来见。二鬼即推令复合，曳[41]使行。席觉剧缝一道，痛欲复裂，半步而踣[42]。一鬼于腰间出丝带一条授之，曰：“赠此以报汝孝。”受而束之，一身顿健[43]，殊无少苦[44]。遂升堂而伏。冥王复问如前，席恐再罹酷毒[45]，便答：“不讼矣。”冥王立命送还阳界，隶率[46]出北门，指示归途，返身遂去。

席念阴曹之暗昧尤甚于阳间，奈无路可达帝听[47]；世传灌口二郎为帝勋戚[48]，其神聪明正直，诉之当有灵异。窃喜两隶已去，遂转身南向。奔驰间有二人追至，曰：“王疑汝不归，今果然矣。”回复见冥王。窃意冥王益怒，祸必更惨，而王殊无厉容，谓席曰：“汝志诚孝，但汝父冤，我已为若雪[49]之矣。今已往生富贵家，何用汝鸣呼[50]为？今送汝归，予以千金之产、期颐之寿[51]，于愿足乎？”乃注籍中[52]，嵌以巨印[53]，使亲视之。席谢而下。鬼与俱出，至途，驱而骂曰：“奸猾贼！频频反复，使人奔波欲死！再犯，当捉入大磨中，细细研[54]之！”席张目叱曰：“鬼子胡为者[55]！我性耐刀锯，不耐挞楚。请返见王，王如令我自归，亦复何劳相送！”乃返奔。二鬼惧，温语劝回。席故蹇缓[56]，行数步，辄憩路侧，鬼含怒不敢复言。

约半日，至一村，一门半开，鬼引与共坐，席便据门阈[57]。二鬼乘其不备，推入门中。惊定自视，身已生为婴儿。愤啼不乳，三日遂殇[58]，魂摇摇不忘灌口。约奔数十里，忽见羽葆[59]来，幡戟[60]横路，越道避之，因犯卤簿[61]，为前马所执，絷[62]送车前。仰见车中一少年，丰仪瑰玮[63]。问席：“何人？”席冤愤正无所出，且意[64]是必巨官，或当能作威福，因缅述[65]毒痛。车中人命释其缚，使随车行。俄至一处，官府十余员，迎谒[66]道左。车中人各有问讯，已而指席谓一官曰：“此下方人[67]，正欲往愬[68]，宜即为之剖决[69]。”席询之从者，始知车中即上帝殿下[70]九王，所嘱即二郎也。席视二郎，修躯多髯[71]，不类世间所传。九王既去，席从二郎至一官廨[72]，则其父与羊姓并衙隶俱在。少顷，槛车[73]中有囚人出，则冥王及郡司、城隍也。当堂对勘[74]，席所言皆不妄。三官战栗，状若伏鼠。二郎援笔立判[75]。顷之，传下判语，令案中人共视之。判云：

勘得冥王者，职膺王爵[76]，身受帝恩。自应贞洁以率巨僚[77]，不当贪墨以速官谤[78]。而乃繁缨棨戟[79]，徒夸品秩之尊[80]；羊狠狼贪[81]，竟玷人臣之节。斧敲[82]斲，斲入木，妇子之皮骨皆空；鲸吞鱼[83]，鱼食虾，蝼蚁之微生可悯。当掬西江之水[84]，为尔湔肠[85]；即烧东壁之床[86]，请君入瓮。城隍、郡司，为小民父母之官[87]，司上帝牛羊之牧[88]。虽则职居下列，而尽瘁者不辞折腰[89]；即或势逼大僚[90]，而有志者亦应强项[91]。乃上下其鹰鸷之手[92]，既罔念[93]夫民贫；且飞扬其狙狯之奸[94]，更不嫌乎鬼瘦。惟受赃而枉法，真人面而兽心！是宜剔髓伐毛[95]，暂罚冥死[96]；所当脱皮换革[97]，仍令胎生。隶役者，既在鬼曹[98]，便非人类。只宜公门修行[99]，庶还落蓐之身[100]；何得苦海[101]生波，益造弥天之孽[102]？飞扬跋扈[103]，狗脸生六月之霜[104]；隳突叫号[105]，虎威断九衢[106]之路。肆淫威[107]于冥界，咸[108]知狱吏为尊；助酷虐于昏官，共以屠伯[109]是惧。当于法场之内，剁其四肢；更向汤镬[110]之中，捞其筋骨。羊某，富而不仁，狡而多诈。金光盖地[111]，因使阎摩殿上，尽是阴霾；铜臭熏天，遂教枉死城[112]中，全无日月。余腥犹能役鬼[113]，大力直可通神[114]。宜籍[115]羊氏之家，以赏席生之孝。即押赴东岳[116]施行。

又谓席廉："念汝子孝义，汝性良懦[117]，可再赐阳寿三纪[118]。"因使两人送之归里。席乃抄其判词，途中父子共读之。既至家，席先苏；令家人启棺视父，僵尸犹冰，俟之终日，渐温而活。乃索抄词，则已无矣。

自此，家日益丰；三年间，良沃[119]遍野；而羊氏子孙微矣[120]，楼阁田产，尽为席有。里人或有买其田者，夜梦神人斥之曰："此席家物，汝乌得有之[121]！"初未深信，既而耕作。则终年升斗无所获，于是复鬻归席[122]。席父九十余岁而卒。

异史氏曰：人人言净土[123]，而不知生死隔世，意念都迷[124]，且不知其所以来，又乌知其所以去；而况死而又死，生而复生者乎？忠孝志定，万劫[125]不移，异哉席生，何其伟也！

（选自三会本《聊斋志异》卷十）

注　释

① 东安：在今河北省安次区附近。

② 戆（zhuàng）拙：刚直朴拙。

③ 富室：富户。隙（xì）：嫌隙，有仇。

④ 冥使：阴间的官吏。搒（péng）：鞭打。

⑤ 惨怛（dá）：忧伤痛苦。

⑥ 朴讷（nè）：朴实而不会说话。

⑦ 见凌：被欺侮。

⑧ 魂已离舍：灵魂已离开肉体。
⑨ 少选：稍过片刻。
⑩ 胫股：小腿和大腿。
⑪ 王章：王法。
⑫ 死魅：死鬼。操：操持，指随意摆布人的命运。
⑬ 词：诉讼的状词。
⑭ 城隍：古时迷信，认为阴间也有管理地方的官吏，称为城隍。早衙：早晨升堂办公。
⑮ 质理：原告与被告对质，各自申诉理由。
⑯ 不直席：以席方平为不直，即认为他没有道理。
⑰ 冥行：在阴间走路。
⑱ “以官”二句：将官吏差役徇私枉法的事实向阴司府一级的官吏控告。
⑲ 扑：鞭打。
⑳ 覆案：重审。
㉑ 备受械（qī）梏（gù）：受尽各种刑罚。
㉒ 舒：倾吐冤苦。
㉓ 冥府：指阎王殿。下句的冥王即指阎王。
㉔ 拘：指拘捕郡司和城隍。
㉕ 关说：托人徇私说情。关：关节，说情就是为了打通关节。
㉖ 逆旅：旅店。
㉗ 求和：要求和平解决。执：坚执，固执。
㉘ 函进：指贿赂。函，装钱物的封套。
㉙ 殆：危险。
㉚ 道路之口：道听途说。
㉛ 皂衣人：穿黑衣服的人，即衙门里的差役，因古代衙役穿黑衣。
㉜ 笞（chī）：打板子。
㉝ 允当（dàng）：犹如说“活该”。
㉞ 捽（zuó）：揪。
㉟ 东墀（chí）：东面台阶下的平地。
㊱ 炽（chì）火：烧着烈火。
㊲ 掬（jū）：双手捧起来。
㊳ 捺（nà）：按。
㊴ 隆隆然：形容锯声很大。寻：不久。
㊵ 半身辟：身子被劈成两半。
㊶ 曳（yè）：拖。
㊷ 踣（bó）：跌倒。
㊸ 顿健：立刻恢复完整的身体。

㊹ 殊无少苦：完全没有一点痛苦。

㊺ 再罹（lí）酷毒：再遭受酷刑。

㊻ 隶率：由衙役带领。

㊼ 达帝听：上达到皇帝的耳中。帝，指传说中的玉皇大帝。

㊽ 灌口：地名，在今四川省都江堰市。灌口二郎，本指李冰的次子。但这里实指杨戬（jiǎn），因迷信传说二郎神杨戬是玉帝的外甥。勋戚：高贵的亲戚。

㊾ 若：你。雪：昭雪，伸冤。

㊿ 鸣呼：鸣冤叫屈。

51 期颐之寿：活一百岁的寿命。

52 注籍中：写到载有人阳寿的生死簿里去。

53 嵌以巨印：盖上冥府的大印，以示郑重可靠。

54 研：磨。

55 胡为者：要干什么。

56 蹇（jiǎn）缓：慢慢地走。蹇，行走困难。

57 门阈（yù）：门槛。

58 殇（shāng）：未成年而死。

59 羽葆：古代车盖上的装饰品，用五彩的鸟羽连缀而成。

60 幡（fān）戟（jǐ）：指举旗仗（一种长柄兵器）的仪仗队。

61 卤簿：仪仗。

62 繄：绸。

63 丰仪瑰玮：仪容丰采，奇伟不凡。

64 意：猜想。

65 缅述：追述。

66 谒：拜见。

67 下方人：即阳世间的人。

68 愬（sù）：同“诉”，告状。

69 剖：辨明是非。决：判决。

70 殿下：古代对太子、亲王的尊称。

71 修躯多髯：身材高大，胡须很多。

72 官廨（xiè）：官署，衙门。

73 槛车：押解犯人的囚车。

74 对勘：对质，查问。

75 援笔立判：提起笔来立即判决。

76 职膺（yīng）王爵：担任王爵的官职。

77 贞洁：忠贞廉洁。以率臣僚：作为下属的表率。

78 贪墨：贪赃枉法。速：招致。官谤：做官不称职而遭人攻击。

⑲ 繁（pán）缨：系在马肚下的饰带。棨（qǐ）戟：木制的戟。繁缨棨戟，均指仪仗。

⑳ “徒夸”句：徒然夸耀自己官位的尊贵。

㉑ “羊狠”二句：冥王又狠又贪，玷污了作大臣的节操。“狠如羊，贪如狼”，语出《史记·项羽本纪》，这里用以比喻官吏的贪暴。玷（diàn），污辱。

㉒ 斲：这里是“凿”（záo）的借字。斧敲斲，即用斧子敲凿子，比喻官吏剥削人民深入骨髓。所以下文说“凿入木，妇子之皮骨皆空”。

㉓ “鲸吞”三句：意思是大鱼吃小鱼，小鱼又吃虾，老百姓微小的生命如蝼蛄、蚂蚁一样毫无保障，令人同情。

㉔ 西江之水：即长江之水。

㉕ 湔（jiān）肠：洗肠子。

㉖ “即烧”二句：意思是用重刑惩处。东壁之床，指上文残酷拷打席方平时的东墀铁床。请君入瓮（wèng），唐武则天时周兴犯了罪，武则天密令来俊臣审问。来俊臣先问周：要是犯人不肯认罪，有什么办法对付他？周回答：用一个大瓮，四周用火烧热，把犯人置于瓮中，就不怕他不招。来俊臣便按他所说准备好大瓮，然后对周说，我奉命来审讯你，请君入瓮吧！周于是被迫伏罪。这里是以其人之道还治其人之身的意思。

㉗ 父母之官：旧时人们称州县官为父母官。

㉘ 司：主管。牛羊之牧：饲养牛羊。封建社会里地方官是按皇帝的旨意统治人民的，犹如牧人按主人的命令放牧牛羊。这里是说城隍、郡司为上帝统治人民。

㉙ 尽瘁者：指忠于职守、尽最大劳力去完成任务的官吏。不辞折腰：不因受耻辱而不干。折腰，鞠躬行礼，表示恭顺。这句是说，为百姓尽心尽力的地方官，是不怕自己受委屈的。

㉚ 势逼大僚：为大官僚的权势所逼迫。

㉛ 强项：硬挺着脖子，表示不屈服。

㉜ 上下其鹰鸷（zhì）之手：上下其手，指互相勾结，通同作弊。语出《左传·襄公二十九年》。鹰鸷，猛禽，比喻官吏的残暴。

㉝ 罔念：不去怜惜。

㉞ 飞扬：放肆地施展。狙（jū）：猴子。狯（kuài）：狡猾。

㉟ 剔髓伐毛：抽去骨髓，刮去毛发。

㊱ 冥死：阴间的死刑。

㊲ “所当”二句：应该将城隍、郡司的人皮剥掉，换上兽皮，让他们投胎变成牲畜。革，兽皮。胎生，泛指牛羊猪狗等动物。

㊳ 鬼曹：鬼类。

㊴ 公门：衙门，官署。修行：行善，做好事。

㊵ 落蓐之身：指人身。蓐，同“褥”。落蓐指婴儿降生。

㊶ 苦海：指地狱中的海。

㊷ 益：更。孽：罪孽。

㊸ 飞扬跋扈：指差役们狗仗人势，凶横残暴。

⑩④ “狗脸”句：指斥走狗们脸上的表情有如六月下霜，冰冷严峻。

⑩⑤ 豗（huī）突：摧毁破坏。叫号（háo）：大呼狂叫。

⑩⑥ 虎威：“狐假虎威”的省略说法。九衢（qú）之路：四通八达的大路。

⑩⑦ 肆：肆意，无所顾忌地。淫威：滥用的权威。

⑩⑧ 咸：都。

⑩⑨ 屠伯：屠夫，比喻凶残的官吏。

⑪⓪ 汤镬（huò）：热油锅，一种残酷的刑具。

⑪① “金光”三句：是说金钱的光亮遮住了一切，致使阎王殿上也被阴云所遮蔽了。阎摩殿，即阎王殿。阴霾（mái），阴暗混浊的云。

⑪② 枉死城：迷信传说中阴间屈死鬼所居的地方。

⑪③ 余腥：剩下的铜臭味，喻指少量的钱。役鬼：买通役使鬼卒。

⑪④ “大力”句：大量的钱则可以买通神灵。直，简直。

⑪⑤ 籍：籍没，查抄。

⑪⑥ 东岳：指泰山。古代迷信传说，人死后灵魂归于泰山，因此以为东岳的神是执行阴间法令的。

⑪⑦ 良懦：善良胆小。

⑪⑧ 三纪：十二年为一纪，三纪为三十六年。

⑪⑨ 良沃：肥沃的好地。

⑫⓪ 微：衰微，指败落破产。

⑫① 乌得有之：怎么能占有它。

⑫② 鬻（yù）：卖。

⑫③ 净土：佛教传说中的西方极乐世界为净土。

⑫④ 意念：意识知觉。迷：消失。

⑫⑤ 万劫：指无穷尽的时间。佛教认为，世界由形成到毁灭为一劫，须经历很长的时间。

阅读提示

这篇小说借阴间写阳世，通过席方平到阴间为父伸冤的曲折情节，尖锐地揭露了封建官府自上而下都是极其腐败、黑暗和残酷的，贪赃枉法，凶狠残暴，黑白颠倒，令人发指。同时小说又塑造了一个坚强不屈的复仇者的形象。大冤终于昭雪的结局显然是理想化的。

参考资料

一、前人的评论

方作霖曰：淄川蒲松龄，字留仙，号柳泉。辛卯岁贡。以文章风节著一时。弱冠应童子试，即受知于施愚山先生，文名籍甚。乃决然舍去，一肆力于古文。与同邑李希梅、张历友诸名士结为诗社，以风雅道义相切劘。新城王渔洋先生素奇其才，谓非寻常流辈所及也。家所藏撰述颇富，而《聊斋志异》一书，尤脍炙人口云。（《淄川县志》）

蒲松龄曰：才非干宝，雅爱搜神；情类黄州，喜人谈鬼。闻则命笔，遂以成编。久之，四方同人，又以邮筒相寄，因而物以好聚，所积益夥。……门庭之凄寂，则冷淡如僧；笔墨之耕耘，则萧条似钵。……集腋为裘，妄续《幽冥》之录；浮白载笔，仅成孤愤之书：寄托如此，亦足悲矣！（《聊斋自志》）

张元曰：其生平之侘傺失志，濩落郁塞，俯仰时事，悲愤感慨，又有以激发其志气，故其文章颖发苕竖，诡恢魁垒，用能绝去町畦，自成一家。而蕴结未尽，则又搜抉奇怪，著有《志异》一书。虽事涉荒幻，而断制谨严，要归于警发薄俗，而扶树道教，则犹是其所以为古文者而已，非漫作也。（《柳泉蒲先生墓表》）

蒲箬曰：自是我父灰心场屋，而甄匋一世之意，始托于著述焉。思所及，中人情之膏肓；笔所书，导物理之肯窾；至于蕴藉诙谐，一着纸而解人颐，犹其末也。（《柳泉公行述》）

王洪谋曰：凡忠孝节烈、鬼怪仙灵，以及崄巇炎凉，平陂往复之迭更变幻，皆有以能发其志气，而感通其性灵，故有感辄作，随物赋形，无不尽态极妍，成为《志异》一书。要其淋漓谐谑，嘲笑雷轰，总以为人心世道之劝惩，非如此《齐谐》志怪、《虞初》记异者比，而犹恨不如晨钟暮鼓，可尽破村庸之迷，而顿醒世媪之梦也。（《柳泉居士行略》）

高珩曰：勃窣文心，笔补造化，不止生花，且同炼石。佳狐佳鬼之奇俊也，降福既以孔皆，敦伦更复无斁，人中大贤，犹有愧焉。是在解人不为法缚，不死句下可也。（《聊斋志异序》）

南村曰：聊斋少负艳才，牢落名场无所遇，胸填气结，不得已为是书。余观其寓意之言，十固八九，何其悲以深也！向使聊斋早脱韝去，奋笔石渠、天禄间，为一代史局大作手，岂暇作此郁郁语，托街谈巷议，以自写其胸中磊块诙奇哉！（《聊斋志异跋》）

余集曰：平生奇气，无所宣渫，悉寄之于书。故所载多涉诙诡荒忽不经之事，至于惊世骇俗，而卒不顾。嗟夫！世固有服声被色，俨然人类，叩其所藏，有鬼蜮之不足比，而虎豹之难与方者。下堂见虿，出门触蜂，纷纷沓沓，莫可穷诘。惜无禹鼎铸其情状，镯镂决其阴霾，不得已而涉想于杳冥荒怪之域，以为异类有情，或

者尚堪晤对；鬼谋虽远，庶其警彼贪淫。呜呼！先生之志荒，而先生之心苦矣！（《聊斋志异序》）

冯镇峦曰：先生此书，议论纯正，笔端变化，一生精力所聚，有意作文，非徒纪事。

署清令阳湖张安溪曰："《聊斋》一书，善读之令人胆壮，不善读之令人入魔。"予谓泥其事则魔，领其气则壮，识其文章之妙，窥其用意之微，得其性情之正，服其议论之公，此变化气质、淘成心术第一书也。多言鬼狐，款款多情；问及孝悌，俱见血性，较之《水浒》《西厢》，体大思精，文奇义正，为当世不易见之笔墨，深足宝贵。

读《聊斋》，不作文章看，但作故事看，便是呆汉。惟读左、国、史、汉、深明体裁作法者，方知其妙。或曰：何不迳读左、国、史、汉？不知举左、国、史、汉而以小说体出之，使人易晓也。

《聊斋》之妙，同于化工赋物，人各面目，每篇各具局面，排场不一，意境翻新，令读者每至一篇，另长一番精神。如福地洞天，别开世界；如太池未央，万户千门；如武陵桃源，自辟村落。不似他手，黄茅白苇，令人一览而尽。

说鬼亦要有伦次，说鬼亦要得性情。谚语有之：说谎亦须说得圆。此即性情伦次之谓也。试观《聊斋》说鬼狐，即以人事之伦次，百物之性情说之。说得极圆，不出情理之外；说来极巧，恰在人人意愿之中。虽其间亦有意为补接，凭空捏造处，亦有大段吃力处，然却喜其不甚露痕迹牵强之形，故所以能令人人首肯也。

盖虽海市蜃楼，而描写刻画，似幻似真，实一一如乎人人意中所欲出。诸法俱备，无法不臻。写景则如在目前，叙事则节次分明，铺排安放，变化不测，字法句法，典雅古峭，而议论纯正，实不谬于圣贤一代杰作也。

盖凭空突然说出一句，读者并不解其用意安在，及至下文，层层疏说明白，遂令题意雪亮。再玩篇首，始知落墨甚远，刻题甚近，初若于题无关，细味乃知俱从题之精髓抉摘比并出来，此即文家之突阵法也。《聊斋》用笔跳脱超妙，往往于中一二突接之处，仿佛遇之，唯会心人能格外领取也。（《读聊斋杂说》）

邹弢曰：蒲留仙先生《聊斋志异》，用笔精简，寓意处全无迹相，盖脱胎于诸子，非仅抗手于左史龙门也。（《三借庐笔谈》）

纪昀曰：《聊斋志异》盛行一时，然才子之笔，非著书者之笔也。虞初以下，干宝以上，古书多佚矣。其可见完帙者，刘敬叔《异苑》、陶潜《续搜神记》，小说类也；《飞燕外传》《会真记》，传记类也。《太平广记》事以类聚，故可并收。今一书而兼二体，所未解也。小说既述见闻，即属叙事，不比剧场关目，随意装点。……今燕昵之词，媟狎之态，细微曲折，摹绘如生。使出自言，似无此理；使出作者代言，则何从而闻见之？又所未解也。留仙之才，余诚莫逮其万一；唯此二事，则夏虫不免疑冰。（盛时彦《阅微草堂笔记姑妄听之跋》引）

刘玉书曰：或言蒲松龄胸中应具无数鬼狐，余谓唯松龄胸中无一鬼狐，莫被留仙瞒过。（《常谈》）

邱炜萲曰：《聊斋志异》，妙在人情、物理、世态上体会入微，各具面目，无一篇一笔重复。即偶尔诙谐，亦是古雅入化。微不足者，笔近纤巧耳。（《五百洞天挥麈》）

二、今人的评论

聂绀弩：《〈聊斋志异〉的思想性举隅》

何满子：《关于蒲松龄的艺术方法的一二理解》

黄秋耘：《寒夜话〈聊斋〉》

张稔穰、李永昶：《〈婴宁〉赏析》

（以上载《名家解读〈聊斋志异〉》，山东人民出版社，1999 年）

周先慎：《侠肝义肠　仙姿玉质——〈红玉〉鉴赏》（载《古典小说鉴赏》[增订本]，北京大学出版社，2004 年）

于天池：《说〈席方平〉》（载《蒲松龄与〈聊斋志异〉》，北京师范大学出版社，1993 年）

第八章　儒林外史

楔子：王冕的故事

人生南北多歧路，将相神仙，也要凡人做。百代兴亡朝复暮，江风吹倒前朝树。　　功名富贵无凭据，费尽心情，总把流光误。浊酒三杯沉醉去，水流花谢知何处？

这一首词，也是个老生常谈。不过说人生富贵功名，是身外之物；但世人一见了功名，便舍着性命去求他，及至到手之后，味同嚼蜡。自古及今，那一个是看得破的！

虽然如此说，元朝末年，也曾出了一个嵚崎磊落[①]的人。这人姓王，名冕，在诸暨县乡村里住。七岁上死了父亲，他母亲做些针指，供给他到村学堂里去读书。看看三个年头，王冕已是十岁了。母亲唤他到面前来说道："儿阿，不是我有心要耽误你。只因你父亲亡后，我一个寡妇人家，只有出去的，没有进来的；年岁不好，柴米又贵；这几件旧衣服和些旧家伙，当的当了，卖的卖了；只靠着我替人家做些针指生活寻来的钱，如何供得你读书？如今没奈何，把你雇在间壁人家放牛，每月可以得他几钱银子，你又有现成饭吃，只在明日就要去了。"王冕道："娘说的是。我在学堂里坐着，心里也闷；不如往他家放牛，倒快活些。假如我要读书，依旧可以带几本去读。"当夜商议定了。

第二日，母亲同他到间壁秦老家。秦老留着他母子两个吃了早饭，牵出一条水牛来交与王冕，指着门外道："就在我这大门过去两箭之地[②]，便是七泖湖。湖边一带绿草，各家的牛都在那里打睡。又有几十棵合抱的垂杨树，十分阴凉。牛要渴了，就在湖边上饮水。小哥，你只在这一带顽耍，不必远去。我老汉每日两餐小菜饭是不少的，每日早上，还折两个钱与你买点心吃。只是百事勤谨些，休嫌怠慢。”他母亲谢了扰要回家去，王冕送出门来，母亲替他理理衣服，口里说道：“你在此须要小心，休惹人说不是；早出晚归，免我悬望。”王冕应诺，母亲含着两眼眼泪去了。

王冕自此只在秦家放牛，每到黄昏，回家跟着母亲歇宿。或遇秦家煮些腌鱼、腊肉给他吃，他便拿块荷叶包了来家，递与母亲。每日点心钱，他也不买了吃，聚到一两个月，便偷个空，走到村学堂里，见那闯学堂的书客[③]，就买几本旧书。日逐[④]把牛拴了，坐在柳阴树下看。

弹指又过了三四年。王冕看书，心下也着实明白了。那日，正是黄梅时候，天气烦躁。王冕放牛倦了，在绿草地上坐着。须臾，浓云密布，一阵大雨过了。那黑云边上镶着白云，渐渐散去，透出一派日光来，照耀得满湖通红。湖边上山，青一块，紫一块，绿一块。树枝上都像水洗过一番的，尤其绿得可爱。湖里有十来枝荷花，苞子上清水滴滴，荷叶上水珠滚来滚去。王冕看了一回，心里想道：“古人说，‘人在画图中’，其实不错。可惜我这里没有一个画工，把这荷花画他几枝，也觉有趣。”又心里想道：“天下那有个学不会的事，我何不自画他几枝？”

正存想间，只见远远的一个夯汉，挑了一担食盒来，手里提着一瓶酒，食盒上挂着一块毡条，来到柳树下，将毡铺了，食盒打开。那边走过三个人来，头带方巾[⑤]，一个穿宝蓝夹纱直裰[⑥]，两人穿元色[⑦]直裰，都有四五十岁光景，手摇白纸扇，缓步而来。那穿宝蓝直裰的是个胖子，来到树下，尊那穿元色的一个胡子坐在上面，那一个瘦子坐在对席；他想是主人了，坐在下面把酒来斟。吃了一回，那胖子开口道：“危老先生回来了。新买了住宅，比京里钟楼街的房子还大些，值得二千两银子。因老先生要买，房主人让了几十两银卖了，图个名望体面。前月初十搬家，太尊[⑧]、县父母[⑨]都亲自到门来贺，留着吃酒到二三更天。街上的人，那一个不敬！”那瘦子道：“县尊是壬午举人[⑩]，乃危老先生门生，这是该来贺的。”那胖子道：“敝亲家也是危老先生门生，而今在河南做知县。前日小婿来家，带二斤干鹿肉来见惠，这一盘就是了。这一回小婿再去，托敝亲家写一封字来，去晋谒晋谒[⑪]危老先生；他若肯下乡回拜，也免得这些乡户人家放了驴和猪在你我田里吃粮食。”那瘦子道：“危老先生要算一个学者了。”那胡子说道：“听见前日出京时，皇上亲自送出城外，携着手走了十几步，危老先生再三打躬辞了，方才上轿回去。看这光景，莫不是就要做官？”三人你一句，我一句，说个不了。

王冕见天色晚了，牵了牛回去。自此，聚的钱不买书了，托人向城里买些胭脂铅粉之类，学画荷花。初时画得不好，画到三个月之后，那荷花精神颜色无一不像，只多着一张纸，就像是湖里长的；又像才从湖里摘下来贴在纸上的。乡间人见画得好，也有拿钱来买的。王冕得了钱，买些好东好西，孝敬母亲。一传两，两传三，诸暨一县都晓得是一个画没骨花卉[12]的名笔，争着来买。到了十七八岁，不在秦家了，每日画几笔画，读古人的诗文，渐渐不愁衣食，母亲心里欢喜。

这王冕天性聪明，年纪不满二十岁，就把那天文、地理、经史上的大学问，无一不贯通。但他性情不同，既不求官爵，又不交纳朋友，终日闭户读书。又在《楚辞图》上看见画的屈原衣冠，他便自造一顶极高的帽子，一件极阔的衣服。遇着花明柳媚的时节，把一乘牛车载了母亲，他便戴了高帽，穿了阔衣，执着鞭子，口里唱着歌曲，在乡村镇上，以及湖边，到处顽耍，惹的乡下孩子们三五成群跟着他笑，他也不放在意下。只有隔壁秦老，虽然务农，却是个有意思的人，因自小看见他长大，如此不俗，所以敬他爱他，时时和他亲热，邀在草堂里坐着说话儿。

一日，正和秦老坐着，只见外边走进一个人来，头带瓦楞帽[13]，身穿青布衣服。秦老迎接，叙礼坐下。这人姓翟，是诸暨县一个头役，又是买办[14]。因秦老的儿子秦大汉拜在他名下，叫他干爷，所以常时下乡来看亲家。秦老慌忙叫儿子烹茶，杀鸡、煮肉款留他，就要王冕相陪。彼此道过姓名，那翟买办道："这位王相公，可就是会画没骨花的么？"秦老道："便是了。亲家，你怎得知道？"翟买办道："县里人那个不晓得！因前日本县老爷吩咐，要画二十四幅花卉册页[15]送上司，此事交在我身上。我闻有王相公的大名，故此一径来寻亲家。今日有缘，遇着王相公，是必费心大笔画一画。在下半个月后，下乡来取。老爷少不得还有几两润笔的银子，一并送来。"秦老在傍，着实撺掇[16]。王冕屈不过秦老的情，只得应诺了。回家用心用意，画了二十四幅花卉，都题了诗在上面。翟头役禀过了本官，那知县时仁发出二十四两银子来。翟买办扣克了十二两，只拿十二两银子送与王冕，将册页取去。时知县又办了几样礼物，送与危素，作候问之礼。

危素受了礼物，只把这本册页看了又看，爱玩不忍释手。次日，备了一席酒，请时知县来家致谢。当下寒暄已毕，酒过数巡，危素道："前日承老父台所惠册页花卉，还是古人的呢，还是现在人画的？"时知县不敢隐瞒，便道："这就是门生治下一个乡下农民，叫做王冕，年纪也不甚大，想是才学画几笔，难入老师的法眼。"危素叹道："我学生出门久了，故乡有如此贤士，竟坐不知[17]，可为惭愧。此兄不但才高，胸中见识，大是不同，将来名位不在你我之下。不知老父台可以约他来此相会一会么？”时知县道：“这个何难？门生出去，即遣人相约。他听见老师相爱，自然喜出望外了。”说罢，辞了危素，回到衙门，差翟买办持个侍生[18]帖子去约王冕。

翟买办飞奔下乡，到秦老家，邀王冕过来，一五一十向他说了。王冕笑道：“却是起动头翁，上复县主老爷，说王冕乃一介农夫，不敢求见。这尊帖也不敢领。”翟买办变了脸道：“老爷将帖请人，谁敢不去！况这件事，原是我照顾你的；不然，老爷如何得知你会画花？论理，见过老爷，还该重重的谢我一谢才是！如何走到这里，茶也不见你一杯，却是推三阻四，不肯去见，是何道理？叫我如何去回复得老爷！难道老爷一县之主，叫不动一个百姓么？”王冕道：“头翁，你有所不知。假如我为了事，老爷拿票子传我，我怎敢不去！如今将帖来请，原是不逼迫我的意思了；我不愿去，老爷也可以相谅。”翟买办道：“你这都说的是甚么话！票子传着倒要去，帖子请着倒不去，这不是不识抬举了？”秦老劝道：“王相公，也罢，老爷拿帖子请你，自然是好意，你同亲家去走一回罢。自古道，‘灭门的知县’[19]，你和他拗些甚么？”王冕道：“秦老爹！头翁不知，你是听见我说过的。不见那段干木、泄柳的故事[20]么？我是不愿去的。”翟买办道：“你这是难题目与我做，叫拿甚么话去回老爷？”秦老道：“这个果然也是两难。若要去时，王相公又不肯；若要不去，亲家又难回话。我如今倒有一法，亲家回县里，不要说王相公不肯，只说他抱病在家，不能就来，一两日间好了就到。”翟买办道：“害病，就要取四邻的甘结！”彼此争论了一番。秦老整治晚饭与他吃了，又暗叫了王冕出去问母亲秤了三钱二分银子，送与翟买办做差钱，方才应诺去了，回复知县。

知县心里想道：“这小厮那里害甚么病！想是翟家这奴才走下乡狐假虎威，着实恐吓了他一场。他从来不曾见过官府的人，害怕不敢来了。老师既把这个人托我，我若不把他就叫了来见老师，也惹得老师笑我做事疲软[21]。我不如竟自己下乡去拜他。他看见赏他脸面，断不是难为他的意思，自然大着胆见我，我就便带了他来见老师，却不是办事勤敏？”又想道：“一个堂堂县令，屈尊去拜一个乡民，惹得衙役们笑话。”又想道：“老师前日口气，甚是敬他，老师敬他十分，我就该敬他一百分。况且屈尊敬贤，将来志书[22]上少不得称赞一篇。这是万古千年不朽的勾当，有甚么做不得！”当下定了主意。

次早，传齐轿夫，也不用全副执事[23]，只带八个红黑帽夜役军牢[24]，翟买办扶着轿子，一直下乡来。乡里人听见锣响，一个个扶老携幼，挨挤了看。轿子来到王冕门首，只见七八间草屋，一扇白板门紧紧关着。翟买办抢上几步，忙去敲门。敲了一会，里面一个婆婆，拄着拐杖出来说道："不在家了。从清早晨牵牛出去饮水，尚未回来。"翟买办道："老爷亲自在这里传你家儿子说话，怎的慢条斯理！快快说在那里，我好去传！"那婆婆道："其实不在家了，不知在那里。"说毕，关着门进去了。

说话之间，知县轿子已到。翟买办跪在轿前禀道："小的传王冕，不在家里，请老爷龙驾到公馆里略坐一坐，小的再去传。"扶着轿子，过王冕屋后来。屋后横七竖八几棱窄田埂，远远的一面大塘，塘边都栽满了榆树、桑树。塘边那一望无际的几顷田地，又有一座山，虽不甚大，却青葱，树木堆满山上。约有一里多路，彼此叫呼，还听得见。知县正走着，远远的有个牧童，倒骑水牯牛，从山嘴边转了过来。翟买办赶将上去，问道："秦小二汉，你看见你隔壁的王老大牵了牛在那里饮水哩？"小二道："王大叔么？他在二十里路外王家集亲家家吃酒去了。这牛就是他的，央及我替他赶了来家。"翟买办如此这般禀了知县。知县变着脸道："既然如此，不必进公馆了！即回衙门去罢！"时知县此时心中十分恼怒，本要立即差人拿了王冕来责惩一番，又想恐怕危老师说他暴躁，且忍口气回去，慢慢向老师说明此人不中抬举，再处置他也不迟。知县去了。

王冕并不曾远行，即时走了来家。秦老过来抱怨他道："你方才也太执意了。他是一县之主，你怎的这样怠慢他？"王冕道："老爹请坐，我告诉你。时知县倚着危素的势要，在这里酷虐小民，无所不为。这样的人，我为甚么要相与[25]他？但他这一番回去，必定向危素说；危素老羞变怒，恐要和我计较起来。我如今辞别老爹，收拾行李，到别处去躲避几时。只是母亲在家，放心不下。"母亲道："我儿，你历年卖诗卖画，我也积聚下三五十两银子，柴米不愁没有。我虽年老，又无疾病，你自放心出去躲避些时不妨。你又不曾犯罪，难道官府来拿你的母亲去不成？"秦老道："这也说得有理。况你埋没在这乡村镇上，虽有才学，谁人是识得你的？此番到大邦去处，或者走出些遇合[26]来也不可知。你尊堂[27]家下大小事故，一切都在我老汉身上，替你扶持便了。"王冕拜谢了秦老，秦老又走回家去，取了些酒肴来替王冕送行，吃了半夜酒回去。

次日五更，王冕起来收拾行李，吃了早饭，恰好秦老也到。王冕拜辞了母亲，又拜了秦老两拜，母子洒泪分手。王冕穿上麻鞋，背上行李，秦老手提一个小白灯笼，直送出村口，洒泪而别。秦老手拿灯笼，站着看着他走，走的望不着了方才回去。

王冕一路风餐露宿，九十里大站，七十里小站，一径来到山东济南府地方。这山东虽是近北省分，这会城却也人物富庶，房舍稠密。王冕到了此处，盘费用尽了，只得租个小庵门面屋，卖卜测字，也画两张没骨的花卉贴在那里，卖与过往的人。每日问卜卖画，倒也挤个不开。

弹指间，过了半年光景。济南府里有几个俗财主，也爱王冕的画，时常要买，又自己不来，遣几个粗夯小厮，动不动大呼小叫，闹的王冕不得安稳。王冕心不耐烦，就画了一条大牛贴在那里，又题几句诗在上，含着讥刺。也怕从此有口舌，正思量搬移一个地方。

那日清早，才坐在那里，只见许多男女啼啼哭哭，在街上过。也有挑着锅的，也有箩担内挑着孩子的，一个个面黄肌瘦，衣裳褴褛。过去一阵，又是一阵，把街上都塞满了。也有坐在地上就化钱的，问其所以，都是黄河沿上的州县，被河水决了，田庐房舍尽行漂没。这是些逃荒的百姓，官府又不管，只得四散觅食。王冕见此光景，过意不去，叹了一口气道："河水北流，天下自此将大乱了。我还在这里做甚么！"将些散碎银子收拾好了，拴束行李，仍旧回家。入了浙江境，才打听得危素已还朝了，时知县也升任去了，因此放心回家，拜见母亲。看见母亲康健如常，心中欢喜。母亲又向他说秦老许多好处。他慌忙打开行李，取出一匹茧绸，一包耿饼，拿过去拜谢了秦老。秦老又备酒与他洗尘。自此，王冕依旧吟诗作画，奉养母亲。

又过了六年，母亲老病卧床。王冕百方延医调治，总不见效。一日，母亲吩咐王冕道："我眼见得不济事了。但这几年来，人都在我耳根前说你的学问有了，该劝你出去做官。做官怕不是荣宗耀祖的事，我看见这些做官的都不得有甚好收场。况你的性情高傲，倘若弄出祸来，反为不美。我儿可听我的遗言，将来娶妻生子，守着我的坟墓，不要出去做官。我死了，口眼也闭。"王冕哭着应诺。他母亲淹淹一息，归天去了。王冕擗踊[28]哀号，哭得那邻舍之人无不落泪。又亏秦老一力帮衬，制备衣衾棺椁。王冕负土成坟，三年苫块，不必细说。

到了服阕[29]之后，不过一年有余，天下就大乱了。方国珍据了浙江，张士诚据了苏州，陈友谅据了湖广，都是些草窃的英雄。只有太祖皇帝起兵滁阳，得了金陵，立为吴王，乃是王者之师。提兵破了方国珍，号令全浙，乡村镇市，并无骚扰。

一日，日中时分，王冕正从母亲坟上拜扫回来，只见十几骑马竟投他村里来。为头一人，头戴武巾，身穿团花战袍，白净面皮，三绺髭须，真有龙凤之表。那人到门首下了马，向王冕施礼道：“动问一声，那里是王冕先生家？”王冕道：“小人王冕，这里便是寒舍。”那人喜道：“如此甚妙。特来晋谒。”吩咐从人都下了马，屯在外边，把马都系在湖边柳树上。那人独和王冕携手进到屋里，分宾主施礼坐下。王冕道：“不敢拜问尊官尊姓大名？因甚降临这乡僻所在？”那人道：“我姓朱，先在江南起兵，号滁阳王；而今据有金陵，称为吴王的便是。因平方国珍到此，特来拜访先生。”王冕道：“乡民肉眼不识，原来就是王爷。但乡民一介愚人，怎敢劳王爷贵步？”吴王道：“孤是一个粗卤汉子，今得见先生儒者气像，不觉功利之见顿消。孤在江南，即慕大名，今来拜访，要先生指示：浙人久反之后，何以能服其心？”王冕道：“大王是高明远见的，不消乡民多说。若以仁义服人，何人不服，岂但浙江？若以兵力服人，浙人虽弱，恐亦义不受辱，不见方国珍么？”吴王叹息，点头称善。两人促膝谈到日暮。那些从者都带有干粮。王冕自到厨下烙了一斤面饼，炒了一盘韭菜，自捧出来，陪着。吴王吃了，称谢教诲，上马去了。这日，秦老进城回来，问及此事。王冕也不曾说就是吴王，只说是军中一个将官，向年在山东相识的，故此来看我一看。说着就罢了。

不数年间，吴王削平祸乱，定鼎应天[30]，天下一统，建国号大明，年号洪武。乡村人各各安居乐业。到了洪武四年，秦老又进城里，回来向王冕道：“危老爷已自问了罪，发在和州去了。我带了一本邸抄[31]来与你看。”王冕接过来看，才晓得危素归降之后，妄自尊大，在太祖面前自称老臣。太祖大怒，发往和州守余阙墓去了。此一条之后，便是礼部[32]议定取士之法：三年一科，用《五经》、《四书》八股文[33]。王冕指与秦老看，道：“这个法却定的不好！将来读书人既有此一条荣身之路，把那文行出处[34]都看得轻了。”说着，天色晚了下来。此时正是初夏，天时乍热，秦老在打麦场上放下一张桌子，两人小饮。须臾，东方月上，照耀得如同万顷玻璃一般。那些眠鸥宿鹭，阒然无声。王冕左手持杯，右手指着天上的星，向秦老道：“你看贯索犯文昌，一代文人有厄！”话犹未了，忽然起一阵怪风，刮的树木都飕飕的响，水面上的禽鸟格格惊起了许多，王冕同秦老吓的将衣袖蒙了脸。少顷，风声略定，睁眼看时，只见天上纷纷有百十个小星，都坠向东南角上去了。王冕道：“天可怜见，降下这一伙星君去维持文运，我们是不及见了！”当夜收拾家伙，各自歇息。

自此以后，时常有人传说，朝廷行文到浙江布政司[35]，要征聘王冕出来做官。

初时不在意里，后来渐渐说的多了，王冕并不通知秦老，私自收拾，连夜逃往会稽山中。

半年之后，朝廷果然遣一员官，捧着诏书，带领许多人，将着彩缎表里㊱，来到秦老门首，见秦老八十多岁，须鬓皓然，手扶拄杖。那官与他施礼，秦老让到草堂坐下。那官问道："王冕先生就在这庄上么？而今皇恩授他咨议参军㊲之职，下官特地捧诏而来。"秦老道："他虽是这里人，只是久矣不知去向了。"秦老献过了茶，领那官员走到王冕家，推开了门，见蟏蛸满室，蓬蒿满径，知是果然去得久了。那官咨嗟叹息了一回，仍旧捧诏回旨去了。

王冕隐居在会稽山中，并不自言姓名。后来得病去世，山邻敛些钱财，葬于会稽山下。是年，秦老亦寿终于家。可笑近来文人学士，说着王冕，都称他做王参军，究竟王冕何曾做过一日官？所以表白一番。这不过是个楔子，下面还有正文。

（节选自《儒林外史》第一回）

注　释

① 嵚奇磊落：人品独异特出，与众不同。

② 两箭之地：箭能射到的距离为一箭，两箭之地约二百到三百步。

③ 闯学堂的书客：到学堂里去卖文具的小商贩。

④ 日逐：每天。

⑤ 方巾：明代读书人有了秀才以上功名时戴的方形软帽。

⑥ 直裰：又称道袍，古时人穿的便服，斜领大袖，四面镶边。

⑦ 元色：即玄色，黑色。清人因避康熙玄烨讳改玄称元。

⑧ 太尊：对知府的尊称。

⑨ 县父母：旧时老百姓称知县为父母官，故云。

⑩ 举人：科举考试制度，凡参加乡试的人考中的称为举人。

⑪ 晋谒：拜见。

⑫ 没骨花卉：一种画花卉的方法，不用双钩，直接用本色涂出。

⑬ 瓦楞帽：明代普通人戴的帽子，帽顶像瓦楞。

⑭ 买办：衙门里负责采购的差役。

⑮ 册页：将小张画页连接起来装裱成册。

⑯ 撺掇：唆使，怂恿。

⑰ 竟坐不知：因为不了解情况而获罪。这是一种客气的套话。坐，获罪。

⑱ 侍生：在前辈面前对自己的谦称。

⑲ 灭门的知县：封建时代知县的权力很大，可以随意叫人家破人亡，故有此称。

⑳ 段干木、泄柳的故事：段干木是战国时人，泄柳是春秋时人，都是拒绝做官的典型。

㉑ 疲软：做事软弱无能。

㉒ 志书：指地方志。

㉓ 全副执事：全副仪仗。

㉔ 红黑帽夜役军牢：即堂役，旧时官吏出门时走在前边喝道，或坐堂时侍立两边的差役。

㉕ 相与：结交。

㉖ 遇合：因受到赏识而得到器重或升迁。

㉗ 尊堂：对别人母亲的尊称。

㉘ 擗踊：以手捶胸，以足顿地，十分悲痛的样子。

㉙ 服阕：古时父母去世要服丧三年，服阕就是服孝期满。

㉚ 定鼎应天：建立王朝，定都南京。

㉛ 邸抄：亦称邸报，京城里发行的一种登载文告、文件等内容的印刷物。

㉜ 礼部：明清时期中央机关六部之一，主管礼制和考试方面的事务。

㉝ 八股文：明清时期科举考试的文体，以《四书》《五经》为命题的依据，作文时则依儒家经典和朱熹的注发挥，只能代圣贤立言，结构体制上也有固定的程式。

㉞ 文行出处：这是作者提出的知识分子与科举考试猎取功名相对立的做人准则，文即文章、学术；行即品行、道德；出即做官；处即退隐。

㉟ 布政司：明代官署名，长官称为布政使，明初时负责一省行政，约相当于今天的省长，后省政改由巡抚主持，布政使便成为巡抚下专管民政和财政的官员。

㊱ 表里：衣料。

㊲ 咨议参军：明初官职名，据《明史》，朱元璋曾任命王冕任咨议参军之职。

阅读提示

这回书的回目标示得很清楚：“敷陈大义”“隐括全文”。就是说，无论从小说的具体内容还是主题思想来看，在作者的整体艺术构思中，这开宗明义的“楔子”，都是全书的一大纲领，所以非常值得我们重视。全书的基本思想和血脉都已经鲜明地呈现于此。特别值得注意的是王冕这个人物，这是作者着意塑造的与丑恶污浊的社会相对立的、寄托了他的理想的正面典型。王冕反对功名富贵，独立不羁，自由任性，为人正直，品德清高，富有才情，在绘画艺术上有出色的表现，是值得当时知识分子效法的榜样。作者写乡村明丽的景色，写王冕画荷花，都意在标举出一种清奇高洁的精神风貌。

周进的辛酸史

次日，夏总甲果然替周先生说了，每年馆金十二两银子，每日二分银子在和尚家代饭，约定灯节后下乡，正月二十开馆。

到了十六日，众人将分子送到申祥甫家备酒饭，请了集上新进学的梅三相做陪客。那梅玖戴着新方巾，老早到了。直到巳牌时候，周先生才来。听得门外狗叫，申祥甫走出去迎了进来。众人看周进时，头戴一顶旧毡帽，身穿元色绸旧直裰，那右边袖子同后边坐处都破了，脚下一双旧大红绸鞋，黑瘦面皮，花白胡子。申祥甫拱进堂屋，梅玖方才慢慢的立起来和他相见。周进就问："此位相公是谁？"众人道："这是我们集上在庠[①]的梅相公。"周进听了，谦让不肯僭梅玖作揖[②]。梅玖道："今日之事不同。"周进再三不肯。众人道："论年纪也是周先生长，先生请老实些罢。"梅玖回过头来向众人道："你众位是不知道我们学校规矩，老友是从来不同小友序齿[③]的。只是今日不同，还是周长兄请上。"

原来明朝士大夫称儒学生员叫做"朋友"，称童生是"小友"。比如童生进了学，不怕十几岁，也称为"老友"；若是不进学，就到八十岁，也还称"小友"。就如女儿嫁人的：嫁时称为"新娘"，后来称呼"奶奶""太太"，就不叫"新娘"了；若是嫁与人家做妾，就到头发白了，还要唤做"新娘"。闲话休题。

周进因他说这样话，倒不同他让了，竟僭着他作了揖。众人都作过揖坐下。只有周、梅二位的茶杯里有两枚生红枣，其余都是清茶。吃过了茶，摆两张桌子杯箸，尊周先生首席，梅相公二席，众人序齿坐下，斟上酒来。周进接酒在手，向众人谢了扰，一饮而尽。随即每桌摆上八九个碗，乃是猪头肉、公鸡、鲤鱼、肚、肺、肝、肠之类。叫一声"请！"一齐举箸，却如风卷残云一般，早去了一半。看那周先生时，一箸也不曾下。申祥甫道："今日先生为甚么不用肴馔？却不是上门怪人？"拣好的递了过来。周进拦住道："实不相瞒，我学生是长斋。"众人道："这个倒失于打点。却不知先生因甚吃斋？"周进道："只因当年先母病中，在观音菩萨位下许的，如今也吃过十几年了。"梅玖道："我因先生吃斋，倒想起一个笑话，是前日在城里我那案伯[④]顾老相公家听见他说的。有个做先生的一字至七字诗……"众人都停了箸听他念诗。他便念道："呆，秀才，吃长斋，胡须满腮，经书不揭开，纸笔自己安排，明年不请我自来。"念罢，说道："像我这周长兄如此大才，呆是不呆的了。"又掩着口道："秀才，指日就是；那'吃长斋，胡须满腮'，竟被他说一个着！"说罢，哈哈大笑。众人一齐笑起来。周进不好意思。申祥甫连忙斟一杯酒道：“梅三相该敬一杯。顾老相公家西席就是周先生了。”梅玖道：“我不知道，该罚该罚！但这个话不是为周长兄，他说明了是个秀才。但这吃斋也是好事，先年俺有一个母舅，一口长斋，后来进了学，老师送了丁祭的胙肉[⑤]来，外祖母道：‘丁祭肉若是不吃，圣人就要计较了：大则降灾，小则害病。’只得就开了斋。俺这周长兄，只到今年秋祭，少不得有胙肉送来，不怕你不开哩。”众人说他发的利市[⑥]好，同斟一杯，送与周先生预贺，把周先生脸上羞的红一块白一块，只得承谢众人，将酒接在手里。厨下捧出汤点来，一大盘实心馒头，一盘油煎的扛子火烧。众人道：“这点心是素的，先生用几个。”周进怕汤不洁净，讨了茶来吃点心。

内中一人问申祥甫道：“你亲家今日在那里？何不来陪先生坐坐？”申祥甫道：“他到快班李老爹家吃酒去了。”又一个人道：“李老爹这几年在新任老爷手里着实跑起来[⑦]了，怕不一年要寻千把银子。只是他老人家好赌，不如西班黄老爹，当初也在这些事里顽耍，这几年成了正果[⑧]，家里房子盖的像天宫一般，好不热闹！”荀老爹向申祥甫道：“你亲家自从当了门户，时运也算走顺风，再过两年，只怕也要弄到黄老爹的意思哩。”申祥甫道：“他也要算停当[⑨]的了。若想到黄老爹的地步，只怕还要做几年的梦。”梅相公正吃着火烧，接口道：“做梦倒也有些准哩。”因问周进道：“长兄这些年考校[⑩]，可曾得个甚么梦兆？”周进道：“倒也没有。”梅玖道：“就是侥幸的这一年，正月初一日，我梦见在一个极高的山上，天上的日头，不差不错，端端正正掉了下来，压在我头上，惊出一身的汗，醒了摸一摸头，就像还有些热。彼时不知甚么原故，如今想来，好不有准！”于是点心吃完，又斟了一巡酒。直到上灯时候，梅相公同众人别了回去。申祥甫拿出一副蓝布被褥，送周先生到观音庵歇宿；向和尚说定，馆地就在后门里这两间屋内。

直到开馆那日，申祥甫同着众人领了学生来，七长八短几个孩子，拜见先生。众人各自散了。周进上位教书。晚间学生家去，把各家贽见[⑪]拆开来看，只有荀家是一钱银子，另有八分银子代茶[⑫]；其余也有三分的，也有四分的，也有十来个钱的，合拢了不够一个月饭食。周进一总包了，交与和尚收着再算。那些孩子就像蠢牛一般，一时照顾不到，就溜到外边去打瓦踢球，每日淘气不了。周进只得捺定性子，坐着教导。

不觉两个多月，天气渐暖。周进吃过午饭，开了后门出来，河沿上望望。虽是乡村地方，河边却也有几树桃花柳树，红红绿绿，间杂好看。看了一回，只见蒙蒙的细雨下将起来。周进见下雨，转入门内，望着雨下在河里，烟笼远树，景致更妙。这雨越下越大，却见上流头一只船冒雨而来。那船本不甚大，又是芦席篷，所以怕雨。将近河岸，看时，中舱坐着一个人，船尾坐着两个从人，船头上放着一担食盒。将到岸边，那人连呼船家泊船，带领从人，走上岸来。周进看那人时，头戴方巾，身穿宝蓝缎直裰，脚下粉底皂靴，三绺髭须，约有三十多岁光景。走到门口，与周进举一举手，一直进来，自己口里说道："原来是个学堂。"周进跟了进来作揖，那人还了个半礼道："你想就是先生了。"周进道："正是。"那人问从者道："和尚怎的不见？"说着，和尚忙走了出来道："原来是王大爷。请坐。僧人去烹茶来。"向着周进道："这王大爷就是前科新中的。先生陪了坐着，我去拿茶。"

那王举人也不谦让，从人摆了一条凳子，就在上首坐了，周进下面相陪。王举人道："你这位先生贵姓？"周进知他是个举人，便自称道："晚生[13]姓周。"王举人道："去年在谁家作馆？"周进道："在县门口顾老相公家。"王举人道："足下莫不是就在我白老师手里曾考过一个案首[14]的？说这几年在顾二哥家做馆，不差不差。"周进道："俺这顾东家，老先生也是相与的？"王举人道："顾二哥是俺户下册书[15]，又是拜盟[16]的好弟兄。"

须臾，和尚献上茶来吃了。周进道："老先生的朱卷[17]是晚生熟读过的。后面两大股文章，尤其精妙。"王举人道："那两股文章不是俺作的。"周进道："老先生又过谦了。却是谁作的呢？"王举人道："虽不是我作的，却也不是人作的。那时头场[18]，初九日，天色将晚，第一篇文章还不曾做完，自己心里疑惑，说：'我平日笔下最快，今日如何迟了？'正想不出来，不觉磕睡上来，伏着号板[19]打一个盹，只见五个青脸的人跳进号来，中间一人，手里拿着一枝大笔，把俺头上点了一点，就跳出去了。随即一个戴纱帽、红袍金带的人，揭帘子进来，把俺拍了一下，说道：'王公请起。'那时弟吓了一跳，通身冷汗，醒转来，拿笔在手，不知不觉写了出来。可见贡院里鬼神是有的。弟也曾把这话回禀过大主考座师[20]，座师就道弟该有鼎元[21]之分。"

正说得热闹，一个小学生送仿[22]来批，周进叫他搁着。王举人道："不妨，你只管去批仿，俺还有别的事。"周进只得上位批仿。王举人吩咐家人道："天已黑了，雨又不住，你们把船上的食盒挑了上来，叫和尚拿升米做饭。船家叫他伺候着，明日早走。"向周进道："我方才上坟回来，不想遇着雨，耽搁一夜。"说着，就猛然回头，一眼看见那小学生的仿纸上的名字是荀玫，不觉就吃了一惊。一会儿咂嘴弄唇的，脸上做出许多怪物像。周进又不好问他，批完了仿，依旧陪他坐着。他就问道："方才这小学生几岁了？"周进道："他才七岁。"王举人道："是今年才开蒙？这名字是你替他起的？"周进道："这名字不是晚生起的。开蒙的时候，他父亲央及集上新进梅朋友替他起名。梅朋友说自己的名字叫做'玖'，也替他起个'王'旁的名字发发兆[23]，将来好同他一样的意思。"

王举人笑道："说起来，竟是一场笑话。弟今年正月初一日梦见看会试[24]榜，弟中在上面是不消说了，那第三名也是汶上人，叫做荀玫。弟正疑惑我县里没有这一个姓荀的孝廉，谁知竟同着这个小学生的名字。难道和他同榜不成！"说罢，就哈哈大笑起来，道："可见梦作不得准！况且功名大事，总以文章为主，那里有甚么鬼神！"周进道："老先生，梦也竟有准的。前日晚生初来，会着集上梅朋友，他说也是正月初一日，梦见一个大红日头落在他头上，他这年就飞黄腾达的。"王举人道："这话更作不得准了。比如他进过学，就有日头落在他头上，像我这发过的[25]，不该连天都掉下来，是俺顶着的了？"彼此说着闲话，掌上灯烛，管家捧上酒饭，鸡、鱼、鸭、肉，堆满春台[26]。王举人也不让周进，自己坐着吃了，收下碗去。落后和尚送出周进的饭来，一碟老菜叶，一壶热水。周进也吃了。叫了安置，各自歇宿。

次早，天色已晴，王举人起来洗了脸，穿好衣服，拱一拱手，上船去了。撒了一地的鸡骨头、鸭翅膀、鱼刺、瓜子壳，周进昏头昏脑，扫了一早晨。

自这一番之后，一薛家集的人都晓得荀家孩子是县里王举人的进士同年[27]，传为笑话。这些同学的孩子赶着他就不叫荀玫了，都叫他"荀进士"。各家父兄听见这话，都各不平，偏要在荀老翁跟前恭喜，说他是个封翁[28]太老爷，把个荀老爹气得有口难分。申祥甫背地里又向众人道："那里是王举人亲口说这番话？这就是周先生看见我这一集上只有荀家有几个钱，捏造出这话来奉承他，图他个逢时遇节，他家多送两个盒子。俺前日听见说，荀家炒了些面筋、豆腐干送在庵里，又送了几回馒头、火烧，就是这些原故了。"众人都不喜欢，以此周进安身不牢；因是碍着夏总甲的面皮，不好辞他，将就混了一年。后来夏总甲也嫌他呆头呆脑，不知道常来承谢，由着众人把周进辞了来家。

那年却失了馆，在家日食艰难。一日，他姊丈金有余来看他，劝道："老舅，莫怪我说你，这读书求功名的事，料想也是难了。人生世上，难得的是这碗现成饭，只管'粮不粮莠不莠'的到几时？我如今同了几个大本钱的人到省城去买货，差一个记账的人，你不如同我们去走走，你又孤身一人，在客伙内，还是少了你吃的、穿的？"周进听了这话，自己想："'瘫子掉在井里——捞起也是坐。'有甚亏负我？"随即应允了。

金有余择个吉日，同一伙客人起身，来到省城杂货行里住下。周进无事，闲着街上走走，看见纷纷的工匠都说是修理贡院。周进跟到贡院门口，想挨进去看，被看门的大鞭子打了出来。晚间向姊丈说，要去看看。金有余只得用了几个小钱，一伙客人也都同了去看，又央及行主人领着。行主人走进头门，用了钱的并无拦阻。到了龙门[29]下，行主人指道："周客人，这是相公们进的门了。"进去两边号房门，行主人指道："这是天字号了，你自进去看看。"周进一进了号，见两块号板摆的齐齐整整，不觉眼睛里一阵酸酸的，长叹一声，一头撞在号板上，直僵僵不省人事。

（节选自《儒林外史》第二回）

话说周进在省城要看贡院，金有余见他真切，只得用几个小钱同他去看。不想才到天字号，就撞死在地下。众人多慌了，只道一时中了恶。行主人道："想是这贡院里久没有人到，阴气重了，故此周客人中了恶。"金有余道："贤东，我扶着他，你且去到做工的那里借口开水来灌他一灌。"行主人应诺，取了水来，三四个客人一齐扶着，灌了下去，喉咙里咯咯的响了一声，吐出一口稠涎来。众人道："好了！"扶着立了起来。周进看着号板，又是一头撞将去。这回不死了，放声大哭起来。众人劝着不住。金有余道："你看，这不是疯了么？好好到贡院来耍，你家又不死了人，为甚么这样号淘痛哭是的？"周进也不听见，只管伏着号板哭个不住。一号哭过，又哭到二号、三号，满地打滚，哭了又哭，哭的众人心里都凄惨起来。金有余见不是事，同行主人一左一右架着他的膀子。他那里肯起来，哭了一阵，又是一阵，直哭到口里吐出鲜血来。

众人七手八脚将他扛抬了出来，贡院前一个茶棚子里坐下，劝他吃了一碗茶，犹自索鼻涕，弹眼泪，伤心不止。内中一个客人道："周客人有甚心事？为甚到了这里，这等大哭起来？却是哭得利害。"金有余道："列位老客有所不知。我这舍舅，本来原不是生意人。因他苦读了几十年的书，秀才也不曾做得一个，今日看见贡院，就不觉伤心起来。"自因这一句话道着周进的真心事，于是不顾众人，又放声大哭起来。又一个客人道："论这事，只该怪我们金老客。周相公既是斯文人，为甚么带他出来做这样的事？"金有余道："也只为赤贫之士，又无馆做，没奈何上了这一条路。"又一个客人道："看令舅这个光景，毕竟胸中才学是好的；因没有人识得他，所以受屈到此田地。"金有余道："他才学是有的，怎奈时运不济！"那客人道："监生[30]也可以进场。周相公既有才学，何不捐他一个监进场？中了，也不枉了今日这一番心事。"金有余道："我也是这般想，只是那里有这一注银子！"此时周进哭的住了。那客人道："这也不难。现放着我这几个弟兄在此，每人拿出几十两银子借与周相公纳监进场，若中了做官，那在我们这几两银子。就是周相公不还，我们走江湖的人，那里不破掉了几两银子？何况这是好事。你众位意下如何？"众人一齐道："君子成人之美。"又道："'见义不为，是为无勇。'俺们有甚么不肯！只不知周相公可肯俯就？"周进道："若得如此，便是重生父母，我周进变驴变马，也要报效！"爬到地下就磕了几个头，众人还下礼去。金有余也称谢了众人。又吃了几碗茶，周进再不哭了，同众人说说笑笑，回到行里。

次日，四位客人果然备了二百两银子，交与金有余。一切多的使费，都是金有余包办。周进又谢了众人和金有余。行主人替周进备一席酒，请了众位。金有余将着银子，上了藩库[31]，讨出库收来。正值宗师来省录遗[32]，周进就录了个贡监首卷。到了八月初八日进头场，见了自己哭的所在，不觉喜出望外。自古道，"人逢喜事精神爽"，那七篇文字，做的花团锦簇一般。出了场，仍旧住在行里。金有余同那几个客人还不曾买完了货。直到放榜那日，巍然中了。众人各各欢喜，一齐回到汶上县。拜县父母、学师，典史[33]拿晚生帖子上门来贺。汶上县的人，不是亲的也来认亲，不相与的也来认相与。忙了个把月。申祥甫听见这事，在薛家集敛了分子，买了四只鸡，五十个蛋和些炒米、欢团之类，亲自上县来贺喜。周进留他吃了酒饭去。荀老爹贺礼是不消说了。看看上京会试，盘费、衣服都是金有余替他设处。到京会试，又中了进士，殿在三甲[34]，授了部属[35]。荏苒三年，升了御史[36]，钦点[37]广东学道。

（节选自《儒林外史》第三回）

注　释

① 在庠：就是取得了秀才资格的意思。庠，学校的古称。

② 不肯僭梅玖作揖：这是科举考试时代士人封建等级观念的表现，在交际场合，就

座时要按各人的身份排序，身份高的先入座，并对大家拱手作揖，感谢大家对自己的礼让。这里梅玖的身份是秀才，比周进要高，所以他不能先于梅玖就座作揖。僭，超越等级或身份行事。

③ 序齿：按年龄排列。

④ 案伯：同年考取秀才的人，彼此互称为同年或同案，表示亲近时称同案的父亲为案伯或年伯。

⑤ 丁祭的胙（zuò）肉：封建时代每年于春季和秋季两次举行祭孔活动，当时按天干纪日，因为在丁日举行祭礼，故称为丁祭。祭孔时的生肉称为胙肉，祭祀后可以分给秀才。

⑥ 利市：幸运，走运。

⑦ 跑起来：方言，走好运的意思。

⑧ 成了正果：原为佛家语，意为修行成功，这里是有了出息，发了家。

⑨ 停当：方言，能干，有能耐的意思。

⑩ 考校（jiào）：考试。

⑪ 贽见：学生送给先生的见面礼。

⑫ 代茶：以送钱代替送礼，表示微薄之意。

⑬ 晚生：后辈对前辈的自称，这里周进虽然年纪比王举人大，但身份低，所以自谦这样称呼。

⑭ 案首：指童试第一名。

⑮ 户下册书：政府规定每户须向政府缴纳钱粮，向政府承包若干户钱粮的税吏称为册书，这里王举人说顾二哥就是为他家收缴钱粮的册户。

⑯ 拜盟：结盟拜把子。

⑰ 朱卷：一作珠卷。科举考试时期规定，为防避阅卷官徇私舞弊，考生答卷用墨笔写，然后再由人用朱笔誊抄出匿名给考官评阅，称为朱卷。考中的举人将自己的文章刻印出来送人，也称为朱卷。

⑱ 头场：按规定，参加乡试和会试都要考三场，第一场叫头场。

⑲ 号板：贡院（科举考试的场所）中号舍（按《千字文》的顺序编号）里供士子考试用的两块木板，一块用来做坐具，一块用来伏案写字。

⑳ 座师：被录取的举人对主考官称座师，对参加分房阅卷的同考官称房师。

㉑ 鼎元：明清时考进士一甲限三名，即状元、榜眼、探花，称为三鼎甲，状元为三甲之首，故称为鼎元。

㉒ 仿：学生依照字帖习字的作业。

㉓ 发发兆：开发吉祥。

㉔ 会试：举人参加进士的考试，在乡试（由秀才考举人的考试，每三年举行一次）的第二年举行。

㉕ 发过的：即已经中了举人的。举人第一名称“解元”，故中举又称为“发解”。

㉖ 春台：饭桌。

㉗ 同年：同一年中进士的人互称为同年。

㉘ 封翁：封建时代子弟有做官的，父、祖辈因此可以得到朝廷的封赠，故称官僚人家的尊长为封翁。这里带有讽刺意味。

㉙ 龙门：贡院的第三道门，跳过龙门就意味着考中有了功名。

㉚ 监生：明清时期在最高学府国子监里学习的叫监生，有了监生的资格，不是秀才的也可以参加乡试。捐钱得来的监生叫例监或贡监。周进走的就是这条路。

㉛ 藩库：藩台（即布政使）衙门里管收付银钱的库房。

㉜ 录遗：选录遗才之意，犹今言补考。

㉝ 典史：知县的辅助官。

㉞ 殿在三甲：殿试结果取在第三甲。殿试录取的分为三甲：一甲三名，进士及第；二甲若干名，进士出身；三甲若干名，同进士出身。

㉟ 部属：中央六部所属各司署的办事官员。

㊱ 御史：明清时期设都察院，下设各道监察御史，行使纠察、弹劾等职事。

㊲ 钦点：皇帝直接点派。

阅读提示

通过周进在科举考试道路上的辛酸史和发迹史，小说揭示了封建时代知识分子带有悲喜剧色彩的命运和内在的可悲的精神状态，并由此揭示出封建士子热衷功名富贵的社会原因。这里提供了两组鲜明的对比：一组是周进与中了秀才的梅玖和王举人的对比；另一组是周进中举前后生活境遇变化的对比。周进是一个童生，虽然已经年逾花甲，但年轻的梅玖相公却可以随意奚落和挖苦他；而也很年轻的王举人更是居高临下，傲气十足，使周进感到卑微低下，无地自容，有着很沉重的精神压力。一旦考中（而这又是毫无凭准，莫名其妙的）马上就身价十倍，人们争先恐后地来巴结他，亲近他，社会地位产生了一百八十度的变化。这就是人们花了一辈子的时间精力追求功名，直到头发胡子都花白了而不懈怠的根本原因。无论是对知识分子精神状态的揭示，还是对社会污浊风气的揭露，都是十分深刻的。

范进中举发疯

这周学道虽也请了几个看文章的相公，却自心里想道："我在这里面吃苦久了，如今自己当权，须要把卷子都要细细看过，不可听着幕客[①]，屈了真才。"主意定了，到广州上了任。次日，行香挂牌[②]。先考了两场生员。第三场是南海、番禺两县童生。周学道坐在堂上，见那些童生纷纷进来：也有小的，也有老的，仪表端正的，獐头鼠目的，衣冠齐楚的，蓝缕破烂的。落后点进一个童生来，面黄肌瘦，花白胡须，头上戴一顶破毡帽。广东虽是地气温暖，这时已是十二月上旬，那童生还穿着麻布直裰，冻得乞乞缩缩，接了卷子，下去归号[3]。周学道看在心里，封门进去。出来放头牌[4]的时节，坐在上面，只见那穿麻布的童生上来交卷，那衣服因是朽烂了，在号里又扯破了几块。周学道看看自己身上，绯袍金带，何等辉煌。因翻一翻点名册，问那童生道："你就是范进？"范进跪下道："童生就是。"学道道："你今年多少年纪了？"范进道："童生册上写的是三十岁，童生实年五十四岁。"学道道："你考过多少回数了？"范进道："童生二十岁应考，到今考过二十余次。"学道道："如何总不进学？"范进道："总因童生文字荒谬，所以各位大老爷不曾赏取。"周学道道："这也未必尽然。你且出去，卷子待本道细细看。"范进磕头下去了。

那时天色尚早，并无童生交卷。周学道将范进卷子用心用意看了一遍，心里不喜，道："这样的文字，都说的是些甚么话！怪不得不进学！"丢过一边不看了。又坐了一会，还不见一个人来交卷，心里又想道："何不把范进的卷子再看一遍？倘有一线之明，也可怜他苦志。"从头至尾，又看了一遍，觉得有些意思。正要再看看，却有一个童生来交卷。那童生跪下道："求大老爷面试。"学道和颜道："你的文字已在这里了，又面试些甚么？"那童生道："童生诗词歌赋都会，求大老爷出题面试。"学道变了脸道："'当今天子重文章，足下何须讲汉唐[5]！'像你做童生的人，只该用心做文章，那些杂览[6]，学他做甚么！况且本道奉旨到此衡文，难道是来此同你谈杂学的么？看你这样务名而不务实，那正务自然荒废，都是些粗心浮气的说话，看不得了。左右的，赶了出去！"一声吩咐过了，两傍走过几个如狼似虎的公人，把那童生叉着膊子，一路跟头，叉到大门外。

周学道虽然赶他出去，却也把卷子取来看看。那童生叫做魏好古，文字也还清通。学道道："把他低低的进了学罢。"因取过笔来，在卷子尾上点了一点，做个记认。又取过范进卷子来看，看罢，不觉叹息道："这样文字，连我看一两遍也不能解，直到三遍之后，才晓得是天地间之至文，真乃一字一珠！可见世上糊涂试官，不知屈煞了多少英才！"忙取笔细细圈点，卷面上加了三圈，即填了第一名；又把魏好古的卷子取过来，填了第二十名。将各卷汇齐，带了进去。发出案来，范进是第一。谒见那日，着实赞扬了一回。点到二十名，魏好古上去，又勉励了几句"用心举业，休学杂览"的话，鼓吹[7]送了出去。

次日起马，范进独自送在三十里之外，轿前打恭[⑧]。周学道又叫到跟前，说道："龙头属老成。本道看你的文字，火候[⑨]到了，即在此科，一定发达。我复命之后，在京专候。"范进又磕头谢了，起来立着。学道轿子一拥而去。范进立着，直望见门枪[⑩]影子抹过前山，看不见了，方才回到下处，谢了房主人。他家离城还有四十五里路，连夜回来，拜见母亲。家里住着一间草屋，一厦披子，门外是个茅草棚。正屋是母亲住着，妻子住在披房里。他妻子乃是集上胡屠户的女儿。

范进进学回家，母亲、妻子俱各欢喜。正待烧锅做饭，只见他丈人胡屠户，手里拿着一副大肠和一瓶酒，走了进来。范进向他作揖，坐下。胡屠户道："我自倒运，把个女儿嫁与你这玩世宝穷鬼，历年以来，不知累了我多少。如今不知因我积了甚么德，带挈你中了个相公，我所以带个酒来贺你。"范进唯唯连声，叫浑家[⑪]把肠子煮了，烫起酒来，在茅草棚下坐着。母亲自和媳妇在厨下造饭。胡屠户又吩咐女婿道："你如今既中了相公，凡事要立起个体统来。比如我这行事[⑫]里，都是些正经有脸面的人，又是你的长亲，你怎敢在我们跟前妆大？若是家门口这些做田的，扒粪的，不过是平头百姓，你若同他拱手作揖，平起平坐，这就是坏了学校规矩，连我脸上都无光了。你是个烂忠厚没用的人，所以这些话我不得不教导你，免得惹人笑话。"范进道："岳父见教的是。"胡屠户又道："亲家母也来这里坐着吃饭。老人家每日小菜饭，想也难过。我女孩儿也吃些，自从进了你家门，这十几年，不知猪油可曾吃过两三回哩！可怜！可怜！"说罢，婆媳两个都来坐着吃了饭。吃到日西时分，胡屠户吃的醺醺的。这里母子两个，千恩万谢。屠户横披了衣服，腆着肚子去了。

次日，范进少不得拜拜乡邻。魏好古又约了一班同案的朋友，彼此来往。因是乡试年，做了几个文会[⑬]。不觉到了六月尽间，这些同案的人约范进去乡试。范进因没有盘费，走去同丈人商议，被胡屠户一口啐在脸上，骂了一个狗血喷头，道："不要失了你的时了！你自己只觉得中了一个相公，就'癞虾蟆想吃起天鹅肉'来！我听见人说，就是中相公时，也不是你的文章，还是宗师看见你老，不过意，舍与你的。如今痴心就想中起老爷[⑭]来！这些中老爷的都是天上的文曲星！你不看见城里张府上那些老爷，都有万贯家私，一个个方面大耳？像你这尖嘴猴腮，也该撒抛尿自己照照！不三不四，就想天鹅屁吃！趁早收了这心，明年在我们行事里替你寻一个馆[⑮]，每年寻几两银子，养活你那老不死的老娘和你老婆是正经！你问我借盘缠，我一天杀一个猪还赚不得钱把银子，都把与你去丢在水里，叫我一家老小嗑西北风！”一顿夹七夹八，骂的范进摸门不着。辞了丈人回来，自心里想：“宗师说我火候已到，自古无场外的举人，如不进去考他一考，如何甘心？”因向几个同案商议，瞒着丈人，到城里乡试。出了场，即便回家。家里已是饿了两三天。被胡屠户知道，又骂了一顿。

到出榜那日，家里没有早饭米，母亲吩咐范进道：“我有一只生蛋的母鸡，你快拿集上去卖了，买几升米来煮餐粥吃，我已是饿的两眼都看不见了。”范进慌忙抱了鸡，走出门去。才去不到两个时候[16]，只听得一片声的锣响，三匹马闯将来。那三个人下了马，把马拴在茅草棚上，一片声叫道：“快请范老爷出来，恭喜高中了！”母亲不知是甚事，吓得躲在屋里；听见中了，方敢伸出头来说道：“诸位请坐，小儿方才出去了。”那些报录人[17]道：“原来是老太太。”大家簇拥着要喜钱。正在吵闹，又是几匹马，二报、三报到了，挤了一屋的人，茅草棚地下都坐满了。邻居都来了，挤着看。老太太没奈何，只得央及一个邻居去寻他儿子。

那邻居飞奔到集上，一地里[18]寻不见；直寻到集东头，见范进抱着鸡，手里插个草标，一步一踱的，东张西望，在那里寻人买。邻居道：“范相公，快些回去！你恭喜中了举人，报喜人挤了一屋里。”范进道是哄他，只装不听见，低着头往前走。邻居见他不理，走上来，就要夺他手里的鸡。范进道：“你夺我的鸡怎的？你又不买。”邻居道：“你中了举了，叫你家去打发报子哩。”范进道：“高邻，你晓得我今日没有米，要卖这鸡去救命，为甚么拿这话来混我？我又不同你顽，你自回去罢，莫误了我卖鸡。”邻居见他不信，劈手把鸡夺了，掼在地下，一把拉了回来。报录人见了道：“好了，新贵人回来了。”正要拥着他说话，范进三两步走进屋里来，见中间报帖已经升挂起来，上写道：“捷报贵府老爷范讳[19]进高中广东乡试第七名亚元[20]。京报连登黄甲。”

范进不看便罢，看了一遍，又念一遍，自己把两手拍了一下，笑了一声道：“噫！好了！我中了！”说着，往后一交跌倒，牙关咬紧，不省人事。老太太慌了，慌将几口开水灌了过来。他爬将起来，又拍着手大笑道：“噫！好！我中了！”笑着，不由分说，就往门外飞跑，把报录人和邻居都吓了一跳。走出大门不多路，一脚踹在塘里，挣起来，头发都跌散了，两手黄泥，淋淋漓漓一身的水，众人拉他不住，拍着笑着，一直走到集上去了。众人大眼望小眼，一齐道：“原来新贵人欢喜疯了。”老太太哭道：“怎生这样苦命的事！中了一个甚么举人，就得了这个抽病[21]！这一疯了，几时才得好？”娘子胡氏道：“早上好好出去，怎的就得了这样的病！却是如何是好？”众邻居劝道：“老太太不要心慌。我们而今且派两个人跟定了范老爷。这里众人家里拿些鸡蛋酒米，且管待了报子上的老爹们，再为商酌。”

当下众邻居有拿鸡蛋来的，有拿白酒来的，也有背了斗米来的，也有捉两只鸡来的。娘子哭哭啼啼，在厨下收拾齐了，拿在草棚下。邻居又搬些桌凳，请报录的坐着吃酒，商议“他这疯了，如何是好？”报录的内中有一个人道：“在下倒有一个主意，不知可以行得行不得？”众人问：“如何主意？”那人道：“范老爷平日可有最怕的人？他只因欢喜狠了，痰涌上来，迷了心窍。如今只消他怕的这个人来打他一个嘴巴，说：‘这报录的话都是哄你，你并不曾中。’他吃这一吓，把痰吐了出来，就明白了。”众邻都拍手道：“这个主意好得紧，妙得紧！范老爷怕的，莫过于肉案子上胡老爹。好了！快寻胡老爹来。他想是还不知道，在集上卖肉哩。”又一个人道：“在集上卖肉，他倒好知道了；他从五更鼓就往东头集上迎猪，还不曾回来。快些迎着去寻他。”

一个人飞奔去迎，走到半路，遇着胡屠户来，后面跟着一个烧汤的二汉[22]，提着七八斤肉，四五千钱，正来贺喜。进门见了老太太，老太太大哭着告诉了一番。胡屠户诧异道：“难道这等没福？”外边人一片声请胡老爹说话。胡屠户把肉和钱交与女儿，走了出来。众人如此这般，同他商议。胡屠户作难道：“虽然是我女婿，如今却做了老爷，就是天上的星宿。天上的星宿是打不得的！我听得斋公[23]们说：打了天上的星宿，阎王就要拿去打一百铁棍，发在十八层地狱，永不得翻身。我却是不敢做这样的事！”邻居内一个尖酸人说道：“罢么！胡老爹，你每日杀猪的营生，白刀子进去，红刀子出来，阎王也不知叫判官在簿子上记了你几千条铁棍；就是添上这一百棍，也打甚么要紧？只恐把铁棍子打完了，也算不到这笔账上来。或者你救好了女婿的病，阎王叙功，从地狱里把你提上第十七层来，也不可知。”报录的人道：“不要只管讲笑话。胡老爹，这个事须是这般，你没奈何，权变[24]一权变。”屠户被众人局[25]不过，只得连斟两碗酒喝了，壮一壮胆，把方才这些小心收起，将平日的凶恶样子拿出来，卷一卷那油晃晃的衣袖，走上集去。众邻居五六个都跟着走。老太太赶出来叫道：“亲家，你只可吓他一吓，却不要把他打伤了！”众邻居道：“这自然，何消吩咐。”说着，一直去了。

来到集上，见范进正在一个庙门口站着，散着头发，满脸污泥，鞋都跑掉了一只，兀自拍着掌，口里叫道：“中了！中了！”胡屠户凶神似的走到跟前，说道：“该死的畜生！你中了甚么？”一个嘴巴打将去。众人和邻居见这模样，忍不住的笑。

不想胡屠户虽然大着胆子打了一下，心里到底还是怕的，那手早颤起来，不敢打到第二下。范进因这一个嘴巴，却也打晕了，昏倒于地。众邻居一齐上前，替他抹胸口，捶背心，舞了半日，渐渐喘息过来，眼睛明亮，不疯了。众人扶起，借庙门口一个外科郎中“跳驼子”板凳上坐着。胡屠户站在一边，不觉那只手隐隐的疼将起来；自己看时，把个巴掌仰着，再也湾不过来。自己心里懊恼道：“果然天上文曲星是打不得的，而今菩萨计较起来了。”想一想，更疼的狠了，连忙问郎中讨了个膏药贴着。

范进看了众人，说道：“我怎么坐在这里？”又道：“我这半日，昏昏沉沉，如在梦里一般。”众邻居道：“老爷，恭喜高中了。适才欢喜的有些引动了痰，方才吐出几口痰来，好了。快请回家去打发报录人。”范进说道：“是了。我也记得是中的第七名。”范进一面自绾了头发，一面问郎中借了一盆水洗洗脸。一个邻居早把那一只鞋寻了来，替他穿上。见丈人在跟前，恐怕又要来骂。胡屠户上前道：“贤婿老爷，方才不是我敢大胆，是你老太太的主意，央我来劝你的。”邻居内一个人道：“胡老爹方才这个嘴巴打的亲切，少顷范老爷洗脸，还要洗下半盆猪油来！”又一个道：“老爹，你这手明日杀不得猪了。”胡屠户道：“我那里还杀猪！有我这贤婿，还怕后半世靠不着也怎的？我每常说，我的这个贤婿，才学又高，品貌又好，就是城里头那张府、周府这些老爷，也没有我女婿这样一个体面的相貌。你们不知道，得罪你们说，我小老这一双眼睛，却是认得人的。想着先年，我小女在家里长到三十多岁，多少有钱的富户要和我结亲，我自己觉得女儿像有些福气的，毕竟要嫁与个老爷，今日果然不错！”说罢，哈哈大笑，众人都笑起来。看着范进洗了脸，郎中又拿茶来吃了，一同回家。范举人先走，屠户和邻居跟在后面。屠户见女婿衣裳后襟滚皱了许多，一路低着头替他扯了几十回。

到了家门，屠户高声叫道：“老爷回府了！”老太太迎着出来，见儿子不疯，喜从天降。众人问报录的，已是家里把屠户送来的几千钱打发他们去了。范进拜了母亲，也拜谢丈人。胡屠户再三不安道：“些须几个钱，不够你赏人。”范进又谢了邻居。正待坐下，早看见一个体面的管家，手里拿着一个大红全帖[26]，飞跑了进来：“张老爷来拜新中的范老爷。”说毕，轿子已是到了门口。胡屠户忙躲进女儿房里，不敢出来。邻居各自散了。

范进迎了出去，只见那张乡绅下了轿进来，头戴纱帽，身穿葵花色圆领，金带、皂靴。他是举人出身，做过一任知县的，别号静斋，同范进让了进来，到堂屋内平磕了头，分宾主坐下。张乡绅先攀谈道："世先生[27]同在桑梓，一向有失亲近。"范进道："晚生久仰老先生，只是无缘，不曾拜会。"张乡绅道："适才看见题名录[28]，贵房师高要县汤公，就是先祖的门生，我和你是亲切的世弟兄。"范进道："晚生侥幸，实是有愧。却幸得出老先生门下，可为欣喜。"张乡绅四面将眼睛望了一望，说道："世先生果是清贫。"随在跟的家人手里拿过一封银子来，说道："弟却也无以为敬，谨具贺仪五十两，世先生权且收着。这华居其实住不得，将来当事拜往[29]，俱不甚便。弟有空房一所，就在东门大街上，三进三间，虽不轩敞，也还干净，就送与世先生；搬到那里去住，早晚也好请教些。"范进再三推辞，张乡绅急了，道："你我年谊世好，就如至亲骨肉一般，若要如此，就是见外了。"范进方才把银子收下，作揖谢了。又说了一会，打躬作别。胡屠户直等他上了轿，才敢走出堂屋来。

范进即将这银子交与浑家打开看，一封一封雪白的细丝锭子，即便包了两锭，叫胡屠户进来，递与他道："方才费老爹的心，拿了五千钱来。这六两多银子，老爹拿了去。"屠户把银子攥在手里紧紧的，把拳头舒过来，道："这个，你且收着。我原是贺你的，怎好又拿了回去？"范进道："眼见得我这里还有这几两银子，若用完了，再来问老爹讨来用。"屠户连忙把拳头缩了回去，往腰里揣，口里说道："也罢，你而今相与了这个张老爷，何愁没有银子用？他家里的银子，说起来比皇帝家还多些哩！他家就是我卖肉的主顾，一年就是无事，肉也要用四五千斤，银子何足为奇！"又转回头来望着女儿说道："我早上拿了钱来，你那该死行瘟的兄弟还不肯，我说：'姑老爷今非昔比，少不得有人把银子送上门来给他用，只怕姑老爷还不希罕。'今日果不其然！如今拿了银子家去骂这死砍头短命的奴才！"说了一会，千恩万谢，低着头，笑迷迷的去了。

自此以后，果然有许多人来奉承他：有送田产的，有人送店房的，还有那些破落户，两口子来投身为仆图荫庇的。到两三个月，范进家奴仆、丫环都有了，钱、米是不消说了。

张乡绅家又来催着搬家。搬到新房子里，唱戏、摆酒、请客、一连三日。到第四日上，老太太起来吃过点心，走到第三进房子内，见范进的娘子胡氏，家常戴着银丝鬏髻，——此时是十月中旬，天气尚暖——穿着天青缎套，官绿的缎裙，督率着家人、媳妇、丫环，洗碗盏杯箸。老太太看了，说道："你们嫂嫂、姑娘们要仔细些，这都是别人家的东西，不要弄坏了。"家人媳妇道："老太太，那里是别人的！

都是你老人家的。”老太太笑道：“我家怎的有这些东西？”丫环和媳妇一齐都说道：“怎么不是？岂但这个东西是，连我们这些人和这房子都是你老太太家的。”老太太听了，把细磁碗盏和银镶的杯盘逐件看了一遍，哈哈大笑道：“这都是我的了！”大笑一声，往后便跌倒。忽然痰涌上来，不省人事。

（节选自《儒林外史》第三回）

注　释

① 幕客：这里指为学政聘请负责阅卷的人。

② 行香挂牌：正式开始考试时学政举行的仪式，到孔庙焚香，并挂牌公示考试日期、地点等事。

③ 归号：回到自己号房的座位。

④ 放头牌：科举考试时，考完的考生，分批放出，第一批称为头牌。

⑤ 讲汉唐：唐代以诗赋取士，这里指前面所说的诗词歌赋一类文体。

⑥ 杂览：非官方规定的杂学。

⑦ 鼓吹：考生在考中秀才后，由学政派吹鼓手奏乐将他们送出，表示对他们的礼遇。

⑧ 打恭：一作打躬，深深地弯下身子作揖。

⑨ 火候：功夫，水平。

⑩ 门枪：即旗枪，高级官员出行时的仪仗之一。

⑪ 浑家：妻子。

⑫ 行（háng）事：行业。

⑬ 文会：秀才们为了准备参加乡试而举行的讨论八股文的集会。

⑭ 老爷：这里指中了举人，因为举人就可以放官了，所以称为老爷；前面的相公是指秀才。

⑮ 馆：家教的职业。

⑯ 两个时候：即两个时辰，相当于四个小时。

⑰ 报录人：报告考中的喜讯以索取报酬的人。

⑱ 一地里：一路上。

⑲ 讳：就是名，为了表示尊敬而不敢直呼其名。

⑳ 亚元：本指第二名，范进只是考了第七名，这里是报录人故意讨好的说法。

㉑ 拙病：怪病，疯病。

㉒ 二汉：佣工。

㉓ 斋公：寺庙中管香火、做杂务的人，又称庙祝。

㉔ 权变：灵活。

㉕ 局：碍于情面而不得不做自己本不愿做的事。

㉖ 全帖：旧时拜客或互通礼意时用的红纸名柬称为帖，单幅的叫单帖，横阔十倍于单帖而折迭成册的叫全帖。用全帖表示特别敬重。

㉗ 世先生：对有世交的同辈人的客气称呼。

㉘ 题名录：同科考中的举人的名录，并载有主考和同考官的姓名。

㉙ 当事拜往：同地方官吏来往。

阅读提示

在塑造人物形象上，吴敬梓堪称为勾魂摄魄的作家，仔细阅读关于范进的这回书，会有深切的体会。写范进命运的辛酸悲苦，写他性格的胆小卑怯，写胡屠户的势利庸俗，写众邻居的趋炎附势，写张敬斋的攀亲套近，都不是浅层的，而是深层的，可以说是写进了人物的灵魂深处，入木三分，力透纸背。而写人，又不只是着眼于人物本身，而是着眼于整个社会环境，着眼于人情的浇薄和世风的堕落。在众多人物关系的展示中，写尽了人情冷暖，世态炎凉。社会上广泛流行的功名富贵热，就是在这样典型的社会环境中展开的。这是吴敬梓写科举考试制度的深刻之处。范进是一个可怜、可悲亦复可笑、可鄙的形象。从作者含着眼泪的微笑中，我们可以体会到《儒林外史》“戚而能谐，婉而多讽”的讽刺艺术及其特有的深度和力量。

恶霸乡绅严贡生

吃了一回，外面走进一个人来，方巾阔服，粉底皂靴，蜜蜂眼，高鼻梁，落腮胡子。那人一进了门，就叫把茶盘子撤了，然后与二位叙礼坐下，动问那一位是张老先生，那一位是范老先生。二人各自道了姓名。那人道：“贱姓严，舍下就在咫尺。去岁宗师案临[①]，幸叨岁荐，与我这汤父母是极好的相与。二位老先生想都是年家故旧？”二位各道了年谊师生，严贡生不胜钦敬。工房告过失陪，那边去了。

严家家人掇了一个食盒来，又提了一瓶酒，桌上放下，揭开盒盖，九个盘子，都是鸡、鸭、糟鱼、火腿之类。严贡生请二位老先生上席，斟酒奉过来，说道：“本该请二位老先生降临寒舍，一来蜗居恐怕亵尊，二来就要进衙门去，恐怕关防有碍，故此备个粗碟，就在此处谈谈，休嫌轻慢。”二位接了酒道：“尚未奉谒，倒先取扰。”严贡生道：“不敢，不敢。”立着要候干一杯，二位恐怕脸红，不敢多用，吃了半杯放下。严贡生道：“汤父母为人廉静慈祥，真乃一县之福。”张静斋道：“是。敝世叔也还有些善政么？”严贡生道：“老先生，人生万事，都是个缘法，真个勉强不来的。汤父母到任的那日，敝处阖县绅衿，公搭了一个彩棚，在十里牌迎接。弟站在彩棚门口。须臾，锣、旗、伞、扇、吹手、夜役，一队一队，都过去了。轿子将近，远远望见老父母两朵高眉毛，一个大鼻梁，方面大耳，我心里就晓得是一位岂弟君子[②]。却又出奇，几十人在那里同接，老父母轿子里两只眼只看着小弟一个人。那时有个朋友，同小弟并站着，他把眼望一望老父母，又把眼望一望小弟，悄悄问我：‘先年可曾认得这位父母？’小弟从实说：‘不曾认得。’他就痴心，只道父母看的是他，忙抢上几步，意思要老父母问他甚么，不想老父母下了轿，同众人打躬，倒把眼望了别处，才晓得从前不是看他，把他羞的要不的。次日，小弟到衙门去谒见，老父母方才下学回来[③]，诸事忙作一团，却连忙丢了，叫请小弟进去，换了两遍茶，就像相与过几十年的一般。”张乡绅道：“总因你先生为人有品望，所以敝世叔相敬，近来自然时时请教。”严贡生道：“后来倒也不常进去。实不相瞒，小弟只是一个为人率真，在乡里之间，从不晓得占人寸丝半粟的便宜，所以历来的父母官，都蒙相爱。汤父母容易[④]不大喜会客，却也凡事心照。就如前月县考，把二小儿取在第十名，叫了进去，细细问他从的先生是那个，又问他可曾定过亲事，着实关切。”范举人道：“我这老师看文章是法眼，既然赏鉴令郎，一定是英才可贺。”严贡生道：“岂敢，岂敢。”又道：“我这高要，是广东出名县分，一岁之中，钱粮耗羡[⑤]，花、布、牛、驴、渔、船、田、房税，不下万金。”又自拿手在桌上画着，低声说道：“像汤父母这个做法，不过八千金；前任潘父母做的时节，实有万金。他还有些枝叶，还用着我们几个要紧的人。”说着，恐怕有人听见，把头别转来望着门外。一个蓬头赤足的小使走了进来，望着他道：“老爷，家里请你回去。”严贡生道：“回去做甚么？”小厮道：“早上关的那口猪，那人来讨了，在家里吵哩。”严贡生道：“他要猪，拿钱来！”小厮道：“他说猪是他的。”严贡生道：“我知道了。你先去罢，我就来。”那小厮又不肯去。张、范二位道：“既然府上有事，老先生竟请回罢。”严贡生道：“二位老先生有所不知，这口猪原是舍下的。”才说得一句，听见锣响，一齐立起身来说道：“回衙了。”

（节选自《儒林外史》第四回）

正要退堂，见两个人进来喊冤，知县叫带上来问。一个叫做王小二，是贡生严大位的紧邻。去年三月内，严贡生家一口才过下来[⑥]的小猪，走到他家去，他慌送回严家。严家说，猪到人家，再寻回来，最不利市。押着出了八钱银子，把小猪就卖与他。这一口猪在王家已养到一百多斤，不想错走到严家去，严家把猪关了。小二的哥子王大走到严家讨猪，严贡生说，猪本来是他的，“你要讨猪，照时值估价，拿几两银子来，领了猪去。”王大是个穷人，那有银子，就同严家争吵了几句，被严贡生几个儿子，拿拴门的闩，赶面的杖，打了一个臭死，腿都打折了，睡在家里。所以小二来喊冤。知县喝过一边，带那一个上来问道：“你叫做甚么名字？”那人是个五六十岁的老者，禀道：“小人叫做黄梦统，在乡下住。因去年九月上县来交钱粮，一时短少，央中向严乡绅借二十两银子，每月三分钱[7]，写立借约，送在严府，小的却不曾拿他的银子。走上街来，遇着个乡里的亲眷，说他有几两银子借与小的，交个几分数，再下乡去设法，劝小的不要借严家的银子。小的交完钱粮，就同亲戚回家去了。至今已是大半年，想起这事来，问严府取回借约，严乡绅问小的要这几个月的利钱。小的说：‘并不曾借本，何得有利？’严乡绅说小的当时拿回借约，好让他把银子借与别人生利；因不曾取约，他将二十两银子也不能动，误了大半年的利钱，该是小的出。小的自知不是，向中人说，情愿买个蹄酒上门取约。严乡绅执意不肯，把小的的驴和米同稍袋都叫人短[8]了家去，还不发出纸[9]来。这样含冤负屈的事，求太老爷做主！”

知县听了，说道：“一个做贡生的人，忝列衣冠[10]，不在乡里间做些好事，只管如此骗人，其实可恶！”便将两张状子都批准，原告在外伺候。早有人把这话报知严贡生。严贡生慌了，自心里想：“这两件事都是实的，倘若审断起来，体面上须不好看。‘三十六计，走为上计’！”卷卷行李，一溜烟急走到省城去了。

知县准了状子，发房出了差[11]，来到严家，严贡生已是不在家了，只得去会严二老官。二老官叫做严大育，字致和，他哥字致中，两人是同胞弟兄，却在两个宅里住。这严致和是个监生，家有十多万银子。严致和见差人来说了此事，他是个胆小有钱的人，见哥子又不在家，不敢轻慢，随即留差人吃了酒饭，拿两千钱打发去了，忙着小斯去请两位舅爷来商议。

（节选自《儒林外史》第五回）

那日将到了高要县，不过二三十里路了，严贡生坐在船上，忽然一时头晕上来，两眼昏花，口里作恶心，哕出许多清痰来。来富同四斗子，一边一个，架着膊子，只是要跌。严贡生口里叫道：“不好！不好！”叫四斗子快丢了去烧起一壶开水来。

四斗子把他放了睡下，一声不倒一声的哼。四斗子慌忙同船家烧了开水，拿进舱来。严贡生将钥匙开了箱子，取出一方云片糕来，约有十多片，一片一片剥着，吃了几片，将肚子揉着，放了两个大屁，登时好了。剩下几片云片糕，阁在后鹅口板上，半日也不来查点。那掌舵驾长害馋痨，左手扶着舵，右手拈来，一片片的送在嘴里了。严贡生只作不看见。

少刻，船拢了马头。严贡生叫来富着速叫他两乘轿子来，摆齐执事，将二相公同新娘先送了家里去；又叫些马头上人来把箱笼都搬了上岸，把自己的行李也搬上了岸。船家、水手都来讨喜钱。严贡生转身走进舱来，眼张失落的，四面看了一遭，问四斗子道："我的药往那里去了？"四斗子道："何曾有甚药？"严贡生道："方才我吃的不是药？分明放在船板上的！"那掌舵的道："想是刚才船板上几片云片糕。那是老爷剩下不要的，小的大胆就吃了。"严贡生道："吃了好贱的云片糕！你晓得我这里头是些甚么东西？"掌舵的道："云片糕无过是些瓜仁、核桃、洋糖、粉面做成的了，有甚么东西？"严贡生发怒道："放你的狗屁！我因素日有个晕病，费了几百两银子合了这一料药，是省里张老爷在上党做官带了来的人参，周老爷在四川做官带了来的黄连！你这奴才！'猪八戒吃人参果——全不知滋味'！说的好容易！是云片糕？方才这几片，不要说值几十两银子，'半夜里不见了枪头子——攮[12]到贼肚里'；只是我将来再发了晕病，却拿甚么药来医？你这奴才，害我不浅！"叫四斗子开拜匣，写帖子[13]："送这奴才到汤老爷衙里去，先打他几十板子再讲！"掌舵的吓了，陪着笑脸道："小的刚才吃的甜甜的，不知道是药，只说是云片糕。"严贡生道："还说是云片糕！再说云片糕，先打你几个嘴巴！"

说着，已把帖子写了，递给四斗子。四斗子慌忙走上岸去，那些搬行李的人帮船家拦着，两只船上船家都慌了，一齐道："严老爷，而今是他不是，不该错吃了严老爷的药；但他是个穷人，就是连船都卖了，也不能赔老爷这几十两银子。若是送到县里，他那里耽得住？如今只是求严老爷开恩，高抬贵手，恕过他罢。"严贡生越发恼得暴躁如雷。搬行李的脚子[14]走过几个到船上来道："这事原是你船上人不是，方才若不如是着紧的问严老爷要喜钱、酒钱，严老爷已经上轿去了，都是你们拦住那严老爷，才查到这个药。如今自知理亏，还不过来向严老爷跟前磕头讨饶！难道你们不赔严老爷的药，严老爷还有些贴与你不成？"众人一齐捺着掌舵的磕了几个头。严贡生转湾道："既然你众人说，我又喜事匆匆，且放着这奴才，再和他慢慢算账！不怕他飞上天去！"骂毕，扬长上了轿，行李和小厮跟着，一哄去了。船家眼睁睁看着他走去了。

（节选自《儒林外史》第六回）

注 释

① 宗师案临：学政到他所主管的地方去主持考试。

② 岂弟（kǎi tì）君子：语出《诗经·泂酌》："岂弟君子，民之父母。"岂弟，同恺悌，意为和善平易。

③ 下学回来：科举时代通例，知县到任的第二天，须到县学去朝拜孔子牌位，并召集秀才讲学。这里讲的就是知县完成这一仪式后回到衙门。

④ 容易：轻易。

⑤ 耗羡：地方官在征收钱粮时，以弥补损耗为名额外多征的部分。耗，损耗；羡，盈余。

⑥ 过下来：生下来。

⑦ 每月三分钱：月息三分。

⑧ 稍袋：一写作"梢袋"，用来装粮食的布袋。短：这里是拦截的意思。

⑨ 纸：字据。

⑩ 忝列衣冠：勉强加入到士大夫的行列中。忝，勉强，辱没，常用在自己谦称位列于某种位置。衣冠，有身份的体面人物，这里指乡间绅士。

⑪ 发房出了差：将案件发交书办，派差役去传人。

⑫ 攮：戳。

⑬ 帖子：这里指诉状。

⑭ 脚子：脚夫。

阅读提示

上面的三个片断分属三回书，凑在一起却完整地刻画出严贡生的丑恶嘴脸和污浊灵魂。严贡生是个两面人，对上和对下是两副心肠，两张嘴脸。对那个品质同样恶劣的汤知县，他一口一声"汤父母"，极尽溜须拍马之能事，妄图以同他的亲近关系为自己虚张声势；而对无权无势的老百姓则以势压人，凶相毕露，蒙骗欺诈，巧取豪夺，无所不用其极。作者对他的讽刺和揭露，不露声色，却在委婉中透出辛辣，手法极为高明。一是让他自己说法现形，他对汤知县的肉麻吹捧和对于他们关系的炫耀，就是通过他自己对张敬斋和范进的一篇吹牛大话中表现出来的，他说话恬不知耻，让读者读起来感到肉麻；二是写他言行的矛盾，即用他自己的行动来揭露他言词的虚伪。他大言不惭地吹嘘自己，"只是一个为人率真，在乡里之间，从不晓得占人寸丝半粟的便宜”的人，可紧接着作者就用讹猪、骗息、以云片糕充药敲诈船家等一系列劣迹揭露出他的卑鄙无耻。这样灵魂丑恶、劣迹斑斑的人，却以人才杰出而被拔为贡生，这本身就具有极强的讽刺意味。科举考试制度的荒唐和不合理，即此一端，就暴露无遗了。

女中豪侠沈琼枝

这先生领着他女儿琼枝，岸上叫了一乘小轿子抬着女儿，自己押了行李，到了缺口门，落在大丰旗下店里。那里伙计接着，通报了宋盐商。那盐商宋为富打发家人来吩咐道：“老爷叫把新娘就抬到府里去，沈老爷留在下店里住着，叫帐房置酒款待。”沈先生听了这话，向女儿琼枝道：“我们只说到了这里，权且住下，等他择吉过门，怎么这等大模大样？看来这等光景，竟不是把你当作正室了。这头亲事，还是就得就不得？女儿，你也须自己主张。”沈琼枝道：“爹爹，你请放心。我家又不曾写立文书，得他身价，为甚么肯去伏低做小！他既如此排场，爹爹若是和他吵闹起来，倒反被外人议论。我而今一乘轿子，抬到他家里去，看他怎模样看待我。”

沈先生只得依着女儿的言语，看着他装饰起来。头上戴了冠子，身上穿了大红外盖，拜辞了父亲，上了轿。那家人跟着轿子，一直来到河下，进了大门。几个小老妈抱着小官在大墙门口同看门的管家说笑话，看见轿子进来，问道：“可是沈新娘来了？请下了轿，走水巷里进去。”沈琼枝听见，也不言语，下了轿，一直走到大厅上坐下。说道：“请你家老爷出来！我常州姓沈的，不是甚么低三下四的人家！他既要娶我，怎的不张灯结彩，择吉过门？把我悄悄的抬了来，当做娶妾的一般光景。我且不问他要别的，只叫他把我父亲亲笔写的婚书拿出来与我看，我就没的说了！”老妈同家人都吓了一跳，甚觉诧异，慌忙走到后边报与老爷知道。

那宋为富正在药房里看着药匠弄人参，听了这一篇话，红着脸道：“我们总商人家，一年至少也娶七八个妾，都像这般淘气起来，这日子还过得？他走了来，不怕他飞到那里去！”踌躇一会，叫过一个丫环来，吩咐道：“你去前面向那新娘说：‘老爷今日不在，新娘权且进房去。有甚么话，等老爷来家再说。’”丫环来说了，沈琼枝心里想着：“坐在这里也不是事，不如且随他进去。”便跟着丫头走到厅背后左边，一个小圭门[①]里进去，三间楠木厅，一个大院落，堆满了太湖石的山子。沿着那山石走到左边一条小巷，串入一个花园内。竹树交加，亭台轩敞，一个极宽的金鱼池，池子旁边，都是朱红栏杆，夹着一带走廊。走到廊尽头处，一个小小月洞，四扇金漆门。走将进去，便是三间屋，一间做房，铺设的齐齐整整，独自一个院落。妈子送了茶来。沈琼枝吃着，心里暗说道："这样极幽的所在，料想彼人也不会赏鉴，且让我在此消遣几天。"那丫环回去回复宋为富道："新娘人物倒生得标致，只是样子觉得眘赖[②]，不是个好惹的。"

过了一宿，宋为富叫管家到下店里，吩咐账房中兑出五百两银子送与沈老爷，"叫他且回府，着姑娘在这里，想没的话说。"沈先生听了这话，说道："不好了！他分明拿我女儿做妾，这还了得！"一径走到江都县喊了一状。那知县看了呈子，说道："沈大年既是常州贡生，也是衣冠中人物，怎么肯把女儿与人做妾？盐商豪横一至于此！"将呈词收了。宋家晓得这事，慌忙叫小司客具了一个诉呈，打通了关节。次日，呈子批出来，批道：

沈大年既系将女琼枝许配宋为富为正室，何至自行私送上门，显系做妾可知。架词混渎，不准。

那诉呈上批道：

已批示沈大年词内矣。

沈大年又补了一张呈子。知县大怒，说他是个刁健讼棍，一张批，两个差人，押解他回常州去了。

沈琼枝在宋家过了几天，不见消息，想道："彼人一定是安排了我父亲，再来和我歪缠。不如走离了他家，再作道理。"将他那房里所有动用的金银器皿，真珠首饰，打了一个包袱，穿了七条裙子，扮做小老妈的模样，买通了那丫环，五更时分，从后门走了，清晨出了钞关门上船。那船是有家眷的。沈琼枝上了船，自心里想道："我若回常州父母家去，恐惹故乡人家耻笑。"细想："南京是个好地方，有多少名人在那里，我又会做两句诗，何不到南京去卖诗过日子？或者遇着些缘法出来也不可知。"立定主意，到仪征换了江船，一直往南京来。

（节选自《儒林外史》第四十回）

沈琼枝住在王府塘房子里，也同房主人娘子去烧香回来。沈琼枝自从来到南京，挂了招牌，也有来求诗的，也有来买斗方[③]的，也有来托刺绣的。那些好事的恶少，都一传两，两传三的来物色，非止一日。这一日烧香回来，人见他是下路打扮[④]，跟了他后面走的就有百十人。庄非熊却也顺路跟在后面，看见他走到王府塘那边去了。庄非熊心里有些疑惑，次日，来到杜少卿家，说："这沈琼枝在王府塘，有恶少们去说混话，他就要怒骂起来。此人来路甚奇，少卿兄何不去看看？"杜少卿道："我也听见这话，此时多失意之人，安知其不因避难而来此地？我正要去问他。"

当下便留庄非熊在河房看新月。又请了两个客来：一个是迟衡山，一个是武书。庄非熊见了，说些闲话，又讲起王府塘沈琼枝卖诗文的事。杜少卿道："无论他是怎样，果真能做诗文，这也就难得了。"迟衡山道："南京城里是何等地方！四方的名士还数不清，还那个去求妇女们的诗文？这个明明借此勾引人。他能做不能做，不必管他。"武书道："这个却奇。一个少年妇女，独自在外，又无同伴，靠卖诗文过日子，恐怕世上断无此理。只恐其中有甚么情由。他既然会做诗，我们便邀了他来做做看。"说着，吃了晚饭，那新月已从河底下斜挂一钩，渐渐的照过桥来。杜少卿道："正字兄，方才所说，今日已迟了，明日在舍间早饭后，同去走走。"武书应诺，同迟衡山、庄非熊都别去了。

次日，武正字来到杜少卿家，早饭后，同到王府塘来。只见前面一间低矮房屋，门首围着一二十人在那里吵闹。杜少卿同武书上前一看，里边便是一个十八九岁妇人，梳着下路绺鬏，穿着一件宝蓝纱大领披风，在里面支支喳喳的嚷。杜少卿同武书听了一听，才晓得是人来买绣香囊，地方上几个喇子想来拿囮头[⑤]，却无实迹，倒被他骂了一场。两人听得明白，方才进去。那些人看见两位进去，也就渐渐散了。沈琼枝看见两人气概不同，连忙接着，拜了万福。坐定，彼此谈了几句闲话。武书道："这杜少卿先生是此间诗坛祭酒，昨日因有人说起佳作可观，所以来请教。"沈琼枝道："我在南京半年多，凡到我这里来的，不是把我当作倚门之娼，就是疑我为江湖之盗。两样人皆不足与言。今见二位先生，既无狎玩我的意思，又无疑猜我的心肠。我平日听见家父说：'南京名士甚多，只有杜少卿先生是个豪杰。'这句话不错了。但不知先生是客居在此，还是和夫人也同在南京？"杜少卿道："拙荆[⑥]也同寄居在河房内。"沈琼枝道："既如此，我就到府拜谒夫人，好将心事细说。"

杜少卿应诺，同武书先别了出来。武书对杜少卿说道："我看这个女人实有些奇。若说他是个邪货，他却不带淫气；若是说他是人家遣出来的婢妾，他却又不带贱气。看他虽是个女流，倒有许多豪侠的光景。他那般轻倩的装饰，虽则觉得柔媚，只一双手指却像讲究勾、搬、冲[7]的。论此时的风气，也未必有车中女子同那红线[8]一流人。却怕是负气斗狠，逃了出来的。等他来时，盘问盘问他，看我的眼力如何。”

说着，已回到杜少卿家门首，看见姚奶奶背着花笼儿来卖花。杜少卿道：“姚奶奶，你来的正好。我家今日有个希奇的客到，你就在这里看看。”让武正字到河房里坐着，同姚奶奶进去，和娘子说了。少刻，沈琼枝坐了轿子，到门首下了进来，杜少卿迎进内室，娘子接着，见过礼，坐下奉茶。沈琼枝上首，杜娘子主位，姚奶奶在下面陪着，杜少卿坐在窗槅前。彼此叙了寒暄。杜娘子问道：“沈姑娘，看你如此青年，独自一个在客边，可有个同伴的？家里可还有尊人在堂？可曾许字过人家？”沈琼枝道：“家父历年在外坐馆，先母已经去世。我自小学了些手工针黹，因来到这南京大邦去处，借此糊口。适承杜先生相顾，相约到府，又承夫人一见如故，真是天涯知己了。”姚奶奶道：“沈姑娘出奇的针黹。昨日我在对门葛来官家，看见他相公娘买了一幅绣的‘观音送子’，说是买的姑娘的，真个画儿也没有那画的好！”沈琼枝道：“胡乱做做罢了，见笑的紧。”须臾，姚奶奶走出房门外去。沈琼枝在杜娘子面前，双膝跪下。娘子大惊，扶了起来。沈琼枝便把盐商骗他做妾，他拐了东西逃走的话，说了一遍：“而今只怕他不能忘情，还要追踪而来。夫人可能救我？”杜少卿道：“盐商富贵奢华，多少士大夫见了就销魂夺魄；你一个弱女子，视如土芥，这就可敬的极了！但他必要追踪，你这祸事不远。却也无甚大害。”

正说着，小厮进来请少卿：“武爷有话要说。”杜少卿走到河房里，只见两个人垂着手，站在槅子门口，像是两个差人。少卿吓了一跳，问道：“你们是那里来的？怎么直到这里边来？”武书接应道：“是我叫进来的。奇怪！如今县里据着江都县缉捕的文书在这里拿人，说他是宋盐商家逃出来的一个妾。我的眼色如何？”少卿道：“此刻却在我家。我家与他拿了去，就像是我家指使的；传到扬州去，又像我家藏留他。他逃走不逃走都不要紧，这个倒有些不妥帖。”武正字道：“小弟先叫差人进来，正为此事。此刻少卿兄莫若先赏差人些微银子，叫他仍旧到王府塘去；等他自已回去，再做道理拿他。”少卿依着武书，赏了差人四钱银子。差人不敢违拗，去了。

少卿复身进去，将这一番话向沈琼枝说了。娘子同姚奶奶倒吃了一惊。沈琼枝起身道：“这个不妨。差人在那里？我便同他一路去。”少卿道：“差人我已叫他去了，你且用了便饭。武先生还有一首诗奉赠，等他写完。”当下叫娘子和姚奶奶陪着吃了饭，自己走到河房里检了自己刻的一本诗集，等着武正字写完了诗，又称了四两银子，封做程仪[⑨]，叫小厮交与娘子，送与沈琼枝收了。

沈琼枝告辞出门，上了轿，一直回到手帕巷。那两个差人已在门口，拦住说道："还是原轿子抬了走，还是下来同我们走？进去是不必的了！"沈琼枝道："你们是都堂衙门[⑩]的？是巡按衙门的？我又不犯法，又不打钦案的官司，那里有个拦门不许进去的理！你们这般大惊小怪，只好吓那乡里人！"说着，下了轿，慢慢的走了进去。两个差人倒有些让他。沈琼枝把诗同银子收在一个首饰匣子里，出来叫："轿夫，你抬我到县里去。"轿夫正要添钱。差人忙说道："千差万差，来人不差，我们清早起，就在杜相公家伺候了半日，留你脸面，等你轿子回来。你就是女人，难道是茶也不吃的？"沈琼枝见差人想钱，也只不理；添了二十四个轿钱，一直就抬到县里来。

差人没奈何，走到宅门上回禀道："拿的那个沈氏到了。"知县听说，便叫带到三堂[⑪]回话。带了进来，知县看他容貌不差，问道："既是女流，为甚么不守闺范，私自逃出，又偷窃了宋家的银两，潜踪在本县地方做甚么？"沈琼枝道："宋为富强占良人为妾，我父亲和他涉了讼，他买嘱知县，将我父亲断输了，这是我不共戴天之仇。况且我虽然不才，也颇知文墨，怎么肯把一个张耳之妻[⑫]去事外黄佣奴？故此逃了出来。这是真的。"知县道："你这些事，自有江都县问你，我也不管。你既会文墨，可能当面做诗一首？"沈琼枝道："请随意命一个题，原可以求教的。"知县指着堂下的槐树，说道："就以此为题。"沈琼枝不慌不忙，吟出一首七言八句来，又快又好。知县看了赏鉴，随叫两个原差到他下处取了行李来，当堂查点。翻到他头面盒子里，一包碎散银子，一个封袋上写着"程仪"，一本书，一个诗卷。知县看了，知道他也和本地名士倡和。签了一张批，备了一角关文，吩咐原差道："你们押送沈琼枝到江都县，一路须要小心，不许多事，领了回批来缴。"那知县与江都县同年相好，就密密的写了一封书子，装入关文内，托他开释此女，断还伊父，另行择婿。此是后事不题。

当下沈琼枝同两个差人出了县门，雇轿子抬到汉西门外，上了仪征的船。差人的行李放在船头上。锁伏板[⑬]下安歇。沈琼枝搭在中舱，正坐下，凉篷小船上又荡了两个堂客来搭船，一同进到官舱。沈琼枝看那两个妇人时，一个二十六七的光景，一个十七八岁，乔素打扮，做张做致[14]的。跟着一个汉子，酒糟的一副面孔，一顶破毡帽坎齐眉毛，挑过一担行李来，也送到中舱里。两妇人同沈琼枝一块儿坐下，问道："姑娘是到那里去的？"沈琼枝道："我是扬州，和二位想也同路。"中年的妇人道："我们不到扬州，仪征就上岸了。"过了一会，船家来称船钱[15]。两个差人晬了一口，拿出批来道："你看！这是甚么东西！我们办公事的人，不问你要贴钱就够了，还来问我们要钱！"船家不敢言语，向别人称完了，开船到了燕子矶。一夜西南风，清早到了黄泥滩。差人问沈琼枝要钱。沈琼枝道："我昨日听得明白，你们办公事不用船钱的。"差人道："沈姑娘，你也太拿老[16]了！叫我们管山吃山，管水吃水，都像你这一毛不拔，我们喝西北风！"沈琼枝听了，说道："我便不给你钱，你敢怎么样！"走出船舱，跳上岸去，两只小脚就是飞的一般，竟要自己走了去。两个差人慌忙搬了行李，赶着扯他，被他一个四门斗里[17]打了一个仰八叉[18]。扒起来，同那个差人吵成一片。吵的船家同那戴破毡帽的汉子做好做歹，雇了一乘轿子。两个差人跟着去了。

（节选自《儒林外史》第四十一回）

注　释

① 圭门：侧门，一般为尖顶或圆拱形。

② 惫赖：这里是任性倔强的样子。

③ 斗方：一尺见方的诗幅或书画页。

④ 下路打扮：苏州、常州一带的穿着打扮。

⑤ 拿囮（é）头：抓住别人的把柄进行敲诈。囮，同讹。

⑥ 拙荆：在人前对自己妻子的谦称。

⑦ 勾、搬、冲：拳术用语。

⑧ 车中女子、红线：都是唐人传奇中武艺高强的侠女。

⑨ 程仪：送人在途中花费的礼金。

⑩ 都堂衙门：都察院的衙门，下文"巡按衙门"是指巡按使的衙门。都是当时审理重大案件的机关。

⑪ 三堂：当时审案设大堂、二堂、三堂，机密案件或妇女案件常在三堂审问。

⑫ 张耳之妻：是一个很有眼光和见识的女子。张耳是战国时魏人，他年轻时在外黄避难，当地一个佣奴之妻逃出来改嫁给他。张耳后来佐刘邦立国有功封为赵王。这里沈琼枝以张耳之妻自比。

⑬ 锁伏板：桅舱前面的船板。

⑭ 做张做致：装模作样。
⑮ 称船钱：即收船钱，因为当时用银子交易，付钱时要用秤称。
⑯ 拿老：精明吝啬。
⑰ 四门斗里：一种拳术架势。
⑱ 仰八叉：形容仰面跌倒的样子。

阅读提示

小说中关于沈琼枝的笔墨虽然不多，却创造出一个鲜明生动、很有个性、很有思想光彩的下层妇女形象。在妇女受压迫的苦难深重的封建时代，她不仅具有觉醒的独立的人格意识，而且敢于抗争，能依靠自己的力量来维持生计，保护自己，维护了自己的人格独立。她有很高的眼光和见识，也有很高的才情和文化修养，不要说一般庸俗的市井之辈，就是吴敬梓笔下的许多儒林中人，与她相比，在人格和品德上都不免相形见绌。小说通过武书和杜少卿之口，称颂她为“女中豪侠”，并认为在那样的社会条件下，她不慕富贵奢华，比士大夫还要高出许多，是一个可钦可敬的人物。这个奇女子的形象，表现了吴敬梓极为可贵的民主思想。在表现手法上，作者是将她放到尖锐激烈的矛盾冲突中来刻画，充分地写出她坎坷悲苦的命运，又在她与命运的抗争中来表现她的思想性格，这样既鲜明而又显得十分难能可贵。

烈女殉夫的悲剧

王玉辉回到家里，向老妻和儿子说余老师这些相爱之意。次日，余大先生坐轿子下乡，亲自来拜，留着在草堂上坐了一会，去了。又次日，二先生自己走来，领着一个门斗，挑着一石米，走进来，会着王玉辉，作揖坐下。二先生道：“这是家兄的禄米一石。”又手里拿出一封银子来道：“这是家兄的俸银一两，送与长兄先生，权为数日薪水之资。”王玉辉接了这银子，口里说道：“我小侄没有孝敬老师和世叔，怎反受起老师的惠来？”余二先生笑道：“这个何足为奇！只是贵处这学署清苦，兼之家兄初到。虞博士在南京几十两的拿着送与名士用，家兄也想学他。”王玉辉道：“这是‘长者赐，不敢辞’①，只得拜受了。”备饭留二先生坐，拿出这三样书的稿子来，递与二先生看。二先生细细看了，不胜叹息。坐到下午时分，只见一个人走进来说道：“王老爹，我家相公病的狠，相公娘叫我来请老爹到那里去看看。

请老爹就要去。”王玉辉向二先生道：“这是第三个小女家的人，因女婿有病，约我去看。”二先生道：“如此，我别过罢。尊作的稿子，带去与家兄看，看毕再送过来。”说罢起身。那门斗也吃了饭，挑着一担空箩，将书稿子丢在箩里，挑着跟进城去了。

王先生走了二十里，到了女婿家，看见女婿果然病重，医生在那里看，用着药总不见效。一连过了几天，女婿竟不在了，王玉辉恸哭了一场。见女儿哭的天愁地惨，候着丈夫入过殓，出来拜公婆，和父亲道：“父亲在上，我一个大姐姐死了丈夫，在家累着父亲养活，而今我又死了丈夫，难道又要父亲养活不成？父亲是寒士，也养活不来这许多女儿！”王玉辉道：“你如今要怎样？”三姑娘道：“我而今辞别公婆、父亲，也便寻一条死路，跟着丈夫一处去了！”公婆两个听见这句话，惊得泪下如雨，说道：“我儿，你气疯了！自古蝼蚁尚且贪生，你怎么讲出这样话来！你生是我家人，死是我家鬼，我做公婆的怎的不养活你，要你父亲养活？快不要如此！”三姑娘道：“爹妈也老了，我做媳妇的不能孝顺爹妈，反累爹妈，我心里不安，只是由着我到这条路上去罢。只是我死还有几天工夫，要求父亲到家替母亲说了，请母亲到这里来，我当面别一别，这是要紧的。”王玉辉道：“亲家，我仔细想来，我这小女要殉节的真切，倒也由着他行罢。自古‘心去意难留’。”因向女儿道：“我儿，你既如此，这是青史上留名的事，我难道反拦阻你？你竟是这样做罢。我今日就回家去叫你母亲来和你作别。”

亲家再三不肯。王玉辉执意，一径来到家里，把这话向老孺人[②]说了。老孺人道：“你怎的越老越呆了！一个女儿要死，你该劝他，怎么倒叫他死？这是甚么话说！”王玉辉道：“这样事，你们是不晓得的。”老孺人听见，痛哭流涕，连忙叫了轿子，去劝女儿，到亲家家去了。王玉辉在家，依旧看书写字，候女儿的信息。老孺人劝女儿，那里劝的转。一般每日梳洗，陪着母亲坐，只是茶饭全然不吃。母亲和婆婆着实劝着，千方百计，总不肯吃。饿到六天上，不能起床。母亲看着，伤心惨目，痛入心脾，也就病倒了，抬了回来，在家睡着。

又过了三日，二更天气，几把火把，几个人来打门，报道：“三姑娘饿了八日，在今日午时去世了！”老孺人听见了，哭死了过去，灌醒回来，大哭不止。王玉辉走到床面前说道：“你这老人家真正是个呆子！三女儿他而今已是成了仙了，你哭他怎的？他这死的好，只怕我将来不能像他这一个好题目死哩！”因仰天大笑道：“死的好！死的好！”大笑着，走出房门去了。

次日，余大先生知道，大惊，不胜惨然，即备了香楮三牲，到灵前去拜奠。拜奠过，回衙门，立刻传书办备文书请旌[③]烈妇。二先生帮着赶造文书，连夜详[④]了出去。二先生又备了礼来祭奠。三学的人，听见老师如此隆重，也就纷纷来祭奠的，不计其数。过了两个月，上司批准下来，制主入祠，门首建坊。到了入祠那日，余大先生邀请知县，摆齐了执事，送烈女入祠。阖县绅衿，都穿着公服，步行了送。当日入祠安了位，知县祭，本学祭，余大先生祭，阖县乡绅祭，通学朋友祭，两家亲戚祭，两家本族祭，祭了一天，在明伦堂[⑤]摆席。通学人要请了王先生来上坐，说他生这样好女儿，为伦纪生色。王玉辉到了此时，转觉心伤，辞了不肯来。众人在明伦堂吃了酒，散了。

次日，王玉辉到学署来谢余大先生。余大先生、二先生都会着，留着吃饭。王玉辉说起："在家日日看见老妻悲恸，心下不忍，意思要到外面去作游几时。又想，要作游，除非到南京去，那里有极大的书坊，还可逗着他们刻这三部书。"余大先生道："老哥要往南京，可惜虞博士去了。若是虞博士在南京，见了此书，赞扬一番，就有书坊抢的刻去了。"二先生道："先生要往南京，哥如今写一封书子去，与少卿表弟和绍光先生。这人言语是值钱的。"大先生欣然写了几封字，庄征君、杜少卿、迟衡山、武正字都有。

王玉辉老人家不能走旱路，上船从严州西湖这一路走。一路看着水色山光，悲悼女儿，凄凄惶惶。一路来到苏州，正要换船，心里想起："我有一个老朋友住在邓尉山里，他最爱我的书，我何不去看看他？"便把行李搬到山塘一个饭店里住下，搭船往邓尉山。那还是上昼时分[⑥]，这船到晚才开。王玉辉问饭店的人道："这里有甚么好顽的所在？"饭店里人道："这一上去，只得六七里路便是虎邱，怎么不好顽！"王玉辉锁了房门，自己走出去。

初时街道还窄，走到三二里路，渐渐阔了。路旁一个茶馆，王玉辉走进去坐下，吃了一碗茶。看见那些游船，有极大的，里边雕梁画柱，焚着香，摆着酒席，一路游到虎邱去。游船过了多少，又有几只堂客船，不挂帘子，都穿着极鲜艳的衣服，在船里坐着吃酒。王玉辉心里说道："这苏州风俗不好。一个妇人家不出闺门，岂有个叫了船在这河内游荡之理！"又看了一会，见船上一个少年穿白的妇人，他又想起女儿，心里哽咽，那热泪直滚出来。王玉辉忍着泪，出茶馆门，一直往虎邱那条路上去。只见一路卖的腐乳、席子、耍货，还有那四时的花卉，极其热闹，也有卖酒饭的，也有卖点心的。王玉辉老人家足力不济，慢慢的走了许多时，才到虎邱寺门口。循着阶级上去，转湾便是千人石，那里也摆着有茶桌子。王玉辉坐着吃了一碗茶，四面看看，其实华丽。那天色阴阴的，像个要下雨的一般，王玉辉不能久坐，便起身来，走出寺门。

（节选自《儒林外史》第四十八回）

注　释

① “长者赐，不敢辞”：语出《礼记·曲礼上》：“长者赐，少者、贱者不敢辞。”这里表现王玉辉处处事事都要讲礼、遵礼，与他后面鼓励女儿殉节的行为是相关的。

② 孺人：按古礼，大夫之妻才称孺人，这里用为尊称，指王玉辉之妻。

③ 旌：表彰。

④ 详：向上级呈送文书。

⑤ 明伦堂：学宫的大堂。

⑥ 上昼时分：方言，上午九、十点钟。

阅读提示

前面写范进打秋风，不愿用象牙筷子，却大口大口地吃大虾丸子，是揭露礼教的虚伪；这里写王玉辉鼓励自己的女儿为丈夫殉节，则是表现了礼教的冷酷和吃人本质。作者含着眼泪，怀着极大的悲愤，用极真实的笔墨，为我们画出了一幅让人伤心惨目，更让人灵魂震颤的生活图景。这是一场礼教和人性的搏斗，而以人性的被扼杀而告终。小说写王玉辉终于感到伤心，并流出热泪，却并非人性的苏醒，而仍然执迷不悟，是更为沉重的一笔。

小　结

通过以上几个片断的阅读分析，我们可以体会到以下几点：一是《儒林外史》是以科举考试制度为中心，以知识分子的命运为主要内容，却又并不局限于此，而是广泛地描写了封建社会末期的社会生活；二是《儒林外史》写人物，总是从整个社会出发，而不是孤立地写个人，因此它通过写人而揭露批判的是社会及其本质方面，这就是鲁迅先生称它为“公心讽世之书”的原因；三是《儒林外史》写人物，不是流于表面，而是深入到人的灵魂深处，让人洞见各色人物的心肝；四是《儒林外史》的讽刺风格是“戚而能谐，婉而多讽”，是悲喜剧的结合，是含着眼泪的微笑；五是《儒林外史》也写了一些正面人物，表现了作者吴敬梓进步的民主思想。

参考资料

一、前人的评论

程晋芳曰：寒花无冶姿，贫士无欢颜。嗟嗟吴敏轩，短褐不得完。家世盛华缨，落魄中南迁。偶游淮海间，设帐依空园。飕飕窗纸响，槭槭庭树喧。山鬼忽调笑，野狐来说禅。心惊不得寐，归去澄江边。白门三日雨，灶冷囊无钱。逝将乞食去，亦且赁舂焉。《外史》纪儒林，刻画何工妍！吾为斯人悲，竟以稗说传。（《勉行堂诗集·春帆集·怀人诗》十八首之十六）

又曰：先生姓吴氏，讳敬梓，字敏轩，一字文木，全椒人。世望族，科第仕宦多显者。先生生而颖异，读书才过目，辄能背诵。稍长，补学官弟子员。袭父祖业，有二万余金；素不习治生，性复豪上，遇贫即施，偕文士辈往还，饮酒歌呼穷日夜，不数年而产尽矣。

安徽巡抚赵公国麟闻其名，招之试，才之，以博学鸿词荐，竟不赴廷试；亦自此不应乡举，而家益以贫。乃移居江城东之大中桥，环堵萧然，拥故书数十册，日夕自娱。窘极，则以书易米。或冬日苦寒，无酒食，邀同好汪京门、樊圣谟辈五六人，乘月出城南门，绕城堞行数十里，歌吟啸呼，相与应和；逮明，入水西门，各大笑散去，夜夜如是，谓之“暖足”。……至，则不食二日矣。然先生得钱，则饮酒歌啾，未尝为来日计。

其学尤精《文选》，诗赋援笔立成，夙构者莫之为胜。……生平见才士，汲引如不及；独嫉时文士如仇，其尤工者，则尤嫉之。

所著有《文木山房集》《诗说》若干卷；又仿唐人小说为《儒林外史》五十卷，穷极文士情态，人争传写之。（《勉行堂文集·文木先生传》）

王又曾曰：古风慷慨迈唐音，字字卢仝《月食》心；但诋父师专制举，此言便合铸黄金。（“如何父师训，专储制举才。”诗中句也）

一首《老伶》吴祭酒，几篇乐府白尚书；人间具眼定能辨，论属盖棺非面誉。

杜老唯耽旧草堂，征书一任鹤衔将。闲居日对钟山坐，赢得《儒林外史》详。（先生著有《儒林外史》）（《丁辛老屋集·书吴征君敏轩先生〈文木山房诗集〉后》十首录三）

顾云曰：且并脱诸生籍，去居江宁。江宁雨花台，明所建先贤祠在焉，祀吴泰伯以下五百余人，岁久，圮矣。征君与同志议复其旧，资弗继，则独鬻全椒老屋成之，故愈益贫困。先世门生故吏既半天下，尝所施予，亦往往致达官，顾夷然不以屑意。……世所传《儒林外史》，亦征君著也，雕画物态，如大禹之铸九鼎，神奸无遁形。虽稗官家言，或亦通人所不废耶？（《盋山志・吴敬梓传》）

闲斋老人曰：夫曰《外史》，原不自居正史之列也；曰："儒林"，迥异玄虚荒渺之谈也。其书以功名富贵为一篇之骨：有心艳功名富贵而媚人下人者；有倚仗功名富贵而骄人傲人者；有假托无意功名富贵自以为高，被人看破耻笑者；终乃以辞却功名富贵，品地最上一层，为中流砥柱。篇中所载之人，不可枚举，而其人之性情心术，一一活现纸上，读之者，无论是何人品，无不可取以自镜。（卧闲草堂本《儒林外史序》）

卧闲草堂本评曰："功名富贵"四字是全书第一着眼处。故开口即叫破，却只轻轻点逗。以后千变万化，无非从此四个字现出地狱变相。可谓一茎草化丈六全身。（第一回回末总评）

又曰：余友云："慎毋读《儒林外史》，读竟乃觉日用酬酢之间无往而非《儒林外史》。"此如铸鼎象物，魑魅魍魉毛发毕现。（第三回回末总评）

又曰：是书之用笔，千变万化，未可就一端以言其妙。如写女子小人，舆儓皂隶，莫不尽态极妍；至于斗方名士，七律诗翁，尤为题中之正面，岂可不细细为之写照？上文如杨执中、权勿用等人，绘声绘影，能令阅者拍案叫绝，以为铸鼎象物，至此真无以加矣；而孰知写到赵景诸人，又另换一副笔墨，丝毫不与杨、权诸人同。建章宫中千门万户，文笔奇诡何以异兹！（第十七回回末总评）

又曰：祭泰伯祠是书中第一个大结束。凡作一部大书，如匠石之营宫室，必先具结构于胸中：孰为厅堂，孰为卧室，孰为书斋、灶厩，一一布置停当，然后可以兴工。此书之祭泰伯祠，是宫室中之厅堂也。从开卷历历落落写诸名士，写到虞博士是其结穴处，故祭泰伯祠亦是其结穴处。譬如岷山导江，至敷浅原，是大总汇处。以下又迤逦入于海。书中之有泰伯祠，犹之乎江汉之有敷浅原也。（第三十三回回末总评）

金和曰：是书则先生嬉笑怒骂之文也。盖先生遂志不仕，所阅于世事者久，而所忧于人心者深，彰阐之权，无假于万一，始于是书焉发之，以当木铎之振，非苟焉愤时疾俗而已。（苏州群王斋本《儒林外史》跋）

天目山樵（张文虎）曰：是书特为名士下针砭，即其写官场、僧道、隶役、娼优及王太太辈，皆是烘云托月，旁敲侧击。读者宜处处回光返照，有则改之，无则加勉，勿负著书者一肚皮眼泪，则批书者之所望也。（庚辰花朝天目山樵识语）

邱炜萲曰:《儒林外史》一书,意在警世,颇得主文谲谏之义。其描写炎凉世态,纯从阅历上得来,警世小说而能不涉腐气,断推此种。(《菽园赘谈·续小说闲评》)

浴血生曰:社会小说,愈含蓄愈有味。读《儒林外史》者,盖无不叹其用笔之妙,如神禹铸鼎,魑魅魍魉,莫遁其形。然而作者未尝落一字褒贬也。(《小说丛话》)

二、今人的评论

鲁迅论《儒林外史》(载《中国小说史略》第二十三篇《清之讽刺小说》)

吴组缃:《〈儒林外史〉的思想与艺术》

何其芳:《吴敬梓的小说〈儒林外史〉》

周先慎:《从"范进中举"谈〈儒林外史〉的讽刺艺术》

宁宗一:《喜剧性和悲剧性的融合——〈儒林外史〉的实践》

(以上各篇均载《名家解读〈儒林外史〉》,山东人民出版社,1999 年)

第九章　红楼梦

黛玉进贾府

且说黛玉自那日弃舟登岸时，便有荣国府打发了轿子并拉行李的车辆久候了。这林黛玉常听得母亲说过，他外祖母家与别家不同。他近日所见的这几个三等仆妇，吃穿用度，已是不凡了，何况今至其家。因此步步留心，时时在意，不肯轻易多说一句话，多行一步路，惟恐被人耻笑了他去。自上了轿，进入城中，从纱窗向外瞧了一瞧，其街市之繁华，人烟之阜盛，自与别处不同。又行了半日，忽见街北蹲着两个大石狮子，三间兽头大门，门前列坐着十来个华冠丽服之人。正门却不开，只有东西两角门有人出入。正门之上有一匾，匾上大书“敕造[①]宁国府”五个大字。黛玉想道：这必是外祖之长房了。想着，又往西行，不多远，照样也是三间大门，方是荣国府了。却不进正门，只进了西边角门。那轿夫抬进去，走了一射之地[②]，将转弯时，便歇下退出去了。后面的婆子们已都下了轿，赶上前来。另换了三四个衣帽周全十七八岁的小厮上来，复抬起轿子。众婆子步下围随至一垂花门前落下。众小厮退出，众婆子上来打起轿帘，扶黛玉下轿。林黛玉扶着婆子的手，进了垂花门，两边是抄手游廊，当中是穿堂，当地放着一个紫檀架子大理石的大插屏。转过插屏，小小的三间厅，厅后就是后面的正房大院。正面五间上房，皆雕梁画栋，两边穿山游廊厢房，挂着各色鹦鹉、画眉等鸟雀。台矶之上，坐着几个穿红着绿的丫头，一见他们来了，便忙都笑迎上来，说：“刚才老太太还念呢，可巧就来了。”于是三四人争着打起帘笼，一面听得人回话：“林姑娘到了。”

黛玉方进入房时，只见两个人搀着一位鬓发如银的老母迎上来，黛玉便知是他外祖母。方欲拜见时，早被他外祖母一把搂入怀中，心肝儿肉叫着大哭起来。当下地下侍立之人，无不掩面涕泣，黛玉也哭个不住。一时众人慢慢解劝住了，黛玉方拜见了外祖母。——此即冷子兴所云之史氏太君，贾赦贾政之母也。当下贾母一一指与黛玉："这是你大舅母；这是你二舅母；这是你先珠大哥的媳妇珠大嫂子。"黛玉一一拜见过。贾母又说："请姑娘们来。今日远客才来，可以不必上学去了。"众人答应了一声，便去了两个。

不一时，只见三个奶嬷嬷并五六个丫鬟，簇拥着三个姊妹来了。第一个肌肤微丰，合中身材，腮凝新荔，鼻腻鹅脂，温柔沉默，观之可亲。第二个削肩细腰，长挑身材，鸭蛋脸面，俊眼修眉，顾盼神飞，文彩精华，见之忘俗。第三个身量未足，形容尚小。其钗环裙袄，三人皆是一样的妆饰。黛玉忙起身迎上来见礼，互相厮认过，大家归了坐。丫鬟们斟上茶来。不过说些黛玉之母如何得病，如何请医服药，如何送死发丧。不免贾母又伤感起来，因说："我这些儿女，所疼者独有你母，今日一旦先舍我而去，连面也不能一见，今见了你，我怎不伤心！"说着，搂了黛玉在怀，又呜咽起来。众人忙都宽慰解释，方略略止住。

众人见黛玉年貌虽小，其举止言谈不俗，身体面庞虽怯弱不胜，却有一段自然的风流态度，便知他有不足之症③。因问："常服何药，如何不急为疗治？"黛玉道："我自来是如此，从会吃饮食时便吃药，到今日未断，请了多少名医修方配药，皆不见效。那一年我三岁时，听得说来了一个癞头和尚，说要化我去出家，我父母固是不从。他又说：'既舍不得他，只怕他的病一生也不能好的了。若要好时，除非从此以后总不许见哭声；除父母之外，凡有外姓亲友之人，一概不见，方可平安了此一世。'疯疯癫癫，说了这些不经之谈，也没人理他。如今还是吃人参养荣丸。"贾母道："正好，我这里正配丸药呢。叫他们多配一料就是了。"

一语未了，只听后院中有人笑声，说："我来迟了，不曾迎接远客！"黛玉纳罕道："这些人个个皆敛声屏气，恭肃严整如此，这来者系谁，这样放诞无礼？"心下想时，只见一群媳妇丫鬟围拥着一个人从后房门进来。这个人打扮与众姑娘不同，彩绣辉煌，恍若神妃仙子：头上戴着金丝八宝攒珠髻，绾着朝阳五凤挂珠钗；项上带着赤金盘螭璎珞圈；裙边系着豆绿宫绦，双衡比目玫瑰佩；身上穿着缕金百蝶穿花大红洋缎窄褃袄，外罩五彩刻丝石青银鼠褂；下着翡翠撒花洋绉裙。一双丹凤三角眼，两弯柳叶吊梢眉，身量苗条，体格风骚，粉面含春威不露，丹唇未启笑先闻。黛玉连忙起身接见。贾母笑道："你不认得他，他是我们这里有名的一个泼皮破落户儿④，南省俗谓作'辣子'，你只叫他'凤辣子'就是了。"黛玉正不知以何称呼，只见众姊妹都忙告诉他道："这是琏嫂子。"黛玉虽不识，也曾听见母亲说过，大舅贾赦之子贾琏，娶的就是二舅母王氏之内侄女，自幼假充男儿教养的，学名王熙凤。黛玉忙陪笑见礼，以“嫂”呼之。这熙凤携着黛玉的手，上下细细打谅[5]了一回，仍送至贾母身边坐下，因笑道：“天下真有这样标致的人物，我今儿才算见了！况且这通身的气派，竟不象老祖宗的外孙女儿，竟是个嫡亲的孙女，怨不得老祖宗天天口头心头一时不忘。只可怜我这妹妹这样命苦，怎么姑妈偏就去世了！”说着，便用帕拭泪。贾母笑道：“我才好了，你倒来招我。你妹妹远路才来，身子又弱，也才劝住了，快再休提前话。”这熙凤听了，忙转悲为喜道：“正是呢！我一见了妹妹，一心都在他身上了，又是喜欢，又是伤心，竟忘记了老祖宗。该打，该打！”又忙携黛玉之手，问：“妹妹几岁了？可也上过学？现吃什么药？在这里不要想家，想要什么吃的、什么玩的，只管告诉我；丫头老婆们不好了，也只管告诉我。”一面又问婆子们：“林姑娘的行李东西可搬进来了？带了几个人来？你们赶早打扫两间下房，让他们去歇歇。”

说话时，已摆了茶果上来。熙凤亲为捧茶捧果。又见二舅母问他：“月钱[6]放过了不曾？”熙凤道：“月钱已放完了。才刚带着人到后楼上找缎子，找了这半日，也并没有见昨日太太说的那样的，想是太太记错了？”王夫人道：“有没有，什么要紧。”因又说道：“该随手拿出两个来给你这妹妹去裁衣裳的，等晚上想着叫人再去拿罢，可别忘了。”熙凤道：“这倒是我先料着了，知道妹妹不过这两日到的，我已预备下了，等太太回去过了目好送来。”王夫人一笑，点头不语。

当下茶果已撤，贾母命两个老嬷嬷带了黛玉去见两个母舅。时贾赦之妻邢氏忙亦起身，笑回道：“我带了外甥女过去，倒也便宜[7]。”贾母笑道：“正是呢，你也去罢，不必过来了。”邢夫人答应了一声“是”字，遂带了黛玉与王夫人作辞，大家送至穿堂前。出了垂花门，早有众小厮们拉过一辆翠幄青紬车，邢夫人携了黛玉，坐在上面，众婆子们放下车帘，方命小厮们抬起，拉至宽处，方驾上驯骡，亦出了西角门，往东过荣府正门，便入一黑油大门中，至仪门前方下来。众小厮退出，方打起车帘，邢夫人搀着黛玉的手，进入院中。黛玉度[8]其房屋院宇，必是荣府中花园隔断过来的。进入三层仪门，果见正房厢庑游廊，悉皆小巧别致，不似方才那边轩峻壮丽；且院中随处之树木山石皆在。一时进入正室，早有许多盛妆丽服之姬妾丫鬟迎着，邢夫人让黛玉坐了，一面命人到外面书房去请贾赦。一时人来回话说：“老爷说了：‘连日身上不好，见了姑娘彼此倒伤心，暂且不忍相见。劝姑娘不要伤心想家，跟着老太太和舅母，即同家里一样。姊妹们虽拙，大家一处伴着，亦可以解些烦闷。或有委屈之处，只管说得，不要外道才是。'”黛玉忙站起来，一一听了。再坐一刻，便告辞。邢夫人苦留吃过晚饭去，黛玉笑回道：“舅母爱惜赐饭，原不应辞，只是还要过去拜见二舅舅，恐领了赐去不恭，异日再领，未为不可。望舅母容谅。”邢夫人听说，笑道：“这倒是了。”遂令两三个嬷嬷用方才的车好生送了姑娘过去。于是黛玉告辞。邢夫人送至仪门前，又嘱咐了众人几句，眼看着车去了方回来。

一时黛玉进了荣府，下了车。众嬷嬷引着，便往东转弯，穿过一个东西的穿堂，向南大厅之后，仪门内大院落，上面五间大正房，两边厢房鹿顶耳房钻山，四通八达，轩昂壮丽，比贾母处不同。黛玉便知这方是正经正内室，一条大甬路，直接出大门的。进入堂屋中，抬头迎面先看见一个赤金九龙青地大匾，匾上写着斗大的三个大字，是“荣禧堂”，后有一行小字：“某年月日，书赐荣国公贾源”，又有“万几宸翰之宝”。大紫檀雕螭案上，设着三尺来高青绿古铜鼎，悬着待漏随朝墨龙大画，一边是金蜼彝，一边是玻璃盒。地下两溜十六张楠木交椅，又有一副对联，乃乌木联牌，镶着錾银的字迹，道是：

座上珠玑昭日月，堂前黼黻焕烟霞。

下面一行小字，道是：“同乡世教弟勋袭东安郡王穆莳拜手书。”

原来王夫人时常居坐宴息，亦不在这正室，只在这正室东边的三间耳房内。于是老嬷嬷引黛玉进东房门来。临窗大炕上铺着猩红洋罽，正面设着大红金钱蟒靠背，石青金钱蟒引枕，秋香色金钱蟒大条褥。两边设一对梅花式洋漆小几。左边几上文王鼎匙箸香盒；右边几上汝窑美人觚——觚内插着时鲜花卉，并茗碗痰盒等物。地下面西一溜四张椅上，都搭着银红撒花椅搭，底下四副脚踏。椅之两边，也有一对高几，几上茗碗瓶花俱备。其余陈设，自不必细说。老嬷嬷们让黛玉炕上坐，炕沿上却有两个锦褥对设，黛玉度其位次，便不上炕，只向东边椅子上坐了。本房内的丫鬟忙捧上茶来。黛玉一面吃茶，一面打谅这些丫鬟们，妆饰衣裙，举止行动，果亦与别家不同。

茶未吃了，只见一个穿红绫袄青缎掐牙背心的丫鬟走来笑说道：“太太说，请林姑娘到那边坐罢。”老嬷嬷听了，于是又引黛玉出来，到了东廊三间小正房内。正房炕上横设一张炕桌，桌上磊着⑨书籍茶具，靠东壁面西设着半旧的青缎靠背引枕。王夫人却坐在西边下首，亦是半旧的青缎靠背坐褥。见黛玉来了，便往东让。黛玉心中料定这是贾政之位。因见挨炕一溜三张椅子上，也搭着半旧的弹墨椅袱，黛玉便向椅上坐了。王夫人再四携他上炕，他方挨王夫人坐了。王夫人因说："你舅舅今日斋戒去了，再见罢。只是有一句话嘱咐你：你三个姊妹倒都极好，以后一处念书认字学针线，或是偶一顽笑，都有尽让的。但我不放心的最是一件：我有一个孽根祸胎，是家里的'混世魔王'，今日因庙里还愿去了，尚未回来，晚间你看见便知了。你只以后不要睬他，你这些姊妹都不敢沾惹他的。"

黛玉亦常听得母亲说过，二舅母生的有个表兄，乃衔玉而诞，顽劣异常，极恶读书，最喜在内帏[⑩]厮混；外祖母又极溺爱，无人敢管。今见王夫人如此说，便知说的是这表兄了。因陪笑道："舅母说的，可是衔玉所生的这位哥哥？在家时亦曾听见母亲常说，这位哥哥比我大一岁，小名就唤宝玉，虽极憨顽，说在姊妹情中极好的。况我来了，自然只和姊妹同处，兄弟们自是别院另室的，岂得去沾惹之理？"王夫人笑道："你不知道原故：他与别人不同，自幼因老太太疼爱，原系同姊妹们一处娇养惯了的。若姊妹们有日不理他，他倒还安静些，纵然他没趣，不过出了二门，背地里拿着他两个小幺儿[⑪]出气，咕唧一会子就完了。若这一日姊妹们和他多说一句话，他心里一乐，便生出多少事来。所以嘱咐你别睬他。他嘴里一时甜言蜜语，一时有天无日，一时又疯疯傻傻，只休信他。"

黛玉一一的都答应着。只见一个丫鬟来回："老太太那里传晚饭了。"王夫人忙携黛玉从后房门由后廊往西，出了角门，是一条南北宽夹道。南边是倒座三间小小的抱厦厅，北边立着一个粉油大影壁，后有一半大门，小小一所房室。王夫人笑指向黛玉道："这是你凤姐姐的屋子，回来你好往这里找他来，少什么东西，你只管和他说就是了。"这院门上也有四五个才总角[⑫]的小厮，都垂手侍立。王夫人遂携黛玉穿过一个东西穿堂，便是贾母的后院了。于是，进入后房门，已有多人在此伺候，见王夫人来了，方安设桌椅。贾珠之妻李氏捧饭，熙凤安箸，王夫人进羹。贾母正面榻上独坐，两边四张空椅，熙凤忙拉了黛玉在左边第一张椅上坐了，黛玉十分推让。贾母笑道："你舅母你嫂子们不在这里吃饭。你是客，原应如此坐的。"黛玉方告了座，坐了。贾母命王夫人坐了。迎春姊妹三个告了座方上来。迎春便坐右手第一，探春左第二，惜春右第二。旁边丫鬟执着拂尘、漱盂、巾帕。李、凤二人立于案旁布让[⑬]。外间伺候之媳妇丫鬟虽多，却连一声咳嗽不闻。寂然饭毕，各有丫鬟用小茶盘捧上茶来。当日林如海教女以惜福养身，云饭后务待饭粒咽尽，过一时再吃茶，方不伤脾胃。今黛玉见了这里许多事情不合家中之式，不得不随的，少不得一一改过来，因而接了茶。早见人又捧过漱盂来，黛玉也照样漱了口。盥手毕，又捧上茶来，这方是吃的茶。贾母便说："你们去罢，让我们自在说话儿。"王夫人听了，忙起身，又说了两句闲话，方引凤、李二人去了。贾母因问黛玉念何书。黛玉道："只刚念了《四书》[14]。"黛玉又问姊妹们读何书。贾母道："读的是什么书，不过是认得两个字，不是睁眼的瞎子罢了！"

一语未了，只听外面一阵脚步响，丫鬟进来笑道："宝玉来了！"黛玉心中正疑惑着："这个宝玉，不知是怎生个惫懒[15]人物，懵懂顽童？"——倒不见那蠢物也罢了。心中想着，忽见丫鬟话未报完，已进来了一位年轻的公子：头上戴着束发嵌宝紫金冠，齐眉勒着二龙抢珠金抹额；穿一件二色金百蝶穿花大红箭袖，束着五彩丝攒花结长穗宫绦，外罩石青起花八团倭缎排穗褂；登着青缎粉底小朝靴。面若中秋之月，色如春晓之花，鬓若刀裁，眉如墨画，面如桃瓣，目若秋波。虽怒时而若笑，即瞋视而有情。项上金螭璎珞，又有一根五色丝绦，系着一块美玉。黛玉一见，便吃一大惊，心下想道："好生奇怪，倒象在那里见过一般，何等眼熟到如此！"只见这宝玉向贾母请了安[16]，贾母便命："去见你娘来。"宝玉即转身去了。一时回来，再看，已换了冠带：头上周围一转的短发，都结成小辫，红丝结束，共攒至顶中胎发，总编一根大辫，黑亮如漆，从顶至梢，一串四颗大珠，用金八宝坠角；身上穿着银红撒花半旧大袄，仍旧带着项圈、宝玉、寄名锁、护身符[17]等物；下面半露松花撒花绫裤腿，锦边弹墨袜，厚底大红鞋。越显得面如敷粉，唇若施脂；转盼多情，语言常笑。天然一段风骚，全在眉梢；平生万种情思，悉堆眼角。看其外貌最是极好，却难知其底细。后人有《西江月》二词，批宝玉极恰，其词曰：

> 无故寻愁觅恨，有时似傻如狂。纵然生得好皮囊，腹内原来草莽。　潦倒不通世务，愚顽怕读文章。行为偏僻性乖张，那管世人诽谤！
>
> 富贵不知乐业，贫穷难耐凄凉。可怜辜负好韶光，于国于家无望。　天下无能第一，古今不肖无双。寄言纨袴与膏粱[18]：莫效此儿形状！

贾母因笑道："外客未见，就脱了衣裳，还不去见你妹妹！"宝玉早已看见多了一个姊妹，便料定是林姑妈之女，忙来作揖。厮见毕归坐，细看形容，与众各别：两弯似蹙非蹙罥烟眉[19]，一双似喜非喜含情目。态生两靥之愁，娇袭一身之病。泪光点点，娇喘微微。闲静时如姣花照水，行动处似弱柳扶风。心较比干多一窍，病如西子胜三分。宝玉看罢，因笑道："这个妹妹我曾见过的。"贾母笑道："可又是胡说，你又何曾见过他？"宝玉笑道："虽然未曾见过他，然我看着面善，心里就算是旧相识，今日只作远别重逢，亦未为不可。"贾母笑道："更好，更好，若如此，更相和睦了。"宝玉便走近黛玉身边坐下，又细细打量一番，因问："妹妹可曾读书？"黛玉道："不曾读，只上了一年学，些须认得几个字。"宝玉又道："妹妹尊名是那两个字？"黛玉便说了名。宝玉又问表字。黛玉道："无字。"宝玉笑道："我送妹妹一妙字，莫若'颦颦'二字极妙。"探春便问何出。宝玉道："《古今人物通考》上说：'西方有石名黛，可代画眉之墨。'况这林妹妹眉尖若蹙，用取这两个字，岂不两妙！"探春笑道："只恐又是你的杜撰。"宝玉笑道："除《四书》外，杜撰的太多，偏只我是杜撰不成？"又问黛玉："可也有玉没有？"众人不解其语，黛玉便忖度着因他有玉，故问我有也无，因答道："我没有那个。想来那玉是一件罕物，岂能人人有的。"宝玉听了，登时发作起痴狂病来，摘下那玉，就狠命摔去，骂道："什么罕物，连人之高低不择，还说'通灵'不'通灵'呢！我也不要这劳什子[20]了！"吓的众人一拥争去拾玉。贾母急的搂了宝玉道："孽障！你生气，要打骂人容易，何苦摔那命根子！"宝玉满面泪痕泣道："家里姐姐妹妹都没有，单我有，我说没趣；如今来了这们一个神仙似的妹妹也没有，可知这不是个好东西。"贾母忙哄他道："你这妹妹原有这个来的，因你姑妈去世时，舍不得你妹妹，无法处，遂将他的玉带了去了：一则全殉葬之礼，尽你妹妹之孝心；二则你姑妈之灵，亦可权作见了女儿之意。因此他只说没有这个，不便自己夸张之意。你如今怎比得他？还不好生慎重带上，仔细你娘知道了。"说着，便向丫鬟手中接来，亲与他带上。宝玉听如此说，想一想大有情理，也就不生别论了。

当下，奶娘来请问黛玉之房舍。贾母说："今将宝玉挪出来，同我在套间暖阁儿里，把你林姑娘暂安置碧纱橱里。等过了残冬，春天再与他们收拾房屋，另作一番安置罢。"宝玉道："好祖宗，我就在碧纱厨外的床上很妥当，何必又出来闹的老祖宗不得安静。"贾母想了一想说："也罢了。"每人一个奶娘并一个丫头照管，余者在外间上夜听唤。一面早有熙凤命人送了一顶藕合色花帐，并几件锦被缎褥之类。

黛玉只带了两个人来：一个是自幼奶娘王嬷嬷，一个是十岁的小丫头，亦是自幼随身的，名唤作雪雁。贾母见雪雁甚小，一团孩气，王嬷嬷又极老，料黛玉皆不遂心省力的，便将自己身边的一个二等丫头，名唤鹦哥者与了黛玉。外亦如迎春等例，每人除自幼乳母外，另有四个教引嬷嬷[21]，除贴身掌管钗钏盥沐两个丫鬟外，另有五六个洒扫房屋来往使役的小丫鬟。当下，王嬷嬷与鹦哥陪侍黛玉在碧纱橱内。宝玉之乳母李嬷嬷，并大丫鬟名唤袭人者，陪侍在外面大床上。

原来这袭人亦是贾母之婢，本名珍珠。贾母因溺爱宝玉，生恐宝玉之婢无竭力尽忠之人，素喜袭人心地纯良，克尽职任，遂与了宝玉。宝玉因知他本姓花，又曾见旧人诗句上有“花气袭人”之句[22]，遂回明贾母，更名袭人。这袭人亦有些痴处：伏侍贾母时，心中眼中只有一个贾母；如今服侍宝玉，心中眼中又只有一个宝玉。只因宝玉性情乖僻，每每规谏宝玉，心中着实忧郁。

是晚，宝玉李嬷嬷已睡了，他见里面黛玉和鹦哥犹未安息，他自卸了妆，悄悄进来，笑问：“姑娘怎么还不安息？”黛玉忙让：“姐姐请坐。”袭人在床沿上坐了。鹦哥笑道：“林姑娘正在这里伤心，自己淌眼抹泪的说：‘今儿才来，就惹出你家哥儿的狂病，倘或摔坏了那玉，岂不是因我之过！’因此便伤心，我好容易劝好了。”袭人道：“姑娘快休如此，将来只怕比这个更奇怪的笑话儿还有呢！若为他这种行止，你多心伤感，只怕你伤感不了呢。快别多心！”黛玉道：“姐姐们说的，我记着就是了。究竟那玉不知是怎么个来历？上面还有字迹？”袭人道：“连一家子也不知来历，上头还有现成的眼儿，听得说，落草[23]时是从他口里掏出来的。等我拿来你看便知。”黛玉忙止道：“罢了，此刻夜深，明日再看也不迟。”大家又叙了一回，方才安歇。

（节选自《红楼梦》第三回）

注　释

① 敕造：皇帝下命建造。

② 一射之地：古时以射箭来作为估计距离的标准，一箭之地，就是射一箭的距离，大约是一百二十步左右。

③ 不足之症：中医的说法，如中气不足、正气不足等，都是身体虚弱的表现。

④ 泼皮破落户儿：无业而游手好闲的无赖。这里戏称王熙凤，是开玩笑的说法。

⑤ 打谅：同后文“打量”。

⑥ 月钱：旧时有钱的大户人家，按月以不同等级发给家人的零用钱。

⑦ 便宜：方便。

⑧ 度：猜想。

⑨ 磊着：堆放着。

⑩ 内帷：旧时指妇女的居处，又称内室，男子不能随便进入。

⑪ 小幺儿：年幼的小仆人。

⑫ 总角：古代未成年的儿童，将头发分两边梳成两个向上的发髻。

⑬ 布让：旧时宴席间向客人奉菜、劝食。

⑭ 四书：《大学》《中庸》《论语》《孟子》四种书的合称，宋代朱熹为它作注，为明清科举考试时士子的必读书。

⑮ 惫懒：顽皮、不听话。

⑯ 请了安：晚辈向长辈问安。

⑰ 寄名锁、护身符：旧时迷信习俗，为了使小儿健康成长，让他做和尚或道士的寄名弟子，并给他保命的锁和符带在身上。

⑱ 纨袴与膏粱：指吃穿都很豪华的富家子弟。纨，紫色细绢；袴，同“裤”。

⑲ 罥（juàn）烟眉：形容眉毛美丽，像一抹轻烟。罥，挂。

⑳ 劳什子：对东西的一种轻蔑的说法。

㉑ 教引嬷嬷：旧时贵族家庭里对小孩负有教育之责的保姆或奶妈。

㉒ “花气袭人”句：见宋代陆游《村居喜书》诗句：“花气袭人知骤暖”。

㉓ 落草：小儿出生。

阅读提示

这回书从艺术表现方面看，主要具有两方面的意义。一是从整体的艺术构思来看，作者在展开对贾府生活的全面描写之前，先通过林黛玉刚进贾府时的所见、所闻、所感，初步概括地介绍这个贵族之家的情况，包括一些重要的人物，如贾母、贾政、贾宝玉、王熙凤等，也包括这个家庭的豪华气派、礼仪规矩、人物关系等，这都是非常重要的。二是初步地刻画了人物，主要是林黛玉，从外到里，写了她的体态容貌，心理性格。同时也从她的眼里心中写了别的将来要同她发生重要关系的人物，特别是贾宝玉、贾母和王熙凤。在表现上很巧妙，很高明，常常是一笔写出两个甚至三个人物，十分自然，毫不费力，不愧是大家手笔。另外，对林黛玉内心活动的描写，已初步显示出《红楼梦》在心理描写上的特色；细节描写的细腻、丰富和深刻，也值得我们重视。

黛玉葬花

如今且说林黛玉因夜间失寐，次日起来迟了，闻得众姊妹都在园中作饯花会[①]，恐人笑他痴懒，连忙梳洗了出来。刚到了院中，只见宝玉进门来了，笑道："好妹妹，你昨儿可告我了不曾？教我悬了一夜心。"林黛玉便回头叫紫鹃道："把屋子收拾了，撂下一扇纱屉；看那大燕子回来，把帘子放下来，拿狮子[②]倚住；烧了香就把炉罩上。"一面说一面又往外走。宝玉见他这样，还认作是昨日中晌的事，那知晚间的这段公案，还打恭作揖的。林黛玉正眼也不看，各自出了院门，一直找别的姊妹去了。宝玉心中纳闷，自己猜疑：看起这个光景来，不象是为昨日的事；但只昨日我回来的晚了，又没有见他，再没有冲撞了他的去处了。一面想，一面由不得随后追了来。

只见宝钗探春正在那边看鹤舞，见黛玉去了，三个一同站着说话儿。又见宝玉来了，探春便笑道："宝哥哥，身上好？我整整的三天没见你了。"宝玉笑道："妹妹身上好？我前儿还在大嫂子跟前问你呢。"探春道："宝哥哥，你往这里来，我和你说话。"宝玉听说，便跟了他，离了钗、玉两个，到了一棵石榴树下。探春因说道："这几天老爷可曾叫你？"宝玉笑道："没有叫。"探春说："昨儿我恍惚听见说老爷叫你出去的。"宝玉笑道："那想是别人听错了，并没叫的。"探春又笑道："这几个月，我又攒下有十来吊钱了。你还拿了去，明儿出门逛去的时候，或是好字画，好轻巧顽意儿，替我带些来。"宝玉道："我这么城里城外、大廊小庙的逛，也没见个新奇精致东西，左不过是那些金玉铜磁没处撂的古董，再就是绸缎吃食衣服了。"探春道："谁要这些。怎么象你上回买的那柳枝儿编的小篮子，整竹子根抠的香盒儿，胶泥垛的风炉儿，这就好了。我喜欢的什么似的，谁知他们都爱上了，都当宝贝似的抢了去了。"宝玉笑道："原来要这个。这不值什么，拿五百钱出去给小子们，管拉一车来。"探春道："小厮们知道什么。你拣那朴而不俗、直而不拙者，这些东西，你多多的替我带了来。我还象上回的鞋作一双你穿，比那一双还加工夫，如何呢？"

宝玉笑道："你提起鞋来，我想起个故事：那一回我穿着，可巧遇见了老爷，老爷就不受用，问是谁作的。我那里敢提'三妹妹'三个字，我就回说是前儿我生日，是舅母给的。老爷听了是舅母给的，才不好说什么，半日还说：'何苦来！虚耗人力，作践绫罗，作这样的东西。'我回来告诉了袭人，袭人说这还罢了，赵姨娘气的抱怨的了不得：'正经兄弟，鞋搭拉袜搭拉[③]的没人看的见，且作这些东西！'"探春听说，登时沉下脸来，道："这话糊涂到什么田地！怎么我是该作鞋的人么？环儿难道没有分例的，没有人的？一般的衣裳是衣裳，鞋袜是鞋袜，丫头老婆一屋子，怎么抱怨这些话！给谁听呢！我不过是闲着没事儿，作一双半双，爱给那个哥哥兄弟，随我的心。谁敢管我不成！这也是白气。”宝玉听了，点头笑道：“你不知道，他心里自然又有个想头了。”探春听说，益发动了气，将头一扭，说道：“连你也糊涂了！他那想头自然是有的，不过是那阴微鄙贱的见识。他只管这么想，我只管认得老爷、太太两个人，别人我一概不管。就是姊妹弟兄跟前，谁和我好，我就和谁好，什么偏的庶的，我也不知道。论理我不该说他，但忒昏愦的不象了！还有笑话呢：就是上回我给你那钱，替我带那顽的东西。过了两天，他见了我，也是说没钱使，怎么难，我也不理论。谁知后来丫头们出去了，他就抱怨起来，说我攒的钱为什么给你使，倒不给环儿使呢。我听见这话，又好笑又好气，我就出来往太太跟前去了。”正说着，只见宝钗那边笑道：“说完了，来罢。显见的是哥哥妹妹了，丢下别人，且说梯己[④]去。我们听一句儿就使不得了！”说着，探春宝玉二人方笑着来了。

宝玉因不见了林黛玉，便知他躲了别处去了，想了一想，索性迟两日，等他的气消一消再去也罢了。因低头看见许多凤仙石榴等各色落花，锦重重的落了一地，因叹道：“这是他心里生了气，也不收拾这花儿来了。待我送了去，明儿再问着他。”说着，只见宝钗约着他们往外头去。宝玉道：“我就来。”说毕，等他二人去远了，便把那花兜了起来，登山渡水，过树穿花，一直奔了那日同林黛玉葬桃花的去处来。将已到了花冢，犹未转过山坡，只听山坡那边有呜咽之声，一行数落着，哭的好不伤感。宝玉心下想道：“这不知是那房里的丫头，受了委屈，跑到这个地方来哭。”一面想，一面煞住脚步，听他哭道是：

花谢花飞花满天，红消香断有谁怜？
游丝软系飘春榭，落絮轻沾扑绣帘。
闺中女儿惜春暮，愁绪满怀无释处，
手把花锄出绣闺，忍踏落花来复去。
柳丝榆荚自芳菲，不管桃飘与李飞。
桃李明年能再发，明年闺中知有谁？
三月香巢已垒成，梁间燕子太无情！
明年花发虽可啄，却不道人去梁空巢也倾。
一年三百六十日，风刀霜剑严相逼，

明媚鲜妍能几时，一朝飘泊难寻觅。
花开易见落难寻，阶前闷杀葬花人，
独倚花锄泪暗洒，洒上空枝见血痕。
杜鹃无语正黄昏，荷锄归去掩重门。
青灯照壁人初睡，冷雨敲窗被未温。
怪奴底事[⑤]倍伤神，半为怜春半恼春：
怜春忽至恼忽去，至又无言去不闻。
昨宵庭外悲歌发，知是花魂与鸟魂？
花魂鸟魂总难留，鸟自无言花自羞。
愿奴胁下生双翼，随花飞到天尽头。
天尽头，何处有香丘？
未若锦囊收艳骨，一抔[⑥]净土掩风流。
质本洁来还洁去，强于污淖[⑦]陷渠沟。
尔今死去侬[⑧]收葬，未卜侬身何日丧？
侬今葬花人笑痴，他年葬侬知是谁？
试看春残花渐落，便是红颜老死时。
一朝春尽红颜老，花落人亡两不知！

宝玉听了不觉痴倒。

（节选自《红楼梦》第二十七回）

注 释

① 饯花会：旧时习俗，芒种节意味着春去夏到，花神退位，故在这一天富家女子常聚会为花神饯行，称为饯花会。

② 狮子：这里指用石头制成的用来压帘子的狮子。

③ 鞋搭拉袜搭拉：鞋袜都破了。

④ 梯己：同体己，说贴心话。

⑤ 底事：何事。

⑥ 一抔（póu）：一捧。抔，掬，双手捧起。

⑦ 污淖：污浊的烂泥。

⑧ 侬：我。

阅读提示

关于《黛玉葬花》，吴组缃先生有两段极为精警的解读，我现在引述在下面："作者安排了一个很突出的情节——葬花，来描写林黛玉的性格，林黛玉从落花联想到自己的身世，花像自己的纯洁美丽，而自己所处的环境像污泥一样的肮脏，花谢了终究要落到污泥里去，所以怜花就是自怜，葬花就是自爱。写葬花就是写林黛玉的性格要点，经过场面的烘托和情节的概括，把林黛玉的性格突出地描写出来了。薛宝钗不会去葬花，史湘云也不会去葬花，她们没有这样的感触。只有林黛玉这样身世、处境和性格的人才会去葬花。"（《贾宝玉的性格特点和他的恋爱婚姻悲剧》）另一段是："黛玉葬花，抓住了林黛玉典型性格中一个最精要的东西。为什么葬花呀？她在怜花。为什么可怜花？她在可怜她自己，就像一朵花一样，在那样恶浊的社会环境里，她这么一个女子，这么一朵美丽的花，就要被摧残践踏成污泥了。她想把花埋起来，'质本洁来还洁去'。这就抓住了林黛玉典型性格的一个要点，一个'意'，一个神。在这种情况下丢开了形似，而只抓神似。黛玉葬花，构成一个盛传久远的画面，就因为它画了'神'。"（《关于我国古代小说的发展和理论》）这两段话，不仅是关于黛玉葬花的很好的阅读提示，而且也是关于整部《红楼梦》的很好的阅读提示。

宝玉挨打

原来宝玉会过雨村回来听见了，便知金钏儿含羞赌气自尽，心中早又五内摧伤，进来被王夫人数落教训，也无可回说。见宝钗进来，方得便出来，茫然不知何往，背着手，低头一面感叹，一面慢慢的走着，信步来至厅上。刚转过屏门，不想对面来了一人正往里走，可巧儿撞了个满怀。只听那人喝了一声"站住！"宝玉唬了一跳，抬头一看，不是别人，却是他父亲，不觉的倒抽了一口气，只得垂手一旁站了。贾政道："好端端的，你垂头丧气嗐些什么？方才雨村来了要见你，叫你那半天你才出来；既出来了，全无一点慷慨挥洒谈吐，仍是葳葳蕤蕤[①]。我看你脸上一团思欲愁闷气色，这会子又咳声叹气。你那些还不足，还不自在？无故这样，却是为何？"宝玉素日虽是口角伶俐，只是此时一心总为金钏儿感伤，恨不得此时也身亡命殒，跟了金钏儿去。如今见了他父亲说这些话，究竟不曾听见，只是怔呵呵的站着。

贾政见他惶悚[②]，应对不似往日，原本无气的，这一来倒生了三分气。方欲说话，忽有回事人来回："忠顺亲王府里有人来，要见老爷。"贾政听了，心下疑惑，暗暗思忖道："素日并不和忠顺府来往，为什么今日打发人来？"一面想，一面令"快请"，急走出来看时，却是忠顺府长史官，忙接进厅上坐了献茶。未及叙谈，那长史官先就说道："下官此来，并非擅造潭府，皆因奉王命而来，有一件事相求。看王爷面上，敢烦老大人作主，不但王爷知情，且连下官辈亦感谢不尽。"贾政听了这话，抓不住头脑，忙陪笑起身问道："大人既奉王命而来，不知有何见谕[③]，望大人宣明，学生好遵谕承办。"那长史官便冷笑道："也不必承办，只用大人一句话就完了。我们府里有一个做小旦的琪官，一向好好在府里，如今竟三五日不见回去，各处去找，又摸不着他的道路，因此各处访察。这一城内，十停人倒有八停人都说，他近日和衔玉的那位令郎[④]相与甚厚。下官辈等听了，尊府不比别家，可以擅入索取，因此启明王爷。王爷亦云：'若是别的戏子呢，一百个也罢了；只是这琪官随机应答，谨慎老诚，甚合我老人家的心，竟断断少不得此人。'故此求老大人转谕令郎，请将琪官放回，一则可慰王爷谆谆奉恳，二则下官辈也可免操劳求觅之苦。"说毕，忙打一躬。

贾政听了这话，又惊又气，即命唤宝玉来。宝玉也不知是何原故，忙赶来时，贾政便问："该死的奴才！你在家不读书也罢了，怎么又做出这些无法无天的事来！那琪官现是忠顺王爷驾前承奉的人，你是何等草芥，无故引逗他出来，如今祸及于我。"宝玉听了唬了一跳，忙回道："实在不知此事。究竟连'琪官'两个字不知为何物，岂更又加'引逗'二字！"说着便哭了。贾政未及开言，只见那长史官冷笑道："公子也不必掩饰。或隐藏在家，或知其下落，早说了出来，我们也少受些辛苦，岂不念公子之德？"宝玉连说不知，"恐是讹传，也未见得。"那长史官冷笑道："现有据证，何必还赖？必定当着老大人说了出来，公子岂不吃亏？既云不知此人，那红汗巾子怎么到了公子腰里？"宝玉听了这话，不觉轰去魂魄，目瞪口呆，心下自思："这话他如何得知！他既连这样机密事都知道了，大约别的瞒他不过，不如打发他去了，免的再说出别的事来。"因说道："大人既知他的底细，如何连他置买房舍这样大事倒不晓得了？听得说他如今在东郊离城二十里有个什么紫檀堡，他在那里置了几亩田地几间房舍。想是在那里也未可知。"那长史官听了，笑道："这样说，一定是在那里。我且去找一回，若有了便罢，若没有，还要来请教。"说着，便忙忙的走了。

贾政此时气的目瞪口歪，一面送那长史官，一面回头命宝玉“不许动！回来有话问你！”一直送那官员去了。才回身，忽见贾环带着几个小厮一阵乱跑。贾政喝令小厮“快打，快打！”贾环见了他父亲，唬得骨软筋酥，忙低头站住。贾政便问：“你跑什么？带着你的那些人都不管你，不知往那里逛去，由你野马一般！”喝令叫跟上学的人来。贾环见他父亲盛怒，便乘机说道：“方才原不曾跑，只因从那井边一过，那井里淹死了一个丫头，我看见人头这样大，身子这样粗，泡的实在可怕，所以才赶着跑了过来。”贾政听了惊疑，问道：“好端端的，谁去跳井？我家从无这样事情，自祖宗以来，皆是宽柔以待下人。——大约我近年于家务疏懒，自然执事人操克夺之权⑤，致使生出这暴殄轻生⑥的祸患。若外人知道，祖宗颜面何在！”喝令快叫贾琏、赖大、来兴。小厮们答应了一声，方欲叫去，贾环忙上前拉住贾政的袍襟，贴膝跪下道：“父亲不用生气。此事除太太房里的人，别人一点也不知道。我听见我母亲说……”说到这里，便回头四顾一看。贾政知意，将眼一看众小厮，小厮们明白，都往两边后面退去。贾环便悄悄说道：“我母亲告诉我说，宝玉哥哥前日在太太屋里，拉着太太的丫头金钏儿强奸不遂，打了一顿。那金钏儿便赌气投井死了。”话未说完，把个贾政气的面如金纸，大喝“快拿宝玉来！”一面说，一面便往里边书房里去，喝令“今日再有人劝我，我把这冠带家私⑦，一应交与他与宝玉过去！我免不得做个罪人，把这几根烦恼鬓毛剃去，寻个干净去处自了，也免得上辱先人下生逆子之罪。”众门客仆从见贾政这个形景，便知又是为宝玉了，一个个都是啖指咬舌，连忙退出。那贾政喘吁吁直挺挺坐在椅子上，满面泪痕，一叠声“拿宝玉！拿大棍！拿索子捆上！把各门都关上！有人传信往里头去，立刻打死！”众小厮们只得齐声答应，有几个来找宝玉。

那宝玉听见贾政吩咐他“不许动”，早知多凶少吉，那里承望贾环又添了许多的话。正在厅上干转⑧，怎得个人来往里头去捎信，偏生没个人，连焙茗也不知在那里。正盼望时，只见一个老姆姆出来。宝玉如得了珍宝，便赶上来拉他，说道：“快进去告诉：老爷要打我呢！快去，快去！要紧，要紧！”宝玉一则急了，说话不明白；二则老婆子偏生又聋，竟不曾听见是什么话，把“要紧”二字只听作“跳井”二字，便笑道：“跳井让他跳去，二爷怕什么？”宝玉见是个聋子，便着急道：“你出去叫我的小厮来罢。”那婆子道：“有什么不了的事？老早的完了。太太又赏了衣服，又赏了银子，怎么不了事的！”

宝玉急的跺脚，正没抓寻处，只见贾政的小厮走来，逼着他出去了。贾政一见，眼都红紫了，也不暇问他在外流荡优伶，表赠私物，在家荒疏学业，淫辱母婢等语，只喝令“堵起嘴来，着实打死！”小厮们不敢违拗，只得将宝玉按在凳上，举起大板打了十来下。贾政犹嫌打轻了，一脚踢开掌板的，自己夺过来，咬着牙狠命盖[⑨]了三四十下。众门客见打的不祥[⑩]了，忙上前夺劝。贾政那里肯听，说道：“你们问问他干的勾当可饶不可饶！素日皆是你们这些人把他酿坏了，到这步田地还来解劝。明日酿到他弑君杀父，你们才不劝不成！”

众人听这话不好听，知道气急了，忙又退出，只得觅人进去给信。王夫人不敢先回贾母，只得忙穿衣出来，也不顾有人没人，忙忙赶往书房中来，慌的众门客小厮等避之不及。王夫人一进房来，贾政更如火上浇油一般，那板子越发下去的又狠又快。按宝玉的两个小厮忙松了手走开，宝玉早已动弹不得了。贾政还欲打时，早被王夫人抱住板子。贾政道：“罢了，罢了！今日必定要气死我才罢！”王夫人哭道：“宝玉虽然该打，老爷也要自重。况且炎天暑日的，老太太身上也不大好，打死宝玉事小，倘或老太太一时不自在了，岂不事大！”贾政冷笑道：“倒休提这话。我养了这不肖的孽障，已不孝；教训他一番，又有众人护持；不如趁今日一发勒死了，以绝将来之患！”说着，便要绳索来勒死。王夫人连忙抱住哭道：“老爷虽然应当管教儿子，也要看夫妻分上。我如今已将五十岁的人，只有这个孽障，必定苦苦的以他为法，我也不敢深劝。今日越发要他死，岂不是有意绝我。既要勒死他，快拿绳子来先勒死我，再勒死他。我们娘儿们不敢含怨，到底在阴司里得个依靠。”说毕，爬在宝玉身上大哭起来。贾政听了此话，不觉长叹一声，向椅上坐了，泪如雨下。王夫人抱着宝玉，只见他面白气弱，底下穿着一条绿纱小衣皆是血渍，禁不住解下汗巾看，由臀至胫，或青或紫，或整或破，竟无一点好处，不觉失声大哭起来，“苦命的儿吓！”因哭出“苦命儿”来，忽又想起贾珠来，便叫着贾珠哭道：“若有你活着，便死一百个我也不管了。”此时里面的人闻得王夫人出来，那李宫裁王熙凤与迎春姊妹早已出来了。王夫人哭着贾珠的名字，别人还可，惟有宫裁禁不住也放声哭了。贾政听了，那泪珠更似滚瓜一般滚了下来。

正没开交处，忽听丫鬟来说：“老太太来了。”一句话未了，只听窗外颤巍巍的声气说道：“先打死我，再打死他，岂不干净了！”贾政见他母亲来了，又急又痛，连忙迎接出来，只见贾母扶着丫头，喘吁吁的走来。贾政上前躬身陪笑道：“大暑热天，母亲有何生气亲自走来？有话只该叫了儿子进去吩咐。”贾母听说，便止住步喘息一回，厉声说道：“你原来是和我说话！我倒有话吩咐，只是可怜我一生没养个好儿子，却教我和谁说去！”贾政听这话不象，忙跪下含泪说道：“为儿的教训儿子，也为的是光宗耀祖。母亲这话，我做儿的如何禁得起？”贾母听说，便啐了一口，说道：“我说一句话，你就禁不起，你那样下死手的板子，难道宝玉就禁得起了？你说教训儿子是光宗耀祖，当初你父亲怎么教训你来！”说着，不觉就滚下泪来。贾政又陪笑道：“母亲也不必伤感，皆是作儿的一时性起，从此以后再不打他了。”贾母便冷笑道：“你也不必和我使性子赌气的。你的儿子，我也不该管你打不打。我猜着你也厌烦我们娘儿们。不如我们赶早儿离了你，大家干净！”说着便令人去看轿马，“我和你太太宝玉立刻回南京去！”家下人只得干答应着⑪。贾母又叫王夫人道：“你也不必哭了。如今宝玉年纪小，你疼他，他将来长大成人，为官作宰的，也未必想着你是他母亲了。你如今倒不要疼他，只怕将来还少生一口气呢。”贾政听说，忙叩头哭道：“母亲如此说，贾政无立足之地。”贾母冷笑道：“你分明使我无立足之地，你反说起你来！只是我们回去了，你心里干净，看有谁来许你打。”一面说，一面只令快打点行李车轿回去。贾政苦苦叩求认罪。

贾母一面说话，一面又记挂宝玉，忙进来看时，只见今日这顿打不比往日，又是心疼，又是生气，也抱着哭个不了。王夫人与凤姐等解劝了一会，方渐渐的止住。早有丫鬟媳妇等上来，要搀宝玉，凤姐便骂道：“糊涂东西，也不睁开眼瞧瞧！打的这么个样儿，还要搀着走！还不快进去把那藤屉子春凳抬出来呢。”众人听说连忙进去，果然抬出春凳来，将宝玉抬放凳上，随着贾母王夫人等进去，送至贾母房中。

彼时贾政见贾母气未全消，不敢自便，也跟了进去。看看宝玉，果然打重了。再看看王夫人，“儿”一声，“肉”一声，“你替珠儿早死了，留着珠儿，免你父亲生气，我也不白操这半世的心了。这会子你倘或有个好歹，丢下我，叫我靠那一个！”数落一场，又哭“不争气的儿”。贾政听了，也就灰心⑫，自悔不该下毒手打到如此地步。先劝贾母，贾母含泪说道：“你不出去，还在这里做什么！难道于心不足，还要眼看着他死了才去不成！”贾政听说，方退了出来。

此时薛姨妈同宝钗、香菱、袭人、史湘云也都在这里。袭人满心委屈，只不好十分使出来，见众人围着，灌水的灌水，打扇的打扇，自己插不下手去，便越性走出来到二门前，令小厮们找了焙茗来细问：“方才好端端的，为什么打起来？你也不早来透个信儿！”焙茗急的说：“偏生我没在跟前，打到半中间我才听见了。忙打听原故，却是为琪官金钏姐姐的事。”袭人道：“老爷怎么得知道的？”焙茗道：

“那琪官的事，多半是薛大爷素日吃醋，没法儿出气，不知在外头唆挑了谁来，在老爷跟前下的火⑬。那金钏儿的事是三爷说的，我也是听见老爷的人说的。”袭人听了这两件事都对景⑭，心中也就信了八九分。然后回来，只见众人都替宝玉疗治。调停完备，贾母令“好生抬到他房内去”。众人答应，七手八脚，忙把宝玉送入怡红院内自己床上卧好。又乱了半日，众人渐渐散去，袭人方进前来经心服侍，问他端的。

（节选自《红楼梦》第三十三回）

注　释

① 葳（wēi）葳蕤（ruí）蕤：精神不振的样子。

② 惶悚：惊惶害怕的样子。

③ 有何见谕：有什么话要告诉的一种客气的说法。谕，告知，用于上对下。

④ 令郎：对别人儿子的客气的称呼。

⑤ 克夺之权：生杀予夺之权。

⑥ 暴殄（tiǎn）轻生：前者是指残暴毁灭他人生命，后者是指不重视自己的生命而自杀。

⑦ 冠带家私：官职和家产。冠带，以官服代指官爵。

⑧ 干转：很着急的转来转去，毫无办法的样子。

⑨ 盖：这里是打得很狠，如铺天盖地的意思。

⑩ 不祥：打得太重，有生命危险。

⑪ 干答应着：只是口头答应而没有行动。

⑫ 灰心：这里是后悔的意思。

⑬ 下的火：说的坏话。

⑭ 对景：符合实情。

阅读提示

曹雪芹不愧为将生活典型化的艺术圣手，读一读《宝玉挨打》就会有深切的体会。所谓将生活典型化，就是用艺术的手法，将生活进行集中、概括，使原本琐细的、平凡的、肤浅的生活现象包容进深刻丰富的社会内容和思想意蕴。这回书不能孤立起来读，一定要联系到全书总的思想倾向和艺术构思来思考，才能领会到它深刻的内涵。就具体情节而言，还要联系第二回、第九回、第三十回、第三十二回、第三十四回等内容，瞻前顾后，看出事件的前因后果，才能理解小说构思之妙和艺术描写之精彩。这里有几个要点值得注意：一是，在宝玉挨打这件生活小事上，概括进了贾府内外诸种矛盾冲突，这些冲突关系到贾宝玉、林黛玉的爱情和命运，也关系到这个贵族之家的兴衰存亡；二是，写人物，特别是对贾政、王夫人、贾宝玉这几个处于事件中心位置的人物，都写到了他们的灵魂深处，具有很强的历史感和深厚的文化内涵；三是，情节的组织安排，细针密线，巧运匠心，却又不露痕迹，显得十分自然；四是，细节描写的精细和深刻，在全书中是最有代表性的章节，其中尤其是对贾政流泪和王夫人哭儿的描写，最值得咀嚼、品味。

鸳鸯抗婚

如今且说凤姐儿因见邢夫人叫他，不知何事，忙另穿戴了一番，坐车过来。邢夫人将房内人遣出，悄向凤姐儿道："叫你来不为别事，有一件为难的事，老爷托我，我不得主意，先和你商议。老爷因看上了老太太的鸳鸯，要他在房里，叫我和老太太讨去。我想这倒平常有的事，只是怕老太太不给，你可有法子？"凤姐儿听了，忙道："依我说，竟别碰这个钉子去。老太太离了鸳鸯，饭也吃不下去的，那里就舍得了？况且平日说起闲话来，老太太常说，老爷如今上了年纪，作什么左一个小老婆右一个小老婆放在屋里，没的耽误了人家。放着身子不保养，官儿也不好生作去，成日家和小老婆喝酒。太太听这话，很喜欢老爷呢？这会子回避还恐回避不及，倒拿草棍儿戳老虎的鼻子眼儿去了！太太别恼，我是不敢去的。明放着不中用，而且反招出没意思来。老爷如今上了年纪，行事不妥，太太该劝才是。比不得年轻，作这些事无碍。如今兄弟、侄儿、儿子、孙子一大群，还这么闹起来，怎样见人呢？"邢夫人冷笑道："大家子三房四妾的也多，偏咱们就使不得？我劝了也未必依。就是老太太心爱的丫头，这么胡子苍白了又作了官的一个大儿子，要了作房里人，也未必好驳回的。我叫了你来，不过商议商议，你先派上了一篇不是。也有叫你要去的理？自然是我说去。你倒说我不劝，你还不知道那性子的，劝不成，先和我恼了。"

凤姐儿知道邢夫人禀性愚犟，只知承顺贾赦以自保，次则婪取财货为自得，家下一应大小事务，俱由贾赦摆布。凡出入银钱事务，一经他手，便克啬[①]异常，以贾赦浪费为名，"须得我就中俭省，方可偿补"，儿女奴仆，一人不靠，一言不听的。如今又听邢夫人如此的话，便知他又弄左性[②]，劝了不中用，连忙陪笑说道："太太这话说的极是。我能活了多大，知道什么轻重？想来父母跟前，别说一个丫头，就是那么大的活宝贝，不给老爷给谁？背地里的话那里信得？我竟是个呆子。琏二爷或有日得了不是，老爷太太恨的那样，恨不得立刻拿来一下子打死；及至见了面，也罢了，依旧拿着老爷太太心爱的东西赏他。如今老太太待老爷，自然也是那样了。依我说，老太太今儿喜欢，要讨今儿就讨去。我先过去哄着老太太发笑，等太太过去了，我搭讪着走开，把屋子里的人我也带开，太太好和老太太说的。给了更好，不给也没妨碍，众人也不知道。”邢夫人见他这般说，便又喜欢起来，又告诉他道：“我的主意先不和老太太要。老太太要说不给，这事便死了。我心里想着先悄悄的和鸳鸯说。他虽害臊，我细细的告诉了他，他自然不言语，就妥了。那时再和老太太说，老太太虽不依，搁不住[③]他愿意，常言‘人去不中留’，自然这就妥了。”凤姐儿笑道：“到底是太太有智谋，这是千妥万妥的。别说是鸳鸯，凭他是谁，那一个不想巴高望上[④]，不想出头的？这半个主子不做，倒愿意做个丫头，将来配个小子就完了。”邢夫人笑道：“正是这个话了。别说鸳鸯，就是那些执事的大丫头，谁不愿意这样呢。你先过去，别露一点风声，我吃了晚饭就过来。”

凤姐儿暗想：“鸳鸯素习是个可恶的，虽如此说，保不严[⑤]他就愿意。我先过去了，太太后过去，若他依了便没话说；倘或不依，太太是多疑的人，只怕就疑我走了风声，使他拿腔作势的。那时太太又见了应了我的话，羞恼变成怒，拿我出起气来，倒没意思。不如同着一齐过去了，他依也罢，不依也罢，就疑不到我身上了。”想毕，因笑道：“方才临来，舅母那边送了两笼子鹌鹑，我吩咐他们炸了，原要赶太太晚饭上送过来的。我才进大门时，见小子们抬车，说太太的车拔了缝，拿去收拾去了。不如这会子坐了我的车一齐过去倒好。”邢夫人听了，便命人来换衣服。凤姐忙着伏侍了一回，娘儿两个坐车过来。凤姐儿又说道：“太太过老太太那里去，我若跟了去，老太太若问起我过去作什么的，倒不好。不如太太先去，我脱了衣裳再来。”

邢夫人听了有理，便自往贾母处，和贾母说了一回闲话，便出来假托往王夫人房里去，从后门出去，打鸳鸯的卧房前过。只见鸳鸯正然坐在那里做针线，见了邢夫人，忙站起来。邢夫人笑道：“做什么呢？我瞧瞧，你扎的花儿越发好了。”一面说，一面便接他手内的针线瞧了一瞧，只管赞好。放下针线，又浑身打量。只见他穿着半新的藕合色的绫袄，青缎掐牙背心，下面水绿裙子。蜂腰削背，鸭蛋脸面，乌油头发，高高的鼻子，两边腮上微微的几点雀斑。鸳鸯见这般看他，自己倒不好意思起来，心里便觉诧异，因笑问道：“太太，这会子不早不晚的，过来做什么？”

邢夫人使个眼色儿，跟的人退出。邢夫人便坐下，拉着鸳鸯的手笑道：“我特来给你道喜来了。”鸳鸯听了，心中已猜着三分，不觉红了脸，低了头不发一言。听邢夫人道：“你知道你老爷跟前竟没有个可靠的人，心里再要买一个，又怕那些人牙子[⑥]家出来的不干不净，也不知道毛病儿，买了来家，三日两日，又要肏鬼吊猴的。因满府里要挑一个家生女儿收了，又没个好的：不是模样儿不好，就是性子不好，有了这个好处，没了那个好处。因此冷眼选了半年，这些女孩子里头，就只你是个尖儿，模样儿，行事作人，温柔可靠，一概是齐全的。意思要和老太太讨了你去，收在屋里。你比不得外头新买的，你这一进去了，进门就开了脸，就封你姨娘，又体面，又尊贵。你又是个要强的人，俗语说的，‘金子终得金子换’，谁知竟被老爷看重了你。如今这一来，你可遂了素日志大心高的愿了，也堵一堵那些嫌你的人的嘴。跟了我回老太太去！”说着拉了他的手就要走。鸳鸯红了脸，夺手不行。邢夫人知他害臊，因又说道：“这有什么臊处？你又不用说话，只跟着我就是了。”鸳鸯只低了头不动身。邢夫人见他这般，便又说道：“难道你不愿意不成？若果然不愿意，可真是个傻丫头了。放着主子奶奶不作，倒愿意作丫头！三年二年，不过配上个小子，还是奴才。你跟了我们去，你知道我的性子又好，又不是那不容人的人。老爷待你们又好。过一年半载，生下个一男半女，你就和我并肩了。家里人你要使唤谁，谁还不动？现成主子不做去，错过这个机会，后悔就迟了。”鸳鸯只管低了头，仍是不语。邢夫人又道：“你这么个响快[⑦]人，怎么又这样积粘起来？有什么不称心之处，只管说与我，我管你遂心如意就是了。”鸳鸯仍不语。邢夫人又笑道：“想必你有老子娘，你自己不肯说话，怕臊。你等他们问你，这也是理。让我问他们去，叫他们来问你，有话只管告诉他们。”说毕，便往凤姐儿房中来。

凤姐儿早换了衣服，因房内无人，便将此话告诉了平儿。平儿也摇头笑着：“据我看，此事未必妥。平常我们背着人说起话来，听他那主意，未必是肯的。也只说着瞧罢了。”凤姐儿道：“太太必来这屋里商议。依了还可，若不依，自讨个臊[⑧]，当着你们，岂不脸上不好看。你说给他们炸鹌鹑，再有什么配几样，预备吃饭。你且别处逛逛去，估量着去了再来。”平儿听说，照样传给婆子们，便逍遥自在的往园子里来。

这里鸳鸯见邢夫人去了，必在凤姐儿房里商议去了，必定有人来问他的，不如躲了这里，因找了琥珀说道：“老太太要问我，只说我病了，没吃早饭，往园子里逛逛就来。”琥珀答应了。鸳鸯也往园子里来，各处游玩，不想正遇见平儿。平儿因见无人，便笑道：“新姨娘来了！”鸳鸯听了，便红了脸，说道：“怪道你们串通一气来算计我！等着我和你主子闹去就是了。”平儿听了，自悔失言，便拉他到枫树底下，坐在一块石上，越性[9]把方才凤姐过去回来所有的形景言词始末原由告诉与他。鸳鸯红了脸，向平儿冷笑道：“这是咱们好，比如袭人、琥珀、素云、紫鹃、彩霞、玉钏儿、麝月、翠墨，跟了史姑娘去的翠缕，死了的可人和金钏，去了的茜雪，连上你我，这十来个人，从小儿什么话儿不说？什么事儿不作？这如今因都大了，各自干各自的去了，然我心里仍是照旧，有话有事，并不瞒你们。这话我且放在你心里，且别和二奶奶说：别说大老爷要我做小老婆，就是太太这会子死了，他三媒六聘的娶我去作大老婆，我也不能去。”

平儿方欲笑答，只听山石背后哈哈的笑道：“好个没脸的丫头，亏你不怕牙碜[10]。”二人听了不免吃了一惊，忙起身向山石背后找寻，不是别个，却是袭人笑着走了出来问：“什么事情？告诉我。”说着，三人坐在石上。平儿又把方才的话说与袭人听道：“真真这话论理不该我们说，这个大老爷太好色了，略平头正脸的，他就不放手了。”平儿道：“你既不愿意，我教你个法子，不用费事就完了。”鸳鸯道：“什么法子？你说来我听。”平儿笑道：“你只和老太太说，就说已经给了琏二爷了，大老爷就不好要了。”鸳鸯啐道：“什么东西！你还说呢！前儿你主子不是这么混说的？谁知应到今儿了！”袭人笑道：“他们两个都不愿意，我就和老太太说，叫老太太说把你已经许了宝玉了，大老爷也就死了心了。”鸳鸯又是气，又是臊，又是急，因骂道：“两个蹄子不得好死的！人家有为难的事，拿着你们当正经人，告诉你们与我排解排解，你们倒替换着取笑儿。你们自为都有了结果了，将来都是做姨娘的。据我看，天下的事未必都遂心如意。你们且收着些儿，别忒乐过了头儿！”二人见他急了，忙陪笑央告道：“好姐姐，别多心，咱们从小儿都是亲姊妹一般，不过无人处偶然取个笑儿。你的主意告诉我们知道，也好放心。”鸳鸯道：“什么主意！我只不去就完了。”平儿摇头道：“你不去未必得干休。大老爷的性子你是知道的。虽然你是老太太房里的人，此刻不敢把你怎么样，将来难道你跟老太太一辈子不成？也要出去的。那时落了他的手，倒不好了。”鸳鸯冷笑道：“老太太在一日，我一日不离这里；若是老太太归西去了，他横竖还有三年的孝呢，没个娘才死了他先纳小老婆的！等过三年，知道又是怎么个光景，那时再说。纵到了至急为难，我剪了头发作姑子去；不然，还有一死。

一辈子不嫁男人，又怎么样？乐得干净呢！”平儿袭人笑道：“真这蹄子没了脸，越发信口儿都说出来了。”鸳鸯道：“事到如此，臊一会怎么样！你们不信，慢慢的看着就是了。太太才说了，找我老子娘去。我看他南京找去！”平儿道：“你的父母都在南京看房子，没上来，终久也寻的着。现在还有你哥哥嫂子在这里。可惜你是这里的家生女儿，不如我们两个人是单在这里。”鸳鸯道：“家生女儿怎么样？‘牛不吃水强按头’？我不愿意，难道杀我的老子娘不成？”

正说着，只见他嫂子从那边走来。袭人道：“当时找不着你的爹娘，一定和你嫂子说了。”鸳鸯道：“这个娼妇专管是个‘九国贩骆驼的’[11]，听了这话，他有个不奉承去的！”说话之间，已来到跟前。他嫂子笑道：“那里没找到，姑娘跑了这里来！你跟了我来，我和你说话。”平儿袭人都忙让坐。他嫂子说：“姑娘们请坐，我找我们姑娘说句话。”袭人平儿都装不知道，笑道：“什么话这样忙？我们这里猜谜儿赢手批子打呢，等猜了这个再去。”鸳鸯道：“什么话？你说罢。”他嫂子笑道：“你跟我来，到那里我告诉你，横竖有好话儿。”鸳鸯道：“可是大太太和你说的那话？”他嫂子笑道：“姑娘既知道，还奈何我！快来，我细细的告诉你，可是天大的喜事。”鸳鸯听说，立起身来，照他嫂子脸上下死劲啐了一口，指着他骂道：“你快夹着屄嘴离了这里，好多着呢！什么‘好话’！宋徽宗的鹰，赵子昂的马，都是好画儿。什么‘喜事’！状元痘儿灌的浆儿又满是喜事[12]。怪道成日家羡慕人家女儿作了小老婆，一家子都仗着他横行霸道的，一家子都成了小老婆了！看的眼热了，也把我送在火坑里去。我若得脸呢，你们在外头横行霸道，自己就封自己是舅爷了。我若不得脸败了时，你们把忘八脖子一缩，生死由我。”一面说，一面哭，平儿袭人拦着劝。他嫂子脸上下不来，因说道：“愿意不愿意，你也好说，不犯着牵三挂四的。俗语说，‘当着矮人，别说短话’。姑奶奶骂我，我不敢还言；这二位姑娘并没惹着你，小老婆长小老婆短，人家脸上怎么过得去？”袭人平儿忙道：“你倒别这么说，他也并不是说我们，你倒别牵三挂四的。你听见那位太太、太爷们封我们做小老婆？况且我们两个也没有爹娘哥哥兄弟在这门子里仗着我们横行霸道的。他骂的人自有他骂的，我们犯不着多心。”鸳鸯道：“他见我骂了他，他臊了，没的盖脸，又拿话挑唆你们两个，幸亏你们两个明白。原是我急了，也没分别出来，他就挑出这个空儿来。”他嫂子自觉没趣，赌气去了。

鸳鸯气得还骂，平儿袭人劝他一回，方才罢了。平儿因问袭人道：“你在那里藏着做甚么的？我们竟没看见你。”袭人道：“我因为往四姑娘房里瞧我们宝二爷去的，谁知迟了一步，说是来家里来了。我疑惑怎么不遇见呢，想要往林姑娘家里找去，又遇见他的人说也没去。我这里正疑惑是出园子去了，可巧你从那里来了，我一闪，你也没看见。后来他又来了。我从这树后头走到山子石后，我却见你两个说话来了，谁知你们四个眼睛没见我。”

一语未了，又听身后笑道：“四个眼睛没见你？你们六个眼睛竟没见我！”三人唬了一跳，回身一看，不是别个，正是宝玉走来。袭人先笑道：“叫我好找，你那里来？”宝玉笑道：“我从四妹妹那里出来，迎头看见你来了，我就知道是找我去的，我就藏了起来哄你。看你趋着头[13]过去了，进了院子就出来了，逢人就问。我在那里好笑，只等你到了跟前唬你一跳的，后来见你也藏藏躲躲的，我就知道也是要哄人了。我探头往前看了一看，却是他两个，所以我就绕到你身后。你出去，我就躲在你躲的那里了。”平儿笑道：“咱们再往后找找去，只怕还找出两个人来也未可知。”宝玉笑道：“这可再没了。”鸳鸯已知话俱被宝玉听了，只伏在石头上装睡。宝玉推他笑道：“这石头上冷，咱们回房里去睡，岂不好？”说着拉起鸳鸯来，又忙让平儿来家坐吃茶。平儿和袭人都劝鸳鸯走，鸳鸯方立起身来，四人竟往怡红院来。宝玉将方才的话俱已听见，心中自然不快，只默默的歪在床上，任他三人在外间说笑。

那边邢夫人因问凤姐儿鸳鸯的父母，凤姐因回说：“他爹的名字叫金彩，两口子都在南京看房子，从不大上京。他哥哥金文翔，现在是老太太那边的买办。他嫂子也是老太太那边浆洗的头儿。”邢夫人便令人叫了他嫂子金文翔媳妇来，细细说与他。金家媳妇自是喜欢，兴兴头头找鸳鸯，只望一说必妥，不想被鸳鸯抢白一顿，又被袭人平儿说了几句，羞恼回来，便对邢夫人说：“不中用，他倒骂了我一场。”因凤姐儿在旁，不敢提平儿，只说：“袭人也帮着他抢白我，也说了许多不知好歹的话，回不得主子的。太太和老爷商议再买罢。谅那小蹄子也没有这么大福，我们也没有这么大造化。”邢夫人听了，因说道：“又与袭人什么相干？他们如何知道的？”又问：“还有谁在跟前？”金家的道：“还有平姑娘。”凤姐儿忙道：“你不该拿嘴巴子打他回来？我一出了门，他就逛去了，回家来连一个影儿也摸不着他！他必定也帮着说什么呢！”金家的道：“平姑娘没在跟前，远远的看着倒象是他，可也不真切，不过是我白忖度。”凤姐便命人去：“快打了他来，告诉他我来家了，太太也在这里，请他来帮个忙儿。”丰儿忙上来回道：“林姑娘打发了人下请字请了三四次，他才去了。奶奶一进门我就叫他去的。林姑娘说：‘告诉你奶奶，我烦他有事呢。’”凤姐儿听了方罢，故意的还说“天天烦他，有些什么事！”

邢夫人无计，吃了饭回家，晚间告诉了贾赦。贾赦想了一想，即刻叫贾琏来说：“南京的房子还有人看着，不止一家，即刻叫上金彩来。”贾琏回道：“上次南京信来，金彩已经得了痰迷心窍，那边连棺材银子都赏了，不知如今是死是活，便是活着，人事不知，叫来也无用。他老婆子又是个聋子。”贾赦听了，喝了一声，又骂：“下流囚攮的，偏你这么知道，还不离了我这里！”唬得贾琏退出，一时又叫传金文翔。贾琏在外书房伺候着，又不敢家去，又不敢见他父亲，只得听着。一时金文翔来了，小幺儿们直带入二门里去，隔了五六顿饭的工夫才出来去了。贾琏暂且不敢打听，隔了一会，又打听贾赦睡了，方才过来。至晚间凤姐儿告诉他，方才明白。

鸳鸯一夜没睡，至次日，他哥哥回贾母接他家去逛逛，贾母允了，命他出去。鸳鸯意欲不去，又怕贾母疑心，只得勉强出来。他哥哥只得将贾赦的话说与他，又许他怎么体面，又怎么当家作姨娘。鸳鸯只咬定牙不愿意。他哥哥无法，少不得去回覆了贾赦。贾赦怒起来，因说道：“我这话告诉你，叫你女人向他说去，就说我的话：‘自古嫦娥爱少年’，他必定嫌我老了，大约他恋着少爷们，多半是看上了宝玉，只怕也有贾琏。果有此心，叫他早早歇了心，我要他不来，此后谁还敢收？此是一件。第二件，想着老太太疼他，将来自然往外聘作正头夫妻去。叫他细想，凭他嫁到谁家去，也难出我的手心。除非他死了，或是终身不嫁男人，我就伏了他！若不然时，叫他趁早回心转意，有多少好处。”贾赦说一句，金文翔应一声“是”。贾赦道：“你别哄我，我明儿还打发你太太过去问鸳鸯，你们说了，他不依，便没你们的不是。若问他，他再依了，仔细你的脑袋！”

金文翔忙应了又应，退出回家，也不等得告诉他女人转说，竟自己对面说了这话。把个鸳鸯气的无话可回，想了一想，便说道：“便愿意去，也须得你们带了我回声老太太去。”他哥嫂听了，只当回想过来，都喜之不胜。他嫂子即刻带了他上来见贾母。

可巧王夫人、薛姨妈、李纨、凤姐儿、宝钗等姊妹并外头的几个执事有头脸的媳妇，都在贾母跟前凑趣儿呢。鸳鸯喜之不尽，拉了他嫂子，到贾母跟前跪下，一行哭，一行说，把邢夫人怎么来说，园子里他嫂子又如何说，今儿他哥哥又如何说，“因为不依，方才大老爷越性说我恋着宝玉，不然要等着往外聘，我到天上，这一辈子也跳不出他的手心去，终久要报仇。我是横了心的，当着众人在这里，我这一辈子莫说是‘宝玉’，便是‘宝金’‘宝银’‘宝天王’‘宝皇帝’，横竖不嫁人就完了！

就是老太太逼着我，我一刀抹死了，也不能从命！若有造化，我死在老太太之先；若没造化，该讨吃的命，伏侍老太太归了西，我也不跟着我老子娘哥哥去，我或是寻死，或是剪了头发当尼姑去！若说我不是真心，暂且拿话来支吾，日后再图别的，天地鬼神，日头月亮照着嗓子，从嗓子里头长疔烂了出来，烂化成酱在这里！”原来他一进来时，便袖了一把剪子，一面说着，一面左手打开头发，右手便铰。众婆娘丫鬟忙来拉住，已剪下半绺来了。众人看时，幸而他的头发极多，铰的不透，连忙替他挽上。贾母听了，气的浑身乱战，口内只说：“我通共剩了这么一个可靠的人，他们还要来算计！”因见王夫人在旁，便向王夫人道：“你们原来都是哄我的！外头孝敬，暗地里盘算我。有好东西也来要，有好人也要，剩了这么个毛丫头，见我待他好了，你们自然气不过，弄开了他，好摆弄我！”王夫人忙站起来，不敢还一言。薛姨妈见连王夫人怪上，反不好劝的了。李纨一听见鸳鸯的话，早带了姊妹们出去。

探春有心的人，想王夫人虽有委曲，如何敢辩；薛姨妈也是亲姊妹，自然也不好辩的；宝钗也不便为姨母辩；李纨、凤姐、宝玉一概不敢辩；这正用着女孩儿之时，迎春老实，惜春小，因此窗外听了一听，便走进来陪笑向贾母道：“这事与太太什么相干？老太太想一想，也有大伯子要收屋里的人，小婶子如何知道？便知道，也推不知道。”犹未说完，贾母笑道：“可是我老糊涂了！姨太太别笑话我。你这个姐姐他极孝顺我，不象我那大太太一味怕老爷，婆婆跟前不过应景儿。可是委屈了他。”薛姨妈只答应“是”，又说：“老太太偏心，多疼小儿子媳妇，也是有的。”贾母道：“不偏心！”因又说道：“宝玉，我错怪了你娘，你怎么也不提我，看着你娘受委屈？”宝玉笑道：“我偏着娘说大爷大娘不成？通共一个不是，我娘在这里不认，却推谁去？我倒要认是我的不是，老太太又不信。”贾母笑道：“这也有理。你快给你娘跪下，你说太太别委屈了，老太太有年纪了，看着宝玉罢。”宝玉听了，忙走过去，便跪下要说；王夫人忙笑着拉他起来，说：“快起来，快起来，断乎使不得。终不成你替老太太给我赔不是不成？”宝玉听说，忙站起来。贾母又笑道：“凤姐儿也不提我。”凤姐儿笑道：“我倒不派老太太的不是，老太太倒寻上我了？”贾母听了，与众人都笑道：“这可奇了！倒要听听这不是。”凤姐儿道：“谁教老太太会调理人，调理的水葱儿似的，怎么怨得人要？我幸亏是孙子媳妇，若是孙子，我早要了，还等到这会子呢。”贾母笑道：“这倒是我的不是了？”凤姐儿笑道：“自然是老太太的不是了。”贾母笑道：“这样，我也不要了，你带了去罢！”凤姐儿道：“等着修了这辈子，来生托生男人，我再要罢。”贾母笑道：“你带了去，给琏儿放在屋里，看你那没脸的公公还要不要了！”凤姐儿道：“琏儿不配，就只配我和平儿这一对烧糊了的卷子和他混罢。”说的众人都笑起来了。

（节选自《红楼梦》第四十六回）

注 释

① 克啬：刻薄，吝啬。

② 左性：固执，不通情理。

③ 搁不住：经不住，有拿它无可奈何的意思。

④ 巴高望上：想着爬上高的位置。

⑤ 保不严：说不定。

⑥ 人牙子：即人贩子。

⑦ 响快：爽快。下文“积粘”就是不爽快，意思相反。

⑧ 讨个臊：讨个没趣，丢了面子。

⑨ 越性：索性，干脆。

⑩ 牙碜：本指吃东西遇到砂石硌牙，这里是让人听了肉麻的意思。

⑪ 九国贩骆驼的：意思是四处兜生意赚钱的人。

⑫ 状元痘儿灌的浆儿又满是喜事：旧时忌讳，称天花痘为状元痘，如果痘疹灌满了浆，就是病将好的征兆，所以是喜事。这里饱满的“满”谐“满是”“都是”的意思。

⑬ 趁（qǐn）着头：低着头。

阅读提示

曹雪芹在这里提供的生活画面，是美与丑的对立，善与恶的对立，那样鲜明，又那样强烈。这又要从曹雪芹能整体地认识和表现生活的高度去认识。作者在表现复杂的生活时，总是从美与丑、善与恶相反相生的关系出发的。对鸳鸯的表现，立意很高，一方面是写她思想眼光之高，高出于贾府中从主子到奴才劝她攀高枝的一大群人之上；二是写她的刚强，写她不屈不挠的抗争精神，无论怎样的威胁都不能吓唬住她。这正应了古语说的：“富贵不能淫，威武不能屈。”一个身份低贱的奴隶，在品德精神气性力量诸方面，都压倒了表面上看来不可一世的贵族老爷。在曹雪芹的笔下，鸳鸯成了那个黑暗王国中一个光彩照人的英雄。如果从认识和表现生活的整体性来看，鸳鸯这一形象的出现，就已经昭示出贾府这个贵族之家的气运已经不济了。单是从鸳鸯这一杰出形象的创造看，曹雪芹的思想就是非常进步的，在旧小说中非常少见。在艺术表现上，值得注意的一点是，作者拉出一大群人来劝说，实际就是在众多人物的陪衬中来刻画鸳鸯的形象，一层层写，一层层对比，把她写得愈来愈饱满，愈来愈高大，愈来愈光辉。

抄检大观园

一时贾母歇晌，大家散出，都知贾母今日生气，皆不敢各散回家，只得在此暂候。尤氏便往凤姐儿处来闲话了一回，因他也不自在，只得往园内寻众姑嫂闲谈。邢夫人在王夫人处坐了一回，也就往园内散散心来。刚至园门前，只见贾母房内的小丫头子名唤傻大姐的笑嘻嘻走来，手内拿着个花红柳绿的东西，低头一壁瞧着，一壁只管走，不防迎头撞见邢夫人，抬头看见，方才站住。邢夫人因说："这痴丫头，又得了个什么狗不识儿这么欢喜？拿来我瞧瞧。"原来这傻大姐年方十四五岁，是新挑上来的与贾母这边提水桶扫院子专作粗活的一个丫头。只因他生得体肥面阔，两只大脚作粗活简捷爽利，且心性愚顽，一无知识，行事出言，常在规矩之外。贾母因喜欢他爽利便捷，又喜他出言可以发笑，便起名为"呆大姐"，常闷来便引他取笑一回，毫无避忌，因此又叫他作"痴丫头"。他纵有失礼之处，见贾母喜欢他，众人也就不去苛责。这丫头也得了这个力，若贾母不唤他时，便入园内来顽耍。今日正在园内掏促织，忽在山石背后得了一个五彩绣香囊，其华丽精致，固是可爱，但上面绣的并非花鸟等物，一面却是两个人赤条条的盘踞相抱，一面是几个字。这痴丫头原不认得是春意，便心下盘算："敢是两个妖精打架？不然必是两口子相打。"左右猜解不来，正要拿去与贾母看，是以笑嘻嘻的一壁看，一壁走，忽见了邢夫人如此说，便笑道："太太真个说的巧，真个是狗不识呢。太太请瞧一瞧。"说着，便送过去。邢夫人接来一看，吓得连忙死紧攥住，忙问："你是那里得的？"傻大姐道："我掏促织儿在山石上拣的。"邢夫人道："快休告诉一人。这不是好东西，连你也要打死。皆因你素日是傻子，以后再别提起了。"这傻大姐听了，反吓的黄了脸，说："再不敢了。"磕了个头，呆呆而去。邢夫人回头看时，都是些女孩儿，不便递与，自己便塞在袖内，心内十分罕异，揣摩此物从何而至，且不形于声色，且来至迎春室中。

（节选自《红楼梦》第七十三回）

一语未了，人报："太太来了。"凤姐听了诧异，不知为何事亲来，与平儿等忙迎出来。只见王夫人气色更变，只带一个贴己的小丫头走来，一语不发，走至里间坐下。凤姐忙奉茶，因陪笑问道："太太今日高兴，到这里逛逛。"王夫人喝命："平儿出去！"平儿见了这般，着慌不知怎么样了，忙应了一声，带着众小丫头一齐出去，在房门外站住，越性将房门掩了，自己坐在台矶上，所有的人，一个不许进去。凤姐也着了慌，不知有何等事。只见王夫人含着泪，从袖内掷出一个香袋子来，说："你瞧。"凤姐忙拾起一看，见是十锦春意香袋，也吓了一跳，忙问："太太从那里得来？"王夫人见问，越发泪如雨下，颤声说道："我从那里得来！我天天坐在井里，拿你当个细心人，所以我才偷个空儿。谁知你也和我一样。这样的东西大天白日明摆在园里山石上，被老太太的丫头拾着，不亏你婆婆遇见，早已送到老太太跟前去了。我且问你，这个东西如何遗在那里来？"凤姐听得，也更了颜色，忙问："太太怎知是我的？"王夫人又哭又叹说道："你反问我！你想，一家子除了你们小夫小妻，余者老婆子们，要这个何用？再女孩子们是从那里得来？自然是那琏儿不长进下流种子那里弄来。你们又和气，当作一件顽意儿，年轻人儿女闺房私意是有的，你还和我赖！幸而园内上下人还不解事，尚未拣得。倘或丫头们拣着，你姊妹看见，这还了得。不然有那小丫头们拣着，出去说是园内拣着的，外人知道，这性命脸面要也不要？"凤姐听说，又急又愧，登时紫涨了面皮，便依炕沿双膝跪下，也含泪诉道："太太说的固然有理，我也不敢辩我并无这样的东西。但其中还要求太太细详其理：那香袋是外头雇工仿着内工绣的，带子穗子一概是市卖货。我便年轻不尊重些，也不要这劳什子，自然都是好的，此其一。二者这东西也不是常带着的，我纵有，也只好在家里，焉肯带在身上各处去？况且又在园里去，个个姊妹我们都肯拉拉扯扯，倘或露出来，不但在姊妹前，就是奴才看见，我有什么意思？我虽年轻不尊重，亦不能糊涂至此。三则论主子内我是年轻媳妇，算起奴才来，比我更年轻的又不止一个人了。况且他们也常进园，晚间各人家去，焉知不是他们身上的？四则除我常在园里之外，还有那边太太常带过几个小姨娘来，如嫣红翠云等人，皆系年轻侍妾，他们更该有这个了。还有那边珍大嫂子，他不算甚老外[①]，他也常带过佩凤等人来，焉知又不是他们的？五则园内丫头太多，保的住个个都是正经的不成？也有年纪大些的知道了人事，或者一时半刻人查问不到偷着出去，或借着因由同二门上小幺儿们打牙犯嘴，外头得了来的，也未可知。如今不但我没此事，就连平儿我也可以下保的。太太请细想。"王夫人听了这一席话大近情理，因叹道："你起来。我也知道你是大家小姐出身，焉得轻薄至此，不过我气急了，拿了话激你。但如今却怎么处？你婆婆才打发人封了这个给我瞧，说是前日从傻大姐手里得的，把我气了个死。”凤姐道：“太太快别生气。若被众人觉察了，保不定老太太不知道。且平心静气暗暗访察，才得确实；纵然访不着，外人也不能知道。这叫作‘胳膊折在袖内’。如今惟有趁着赌钱的因由革了许多的人这空儿，把周瑞媳妇旺儿媳妇等四五个贴近不能走话的人安插在园里，以查赌为由。再如今他们的丫头也太多了，保不住人大心大，生事作耗[②]，等闹出事来，反悔之不及。如今若无故裁革，不但姑娘们委屈烦恼，就连太太和我也过不去。不如趁此机会，以后凡年纪大些的，或有些咬牙难缠的，拿个错儿撵出去配了人。一则保得住没有别的事，二则也可省些用度。太太想我这话如何？”王夫人叹道：“你说的何尝不是，但从公细想，你这几个姊妹也甚可怜了。也不用远比，只说如今你林妹妹的母亲，未出阁时，是何等的娇生惯养，是何等的金尊玉贵，那才象个千金小姐的体统。如今这几个姊妹，不过比人家的丫头略强些罢了。通共每人只有两三个丫头象个人样，余者纵有四五个小丫头子，竟是庙里的小鬼。如今还要裁革了去，不但于我心不忍，只怕老太太未必就依。虽然艰难，难不至此。我虽没受过大荣华富贵，比你们是强的。如今我宁可省些，别委屈了他们。以后要省俭先从我来倒使的。如今且叫人传了周瑞家的等人进来，就吩咐他们快快暗地访拿这事要紧。”凤姐听了，即唤平儿进来吩咐出去。

一时，周瑞家的与吴兴家的、郑华家的、来旺家的、来喜家的现在五家陪房进来，余者皆在南方各有执事。王夫人正嫌人少不能勘察，忽见邢夫人的陪房王善保家的走来，方才正是他送香囊来的。王夫人向来看视邢夫人之得力心腹人等原无二意，今见他来打听此事，十分关切，便向他说：“你去回了太太，也进园内照管照管，不比别人又强些。”这王善保家正因素日进园去那些丫鬟们不大趋奉他，他心里大不自在，要寻他们的故事又寻不着，恰好生出这事来，以为得了把柄。又听王夫人委托，正撞在心坎上，说：“这个容易。不是奴才多话，论理这事该早严紧的。太太也不大往园里去，这些女孩子们一个个倒象受了封诰[③]似的，他们就成了千金小姐了。闹下天来，谁敢哼一声儿。不然，就调唆姑娘的丫头们，说欺负了姑娘们了，谁还耽得起。”王夫人道：“这也有的常情，跟姑娘的丫头原比别的娇贵些。你们该劝他们。连主子们的姑娘不教导尚且不堪，何况他们。”王善保家的道：“别的都还罢了。太太不知道，一个宝玉屋里的晴雯，那丫头仗着他生的模样儿比别人标致些，又生了一张巧嘴，天天打扮的象个西施的样子，在人跟前能说惯道，掐尖要强。一句话不投机，他就立起两个骚眼睛来骂人，妖妖趫趫[④]，大不成个体统。”王夫人听了这话，猛然触动往事，便问凤姐道：“上次我们跟了老太太进园逛去，有一个水蛇腰、削肩膀、眉眼又有些象你林妹妹的，正在那里骂小丫头。我的心里很看不上那狂样子，因同老太太走，我不曾说得。后来要问是谁，又偏忘了。今日对了坎儿[⑤]，这丫头想必就是他了。”凤姐道：“若论这些丫头们，共总比起来，都没晴雯生得好。论举止言语，他原有些轻薄。方才太太说的倒很象他，我也忘了那日的事，不敢乱说。”王善保家的便道：“不用这样，此刻不难叫了他来太太瞧瞧。”王夫人道：“宝玉房里常见我的只有袭人麝月，这两个笨笨的倒好。若有这个，他自不敢来见我的。我一生最嫌这样人，况且又出来这个事。好好的宝玉，倘或叫这蹄子勾引坏了，那还了得。”因叫自己的丫头来，吩咐他到园里去，“只说我说有话问他们，留下袭人麝月伏侍宝玉不必来，有一个晴雯最伶俐，叫他即刻快来。你不许和他说什么。”

小丫头子答应了，走入怡红院，正值晴雯身上不自在，睡中觉才起来，正发闷，听如此说，只得随了他来。素日这些丫鬟皆知王夫人最嫌趫妆艳饰语薄言轻者，故晴雯不敢出头。今因连日不自在，并没十分妆饰，自为无碍。及到了凤姐房中，王夫人一见他钗亸[⑥]鬓松，衫垂带褪，有春睡捧心之遗风[⑦]，而且形容面貌恰是上月的那人，不觉勾起方才的火来。王夫人原是天真烂漫之人，喜怒出于心臆，不比那些饰词掩意之人，今既真怒攻心，又勾起往事，便冷笑道：“好个美人！真象个病西施了。你天天作这轻狂样儿给谁看？你干的事，打量我不知道呢！我且放着你，自然明儿揭你的皮！宝玉今日可好些？”晴雯一听如此说，心内大异，便知有人暗算了他。虽然着恼，只不敢作声。他本是个聪敏过顶的人，见问宝玉可好些，他便不肯以实话对，只说：“我不大到宝玉房里去，又不常和宝玉在一处，好歹我不能知道，只问袭人麝月两个。”王夫人道：“这就该打嘴！你难道是死人，要你们作什么！”晴雯道：“我原是跟老太太的人。因老太太说园里空大人少，宝玉害怕，所以拨了我去外间屋里上夜，不过看屋子。我原回过我笨，不能伏侍。老太太骂了我，说‘又不叫你管他的事，要伶俐的作什么。’我听了这话才去的。不过十天半个月之内，宝玉闷了大家顽一会子就散了。至于宝玉饮食起坐，上一层有老奶奶老妈妈们，下一层又有袭人麝月秋纹几个人。我闲着还要作老太太屋里的针线，所以宝玉的事竟不曾留心。太太既怪，从此后我留心就是了。”王夫人信以为实了，忙说：“阿弥陀佛！你不近宝玉是我的造化，竟不劳你费心。既是老太太给宝玉的，我明儿回了老太太，再撵你。”因向王善保家的道：“你们进去，好生防他几日，不许他在宝玉房里睡觉。等我回过老太太，再处治他。”喝声“去！站在这里，我看不上这浪样儿！谁许你这样花红柳绿的妆扮！”晴雯只得出来，这气非同小可，一出门便拿手帕子握着脸，一头走，一头哭，直哭到园门内去。

这里王夫人向凤姐等自怨道：“这几年我越发精神短了⑧，照顾不到。这样妖精似的东西竟没看见。只怕这样的还有，明日倒得查查。”凤姐见王夫人盛怒之际，又因王善保家的是邢夫人的耳目，常调唆着邢夫人生事，纵有千百样言词，此刻也不敢说，只低头答应着。王善保家的道：“太太请养息身体要紧，这些小事只交与奴才。如今要查这个主儿也极容易，等到晚上园门关了的时节，内外不通风，我们竟给他们个猛不防，带着人到各处丫头们房里搜寻。想来谁有这个，断不单只有这个，自然还有别的东西。那时翻出别的来，自然这个也是他的。”王夫人道：“这话倒是。若不如此，断不能清的清白的白。”因问凤姐如何。凤姐只得答应说：“太太说的是，就行罢了。”王夫人道：“这主意很是，不然一年也查不出来。”于是大家商议已定。

至晚饭后，待贾母安寝了，宝钗等入园时，王善保家的便请了凤姐一并入园，喝命将角门皆上锁，便从上夜的婆子处抄检起，不过抄检出些多余攒下蜡烛灯油等物。王善保家的道：“这也是赃，不许动，等明儿回过太太再动。”于是先就到怡红院中，喝命关门。当下宝玉正因晴雯不自在，忽见这一干人来，不知为何直扑了丫头们的房门去，因迎出凤姐来，问是何故。凤姐道：“丢了一件要紧的东西，因大家混赖，恐怕有丫头们偷了，所以大家都查一查去疑。”一面说，一面坐下吃茶。王善保家的等搜了一回，又细问这几个箱子是谁的，都叫本人来亲自打开。袭人因见晴雯这样，知道必有异事，又见这番抄检，只得自己先出来打开了箱子并匣子，任其搜检一番，不过是平常动用之物。随放下又搜别人的，挨次都一一搜过。到了晴雯的箱子，因问：“是谁的，怎不开了让搜？”袭人等方欲代晴雯开时，只见晴雯挽着头发闯进来，豁一声将箱子掀开，两手捉着底子，朝天往地下尽情一倒，将所有之物尽都倒出。王善保家的也觉没趣，看了一看，也无甚私弊之物。回了凤姐，要往别处去。凤姐儿道：“你们可细细的查，若这一番查不出来，难回话的。”众人都道：“都细翻看了，没什么差错东西。虽有几样男人物件，都是小孩子的东西，想是宝玉的旧物件，没甚关系的。”凤姐听了，笑道：“既如此咱们就走，再瞧别处去。”

说着，一径出来，因向王善保家的道："我有一句话，不知是不是。要抄检只抄检咱们家的人，薛大姑娘屋里，断乎检抄不得的。"王善保家的笑道："这个自然。岂有抄起亲戚家来。"凤姐点头道："我也这样说呢。"一头说，一头到了潇湘馆内。黛玉已睡了，忽报这些人来，也不知为甚事。才要起来，只见凤姐已走进来，忙按住他不许起来，只说："睡罢，我们就走。"这边且说些闲话。那个王善保家的带了众人到丫鬟房中，也一一开箱倒笼抄检了一番。因从紫鹃房中抄出两副宝玉常换下来的寄名符儿，一副束带上的披带，两个荷包并扇套，套内有扇子。打开看时皆是宝玉往年往日手内曾拿过的。王善保家的自为得了意，遂忙请凤姐过来验视，又说："这些东西从那里来的？"凤姐笑道："宝玉和他们从小儿在一处混了几年，这自然是宝玉的旧东西。这也不算什么罕事，撂下再往别处去是正经。"紫鹃笑道："直到如今，我们两下里的东西也算不清。要问这一个，连我也忘了是那年月日有的了。"王善保家的听凤姐如此说，也只得罢了。

又到探春院内，谁知早有人报与探春了。探春也就猜着必有原故，所以引出这等丑态来，遂命众丫鬟秉烛开门而待。一时众人来了。探春故问何事。凤姐笑道："因丢了一件东西，连日访察不出人来，恐怕旁人赖这些女孩子们，所以越性大家搜一搜，使人去疑，倒是洗净他们的好法子。"探春冷笑道："我们的丫头自然都是些贼，我就是头一个窝主。既如此，先来搜我的箱柜，他们所有偷了来的都交给我藏着呢。"说着便命丫头们把箱柜一齐打开，将镜奁、妆盒、衾袱、衣包若大若小之物一齐打开，请凤姐去抄阅。凤姐陪笑道："我不过是奉太太的命来，妹妹别错怪我。何必生气。"因命丫鬟们快快关上。平儿丰儿等忙着替待书等关的关，收的收。探春道："我的东西倒许你们搜阅；要想搜我的丫头，这却不能。我原比众人歹毒，凡丫头所有的东西我都知道，都在我这里间收着，一针一线他们也没的收藏，要搜所以只来搜我。你们不依，只管去回太太，只说我违背了太太，该怎么处治，我去自领。你们别忙，自然连你们抄的日子有呢！你们今日早起不曾议论甄家，自己家里好好的抄家，果然今日真抄了。咱们也渐渐的来了。可知这样大族人家，若从外头杀来，一时是杀不死的，这是古人曾说的'百足之虫，死而不僵'，必须先从家里自杀自灭起来，才能一败涂地！"说着，不觉流下泪来。凤姐只看着众媳妇们。周瑞家的便道："既是女孩子的东西全在这里，奶奶且请到别处去罢，也让姑娘好安寝。"凤姐便起身告辞。探春道："可细细的搜明白了？若明日再来，我就不依了。"凤姐笑道："既然丫头们的东西都在这里，就不必搜了。"探春冷笑道："你果然倒乖。连我的包袱都打开了，还说没翻。明日敢说我护着丫头们，不许你们翻了。你趁早说明，若还要翻，不妨再翻一遍。”凤姐知道探春素日与众不同的，只得陪笑道：“我已经连你的东西都搜查明白了。”探春又问众人：“你们也都搜明白了不曾？”周瑞家的等都陪笑说：“都翻明白了。”那王善保家的本是个心内没成算[⑨]的人，素日虽闻探春的名，那是为众人没眼力没胆量罢了，那里一个姑娘家就这样起来；况且又是庶出，他敢怎么。他自恃是邢夫人陪房，连王夫人尚另眼相看，何况别个。今见探春如此，他只当是探春认真单恼凤姐，与他们无干。他便要趁势作脸献好，因越众向前拉起探春的衣襟，故意一掀，嘻嘻笑道：“连姑娘身上我都翻了，果然没有什么。”凤姐见他这样，忙说：“妈妈走罢，别疯疯颠颠的。”一语未了，只听“拍”的一声，王家的脸上早着了探春一掌。探春登时大怒，指着王家的问道：“你是什么东西，敢来拉扯我的衣裳！我不过看着太太的面上，你又有年纪，叫你一声妈妈，你就狗仗人势，天天作耗，专管生事。如今越性了不得了。你打谅我是同你们姑娘那样好性儿，由着你们欺负他，就错了主意！你搜检东西我不恼，你不该拿我取笑。”说着，便亲自解衣卸裙，拉着凤姐儿细细的翻。又说：“省得叫奴才来翻我身上。”凤姐平儿等忙与探春束裙整袂，口内喝着王善保家的说：“妈妈吃两口酒就疯疯颠颠起来。前儿把太太也冲撞了。快出去，不要提起了。”又劝探春休得生气。探春冷笑道：“我但凡有气性，早一头碰死了！不然岂许奴才来我身上翻贼赃了。明儿一早，我先回过老太太、太太，然后过去给大娘陪礼，该怎么，我就领。”那王善保家的讨了个没意思，在窗外只说：“罢了，罢了，这也是头一遭挨打。我明儿回了太太，仍回老娘家去罢。这个老命还要他做什么！”探春喝命丫鬟道：“你们听他说的这话，还等我和他对嘴去不成。”待书等听说，便出去说道：“你果然回老娘家去，倒是我们的造化了。只怕舍不得去。”凤姐笑道：“好丫头，真是有其主必有其仆。”探春冷笑道：“我们作贼的人，嘴里都有三言两语的。这还算笨的，背地里就只不会调唆主子。”平儿忙也陪笑解劝，一面又拉了待书进来。周瑞家的等人劝了一番。凤姐直待伏侍探春睡下，方带着人往对过暖香坞来。

彼时李纨犹病在床上，他与惜春是紧邻，又与探春相近，故顺路先到这两处。因李纨才吃了药睡着，不好惊动，只到丫鬟们房中一一的搜了一遍，也没有什么东西，遂到惜春房中来。因惜春年少，尚未识事，吓的不知当有什么事，故凤姐也少不得安慰他。谁知竟在入画箱中寻出一大包金银锞子来，约共三四十个，又有一副玉带板子[⑩]并一包男人的靴袜等物。入画也黄了脸。因问是那里来的，入画只得跪下哭诉真情，说："这是珍大爷赏我哥哥的。因我们老子娘都在南方，如今只跟着叔叔过日子。我叔叔婶子只要吃酒赌钱，我哥哥怕交给他们又花了，所以每常得了，悄悄的烦了老妈妈带进来叫我收着的。"惜春胆小，见了这个也害怕，说："我竟不知道。这还了得！二嫂子，你要打他，好歹带他出去打罢，我听不惯的。"凤姐笑道："这话若果真呢，也倒可恕，只是不该私自传送进来。这个可以传递，什么不可以传递。这倒是传递人的不是了。若这话不真，倘是偷来的，你可就别想活了。"入画跪着哭道："我不敢扯谎。奶奶只管明日问我们奶奶和大爷去，若说不是赏的，就拿我和我哥哥一同打死无怨。"凤姐道："这个自然要问的，只是真赏的也有不是。谁许你私自传送东西的！你且说是谁作接应，我便饶你。下次万万不可。"惜春道："嫂子别饶他这次方可。这里人多，若不拿一个人作法，那些大的听见了，又不知怎样呢。嫂子若饶他，我也不依。"凤姐道："素日我看他还好。谁没一个错，只这一次。二次犯下，二罪俱罚。但不知传递是谁。"惜春道："若说传递，再无别个，必是后门上的张妈。他常肯和这些丫头们鬼鬼祟祟的，这些丫头们也都肯照顾他。"凤姐听说，便命人记下，将东西且交给周瑞家的暂拿着，等明日对明再议。于是别了惜春，方往迎春房内来。

迎春已经睡着了，丫鬟们也才要睡，众人叩门半日才开。凤姐吩咐："不必惊动小姐。"遂往丫鬟们房里来。因司棋是王善保的外孙女儿，凤姐倒要看看王家的可藏私不藏，遂留神看他搜检。先从别人箱子搜起，皆无别物。及到了司棋箱子中搜了一回，王善保家的说："也没有什么东西。"才要盖箱时，周瑞家的道："且住，这是什么？"说着，便伸手掣出一双男子的锦带袜并一双缎鞋来。又有一个小包袱，打开看时，里面有一个同心如意并一个字帖儿。一总递与凤姐。凤姐因当家理事，每每看开帖并账目，也颇识得几个字了。便看那帖子是大红双喜笺帖，上面写道："上月你来家后，父母已觉察你我之意。但姑娘未出阁，尚不能完你我之心愿。若园内可以相见，你可托张妈给一信息。若得在园内一见，倒比来家得说话。千万，千万。再所赐香袋二个，今已查收外，特寄香珠一串，略表我心。千万收好。表弟潘又安拜具。"凤姐看罢，不怒而反乐。别人并不识字。王家的素日并不知道他姑表姊弟有这一节风流故事，见了这鞋袜，心内已是有些毛病[11]，又见有一红帖，凤姐又看着笑，他便说道："必是他们胡写的账目，不成个字，所以奶奶见笑。"凤姐笑道："正是这个帐竟算不过来。你是司棋的老娘，他的表弟也该姓王，怎么又姓潘呢？"王善保家的见问的奇怪，只得勉强告道："司棋的姑妈给了潘家，所以他姑表兄弟姓潘。上次逃走了的潘又安就是他表弟。”凤姐笑道：“这就是了。”因道：“我念给你听听。”说着从头念了一遍，大家都唬了一跳。这王家的一心只要拿人的错儿，不想反拿住了他外孙女儿，又气又臊。周瑞家的四人又都问着他：“你老可听见了？明明白白，再没的话说了。如今据你老人家，该怎么样？”这王家的只恨没地缝儿钻进去。凤姐只瞅着他嘻嘻的笑，向周瑞家的笑道：“这倒也好。不用你们作老娘的操一点儿心，他鸦雀不闻的给你们弄了一个好女婿来，大家倒省心。”周瑞家的也笑着凑趣儿。王家的气无处泄，便自己回手打着自己的脸，骂道：“老不死的娼妇，怎么造下孽了！说嘴打嘴，现世现报在人眼里。”众人见这般，俱笑个不住，又半劝半讽的。凤姐见司棋低头不语，也并无畏惧惭愧之意，倒觉可异。料此时夜深，且不必盘问，只怕他夜间自愧去寻拙志[12]，遂唤两个婆子监守起他来。带了人，拿了赃证回来，且自安歇，等待明日料理。谁知到夜里又连起来几次，下面淋血不止。

至次日，便觉身体十分软弱，起来发晕，遂撑不住。请太医来，诊脉毕，遂立药案云：“看得少奶奶系心气不足，虚火乘脾，皆由忧劳所伤，以致嗜卧好眠，胃虚土弱，不思饮食。今聊用升阳养荣之剂。”写毕，遂开了几样药名，不过是人参、当归、黄芪等类之剂。一时退去，有老嬷嬷们拿了方子回过王夫人，不免又添一番愁闷，遂将司棋等事暂未理。

可巧这日尤氏来看凤姐，坐了一回，到园中去又看过李纨。才要望候众姊妹们去，忽见惜春遣人来请，尤氏遂到了他房中来。惜春便将昨晚之事细细告诉与尤氏，又命将入画的东西一概要来与尤氏过目。尤氏道：“实是你哥哥赏他哥哥的，只不该私自传送，如今官盐竟成了私盐[13]了。”因骂入画“糊涂脂油蒙了心的。”惜春道：“你们管教不严，反骂丫头。这些姊妹，独我的丫头这样没脸，我如何去见人。昨儿我立逼着凤姐姐带了他去，他只不肯。我想，他原是那边的人，凤姐姐不带他去，也原有理。我今日正要送过去，嫂子来的恰好，快带了他去。或打，或杀，或卖，我一概不管。”入画听说，又跪下哭求，说：“再不敢了。只求姑娘看从小儿的情常，好歹生死在一处罢。”尤氏和奶娘等人也都十分分解，说他“不过一时糊涂了，下次再不敢的。他从小儿伏侍你一场，到底留着他为是。”谁知惜春虽然年幼，却天生成一种百折不回的廉介孤独僻性，任人怎说，他只以为丢了他的体面，咬定牙断乎不肯。更又说的好：“不但不要入画，如今我也大了，连我也不便往你们那边去了。况且近日我每每风闻得有人背地里议论什么多少不堪的闲话，我若再去，连我也编派上了。”尤氏道：“谁议论什么？又有什么可议论的！姑娘是谁，我们是谁。姑娘既听见人议论我们，就该问着他才是。”惜春冷笑道：“你这话问着我倒好。我一个姑娘家，只有躲是非的，我反去寻是非，成个什么人了！还有一句话：我不怕你恼，好歹自有公论，又何必去问人。古人说得好，‘善恶生死，父子不能有所勖助’⑭，何况你我二人之间。我只知道保得住我就够了，不管你们。从此以后，你们有事别累我。”尤氏听了，又气又好笑，因向地下众人道：“怪道人人都说这四丫头年轻糊涂，我只不信。你们听才一篇话，无原无故，又不知好歹，又没个轻重。虽然是小孩子的话，却又能寒人的心。”众嬷嬷笑道：“姑娘年轻，奶奶自然要吃些亏的。”惜春冷笑道：“我虽年轻，这话却不年轻。你们不看书不识几个字，所以都是些呆子，看着明白人，倒说我年轻糊涂。”尤氏道：“你是状元榜眼探花⑮，古今第一个才子。我们是糊涂人，不如你明白，何如？”惜春道：“状元榜眼难道就没有糊涂的不成。可知他们也有不能了悟的。”尤氏笑道：“你倒好。才是才子，这会子又作大和尚了，又讲起了悟来了。”惜春道：“我不了悟，我也舍不得入画了。”尤氏道：“可知你是个心冷口冷心狠意狠的人。”惜春道：“古人曾也说的，‘不作狠心人，难得自了汉⑯。’我清清白白的一个人，为什么教你们带累坏了我！”尤氏心内原有病，怕说这些话。听说有人议论，已是心中羞恼激射，只是在惜春分上不好发作，忍耐了大半。今见惜春又说这句，因按捺不住，因问惜春道：“怎么就带累了你了？你的丫头的不是，无故说我，我倒忍了这半日，你倒越发得了意，只管说这些话。你是千金万金的小姐，我们以后就不亲近，仔细带累了小姐的美名。即刻就叫人将入画带了过去！”说着，便赌气起身去了。惜春道：“若果然不来，倒也省了口舌是非，大家倒还清净。”尤氏也不答话，一径往前边去了。

（节选自《红楼梦》第七十四回）

注　释

① 老外：本为戏曲用语，指年纪大的男人，这里指不年轻的妇女。

② 作耗：任性生事的意思。

③ 封诰：皇帝授命。

④ 妖妖趫趫（qiáo）：妖艳轻浮的样子。

⑤ 对了坎儿：情况符合。

⑥ 钗亸（duǒ）：头上的钗饰快要掉下来的样子。亸，下垂的样子。

⑦ 有春睡捧心之遗风：春睡指杨贵妃醉眠之娇，捧心指西施蹙眉之美。遗风指她们留下来的流风余韵。

⑧ 精神短了：精力不济了。

⑨ 心内没成算：缺少心眼儿。

⑩ 玉带板子：男人腰带上用玉制成的带头。

⑪ 毛病：这里是心里犯嘀咕的意思。

⑫ 拙志：短见，就是自杀。

⑬ 官盐竟成了私盐：本来合法的东西变成了不合法的了。

⑭ 勖（xù）助：勉励帮助。

⑮ 状元榜眼探花：明清科举制度，考进士廷试一甲，前三名分别为状元、榜眼、探花。

⑯ 自了汉：只顾自己利益而不顾全局利益的人。

阅读提示

小小一个绣春囊在大观园内引起了一场大风波，这是贾府内错综复杂矛盾发展的必然结果。实质是权力之争，长房的邢夫人因失宠于贾母而嫉恨掌握家政大权的王夫人和王熙凤，她终于找到了一次进攻的机会。曹雪芹的高明是他将这次矛盾的爆发当作这个大家族败落的征兆来描写，探春的那番关于“自杀自灭”的话，在《红楼梦》中算得上是经典性的话语，具有非常深刻的含义，让当事者听来会感到肉跳心惊。统治者内部的矛盾又同压迫者与被压迫者的矛盾交错在一起，这次抄检的结果，晴雯、司棋、入画等丫头都受到了巨大的打击，尤其是晴雯，由此而遭受了严重的迫害，以致走向一个令人悲叹的惨局。在尖锐的冲突中，众多的人物都刻画得非常出色，邢夫人、王夫人、王熙凤、探春、惜春、王善保家的、晴雯、司棋、入画等，都有个性鲜明的精彩表现；而王熙凤和王善保家的微妙心理，更揭示得入木三分。

黛玉之死

一日，黛玉早饭后带着紫鹃到贾母这边来，一则请安，二则也为自己散散闷。出了潇湘馆，走了几步，忽然想起忘了手绢子来，因叫紫鹃回去取来，自己却慢慢的走着等他。刚走到沁芳桥那边山石背后，当日同宝玉葬花之处，忽听一个人呜呜咽咽在那里哭。黛玉煞住脚听时，又听不出是谁的声音，也听不出哭着叨叨的是些什么话。心里甚是疑惑，便慢慢的走去。及到了跟前，却见一个浓眉大眼的丫头在那里哭呢。黛玉未见他时，还只疑府里这些大丫头有什么说不出的心事，所以来这里发泄发泄；及至见了这个丫头，却又好笑，因想到：这种蠢货有什么情种，自然是那屋里作粗活的丫头受了大女孩子的气了。细瞧了一瞧，却不认得。那丫头见黛玉来了，便也不敢再哭，站起来拭眼泪。黛玉问道："你好好的为什么在这里伤心？"那丫头听了这话，又流泪道："林姑娘你评评这个理。他们说话我又不知道，我就说错了一句话，我姐姐也不犯就打我呀。"黛玉听了，不懂他说的是什么，因笑问道："你姐姐是那一个？"那丫头道："就是珍珠姐姐。"黛玉听了，才知他是贾母屋里的，因又问："你叫什么？"那丫头道："我叫傻大姐儿。"黛玉笑了一笑，又问："你姐姐为什么打你？你说错了什么话了？"那丫头道："为什么呢，就是为我们宝二爷娶宝姑娘的事情。"黛玉听了这句话，如同一个疾雷，心头乱跳。略定了定神，便叫了这丫头："你跟了我这里来。"那丫头跟着黛玉到那畸角儿上葬桃花的去处，那里背静。黛玉因问道："宝二爷娶宝姑娘，他为什么打你呢？"傻大姐道："我们老太太和太太二奶奶商量了，因为我们老爷要起身，说就赶着往姨太太商量把宝姑娘娶过来罢。头一宗，给宝二爷冲什么喜，第二宗——"说到这里，又瞅着黛玉笑了一笑，才说道："赶着办了，还要给林姑娘说婆婆家呢。"黛玉已经听呆了。这丫头只管说道："我又不知道他们怎么商量的，不叫人吵嚷，怕宝姑娘听见害臊。我白和宝二爷屋里的袭人姐姐说了一句：'咱们明儿更热闹了，又是宝姑娘，又是宝二奶奶，这可怎么叫呢！'林姑娘，你说我这话害着珍珠姐姐什么了吗，他走过来就打了我一个嘴巴，说我混说，不遵上头的话，要撵出我去。我知道上头为什么不叫言语呢，你们又没告诉我，就打我。"说着，又哭起来。

那黛玉此时心里竟是油儿酱儿糖儿醋儿倒在一处的一般，甜苦酸咸，竟说不上什么味儿来了。停了一会儿，颤巍巍的说道："你别混说了。你再混说，叫人听见又要打你了。你去罢。"说着，自己移身要回潇湘馆去。那身子竟有千百斤重的，两只脚却象踩着棉花一般，早已软了，只得一步一步慢慢的走将来。走了半天，还没到沁芳桥畔，原来脚下软了。走的慢，且又迷迷痴痴，信着脚从那边绕过来，更添了两箭地的路。这时刚到沁芳桥畔，却又不知不觉的顺着堤往回里走起来。紫鹃取了绢子来，却不见黛玉。正在那里看时，只见黛玉颜色雪白，身子恍恍荡荡的，眼睛也直直的，在那里东转西转。又见一个丫头往前头走了，离的远，也看不出是那一个来。心中惊疑不定，只得赶过来轻轻的问道：“姑娘怎么又回去？是要往那里去？”黛玉也只模糊听见，随口应道：“我问问宝玉去！”紫鹃听了，摸不着头脑，只得搀着他到贾母这边来。

黛玉走到贾母门口，心里微觉明晰，回头看见紫鹃搀着自己，便站住了问道：“你作什么来的？”紫鹃陪笑道：“我找了绢子来了。头里见姑娘在桥那边呢，我赶着过去问姑娘，姑娘没理会。”黛玉笑道：“我打量你来瞧宝二爷来了呢，不然怎么往这里走呢。”紫鹃见他心里迷惑，便知黛玉必是听见那丫头什么话了，惟有点头微笑而已。只是心里怕他见了宝玉，那一个已经是疯疯傻傻，这一个又这样恍恍惚惚，一时说出些不大体统的话来，那时如何是好？心里虽如此想，却也不敢违拗，只得搀他进去。那黛玉却又奇怪了，这时不似先前那样软了，也不用紫鹃打帘子，自己掀起帘子进来，却是寂然无声。因贾母在屋里歇中觉，丫头们也有脱滑顽去的，也有打盹儿的，也有在那里伺候老太太的。倒是袭人听见帘子响，从屋里出来一看，见是黛玉，便让道：“姑娘屋里坐罢。”黛玉笑着道：“宝二爷在家么？”袭人不知底里，刚要答言，只见紫鹃在黛玉身后和他努嘴儿，指着黛玉，又摇摇手儿。袭人不解何意，也不敢言语。黛玉却也不理会，自己走进房来。看见宝玉在那里坐着，也不起来让坐，只瞅着嘻嘻的傻笑。黛玉自己坐下，却也瞅着宝玉笑。两个人也不问好，也不说话，也无推让，只管对着脸傻笑起来。袭人看见这番光景，心里大不得主意，只是没法儿。忽然听着黛玉说道：“宝玉，你为什么病了？”宝玉笑道：“我为林姑娘病了。”袭人紫鹃两个吓得面目改色，连忙用言语来岔。两个却又不答言，仍旧傻笑起来。袭人见了这样，知道黛玉此时心中迷惑不减于宝玉，因悄和紫鹃说道：“姑娘才好了，我叫秋纹妹妹同着你搀回姑娘歇歇去罢。”因回头向秋纹道：“你和紫鹃姐姐送林姑娘去罢，你可别混说话。”秋纹笑着，也不言语，便来同着紫鹃搀起黛玉。

那黛玉也就站起来，瞅着宝玉只管笑，只管点头儿。紫鹃又催道：“姑娘回家去歇歇罢。”黛玉道：“可不是，我这就是回去的时候儿了。”说着，便回身笑着出来了，仍旧不用丫头们搀扶，自己却走得比往常飞快。紫鹃秋纹后面赶忙跟着走。黛玉出了贾母院门，只管一直走去。紫鹃连忙搀住叫道：“姑娘往这么来。”黛玉仍是笑着随了往潇湘馆来。离门口不远，紫鹃道：“阿弥陀佛，可到了家了！”只这一句话没说完，只见黛玉身子往前一栽，哇的一声，一口血直吐出来。

（节选自《红楼梦》第九十六回）

话说黛玉到潇湘馆门口，紫鹃说了一句话，更动了心，一时吐出血来，几乎晕倒。亏了还同着秋纹，两个人搀扶着黛玉到屋里来。那时秋纹去后，紫鹃雪雁守着，见他渐渐苏醒过来，问紫鹃道："你们守着哭什么？"紫鹃见他说话明白，倒放了心了，因说："姑娘刚才打老太太那边回来，身上觉着不大好，唬的我们没了主意，所以哭了。"黛玉笑道："我那里就能够死呢。"这一句话没完，又喘成一处。原来黛玉因今日听得宝玉宝钗的事情，这本是他数年的心病，一时急怒，所以迷惑了本性。及至回来吐了这一口血，心中却渐渐的明白过来，把头里的事一字也不记得了。这会子见紫鹃哭，方模糊想起傻大姐的话来，此时反不伤心，惟求速死，以完此债。这里紫鹃雪雁只得守着，想要告诉人去，怕又象上次招得凤姐儿说他们失惊打怪的。

那知秋纹回去，神情慌遽。正值贾母睡起中觉来，看见这般光景，便问怎么了。秋纹吓的连忙把刚才的事回了一遍。贾母大惊说："这还了得！"连忙着人叫了王夫人凤姐过来，告诉了他婆媳两个。凤姐道："我都嘱咐到了，这是什么人去走了风呢。这不更是一件难事了吗。"贾母道："且别管那些，先瞧瞧去是怎么样了。"说着便起身带着王夫人凤姐等过来看视。见黛玉颜色如雪，并无一点血色，神气昏沉，气息微细。半日又咳嗽了一阵，丫头递了痰盒，吐出都是痰中带血的。大家都慌了。只见黛玉微微睁眼，看见贾母在他旁边，便喘吁吁的说道："老太太，你白疼了我了！"贾母一闻此言，十分难受，便道："好孩子，你养着罢，不怕的。"黛玉微微一笑，把眼又闭上了。外面丫头进来回凤姐道："大夫来了。"于是大家略避。王大夫同着贾琏进来，诊了脉，说道："尚不妨事。这是郁气伤肝，肝不藏血，所以神气不定。如今要用敛阴止血的药，方可望好。"王大夫说完，同着贾琏出去开方取药去了。

贾母看黛玉神气不好，便出来告诉凤姐等道："我看这孩子的病，不是我咒他，只怕难好。你们也该替他预备预备，冲一冲。或者好了，岂不是大家省心。就是怎么样，也不至临时忙乱。咱们家里这两天正有事呢。"凤姐儿答应了。贾母又问了紫鹃一回，到底不知是那个说的。贾母心里只是纳闷，因说："孩子们从小儿在一处儿顽，好些是有的。如今大了懂的人事，就该要分别些，才是做女孩儿的本分，我才心里疼他。若是他心里有别的想头，成了什么人了呢！我可是白疼了他了。你们说了，我倒有些不放心。"因回到房中，又叫袭人来问。袭人仍将前日回王夫人的话并方才黛玉的光景述了一遍。贾母道："我方才看他却还不至糊涂，这个理我就不明白了。咱们这种人家，别的事自然没有的，这心病也是断断有不得的。林丫头若不是这个病呢，我凭着花多少钱都使得。若是这个病，不但治不好，我也没心肠了。”凤姐道：“林妹妹的事老太太倒不必张心，横竖有他二哥哥天天同着大夫瞧看。倒是姑妈那边的事要紧。今日早起听见说，房子不差什么就妥当了，竟是老太太、太太到姑妈那边，我也跟了去，商量商量。就只一件，姑妈家里有宝妹妹在那里，难以说话，不如索性请姑妈晚上过来，咱们一夜都说结了，就好办了。”贾母王夫人都道：“你说的是。今日晚了，明日饭后咱们娘儿们就过去。”说着，贾母用了晚饭。凤姐同王夫人各自归房。不提。

且说次日凤姐吃了早饭过来，便要试试宝玉，走进里间说道：“宝兄弟大喜，老爷已择了吉日要给你娶亲了。你喜欢不喜欢？”宝玉听了，只管瞅着凤姐笑，微微的点点头儿。凤姐笑道：“给你娶林妹妹过来好不好？”宝玉却大笑起来。凤姐看着，也断不透他是明白是糊涂，因又问道：“老爷说你好了才给你娶林妹妹呢，若还是这么傻，便不给你娶了。”宝玉忽然正色道：“我不傻，你才傻呢。”说着，便站起来说：“我去瞧瞧林妹妹，叫他放心。”凤姐忙扶住了，说：“林妹妹早知道了。他如今要做新媳妇了，自然害羞，不肯见你的。”宝玉道：“娶过来他到底是见我不见？”凤姐又好笑，又着忙，心里想：“袭人的话不差。提了林妹妹，虽说仍旧说些疯话，却觉得明白些。若真明白了，将来不是林姑娘，打破了这个灯虎儿①，那饥荒才难打②呢。”便忍笑说道：“你好好儿的便见你，若是疯疯颠颠的，他就不见你了。”宝玉说道：“我有一个心，前儿已交给林妹妹了。他要过来，横竖给我带来，还放在我肚子里头。”凤姐听着竟是疯话，便出来看着贾母笑。贾母听了，又是笑，又是疼，便说道：“我早听见了。如今且不用理他，叫袭人好好的安慰他。咱们走罢。”

说着王夫人也来。大家到了薛姨妈那里，只说惦记着这边的事来瞧瞧。薛姨妈感激不尽，说些薛蟠的话。喝了茶，薛姨妈才要叫人告诉宝钗，凤姐连忙拦住说：“姑妈不必告诉宝妹妹。”又向薛姨妈陪笑说道：“老太太此来，一则为瞧姑妈，二则也有句要紧的话特请姑妈到那边商议。”薛姨妈听了，点点头儿说：“是了。”于是大家又说些闲话便回来了。

当晚薛姨妈果然过来，见过了贾母，到王夫人屋里来，不免说起王子腾来，大家落了一回泪。薛姨妈便问道：“刚才我到老太太那里，宝哥儿出来请安还好好儿的，不过略瘦些，怎么你们说得很利害？”凤姐便道：“其实也不怎么样，只是老太太悬心。目今老爷又要起身外任去，不知几年才来。老太太的意思，头一件叫老爷看着宝兄弟成了家也放心，二则也给宝兄弟冲冲喜，借大妹妹的金锁压压邪气，只怕就好了。”薛姨妈心里也愿意，只虑着宝钗委屈，便道：“也使得，只是大家还要从长计较计较才好。”王夫人便按着凤姐的话和薛姨妈说，只说：“姨太太这会子家里没人，不如把装奁一概蠲免[3]。明日就打发蝌儿去告诉蟠儿，一面这里过门，一面给他变法儿撕掳官事。”并不提宝玉的心事，又说：“姨太太，既作了亲，娶过来早早好一天，大家早放一天心。”正说着，只见贾母差鸳鸯过来候信。薛姨妈虽恐宝钗委屈，然也没法儿，又见这般光景，只得满口应承。鸳鸯回去回了贾母。贾母也甚喜欢，又叫鸳鸯过来求薛姨妈和宝钗说明原故，不叫他受委屈。薛姨妈也答应了。便议定凤姐夫妇作媒人。大家散了。王夫人姊妹不免又叙了半夜话儿。

次日，薛姨妈回家将这边的话细细的告诉了宝钗，还说：“我已经应承了。”宝钗始则低头不语，后来便自垂泪。薛姨妈用好言劝慰解释了好些话。宝钗自回房内，宝琴随去解闷。薛姨妈才告诉了薛蝌，叫他明日起身，“一则打听审详的事，二则告诉你哥哥一个信儿，你即便回来。”

薛蝌去了四日，便回来回复薛姨妈道：“哥哥的事上司已经准了误杀，一过堂就要题本[4]了，叫咱们预备赎罪的银了。妹妹的事，说‘妈妈做主很好的，赶着办又省了好些银子，叫妈妈不用等我，该怎么着就怎么办罢。’”薛姨妈听了，一则薛蟠可以回家，二则完了宝钗的事，心里安放[5]了好些。便是看着宝钗心里好象不愿意似的，“虽是这样，他是女儿家，素来也孝顺守礼的人，知我应了，他也没得说的。”便叫薛蝌：“办泥金庚帖[6]，填上八字，即叫人送到琏二爷那边去。还问了过礼的日子来，你好预备。本来咱们不惊动亲友，哥哥的朋友是你说的‘都是混帐人’，亲戚呢，就是贾王两家，如今贾家是男家，王家无人在京里。史姑娘放定的事，他家没有来请咱们，咱们也不用通知。倒是把张德辉请了来，托他照料些，他上几岁年纪的人，到底懂事。”薛蝌领命，叫人送帖过去。

次日贾琏过来，见了薛姨妈，请了安，便说：“明日就是上好的日子，今日过来回姨太太，就是明日过礼罢。只求姨太太不要挑饬就是了。”说着，捧过通书[7]来。薛姨妈也谦逊了几句，点头应允。贾琏赶着回去回明贾政。贾政便道：“你回老太太说，既不叫亲友们知道，诸事宁可简便些。若是东西上，请老太太瞧了就是了，不必告诉我。”贾琏答应，进内将话回明贾母。

这里王夫人叫了凤姐命人将过礼的物件都送与贾母过目，并叫袭人告诉宝玉。那宝玉又嘻嘻的笑道：“这里送到园里，回来园里又送到这里。咱们的人送，咱们的人收，何苦来呢。”贾母王夫人听了，都喜欢道：“说他糊涂，他今日怎么这么明白呢。”鸳鸯等忍不住好笑，只得上来一件一件的点明给贾母瞧，说：“这是金项圈，这是金珠首饰，共八十件。这是妆蟒四十匹。这是各色绸缎一百二十匹。这是四季的衣服共一百二十件。外面也没有预备羊酒[⑧]，这是折羊酒的银子。”贾母看了，都说“好”，轻轻的与凤姐说道：“你去告诉姨太太，说：不是虚礼，求姨太太等蟠儿出来慢慢的叫人给他妹妹做来就是了。那好日子的被褥还是咱们这里代办了罢。”凤姐答应了，出来叫贾琏先过去，又叫周瑞旺儿等，吩咐他们：“不必走大门，只从园里从前开的便门内送去，我也就过去。这门离潇湘馆还远，倘别处的人见了，嘱咐他们不用在潇湘馆里提起。”众人答应着送礼而去。宝玉认以为真，心里大乐，精神便觉得好些，只是语言总有些疯傻。那过礼的回来都不提名说姓，因此上下人等虽都知道，只因凤姐吩咐，都不敢走漏风声。

且说黛玉虽然服药，这病日重一日。紫鹃等在旁苦劝，说道：“事情到了这个分儿，不得不说了。姑娘的心事，我们也都知道。至于意外之事是再没有的。姑娘不信，只拿宝玉的身子说起，这样大病，怎么做得亲呢。姑娘别听瞎话，自己安心保重才好。”黛玉微笑一笑，也不答言，又咳嗽数声，吐出好些血来。紫鹃等看去，只有一息奄奄，明知劝不过来，惟有守着流泪，天天三四趟去告诉贾母。鸳鸯测度贾母近日比前疼黛玉的心差了些，所以不常去回。况贾母这几日的心都在宝钗宝玉身上，不见黛玉的信儿也不大提起，只请太医调治罢了。

黛玉向来病着，自贾母起，直到姊妹们的下人，常来问候。今见贾府中上下人等都不过来，连一个问的人都没有，睁开眼，只有紫鹃一人。自料万无生理，因扎挣着向紫鹃说道：“妹妹，你是我最知心的，虽是老太太派你伏侍我这几年，我拿你就当作我的亲妹妹。”说到这里，气又接不上来。紫鹃听了，一阵心酸，早哭得说不出话来。迟了半日，黛玉又一面喘一面说道：“紫鹃妹妹，我躺着不受用[⑨]，你扶起我来靠着坐坐才好。”紫鹃道：“姑娘的身上不大好，起来又要抖搂着了。”黛玉听了，闭上眼不言语了。一时又要起来。紫鹃没法，只得同雪雁把他扶起，两边用软枕靠住，自己却倚在旁边。

黛玉那里坐得住，下身自觉硌的疼，狠命的撑着，叫过雪雁来道：“我的诗本子。”说着又喘。雪雁料是要他前日所理的诗稿，因找来送到黛玉跟前。黛玉点点头儿，又抬眼看那箱子。雪雁不解，只是发怔。黛玉气的两眼直瞪，又咳嗽起来，又吐了一口血。雪雁连忙回身取了水来，黛玉漱了，吐在盒内。紫鹃用绢子给他拭了嘴。黛玉便拿那绢子指着箱子，又喘成一处，说不上来，闭了眼。紫鹃道："姑娘歪歪儿罢。"黛玉又摇摇头儿。紫鹃料是要绢子，便叫雪雁开箱，拿出一块白绫绢子来。黛玉瞧了，撂在一边，使劲说道："有字的。"紫鹃这才明白过来，要那块题诗的旧帕，只得叫雪雁拿出来递给黛玉。紫鹃劝道："姑娘歇歇罢，何苦又劳神，等好了再瞧罢。"只见黛玉接到手里，也不瞧诗，扎挣着伸出那只手来狠命的撕那绢子，却是只有打颤的分儿，那里撕得动。紫鹃早已知他是恨宝玉，却也不敢说破，只说："姑娘何苦自己又生气！"黛玉点点头儿，掖在袖里，便叫雪雁点灯。雪雁答应，连忙点上灯来。

黛玉瞧瞧，又闭了眼坐着，喘了一会子，又道："笼上火盆。"紫鹃打谅他冷，因说道："姑娘躺下，多盖一件罢。那炭气只怕耽不住。"黛玉又摇头儿。雪雁只得笼上，搁在地下火盆架上。黛玉点头，意思叫挪到炕上来。雪雁只得端上来，出去拿那张火盆炕桌。那黛玉却又把身子欠起，紫鹃只得两只手来扶着他。黛玉这才将方才的绢子拿在手中，瞅着那火点点头儿，往上一撂。紫鹃唬了一跳，欲要抢时，两只手却不敢动。雪雁又出去拿火盆桌子，此时那绢子已经烧着了。紫鹃劝道："姑娘这是怎么说呢。"黛玉只作不闻，回手又把那诗稿拿起来，瞧了瞧又撂下了。紫鹃怕他也要烧，连忙将身倚住黛玉，腾出手来拿时，黛玉又早拾起，撂在火上。此时紫鹃却够不着，干急。雪雁正拿进桌子来，看见黛玉一撂，不知何物，赶忙抢时，那纸沾火就着，如何能够少待，早已烘烘的着了。雪雁也顾不得烧手，从火里抓起来撂在地下乱踩，却已烧得所余无几了。那黛玉把眼一闭，往后一仰，几乎不曾[10]把紫鹃压倒。紫鹃连忙叫雪雁上来将黛玉扶着放倒，心里突突的乱跳。欲要叫人时，天又晚了；欲不叫人时，自己同着雪雁和鹦哥等几个小丫头，又怕一时有什么原故[11]。好容易熬了一夜。

到了次日早起，觉黛玉又缓过一点儿来。饭后，忽然又嗽又吐，又紧起来。紫鹃看着不祥了，连忙将雪雁等都叫进来看守，自己却来回贾母。那知到了贾母上房，静悄悄的，只有两三个老妈妈和几个做粗活的丫头在那里看屋子呢。紫鹃因问道："老太太呢？"那些人都说不知道。紫鹃听这话诧异，遂到宝玉屋里去看，竟也无人。遂问屋里的丫头，也说不知。紫鹃已知八九，"但这些人怎么竟这样狠毒冷淡！"又想到黛玉这几天竟连一个人问的也没有，越想越悲，索性激起一腔闷气来，一扭身便出来了。自己想了一想，"今日倒要看看宝玉是何形状！看他见了我怎么样过的去！那一年我说了一句谎话他就急病了，今日竟公然做出这件事来！可知天下男子之心真真是冰寒雪冷，令人切齿的！”一面走，一面想，早已来到怡红院。只见院门虚掩，里面却又寂静的很。紫鹃忽然想到：“他要娶亲，自然是有新屋子的，但不知他这新屋子在何处？”

正在那里徘徊瞻顾，看见墨雨飞跑，紫鹃便叫住他。墨雨过来笑嘻嘻的道：“姐姐在这里做什么？”紫鹃道：“我听见宝二爷娶亲，我要来看看热闹儿。谁知不在这里，也不知是几儿。”墨雨悄悄的道：“我这话只告诉姐姐，你可别告诉雪雁他们。上头吩咐了，连你们都不叫知道呢。就是今日夜里娶，那里是在这里，老爷派琏二爷另收拾了房子了。”说着又问：“姐姐有什么事么？”紫鹃道：“没什么事，你去罢。”墨雨仍旧飞跑去了。紫鹃自己也发了一回呆，忽然想起黛玉来，这时候还不知是死是活。因两泪汪汪，咬着牙发狠道：“宝玉，我看他明儿死了，你算是躲的过不见了！你过了你那如心如意的事儿，拿什么脸来见我！”一面哭，一面走，呜呜咽咽的自回去了。

还未到潇湘馆，只见两个小丫头在门里往外探头探脑的，一眼看见紫鹃，那一个便嚷道：“那不是紫鹃姐姐来了吗。”紫鹃知道不好了，连忙摆手儿不叫嚷，赶忙进去看时，只见黛玉肝火上炎，两颧红赤。紫鹃觉得不妥，叫了黛玉的奶妈王奶奶来。一看，他便大哭起来。这紫鹃因王奶妈有些年纪，可以仗个胆儿，谁知竟是个没主意的人，反倒把紫鹃弄得心里七上八下。忽然想起一个人来，便命小丫头急忙去请。你道是谁，原来紫鹃想起李宫裁是个孀居，今日宝玉结亲，他自然回避。况且园中诸事向系李纨料理，所以打发人去请他。

李纨正在那里给贾兰改诗，冒冒失失的见一个丫头进来回说：“大奶奶，只怕林姑娘好不了，那里都哭呢。”李纨听了，吓了一大跳，也不及问了，连忙站起身来便走，素云碧月跟着，一头走着，一头落泪，想着：“姐妹在一处一场，更兼他那容貌才情真是寡二少双，惟有青女素娥⑫可以仿佛一二，竟这样小小的年纪，就作了北邙乡女⑬！偏偏凤姐想出一条偷梁换柱之计，自己也不好过潇湘馆来，竟未能少尽姊妹之情。真真可怜可叹。”一头想着，已走到潇湘馆的门口。里面却又寂然无声，李纨倒着起忙来，想来必是已死，都哭过了，那衣衾未知装裹妥当了没有？连忙三步两步走进屋子来。

里间门口一个小丫头已经看见，便说：“大奶奶来了。”紫鹃忙往外走，和李纨走了个对脸。李纨忙问：“怎么样？”紫鹃欲说话时，惟有喉中哽咽的分儿，却一字说不出。那眼泪一似断线珍珠一般，只将一只手回过去指着黛玉。李纨看了紫鹃这般光景，更觉心酸，也不再问，连忙走过来。看时，那黛玉已不能言。李纨轻轻叫了两声，黛玉却还微微的开眼，似有知识之状，但只眼皮嘴唇微有动意，口内尚有出入之息，却要一句话一点泪也没有了。李纨回身见紫鹃不在跟前，便问雪雁。雪雁道："他在外头屋里呢。"李纨连忙出来，只见紫鹃在外间空床上躺着，颜色青黄，闭了眼只管流泪，那鼻涕眼泪把一个砌花锦边的褥子已湿了碗大的一片。李纨连忙唤他，那紫鹃才慢慢的睁开眼欠起身来。李纨道："傻丫头，这是什么时候，且只顾哭你的！林姑娘的衣衾还不拿出来给他换上，还等多早晚呢。难道他个女孩儿家，你还叫他赤身露体精着来光着去吗！"紫鹃听了这句话，一发止不住痛哭起来。李纨一面也哭，一面着急，一面拭泪，一面拍着紫鹃的肩膀说："好孩子，你把我的心都哭乱了，快着收拾他的东西罢，再迟一会子就了不得了。"

正闹着，外边一个人慌慌张张跑进来，倒把李纨唬了一跳，看时却是平儿。跑进来看见这样，只是呆磕磕的发怔。李纨道："你这会子不在那边，做什么来了？"说着，林之孝家的也进来了。平儿道："奶奶不放心，叫来瞧瞧。既有大奶奶在这里，我们奶奶就只顾那一头儿了。"李纨点点头儿。平儿道："我也见见林姑娘。"说着，一面往里走，一面早已流下泪来。这里李纨因和林之孝家的道："你来的正好，快出去瞧瞧去，告诉管事的预备林姑娘的后事。妥当了叫他来回我，不用到那边去。"林之孝家的答应了，还站着。李纨道："还有什么话呢？"林之孝家的道："刚才二奶奶和老太太商量了，那边用紫鹃姑娘使唤使唤呢。"李纨还未答言，只见紫鹃道："林奶奶，你先请罢。等着人死了我们自然是出去的，那里用这么……"说到这里却又不好说了，因又改说道："况且我们在这里守着病人，身上也不洁净。林姑娘还有气儿呢，不时的叫我。"李纨在旁解说道："当真这林姑娘和这丫头也是前世的缘法儿。倒是雪雁是他南边带来的，他倒不理会。惟有紫鹃，我看他两个一时也离不开。"林之孝家的头里听了紫鹃的话，未免不受用，被李纨这番一说，却也没的说，又见紫鹃哭得泪人一般，只好瞅着他微微的笑，因又说道："紫鹃姑娘这些闲话倒不要紧，只是他却说得，我可怎么回老太太呢。况且这话是告诉得二奶奶的吗！"

正说着，平儿擦着眼泪出来道："告诉二奶奶什么事？"林之孝家的将方才的话说了一遍。平儿低了一回头，说："这么着罢，就叫雪姑娘去罢。"李纨道："他使得吗？"平儿走到李纨耳边说了几句，李纨点点头儿道："既是这么着，就叫雪雁过去也是一样的。"林之孝家的因问平儿道："雪姑娘使得吗？"平儿道："使得，都是一样。”林家的道：“那么姑娘就快叫雪姑娘跟了我去。我先去回了老太太和二奶奶，这可是大奶奶和姑娘的主意。回来姑娘再各自回二奶奶去。”李纨道：“是了。你这么大年纪，连这么点子事还不耽[14]呢。”林家的笑道：“不是不耽，头一宗这件事老太太和二奶奶办的，我们都不能很明白；再者又有大奶奶和平姑娘呢。”说着，平儿已叫了雪雁出来。原来雪雁因这几日嫌他小孩子家懂得什么，便也把心冷淡了。况且听是老太太和二奶奶叫，也不敢不去。连忙收拾了头，平儿叫他换了新鲜衣服，跟着林家的去了。随后平儿又和李纨说了几句话。李纨又嘱咐平儿打那么催着林之孝家的叫他男人快办了来。平儿答应着出来，转了个弯子，看见林家的带着雪雁在前头走呢，赶忙叫住道：“我带了他去罢，你先告诉林大爷办林姑娘的东西去罢。奶奶那里我替回就是了。”那林家的答应着去了。这里平儿带了雪雁到了新房子里，回明了自去办事。

却说雪雁看见这般光景，想起他家姑娘，也未免伤心，只是在贾母凤姐跟前不敢露出。因又想道：“也不知用我作什么，我且瞧瞧。宝玉一日家和我们姑娘好的蜜里调油，这时候总不见面了，也不知是真病假病。怕我们姑娘不依，他假说丢了玉，装出傻子样儿来，叫我们姑娘寒了心，他好娶宝姑娘的意思。我看看他去，看他见了我傻不傻。莫不成今儿还装傻么！”一面想着，已溜到里间屋子门口，偷偷儿的瞧。这时宝玉虽因失玉昏愦，但只听见娶了黛玉为妻，真乃是从古至今天上人间第一件畅心满意的事了，那身子顿觉健旺起来，——只不过不似从前那般灵透，所以凤姐的妙计百发百中——巴不得即见黛玉，盼到今日完姻，真乐得手舞足蹈，虽有几句傻话，却与病时光景大相悬绝了。雪雁看了，又是生气，又是伤心，他那里晓得宝玉的心事，便各自走开。

这里宝玉便叫袭人快快给他装新，坐在王夫人屋里。看见凤姐尤氏忙忙碌碌，再盼不到吉时，只管问袭人道：“林妹妹打园里来，为什么这么费事，还不来？”袭人忍着笑道：“等好时辰。”回来又听见凤姐与王夫人道：“虽然有服，外头不用鼓乐，咱们南边规矩要拜堂的，冷清清使不得。我传了家内学过音乐管过戏子的那些女人来吹打，热闹些。”王夫人点头说：“使得。”

一时大轿从大门进来，家里细乐[15]迎出去，十二对宫灯，排着进来，倒也新鲜雅致。傧相[16]请了新人出轿。宝玉见新人蒙着盖头，喜娘[17]披着红扶着。下首扶新人的你道是谁，原来就是雪雁。宝玉看见雪雁，犹想：“因何紫鹃不来，倒是他呢？”又想道：“是了，雪雁原是他南边家里带来的，紫鹃仍是我们家的，自然不必带来。”因此见了雪雁竟如见了黛玉的一般欢喜。傧相赞礼[18]，拜了天地。请出贾母受了四拜，后请贾政夫妇登堂，行礼毕，送入洞房。还有坐床撒帐[19]等事，俱是按金陵旧例。贾政原为贾母作主，不敢违拗，不信冲喜之说。那知今日宝玉居然象个好人一般，贾政见了，倒也喜欢。那新人坐了床便要揭起盖头的，凤姐早已防备，故请贾母王夫人等进去照应。

宝玉此时到底有些傻气，便走到新人跟前说道：“妹妹身上好了？好些天不见了，盖着这劳什子做什么！”欲待要揭去，反把贾母急出一身冷汗来。宝玉又转念一想道：“林妹妹是爱生气的，不可造次。”又歇了一歇，仍是按捺不住，只得上前揭了。喜娘接去盖头，雪雁走开，莺儿等上来伺候。宝玉睁眼一看，好像宝钗，心里不信，自己一手持灯，一手擦眼，一看，可不是宝钗么！只见他盛妆艳服，丰肩愞体，鬟低鬓亸，眼睛[20]息微，真是荷粉露垂，杏花烟润了。宝玉发了一回怔，又见莺儿立在旁边，不见了雪雁。宝玉此时心无主意，自己反以为是梦中了，呆呆的只管站着。众人接过灯去，扶了宝玉仍旧坐下，两眼直视，半语全无。贾母恐他病发，亲自扶他上床。凤姐尤氏请了宝钗进入里间床上坐下，宝钗此时自然是低头不语。宝玉定了一回神，见贾母王夫人坐在那边，便轻轻的叫袭人道：“我是在那里呢？这不是做梦么？”袭人道：“你今日好日子，什么梦不梦的混说。老爷可在外头呢。”宝玉悄悄儿的拿手指着道：“坐在那里这一位美人儿是谁？”袭人握了自己的嘴，笑的说不出话来，歇了半日才说道：“是新娶的二奶奶。”众人也都回过头去，忍不住的笑。宝玉又道：“好糊涂，你说二奶奶到底是谁？”袭人道：“宝姑娘。”宝玉道：“林姑娘呢？”袭人道：“老爷作主娶的是宝姑娘，怎么混说起林姑娘来。”宝玉道：“我才刚看见林姑娘了么，还有雪雁呢，怎么说没有。你们这都是做什么顽呢？”凤姐便走上来轻轻的说道：“宝姑娘在屋里坐着呢。别混说，回来得罪了他，老太太不依的。”宝玉听了，这会子糊涂更利害了。本来原有昏愦的病，加以今夜神出鬼没，更叫他不得主意，便也不顾别的了，口口声声只要找林妹妹去。贾母等上前安慰，无奈他只是不懂。又有宝钗在内，又不好明说。知宝玉旧病复发，也不讲明，只得满屋里点起安息香来，定住他的神魂，扶他睡下。众人鸦雀无闻，停了片时，宝玉便昏沉睡去。贾母等才得略略放心，只好坐以待旦，叫凤姐去请宝钗安歇。宝钗置若罔闻，也便和衣在内暂歇。贾政在外，未知内里原由，只就方才眼见的光景想来，心下倒放宽了。恰是明日就是起程的吉日，略歇了一歇，众人贺喜送行。贾母见宝玉睡着，也回房去暂歇。

次早，贾政辞了宗祠，过来拜别贾母，禀称："不孝远离，惟愿老太太顺时颐养[21]。儿子一到任所，即修禀[22]请安，不必挂念。宝玉的事，已经依了老太太完结，只求老太太训诲。"贾母恐贾政在路不放心，并不将宝玉复病的话说起，只说："我有一句话，宝玉昨夜完姻，并不是同房。今日你起身，必该叫他远送才是。他因病冲喜，如今才好些，又是昨日一天劳乏，出来恐怕着了风。故此问你，你叫他送呢，我即刻去叫他；你若疼他，我就叫人带了他来，你见见，叫他给你磕头就算了。"贾政道："叫他送什么，只要他从此以后认真念书，比送我还喜欢呢。"贾母听了，又放了一条心，便叫贾政坐着，叫鸳鸯去如此如此，带了宝玉，叫袭人跟着来。鸳鸯去了不多一会，果然宝玉来了，仍是叫他行礼。宝玉见了父亲，神志略敛些，片时清楚，也没什么大差。贾政吩咐了几句，宝玉答应了。贾政叫人扶他回去了，自己回到王夫人房中，又切实的叫王夫人管教儿子，断不可如前娇纵。明年乡试，务必叫他下场。王夫人一一的听了，也没提起别的。即忙命人扶了宝钗过来，行了新妇送行之礼，也不出房。其余内眷俱送至二门而回。贾珍等也受了一番训饬。大家举酒送行，一班子弟及晚辈亲友，直送至十里长亭而别。

（节选自《红楼梦》第九十七回）

却说宝玉成家的那一日，黛玉白日已昏晕过去，却心头口中一丝微气不断，把个李纨和紫鹃哭的死去活来。到了晚间，黛玉却又缓过来了，微微睁开眼，似有要水要汤的光景。此时雪雁已去，只有紫鹃和李纨在旁。紫鹃便端了一盏桂圆汤和的梨汁，用小银匙灌了两三匙。黛玉闭着眼静养了一会子，觉得心里似明似暗的。此时李纨见黛玉略缓，明知是回光返照的光景，却料着还有一半天耐头，自己回到稻香村料理了一回事情。

这里黛玉睁开眼一看，只有紫鹃和奶妈并几个小丫头在那里，便一手攥了紫鹃的手，使着劲说道："我是不中用的人了。你伏侍我几年，我原指望咱们两个总在一处。不想我……"说着，又喘了一会子，闭了眼歇着。紫鹃见他攥着不肯松手，自己也不敢挪动，看他的光景比早半天好些，只当还可以回转，听了这话，又寒了半截。半天，黛玉又说道："妹妹，我这里并没亲人。我的身子是干净的，你好歹叫他们送我回去。"说到这里，又闭了眼不言语了。那手却渐渐紧了，喘成一处，只是出气大入气小，已经促疾的很了。

紫鹃忙了，连忙叫人请李纨，可巧探春来了。紫鹃见了，忙悄悄的说道："三姑娘，瞧瞧林姑娘罢。"说着，泪如雨下。探春过来，摸了摸黛玉的手已经凉了，连目光也都散了。探春紫鹃正哭着叫人端水来给黛玉擦洗，李纨赶忙进来了。三个人才见了，不及说话。刚擦着，猛听黛玉直声叫道："宝玉，宝玉，你好……"说到"好"字，便浑身冷汗，不作声了。紫鹃等急忙扶住，那汗愈出，身子便渐渐的冷了。探春李纨叫人乱着拢头穿衣，只见黛玉两眼一翻，呜呼，香魂一缕随风散，愁绪三更入梦遥！

当时黛玉气绝，正是宝玉娶宝钗的这个时辰。紫鹃等都大哭起来。李纨探春想他素日的可疼，今日更加可怜，也便伤心痛哭。因潇湘馆离新房子甚远，所以那边并没听见。一时大家痛哭了一阵，只听得远远一阵音乐之声，侧耳一听，却又没有了。探春李纨走出院外再听时，惟有竹梢风动，月影移墙，好不凄凉冷淡！一时叫了林之孝家的过来，将黛玉停放毕，派人看守，等明早去回凤姐。

凤姐因见贾母王夫人等忙乱，贾政起身，又为宝玉惛愦更甚，正在着急异常之时，若是又将黛玉的凶信一回，恐贾母王夫人愁苦交加，急出病来，只得亲自到园。到了潇湘馆内，也不免哭了一场。见了李纨探春，知道诸事齐备，便说："很好。只是刚才你们为什么不言语，叫我着急？"探春道："刚才送老爷，怎么说呢。"凤姐道："还倒是你们两个可怜他些。这么着，我还得那边去招呼那个冤家呢。但是这件事好累坠，若是今日不回，使不得；若回了，恐怕老太太搁不住。"李纨道："你去见机行事，得回再回方好。"凤姐点头，忙忙的去了。

凤姐到了宝玉那里，听见大夫说不妨事，贾母王夫人略觉放心，凤姐便背了宝玉，缓缓的将黛玉的事回明了。贾母王夫人听得都唬了一大跳。贾母眼泪交流说道："是我弄坏了他了。但只是这个丫头也忒傻气！"说着，便要到园里去哭他一场，又惦记着宝玉，两头难顾。王夫人等含悲共劝贾母不必过去，"老太太身子要紧。"贾母无奈，只得叫王夫人自去。又说："你替我告诉他的阴灵：'并不是我忍心不来送你，只为有个亲疏。你是我的外孙女儿，是亲的了，若与宝玉比起来，可是宝玉比你更亲些。倘宝玉有些不好，我怎么见他父亲呢。'"说着，又哭起来。王夫人劝道："林姑娘是老太太最疼的，但只寿夭有定。如今已经死了，无可尽心，只是葬礼上要上等的发送。一则可以少尽咱们的心，二则就是姑太太和外甥女儿的阴灵儿，也可以少安了。"贾母听到这里，越发痛哭起来。凤姐恐怕老人家伤感太过，明仗着宝玉心中不甚明白，便偷偷的使人来撒个谎儿哄老太太道："宝玉那里找老太太呢。”贾母听见，才止住泪问道：“不是又有什么缘故？”凤姐陪笑道：“没什么缘故，他大约是想老太太的意思。”贾母连忙扶了珍珠儿，凤姐也跟着过来。

走至半路，正遇王夫人过来，一一回明了贾母。贾母自然又是哀痛的，只因要到宝玉那边，只得忍泪念悲的说道：“既这么着，我也不过去了。由你们办罢，我看着心里也难受，只别委屈了他就是了。”王夫人凤姐一一答应了。贾母才过宝玉这边来，见了宝玉，因问：“你做什么找我？”宝玉笑道：“我昨日晚上看见林妹妹来了，他说要回南去。我想没人留的住，还得老太太给我留一留他。”贾母听着，说：“使得，只管放心罢。”袭人因扶宝玉躺下。

贾母出来到宝钗这边来。那时宝钗尚未回九，所以每每见了人倒有些含羞之意。这一天见贾母满面泪痕，递了茶，贾母叫他坐下。宝钗侧身陪着坐了，才问道：“听得林妹妹病了，不知他可好些了？”贾母听了这话，那眼泪止不住流下来，因说道：“我的儿，我告诉你，你可别告诉宝玉。都是因你林妹妹，才叫你受了多少委屈。你如今作媳妇了，我才告诉你。这如今你林妹妹没了两三天了，就是娶你的那个时辰死的。如今宝玉这一番病还是为着这个，你们先都在园子里，自然也都是明白的。”宝钗把脸飞红了，想到黛玉之死，又不免落下泪来。贾母又说了一回话去了。自此宝钗千回万转，想了一个主意，只不肯造次，所以过了回九才想出这个法子来。如今果然好些，然后大家说话才不至似前留神。

独是宝玉虽然病势一天好似一天，他的痴心总不能解，必要亲去哭他一场。贾母等知他病未除根，不许他胡思乱想，怎奈他郁闷难堪，病多反复。倒是大夫看出心病，索性叫他开散了，再用药调理，倒可好得快些。宝玉听说，立刻要往潇湘馆来。贾母等只得叫人抬了竹椅子过来，扶宝玉坐上。贾母王夫人即便先行。到了潇湘馆内，一见黛玉灵柩，贾母已哭得泪干气绝。凤姐等再三劝住。王夫人也哭了一场。李纨便请贾母王夫人在里间歇着，犹自落泪。

宝玉一到，想起未病之先来到这里，今日屋在人亡，不禁嚎啕大哭。想起从前何等亲密，今日死别，怎不更加伤感。众人原恐宝玉病后过哀，都来解劝，宝玉已经哭得死去活来，大家搀扶歇息。其余随来的，如宝钗，俱极痛哭。独是宝玉必要叫紫鹃来见，问明姑娘临死有何话说。紫鹃本来深恨宝玉，见如此，心里已回过来些，又见贾母王夫人都在这里，不敢洒落[23]宝玉，便将林姑娘怎么复病，怎么烧毁帕子，焚化诗稿，并将临死说的话，一一的都告诉了。宝玉又哭得气噎喉干。探春趁便又将黛玉临终嘱咐带柩回南的话也说了一遍。贾母王夫人又哭起来。多亏凤姐能言劝慰，略略止些，便请贾母等回去。宝玉那里肯舍，无奈贾母逼着，只得勉强回房。

（节选自《红楼梦》第九十八回）

注　释

① 灯虎儿：即灯谜，这里是骗局的意思。

② 饥荒才难打：局面才难收拾。

③ 蠲（juān）免：免除。

④ 题本：明清时代奏议的一种，凡公事由官员用印具奏叫题本。

⑤ 安放：放心。

⑥ 泥金庚帖：纸上涂满金粉的纸叫泥金纸，用泥金纸笺写的庚帖叫泥金庚帖，上面写上订婚人的年龄、籍贯、生辰八字等。

⑦ 通书：男方通知女方迎亲日期的帖子。

⑧ 羊酒：古时以羊和酒用作赏赐、馈赠等的礼物，这里指订婚的聘礼。

⑨ 不受用：不舒服。

⑩ 几乎不曾：差一点没有。

⑪ 原故：这里是意外情况的意思。

⑫ 青女素娥：青女是古代神话传说中主司霜雪的神，素娥就是月中嫦娥。青女素娥连用，常用以指有才有貌的女子。这里李纨用来喻指林黛玉才情双美、品格高洁。

⑬ 北邙乡女：夭折的少女。北邙，即郏邙山，一作北芒山或邙山，在今河南省洛阳市北，因东汉北魏的王侯公卿死后多葬于此，故常用以指墓地。

⑭ 不耽：担不起责任。

⑮ 细乐：用管弦乐器奏出的音乐，比较轻细柔美，故云细乐。

⑯ 傧相：旧时举行婚礼时陪伴和引导新郎新娘的男子和女子。

⑰ 喜娘：结婚时陪伴照料新娘的妇女。

⑱ 赞礼：结婚仪式中的宣唱仪节。

⑲ 坐床撒帐：旧时结婚的一种仪式，新人进入洞房后，由妇女或礼赞人用彩果、金钱、五谷等物撒掷。

⑳ 瞤（shùn）：眼皮微动。

㉑ 颐养：保养。

㉒ 修禀：下对上写信。修，写；禀，告。

㉓ 洒落：数落、责备。

阅读提示

这是后四十回中最精彩的三回书。写黛玉之死，就是写贾宝玉、林黛玉爱情的悲剧结局。这是一个震撼人心、催人泪下的结局。三回书是一个整体，由于本书的篇幅所限，我们只能从中节选出一部分来，但必须完整地阅读和把握，才能有全面深刻的体会。有这样几个要点值得仔细体会和深入思考：

一、揭露了统治者出于维护自身利益而表现出的冷酷无情。他们不惜牺牲林黛玉的生命，也不顾宝玉的疯傻，毅然决定用欺骗的手法，让薛宝钗替代林黛玉同贾宝玉结婚，彻底摧毁了宝黛之间的生死爱情，也摧毁了他们的生活理想。这一决定虽然老祖宗贾母起了决定的作用，虽然凤姐想出了一个狠毒的掉包计，但毫无疑问这是一个集体的决策，是为了维护贵族之家的家世利益而不得不如此决定的。这就写出了这个悲剧的必然性和深刻的社会内容。

二、与此相关，贾母对贾宝玉和林黛玉的态度值得认真体会和仔细玩味。其一是，这三回书中几次写到她对宝玉的爱和心疼，这并不是虚假的，但爱他却又无情地摧残他、虐杀他，温情和血污相混，这就是《红楼梦》写出的血淋淋的现实。其二是，贾母对林黛玉的态度，形成两组对比：一组是同对宝玉的态度形成对比；另一组是同林黛玉刚进贾府时她心肝宝贝似的搂在怀里的态度形成对比。知道黛玉吐血，贾母去看黛玉，见她神气不好，却并无大的悲痛，只是很冷静地吩咐凤姐等人说："我看这孩子的病，不是我咒他，只怕难好。你们也该替他预备预备……也不至临时忙乱。"这是多么的冷酷和绝情。除了这种直接描写外，还通过丫头们作了点染。先有"鸳鸯测度贾母近日比前疼黛玉的心差了些"，后有在黛玉将气绝前紫鹃去回贾母，却因贾母和众人都忙于宝玉的婚事而整个屋子里静无一人，心里不禁说："但这些人怎么竟这样狠毒冷淡！"作者在艺术上提供的这两组对比，给了读者很大的思考空间。

三、从艺术构思上看，写这个大悲剧的结局，不是单向的从悲写悲，而是从相反相成的哀和乐、悲和喜的辩证关系去进行表现。宝玉成婚是大喜庆事，黛玉焚稿断痴情是大悲哀事，却是发生在同一个时辰，并且同在贾府中的两件大事，形成了强烈的反衬和映照。因为有结婚的喜与乐作比照，黛玉之死的悲就更见其悲；反过来，那结婚之喜与乐，对宝玉来说本来就不是喜而是悲，再加上黛玉之死的映衬，就具有了双重的悲剧色彩，而这种喜中透悲的色调，对统治者来说就形成了一种强烈的嘲讽意味。这悲与喜的映照，作者还特别着意于气氛的营造。黛玉气绝之时，作者特意加上这样一笔："一时大家痛哭了一阵，只听得远远一阵音乐之声，侧耳一听，却又没有了。探春李纨走出院外再听时，惟有竹梢风动，月影移墙，好不凄凉冷淡！"那种似有若无的音乐之声，那竹梢的风和墙上的月，都成了黛玉悲凉绝命的见证，构成了痛入骨髓的大悲哀，绵远不绝地留存在读者的心中。

四、通过人物的形体动作，通过独具个性的语言，生动真实地表现了林黛玉内心的深沉痛苦和强烈愤懑。先是第九十六回写她听到傻大姐泄漏的宝玉将和宝钗结婚时的反应：一下子变得精神痴痴迷迷，身子恍恍荡荡，竟像有千百斤重，走起路来，两只脚像是踩着棉花一般，早已软了。然后由紫鹃陪着去见宝玉，见着嘻嘻傻笑的宝玉，也痴痴地瞅着他对笑。"两个人也不问好，也不说话，也无推让，只管对着脸傻笑起来。"接着两人似清醒又似痴迷的一番简单的对话，直令数百年后的读者读来仍感到痛彻肺腑。好端端一对深爱着的男女，在统治者的摧残压迫下，竟变成如此情景，这是怎样的一种人间惨剧啊。焚稿的行为，是在爱情和生活理想破灭时的悲愤之举，是对宝玉的恨的表现。可是那恨中正包含着她对宝玉的深沉强烈的爱。以恨写爱，更见其爱。黛玉焚稿后含恨而去，她本是想了断这痴情后才离开这人世的，但这痴情实际上却是想断而无法断、也不能断的。这就更增加了悲剧的感人力量。

五、她与紫鹃的真挚情谊和紫鹃对她的真心关爱，也是这三回书中感人至深的文字。黛玉病得快气绝身亡了，可是"贾府上下人等都不过来，连一个问的人都没有，睁开眼，只有紫鹃一人"。就是在这样的孤寂凄凉的情景之下，黛玉说了一段发自肺腑、感人至深的话："妹妹，你是我最知心的，虽是老太太派你伏侍我这几年，我拿你就当作我的亲妹妹。"下面说话又叫"紫鹃妹妹"，叫得那样亲切，那样充满挚情。有关两人关系的一系列描写，具有两方面的意义：一是写在那个充满虚伪、压迫的贾府中，林黛玉极端孤寂的处境。她在失去了惟一的人生伴侣贾宝玉以后，在统治者的圈子里（包括表面上极其疼爱她的贾母在内）就没有了亲情，没有了真正关心爱护她的人。内心的孤寂是林黛玉精神上最大的痛苦。二是写真爱真情存在于被压迫的奴隶中。黛玉对紫鹃的亲切呼叫是从内心深处喊出来的，是她从生活中得来的真实感受，这与贾宝玉一贯对那些纯洁的女孩子的感受完全相同。这些描写表现了作者进步的民主思想，与前八十回所表现的思想是完全一致的。而紫鹃对黛玉的真情关爱也表现得非常突出，非常感人。凤姐、王夫人等人为了掉包计的顺利实施，为了骗过宝玉，在黛玉即将气绝的严重关头，竟要紫鹃离开她去到那边伺候新娘薛宝钗，遭到了紫鹃的严辞拒绝，她表现得无所畏惧，十分刚强。她对前来唤她过去的林之孝家的说："林奶奶，你先请罢。等着人死了我们自然是出去的，那里用这么……"又说："……林姑娘还有气儿呢，不时的叫我。"这番有情有义的话，反衬出这偌大一个贾府的无情无义，冷如冰窟。紫鹃真正不愧被黛玉托为知己。

这三回书的作者是谁，不能详考。如果确如有的学者所推测的是曹雪芹留下的遗稿，那我们感到非常庆幸；如果真是高鹗的续书呢，那后四十回不论有多少缺点和不足，他的功绩都应该在红学史上和中国小说史上，记下辉煌的一笔。

小　结

毛泽东曾经说过《红楼梦》至少要读五遍才有发言权。我们要补充一句，《红楼梦》是一部常读常新的书，读多少遍都不算多，读一遍有一遍新的体会。随着年纪的增长，随着生活阅历的丰富，随着审美经验的积累，在《红楼梦》这部艺术的百科全书中，我们会不断地发现新的天地，新的境界，新的意蕴，新的趣味。

参考资料

一、前人的评论

敦敏曰：傲骨如君世已奇，嶙峋更见此支离。醉余奋扫如椽笔，写出胸中块垒时。（《懋斋诗抄·题芹圃画石》）

又曰：碧水青山曲径遐，薜萝门巷足烟霞。寻诗人去留僧舍，卖画钱来付酒家。燕市哭歌悲遇合，秦淮风月忆繁华。新愁旧恨知多少，一醉毷氉白眼斜。（同上《赠芹圃》）

又曰：可知野鹤在鸡群，隔院惊呼意倍殷。雅识我惭褚太傅，高谈君是孟参军。秦淮旧梦人犹在，燕市悲歌酒易醺。忽漫相逢频把袂，年来聚散感浮云。（同上《芹圃曹君霑别来已一载余矣。偶过明君琳养石轩，隔院闻高谈声，疑是曹君，急就相访，惊喜意外，因呼酒话旧事，感成长句》）

又曰：东风吹杏雨，又早落花辰。好枉故人驾，来看小院春。诗才忆曹植，酒盏愧陈遵。上巳前三日，相劳醉碧茵。（同上《小诗代简寄曹雪芹》）

敦诚曰：少陵昔赠曹将军，曾曰魏武之子孙。君又无乃将军后，于今环堵蓬蒿屯。扬州旧梦久已觉（原注：雪芹曾随其先祖寅织造之任），且著临邛犊鼻裈。爱君诗笔有奇气，直追昌谷破篱樊。当时虎门数晨夕，西窗剪烛风雨昏。接䍦倒著容君傲，高谈雄辨虱手扪。感时思君不相见，蓟门落日松亭樽（原注：时余在喜峰口）。劝君莫弹食客铗，劝君莫叩富儿门。残杯冷炙有德色，不如著书黄叶村。（《四松堂集·寄怀曹雪芹霑》）

又曰：满径蓬蒿老不华，举家食粥酒常赊。衡门僻巷愁今雨，废馆颓楼梦旧家。司业青钱留客醉，步兵白眼向人斜。何人肯与猪肝食？日望西山餐暮霞。（《鷦鷯庵杂记·赠曹雪芹》）

又曰：四十萧然太瘦生，晓风昨日拂铭旌。肠回故垄孤儿泣（原注：前数月伊子殇，因感伤成疾），泪迸荒天寡妇声。牛鬼遗文悲李贺，鹿车荷锸葬刘伶。故人欲有生刍吊，何处招魂赋楚蘅？

开箧犹存冰雪文，故交零落散如云。三年下第曾怜我，一病无医竟负君。邺下才人应有恨，山阳残笛不堪闻。他时瘦马西州路，宿草寒烟对落曛。（同上《挽曹雪芹》）

又曰：四十年华付杳冥，哀旌一片阿谁铭？孤儿渺漠魂应逐（原注：前数月伊子殇，因感伤成疾）。新妇飘零目岂瞑？牛鬼遗文悲李贺，鹿车荷锸葬刘伶。故人唯有青山泪，絮酒生刍上旧坰。（《四松堂集·挽曹雪芹甲申》）

张宜泉曰：君诗曾未等闲吟，破刹今游寄兴深。碑暗定知含雨色，墙隤可见补云阴。蝉鸣荒径遥相唤，蛩唱空厨近自寻。寂寞西郊人到罕，有谁曳杖过烟林？（《春柳堂诗稿·和曹雪芹西郊信步憩废寺原韵》）

又曰：爱将笔墨逞风流，结庐西郊别样幽。门外山川供绘画，堂前花鸟入吟讴。羹调未羡青莲宠，苑召难忘立本羞。借问古来谁得似，野心应被白云留。（同上《题芹溪居士图姓曹名霑，字梦阮，号芹溪居士，其人工诗善画》）

又曰：谢草池边晓露香，怀人不见泪成行。北风图冷魂难返，白雪歌残梦正长。琴裹坏囊声漠漠，剑横破匣影铓铓。多情再问藏修地，翠叠空山晚照凉。（同上《伤芹溪居士其人素性放达，好饮，又善诗画，年未五旬而卒》）

永忠曰：传神文笔足千秋，不是情人不泪流。可恨同时不相识，几回掩卷哭曹侯。

颦颦宝玉两情痴，儿女闺房语笑私。三寸柔毫能写尽，欲呼才鬼一中之。

都来眼底复心头，辛苦才人用意搜。混沌一时七窍凿，争数天不赋穷愁。

（《延芬室稿·因墨香得观红楼梦小说吊雪芹三绝句姓曹》）（编者按：诗上有弘旿眉批曰："此三章诗极妙。第《红楼梦》非传世小说，余闻之久矣，而终不欲一见，恐其中有碍语也。”）

西清曰：《红楼梦》始出，家置一编，皆曰此曹雪芹书，而雪芹何许人，不尽知也。雪芹名沾，汉军也。其曾祖寅，字子清，号楝亭，康熙间名士，累官通政。为织造时，雪芹随任，故繁华声色，阅历者深。然竟坎壈半生以死。宗室懋斋（名敦敏）、敬亭与雪芹善。懋斋诗：“燕市哭歌悲遇合，秦淮风月忆繁华”；敬亭诗：“劝君莫弹食客铗，劝君莫叩富儿门，残杯冷炙有德色，不如著书黄叶村。”两诗画出雪芹矣。（《桦叶述闻》）

裕瑞曰：雪芹二字，想系其字与号耳，其名不得知。曹姓。汉军人，亦不知其隶何旗。闻前辈姻戚有与之交好者。其人身胖头广而色黑，善谈吐，风雅游戏，触境生春。闻其奇谈娓娓然，令人终日不倦，是以其书绝妙尽致。（《枣窗闲笔·后红楼梦书后》）

脂砚斋评曰：诗曰：浮生着甚苦奔忙，盛席华筵终散场。悲喜千般同幻渺，古今一梦尽荒唐。谩言红袖啼痕重，更有情痴抱恨长。字字看来皆是血，十年辛苦不寻常。（《甲戌本凡例》）

又曰：能解者方有辛酸之泪，哭成此书。壬午除夕，书未成，芹为泪尽而逝。余尝哭芹，泪亦待尽。每意觅青埂峰再问石兄，奈余不遇獭（癞）头和尚何！怅怅！（第一回甲戌眉批）

又曰：一种用淡三色行云流水之法，写出贵公子家常不迹（即）不离气致。经历过者则喜其写真，未经者恐不免嫌繁。（第八回甲戌本眉批）

又曰：这方是宝卿正传，与前写黛玉之传一齐参看，各极其妙，各不相犯，使其人难其左右于毫末。

画神鬼易，画人物难，写宝卿正是写人之笔，若与黛玉并写更难。今作者写得一毫难处不见，且得二人真体实传，非神助而何。（同上）

又曰：写晴雯是晴雯走下来，断断不是袭人平儿莺儿等语气。（同上）

又曰：借可卿之死，又写出情之变态，上下大小男女老少，无非情感而生情。且又籍凤姐之梦，更化就幻空中一片贴切之情。所谓寂然不动，感而遂痛。所感之象，所动之萌，深浅诚伪，随神必报，所谓幻者此也，情者亦此也。何非幻，何非情，情即是幻，幻即是情，明眼者自见。（第十三回有正本总批）

又曰：摹一人，一人必到纸上活现。（第十五回庚辰本夹批）

又曰：《石头记》一部中，皆是近情近理必有之事，必有之言，又如此等荒唐

不经之谈，间亦有之，是作者故意游戏之笔耶？以破色取笑，非如别书认真说鬼话也。（第十六回庚辰本眉批）

又曰：复至“情悟梨香院”一回，更将和盘托出，与余三十年前目睹身亲之人，现形于纸上。使言《石头记》之为书，情之至极，言之至恰，然非领略过乃事，迷陷过乃情，即观此茫然嚼蜡，亦不知其神妙也。（第十七十八回己卯本夹批）

又曰：形容一事，一事毕真，《石头》是第一能手矣。（第十九回己卯夹批）

按此书中写一宝玉，其宝玉之为人，是我辈于书中见而知有此人，实未目曾亲睹者。又写宝玉之发言，每每令人不解；宝玉之生性，件件令人可笑。不独于世上亲见这样的人不曾，即阅今古所有之小说传奇中，亦未见这样的文字。于颦儿处更为甚，其囫囵不解之中实可解，可解之中又说不出理路。合目思之，却如真见一宝玉，真闻此言者，移之第二人万不可，亦不成文字矣。（同上）

梦觉主人曰：至于日用事物之间，婚丧喜庆之类，俨然大家体统，事有重出，词无再犯，其吟咏诗词，自属清新，不落小说故套；言语动作之间，饮食起居之事，竟是庭闱形表，语谓因人，词多彻性，其诙谐戏谑，笔端生活未坠村编俗俚。此作者工于叙事，善写性骨也。（甲辰本卷首《红楼梦序》）

刘铨福曰：《红楼梦》虽小说，然曲而达，微而显，颇得史家法。（甲戌本卷末《脂砚斋重评石头记跋》）

潘德舆曰：余始读《红楼梦》而泣，继而疑，终而叹。夫谓《红楼梦》之恃铺写盛衰兴替以感人，并或爱其诗歌词采者，皆浅者也。吾谓作是书者，殆实有奇苦极郁在于文字之外者，而假是书以明之，故吾读其书之所以言情者，必泪涔涔下，而心怦怦三日不定也。（《金壶浪墨·读红楼梦题后》）

二知道人曰：蒲聊斋之孤愤，假鬼狐以发之；施耐庵之孤愤，假盗贼以发之；曹雪芹之孤愤，假儿女以发之：同是一把酸辛泪也。

盲左、班、马之书，实事传神也；雪芹之书，虚事传神也。然其意中，自有实事，罪花业果，欲言难言，不得已而托诸空中楼阁耳。

大观园之结构，即雪芹胸中邱壑也；壮年吞之于胸，老去吐之于笔耳。吾闻雪芹，缙绅裔也，使富侔崇、恺，何难开拓其悼红轩，叠石为山，凿池引水，以供朋侪游憩哉？惜乎绘诸纸上，为亡是公之名园也。

小说家之结构，大抵由悲而欢，由离而合，引人入胜。《红楼梦》则由欢而悲也，由合而离也。非图壁垒一新，正欲引人过梦觉关耳。（《红楼梦说梦》）

诸联曰：全部一百二十回书，吾以三字概之，曰真，曰新，曰文。（《红楼评梦》）

又曰：自古言情者，无过《西厢》。然《西厢》只两人事，组织欢愁，摛词易工。若《石头记》，则人甚多，事甚杂，乃以家常之说话，抒各种之性情，俾雅俗共赏，较《西厢》为更胜。（同上）

王希廉曰：《红楼梦》一书，全部最关键是"真假"二字。读者须知，真即是假，假即是真；真中有假，假中有真；真不是真，假不是假。明此数意，则甄宝玉、贾宝玉是一是二，便心目了然，不为作者冷齿，亦知作者匠心。（《新评绣像红楼梦全传》卷首《红楼梦总评》）

江顺怡曰：《红楼梦》，悟书也。其所遇之人皆阅历之人，其所叙之事皆阅历之事，其所写之情与景皆阅历之情与景，正如白发宫人涕泣而谈天宝，不知者徒艳其纷华靡丽，有心人视之皆缕缕血痕也。（《读红楼梦杂记》）

王国维曰：《红楼梦》一书，与一切喜剧相反，彻头彻尾之悲剧也。……吾国之文学，以挟乐天之精神故，故往往说诗歌的正义，善人必令其终，而恶人必离其罚，此亦吾国戏曲、小说之特质也。《红楼梦》则不然。赵姨、凤姐之死，非鬼神之罚，彼良心自己之苦痛也。……由此种种原因，而金玉以之合，木石以之离，又岂有蛇蝎之人物、非常之变故行于其间哉？不过通常之道德、通常之人情、通常之境遇为之而已。由此观之，《红楼梦》者，可谓悲剧中之悲剧也。（《红楼梦评论》）

二、今人的评论

鲁迅论《红楼梦》（见《中国小说史略》第二十四篇《清之人情小说》）

俞平伯：《〈红楼梦〉简论》

何其芳：《论〈红楼梦〉》

郭预衡：《论宝黛爱情悲剧的社会意义》

吴组缃：《论贾宝玉典型形象》

赵齐平：《关于〈红楼梦〉的成书过程》

周绍良：《论〈红楼梦〉后四十回与高鹗续书》

（以上各篇均载《名家解读〈红楼梦〉》，山东人民出版社，1998 年。）

余英时：《红楼梦的两个世界》（载胡文彬等编《海外红学论集》，上海古籍出版社，1982 年）

吴组缃：《谈〈红楼梦〉里几个陪衬人物的安排》

（载《说稗集》，北京大学出版社，1987 年）

周先慎:《琐碎中有无限烟波——〈红楼梦〉的欣赏》
（连载于《名作欣赏》2002 年第 1 第 2 期）
周先慎:《〈宝玉挨打〉鉴赏》
（载《古典小说鉴赏》[增订本]，北京大学出版社，2004 年）

第十章　晚清的谴责小说

官场现形记：文制台见洋大人

且说这位制台①本是个有脾气的，无论见了什么人，只要官比他小一级，是他管得到的，不论你是实缺藩台②，他见了面，一言不合，就拿钉子给人碰，也不管人家脸上过得去过不去。藩台尚且如此，道、府是不消说了，州、县以下更不用说了。至于在他手下当差的人甚多，巡捕、戈什③，喝了去，骂了来，轻则脚踢，重则马棒，越发不必问的了。

且说有天为了一件甚么公事，藩台开了一个手折④拿上来给他看。他接过手折，顺手往桌上一撩，说道："我兄弟一个人管了这三省事情，那里还有工夫看这些东西呢？你有什么事情，直截痛快的说两句罢。"藩台无法，只得捺定性子，按照手折上的情节约略择要陈说一遍。无如头绪太多，断非几句话所能了事，制台听到一半，又听得不耐烦了，发狠说道："你这人真正麻烦！兄弟虽然是三省之主，大小事情都照你这样子，要我兄弟管起来，我就是三头六臂也来不及！"说着，掉过头去同别位道台⑤说话，藩台再要分辩两句，他也不听了。藩台下来，气的要告病，幸亏被朋友们劝住的。

后来不多两日，又有淮安府知府上省禀见。这位淮安府乃是翰林⑥出身，放过一任学台⑦，后来又考取御史，补授御史，京察一等⑧放出来的。到任还不到一年，齐巧地方上出了两件交涉案件，特地上省见制台请示；恐怕说的不能详细，亦就写了两个节略⑨，预备面递。等到见了面，同制台谈过两句，便将开的手折恭恭敬敬递了上去。制台一看是手折，上面写的都是黄豆大的小字，便觉心上几个不高兴；又明欺他的官不过是个四品职分，比起藩台差远了，索性把手折往地下一摔，说道："你们晓得我年纪大，眼睛花，故意写了这小字来蒙我！"那淮安府知府受了他这个瘪子[10]，一声也不响。等他把话说完，不慌不忙，从从容容的从地下把那个手折拾了起来，一头拾，一头嘴里说："卑府自从殿试、朝考以及考差、考御史[11]，一直是恪遵功令，写的是小字；皇上取的亦就是这个小字。如今做了外官，倒不晓得大帅是同皇上相反，一个个是要看大字的，这个只好等卑府慢慢学起来。但是今时这两件事情都是刻不可缓的，所以卑府才赶到省里来面回大帅；若等卑府把大字学好了，那可来不及了。"

制台一听这话，便问："是两件什么公事？你先说个大概。"淮安府回道："一件为了地方上的坏人卖了块地基给洋人，开什么玻璃公司。一桩是一个包讨债的洋人到乡下去恐吓百姓，现在闹出人命来了。"制台一听，大惊失色道："这两桩都是个关系洋人的，你为什么不早说呢？快把节略拿来我看！"淮安府只得又把手折呈上，制台把老花眼镜带上，看了一遍。淮安府又说道："卑职因为其中头绪繁多，恐怕说不清楚，所以写好了节略来的。况且洋人在内地开设行栈[12]，有背约章；就是包讨帐，亦是不应该的，况且还有人命在里头。所以卑府特地上来请大帅的示，总得禁阻他来才好。"制台不等他说完，便把手折一放，说："老哥，你还不晓得外国人的事情是不好弄的么？地方上百姓不拿地卖给他，请问他的公司到那里去开呢？就是包讨帐，他要的钱，并非要的是命。他自己寻死，与洋人何干呢？你老兄做知府，既然晓得地方有这些坏人，就该预先禁止他们，拿地不准卖给外国人才是。至于那个欠帐的，他那张借纸怎么会到外国人手里？其中必定有个缘故。外国人顶讲情理，决不会凭空诈人的。而且欠债还钱，本是分内之事，难道不是外国人来讨，他就赖着不还不成？既然如此，也不是什么好百姓了。现在凡百事情，总是我们自己的官同百姓都不好，所以才会被人家欺负；等到事情闹糟了，然后往我身上一推，你们算没有事了。好主意！"

原来这制台的意思是："洋人开公司，等他来开；洋人来讨帐，随他来讨。总之：在我手里，决计不肯为了这些小事同他失和的。你们既做我的属员，说不得都要就我范围，断断乎不准多事。"所以他看了淮安府的手折，一直只怪地方官同百姓不好，决不肯批评洋人一个字的。淮安府见他如此，就是再要分辩两句，也气得开不出口了。制台把手折看完，仍旧摔还给他。淮安府拾了，禀辞出去，一肚皮没好气。

正走出来，忽见巡捕拿了一张大字的片子，远望上去，还疑心是位新科的翰林。只听那巡捕嘴里叽哩咕噜的说道："我的爷！早不来，晚不来，偏偏这时候他老人家吃着饭他来了。到底上去回的好，还是不上去回的好？"旁边一个号房[13]道："淮安府才见了下来，只怕还在签押房里换衣服，没有进去也论不定。你要回，赶紧上去还来得及。别的客你好叫他在外头等等，这个客是怠慢不得的！”那巡捕听了，拿了片子，飞跑的进去了。这里淮安府自回公馆不题。

且说那巡捕赶到签押房，跟班的说：“大人没有换衣服就往上房去了。”巡捕连连跺脚道：“糟了！糟了！”立刻拿了片子又赶到上房。才走到廊下，只见打杂的正端了饭菜上来。屋里正是文制台一迭连声的骂人，问为什么不开饭。巡捕一听这个声口，只得在廊檐底下站住。心上想回；因为文制台一到任，就有过吩咐的，凡是吃饭的时候，无论什么客人来拜，或是下属禀见，统通不准巡捕上来回，总要等到吃过饭，擦过脸再说。无奈这位客人既非过路官员，亦非本省属员，平时制台见了他还要让他三分，如今叫他在外面老等起来，决计不是个道理；但是违了制台的号令，倘若老头子一翻脸，又不是玩的。因此拿了名帖，只在廊下盘旋，要进又不敢进，要退又不敢退。

正在为难的时候，文制台早已瞧见了，忙问一声：“什么事？”巡捕见问，立刻趋前一步，说了声：“回大帅的话，有客来拜。”话言未了，只见拍的一声响，那巡捕脸上早被大帅打了一个耳刮子。接着听制台骂道：“混帐忘八蛋！我当初怎么吩咐的？凡是我吃着饭，无论什么客来，不准上来回。你没有耳朵，没有听见？”说着，举起腿来又是一脚。那巡捕挨了这顿打骂，索性泼出胆子来，说道：“因为这个客是要紧的，与别的客不同。”制台道：“他要紧，我不要紧？你说他与别的客不同，随你是谁，总不能盖过我！”巡捕道：“回大帅：来的不是别人，是洋人。”那制台一听“洋人”二字，不知为何，顿时气焰矮了大半截，怔在那里半天；后首想了一想，蓦地起来，拍挞一声响，举起手来又打了巡捕一个耳刮子，接着骂道：“混帐忘八蛋！我当是谁！原来是洋人！洋人来了，为什么不早回，叫他在外头等了这半天？”巡捕道：“原本赶着上来回的，因见大帅吃饭，所以在廊下等了一回。”制台听完，举起腿来又是一脚，说道：“别的客不准回，洋人来，是有外国公事的，怎么好叫他在外头老等？糊涂！混帐！还不快请进来！”

那巡捕得了这句话，立刻三步并做二步，急忙跑了出来。走到外头，拿帽子探了下来，往桌子上一掼，道：“回又不好，不回又不好！不说人头，谁亦没有他大；只要听见‘洋人’两个字，一样吓的六神无主了！但是我们何苦来呢？掉过去，一个巴掌！翻过来，又是一个巴掌！东边一条腿，西边一条腿！老老实实不干了！”

正说着，忽然里头又有人赶出来一迭连声的叫唤，说："怎么还不请进来？"那巡捕至此方才回醒过来，不由的仍旧拿大帽子合在头上，拿了片子，把洋人引进大厅。此时制台早已穿好衣帽，站在滴水檐前预备迎接了。

原来来拜的洋人非是别人，乃是那一国的领事。你道这领事来拜制台为的什么事？原来制台新近正法了一名亲兵小队。制台杀名兵丁，本不算得大不了的事情；况且那亲兵亦必有可杀之道，所以制台才拿他如此的严办。谁知这一条，杀的地方不对：既不是在校场⑭上杀的，亦不是在辕门⑮外杀的，偏偏走到这位领事公馆旁边就拿他宰了。所以领事大不答应，前来问罪。当下见了面，领事气愤愤的把前言述了一遍，问制台为什么在他公馆旁边杀人，是个什么缘故。幸亏制台年纪虽老，阅历却很深，颇有随机应变的本领；当下想了一想，说道："贵领事不是来问我兄弟杀的那个亲兵？他本不是个好人，他原是'拳匪'⑯一党。那年北京'拳匪'闹乱子，同贵国及各国为难，他都有分的。兄弟如今拿他查实在了，所以才拿他正法的。"领事道："他既然通'拳匪'，拿他正法亦不冤枉。但是何必一定要杀在我的公馆旁边呢？"制台想了一想，道："有个原故：不如此，不足以震服人心。贵领事不晓得，这'拳匪'乃是扶清灭洋的，将来闹出点子事情来，一定先同各国人及贵国人为难，就是于贵领事亦有所不利。所以兄弟特地想出一条计来，拿这人杀在贵衙署旁边，好教他们同党瞧着或者有些怕惧。俗语说得好，叫做'杀鸡骇猴'，拿鸡子宰了，那猴儿自然害怕。兄弟虽然只杀得一名亲兵，然而所有的'拳匪'见了这个榜样，一定解散，将来自不敢再同贵领及贵国人为难了。"领事听他如此一番说话，不由得哈哈大笑，奖他有经济，办得好。随又闲谈了几句，告辞而去。

制台送客回来，连要了几把手巾，把脸上、身上擦了好几把，说道："我可被他骇得我一身大汗了！"坐定之后，又把巡捕、号房统通叫上来，吩咐道："我吃着饭，不准你们来打岔，原说的是中国人。至于外国人，无论什么时候，就是半夜里我睡了觉，亦得喊醒了我，我决计不怪你们的。你们没瞧见刚才领事进来的神气，赛如马上就要同我翻脸的。若不是我这老手三言两语拿他降伏住，还不晓得闹点什么事情出来哩。还搁得住你们再替我得罪人吗？以后凡是洋人来拜，随到随请！记着！"巡捕、号房统通应了一声"是"。

制台正要进去，只见淮安府又拿着手本来禀见，说有要紧公事面回，并有刚刚接到淮安来的电报，须得当面呈看。制台想了想，肚皮里说道："一定仍旧是那两件事。但不知这个电报来，又出了点什么岔子。”本来是懒怠见他的，不过因内中牵涉了洋人，实在委决不下，只得吩咐说“请”。

霎时淮安府进来，制台气吁吁的问道：“你老哥又来见我做什么？你说有什么电报，一定是那班不肖地方官又闹了点什么乱子，可是不是？”淮安府道：“回大帅的话：这个电报却是个喜信。”制台一听“喜信”二字，立刻气色舒展许多，忙问道“什么喜信？”淮安府道：“卑府刚才蒙大人教训，卑府下去回到寓处，原想照着大人的吩咐，马上打个电报给清河县黄令；谁知他倒先有一个电报给卑府，说玻璃公司一事，外国人虽有此议，但是一时股分不齐，不会成功。现在那洋人接到外洋的电报，想先回本国一走，等到回来再议。”制台道：“很好，他这一去，至少一年半载。我们现在的事情，过一天是一天，但愿他一直耽误下去，不要在我手里他出难题目给我做，我就感激他了。那一桩呢？”

淮安府道：“那一桩原是洋人的不是，不合到内地来包讨帐。”制台一听他说“洋人不是”，口虽不言，心下却老大不以为然，说：“你有多大能耐，就敢排揎[17]起洋人来！”于是又听他往下讲道：“地方上百姓动了公愤，一哄而起。究竟洋人势孤……”制台听到这里，急的把桌子一拍道：“糟了！一定是把外国人打死了！中国人死了一百个也不要紧；如今打死了外国人，这个处分谁耽得起？前年为了‘拳匪’，杀了多少官？你们还不害怕吗？”淮安府道：“回大帅的话：卑府的话还未说完。”制台道：“你快说！”淮安府道：“百姓虽然起了一个哄，并没有动手，那洋人自己就软下来了。”制台皱着眉头，又把头摇了两摇，说道：“你们欺负他单身人，他怕吃眼前亏，暂时服软，回去告诉了领事，或者进京告诉了公使，将来仍旧要找咱们倒蛋的。不妥！不妥！”淮安府道：“实实在在是他自己晓得自己的错处，所以才肯服软的。”制台道：“何以见得？”淮安府道：“因为本地有两个出过洋的学生，是他俩听了不服，哄动了许多人，同洋人讲理。洋人说他不过，所以才服软的。”制台又摇头道：“更不妥！这些出洋回来的学生真不安分！于他毫不相干，就出来多事。地方官是昏蛋！难道就随他们吗？”淮安府道：“他俩不过找着洋人讲理，并没有滋事。虽然哄动了许多人跟着去看，并非他二人招来的。”制台道：“你老哥真不愧为民之父母！你总帮好了百姓，把自己百姓竟看得没有一个不好的，都是他们洋人不好。我生平最恨的就是这班刁民！动不动聚众滋事，挟制官长！如今同洋人也是这样。若不趁早整顿整顿，将来有得缠不清楚哩！你且说那洋人服软之后怎么样？”淮安府道：“洋人被那两个学生一顿批驳，说他不该包讨帐，于条约大有违背；

如今又逼死了人命，我们一定要到贵国领事那里去告的。”制台听了，点了点头道：“驳虽驳得有理，难道洋人怕他们告吗？就是告了，外国领事岂有不帮自己人的道理！”淮安府道：“谁知就此三言两语，那洋人竟其顿口无言，反倒托他通事[18]同那苦主讲说，欠的帐也不要了，还肯拿出几百银子来抚恤死者的家属，叫他们不要告罢。”制台道：“咦，这也奇了！我只晓得中国人出钱给外国人是出惯的，那里见过外国人出钱给中国人。这话恐怕不确罢？”淮安府道：“卑府不但接着电报是如此说，并有详信亦是刚才到的。”制台道：“奇怪！奇怪！他们肯服软认错，已经是难得了；如今还肯抚恤银子，尤其难得。真正意想不到之事！我看很该应就此同他了结。你马上打个电报回去，叫他们赶紧收篷，千万不可再同他争论别的。所谓‘得风便转’。他们既肯陪话，又肯化钱，已是莫大的面子。我办交涉也办老了，从没有办到这个样子，如今虽然被他们争回这个脸来，然而我心上倒反害起怕来。我总恐怕地方上的百姓不知进退，再有什么话说，弄恼了那洋人，那可万万使不得！俗语说得好，叫做‘得意不可再往’。这个事可得责成你老哥身上。你老哥省里也不必耽搁了，赶紧连夜回去。第一弹压住百姓，还有那什么出洋回来的学生，千万不可再生事端；二则洋人走的时候，仍得好好的护送他出境。他一时为理所屈，不能拿我们怎样，终究是记恨在心的。拿他周旋好了，或者可以解释解释。我说的乃是金玉之言，外交秘诀。老哥，你千万不要当做耳旁风！你可晓得你们在那里得意，我正在这里提心吊胆呢！”淮安府只得连连答应了几声“是”。然后端茶送客。

（节选自《官场现形记》第五十三回）

注　释

① 制台：明清时期对总督的敬称。

② 实缺：清代官制，凡额定的官职，经正式任命的为实缺，为委派署理的称署缺。藩台：明清时期对布政使的俗称。清代的布政使是督抚的属官，为文制台的下级。

③ 巡捕：总督、巡抚、将军的随从官，分为文武两种。戈什：戈什哈的简称，清代高级官员的侍从护卫。

④ 手折：旧时禀呈公事或申诉意见的折子。

⑤ 道台：清代省和府、州之间的地方高级行政长官称为道员，道台是道员的俗称。

⑥ 翰林：清代的翰林院为储备人才之所，在殿试朝考后，新进士授翰林院庶吉士的，称为点翰林。

⑦ 学台：清代的提督学政简称学政，俗称学台。

⑧ 京察一等：明清两代对在京官吏进行定期考察，按考察成绩定为称职、勤职、供职三等。一等记名，有升任外官的优先权。

⑨ 节略：外交文书的一种，用来说明事实、证据或有关法律问题，不用签字和盖章，其重要性次于照会。

⑩ 瘪子：困窘。

⑪ 殿试：封建时代皇帝在宫殿内举行的考试称为殿试；明清时期的科举考试制度，会试（考进士）考中后，要再进行殿试，以定甲第。朝考：清代制度，殿试考中的新科进士，要由礼部造名册送呈翰林院掌院学士，再奏请皇帝，再试于保和殿，称为朝考。考差：清代官制，凡翰林和进士出身的各部院官员，具备乡试主考官资格的，必须经过一次考试，称为考差。

⑫ 行（háng）栈：替人存放货物并介绍买卖的商业机构。

⑬ 号房：旧时官署里传达室的服务人员。

⑭ 校（jiào）场：旧时操练或比武的场地。

⑮ 辕门：旧时泛指领兵将帅的营门或督抚等官署的外门。

⑯ “拳匪”：对义和团革命队伍的蔑称。

⑰ 排揎：埋怨、指斥。

⑱ 通事：翻译官。

阅读提示

四大谴责小说都带有鲜明的近代社会的时代特征，这就是半封建半殖民地社会的性质，一方面是保有封建社会的明显特征，如本节中所表现的等级森严的官僚制度，另一方面就是帝国主义对中国的入侵和在中国土地上的横行无忌，以及中国官僚的卖国投降行为。小说以漫画的笔法，痛快淋漓地勾画出文制台的洋奴嘴脸。主要采用的是对比的手法，一方面是他对下属和中国的老百姓那样蛮横和凶暴，另一方面对侵略者的洋人却是那样的卑躬屈膝和低声下气。他几十年外交生涯总结出的秘诀是：对百姓要无情弹压，毫不留情；对洋人要小心伺候，好好保护。在艺术上，正如鲁迅先生指出的，“词气浮露，笔无藏锋”，缺少含蓄隽永的讽刺意味，斥责倒是非常痛快，却很少值得回味的余地。

参考资料

魏绍昌：《鲁迅之李宝嘉传略笺注》

胡适：《李伯元传》

鲁迅论《官场现形记》

茂苑惜秋生:《〈官场现形记〉序》
胡适:《〈官场现形记〉序》
（以上各篇载魏绍昌编《李伯元研究资料》，上海古籍出版社，1980 年）
文乃山:《李伯元作品思想倾向初探——与章培恒同志商榷》
（载《中国近代文学论文集》小说卷，中国社会科学出版社，1983 年）

二十年目睹之怪现状：行贿嫖妓花样翻新

过了几天，各行生意都开市了，我便到向有往来的一家钱铺子里去，商量一件事。到得那里，说是掌柜的有事，且请坐一坐。原来那掌柜的姓恽，号洞仙，我自从入京之后，便认得了他，一向极熟的。每来了，总是到他办事房里去坐；这一回我来了，铺里的人却让我坐到客堂里，说办事房里另外有客，请在这里等一等。我只得就在客堂里坐下。

等了一大会，才见恽洞仙笑吟吟的送一个客出来，一直送到大门口，上了车，方才回转来，对我拱手道："有劳久候了！屈驾得很！请屋里坐罢。"于是同到他办事房里去，重新让坐送茶。洞仙道："兄弟今年承周中堂[①]委了一个差使，事情忙点，一向都少候；你儜是大量的，想来也不怪我懒。"我道："好说，好说！得了中堂的差使，一定是恭喜的。"洞仙道："不过多点穷忙的事罢了；但得有事办，就忙点也是值得的。"说时，手指着桌上道："你儜瞧，这就是方才那个客送我们老中堂的贽见[②]，特诚来烦兄弟代送的，说不得也要给他当差。"我看那桌上时，摆着两个紫檀木匣子；我走过去揭开盖子一看，一匣子是平排列着五十枝笔，一匣子是平列着十锭墨，都是包了金的。我暗想虽是送中堂之品，却未免太讲究了。墨上包金，还有得好说；这笔杆子是竹子做的，怎么都包上金呢，用两天不要都掉了下来么？一面想着，顺手拿起一枝笔来看，谁知拿到手里，沈甸甸的重的了不得，不觉十分惊奇。拔去笔套一看，却又是没有笔头的，更觉奇怪。洞仙在旁呵呵大笑道："我要说一句放恣的话，这东西你儜只怕是头一回瞧见呢！"我道："为甚么那么重？难道是整根是金子的么？"洞仙道："可不是！你儜瞧那墨么？"我伸手取那墨时，谁知用力少点，也拿他不动，想来自然也是金子了。便略为看了一看，仍旧放下道："这一份礼很不轻。"洞仙道："也不很重。那笔是连笔帽儿四两一枝（京师人呼笔套为帽），这墨是二十两一锭，统共是四百两。"我道："这又何必？有万把两银子的礼，不会打了票子送去，又轻便，在受礼的人，有了银子，要甚么可以置办甚么；何必多费工钱做这些假笔墨呢，送进去，就是受下他来，也是没用的。”洞仙呵呵大笑道：“我看天底下就是你傡最阔，连金子都说是没用的。”我道：“谁说金子没用，我说拿金子做成假笔墨，是没用的罢了。”洞仙道：“那么你傡又傻了。他用的是金子，并不用假笔墨。我也知道打了票子进去最轻便的，怎奈大人先生不愿意担这个名色[③]，所以才想方做成这东西送去，人家看见，送的是笔墨，很雅的东西，就是受了也取不伤廉。”

我道：“这是一份贽礼，却送得那么重！”洞仙道：“凡有所为而送的，无所谓轻重，也和咱们做卖买一般，一分行情一分货。你还没知道，去年里头大叔生日，闽浙萧制军[④]送的礼，还要别致呢，是三尺来高的一对牡丹花。白玉的花盆，珊瑚碎的泥，且不必说；用了一对白珊瑚作树，配的是玛瑙片穿出来的花，葱绿翡翠作的叶子，都不算数；这两颗花，统共是十二朵，那花心儿却是用金丝镶了金刚钻做的。有人估过价，这一对花要抵得九万银子。送过这份礼之后，不上半年，那位制军便调了两广总督的缺[⑤]。最苦的是闽浙，最好是两广，你想这份礼送得着罢。”我道：“这一份笔墨，又是那一省总督的呢？”洞仙道：“不配，不配！早得很呢！然而近来世界，只要肯应酬，从府道爬到督抚，也用不着几年工夫。你傡也弄个功名出来干罢！”我笑道：“好，好！赶明天我捐一个府道，再来托你送笔墨。”说着，大家都笑了。我便和他说了正事，办妥了，然后回去。

回到家时，恰好遇见车文琴从衙门里回来，手里拿了一个大纸包。我便让他到我这边坐。他便同我进来，随意谈天。我便说起方才送金笔墨的话。文琴忙问道：“经手的是甚么人？”我道：“是一个钱铺的掌柜，叫做恽洞仙。”文琴道：“这等人倒不可不结识结识。”我笑道：“你也想送礼么？”文琴道：“我们穷京官不配。然而结识了他，万一有甚么人到京里来走路子，和他拉个皮条[⑥]，也是好的。”

说话时，桌上翻了茶碗，把他那纸包弄湿了，透了许久，方才觉着，连忙打开，把里面一张一张的皮纸抖了开来，原来全是些官照[⑦]，也有从九[⑧]的，也有未入流的，也有巡检的，也有典史的，也有把总[⑨]的。我不觉诧异道：“那里弄了这许多官照来？”文琴笑道：“你可要？我可以奉送一张。”我道：“这都填了姓名、三代的，我要他作甚么？”文琴道：“这个不过是个顽意儿罢了，顶真那姓名做甚么？”我道：“奇极了！官照怎么拿来做顽意儿？这又有什么顽头呢？”文琴道：“你原来不知道，这个虽是官照，却又是嫖妓的护符。这京城里面，逛相公[⑩]是冠冕堂皇的，甚么王公、贝子、贝勒[11]，都是明目张胆的，不算犯法；惟有妓禁极严，也极易闹事，都老爷查的也最紧。逛窑姐儿的人，倘给都老爷查着了，他不问三七二十一，当街就打；若是个官，就可以免打，但是犯了这件事，做官的照例革职，所以弄出这个顽意儿来，大凡逛窑姐儿的，身边带上这么一张，倘使遇了都老爷，只把这一张东西缴给他，就没事了。”我道：“为了逛窑姐儿，先捐一个功名，也未免过于张致[12]了。朝廷名器[13]，却不料拿来如此用法！”文琴道：“谁捐了功名去逛窑姐儿？这东西正是要他来保全功名之用。比方我去逛窑姐儿，被他查着了，谁愿意把这好好的功名去干掉了；我要是不认是个官，他可拉过来就打，那更犯不上了。所以备了这东西在身边，正是为保全功名之用。”我道：“你弄了这许多来，想是一个老嫖客了。然而未见得每嫖必遇见都老爷的，又何必要办这许多呢？”文琴道：“这东西可以卖，可以借，可以送，我向来是预备几十张在身边的。”我道：“卖与送不必说了，这东西有谁来借？”文琴道：“你不知道，这东西不是人人有得预备的。比方我今日请你吃花酒，你没有这东西，恐怕偶然出事，便不肯到了；我有了这个预备，不就放心了么？”一面说话时，已把那湿官照一张一张的印干了，重新包起来，又殷殷的问恽洞仙是那一家钱铺的掌柜。我道：“你一定要结识他，我明日可以给你们拉拢。”文琴大喜。

到了次日，一早就过来央我同去。我笑道：“你也太忙，不要上衙门么？”文琴道：“不相干，衙门里今日没有我的事。”我道：“去的太早了，人家还没有起来呢。”文琴又连连作揖道：“好人！没起来，我们等一等；倘使去迟了，恐怕他出去了呢。”我给他缠的没法，只得和他同去。谁知洞仙果然出门去了。问几时回来，说是到周宅去的，不定要下午才得回来。文琴没法，只得回去。

我却到伯述那里去有事。办过正事之后，便随意谈天。我说起文琴许多官照的事，伯述道：“这是为的从前出过一回事，后来他们才想出这个法子的。自从行出这个法子之后，户部里却多了一单大买卖，甚至有早上填出去的官照，晚上已经缴了的，那要嫖的人不免又要再捐一个，那才是源源而来的生意呢。”

我道：“从前出的是甚么事？”伯述道：“京城里的窑姐儿最粗最贱，不知怎么那一班人偏要去走动，真所谓逐臭之夫了。有一回，巡街御史[14]查到一家门内有人吵闹，便进去拿人。谁知里面有三个阔客：一个是侍郎[15]，一个是京堂[16]，一个是侍讲[17]。一声说都老爷查到了，便都吓得魂不附体。那位京堂最灵便，跑到后院里，用梯子爬上墙头，往外就跳。谁知跳不惯的人，忽然从高落下，就手足无措的了，不知怎样一闪，把腿跌断了，整整的医了半年才得好，因此把缺也开了。那一位侍郎呢，年纪略大了，跳不动，便找地方去躲，跑到毛厕里去，以为可以躲过了；谁知走得太忙，一失脚掉到了粪坑里去，幸得那粪坑还浅，不曾占灭顶之凶，然而已经闹得异香遍体了。只有那位侍讲，一时逃也逃不及，躲也躲不及，被他拿住了，自己又不敢说是个官；若是说了，他问出了官职，明日便要专折奏参的，只得把一个官字藏起来。那位都老爷拿住了，便喝叫打了四十下小板子。这一位翰林侍讲平空受此奇辱，羞愧的无地自容，回去便服毒自尽了，却又写下了一封遗书给他同乡，只说被某御史当街羞辱，无复面目见人。同乡京官得了这封书，便要和那御史为难。恰好被他同嫖的那两位侍郎、京堂知道了，一个是被他逼断了腿的，一个是被他逼下粪坑的，如何不恨，便暗中帮忙，怂恿起众人，于是同乡京官斟酌定了文饰之词，只说某侍讲某夜由某处回寓，手灯为风所熄，适被某御史遇见，平日素有嫌隙，指为犯夜，将其当街笞责云云，据了这个意思，联衔入奏。那两位侍郎、京堂，更暗为援助，锻炼成狱[18]，把那都老爷革职，发往军台。这件事出了以后，一班逐臭之夫，便想出这官照的法子来。”正说得高兴时，家里忽然打发人来找我，我便别过伯述回去。

注　释

① 中堂：唐代设政事堂于中书省，以宰相领其事，故称中堂。明清时期的内阁大学士，其实际职位相当于宰相，在文渊阁办公，中书居东西两房，大学士居中，故也称中堂。

② 贽见：初次求见人时所送的礼物。

③ 不愿意担这个名色：在名义上不给人以受贿的把柄。

④ 制军：明清时总督的别称。

⑤ 缺：这里指官位。

⑥ 拉个皮条：色情买卖的中间人叫皮条客，这里指在官员间走行贿办事路子的中介人。

⑦ 官照：做官的凭证。

⑧ 从（zòng）九：副九品官，最低的官职。

⑨ 巡检、典史、把总：都是一些下层的小官吏。

⑩ 逛相公：嫖男妓。

⑪ 贝子、贝勒：都是封爵名。贝勒是满语王或诸侯的意思，贝子是贝勒的复数。

⑫ 张致：装出的模样。

⑬ 名器：名，爵号；器，车服。都是朝廷授予的官爵的象征。

⑭ 巡街御史：清代有五城御史，负责巡查京都内东西南北中五个地区，隶属于都察院。

⑮ 侍郎：唐以后为尚书省各部的副长官，明清时期升正二品，与尚书同为各部的堂官。

⑯ 京堂：清代对某些高级官员的称呼，一般指三品四品官员。

⑰ 侍讲：明清时期翰林院有侍讲学士、侍讲。

⑱ 锻炼成狱：罗织罪名，造成罪案。

阅读提示

旧官场里真是光怪陆离，无奇不有。在官场里行贿、受贿，高官嫖妓，都是司空见惯的事，可是如此花样翻新，却是匪夷所思。将送礼的金子做成笔墨模样，是把极丑极俗的东西伪装成既美且雅的东西，认为就是受了也不伤廉。嫖妓拿着官照，既能护身，又能唬人。从这两种怪现状，可以见出晚清官场的丑恶腐败。这对我们今天认识某些腐败官吏的丑恶行径，不无启发意义。讽刺虽相当辛辣，艺术上的直露，则是谴责小说的通病。

参考资料

魏绍昌:《鲁迅之吴沃尧传略笺注》

李葭荣:《我佛山人传》

《二十年目睹之怪现状》评语

（以上各篇均载魏绍昌编《吴趼人研究资料》，上海古籍出版社，1980 年）

王俊年:《怎样看待〈二十年目睹之怪现状〉》

（载《中国近代文学论文集》小说卷，中国社会科学出版社，1983 年）

老残游记：王小玉说书

老残从鹊华桥往南，缓缓向小布政司街走去，一抬头，见那墙上贴了一张黄纸，有一尺长、七八寸宽的光景，居中写着“说鼓书”三个大字，旁边一行小字是：“二十四日明湖居。”那纸还未十分干，心知是方才贴的，只不知道这是什么事情，别处也没有见过这样招子[①]，一路走着，一路盘算。只听得耳边有两个挑担子的说道：“明儿白妞说书，我们可以不必做生意，来听书罢。”又走到街上，听铺子里柜台上有人说道："前次白妞说书是你告假的，明儿的书，应该我告假了。"一路行来，街谈巷议，大半都是这话，心里诧异道："白妞是何许人？说的是何等样书？为甚一纸招贴，便举国若狂如此？"信步走来，不知不觉已到高升店口。

进得店去，茶房便来回道："客人，用什么夜膳？"老残一一说过，就顺便问道："你们此地，说鼓书是个什么顽意儿？何以惊动这们许多的人？"茶房说："客人，你不知道。这说鼓书本是山东乡下的土调，用一面鼓、两片梨花简，名叫'梨花大鼓'，演说些前人的故事，本也没甚稀奇。自从王家出了这个白妞、黑妞姊妹两个，这白妞名字叫做王小玉，此人是天生的怪物！他十二三岁时就学会了这说书的本事。他却嫌这乡下的调儿没什么出奇，他就常到戏园里看戏，所有什么西皮、二黄[②]、梆子腔[③]等唱，一听就会；什么余三胜、程长庚、张二奎[④]等人的调子，他一听也就会唱。仗着他的喉咙，要多高有多高；他的中气，要多长有多长。他又把那南方的什么昆腔、小曲种种的腔调，他都拿来装在这大鼓书的调儿里面。不过二三年工夫，创出这个调儿，竟至无论南北高下的人，听了他唱书无不神魂颠倒。现在已有招子，明儿就唱。你不信，去听一听就知道了。只是要听还要早去，他虽是一点钟开唱，若到十点钟去，便没有坐位的。"老残听了，也不甚相信。

次日六点钟起，先到南门内看了舜井；又出南门，到历山脚下，看看相传大舜昔日耕田的地方。及至回店，已有九点钟的光景，赶忙吃了饭走到明湖居，才不过十点钟时候。那明湖居本是个大戏园子，戏台前有一百多张桌子。那知进了园门，园子里面已经坐的满满的了，只有中间七八张桌子还无人坐，桌子却都贴着"抚院[⑤]定"、"学院[⑥]定"等类红纸条儿。老残看了半天，无处落脚，只好袖子里送了看坐儿的二百个钱，才弄了一张短板凳在人缝里坐下。看那戏台上，只摆了一张半桌，桌子上放了一面板鼓，鼓上放了两个铁片儿，心里知道这就是所谓梨花简了，旁边放了一个三弦子，半桌后面放了两张椅子，并无一个人在台上。偌大的个戏台，空空洞洞，别无他物，看了不觉有些好笑。园子里面，顶着篮子卖烧饼油条的有一二十个，都是为那不吃饭来的人买了充饥的。

到了十一点钟，只见门口轿子渐渐拥挤，许多官员都着了便衣，带着家人，陆续进来。不到十二点钟，前面几张空桌俱已满了，不断还有人来，看坐儿的也只是搬张短凳，在夹缝中安插。这一群人来了，彼此招呼，有打千儿[⑦]的，有作揖的，大半打千儿的多。高谈阔论，说笑自如。这十几张桌子外，看来都是做生意的人，又有些像是本地读书人的样子，大家都嘁嘁喳喳的在那里说闲话。因为人太多了，所以说的什么话都听不清楚，也不去管他。

到了十二点半钟，看那台上，从后台帘子里面出来一个男人，穿了一件蓝布长衫，长长的脸儿，一脸疙瘩，仿佛风干福橘皮似的，甚为丑陋。但觉得那人气味到还沉静，出得台来，并无一语，就往半桌后面左手一张椅子上坐下，慢慢的将三弦子取来，随便和了和弦，弹了一两个小调，人也不甚留神去听。后来弹了一枝大调，也不知道叫什么牌子；只是到后来，全用轮指[⑧]，那抑扬顿挫，入耳动心，恍若有几十根弦、几百个指头在那里弹似的。这时台下叫好的声音不绝于耳，却也压不下那弦子去。这曲弹罢，就歇了手，旁边有人送上茶来。

停了数分钟时，帘子里面出来一个姑娘，约有十六七岁，长长鸭蛋脸儿，梳了一个抓髻[⑨]，戴了一副银耳环，穿了一件蓝布外褂儿，一条蓝布裤子，都是黑布镶滚的。虽是粗布衣裳，到十分洁净。来到半桌后面右手椅子上坐下。那弹弦子的便取了弦子，铮铮锹锹弹起。这姑娘便立起身来，左手取了梨花简，夹在指头缝里，便丁丁当当的敲，与那弦子声音相应；右手持了鼓捶子，凝神听那弦子的节奏。忽羯鼓一声，歌喉遽发，字字清脆，声声宛转，如新莺出谷，乳燕归巢。每句七字，每段数十句，或缓或急，忽高忽低；其中转腔换调之处，百变不穷，觉一切歌曲腔调俱出其下，以为观止矣。

旁坐有两人，其一人低声问那人道："此想必是白妞了罢？"其一人道："不是。这人叫黑妞，是白妞的妹子。他的调门儿都是白妞教的，若比白妞，还不晓得差多远呢！他的好处人说得出，白妞的好处人说不出；他的好处人学的到，白妞的好处人学不到。你想，这几年来，好顽耍的谁不学他们的调儿呢？就是窑子里的姑娘，也人人都学，只是顶多有一两句到黑妞的地步；若白妞的好处，从没有一个人能及他十分里的一分的。"说着的时候，黑妞早唱完，后面去了。这时满园子里的人，谈心的谈心，说笑的说笑。卖瓜子、落花生、山里红、核桃仁的，高声喊叫着卖，满园子里听来都是人声。

正在热闹哄哄的时节，只见那后台里又出来了一位姑娘，年纪约十八九岁，装束与前一个毫无分别，瓜子脸儿、白净面皮，相貌不过中人以上之姿，只觉得秀而不媚，清而不寒，半低着头出来，立在半桌后面，把梨花简丁当了几声，煞是奇怪：只是两片顽铁，到他手里便有了五音十二律[⑩]似的。又将鼓捶子轻轻的点了两下，方抬起头来，向台下一盼。那双眼睛，如秋水，如寒星，如宝珠，如白水银里头养着两丸黑水银，左右一顾一看，连那坐在远远墙角子里的人，都觉得王小玉看见我了；那坐得近的，更不必说。就这一眼，满园子里便鸦雀无声，比皇帝出来还要静悄得多呢，连一根针吊在地下都听得见响！

王小玉便启朱唇，发皓齿，唱了几句书儿。声音初不甚大，只觉入耳有说不出来的妙境：五脏六腑里，像熨斗熨过，无一处不伏贴；三万六千个毛孔，像吃了人参果，无一个毛孔不畅快。唱了十数句之后，渐渐的越唱越高，忽然拔了一个尖儿，像一线钢丝抛入天际，不禁暗暗叫绝。那知他于那极高的地方，尚能回环转折；几啭之后，又高一层，接连有三四叠，节节高起。恍如由傲来峰西面，攀登泰山的景象：初看傲来峰削壁千仞，以为上与天通；及至翻到傲来峰顶，才见扇子崖更在傲来峰上；及至翻到扇子崖，又见南天门更在扇子崖上：愈翻愈险，愈险愈奇。

那王小玉唱到极高的三四叠后，陡然一落，又极力骋其千回百折的精神，如一条飞蛇在黄山三十六峰半中腰里盘旋穿插，顷刻之间，周匝数遍。从此以后，愈唱愈低，愈低愈细，那声音渐渐的就听不见了。满园子的人都屏气凝神，不敢少动。约有两三分钟之久，仿佛有一点声音从地底下发出。这一出之后，忽又扬起，像放那东洋烟火，一个弹子上天，随化作千百道五色火光，纵横散乱。这一声飞起，即有无限声音俱来并发。那弹弦子的亦全用轮指，忽大忽小，同他那声音相和相合，有如花坞春晓，好鸟乱鸣。耳朵忙不过来，不晓得听那一声的为是。正在撩乱之际，忽听霍然一声，人弦俱寂。这时台下叫好之声，轰然雷动。

停了一会，闹声稍定，只听那台下正座上，有一个少年人，不到三十岁光景，是湖南口音，说道："当年读书，见古人形容歌声的好处，有那'余音绕梁，三日不绝'[11]的话，我总不懂。空中设想，余音怎样会得'绕梁'呢？又怎会'三日不绝'呢？及至听了小玉先生说书，才知古人措辞之妙。每次听他说书之后，总有好几天耳朵里无非都是他的书，无论做什么事总不入神，反觉得'三日不绝'这'三日'二字下得太少，还是孔子'三月不知肉味'[12]'三月'二字形容得透彻些！"旁边人都说道："梦湘先生论得透辟极了！'于我心有戚戚焉'[13]！"

说着，那黑妞又上来说了一段，底下便又是白妞上场。这一段，闻旁边人说叫做"黑驴段"。听了去，不过是一个士子见一个美人，骑了一个黑驴走过去的故事。将形容那美人，先形容那黑驴怎样怎样好法；待铺叙到美人的好处，不过数语，这段书也就完了。其音节全是快板，越说越快。白香山[14]诗云"大珠小珠落玉盘"，可以尽之。其妙处在说得极快的时候，听的人仿佛都赶不上听，他却字字清楚，无一字不送到人耳轮深处。这是他的独到，然比着前一段却未免逊了一筹了。

（节选自《老残游记》第二回）

注 释

① 招子：招贴，犹今天说的广告。

② 西皮、二黄：都是戏曲腔调，在京剧和汉剧中两种腔调并用，合称皮簧。

③ 梆子腔：戏曲声腔，在北方戏曲中，用硬木梆子做打击乐器以按节拍的剧种，多用此腔。

④ 余三胜、程长庚、张二奎：晚清时期京剧须生的三派著名演员，代表了不同的演唱风格，都是对京剧发展做出重要贡献的戏曲艺术家。

⑤ 抚院：又称抚台，就是巡抚，总揽一省政务的地方最高行政长官。

⑥ 学院：就是提督学政，掌管一省的文教事务。这里指学院衙门。

⑦ 打千儿：一种礼节形式，介于作揖和下跪之间。

⑧ 轮指：弹奏乐器时几个手指同时并用，动作敏捷灵活，犹如车轮的转动，故云。

⑨ 抓髻：旧时未婚妇女的一种发型。

⑩ 五音十二律：五音，古代指宫、商、角、徵、羽五个音阶；十二律，古代用以确定乐器声音高低、清浊的十二个标准，阴阳各六个，合称为十二律。

⑪ “余音绕梁，三日不绝”：语出《列子·汤问》，形容音乐的柔细、悠长、动听。

⑫ “三月不知肉味”：语出《论语·述而》，形容音乐的美妙，听了以后三个月连肉味都不知道香了。

⑬ “于我心有戚戚焉”：意为受到影响而产生同感。语出《孟子·梁惠王》，戚戚，心动貌。

⑭ 白香山：唐代诗人白居易，号香山居士。下文“大珠小珠落玉盘”，出自他的长诗《琵琶行》。

阅读提示

《老残游记》有情节，但不以情节取胜；《老残游记》也写了人物，但人物缺乏鲜明的性格特征。我们不必认真将《老残游记》当作一部小说来读，完全用小说艺术的标准来要求它。但它的文笔优美，描写精致，许多片断都可以当作情韵悠长的散文来读。这段《王小玉说书》就是一篇优美的散文，是写人的散文，写音乐的散文，也是写艺术欣赏体验的散文。读这篇散文，可以学习怎样去欣赏语言艺术，也可以学习怎样去欣赏音乐艺术，还能激发我们审美的兴趣，提高我们的审美水平。对这回书，刘鹗自评云：“王小玉说书，为声色绝调；百炼生著书，为文章绝调。”

这话说得很自负，却也并非全是自吹自擂。

参考资料

刘厚泽:《刘鹗与〈老残游记〉》
刘鹗:《老残游记》自序
　　《老残游记》自评
鲁迅:《清末谴责小说与〈老残游记〉》
阿英:《关于〈老残游记〉——〈晚清小说史〉改稿的一节》
胡适:《〈老残游记〉序》
（以上各篇均载《刘鹗及老残游记资料》，四川人民出版社，1985 年。）
刘维俊:《〈老残游记〉简论——兼评张毕来对〈老残游记〉的观点》
（载《中国近代文学论文集》小说卷，中国社会科学出版社，1983 年）

孽海花: 官场夤缘图

话分两头。如今且把各人按下，单说雯青带着全眷并次芳等乘轮赴津。到津后，直托次芳护着家眷船由水路进发；自己特向威毅伯处借了一辆骡车，带着老仆金升及两个俊童，轻车简从，先从旱路进京。此时正是秋末冬初，川原萧索，凉风飒飒，黄沙漫漫。这日走到河西务地方，一个铜盆大的落日，只留得半个在地平线上，颜色恰似初开的淡红西瓜一般。回光反照在几家野店的屋脊上，煞是好看。原来那地方正是河西务的大镇，一条很长的街，街上也有个小小巡检衙门，衙两旁客店甚多。雯青车子一进市口，就有许多店伙迎上来，要揽这个好买卖，老远的喊道："我们那儿屋子干净，炕儿大，吃喝好，伺候又周到，请老爷试试就知道。"鹅呛鸭嘴的不了。雯青忙叫金升飞马前去，看定回报。谁知一去多时，绝无信息。雯青性急，叫赶上前去，拣大店落宿。过了几个店门，都不合意，将近市梢，有一个大店，门前竹竿子远远挑出一扇青边白地的毡帘，两扇破落大门半开着，门上贴着一付半拉下的褪红纸门对，写的是：

　　三千上客纷纷至，百万财源滚滚来。

望进去，一片挺大的围场，正中三开间，一溜上房，两旁边还有多少厢房，场中却已停着好几辆客车。雯青看这店还宽敞，就叫把车赶进去。一进门还没下车，就听金升高声粗气，倒在那里给一个胖白面的少年人吵架。少年背后，还站着个四五十岁、紫膛脸色、板刷般的乌须、眼上架着乌油油的头号墨晶镜、口衔京潮烟袋、一个官儿模样的人，阶前伺候多少家人。只听金升道："那儿跑出这种不讲理的少爷大人们，仗着谁的大腰子，动不动就捆人！你也不看看我姓金的，捆得捆不得？这会儿你们敢捆，请捆！"那少年一听，双脚乱跳道："好，好，好撒野！你就是王府的包衣[①]，今天我偏捆了再说！来，给我捆起这个没王法的忘八！"这一声号令，阶下那班如狼如虎的健仆，个个摩拳擦掌，只待动手。斜刺里那个紫膛脸的倒走出来拦住，对金升道："你也太不晓事了！我却不怪你！大约你还才进京，不知厉害。我教你个乖，这位是户部侍郎[②]总理衙门大臣庄焕英庄大人的少大人，这回替他老大人给老佛爷和佛爷[③]办洋货进去的。这位庄大人仿佛是皇帝的好朋友、太后的老总管，说句把话比什么也灵。你别靠着你主人，有一个什么官儿仗腰子，就是斗大的红顶儿，只要给庄大人轻轻一拨，保管骨碌碌的滚下来。你明白点儿，我劝你走吧！"雯青听到这里，忍不住欻的跳下车来，喝金升道："休得无礼！"就走上几步，给那少年作揖道："足下休作这老奴的准，大概他今天喝醉了。既然这屋子是足下先来，那有迁让的理。况刚才那位说，足下是小燕兄的世兄[④]，兄弟和小燕数十年交好，足下出门，方且该诸事照应，倒争夺起屋子来，笑话，笑话！"说罢，就回头问着那些站着的店伙道："这里两厢有空屋没有？要没有，我们好找别家。"店伙连忙应着："有，东厢空着。"雯青向金升道："把行李搬往东厢，不许多事。"此时那少年见雯青气概堂皇，说话又来得正大，知道不是寻常过客，到反过脸，很足恭的还了一揖，问道："不敢动问尊驾高姓大名？"雯青笑道："不敢，在下就是金雯青。"那少年忽然脸上一红道："呀，可了不得，早知是金老伯，就是尊价逼人太甚，也不该给他争执了！可恨他终究没提个金字，如今老伯只好宽恕小侄无知冒犯，请里边去坐罢，小侄情愿奉让正屋。"雯青口说不必，却大踏步走进中堂，昂然上坐。那少年只好下首陪着。紫膛脸的坐在旁边。雯青道："世兄大名，不是一个'南'字，雅篆[⑤]叫做稚燕吗？这是兄弟常听令尊说的。"那庄稚燕只好应了个"是"。雯青又指着那紫膛脸的道："倒是这位，没有请教。"那个紫膛脸的半天没有他插嘴处，但是看看庄稚燕如此奉承，早忖是个大来头，今忽然问到，就恭恭敬敬站着道："职道鱼邦礼，号阳伯，山东济南府人。因引见进京，在沪上遇见稚燕兄，相约着同行的。”雯青点点头。庄稚燕又几回请雯青把行李搬来，雯青连说不必。

却说这中堂正对着那个围场，四扇大窗洞开，场上的事一目了然。雯青嘴说不必的时候，两只眼却只看着金升等搬运行李下车。还没卸下，忽听门外一阵鸾铃，珰珰的自远而近。不一会，就见一头纯黑色的高头大骡，如风的卷进店来。骡上骑着一位，六尺来高的身材、红颜白发、大眼长眉、一部雪一般的长须，头戴编蒲遮日帽，身穿乌绒阔镶的乐亭布袍，外罩一件韦陀金边巴图鲁夹砍肩，脚蹬一双绿皮盖板快靴，一手背着个小包儿，一手提着丝缰，直闯到东厢边，下了骡，把骡系在一棵树上，好像定下似的，不问长短，走进东厢，拉着一把椅子就靠门坐下，高声叫：“伙计，你把这头骡好生喂着，委屈了，可问你！”那伙计连声应着，待走，老者又喊道：“回来，回来！”伙计只得垂手站定，老者道：“回头带了开水来，打脸水，沏茶，别忘了！”那伙计又站了一回，见他无话方走了。金升正待把行李搬进厢房，见了这个情形，忙拉住了店主人，瞪着眼问道：“你说东厢空着，怎么又留别人？”那店主赔着笑道：“这事只好求二爷包荒些，东厢不是王老爷来，原空着在那里。谁知他老偏又来到。不瞒二爷说，别人早赶了。这位王老爷，又是城里半壁街上有名的大刀王二，是个好汉，江湖上谁敢得罪他！所以只好求二爷回回贵上，咱们商量个好法子才是。”一句话没了，金升跺脚喊道：“我不知道什么王二王三，我只要屋子！”场上吵嚷，雯青、稚燕都听得清清楚楚。雯青正要开口，却见稚燕走到阶上喊道：“你们嚷什么，把金大人的行李搬进这屋里来就得了！”回过头来，向着阶上几个家人道：“你们别闲着，快去帮个忙儿！”众家人得了这一声，就一哄上去，不由金升作主，七手八脚把东西都搬进来。店家看有了住处，慢慢就溜开。金升拿铺盖铺在东首屋里炕上，嘴里还只管咕噜。雯青只做不见不闻，由他们去闹。直到拾掇停当，方站起来向稚燕道：“承世兄不弃，我们做一夜邻居吧！”稚燕道：“老伯肯容小侄奉陪，已是三生之幸了！”雯青道了“岂敢”，就拱手道：“大家各便罢！”说完，两个俊僮就打起帘子。

雯青进了东屋，看金升部署了一回。那时天色已黑，屋里乌洞洞，伸手不见五指，金升在网篮内翻出洋蜡台，将要点上。雯青摇手道：“且慢。”一边说，一边就掀帘出来。只见对面房静悄悄的下着帘子，帘内灯烛辉煌。雯青忙走上几步，伏在帘缝边一张，只见庄、鱼两人盘腿对坐在炕上，当中摆着个炕几，几上堆满了无数的真珠盘金表、钻石镶嵌小八音琴，还有各种西洋精巧玩意儿，映着炕上两枝红色宫烛，越显得五色迷离，宝光闪烁。几尽头却横着一只香楠雕花画匣，匣旁卷着一个玉潭锦签的大手卷。只见稚燕却只顾把那些玩意一样一样给阳伯看，阳伯笑道："这种东西，难道也是进贡的吗？"稚燕正色道："你别小看了这个。我们老人家一点尽忠报国的意思，全靠他哩！"阳伯楞了楞。稚燕忙接说道："这个不怪你不懂。近来小主人很愿意维新，极喜欢西法，所以连这些新样的小东西，都爱得了不得。不过这个意思外人还没有知道，我们老人家给总管连公公⑥是拜把子，是他通的信。每回上里头去，总带一两样在袖子里，奏对得高兴，就进呈了。阳伯，你别当他是玩意！我们老人家的苦心，要借这种小东西，引起上头推行新政的心思。"阳伯点头领会，顺手又把那手卷慢慢摊出来，一面看，一面说道："就是这一样东西送给尊大人，不太菲吗！"稚燕哈哈笑道："你真不知道我们老爷子的脾气了。他一生饱学，却没有巴结上一个正途功名，心里常常不平，只要碰着正途上的名公巨卿，他事事偏要争胜。这会儿，他见潘八瀛搜罗商彝周鼎，龚和甫收藏宋椠元钞，他就立了一个愿，专收王石谷的画。先把书斋的名儿叫做了'百石斋'，见得不到百幅不歇手。如今已有了九十九幅了，只少一幅。老爷子说，这一幅必要巨轴精品，好做个压卷。"接着，手指那画卷道："你看这幅《长江万里图》，又浓厚，又超脱，真是石谷四十岁后得意之作，老爷子见了，必然喜出望外。你求的事情不要说个把海关道，只怕再大一点也行。"说到这里，又拍着阳伯的肩道："老阳，你可要好好谢我！刚才从上海赶来的那个画主儿，一个是寡妇，一个是小孩子，要不是我用绝情手段，硬把他们关到河西务巡检司的衙门里，你那里能安稳得这幅画呢！"阳伯道："我倒想不到这个妇人跟那孩子这么泼赖，为了这画儿，不怕老远的赶来。看刚才那样儿，真要给兄弟拚命了。"稚燕道："你也别怪他。据你说，这妇人的丈夫也是个名秀才，叫做张古董，为了这幅画，把家产都给了人，因此贫病死了。临死叮嘱子孙穷死不准卖，如今你骗了他来，只说看看就还。谁知你给他一卷走了，怎么叫他不给你拚命呢！"阳伯听了，笑了一笑。

此时帘内的人，一递一句说得高兴。谁知帘外的人，一言半语也听得清楚。雯青心里暗想："原来他们在那里做伤天害理的事情！怪道不肯留我同住。"想想有些不耐烦，正想回身，忽见西面壁上一片雪白的灯光影里，欻的现出一个黑人影子，仿佛手里还拿把刀，一闪就闪上梁去了。雯青倒吓一跳，恰要抬头细看，只见窗外围场中飞快的跑进几个人来，嘴里嚷道："好奇怪，巡检衙门里关的一男一女都跑掉了。"雯青见有人来，就轻轻溜回东屋，忙叫小童点起蜡来，摊着书看，耳朵却听外面，只听许多人直嚷到中堂。庄、鱼两人听了，直跳起来，问怎么跑的。就有一个人回道："恰才有个管家，拿了金沟金大人的片子[⑦]，跑来见我们本官，说金大人给那两人熟识，劝他几句话必然肯听。金大人已给两位大人说明，特为叫小的来面见他们，哄他们回南的。本官信了，就请那管家进班房去。一进去半个时辰，再不出来。本官动疑，立刻打发我们去看，谁知早走得无影无踪了。门却没开，只开了一扇凉槅子。两个看班房的人昏迷在地。本官已先派人去追，特叫小的来报知。"雯青听得用了自己的片子，倒也吃惊，忙跑出来，问那人道："你看见那管家什么样子？"那人道："是个老头儿。"庄、鱼两人听了，倒面面相视了一回。雯青忙叫金升跟两个僮儿上来，叫那人相是不是。那人一见摇头道："不是，不是，那个是长白胡子的。"庄、鱼两人都道："奇了，谁敢冒充金老伯的管家？还有那个片子，怎么会到他手里呢？"雯青冷笑道："拿张片子有什么奇。比片子再贵重点儿的东西，他要拿就拿。不瞒二位说，刚才兄弟在屋里没点灯，靠窗坐着，眼角边忽然飞过一个人影，直钻进你们屋里去，兄弟正要叫，你们就闹起跑了人了。依兄弟看来，跑了人还不要紧，倒怕屋里东西有什么走失。"一语提醒两人，鱼阳伯拔脚就走，才打起帘儿，就忘命的喊道："炕几上的画儿，连匣子都那里去了！"稚燕、雯青也跟着进来，帮他四面搜寻，那有一点影儿。忽听稚燕指着墙上叫道："这几行字儿是谁写的？刚刚还是雪白的墙。"雯青就踱过来，仰头一看，见几笔歪歪斜斜的行书，虽然粗率，倒有点倔强之态。雯青就一句一句的照读道：

王二王二，杀人如儿戏；空际纵横一把刀，专削人间不平气！有图曰《长江》，王二挟之飞出窗；还之孤儿寡妇手，看彼笑脸开双双！笑脸双开，王二快哉，回鞭直指长安道，半壁街上秋风哀！

三个人都看呆了，门口许多人也探头探脑的诧异。阳伯拍着腿道："这强盗好大胆，他放了人、抢了东西，还敢称名道姓的吓唬我！我今夜拿不住他算孱头[⑧]！"稚燕道："不但说姓名，连面貌都给你认清了。"阳伯喊道："谁见狗面？"稚燕道："你不记得给金老伯抢东厢房那个骑黑骡儿的老头儿吗？今儿的事，不是他是谁？"阳伯听了，欻然站起来往外跑道："不差，我们往东厢去拿这忘八！"稚燕冷笑道："早哩，人家还睡着等你捆呢！"阳伯不信，叫人去看，果然回说一间空房，骡子也没了。稚燕道："那个人既有本事衙门里骗走人，又会在我们人堆里取东西，那就是个了不得的。你一时那里去找寻？我看今夜只好别闹了，到明日再商量吧。"说完，就冲着雯青道："老伯说是不是？"雯青自然附和了。阳伯只得低头无语。稚燕就硬作主，把巡检衙门报信人打发了，大家各散。当夜无话。雯青一聪醒来，已是"鸡声茅店，人迹板桥"的时候，侧耳一听，只有四壁虫声唧唧，间壁房里静悄悄地。雯青忙叫金升问时，谁知庄、鱼两人赶三更天，早是人马翻腾的走了。雯青赶忙起来盥漱，叫起车夫，驾好牲口，装齐行李，也自长行。

看官，且莫问雯青，只说庄、鱼两人这晚走得怎早？原来鱼阳伯失去了这一分重赂，心里好似已经革了官一般，在炕上反复不眠，意思倒疑是雯青的手脚。稚燕道："你有的是钱，只要你肯拿出来，东海龙王也叫他搬了家，虾兵蟹将怕什么！"又说了些京里走门路的法子，把阳伯说得火拉拉的，等不到天亮，就催着稚燕赶路。一路鞭骡喝马，次日就进了京城。阳伯自找大客店落宿。稚燕径进内城，到锡蜡胡同本宅下车。知道父亲总理衙门散值初回，正歇中觉，自己把行李部署一回，还没了，早有人来叫。稚燕整衣上去，见小燕已换便衣，危坐在大洋圈椅里，看门簿上的来客。一个门公站在身旁。稚燕来了，那门公方托着门簿自去。小燕问了些置办的洋货，稚燕一一回答了。顺便告诉小燕有幅王石谷的《长江图》，本来有个后补道鱼邦礼要送给父亲的，可惜半路被人抢去了。小燕道："谁敢抢去？"稚燕因把路上盗图的事说了一遍，却描写画角，都推在雯青身上。小燕道："雯青给我至好，何况这回派入总署，还是我的力量多哩，怎么倒忘恩反噬？可恨！可恨！叫他等着吧！"稚燕冷笑道："他还说爹爹许多话哩！"小燕作色道："这会儿且不用提他，我还有要事吩咐你哩！你赶快出城，给我上韩家潭余庆堂菱云那里去一趟，叫他今儿午后，到后载门成大人花园里伺候李老爷，说我吩咐的。别误了！"稚燕楞着道："李老爷是谁？大人自己不叫，怎么倒替人家叫？"小燕笑道："这不怪你要不懂了。姓李的就是李纯客，他是个当今老名士，年纪是三朝耆硕，文章为四海宗师。如今要收罗名士，收罗了他，就是擒贼擒王之意。这个老头儿相貌清癯，脾气古怪，谁不合了他意，不论在大庭广坐，也不管是名公巨卿，顿时瞪起一双谷秋眼，竖起三根晓星须，肆口谩骂，不留余地。其实性情直率，不过是个老孩儿。晓得底细的常常当面戏弄他，他也不知道。他喜欢闹闹相公[9]，又不肯出钱，只说相公都是爱慕文名、自来昵就的。那里知道几个有名的，如素云是袁尚秋替他招呼，怡云是成伯怡代为道地，老先生还自鸣得意，说是风尘知己哩。就是这个菱云，他最爱慕的，所以常常暗地贴钱给他。今儿个是他的生日，成伯怡祭酒，在他的云卧园大集诸名士，替他做寿。大约那素云、怡云必然到的，你快去招呼菱云早些前去。"稚燕道："这位老先生有什么权势，爹爹这样奉承他呢？"小燕哈哈笑道："他的权势大着哩！你不知道，君相的斧钺，威行百年；文人的笔墨，威行千年。我们的是非生死，将来全靠这班人的笔头上定的。况且朝廷不日要考御史，听说潘、龚两尚书都要劝纯客去考。纯客一到台谏[⑩]，必然是个铁中铮铮，我们要想在这个所在做点事业，台谏的声气，总要联络通灵方好，岂可不烧烧冷灶[⑪]呢？你别再烦絮，快些赶你的正经吧！我还要先到他家里去访问一趟哩！"说着，就叫套车伺候。稚燕只得退出，自去招呼菱云。

却说小燕便服轻车，叫车夫径到城南保安寺街而来。那时秋高气和，尘软蹄轻，不一会已到了门口，把车停在门前两棵大榆树荫下。家人方要通报，小燕摇手说不必。自己轻跳下车，正跨进门，瞥见门上新贴一幅淡红朱砂笺的门对，写得英秀瘦削，历落倾斜的两行字道：

保安寺街，藏书十万卷；户部员外，补阙一千年。

小燕一笑。进门一个影壁，绕影壁而东，朝北三间倒厅，沿倒厅廊下一直进去，一个秋叶式的洞门。洞门里面方方一个小院落，庭前一架紫藤，绿叶森森；满院种着木芙蓉，红艳娇酣，正是开花时候。三间静室垂着湘帘，悄无人声。那当儿，恰好一阵微风，小燕觉得正在帘缝里透出一股药烟，清香沁鼻。掀帘进去，却见一个椎结小童，正拿着把破蒲扇，在中堂东壁边煮药哩。见小燕进来正要立起，只听房里高吟道："淡墨罗巾灯畔字，小风铃佩梦中人！"小燕一脚跨进去笑道："梦中人是谁呢？"一面说，一面看。只见纯客穿着件半旧熟罗半截衫，踏着草鞋，本来好好儿一手捋短须，坐在一张旧竹榻上看书，看见小燕进来，连忙和身倒下，伏在一部破书上发喘，颤声道："呀，怎么小燕翁来了！老夫病体竟不能起迓，怎好？"小燕道："纯老清恙几时起的？怎么兄弟连影儿也不知。"纯客道："就是诸公定议替老夫做寿那天起的。可见老夫福薄，不克当诸公盛意。云卧园一集，只怕今天去不成了。"小燕道："风寒小疾，服药后当可小痊。还望先生速驾，以慰诸君渴望！"小燕说话时却把眼偷瞧，只见榻上枕边拖出一幅长笺，满纸都是些抬头。那抬头却奇怪，不是"阁下""台端"，也非"长者""左右"，一迭连三全是"妄人"两字。小燕觉得诧异，想要留心看它一两行，忽听秋叶门外有两个人一路谈话，一路蹑手蹑脚的进来。那时纯客正要开口，只听竹帘子拍的一声。

（节选自《孽海花》第十九回）

注　释

① 包衣：满语包衣阿哈的音译，意思是家奴。王爷的家奴在外狗仗人势、欺压百姓的情况非常普遍。

② 户部侍郎：户部是中央掌管全国土地、户籍、赋税、财政等事务的官署，侍郎在唐宋以后为中央各部长官的副职，清代地位提高，与尚书同为各部的堂官。

③ 老佛爷和佛爷：指慈禧太后和光绪皇帝。

④ 世兄：旧时有世交关系的平辈间互称为世兄，这里对晚辈这样称呼，是一种客气的用法。

⑤ 雅篆：对别人字号的雅称。

⑥ 连公公：指清宫内的总管太监李莲英。

⑦ 片子：即名片。

⑧ 孱头：胆小鬼，窝囊废。

⑨ 闹相公：玩男妓。

⑩ 台谏：御史台的谏官。

⑪ 烧烧冷灶：事先就下点本钱，做点功夫。

阅读提示

要想了解旧官场里的人物怎样拉关系、走门路，采取各种卑鄙手段以达到升迁的目的，就应该读读这回书。送礼拉关系，从下到上，一层一层，一直买通到太后和皇帝。那位鱼阳伯，为了拉拢庄南的父亲庄焕英，好得到一个海关道的职位，就将孤儿寡母的一幅名画抢夺了过来，以投其附庸风雅之好；而庄焕英又通过李莲英了解到皇帝的爱好，每次上朝总在袖子里装上一些西洋小玩意儿，见机就进呈上去，以讨得上边的欢心，用他儿子的话说是："我们老人家一点尽忠报国的意思，全靠它哩！"最为叫人恶心的是庄焕英对那位表面上看起来无权无势的老名士李纯客，也是不惜采用污浊下流的手段，百般讨好拉拢。李纯客喜欢玩儿男妓，他就暗地贴钱叫了京城里著名的男妓献上去作为生日礼物。儿子还不理解老爹为什么要奉承这位老名士，庄焕英的解释真是妙不可言。一是所谓"文人的笔墨，威行千年，我们的是非生死，将来全靠这班人的笔头上定的"。二是已听说有尚书要推荐他去担任御史之职，而"台谏的声气，总要联络通灵方好"，所以就要预先"烧烧冷灶"。官场的黑暗，官吏们的嘴脸，都淋漓尽致地揭露出来了。在艺术上，虽也有形容过度之处，但比之《官场现形记》和《二十年目睹之怪现状》的张大其词，还是显得较为平实一些。

参考资料

曾朴谈《孽海花》

金松岑谈《孽海花》

胡适:《追忆曾孟朴先生》

（以上各篇均载魏绍昌编《孽海花资料》，上海古籍出版社，1982年。）

徐梦湘:《评〈孽海花〉的思想内容和社会作用》

（载《中国近代文学论文集》小说卷，中国社会科学出版社，1983年）

参考书目

一、文学史和小说史

郑振铎《插图本中国文学史》，作家出版社，1957 年。
游国恩等主编《中国文学史》，人民文学出版社，1979 年。
刘大杰《中国文学发展史》，上海古籍出版社，1982 年。
袁行霈主编《中国文学史》，高等教育出版社，1999 年。
郑振铎《中国俗文学史》，上海书店，1984 年。
郭延礼《中国近代文学史》（第三、四卷），1991、1993 年。
鲁迅《中国小说史略》，人民文学出版社，1952 年。
吴志达《中国文言小说史》，齐鲁书社，1994 年。
韩南《中国白话小说史》，浙江古籍出版社，1989 年。
陈大康《中国通俗小说的历史轨迹》，湖南文艺出版社，1993 年。
夏志清《中国古典小说导论》，安徽文艺出版社，1988 年。
石昌渝《中国小说源流论》，三联书店，1994 年。
杨义《中国古典小说史论》，中国社会科学出版社，1995 年。
陈平原《陈平原小说史论集》，河北人民出版社，1998 年。
李剑国《唐前志怪小说史》，南开大学出版社，1984 年。
程毅中《唐代小说史话》，文化艺术出版社，1990 年。
李宗为《唐人传奇》，中华书局，1985 年。
程毅中《宋元话本》，中华书局，1980 年。
程毅中《宋元小说研究》，江苏古籍出版社，1998 年。
齐裕焜《明代小说史》，浙江古籍出版社，1997 年。

陈大康《明代小说史》，上海文艺出版社，2000 年。
张俊《清代小说史》，浙江古籍出版社，1997 年。
阿英《晚清小说史》，作家出版社，1958 年。
欧阳健《晚清小说史》，浙江古籍出版社，1997 年。

二、研究论著

郑振铎《郑振铎古典文学研究论文集》，上海古籍出版社，1984 年。
胡适《胡适古典文学研究论集》，上海古籍出版社，1988 年。
刘叶秋《古典小说笔记丛谈》，南开大学出版社，1985 年。
刘世德编《中国古代小说研究》，上海古籍出版社，1983 年。
胡适《章回小说考证》，安徽教育出版社，1999 年。
胡士莹《话本小说概论》，中华书局，1980 年。
孙楷第《沧州集》，中华书局，1965 年。
孙楷第《沧州后集》，中华书局，1985 年。
赵景深《中国小说丛考》，齐鲁书社，1980 年。
阿英《小说闲谈四种》，上海古籍出版社，1985 年。
吴组缃《说稗集》，北京大学出版社，1987 年。
赵景深编《中国古典小说戏曲论集》，上海古籍出版社，1985 年。
赵景深编《中国古典小说戏曲论集》(二)，上海古籍出版社，1987 年。
周先慎《古典小说鉴赏》(增订本)，北京大学出版社，2004 年。
中华书局编《古典小说十讲》，中华书局，1992 年。
王能宪《世说新语研究》，江苏古籍出版社，1992 年。
张锦池《中国四大古典小说论稿》，华艺出版社，1993 年。
周兆新《三国演义考评》，北京大学出版社，1990 年。
《名家解读三国演义》，山东人民出版社，1998 年。
沈伯俊《三国演义新探》，四川人民出版社，2002 年。
《名家解读水浒传》，山东人民出版社，1998 年。
林庚《西游记漫话》，人民文学出版社，1990 年。
刘勇强《奇特的精神漫游》，三联书店，1992 年。

《名家解读西游记》，山东人民出版社，1998 年。
吴晗等《论金瓶梅》，文化艺术出版社，1984 年。
徐朔方等编《金瓶梅论集》，人民文学出版社，1986 年。
石昌渝等编《台港〈金瓶梅〉研究论文选》，江苏古籍出版社，1986 年。
《名家解读金瓶梅》，山东人民出版社，1998 年。
袁世硕《蒲松龄事迹著述新考》，齐鲁书社，1988 年。
马振方《聊斋艺术论》，上海文艺出版社，1986 年。
张稔穰《聊斋志异艺术研究》，山东教育出版社，1995 年。
《名家解读聊斋志异》，山东人民出版社，1999 年。
陈美林《吴敬梓研究》，上海古籍出版社，1984 年。
《名家解读儒林外史》，山东人民出版社，1999 年。
李汉秋《儒林外史研究》，华东师范大学出版社，2001 年。
何其芳《论红楼梦》，人民文学出版社，1958 年。
蒋和森《红楼梦论稿》，人民文学出版社，1981 年。
王昆仑《红楼梦人物论》，三联书店，1983 年。
胡文彬等编《海外红学论集》，上海古籍出版社，1982 年。
胡文彬等编《台湾红学论文选》，百花文艺出版社，1981 年。
胡文彬等编《香港红学论文选》，百花文艺出版社，1982 年。
周汝昌《红楼梦新证》，人民文学出版社，1976 年。
魏绍昌《红楼梦版本小考》，中国社会科学出版社，1982 年。
舒芜《说梦录》，上海古籍出版社，1982 年。
刘梦溪编《红学三十年论文选编》，百花文艺出版社，1983–1984 年。
《俞平伯论红楼梦》，上海古籍出版社，1988 年。
《胡适红楼梦研究论述全编》，上海古籍出版社，1988 年。
《名家解读红楼梦》，山东人民出版社，1998 年。
《中国近代文学论文集》（小说卷），中国社会科学出版社，1983 年。

三、作品原典及选集

汪绍楹校注《搜神记》，中华书局，1979 年。

余嘉锡《世说新语笺疏》，中华书局，1983 年。
汪辟疆《唐人小说》，古典文学出版社，1957 年。
鲁迅《唐宋传奇集》，《鲁迅全集》本。
张友鹤选注《唐宋传奇选》，人民文学出版社，1979 年。
吴组缃等选编《历代小说选》（1–4 册），中国青年出版社，1991 年。
吴晓铃等选注《话本选》，人民文学出版社，1959 年。
全本新注《喻世明言》，北京十月文艺出版社，1994 年。
全本新注《警世通言》，北京十月文艺出版社，1994 年。
全本新注《醒世恒言》，北京十月文艺出版社，1994 年。
《拍案惊奇》，北京十月文艺出版社，1994 年。
《二刻拍案惊奇》，北京十月文艺出版社，1994 年。
罗贯中《三国演义》，人民文学出版社，1998 年。
施耐庵《水浒传》（百回本），人民文学出版社，1975 年。
吴承恩《西游记》，人民文学出版社，1980 年。
兰陵笑笑生《金瓶梅词话》，人民文学出版社，1985 年。
朱其铠主编《全本新注聊斋志异》，人民文学出版社，1992 年。
吴敬梓《儒林外史》，人民文学出版社，1984 年。
中国艺术研究院红楼梦研究所校注《红楼梦》，人民文学出版社，1982 年。
李宝嘉《官场现形记》，张友鹤校注，人民文学出版社，1978 年。
吴趼人《二十年目睹之怪现象》，张友鹤校注，人民文学出版社，1959 年。
刘鹗《老残游记》，人民文学出版社，1957 年。
曾朴《孽海花》（增订本），上海古籍出版社，1979 年。

四、书目资料

孙楷第《日本东京所见通俗小说书目》，人民文学出版社，1981 年。
孙楷第《中国通俗小说书目》（增订本），人民文学出版社，1982 年。
江苏省社会科学院明清小说研究中心编《中国通俗小说书目提要》，中国文联出版公司，1990 年。
孔另镜辑录《中国小说史料》，古典文学出版社，1957 年。

李剑国《唐五代志怪传奇叙录》，南开大学出版社，1993 年。
黄霖等《中国历代小说论著选》，江西人民出版社，1990 年。
丁锡根编《中国历代小说序跋集》，人民文学出版社，1996 年。
孙逊等《中国古典小说美学资料汇粹》，上海古籍出版社，1991 年。
朱一玄等编《明清小说资料选编》，齐鲁书社，1990 年。
朱一玄等编《三国演义资料汇编》，百花文艺出版社，1983 年。
朱一玄等编《水浒传资料汇编》，百花文艺出版社，1981 年。
朱一玄等编《西游记资料汇编》，南开大学出版社，2002 年。
黄霖编《金瓶梅资料汇编》，中华书局，1987 年。
朱一玄编《聊斋志异资料汇编》，中州古籍出版社，1986 年。
李汉秋编《儒林外史研究资料》，上海古籍出版社，1984 年。
一粟编《中国古典文学研究资料汇编·红楼梦卷》，1963 年。
吕启祥等编《红楼梦研究稀见资料汇编》，人民文学出版社，2001 年。
魏绍昌编《李伯元研究资料》，上海古籍出版社，1980 年。
魏绍昌编《吴趼人研究资料》，上海古籍出版社，1980 年。
魏绍昌编《孽海花资料》，上海古籍出版社，1982 年。
刘德隆等编《刘鹗及老残游记资料》，四川人民出版社，1985 年。